MW00770285

Contemporánea

Juan José Arreola

Narrativa completa

Prólogo de
Felipe Garrido

DEBOLS!LLO

Narrativa completa

Primera edición en Debolsillo: marzo, 2016
Primera reimpresión: enero, 2018

D. R. © 1997, Juan José Arreola

D. R. © 2018, derechos de edición mundiales en lengua castellana:
Penguin Random House Grupo Editorial, S. A. de C. V.
Blvd. Miguel de Cervantes Saavedra núm. 301, 1er piso,
colonia Granada, delegación Miguel Hidalgo, C. P. 11520,
Ciudad de México

www.megustaleer.com.mx

D. R. © Felipe Garrido, por el prólogo
Libia Brenda Rojano, por la guía de lectura

ISBN: 978-607-314-009-6

Impreso en México – *Printed in Mexico*

El papel utilizado para la impresión de este libro ha sido fabricado a partir de madera procedente
de bosques y plantaciones gestionadas con los más altos estándares ambientales, garantizando
una explotación de los recursos sostenible con el medio ambiente y beneficiosa para las personas.

Penguin
Random House
Grupo Editorial

Prólogo

I

Apenas había alcanzado la medianía de su edad este siglo pródigo en tribulaciones, cuando dos nuevos cuentistas, jaliscienses ambos, se encaramaron, por decirlo así, de un solo libro, a la cima de la cucaña literaria —posición tan eminente como expuesta—. En 1953, Juan Rulfo publicó *El llano en llamas*; un año antes, Juan José Arreola puso en circulación *Confabulario*, que *Varia invención* había anticipado en 1949.

Estos dos volúmenes cambiaron el curso de nuestras letras; uno y otro sirvieron para abanderar, sin culpa de los autores, dos conceptos diversos del arte de narrar. Sus apresurados enemigos dijeron que las historias de Rulfo tenían el mérito de ocuparse de los asuntos de la tierra, y que sería fantástico que el autor aprendiera a escribir; de Arreola aceptaron que sabía escribir, aunque lamentablemente, en su opinión, lo hacía puesto de espaldas a la realidad del país. La controversia veía en los temas de Rulfo su más alta virtud y en su aparente falta de cuidado el mayor de sus defectos; admiraba en Arreola la fiesta del lenguaje, y le reprochaba el gusto por la fantasía, lo que llamaba su extranjería y el exceso de estímulos literarios.

En 1954, Emmanuel Carballo dejó zanjada la cuestión. En el número de marzo de ese año de *Universidad de México*, en un ensayo titulado "Arreola y Rulfo cuentistas", el crítico, jalisciense para variar, dejó en claro que Rulfo escribía mejor de lo que sus detractores creían, que Arreola tenía bastante más qué ver con la realidad nacional de lo que se había supuesto, y que uno y otro confluían allí donde realmente importa, en la calidad de los textos. Sus libros eran piedra de escándalo, fe de aciertos, y marcaban por igual "un momento modificante en la historia de nuestras letras". "Ahora veo —escribió Antonio Alatorre en su presentación a la revista *Pan* para la edición facsimilar que el Fondo de Cultura Económica hizo en 1985— que muy probablemente ese artículo me ayudó, sin darme cuenta, a 'objetivar' (a desubjetivizar) lo que desde 1945 sentí: que tan 'auténtico' es Arreola como Rulfo; que tan 'limada prosa' es la de Rulfo como la de Arreola; que 'El converso' y 'Nos han dado la tierra' pertenecen a una sola estirpe: la de lo bien hecho."

Ahora, medio siglo después, el acierto de Carballo se ha vuelto una perogrullada. Rulfo y Arreola se han afianzado, a la vista de propios y extraños, en el alto y arriesgado cabo que les corresponde —no poco mérito en un medio donde hay otros grandes cuentistas, como Revueltas, Onetti, Cortázar y Fuentes, por ejemplo—. Las mejores de sus obras se mantienen frescas y vigorosas, y continúan cautivando a los lectores. Algo los separa, sin embargo, y no con justicia. Rulfo ha sido mucho más leído y estudiado que Arreola. A los ojos de esos extranjeros que no conocen Jalisco y creen indios a los personajes de Rulfo, su literatura tiene un aire exótico que le gana puntos en las universidades y en los congresos internacionales.

Estoy seguro de que esta edición de la narrativa de Arreola ayudará a corregir esa diferencia, contribuirá a que sus escritos sean más ampliamente conocidos y estudiados, y permitirá que muchos nuevos lectores disfruten su deslumbrante malicia.

II

Malicia, dije, y ahora lo repito, porque las muchas virtudes de Arreola están coronadas por el taimado arte de sacarle ventaja al lector; de administrar a voluntad lo que se dice y lo que se calla; de avanzar con el paso justo y la palabra precisa. Dueño del oficio, conocedor profundo de los mecanismos del cuento, Arreola es un prodigio de economía, de no decir sino lo esencial.

A *Varia invención* (1949) y *Confabulario* (1952) siguieron, como obras de narrativa, *Bestiario* (1958), que incluye las series *Cantos de mal dolor* y *Prosodia*, *La feria* (1963) y *Palindroma* (1971), que recoge las series *Variaciones sintácticas* y *Doxografías*. En esta edición aparece, además, un texto hasta ahora inédito, que relata un día de filmación en compañía de Alejandro Jodorowsky. Con la excepción de *La feria*, a la que volveré abajo, en los textos de estos libros Arreola explora cuestiones éticas, problemas intelectuales, sofismas y ejemplos paradójicos, las perplejidades de un creyente de buena fe y las complejidades abisales de la convivencia.

Aunque Arreola llamó a su género —híbrido del poema en prosa, el cuento y el ensayo— "varia invención", una amplia parte de lo que ha escrito cabe cómodamente en los límites de la fábula, si bien sus apólogos, mochos de moraleja, poco tienen que ver con la usual intención de adoctrinar al lector.

Como lo señalaron sus censores, a la menor provocación Arreola está dispuesto a dejar ver en su prosa, como si fueran las veladuras de un cuadro minuciosamente trabajado, las huellas de las lecturas acumuladas, muchas veces estímulo para sus obras. Sin embargo, junto con la experiencia de la lectura, que es parte de la vida, podemos descubrir los trazos, igualmente vigorosos, que dejan en la carne al espíritu los trances de estar vivo. Arreola ha expresado, fragmentariamente, el drama que significa estar en el mundo; la complejidad misteriosa del ser.

Un epígrafe de Pellicer no deja dudas sobre la procedencia de "El prodigioso miligramo"; pero en la construcción de la historia advertimos al escritor dentro del hormiguero. La dedicatoria del "Monólogo del insumiso" nos lleva frente a Manuel Acuña, pero ¿cómo distinguir al poeta coahuilense del narrador de Jalisco, que aprovecha la anécdota del otro para desnudarse? Lo mismo puede decirse de "Parturient montes", "El lay de Aristóteles", "In memoriam" y "Pablo". Las *Vidas imaginarias,* de Marcel Schwob son la segura raíz de "Nabónides", "Baltasar Gérard", "Sinesio de Rodas" y "El condenado", pero sería miope creer que la deuda es exclusivamente con el cuentista belga. En cada una de estas deliciosas biografías apócrifas hay carne y sangre de Arreola, y cada una de ellas puede remitirse a las peripecias de su vida.

En estas fuentes literarias, que van de la Antigüedad clásica y la Biblia a la Edad Media, al Renacimiento, a los cronistas de Indias, a Rilke, Papini, Baudelaire, a tratados de ciencias naturales y física atómica, se fundan los cargos de extranjería levantados contra Arreola. Pero esto es una torpeza: Arreola no necesita parecer mexicano. Su mexicanidad es una fatal manera de ser. Su mexicanidad no reside en los personajes ni en la anécdota, sino en la manera de sentir y de construir la narración.

Arreola es un maestro para administrar, a lo largo de los textos, la sorpresa, el misterio, el sentido del humor. Asimismo lo es para ir de lo creíble a lo increíble sin perder verosimilitud. Sus personajes van de ida y vuelta entre la realidad y lo fantástico sin pasar aduanas. Mediante la ironía —de lo tierno a lo brutal—, el absurdo dócil y la lógica, la mezcla de los datos documentados con la ficción, y una subversión constante de lo real tangible, en favor de una objetividad y un sentido común que descansan en el disparate, Arreola ha creado un nuevo tipo de cuento, un mundo donde la palabra hace festiva y profundamente inútil el afán de distinguir entre la realidad positiva y los entes de la imaginación. Lo más importante, sin embargo, es que toda la pirotecnia verbal de Arreola, la nutrida teoría de personajes y situaciones que nos presenta, constituyen un intento repetido y feliz de profundizar en su propio drama.

La feria (1963), la única novela de Arreola, cuenta la vida de Zapotlán el Grande, desde su fundación, con la llegada del conquistador Alonso de Ávalos y del primer fraile, Juan de Padilla, hasta el tiempo en que la obra fue escrita. La narración está compuesta por una larga serie de fragmentos de muy dispareja extensión, en boca de diversos narradores, que forman, en palabras de Saúl Yurkiévich, "una estructura calidoscópica", en la que no se presenta a los personajes ni se sitúan los lugares ni el tiempo en que ocurren los hechos, a la manera de Rulfo en *Pedro Páramo* (1955), y de Cortázar en *Rayuela*, que apareció también en 1963.

Dos temas le dan unidad: la feria anual en honor de San José, santo patrono de Zapotlán el Grande, y en un vasto panorama histórico, el reiterado litigio por sus tierras que sostienen, desde el siglo XVI, los naturales de la región.

Algunos de los fragmentos van configurando, por una adición a saltos que puede llegar a parecer casi aleatoria, las historias de unos cuantos de los treinta mil habitantes del pueblo, como la de Concha Fierro y su himen infranqueable; la del aprendiz de impresor, atormentado por el despertar del sexo; la de don Salva, el solterón dueño de la tienda de ropa, tímido enamorado de Chayo, una de sus dependientas; o la del presidente del Ateneo pueblerino, don Alfonso. Otros son personajes colectivos, como los indios tlayacanques, que hablan siempre al unísono. Otros más, que corresponden a voces y situaciones anónimas, son como esos pedazos de diálogo y esos rostros que alcanzan a percibirse cuando uno pasa caminando por una plaza llena de gente. Todos juntos arman la historia del pueblo donde nació Arreola. Una historia que incluye a seres de otros tiempos, que intervienen al conjuro del recuerdo y de la callada voz de los documentos. Esta percepción fragmentaria cumple admirablemente la intención de hacer de Zapotlán el Grande el personaje central de *La feria*.

Por sus temas, sus hablas, su estilo, *La feria* resume la obra completa de Arreola. Personajes y obsesiones de sus cuentos reaparecen en la novela. Aquí Arreola conjuga la nobleza de la adolescencia, constante motivo de nostalgia, y el mordaz escepticismo de la madurez. El buen oído, la gracia, la ternura, la elegancia, la inteligencia, la malicia del narrador resplandecen en *La feria*, teñidas por el amor al terruño, sin que eso mengüe su visión irónica. Por lo menos en cuatro textos anteriores Arreola se había acercado a su pueblo: de manera fallida en "El cuervero", que peca de fácil costumbrismo; de manera magistral en "Hizo el bien mientras vivió", "Pueblerina" y "Corrido".

La feria desvela el afán de Arreola por no dejar morir el mundo lingüístico de su infancia. Para componer la novela, pidió a muchos de sus paisanos que escribieran; se sirvió de cartas y de trozos del periódico local; de documentos antiguos, pasajes bíblicos y de los evangelios apócrifos. Con esto, Arreola consiguió acumular una diversidad de tonos —macabros, festivos, bailables, sentimentales, poéticos— y dar una muestra de su virtuosismo para dominar diversas jergas.

III

En una entrevista sobresaliente, recogida en *Protagonistas de la literatura mexicana* (cuarta edición, Porrúa, México, 1994), Juan José Arreola confió a Emmanuel Carballo que, "debajo del literato aparente", ha sido siempre "el payo jalisciense, el niño que fui y que pasó su vida en el campo viendo el desarrollo de las labores agrícolas y escuchando los dichos y las canciones de los campesinos, el niño afligido por el drama de la conciencia y del erotismo".

Esta dualidad encarnó en un cuento divertido y conmovedor, "Tres días y un cenicero", que forma parte de *Palindroma*. Muy pocos escritores, bajo cualquier cielo, han sido capaces de brindar la clave de su vida en una alegoría tan eficaz.

Un día que está de cacería con unos amigos y parientes, cerca de Zapotlán, el narrador y protagonista entra a una laguna para cobrar una garza que mató su sobrino. Bajo el agua, siente con los pies "algo vivo, duro y rendido", que resulta ser una escultura, griega en apariencia. Los cazadores la envuelven en unos petates y el narrador consigue llevarla bajo su cama, oculta a la codicia de los compañeros, al sentido común de la madre y a la lujuria del padre. ¿De dónde llegó la Venus de mármol? En un clima de fiebre, el narrador repasa las posibilidades y... No voy a revelar el resto de la historia porque el lector la encontrará unas páginas abajo y la delicia de leerla no merece ser estropeada con anticipaciones, pero sí quiero llamar la atención sobre la forma en que este relato resume el encuentro vitalicio del muchacho de Zapotlán el Grande con la cultura clásica. Toda la vida cultural de Arreola está puesta aquí en una clave transparente, transida de astucia, ternura y devoción.

Para Juan José Arreola, nacido en Zapotlán el Grande, Jalisco, el 21 de septiembre de 1918, la literatura fue una adquisición infantil. Durante los únicos cuatro años que cursó de instrucción primaria tuvo la fortuna de tropezar con maestros que lo inclinaron a la literatura porque ellos la amaban. Tres caminos sirvieron a estos profesores admirables para cumplir su tarea de seducción: redactar composiciones, leer y aprender versos de memoria.

Arreola recuerda como el cimiento de su formación literaria "El Cristo de Temaca", una poesía del padre Alfredo R. Placencia. Memorizó el poema antes de aprender a leer y de estar inscrito en la escuela, porque acompañaba a sus hermanos mayores. Lo aprendió sin comprenderlo, escuchando a los muchachos de quinto año, que estaban repitiéndolo. Se sintió deslumbrado por la armonía de las palabras, por aquel lenguaje distinto al que oía en las calles. Un día, en su casa, arrebatado por el entusiasmo, se subió a una silla y comenzó a recitarlo. Desde entonces adquirió el amor por las palabras y la manía de memorizar los pasajes que le gustan.

A los once o doce años, Arreola comenzó a representar obras de teatro y a recitar. Una de sus tías declamaba en público. Cuando la edad comenzó a sitiarla, delegó en su sobrino la tarea de ir a las veladas literario-musicales, a las fiestas civiles y a las religiosas.

Cuando tenía quince años, Arreola pasó dos en Guadalajara, donde adquirió su primer libro: el *Gog*, de Giovanni Papini, que para él es el más grande prosista italiano de este siglo y una de las más poderosas influencias en su prosa. En 1936, regresó a Zapotlán y por un tiempo trabajó como dependiente en tiendas de abarrotes y de ropa, papelerías, molinos de café, chocolaterías. Tras el mostrador, comenzó a escribir, en el papel de envoltura, versos, nombres extraños y sus primeros "gérmenes imaginativos".

A fines de ese año, vendió una máquina de escribir Oliver, que le había regalado su padre, y una escopeta que había adquirido por su cuenta: le dieron 13 pesos por la escopeta y 18 por la máquina de escribir. Compró un boleto a México, y llegó con casi 13 pesos en la bolsa. En la capital, trató a varios escritores que lo aproximaron a la literatura por medio de su ejemplo: Usigli, Villaurrutia, José Luis Martínez, Alí Chumacero y algunos otros escritores. Su primer maestro de teatro, el que le enseñó definitivamente a decir versos y a leer en voz alta, fue Fernando Wagner. Entre otros grandes poetas, le reveló a Rilke.

En 1939 y 1940, metido en el teatro hasta el cuello, Arreola escribió sus primeros textos realmente literarios, tres farsas en un acto: *La sombra de la sombra*, *Rojo y negro*, inspirada en Stendhal, y *Tierras de Dios*. Previamente a las farsas, incursionó en la poesía.

A principios de 1940, tras un descalabro económico y una frustración sentimental, volvió a Zapotlán. Esta vez trabajó como maestro de secundaria, y se dedicó a leer con avidez. Escribió también su primer cuento, "Sueño de Navidad", que se publicó en un periódico local, *El Vigía*, la Navidad de 1940.

Tres años más tarde, en Guadalajara, en el primer número de *Eos* —julio de 1943— una revista editada por Arturo Rivas Sáiz y por Arreola, éste publicó su primera obra maestra: "Hizo el bien mientras vivió". Un texto redondo, de sobresaliente arquitectura, tono mesurado y excelente dibujo de personajes. Algunos críticos han dicho que este cuento es cursi, y Arreola lo ha repetido —"Es un relato de la vida provinciana que me salió del corazón. Está lleno de cursilería pueblerina. Fue un producto natural de mi nobleza dolescente, de mi creencia en la vida y el amor."— Sin embargo, creo que el juicio es erróneo. Los protagonistas de esta historia ciertamente son cursis, pero la sobriedad del relato, su justa medida, la astucia para informar al lector de lo que va sucediendo, aunque los personajes no se atrevan a nombrarlo, le dan una profundidad que lo aparta de lo cursi. La cursilería, insisto, corresponde a los caracteres, no a la narración.

Además de "Hizo el bien mientras vivió", en tres de los cuatro números que *Eos* sobrevivió, Arreola publicó dos reseñas —*El gesticulador*, de Rodolfo Usigli y *El luto humano*, de José Revueltas—, más unas décimas de las cuales transcribo aquí la última, por curiosidad:

> *Gracias por esta ventura*
> *nacida de tu presencia,*
> *y gracias por la dolencia*
> *que tu falta me procura.*
> *Gracias en fin porque dura*
> *sobre mi ser tu substancia,*
> *gracias por esta fragancia*
> *que de tu vida se vierte;*
> *gracias en fin por la muerte*
> *que siento por tu distancia.*

En Guadalajara, Arreola conoció al actor francés Louis Jouvet. Con su patrocinio viajó a París, en 1944, para estudiar arte dramático, y llegó a pisar el escenario de la Comedia Francesa. A su regreso, hubo otra revista tapatía, *Pan*, que fundó junto con Antonio Alatorre; publicó siete números de junio de 1945 a enero-febrero de 1946. En el primero, Arreola publicó dos "Fragmentos de una novela" que no terminó nunca y que hasta ahora no han sido recogidos; en el 3, "El converso"; y en el 6 un "Soneto" y "Carta a un zapatero que compuso mal unos zapatos". (Rulfo publicó "Nos han dado la tierra" en el número 2, y "Macario" en el 6.)

Guadalajara ya le quedaba estrecha y el escritor se mudó a México donde ingresó, por mediación de Alatorre al Fondo de Cultura Económica, para trabajar, y a El Colegio de México, para estudiar filología. (Allí reincidiría en las tareas editoriales: fundó y dirigió la colección Los Presentes, editó Libros y Cuadernos del Unicornio, la revista *Mester* y las ediciones del mismo nombre.)

Hace un cuarto de siglo que Juan José Arreola ha dejado la escritura, aunque no la palabra. Su presencia en numerosos foros y en la televisión, para hablar en vivo, es una nota peculiar de la cultura mexicana en este tiempo. Quizá sea cierto, como dicen algunos, que su presencia repetida semanalmente, cuando se ha hecho cargo de programas fijos, puede restarle capacidad de sorpresa. También es verdad que, al través de este medio, Arreola ha llevado la fiesta de la palabra a un público muchísimo más amplio que el alcanzado por sus libros. ¡Qué fuerza de contagio tiene verlo regodearse en público con palabras que le llenan la boca y le abrillantan la mirada! En la televisión y en sus numerosas apariciones en público, Arreola le ha devuelto a la palabra su antigua libertad, su antigua independencia del texto.

IV

"Quien llegue a saber —escribió Carballo— qué significa la mujer a lo largo de la obra de Arreola podrá decir quién es Juan José Arreola y qué significa su obra." No hay ningún tema más obsesivamente explorado por Arreola que la mujer, el amor, la rencorosa imposibilidad de la compañía.

Una constante en su obra es la imagen del parto —en "Informe de Liberia" los niños se niegan a nacer—. Arreola se siente expulsado; necesita ser depositado en la tierra y ve en el amor un símbolo de ese regreso al seno de la gran madre. Considera que al amar a una mujer nos insertamos en la tierra, y que el deseo supremo, más allá del impulso de la vida, es el deseo de desaparecer, de dejar de ser individuo, de regresar al todo original.

No hay compañía posible. Esa radical amargura la ha vertido contra la mujer, aunque al mismo tiempo reconoce que siempre vuelve a venerarla de rodillas. Arreola está convencido de que la soledad radical brota de la separación primaria de ese ser platónico que contenía, en una sola masa biológica, al hombre y la mujer: "Padezco la nostalgia de esa separación y he tratado de expresarla en textos que pueden ser erróneamente interpretados como una crítica antifeminista. Desde la infancia he sido un ser ávido que busca completarse en la mujer." La separación original ha intoxicado de rencor a uno y otro. Biológicamente, dice Arreola, la mujer lleva una carga mayor que el hombre; el hombre parece haberse quedado con el espíritu, con la materia que vuela.

En una serie de textos, recurrentemente, Arreola examina los diversos matices de la relación entre hombres y mujeres. En "Teoría de Dulcinea", el hombre rechaza a la mujer concreta, que está a su alcance, por perseguir un ideal, y en "Dama de pensamientos" no hay sino el ideal, siempre más cómodo que una mujer concreta. En "In memoriam", el marido, derrotado por su mujer, se refugia en el estudio de las relaciones sexuales al través de la historia para protegerse de ella. En "Insectiada", la mujer devoradora, como la mantis religiosa, confirma que, dice Arreola, la actitud natural de toda mujer es absorber al hombre. En "Luna de miel" y en "Interview", la mujer es una trampa; el hombre enamorado se diluye en ella. "El rinoceronte" ilustra el caso de un hombre que aniquila totalmente a su mujer y después sufre el aniquilamiento total a manos de otra mujer. En "La migala", un hombre sufre de pánico porque ha soltado en su casa una bestezuela amenazante.

"La vida privada", "Pueblerina", "El faro", "Parábola del trueque", "Corrido" examinan las posibilidades del triángulo y las paradojas de la fidelidad, desde una especie de tolerancia hacia el engaño, hasta el rencor desbordado en la violencia de los machetes y la sangre. Más complejo es el triángulo que plantea "Una mujer amaestrada", donde un triste saltimbanqui exhibe en la calle a una mujer, sujeta con una cadena tan frágil que es virtualmente ilusoria, para que realice ante el público, por unas monedas, suertes bastante elementales. El narrador culmina la escena acompañando a bailar a la mujer y cayendo de rodillas ante ella para poner punto final a la función.

En una historia deliciosa que viene de la Edad Media, "La canción de Peronelle", Arreola concluye una vez más que el amor es un ideal del espíritu. Un poeta viejo y tuerto y una jovencita enamorada de sus poesías van juntos en peregrinación, acompañados por una sirvienta, a la feria de San Dionisio. En el momento de la despedida "Peronelle otorgó al poeta su más grande favor. Con la boca fragante, besó amorosa los labios marchitos del maestro. Y Guillermo de Machaut llevó sobre su corazón, hasta la muerte, la dorada hoja de avellano que Peronelle puso de por medio entre su beso."

V

Arreola, todos lo hemos escuchado, habla como escribe; no distingue entre la imaginación y la realidad; se siente igualmente agobiado por las pequeñeces y por los problemas metafísicos. En vivo, como por escrito, Arreola es el triunfo del verbo, de lo preciso sobre lo confuso, de la forma sobre la materia. Un sol cenital alumbra su voz. Autodidacto de memoria prodigiosa e imaginación febril, es ante todo un artista. De las muchas veces que Arreola ha hablado, hay dos especialmente memorables: la entrevista que le hizo Emmanuel Carballo y que puede leerse en *Protagonistas de la literatura mexicana*, y la serie de pláticas que Fernando del Paso convirtió en el libro *Memoria y olvido* (Consejo Nacional para la Cultura y las Artes, México, 1994). Entresaco de estas fuentes, casi textualmente, algunos trozos que dejo, por así decirlo, en voz del propio Arreola.

　　* El arte de escribir consiste en violentar las palabras, ponerlas en predicamento para que expresen más de lo que expresan. El arte literario se reduce a la ordenación de las palabras. Las palabras bien acomodadas producen una significación mayor de la que tienen aisladamente. De allí que palabras vulgares, desgastadas por el uso, vuelvan a relucir como nuevas. Las palabras son inertes de por sí, y de pronto la pasión las anima, las levanta, las incluye en el arrebato del espíritu. El problema del arte consiste en untar el espíritu en la materia; en tratar de detener el espíritu en cualquier forma material.
　　* El poema, como la escultura y la pintura, son imposibilidades absolutas. El gran artista comete aproximaciones.

* Creo en la materia animada por el espíritu. He llegado a creer que Dios se cumple en su creación. No puedo pensar que Dios exista antes de la creación. Dios es porque nosotros somos. El hombre es capaz de intuir y concebir a Dios; es la criatura indispensable.

* La frase bella brota de una instancia espiritual inconsciente, y por ella aparece poblada. Tal ocurre en la poesía: no sabemos cómo anida en cada estructura armoniosa una entidad mágica y metafísica, y es que esa estructura ha nacido como una tentativa formal del espíritu. El espíritu tiene una necesidad inagotable de manifestarse y lo hace a veces empleando la razón, pero siempre en los casos verdaderos, a pesar de la razón o haciendo caso omiso de ella.

* Para mí, toda belleza es formal. Lo que yo quiero hacer es fijar mi percepción; mi más humilde y profunda percepción del mundo externo, de los demás y de mí mismo.

* Cuando soy barroco y elegante en el sentido tradicional, lo soy desde un punto de vista irónico. Detrás de esas bellezas ornamentales conscientes, se puede ver la sorna agazapada. Aspiro al lenguaje absoluto, al lenguaje puro que da un rendimiento mayor que el lenguaje frondoso porque es fértil, porque es puro tronco.

* Admiro a Ramón López Velarde, que fue un revolucionario auténtico de la poesía. En mi obra se nota el influjo de Amado Nervo, Mariano Silva y Aceves, Julio Torri, Francisco Monterde, Ada Negri, Marcel Schwob. Mis influencias más profundas, Rilke, Kafka, Proust, las he vivido no sólo como mexicano, sino como payo, como pueblerino mexicano. Viví literalmente en una alacena de compotas. Procedo de una raza de cocineras y de grandes asadores de carneros. Soy un gran gozador de manjares; los quesos que más me gustan son los cotijas, los tapalpas y los chiapas. Soy un producto absolutamente mestizo.

* El arte es conocimiento y al esclarecerme a mí mismo podré justificar a otros. Mi obra más importante es la que no he escrito. En mi obra escrita hay una especie de desencanto previo a la realización. Existe una gran distancia entre lo que uno siente como posibilidad y lo que uno obtiene como resultado.

* Ha habido personas que han sido famosas por una capacidad verbal que ha perjudicado su obra. Yo soy una de ellas. Uno de esos escritores que, por tener el don de la palabra,

estamos en una gravísima desventaja: porque me ha sido dada la palabra, me pierdo en palabras y no puedo hallar la palabra que realmente me defina. En el fondo, no sé quién soy. Me escondo tras una muralla de palabras. Me oculto, como el calamar, en su mancha de tinta.

* No he tenido tiempo de ejercer la literatura. Pero he dedicado todas las horas posibles para amarla. Amo el lenguaje por sobre todas las cosas y venero a los que mediante la palabra han manifestado el espíritu, desde Isaías a Franz Kafka. Vivo rodeado por sombras clásicas y benévolas que protegen mi sueño de escritor. Pero también por los jóvenes que harán la nueva literatura mexicana: en ellos delego la tarea que no he podido realizar. Para facilitarla, les cuento todos los días lo que aprendí en las pocas horas en que mi boca estuvo gobernada por el otro. Lo que oí, un solo instante, a través de la zarza ardiendo.

Felipe Garrido

I. Varia invención

Varia invención

*...admite el Sol en su familia de oro
llama delgada, pobre y temerosa.*
QUEVEDO

Hizo el bien mientras vivió

Agosto 1

He volcado un frasco de goma sobre el escritorio hoy por la tarde, poco antes de cerrar la oficina, cuando Pedro ya se había ido. Me he visto atareado para dejar todo limpio y reformar cuatro cartas que ya estaban firmadas. También tuve que cambiar la carpeta a un expediente.

Podía dejar para mañana estos quehaceres y encomendárselos a Pedro; sin embargo, me ha parecido injusto: considero que él tiene bastante con el trabajo ordinario.

Pedro es un empleado excelente. Me ha servido durante varios años y no tengo queja alguna de él. Todo lo contrario, Pedro merece, como empleado y como persona, mis mejores conceptos. Últimamente lo he venido notando preocupado, como que desea comunicarme algo. Temo que se halle fatigado o descontento de su trabajo. Para aligerarle un poco sus labores, yo me propongo desde ahora prestarle alguna ayuda. Como tuve que rehacer las cartas manchadas, me di cuenta de que no estoy acostumbrado al manejo de la máquina. Por tanto, me será útil practicar un poco.

Desde mañana, en lugar de un jefe desconsiderado, Pedro tendrá un compañero que le ayude en su trabajo, gracias a que hoy se me ha tirado un frasco de goma y he hecho estas reflexiones.

La volcadura se debió a uno de esos inexplicables movimientos de codo que me han costado ya varios dolores de cabeza. (El otro día rompí un florero en casa de Virginia.)

Agosto 3

Este diario debe registrar también cosas desagradables. Ayer volvió a mi despacho el señor Gálvez y me propuso de nuevo su turbio negocio. Estoy indignado. Se atrevió a mejorar su primera oferta casi al doble con tal de que yo consienta en poner mi profesión al servicio de su rapiña.

¡Toda una familia despojada de su patrimonio si yo acepto un puñado de dinero! No, señor Gálvez. No soy yo la persona que usted necesita. Me niego resueltamente y el usurero se marcha pidiéndome una reserva absoluta sobre el particular.

¡Y pensar que el señor Gálvez pertenece a nuestra Junta! Yo poseo un pequeño capital (no es nada comparado con el de Virginia), hecho a base de sacrificios, centavo sobre centavo, pero jamás consentiré en aumentarlo de un modo indecoroso.

Por lo demás, ha sido éste un buen día y durante él he demostrado que soy capaz de cumplir mis propósitos: ser con Pedro un jefe considerado.

Agosto 5

Leo con particular interés los libros que Virginia me proporciona. Tiene una biblioteca no muy numerosa, pero seleccionada con gusto.

Acabo de leer un libro: *Reflexiones del caballero cristiano*, que sin duda perteneció al esposo de Virginia y que me da una hermosa lección de su aprecio por la buena literatura.

Aspiro a ser digno sucesor de ese caballero que, según las palabras de Virginia, siempre se esforzó en seguir las sabias enseñanzas de tal libro.

Agosto 6

La amistad de Virginia me trae grandes beneficios. Me hace ser cumplido en mis deberes sociales.

No sin cierta satisfacción de enterarme de que el señor Cura, durante una sesión de la Junta Moral a la que no asistí porque me hallaba enfermo, encomió la labor que en ella realizo como director de *El Vocero Cristiano*. Este periódico difunde mensualmente la obra benéfica de nuestra agrupación.

La Junta Moral se ocupa de propagar, ilustrar y exaltar la religión, así como de vigilar estrechamente la moralidad de nuestro pueblo. Hace también serios esfuerzos en bien de su cultura, valiéndose de todos los medios a su alcance. De vez en cuando recae sobre la Junta el cargo de allanar algunos de los obstáculos económicos en que a menudo tropieza nuestro párroco.

Por la alta calidad de sus miras, la Junta se ve precisada a exigir de sus asociados una conducta ejemplar, so pena de caer bajo sanciones.

Cuando un socio falta de cualquier modo a las reglas morales contenidas en los estatutos, recibe un primer aviso. Si no corrige su conducta, recibe un segundo y después un tercero. Éste precede a la expulsión.

Por el contrario, la Junta ha establecido para los socios que cumplen con su deber valiosas y apreciadas distinciones. Es satisfactorio recordar que en largos años sólo ha necesitado un corto número de avisos y una sola expulsión. En cambio, son numerosas las personas cuya vida honesta ha sido elogiada y descrita en las páginas de *El Vocero Cristiano*.

Me es grato referirme en mi diario a nuestra Junta.

Ella ocupa un lugar importante de mi vida, junto al afecto de Virginia.

Agosto 7

El que yo escriba un diario se debe también a Virginia. Es idea suya. Ella escribe su diario desde hace muchos años y sabe hacerlo muy bien. Tiene una gracia tan original para narrar los hechos, que los embellece y los vuelve interesantes. Cierto que a veces exagera. El otro día, por ejemplo, me leyó la descripción de un paseo que hicimos en compañía de una familia cuya amistad cultivamos.

Pues bien: dicho paseo fue como otro cualquiera; y hasta tuvo sus detalles desagradables. La persona que conducía los comestibles sufrió una aparatosa caída y nos vimos precisados a comer un deplorable revoltijo. Virginia misma tropezó mientras caminábamos sobre un terreno pedregoso, lastimándose seriamente un pie. Al regresar nos sorprendió una inesperada tormenta y llegamos empapados y cubiertos de lodo.

Cosa curiosa: en el diario de Virginia no solamente dejan de mencionarse estos datos, sino que los hechos en general aparecen alterados. Para ella el paseo fue encantador desde el principio hasta el fin. Las montañas, los árboles y el cielo están admirablemente descritos. Hasta figura un arroyuelo murmurador que yo no recuerdo haber visto ni oído. Pero lo más importante es que en la última parte de la narración se encuentra un diálogo que yo no he sostenido entonces ni nunca con Virginia. El diálogo es bello, no cabe duda, pero yo no me reconozco en él y su contenido me parece —no sé cómo decirlo— un poco inadecuado a personas de nuestra edad. Además, empleo un lenguaje poético que estoy muy lejos de tener.

Sin duda esto revela en Virginia una alta capacidad espiritual que me es extraña por completo. Yo no puedo decir sino lo que me acontece o lo que pienso, sencillamente, tal como es. De ahí que mi diario no sea, en absoluto, interesante.

Agosto 8

Pedro sigue mostrándose un tanto reservado. Extrema su diligencia y me parece que lleva una intención deliberada. Desea pedirme algo y trata de tenerme satisfecho de antemano.

Gracias a Dios he hecho buenos negocios en los últimos días, y si Pedro es razonable en lo que pida, me será grato complacerlo. ¿Aumento de sueldo? ¡Con mucho gusto!

Agosto 10

Sexto aniversario del fallecimiento del esposo de Virginia. Ella ha tenido la gentileza de invitarme a su visita al cementerio.

La tumba está cubierta por un monumento artístico y costoso. Representa una mujer sentada, llorando sobre una lápida de mármol que mantiene en su regazo. Encontramos el prado que rodea la tumba invadido por yerbajos. Nos ocupamos en arrancarlos y yo conseguí clavarme una espina en un dedo durante la piadosa tarea.

Ya para volvernos descubrí al pie del monumento esta bella inscripción: *Hizo el bien mientras vivió*, que decido tomar como divisa.

¡Hacer el bien, hermosa labor hoy casi abandonada por los hombres! Volvemos ya tarde del cementerio y caminamos en silencio.

Agosto 14

He pasado un agradable rato en casa de Virginia. Hemos charlado de cosas diferentes y gratas. Ella ha tocado en el piano nuestras piezas predilectas.

Todas esas visitas me producen una benéfica impresión de felicidad. Vuelvo de ellas con el espíritu renovado y dispuesto a las buenas obras. Hago regularmente dones caritativos, pero me gustaría hacer un bien determinado y perfectamente dirigido. Ayudar a alguien de un modo eficaz, constante. Como se ayuda a alguna persona a quien se quiere, a un familiar, quizás a un hijo...

Agosto 16

Recuerdo con satisfacción que hoy hace un año que comencé a escribir estos apuntes.

Un año de vida puesto ante mis ojos gracias a la bella alma que vigila y orienta mis acciones. Dios la ha puesto sin duda como un ángel guardián en mi camino.

Virginia embellece lo que toca. Ahora comprendo por qué en su diario aparecen todas las cosas hermosas y distintas.

En aquel día de paseo, mientras yo dormía insensiblemente bajo un árbol, a ella le fue dado contemplar las maravillas del paisaje que luego me deslumbraron a través de su descripción.

Consigno este propósito:

Desde ahora voy a procurar yo también abrir mis ojos a la belleza y trataré de registrar sus imágenes. Quizá logre entonces hacer un diario tan hermoso como el de Virginia.

Agosto 17

Antes de cerrar mis ojos a las vulgaridades del mundo y de entregarlos a la sola contemplación de la belleza, séame permitido hacer una pequeña aclaración de carácter económico.

Desde un tiempo que considero inmemorial (entonces no conocía a Virginia) he venido usando invariablemente cierta marca de sombreros.

Tales sombreros, de excelente fabricación extranjera, han venido aumentando continuamente de precio. Un sombrero no es cosa que se acabe en poco tiempo, pero como quiera que sea, yo he comprado en los últimos años una media docena por lo menos. Partiendo de la base de seis sombreros y de un aumento progresivo de cinco pesos en el precio de cada uno, hago los siguientes cálculos: si el último sombrero me ha costado cuarenta pesos, descubro que el primero debió costarme solamente quince. Sumando las diferencias sucesivas de cada compra, me doy cuenta de que la fidelidad a una marca de fábrica me ha costado sesenta y cinco pesos hasta la fecha.

Respecto a la calidad de estos sombreros no tengo nada que objetar; son espléndidos. Pero me parece deplorable mi falta de economía. Si adopté inicialmente un sombrero de 15 pesos, debí mantener siempre fija tal cantidad y no dejarme llevar por la creciente avidez de fabricantes y vendedores. Debo reconocer que siempre han existido sombreros de ese precio.

Aprovechando la circunstancia de que necesito renovar mi sombrero actual voy a poner las cosas en su sitio: saltaré bruscamente de un precio a otro, realizando una economía de veinticinco pesos.

Agosto 18

El único sombrero de quince pesos que pude hallar a mi medida es de color verdoso y bastante áspero.

Por simple curiosidad he preguntado cuál es el precio de mi ex marca favorita. Es nada menos que de cincuenta pesos. ¡Tanto mejor! Para mí, que de ahora en adelante he resuelto ser modesto en mis sombreros, ya puede costar doscientos.

Reflexiono que he realizado un ahorro. En mis negocios sigue manifiesta la ayuda de Dios. En cambio, la Junta atraviesa por circunstancias difíciles. Se ha echado a cuestas la tarea de pavimentar nuestra parroquia y necesita más que nunca el apoyo de sus socios.

Decido hacer un donativo. Veré mañana al señor Cura, quien a más de director espiritual y fundador de nuestra Junta, es actualmente su tesorero.

Agosto 19

El señor Cura me distingue con una amistad afable y protectora. Se esfuerza en conocer mis problemas y da a todos ellos acertadas soluciones. Posee un agudo ingenio y gusta de hablar de las cosas por medio de alusiones sutiles. De lo que yo he hecho en mi vida basado en sus opiniones nada he tenido que lamentar hasta la fecha. La amistad que Virginia y yo sostenemos participa de su benevolencia, y él la ilustra con paternales consejos.

Apenas se entera del objeto de mi visita, extrema su bondad y dice que con tales hijos la casa de Dios se mantendrá segura y hermosa en nuestro pueblo.

Creo que he realizado una buena obra y mi corazón se halla satisfecho.

Agosto 20

La pequeña herida que me produje cuando fuimos al cementerio no ha cicatrizado. Parece infectarse y se ha desarrollado en dolorosa hinchazón. Como he oído decir que las heridas causadas en la proximidad de los cadáveres suelen ser peligrosas, he ido a ver al doctor.

Tuve que soportar una sencilla pero molesta curación. Virginia se ha preocupado y me demuestra su afecto con delicadas atenciones.

En el despacho, Pedro sigue mostrándose cauteloso, como esperando una oportunidad.

Agosto 22

Una página dedicada a nuestra honorable Junta: Acabo de ser honrado con una distinción que se otorga a muy pocos de nuestros asociados. Mi nombre figura ya en la lista de Socios Beneméritos y me ha sido entregado un hermoso diploma que contiene el nombramiento.

El señor Cura pronunció un bello discurso durante el cual evocó la memoria de algunos beneméritos desaparecidos, para invitarnos a seguir su ejemplo. Se detuvo con particular interés elogiando al esposo de Virginia, a quien describió como uno de los miembros más ilustres con que ha contado la agrupación.

Como es natural, estoy muy contento. Virginia misma ha aumentado mi satisfacción mostrándose orgullosa por el honor que acabo de recibir.

Lo único que ha venido a oscurecer este día de felicidad es el hecho siguiente: una de las personas que demostraron más empeño en mi promoción a la categoría de socio benemérito ha sido el señor Gálvez, persona a quien he perdido la estimación y en cuya sinceridad no puedo creer.

Después de todo, tal vez está arrepentido de lo que me propuso y trata de congraciarse conmigo. De ser así le devuelvo mi mano. He mantenido una reserva absoluta en lo que se refiere a sus tenebrosos asuntos.

Agosto 26

Por fin, Pedro se decidió. Lo que tenía que decirme es nada menos que esto: se marcha.

Se marcha el día último y para avisármelo ha dejado pasar todos los días del mes, hasta acabar casi con ellos. Sólo tengo unos días para designarle sustituto.

He comprendido que Pedro tiene razón. Se va de nuestro pueblo en busca de un horizonte más amplio. Hace bien. Un muchacho serio y trabajador tiene derecho a buscarse un progreso.

Me resigno a deshacerme de él y le entrego una carta en la que hago constar sus buenos servicios. (Pienso otorgarle alguna gratificación.)

Ahora, a buscar un digno sustituto de Pedro, tarea nada fácil.

Agosto 27

Desde hace tiempo había pensado tomar una secretaria cuando Pedro dejase mi servicio. Creo contar con una buena candidata.

Conozco a una señorita que me parece muy indicada. Huérfana, se gana el sustento haciendo labores de costura en las casas de familias acomodadas. Sé que la fatiga este trabajo y que no siente afecto por él. Es una muchacha muy seria y proviene de familia honorable. Vive con su vieja tía paralítica.

Hoy por la noche Virginia ha juzgado con ligereza a mi candidata. No intento contradecirla, pero me parece que ha sido un poco injusta.

Sin embargo, tomaré algunos informes con el señor Cura. Él conoce a todo el mundo y me dirá si me conviene como secretaria.

Agosto 30

Uno planea las cosas pero Dios las decide. Esta mañana, cuando me disponía a salir en busca del señor Cura, me he visto detenido en la puerta de mi oficina. Nada menos que por la señorita elegida para el empleo.

Sólo he necesitado volver a mirar su rostro para decidirme a darle el trabajo. Es un rostro que expresa el sufrimiento.

La señorita María aparenta por lo menos cinco años más de los que tiene. Es triste contemplar su cara, marchita antes de tiempo. Sus ojos afiebrados dan cuenta de las noches pasadas en la costura. ¡Si hasta podría perderlos! (En este momento me duele recordar las palabras de Virginia.)

Le digo a la señorita que vuelva mañana, que quizá pueda emplearla. Ella lo agradece y antes de marcharse me dice: ¡Ojalá pueda usted ayudarme...!

Estas palabras son simples, sencillas, hasta vulgares. No obstante, al meditarlas, decido que puedo ayudarla, que *debo* ayudarla.

Septiembre 4

Mi responsabilidad moral en la Junta sigue en aumento. En el último número de *El Vocero Cristiano* he tenido que publicar un artículo del señor Gálvez. En él se le hacen, aunque indirectamente, claros elogios. Por lo visto, el señor Gálvez parece decidido a reconquistar mi amistad.

En ese mismo periódico, que tiene su sección literaria, apareció bajo el seudónimo de Fidelia un poemita compuesto por Virginia. Se lo había pedido yo unos días antes sin contarle mis intenciones. Según pude darme cuenta, le he dado una grata sorpresa. La composición ha merecido los elogios del señor Cura.

Septiembre 7

Me ha ocurrido un pequeño pero significativo desastre. No hay más remedio que aceptarlo.

Con el objeto de distraerme un poco y aligerar la digestión, emprendí un breve paseo al terminar la comida. Me alejé más de lo necesario, y hallándome en las afueras me sorprendió la lluvia.

Como no era fuerte regresé poco a poco sin preocuparme. Cuando me faltaban dos calles para llegar a mi casa, arreció de tal modo que me bañé de pies a cabeza.

¡Y mi flamante sombrero! Cuando después de ponerlo a secar fui a buscarlo, lo hallé convertido en una bolsa informe y rebelde que se resistió a entrar en mi cabeza.

Tuve que sustituirlo por mi viejo sombrero, que ha soportado soles y lluvias por más de tres años.

Septiembre 10

La señorita María ha resultado una excelente secretaria. Pedro fue siempre un buen empleado, pero sin ofenderlo puedo afirmar que la señorita María le aventaja.

Tiene un modo especial de hacer el trabajo con alegría y da gusto verla siempre contenta y activa. Sólo en su rostro perduran las huellas del viejo cansancio.

Septiembre 14

El abominable señor Gálvez ha vuelto a mi despacho. Después de un profundo abrazo, me aplica dos o tres veces el calificativo de benemérito.

El señor Gálvez es un conversador excelente; empleó buen tiempo en saltar de tema en tema.

Yo le escuchaba encantado, y cuando menos lo esperaba, me ha soltado su "asunto".

Después de innumerables rodeos y circunloquios, el señor Gálvez me da llanamente su disculpa por haberse atrevido a fijarme honorarios en el negocio que me propone. Me pide que yo mismo los señale, tomando en cuenta la categoría del asunto.

Por toda respuesta, invito al señor Gálvez a que salga de mi despacho.

Esta vez no le prometo guardar reserva alguna y no he podido menos que contárselo a Virginia.

Septiembre 17

La vida de un soltero está siempre llena de inconvenientes y dificultades. Especialmente si el soltero tiene por divisa un libro como las *Reflexiones del caballero cristiano*. Casi me atrevo a asegurar que para un hombre célibe resulta imposible llevar una vida virtuosa.

Sin embargo, pueden hacerse algunas tentativas. Como mi matrimonio con Virginia ya no está lejano (cosa de unos seis meses), trato de conservarme bajo ciertas disciplinas a fin de llegar a él en un relativo estado de pureza.

No desespero de que me sea dado realizar el tipo de caballero cristiano que debe ser el esposo de Virginia. Ésa es por ahora la norma de mi vida.

Septiembre 21

Siempre he sentido un gran vacío en mi corazón. Es cierto que Virginia llena mi existencia, pero ahí, en un determinado sitio, subsiste ese vacío.

Virginia no es una persona a quien yo pueda dar protección. Más bien debo decir que ella me protege a mí, pobre hombre solitario. (Mi madre murió hace quince años.)

Pues bien, ese instinto protector perdura y clama en lo más profundo de mi ser. Abrigo la ilusión de tener un hijo, un hijo que reciba esa ternura sin empleo, que responda a mi llamado oscuro y paternal.

Algunas veces pensé en derivar hacia Pedro esa corriente afectiva. Pero él no me dio nunca ni siquiera la oportunidad filial de reprenderle. Siempre ensanchó con su conducta de empleado diligente la barrera que yo intentaba salvar...

Septiembre 25

Virginia es presidenta de "El Juguetero del Niño Pobre", asociación femenina que se dedica a colectar fondos durante el año para organizar por la Navidad repartos de juguetes entre los niños menesterosos. Ahora se encuentra atareada en la organización de una serie de festivales con el objeto de superar este año los repartos anteriores.

Lejos de desestimar estas actividades, las considero muy importantes en nuestro medio social, ya que despiertan los buenos sentimientos y favorecen el desarrollo de la cultura. Sólo me gustaría que...

Sin darse cuenta de la gravedad de mis ocupaciones, y guiada sin duda por sus buenos sentimientos, Virginia me pidió que tomase a mi cargo la dirección de tales festejos. Con gran pesadumbre le hice ver que mis quehaceres actuales, la profesión, la Junta y el *Vocero*, no me permitían complacerla.

Ella no pareció tomar en cuenta mis disculpas y, medio en serio, medio en broma, se ha lamentado de mi falta de humanidad.

Septiembre 27

Estoy verdaderamente confundido. La discreción es mi elemento y me gusta exigirla de las personas que aprecio.

Hoy recibí una carta del señor Gálvez, seca, ofensiva, y no sé por qué artes, atenta. En ella me invita sencillamente a que guarde silencio sobre lo que él llama "un asunto serio entre personas honorables". Se refiere a la porquería que me propuso. Yo no sé hasta qué punto la palabra "honorables" sea susceptible de extenderse; por elástica que sea, no puede abarcarnos juntos al señor Gálvez y a mí.

La carta termina de este modo: "Y mucho le agradeceré recomendar discreción a cierta persona, con respecto a este asunto." Y se atreve a firmar: "Su afectísimo y atento amigo y consocio, etcétera."

¡Ay Virginia, cómo a mi pesar vengo a conocer tus defectos! Sin duda alguna, el señor Gálvez tiene razón. Es un pillo, pero tiene razón. También tiene derecho a exigir mi reserva. Haré lo que pueda. Impediré que su conducta se divulgue.

Septiembre 28

Antes, es decir, hasta hace muy poco tiempo, yo no me atrevía a concebir una Virginia con defectos. Procediendo ahora de un modo lógico y humano, trataré de conocer, estudiar y por lo pronto perdonar sus defectos, esperando que un día pueda remediarlos. Por ahora me concreto a exponer este rasgo: Virginia tiene la costumbre de guiarse siempre por "lo que dice la gente" y norma siempre su criterio en el rumor general.

Por ejemplo, al hablar de una persona nunca dice: "me parece esto o lo otro", sino que invariablemente expresa: "dicen de fulano o de fulanita, me dijeron esto o lo de más allá acerca de zutanita, oí decir esto de menganita". Y así constantemente. Pido a Dios que no disminuyan mis reservas de paciencia.

El otro día Virginia dijo esto refiriéndose a la señorita María: "Quizá yo estoy equivocada, pero con ese entrar y salir de todas las casas, se decían ciertas cosas de ella."

Octubre 1

El señor Cura, que extiende su mirada vigilante sobre la Junta Moral, a pesar de ser su guiador y jefe espiritual, quiere que ésta tenga su manejo independiente.

Hoy tuvimos una importante asamblea. Hubo necesidad de elegir un presidente interino debido a la prolongada ausencia de la persona que ocupa el cargo de vicepresidente. (Nuestro presidente murió a principios de este año; q.e.p.d.)

Contra lo que normalmente ocurría en nuestra Junta, la tarea de elegir presidente se ha vuelto embarazosa en virtud de una lamentable coincidencia que se ha repetido en los últimos cuatro años con pasmosa regularidad.

Nuestros cuatro últimos presidentes han muerto a principios de año, poco tiempo después de nombrados. Entre los socios ha venido desarrollándose el supersticioso temor de ocupar la presidencia.

Ahora, tratándose de un presidente interino, la cosa no parecía revestir ninguna gravedad. Sin embargo, hasta las personas que por su escasa capacidad intelectual estaban a cubierto de cualquier peligro manifestaban ostensiblemente su nerviosidad.

Fueron dos los socios que habiendo resultado electos, renunciaron al honroso cargo, alegando falta de méritos y de tiempo para desempeñarlo.

La Junta corría un grave riesgo, y entre la numerosa concurrencia circulaba un insistente y angustioso temor. El señor Cura parecía sumamente nervioso y se pasaba de vez en vez su pañuelo por la frente.

La tercera votación, cuyo resultado se esperaba casi como una sentencia, designó como presidente interino nada menos que al señor Gálvez. Un aplauso, esta vez más nutrido que los anteriores, acompañó el aviso dado con voz trémula por el señor Cura. Ante el asombro general, el señor Gálvez no solamente aceptó su elección, sino que la agradeció efusivamente como una "inmerecida distinción". Ofreció trabajar con empeño en bien de nuestra causa y para ello solicitó el apoyo de todos los socios pero muy especialmente la cooperación de los beneméritos.

El señor Cura tuvo un suspiro de alivio, se pasó una última vez el pañuelo por la frente y contestó a las palabras del señor Gálvez diciendo que teníamos ante los ojos a "un heroico legionario de las huestes cristianas".

La sesión se levantó en medio del general beneplácito. Yo recuerdo con repugnancia el abrazo de felicitación que me vi precisado a dar al señor Gálvez.

Octubre 5

Me he dado cuenta de que nunca podré ser como Virginia y de que tampoco me gustaría llegar a serlo.

Para ver solamente la belleza hay que cerrar los ojos por completo a la realidad. La vida ofrece un bello paisaje de fondo, pero sobre él se desarrollan miles de hechos tristes o inmundos.

Octubre 7

Creo que esto de escribir diarios está de moda. Accidentalmente he descubierto sobre la mesa de la señorita María una libreta que, cuando menos lo pensé tenía abierta ante mis ojos. Me di cuenta de que eran apuntes personales y quise cerrarla. Pero no pude dejar de leer unas palabras que se me han quedado grabadas y que son estas: "Mi jefe es muy bueno conmigo. Por primera vez siento sobre mi vida la protección de una persona bondadosa."

La conciencia de que me hallaba cometiendo una grave falta superó mi imperdonable curiosidad. Dejé la libreta en donde estaba y quedé sumido en un estado de conmovida perplejidad.

¿De modo que hay alguien en el mundo a quien yo doy protección? Me siento próximo a las lágrimas. Evoco el dulce rostro ojeroso de la señorita María y siento que de mi corazón sale una corriente largo tiempo contenida.

En realidad, debo preocuparme un poco más de ella, hacer algo que justifique el concepto en que me tiene. Por lo pronto, voy a sustituir la fea mesa que ocupa por un moderno escritorio.

Octubre 10

Mis visitas a casa de Virginia transcurren de un modo tan normal, que renuncio a describirlas.

Estoy un poco resentido con ella. Ha tomado últimamente la costumbre de hacerme ciertas recomendaciones. Ahora, por ejemplo, se refirió a un aire distraído que adopto cuando camino y que, según ella, me hace tropezar con las personas y a menudo hasta con los postes. Además, Virginia ha adquirido simultáneamente un loro y un perrito.

El loro no sabe hablar todavía y profiere desagradables chillidos. El mayor deleite de Virginia consiste en enseñarlo a decir algunas palabras, entre ellas mi nombre, cosa que no me gusta.

Estas son verdaderas pequeñeces, lo sé, son hechos sin importancia que no dañan el concepto en que la tengo ni disminuyen mi afecto. No obstante trataré de corregirlas.

Octubre 11

El perrito no es menos que el loro. Anoche, mientras Virginia tocaba en el piano la *Danza de las horas*, el animalito se dedicó pacientemente a destruir mi sombrero. Cuando terminó la ejecución, entró corriendo a la sala con el forro y las cintas en el hocico. Es cierto que mi sombrero estaba ya viejo, pero me ha parecido mal que Virginia festejara la ocurrencia.

Esta vez no me he puesto a calcular, y en vista del mal resultado que me dio la economía en la ocasión pasada, he comprado un sombrero de mi marca predilecta. Tendré cuidado con él cuando vaya a casa de Virginia.

Octubre 15

El señor Cura, aprovechando que nos hemos encontrado accidentalmente en la calle, me ha manifestado su parecer acerca de que Virginia y yo anticipemos la fecha de nuestro matrimonio. En esta ocasión no ha utilizado el sistema de alusiones delicadas a que es tan adicto.

Como conclusión, me ha dicho que los bienes de Virginia necesitan de una atención más cuidadosa.

Yo no veo una razón justa de anticipar tal fecha; sin embargo, hablaré con ella sobre el asunto. Respecto a los bienes, deseo prestarles una atención extremada, pero estrictamente profesional.

Octubre 18

Me acabo de enterar de una cosa sorprendente: el marido de Virginia dejó a su muerte tres hijos ilegítimos.

Me hubiera negado a creer tal cosa si no fuera una persona responsable quien me lo ha contado.

La madre de esos niños ha muerto también y ellos viven, por tanto, en el más completo abandono.

Vagabundean descalzos por el mercado y ganan el sustento de cualquier modo, realizando algunos quehaceres humillantes.

Me asalta una pregunta angustiosa: ¿Lo sabrá Virginia?

Y si lo sabe, ¿puede seguir repartiendo juguetes con la conciencia tranquila, mientras se mueren de hambre los hijos de su marido?

¡El marido de Virginia! ¡Un Benemérito de la Junta! ¡El asiduo lector de las *Reflexiones*! ¿Será posible? Resuelvo tomar algunos informes.

Octubre 19

Me resisto a creer en la salvación del esposo de Virginia, después de haber contemplado las tres escuálidas y picarescas versiones de su rostro. La grave fisonomía del difunto aparece en estas caras muy deformada por el hambre y la miseria, pero bastante reconocible.

Yo no puedo hacer nada aún por estas criaturas, pero en cuanto me haya casado, tomaré bajo mi responsabilidad su rescate. De cualquier modo, pienso hablar con Virginia sobre este hecho que deshonra el nombre que aún lleva.

Octubre 24

La señorita María, que cada día pone algo de su parte para aumentar la estimación que le profeso, ha realizado importantes mejoras en la oficina. Tiene el instinto del orden. Nuestro antiguo método de archivar la correspondencia ha sido cambiado por un sistema moderno y ventajoso. La vieja máquina de escribir ha desaparecido y en su lugar he comprado otra que es un deleite manejar. Los muebles ocupan lugares más apropiados y el conjunto presenta un aspecto renovado y agradable.

Ella se ve contenta en su nuevo escritorio, pero la huella del sufrimiento no desaparece de su rostro. Le pregunto: "¿Tiene

usted algo, señorita? ¿Sigue usted trabajando por las noches?".
Ella sonríe débilmente y responde: "No, no tengo nada, nada…"

Octubre 25

He reflexionado que el sueldo de la señorita María no es, ni con
mucho, decoroso. Sospecho que sigue cosiendo y desvelándose.

Como la he tomado bajo mi protección indirecta, resolví
aumentar su sueldo esta mañana. Me dio las gracias con tal
turbación, que temo haberla lastimado. Al buscar una secretaria
he dado con una bella alma femenina.

Además, el rostro pálido de la señorita María es el más puro
semblante de mujer que me ha sido dado contemplar.

Octubre 27

Mi vida de soltero corre hacia su fin. No faltan ya cuatro, sino dos
meses, para casarme con Virginia. Anoche lo hemos acordado,
tomando en cuenta la sugestión del señor Cura.

Quise aprovechar la oportunidad para hablarle de los niños,
pero no hubo manera de hacerlo. Ella se ocupó en hacer una vez
más el panegírico de su marido.

Seguramente ignora la existencia de las criaturas. ¿Cómo
hablarle de tal asunto?

Octubre 28

La idea de que voy a casarme no llega a ser todo lo grata que
me resultaba viéndola a distancia. El soltero no muere fácilmente
dentro de mí.

Y no es que me halle descontento de Virginia. Vista
serenamente, ella responde al ideal que me he formado. Defectos,
claro que los tiene. Ahí está su falta de discreción y la ligereza de
sus juicios. Pero esto no es nada capital. Así, pues, me caso con
una mujer virtuosa y debo estar satisfecho.

Octubre 30

En este día he sabido dos cosas que tienden a amargar prematuramente mi vida matrimonial. Provienen de fuente femenina y su
veracidad no es, por lo mismo, muy de recomendarse. Pero el
contenido es inquietante.

La primera es ésta: Virginia sabe perfectamente lo de los niños abandonados, su origen y su miseria.

La segunda noticia es de carácter íntimo y se refiere a la poca fortuna que tuvo Virginia en la maternidad. Yo sabía por ella que sus dos hijos habían muerto pequeños. Pues bien, he sabido que ambos niños no llegaron a nacer. Al menos de un modo normal.

Respecto a las dos informaciones debo decir que me mantengo incrédulo y que no veo en ellas sino la pérfida labor de la maledicencia. Esa maledicencia que corroe y destruye a las pequeñas ciudades, disgregando sus elementos. Ese afán anónimo y general de dañar reputaciones haciendo circular la moneda falsa de la calumnia.

(Mi cocinera Prudencia es en esta casa el termómetro sensible que registra todas las temperaturas morales del vecindario.)

Octubre 31

Toda mi capacidad mental está resolviendo los graves problemas de orden económico y material a que ha dado origen mi próximo matrimonio. ¡Cómo se va el tiempo!

Imposible hacer aquí el inventario de mis preocupaciones. Este diario no tiene ya sentido. Apenas me case, he de destruirlo. (No, quizá lo conserve como un recuerdo de soltero.)

Noviembre 9

Algo grave ocurre a mi alrededor. Ayer apenas si sospechaba nada. Hoy, mi tranquilidad está destruida. Juraría que hay algo en torno mío, que algún acontecimiento desconocido me sitúa de pronto en el centro de la expectación general. Siento que a mi paso por las calles levanto una nube de curiosidad, que luego se deshace a mis espaldas en lluvia de comentarios malévolos. Y no es por mi matrimonio, eso lo sabe todo el mundo y a nadie interesa. No, esto es otra cosa y creo que la tormenta se ha desatado hoy mismo, durante la Misa Mayor, a la que tengo la costumbre de asistir. Ayer todavía disfrutaba de paz y hacía cálculos. Ahora...

Me vine de la iglesia casi huyendo, perseguido por las miradas, y aquí estoy desde hace horas preguntándome la causa de tal malevolencia. No he tenido el valor de salir ya a la calle.

Bueno, ¿acaso no tengo la conciencia tranquila? ¿He robado? ¿He asesinado? Puedo dormir en calma. Mi vida está limpia como un espejo.

¡Qué día, Dios mío, qué día!

Me levanto temprano, después de un desvelo casi absoluto, y me marcho a la oficina un poco antes de la hora acostumbrada. En el trayecto, caen otra vez sobre mí las miradas maliciosas. Creo perder la cabeza. Ya en el despacho me tranquilizo un poco. Estoy a cubierto y elaboro un plan de investigación.

De pronto, la puerta se abre bruscamente y penetra una señorita María que me cuesta trabajo reconocer. Viene sin aliento, como el que huye de un gran peligro y se refugia en la primera puerta que cede a su paso. Su rostro está más pálido que nunca y las ojeras invaden su palidez como dos manchas de muerte.

La sostengo en mis brazos y la hago sentarse. Estoy trastornado. Ella me mira intensamente a los ojos y rompe a llorar.

Llora con violencia, como quien cede a un sentimiento largo tiempo contenido y que ya no se cuida de reprimir. Su llanto me conmueve hasta tal punto que no puedo ni siquiera hablar.

Su cuerpo está convulso de sollozos, su cabeza se estremece entre las manos húmedas y llora como si expiase las maldades del mundo.

Yo me olvido de todo y la contemplo. Recorro con la vista su cuerpo agitado y mis ojos se detienen atónitos sobre la curva de su vientre. Mis pensamientos se trasladan de la sombra a la luz penosamente. El vientre, apenas abultado, me va dando poco a poco todas las claves del drama.

En mi garganta aletea una exclamación que luego se resuelve en sollozo. ¡Desdichada!

La señorita María no llora ya. Su rostro está bello de una belleza inhumana y lastimera. Se mantiene silenciosa y sabe que no hay palabras en la tierra que puedan convencer a un hombre de que ella es inocente.

Sabe también que la fatalidad, el amor y la miseria no bastan para disculpar a una mujer que ha perdido su pureza.

Sabe, asimismo, que al idioma del llanto y el silencio no hay palabras humanas que puedan superarlo. Lo sabe y permanece silenciosa. Lo ha puesto todo en mi mano y espera sólo de mí.

Afuera, el mundo se bambolea, se derrumba, desaparece. El verdadero universo está en esta pieza y ha brotado lentamente de mi corazón. No sé cuánto tiempo duró nuestro coloquio, ni cómo fue interrumpido por el lenguaje corriente. Sólo sé que María contaba conmigo hasta el final.

Poco después recibo dos cartas, póstumos mensajes del mundo que habitaba. Los polos de este mundo, Virginia y la Junta, se unen al clamor general que me imputa una ignominia.

Estas dos cartas no me producen indignación ni pena alguna; pertenecen a un pasado del cual ya nada me importa.

Me doy cuenta de que no hace falta ser culto ni instruido para comprender por qué no existe la justicia en el mundo y por qué todos renunciamos a ejercerla. Porque para ser justo se necesita acabar muchas veces con el bienestar propio.

Como yo no puedo reformar las leyes del mundo ni rehacer el corazón humano, tengo que someterme y transar. Abolir mis verdades duramente alcanzadas y devolverme al mundo por el camino de su mentira.

Voy entonces a ver al señor Cura. Esta vez no iré en busca de consejos, sino a hacer respirable el aire que necesito. A gestionar el derecho de seguir siendo hombre, aunque sea al precio de una falsedad.

Noviembre 11

Después de mi entrevista con el señor Cura, la Junta ya no tendrá que seguir enviándome sus avisos morales. Ya he confesado el pecado que hacía falta.

Si yo hubiese consentido en abandonar una infeliz a su propia desgracia, gozaría ahora en restaurar mi reputación y en reconstruir mi ventajoso matrimonio. Pero ni siquiera me he puesto a pensar en la parte de culpa que ella puede tener en su desdicha. Me basta saber que alguien se acogió a mi protección en el más duro trance de su vida.

Soy feliz porque descubro que vivía bajo una interpretación falsa y timorata de la existencia. Me he dado cuenta de que el ideal de caballerosidad que me esforzaba en alcanzar no coincide con los sentimientos puros del hombre verdadero.

Si Virginia, en vez de su maligna carta, hubiera dicho "no lo creo", yo no habría descubierto que vivía una vida equivocada.

Noviembre 26

María iba a coser en todas las casas decentes de la ciudad. Tal vez en una de ellas exista el canalla solapado que por medio de una vileza sacó a la superficie el hombre que yo llevaba dentro de mí sin conocerlo.

Ese canalla no podrá quitarme de las manos el hijo que María lleva en su seno, porque lo he hecho mío ante las leyes humanas y divinas.

Pobres leyes continuamente burladas, que han perdido ya su significado excelso y primitivo.

Noviembre 29

Hoy, por la mañana, ha muerto el señor Gálvez, presidente interino de la Junta Moral.

Su muerte repentina ha causado profunda impresión, pues distaba de ser un viejo y tenía cierto gusto en hacer obras benéficas. (A él se debe el hermoso cancel de la parroquia.) Su reputación, no obstante, nunca se mantuvo muy limpia a causa de sus negocios de usura.

Yo mismo hice alguna vez juicios severos de su conducta y, aunque tuve experiencias para cimentarlos, creo haber sido un tanto excesivo. Se le preparan solemnes funerales. Que Dios le perdone.

Noviembre 30

Esta tarde, cuando desde la ventana de nuestra casa veíamos pasar el cortejo fúnebre del señor Gálvez, noté que el rostro de María se alteraba.

Había en él un sentimiento de dolor que preludiaba una sonrisa lejana. Finalmente, en su rostro ya sombrío, los ojos se arrasaron. Luego apoyó blandamente en mi pecho su cabeza.

¡Dios mío, Dios mío, lo perdonaré todo, lo olvidaré todo, pero déjame sentir esta alegría!

Diciembre 22

Después de la muerte de su quinto presidente, la Junta Moral se hallaba en muy grave riesgo de sucumbir. El señor Cura tuvo que comprender que solamente un suicida podría hacerse cargo de la presidencia.

Gracias a una hábil medida la Junta ha subsistido. Funciona ahora por medio de un consejo directivo, que integran ocho personas responsables.

He sido invitado a formar parte de ese consejo, pero me vi en el caso de declinar la oferta. Tengo a mi lado una mujer joven a quien cuidar y atender. No estoy ya para más juntas y consejos directivos...

Diciembre 24

Pienso en los tres pequeños miserables que vagan por la ciudad mientras me preparo a recibir un niño que también iba destinado al abandono.

Engendrados sin amor, un viento de azar ha de arrastrarlos como hojarasca, mientras que allí en el cementerio, al pie del bello monumento, una inscripción se oscurece bajo el musgo.

El cuervero

Los cuervos sacan de la tierra el maíz recién sembrado. También les gusta la milpita tierna, esas tres o cuatro hojitas que apenas van saliendo del suelo.

Pero a los cuervos es muy fácil espantarlos. Nunca andan más de tres o cuatro en todo el potrero y se echan de ver desde lejos.

Hilario los distingue entre los surcos y les avienta una piedra con su honda. Cuando un cuervo vuela, los demás se van también gritando asustados.

Pero a las tuzas ¿quién las ve? Son del color de la tierra. A veces uno cree que es un terrón. Pero luego el terrón se mueve, se va corriendo, y cuando Hilario levanta la chispeta, la tuza está en lo más hondo de su agujero.

Y las tuzas se lo tragan todo. Los granos de la semilla, la milpa chiquita y grande. Los jilotes y hasta las mazorcas. Dan guerra todo el año. Tienen dos bolsas, una a cada lado del pecho, y allí se meten todo lo que roban. A veces puede uno matarlas a piedrazos, porque se han metido un molcate en cada bolsa y apenas pueden caminar.

A las tuzas hay que estarse espiándolas enfrente de su agujero, con la escopeta bien cebadita. Al rato sacan la cabeza y parece que se ríen enseñando sus dos dientes largos y amarillos. Hay que pegarles el balazo en la mera cabeza para que queden bien muertas, sin moverse. Porque tuza que se mete a su agujero es tuza perdida. Y no porque no se muera, que eso lo mismo da, sino porque Hilario no podrá cortarle la cola.

Los tuceros ganan según las colas que le entregan al patrón cada noche. Antes las pagaban a diez centavos. Si se mataban cinco o seis la cosa parecía bien. Pero de allí hay que tomar lo de la pólvora, lo de la munición y los petardos. Y entre los tiros que se jierran y las tuzas que se van para adentro, pues hay que entregar cada noche diez o doce colas cuando menos. Cuando al tucero le va muy mal y no lleva ni una cola, el patrón le da veinticinco centavos por la cuerveada.

—Le aseguro, don Pancho, que maté como una docena. Pero ayjo, hay unas reteduras; por más que les desbarate la maceta todavía se me pelan.

—¿Cuántas colas te apunto, Layo?

—Fíjese don Pancho, que maté como doce. Ya mero me daban ganas de ponerme a escarbar para sacarlas...

—Pero colas, ¿cuántas trajiste?

—Pues cuatro nomás, don Pancho.

—Bueno, pues son cuarenta fierros, Hilario. ¿Te los apunto para el sábado o los quieres de una vez?

—Pues mejor démelos.

—Diez, veinte, treinta, cuarenta, Layo. A ver si mañana te va mejor. Jíncales el tejazo en la mera cabeza. Que pases buena noche.

Cuarenta centavos servían para mucho, cuando valía a diez centavos el decilitro de alcohol. Cuando uno se ha pasado todo el día en el rayo del sol matando una docena de tuzas para que le paguen nomás cuatro, dan ganas de echarse un trago, siquiera para no oír lo que diga la vieja. Porque si uno llega con cuarenta centavos, pues de todos modos hay pleito, y así, pues de una vez que costié.

—A ver Tonino, échate uno de a quinto, pero cárgale la mano que ya me anda.

—Eipa Layo, ¿y luego yo aquí nomás viendo?

—En vez de uno que sean dos, Tonino. ¿Quiúbole Patricio, pues qué pasó contigo?

—Pues ái nomás dándole, Layo. ¿Cuántas te matastes ora?

—Me lleva... Maté como doce y casi todas se me pelaron.

—¿Y luego no les jincastes bien?

—No les jincastes... Y en la mera mazorca, pero tú ya sabes Patricio, las tuzas son más duras que los gatos. Oye, Tonino, tráenos otros dos, pero bien serviditos hombre, a éstos no les pusistes nada de mecha.

—No, Layo, la mera verdad tú eres rete tarugo. Yo también tú sabes que fui tucero con don Pancho y no sacaba ni para el nistamal. Pero luego le hallé el modo de fregar al viejo...

—¿Y cómo le hicistes?

—Pues nada, que me iba al rancho de Espinosa, allá por el Camino del Agua. Allí es un hervidero de tuzas; mataba como veinte y luego se las cobraba a don Pancho como si fueran de su potrero.

—Ya ni la friegas.

—Fíjate que el viejo se ponía recontento. ¡Le daba un gusto! Ponía toda la ringlera de colitas sobre la mesa y me decía: "ya nos las estamos acabando a estas hijas de la sonaja. Dales duro, Patricio, tráeme el colerío aunque me dejes sin un quinto".

Sin un quinto, viejo mendigo... Mas que le llevara todas las tuzas, no digo las del rancho de Espinosa, sino todas las que hay en el llano, ni se le echaba de ver al viejo, aunque me las pagara a peso. Como quien le quita un pelo a un gato.

—Oye, Tonino, esto no emborracha nada. Tráete otros dos, pero que no te tiemble la mano, vale. Échale del que raspa o mejor nos vamos con el Guayabo.

—Aquí están, Layo, y son treinta de los seis tepaches.

—Mira qué Tonino este tan desconfiado. ¿Pues quién te dijo que no te voy a pagar?

—Págame, págame y no estés alegando.

—Pos hay van cuarenta de una vez para que te traigas otros dos, nomás que no se te vaya a olvidar...

—Oye Layo, esto parece plática de cueteros. Sácate los cigarros...

—¿Y luego pues, por qué dejastes tú lo de la tuceada?

—No, mano, pues el viejo supo de dónde venían las colas y me dio para la calle.

—¿Y cómo estuvo?

—Pues nada, que el tucero de Espinosa, que la llevaba bien conmigo, un día se enojó y dijo que dizque yo me estaba acabando las tuzas, que ya las tenía rete ariscas y que él no mataba ya casi ninguna. Y seguro se rajó, porque al otro día, bueno pues mejor ni te cuento. El viejo se puso negro y hasta quería meterme al bote.

—¿Y qué pasó?

—Pues fíjate que el que estaba sembrando lo de Espinosa le pagó a don Pancho las colas que yo le había vendido. Y ni tantito que dudo que don Pancho le cobró de más porque ese viejo jijo la tray desdoblada.

—Y ora ¿qué te haces?

—Pues le estoy dando a los adobes, mano, ni modo. Y esta sí que es una friega. Allí con don Tacho, arriba de la Reja... en las faldas del cerro...

—Bueno, pues yo creo que de todos modos vale más darle a los adobes. Allí cuando menos está el caramba lodo y no hay más que pegarle a dar. Mientras que las tuzas, esas hijas de la mañana hay días que no salen ni a mentadas.

—Pos si quieres darte una caladita, larga a don Pancho y vente mañana para la Reja. De allí se divisa la adobera...

—Pero si no sé hacer adobes.

—Pues le metes a la pariguela, que al cabo para cargar cualquiera sabe. O le das a la amasada, como quieras.

—Bueno, mañana nos vimos, tempranito.

—¡Pues qué argüende es ése y qué hace aquí tanta gente, mama, que parece velorio!

—Válgame Dios, Layo, no digas eso. ¿Luego no estás oyendo llorar a la criatura?

—¿A poco ya nació?

—Cállate, que ésta se puso remala con un calenturón. No sea por doña Cleta que estuvo aquí todo el día, tú ni la habías alcanzado.

—¿Y qué fue?

—Pues muchachito, pero nació lastimadito del ombliguito.

—Pues que lo curen.

—Ya le pusieron tantita manteca con calecita y azúcar, que es rebuena para lo hinchado.

La mujer de Hilario está como la tierra seca, antes de que le llueva. No hace caso de nada. La criatura llora y llora. Doña Cleta dijo que más valía hablarle al doctor si para mañana sigue llorando. Por su parte, ya hizo ella lo que pudo. El niño nació también medio eclipsado de los ojos, parece que los tiene pegados. La madre de Hilario dice también que hay que llamar al doctor.

—Bueno, mama, pues mañana llévate la chispeta y empéñala con Tonino, bien te dará cinco pesos.

La mujer de Hilario entreabrió los ojos:

—¿La chispeta? ¿Y luego la tuceada, Layo?

—¡Qué tuceada ni que ojo de hacha! Éso se acabó. Ójala y que las tuzas y los cuervos le tragaran toda la labor a ese jijo de don Pancho. ¡Yo nomás dale y dale todo el día matando tuzas jolinas, que para que no se las paguen a uno lo mismo da que tengan cola o que no tengan!

—¿Y qué vamos a hacer entonces nosotros, Layo?

—Mañana le pego a los adobes con aquel Patricio, en la adobera de don Tacho, allá por la Reja.

—Pero si tú no sabes hacer adobes, Layo.

—Pues para meterle macizo a la pariguela, no se necesita saber, y tampoco para batir el lodal. Ni que fuera yo tan tarugo. Eso sí, hacer adobes no es lo mismo que estarse sentado en el sol espiando las tuzas. ¡Que se vayan a la tiznada las tuzas!

El agua que viene por el lado de las Peñas es tormenta segura. La que viene por el lado de Santa Catarina, bien puede no pegar. La de las Peñas no falla. El cerro de las Peñas está parado contra el cielo. Y el viento retacha las nubes por detrás, al otro lado del cerro, hasta que las nubes se amontonan y aparecen de pronto sobre las peñas, como una bocanada negra, dando maromas y tronando, a vuelta y vuelta sobre el pueblo.

La gente ya lo sabe, y cuando ve que el agua pega por el lado de las Peñas, pues es la corredera por todas partes. En un momento se pone a llover duro y tupido, como si las nubes se hicieran trizas y se les cayera el agua a chorros y chorros.

Bueno, la gente corre a guarecerse y ya está. Pero, ¿y los adobes? ¿Quién iba a ponerse a levantar los adobes, recién hechos y todavía bien aguados? Y van tres días que a eso de las cuatro de la tarde el agua viene derechito, como para no jerrarle, por el lado de las Peñas.

Y allá está la tormenta sobre la tendalada de adobes, desbaratándolos con sus chorros picudos. Los adobes quedan hechos torta y todo el asoleadero está como un lodazal.

—¡Pero con un tal, a quién jijos de la guayaba se le ocurre ponerse a hacer adobes en tiempo de aguas!

Layo se queda viendo aquello, meneando la cabeza. Le duele la espalda de tanto meterle a la parigüela. Los adobes ya no tienen forma de adobe. Parecen cuachas de vaca.

—¡Me lleva el tren, Patricio! Tú no me dijistes que también esto de los adobes tiene su jerradero...

—Deja que venga don Tacho, a ver qué nos dice. Ya van tres días que el agua nos friega los adobes.

Don Tacho fue ya casi para meterse el sol.

—Bueno muchachos, la de malas. Más vale dejarle pendiente a esto de la adobeada, hasta que haya un veranito. Seguirle dando sería tentar a Dios de paciencia. Tres días que llueve seguido y que ustedes trabajan de en balde. Vayan a la tienda a la noche para darles su alguito, ya ven que apenas los adobes que estaban más oriaditos resistieron la mojada...

Hilario y Patricio se van sin decir nada, caminando calles y calles hasta llegar a la plaza.

—Bueno, Layo, pues esto salió de la patada. Hay que entrarle otra vez al llano.

—Pues el trabajo es hallar dónde, porque en todas partes está la gente cabal. Con don Pancho ni modo, porque la chispeta la tiene Tonino.

—¿Y le dijistes a don Pancho que la ibas a empeñar?

—Qué le iba a decir, ¿mira éste pues? Nomás me salí así nomás.

—¿Y cuánto te emprestó pues Tonino?

—Cinco pesos, fíjate nomás. Y se gastaron en el muchacho que ni se alivió ni deja de chillar desde que nació.

—Pues ya verás, Layo, cinco pesos es poco. Vámonos con Tonino a decirle que si daca unos dos ponches, para que no nos vaya a hacer daño la mojada, ya ves que estábamos bien calientes cuando empezó la llovedera.

Tonino se portó rete gente. No fueron dos ni tres los ponchecitos. Después de todo, este Patricio tiene muy buenas ocurrencias. Lo de las tuzas del rancho de Espinosa y otras cosas todavía más curiosas. Lo cierto es que a cada rato se lo llevan a la cárcel. Y luego tiene que ponerse a hacer adobes, para componerse. Porque con los adobes no hay modo de hacer trampa. Escarbar, batir bien el lodo para que no le queden terrones. Acarrearlo en la parigüela, y eso es todo. Luego, claro, hay que saber moldear. Remojar bien la adobera para que el adobe no se pegue. Luego echarle lodo hasta la mitad. Su puño de ocochal para que amarre bonito, y luego se copetea bien la adobera para que apriete. Y ya nomás viene el rasador, y está listo el adobe.

Cuando Hilario y Patricio fueron a la tienda de don Tacho, hizo bien en no quererles pagar.

—Vengan mañana muchachos, y aquí se la curan. Ora ya estuvo bueno de emborrachada. Más vale, mejor váyanse a dormir.

Ora sí hay velorio, Layo. ¡Uy, qué borracho vienes, hijo! ¿Qué te está pasando pues? Fíjate, apenas si doña Cleta alcanzó a vaciarle el agua al angelito, así nomás, para que no se fuera a ir al limbo.

Allí estaba el niño sobre una mesita, entre cempasúchiles y clavellinas, con un vestidito de papel de china y una crucecita de oropel en la frente.

La mujer de Hilario estaba hecha mono en un rincón. No se sabía si lloraba. Unas mujeres iban y venían a traerle más flores al angelito. Hilario, cansado y bien borracho, se tiró en el suelo y al ratito ya estaba roncando.

Las velitas de sebo se apagaron a media noche. Entonces la mujer de Hilario se puso a llorar muy recio en su rincón. No tanto por el niño, que ya se lo había llevado Dios, sino porque no había más luces para velarlo y le daba pena su angelito, allí en aquella oscuridad.

Don Tacho supo lo del niño y le dio a Hilario dos pesos de más para que comprara el cajón. Hilario compró un cajoncito azul, así de chiquito, como una caja de zapatos. Estaba adornado con piedritas de hormiguero y tenía un angelito de hojalata, con las alas abiertas, encima de la tapadera.

Hilario se fue al panteón, en la tarde, con la cajita bajo el brazo. Allá se peleó con el camposantero, porque hizo un pozo muy bajito, como de medio metro. Hilario tomó la barra y se estuvo escarbando hasta que se metió el sol.

Era el tiempo en que todo costaba más barato, cuando los peones ganaban sesenta centavos en las labores y cuando se pagaban a diez las colas de tuza. Al muchacho que andaba de cuervero le daban veinticinco centavos porque los espantara todo el día con su honda.

El niño de Hilario nació y se murió en la temporada de siembra. Cuando los cuervos van volando sobre los potreros y buscan entre los surcos las milpitas tiernas, que acaban de salir de la tierra y que brillan como estrellitas verdes.

La vida privada

Para publicar este relato no se me ha puesto más condición que la de cambiar los dos nombres que en él aparecen, cosa muy explicable, ya que voy a hablar de un hecho que todavía no acaba de suceder y en cuyo desenlace tengo la esperanza de influir.

Como los lectores se darán cuenta en seguida, me refiero a esa historia de amor que circula entre nosotros a través de versiones cada día más impuras y desalmadas. Yo me he propuesto dignificarla contándola tal como es, y me consideraré satisfecho si logro apartar de ella toda idea de adulterio. Escribo sin temblar esta horrible palabra porque tengo la certeza de que muchas personas la borrarán conmigo al final, una vez que hayan considerado dos cosas que ahora todos parecen olvidar: la virtud de Teresa y la caballerosidad de Gilberto.

Mi relato es la última tentativa para resolver honestamente el conflicto que ha brotado en un hogar de este pueblo. El autor es por lo pronto la víctima. Resignado en tan difícil situación pide al cielo que nadie lo sustituya en su papel, que lo dejen solo ante la incomprensión general.

Digo que soy la víctima sólo por seguir la opinión corriente. En el fondo, sé que los tres somos víctimas de un destino cruel, y no seré yo quien ponga en primer término su propio dolor. He visto sufrir de cerca a Gilberto y a Teresa; también he contemplado lo que podría llamarse su dicha, y la he encontrado dolorosa, porque es culpable y oculta, aunque yo esté dispuesto a poner mi mano en el fuego para probar su inocencia.

Todo se ha efectuado ante mis propios ojos y ante los de la sociedad entera, esa sociedad que ahora parece indignarse y ofenderse como si nada supiera. Naturalmente, no estoy en condiciones de decir dónde empieza y dónde acaba la vida privada de un hombre. Sin embargo, puedo afirmar que cada uno tiene el derecho de tomar las cosas por el lado que más le convenga y de resolver sus problemas de la manera que juzgue más apropiada. El hecho de que yo sea, cuando menos aquí, el primero que abre las ventanas de su casa y publica sus asuntos, no debe extrañar ni alarmar a nadie.

Desde el primer momento, cuando me di cuenta de que la amistad de Gilberto empezaba a causar murmuraciones por sus constantes visitas, me tracé una línea de conducta que he seguido fielmente. Me propuse no ocultar nada, dar aire y luz al asunto, para que no cayera sobre nosotros la sombra de ningún misterio. Como se trataba de un sentimiento puro entre personas honorables, me dediqué a exhibirlo lealmente, para que fuera examinado por los cuatro costados. Pero esa amistad que disfrutábamos por partes iguales mi mujer y yo, comenzó a especializarse y a tomar un cariz que haría muy mal en ocultar. Pude darme cuenta desde el principio, porque contrariamente a lo que piensa la gente, yo tengo ojos en la cara y los utilizo para ver lo que ocurre a mi alrededor.

Al principio la amistad y el afecto de Gilberto iban dirigidos a mí, en forma exclusiva. Después, desbordaron mi persona y hallaron objeto en el alma de Teresa; pude notar con alegría que tales sentimientos hacían eco en mi mujer. Hasta entonces Teresa se había mantenido un poco al margen de todo, y miraba con indiferencia el desarrollo y el final de nuestras habituales partidas de ajedrez.

Me doy cuenta de que más de alguna persona desearía saber cómo empezaron exactamente las cosas y quién fue el primero que, obedeciendo a una señal del destino, puso la intriga en movimiento.

La presencia de Gilberto en nuestro pueblo, grata por todos conceptos, se debió sencillamente al hecho de que poco después de terminar su carrera de abogado, en forma sumamente brillante, las autoridades superiores le extendieron nombramiento de Juez de Letras para uno de los juzgados locales. Aunque esto ocurrió a principios del año pasado, no fue debidamente apreciado hasta el 16 de septiembre, fecha en que Gilberto tuvo a su cargo el discurso oficial en honor de nuestros héroes.

Ese discurso ha sido la causa de todo. La idea de convidarlo a cenar surgió allí mismo, en la Plaza de Armas, en medio del entusiasmo popular que Gilberto desencadenó de modo tan admirable. Aquí, donde las fiestas patrias no eran ya sino un pretexto anual para divertirse y alborotar a nombre de la Independencia y de sus héroes. Esa noche los cohetes, la algarabía y las campanas parecían tener por primera vez un sentido y eran la apropiada y directa continuación de las palabras de Gilberto. Los colores de nuestra enseña nacional parecían teñirse de nuevo en la sangre, en la fe y en la esperanza de todos. Allí en la Plaza de Armas, fuimos esa noche efectivamente los miembros de la gran familia mexicana y nos sentíamos alegres y conmovidos como hermanos.

De vuelta a nuestra casa le hablé a Teresa por primera vez de Gilberto, que ya había conocido de chico los éxitos del orador, recitando poemas y pequeños discursos en las fiestas escolares. Cuando le dije que se me había ocurrido invitarlo a cenar, Teresa aprobó mi proyecto con una indiferencia tan grande que ahora me llena de emoción.

La noche inolvidable en que Gilberto cenó con nosotros no parece haber terminado todavía. Se propagó en conversaciones, se multiplicó en visitas, tuvo todos los accidentes felices que dan su altura a las grandes amistades, conoció el goce de los recuerdos y el íntimo placer de la confidencia. Insensiblemente nos condujo a este callejón sin salida en donde estamos.

Los que tuvieron en la escuela un amigo predilecto y saben por experiencia que esas amistades no suelen sobrevivir a la infancia y sólo perduran en un tuteo cada vez más difícil y más frío, comprenderán muy bien la satisfacción que yo sentía cuando Gilberto reconstruyó nuestra antigua camaradería por medio de un trato afectuoso y sincero. Yo, que siempre me había sentido un poco humillado ante él, porque dejé de estudiar y tuve que quedarme aquí en el pueblo, estancado detrás del mostrador de una tienda de ropa, me sentía finalmente justificado y redimido.

El hecho de que Gilberto pasaba con nosotros las mejores de sus horas libres, a pesar de que tenía a su alcance todas las distracciones sociales, no dejaba de halagarme. Por cierto que me inquieté un poco cuando Gilberto, a fin de sentirse más libre y a gusto, puso fin a un noviazgo que parecía bastante formal y al que todo el mundo auguraba el consabido desenlace. Sé que no faltaron personas aviesas que juzgaron equívocamente el proceder de Gilberto al verlo preferir la amistad al amor. A la altura actual de las circunstancias, me siento un poco incapaz de negar el valor profético que tuvieron tales habladurías.

Por fortuna, se produjo entonces un incidente que yo juzgué del todo favorable, ya que me dio la oportunidad de sacar de mi casa el germen del drama, aunque en fin de cuentas, de modo provisional.

Tres señoras respetables se presentaron en mi casa una noche en que Gilberto no estaba por allí. Es claro que él y Teresa se hallaban en el secreto. Se trataba sencillamente de suplicar mi autorización para que Teresa desempeñara un papel en una comedia de aficionados.

Antes de casarnos, Teresa tomaba parte con frecuencia en tales representaciones y llegó a ser uno de los mejores elementos del grupo que ahora reclamaba sus servicios. Ella y yo convinimos en que esa diversión había acabado por completo. Más de una vez, indirectamente, Teresa recibió invitaciones para actuar en un papel serio, que se llevara bien con su nueva situación de ama de casa. Pero siempre nos rehusamos.

Nunca dejé de darme cuenta de que para Teresa el teatro constituía una seria afición, fomentada por sus gracias naturales. Siempre que asistíamos al teatro, ella se atribuía un papel y gozaba como si de veras lo estuviera representando. Alguna vez le dije que no había razón de que se privara de ese placer, pero siempre se mantuvo en su propósito.

Ahora, y desde que tuve los primeros indicios, tomé una resolución distinta, pero me hice del rogar, a fin de justificarme. Dejé a las buenas señoras la tarea de convencerme de cada una de las circunstancias que contribuían a hacer indispensable la actuación de mi mujer. Quedó para lo último el hecho decisivo: Gilberto había aceptado ya desempeñar el papel de galán. Realmente no había razones para rehusar. Si el inconveniente más grave era que Teresa debía representar un papel de dama joven, la cosa perdía toda importancia si su pareja era un amigo de la casa. Concedí por fin el anhelado permiso. Las señoras me expresaron su reconocimiento personal, añadiendo que la sociedad sabría estimar debidamente el valor de mi actitud.

Poco después recibí el agradecimiento un poco avergonzado de la propia Teresa. También ella tenía un motivo personal: la comedia que se iba a representar era nada menos que *La vuelta del Cruzado*, que en tiempos de soltera había ensayado tres veces, sin que se llegara a ponerla en escena. En realidad, tenía el papel de Griselda en el corazón.

Yo me sentí tranquilo y contento ante la idea de que nuestras ya peligrosas veladas iban por lo pronto a suspenderse y a ser sustituidas por los ensayos. Allí estaríamos rodeados de un buen número de personas y la situación perdería las características que empezaban a hacerla sospechosa.

Como los ensayos se realizaban por la noche, me resultaba muy fácil ausentarme de la tienda un poco antes de la hora acostumbrada, para reunirme con Teresa en casa de la honorable familia que daba hospitalidad al grupo de aficionados.

Mis esperanzas de alivio se vieron muy pronto frustradas. Como tengo voz clara y leo con facilidad, el director del grupo me pidió una noche, con un temor de ofenderme que todavía me conmueve, que hiciera de apuntador. La proposición fue hecha un poco en serio y un poco en broma, para que pudiera contestarla sin hacer un desaire. Como es de suponerse, acepté entusiasmado y los ensayos transcurrieron felizmente. Entonces empecé a ver con claridad lo que sólo me había parecido una vaga aprensión.

Yo nunca había visto dialogar a Gilberto y a Teresa. Es cierto que podían sostener apenas alguna conversación, pero no había duda de que entre ellos se desarrollaba un diálogo esencial, que sostenían en voz alta, delante de todos, y sin dar lugar a ninguna objeción. Los versos de la comedia, que sustituyeron al lenguaje habitual, parecían hechos de acuerdo con ese íntimo coloquio. Era verdaderamente imposible saber de dónde salía un continuo doble sentido, ya que el autor del drama no tenía por qué haber previsto semejante situación. Llegué a sentirme bastante molesto. Si no hubiera tenido en mis manos el ejemplar de *La vuelta del Cruzado* impreso en Madrid en 1895, habría creído que todo aquello estaba escrito exclusivamente para perdernos. Y como tengo buena memoria, pronto me aprendí los cinco actos de la comedia. Por la noche, antes de dormir, y ya en la cama, me atormentaba con las escenas más sentimentales.

El éxito de *La vuelta del Cruzado* fue tan grande, que todos los espectadores convinieron en afirmar que no se había visto cosa semejante. ¡Noche de arte inolvidable! Teresa y Gilberto se consagraron como dos verdaderos artistas, conmoviendo hasta las lágrimas a un público que vivió a través de ellos las más altas emociones de un amor noble y lleno de sacrificio.

Por lo que a mí toca, pude sentirme bastante tranquilo al juzgar que esa noche la situación quedó en cierto modo al descubierto y dejaba de pesar solamente sobre mí. Me creí apoyado por el público; como si el amor de Teresa y Gilberto quedara absuelto y redimido, y yo no tuviera más remedio que adherirme a esa opinión. Todos estábamos realmente doblegados ante ese verdadero amor, que saltaba por encima de todos los prejuicios sociales, libre y consagrado por su propia grandeza. Un detalle, que todos recuerdan, contribuyó a mantenerme en esa ilusión.

Al terminar la obra, y ante una ovación realmente grandiosa que mantuvo el telón en alto durante varios minutos, los actores resolvieron sacar a todo el mundo al escenario. El director, los organizadores, el jefe de la orquesta y el que pintó los decorados recibieron justo homenaje. Por último, me hicieron subir a mí desde la concha. El público pareció entusiasmado con la ocurrencia y los aplausos arreciaron a más y mejor. Se tocó una diana y todo acabó entre el regocijo y la alegría de actores y concurrentes. Yo interpreté el excedente de aplausos como una sanción final: la sociedad se había hecho cargo de todo y estaba dispuesta a compartir conmigo, hasta el fin, las consecuencias del drama. Poco tiempo después debía comprobar el tamaño de mi error y la incomprensión maligna de esa complaciente sociedad.

Como no había razón para que las visitas de Gilberto a nuestra casa se suspendieran, continuaron, de pronto, como antes. Después se hicieron cotidianas. No tardaron en ejercitarse contra nosotros la calumnia, la insidia y la maledicencia. Hemos sido atacados con las armas más bajas. Aquí todos se han sentido sin mancha: quién el primero, quién el último, se dedican a apedrear a Teresa con sus habladurías. A propósito, el otro día cayó sobre nosotros una verdadera piedra. ¿Será posible?

Nos hallábamos en la sala y con la ventana abierta, según es mi costumbre. Gilberto y yo, empeñados en una de nuestras más intrincadas partidas de ajedrez, mientras Teresa trabajaba junto a nosotros en unas labores de gancho. De pronto, en el momento en que yo iniciaba una jugada, y aparentemente desde muy cerca, fue lanzada una piedra del tamaño de un puño, que cayó sobre la mesa con estrépito en medio del tablero, derribando todas las piezas. Nos quedamos como si hubiera caído un aerolito. Teresa casi se desmayó y Gilberto palideció intensamente. Yo fui el más sereno ante el inexplicable atentado. Para tranquilizarlos, dije que aquello debía ser cosa de un chiquillo irresponsable. Sin embargo, ya no pudimos estar tranquilos y Gilberto se despidió poco después. Personalmente, yo no lamenté mucho el incidente por lo que tocaba al juego, ya que mi rey se hallaba en una situación bastante precaria, después de una serie de jaques que presagiaban un mate inexorable.

Por lo que se refiere a mi situación familiar, debo decir que se operó en ella un cambio extraordinario desde *La vuelta del Cruzado*. Francamente, a partir de la representación Teresa dejó de ser mi mujer, para convertirse en ese ser extraño y maravilloso que habita en mi casa y que se halla tan lejos como las propias estrellas. Apenas entonces me di cuenta de que ella se estaba transformando desde antes, pero tan lentamente que yo no había podido advertirlo.

Mi amor por Teresa, es decir, Teresa como enamorada mía, dejaba muchísimo que desear. Confieso sin envidia el engrandecimiento de Teresa y la eclosión final de su alma como un fenómeno en el cual no me fue dado intervenir. Ante mi amor, Teresa resplandecía. Pero era un resplandor humano y tolerable. Ahora Teresa me deslumbra. Cierro los ojos cuando se me acerca y sólo la admiro desde lejos. Tengo la impresión de que desde la noche en que representó *La vuelta del Cruzado*, Teresa no ha descendido de la escena, y pienso que tal vez ya nunca volverá a la realidad. A nuestra pequeña, sencilla y dulce realidad de antes. Esa que ella ha olvidado por completo.

Si es cierto que cada enamorado labra y decora el alma de su amante, debo confesar que para el amor soy un artista mediocremente dotado. Como un escultor inepto, presentí la hermosura de Teresa, pero sólo Gilberto ha podido sacarla entera de su bloque. Reconozco ahora que para el amor se nace, como para otro arte cualquiera. Todos aspiramos a él, pero a muy pocos les está concedido. Por eso el amor, cuando llega a su perfección, se convierte en un espectáculo.

Mi amor, como el de casi todos, nunca llegó a trascender las paredes de nuestra casa. Mi noviazgo a nadie llamó la atención. Por el contrario, Teresa y Gilberto son espiados, seguidos paso a paso y minuto a minuto, como cuando representaban en el teatro y el público, palpitante, esperaba con angustia el desenlace.

Recuerdo lo que cuentan de don Isidoro, el que pintó los cuatro evangelistas de la parroquia, que están en las pechinas de la cúpula. Don Isidoro nunca se tomaba el trabajo de pintar sus cuadros desde el principio. Todo lo ponía en manos de un oficial, y cuando la obra estaba ya casi terminada, cogía los pinceles y con unos cuantos trazos la transformaba en una obra de arte. Luego ponía su firma. Los evangelistas fueron la última obra de su vida, y dicen que don Isidoro no alcanzó a darle sus toques magistrales a San Lucas. Allí está efectivamente el santo con su belleza malograda y con la expresión un tanto incierta y pueril. No puedo menos de pensar que a no haber sobrevenido Gilberto, lo mismo hubiera ocurrido con Teresa. Ella habría quedado para siempre mía, pero sin ese resplandor final que le ha dado Gilberto con su espíritu.

Está de más decir que nuestra vida conyugal se ha interrumpido por completo. No me atrevo a pensar en el cuerpo de Teresa. Sería una profanación, un sacrilegio. Antes, nuestra intimidad era total y no estaba sujeta a ningún sistema. Yo disfrutaba de ella sencillamente, como se disfruta del agua y del sol. Ahora ese pasado me parece incomprensible y fabuloso. Creo mentir si digo que yo tuve en otro tiempo en mis brazos a Teresa,

esa Teresa incandescente que ahora transita por la casa con unos pasos divinos, realizando unos quehaceres domésticos que no logran humanizarla. Sirviendo la mesa, remendando la ropa o con la escoba en la mano, Teresa es un ser superior al que no se puede acceder por parte alguna. Sería totalmente erróneo esperar que un diálogo cualquiera nos llevara de pronto hacia una de aquellas dulces escenas del pasado. Y si pienso que yo podría convertirme en troglodita y asaltar ahora mismo a Teresa en la cocina, me quedo paralizado de horror.

Por el contrario, a Gilberto lo veo casi como a un igual, aunque él sea quien ha producido el milagro. Mi antiguo sentimiento de inferioridad ha desaparecido por completo. Me he dado cuenta de que en mi vida hay siquiera un acto en que he estado a su propia altura. Ese acto ha sido la elección y el amor de Teresa. La elegí simplemente, como la habría elegido el mismo Gilberto; de hecho, tengo la impresión de que me le he adelantado, robándole la mujer. Porque él habría tenido que amar a Teresa de todas maneras, en el primer momento en que la hallara. En ella se ha corroborado nuestra afinidad más profunda, y es en esa afinidad donde yo he marcado una precedencia. Aunque no dejo de considerar también lo contrario, y acepto que Teresa sólo me amó a causa del Gilberto que soñaba, siguiéndole las huellas y buscándolo en vano dentro de mí.

Desde que dejamos de vernos, al terminar la escuela primaria, yo sufrí siempre ante la idea de que todos los actos de mi vida se realizaban muy por debajo de los actos de Gilberto. Cada vez que venía al pueblo de vacaciones, yo lo evitaba con sumo cuidado, rehusándome a confrontar mi vida con la suya.

Pero más en el fondo, si busco la última sinceridad, no puedo quejarme de mi destino. No cambiaría el lote de humanidad que he conocido por la clientela de un médico o de un abogado. La hilera de clientes a lo largo del mostrador ha sido para mí un campo inagotable de experiencias y a él he consagrado gustosamente mi vida. Siempre me interesó la conducta de las gentes en trance de comprar, de elegir, de aspirar y de renunciar a algo. Hacer llevadera la renuncia a los artículos costosos y grata la adquisición de lo barato, ha sido una de mis tareas predilectas. Además, con una buena parte de mi clientela cultivo relaciones especiales que están muy lejos de aquellas que rigen de ordinario entre un comerciante y sus compradores. El intercambio espiritual entre estas personas y yo es casi de rigor. Me siento verdaderamente complacido cuando alguien va a mi tienda a buscar un artículo cualquiera y vuelve a su casa llevando también un corazón refrescado por algunos minutos de confidencia, o fortalecido con un sano consejo.

Confieso esto sin la menor sombra de orgullo, ya que al fin y al cabo soy yo el que está proporcionando ahora el tema para todas las conversaciones. Lealmente, he tomado mi vida privada y la he puesto sobre el mostrador, como cuando cojo una pieza de tela y la extiendo para el detenido examen de los clientes.

No han faltado algunas buenas personas que se exceden en su voluntad de ayudarme y que se dedican a espiar lo que ocurre en mi casa. Como no he podido renunciar voluntariamente a sus servicios, he sabido que Gilberto hace algunas visitas en mi ausencia. Esto me ha parecido incomprensible. Es cierto que el otro día Teresa me dijo que Gilberto había ido a casa por la mañana, a recoger su cigarrera, olvidada la noche anterior. Pero ahora, según mis informantes, Gilberto se presenta por allí todos los días, a eso de las doce de la mañana. Ayer, nada menos, vino alguien a decirme que fuera a mi casa en ese instante, si quería enterarme de todo. Me negué resueltamente. ¿Yo en mi casa a las doce? Ya me imagino el susto que se llevaría Teresa al verme entrar a una hora desacostumbrada.

Declaro que toda mi conducta reposa en la confianza absoluta. Debo decir también que los celos comunes y corrientes no han logrado visitar mi espíritu ni aun en los momentos más difíciles, cuando Gilberto y Teresa han cometido de pronto una mirada, un ademán, un silencio que los ha traicionado. Yo los he visto quedarse silenciosos y confundidos, como si las almas se les hubiesen caído de pronto al suelo, unidas, ruborizadas y desnudas.

No sé lo que ellos piensan ni lo que dicen o hacen cuando yo no estoy. Pero me los imagino muy bien, callados, sufrientes, lejos el uno del otro, temblando, mientras yo también me pongo a temblar desde la tienda, con ellos y por ellos.

Y así estamos, en espera de no se sabe qué acontecimiento que venga a poner fin a esta desdichada situación. Por lo pronto, yo me he dedicado a dificultar, a descartar, a suprimir todos los desenlaces habituales y consagrados por la costumbre. Tal vez sea en vano esperarlo, pero yo solicito un desenlace especial para nosotros, a la medida de nuestras almas.

En último caso, declaro que siempre he sentido una gran repugnancia ante la idea de la magnanimidad. No es que me desagrade como virtud, ya que la admiro mucho en los demás. Pero no puedo consentir la posibilidad de ejercerla yo mismo, y sobre todo contra una persona de mi propia familia. El temor de pasar por hombre magnánimo me aleja de cualquier idea de sacrificio, decidiéndome a conservar hasta el fin mi bochornosa posición de estorbo y de testigo. Sé que la situación es ya bastante intolerable; sin embargo, trataré de permanecer en ella hasta que las circunstancias me expulsen con su propia violencia.

Sé que hay esposas que lloran y se arrodillan, que imploran el perdón con la frente puesta en el suelo. Si esto llegara a ocurrirme con Teresa, todo lo abandono y me doy por vencido. Seré por fin, y después de mi lucha titánica, un marido engañado. ¡Dios mío, fortalece mi espíritu en la certidumbre de que Teresa no se rebajará a tal escena!

En *La vuelta del Cruzado* todo acaba bien, porque en el último acto Griselda alcanza una muerte poética, y los dos rivales, fraternizados por el dolor, deponen las violentas espadas y prometen acabar sus vidas en heroicas batallas. Pero aquí en la vida, todo es diferente.

Todo se ha acabado tal vez entre nosotros, sí, Teresa, pero el telón no acaba de caer y es preciso llevar las cosas adelante a cualquier precio. Sé que la vida te ha puesto en una penosa circunstancia. Te sientes tal vez como una actriz abandonada al público en un escenario sin puertas. Ya no hay versos que decir y no puedes escuchar a ningún apuntador. Sin embargo, la sociedad espera, se impacienta y se dedica a inventar historias que van en contra de tu virtud. He aquí, Teresa, una buena ocasión para que te pongas a improvisar.

El fraude

A partir de la muerte del señor Braun, las estufas Prometeo comenzaron a fallar inexplicablemente. Un olor de petróleo llenaba las cocinas, y las estufas apagadas, humeantes, se negaban a funcionar. Se registraron algunos accidentes: depósitos que ardían, tuberías explosivas. Los técnicos de la casa Braun, alarmados, se pusieron a buscar las causas del fenómeno, idearon nuevos perfeccionamientos, pero llegaron con ellos demasiado tarde. En medio del desconcierto general, una firma enemiga controló el mercado de las estufas, precipitó la quiebra y sepultó el prestigio Prometeo en una barahúnda de publicidad sanguinaria.

La opinión de las personas interesadas en este asunto me señala como al principal de los culpables. Acreedores furiosos denunciaron mis actividades al frente de la casa, hablaron de fraude y pusieron mi honradez en entredicho. Y todo esto gracias a que fui el último en saltar del barco que se hundía y porque di las órdenes finales a una tripulación en desbandada.

Ayer me encontré por última vez ante el cortejo de contadores y notarios que liquidaron los negocios de la quiebra. Tuve que soportar una investigación minuciosa acerca de todos mis asuntos personales, y naturalmente salieron a cuento mis "pequeñas" economías. Escribo esta palabra entre comillas para dar a entender el acento con que fue pronunciada por uno de los escribas. Poco ha faltado para que yo le pusiera las manos encima; me contuve y le tapé la boca con cifras. Hablé de sobresueldos, de gratificaciones y del uno por ciento adicional que yo disfrutaba sobre el volumen de ventas de la casa Braun. El hombre quedó más convencido por la violencia que por la fuerza de mis razones. No me importa.

Hablando con toda justicia, el fracaso de la casa Braun es un lamentable conjunto de fracasos entre los cuales se encuentra el mío y en primera línea. La última fase de esta lucha comercial fue un duelo entre publicistas, y yo lo he perdido. Sé muy bien que el adversario empleaba armas ilícitas, y es fácil demostrar que el cincuenta por ciento del desastre se debió a una profunda labor de sabotaje, dirigida por nuestros competidores y ejecutada por un grupo de empleados infidentes a quienes yo puedo nombrar. Pero no tengo ninguna urgencia por recobrar la situación perdida. El profundo viraje de mi espíritu hace innecesarias todas las aclaraciones. ¿Por qué no decirlo? Me siento un poco de espaldas al mundo.

Era indispensable defender mi honradez y lo he conseguido. Con eso basta. Pero lo grave es que las famosas economías se me han hecho insoportables. Cualquier persona razonable puede afirmar que me pertenecen legalmente; sin embargo, yo no veo esto muy claro con mis nuevos ojos. El señor Braun ganaba su dinero construyendo y vendiendo las estufas; yo gané el mío convenciendo al público de que debía comprarlas. Proclamé su calidad a los cuatro vientos y conseguí elevar la marca Prometeo a unas alturas que asombraban al mismo señor Braun. Pues bien, ese prestigio se halla ahora por el suelo; numerosas personas han sufrido pérdidas considerables, todo el mundo se queja mientras yo conservo intacto mi botín. El dinero, guardado en la caja de un banco, está pesando sobre mi conciencia.

Los pensamientos de culpa, en asalto cada vez más intenso, han derrumbado las últimas defensas del egoísmo. Desde luego, era muy fácil desprenderme del dinero arrojándolo a aquel puñado de imbéciles que dudaban de mis manejos, pero creo sinceramente que no debo malgastarlo dando lecciones a los tontos. He encontrado algo mejor. Me parece conveniente hacer algunas aclaraciones.

En otros tiempos yo hubiera sido un juglar, un mendigo, un narrador de cuentos y milagros. Descubro mi vocación demasiado tarde, alcanzada la madurez y a la mitad de un siglo en donde no caben ya esta clase de figuras. De todas maneras, he querido contar mi fábula a dos o tres pobres de espíritu, ofrecer mi colección de miserias a unos cuantos ingenuos rezagados.

Sé que ha habido muchos hombres que se transforman de pronto, para bien o para mal. Habían vivido disfrazados durante una gran parte de su vida, y un día cualquiera, ante el asombro de las gentes, se mostraron santos o demonios, en su forma verdadera. Naturalmente, yo no puedo aspirar a una metamorfosis de este género; sin embargo, reconozco que en mi actitud está obrando una pequeña dosis de sobrenatural. Después de todo, el impulso absurdo que me mueve a desprenderme de un puñado de dinero podría convertirse en la energía superior que tal vez originara otras acciones más altas. Bastaría con que yo acelerara el ritmo de ciertos pensamientos y los dejara llegar a sus consecuencias finales. Pero...

También yo estoy como una estufa que funciona mal; desde la muerte del señor Braun, tengo escrúpulos y remordimientos. A partir de esta fecha se ha iniciado dentro de mí un trabajo oscuro y complicado. Una savia recóndita se ha puesto en movimiento, allí en las más profundas raíces, atormentándose con el sentimiento de una renovación imposible. Débiles brotes tratan de abrirse paso a través de una corteza endurecida.

Vivo a merced de los recuerdos. Más bien, los recuerdos se me imponen como sueños, dejándome confuso y apesarado. Tengo la impresión de que una droga, absorbida quién sabe cuándo, ha dejado de obrar. La conciencia, liberada de la anestesia, se entrega a imaginaciones infantiles. Me cuesta trabajo cerrar la puerta a estas cosas: a una noche de navidad poblada de sonidos y resplandores; a un juguete preferido; a un claro día de sol en que iba corriendo por el campo...

Todo esto se originó aquel día memorable en que al abrir la puerta de su despacho, encontré al señor Braun de bruces sobre su escritorio, sin dar señales de vida.

Después vinieron días desordenados y veloces. La ruina de la casa, el escándalo de la quiebra, cayeron sobre mí como una lluvia de escombros. Los errores y las quejas, el descontento y las reclamaciones fueron haciendo blanco en mi espíritu. Inconscientemente me coloqué en primera fila, puse una cara de responsable y contribuí al fracaso invirtiendo fuertes sumas de dinero en una campaña de publicidad tan inútil como dispendiosa.

El señor Braun no se murió así de golpe. Reclamamos para él todos los auxilios de la ciencia y obtuvo dos horas de agonía. Nunca olvidaré esas dos horas interminables, que pertenecían a la eternidad, ni la imagen del señor Braun ahogándose en la muerte, rodeado de taquígrafas, de médicos, de empleados consternados y asistido por aquel sacerdote, que apareció misteriosamente, y que en medio de la confusión pudo arreglárselas para poner en orden los asuntos del moribundo aterrorizado, que murmuraba frases incoherentes, relacionadas más bien con el futuro desastre de las estufas Prometeo que con los negocios de su alma.

Una segunda inyección ya no produjo sino un periodo de convulsiones cada vez más débiles. Los médicos abandonaron la tarea comprendiendo que la muerte señoreaba la oficina del señor Braun. Yo me encontré trastornado en tal forma, que recibí algún auxilio médico en prevención de una posible crisis. Cosa curiosa, en el momento más agudo de mi conmoción, ante el cadáver de mi jefe, no encontré en mi repertorio de publicista sino una reacción infantil: recordé el final de una oración semiolvidada y me llevé las manos al rostro en un gesto de vaga persignación.

Como todos los magos, el señor Braun se llevó a la tumba el secreto de sus fórmulas. Presencié el desarrollo de sus negocios y le asistí como el empleado más cercano y principal, pero aguardé siempre en vano a que me iniciara en el secreto de sus combinaciones. Esto me habría capacitado tal vez para conducir con acierto los asuntos de la casa, pero nunca pasé del rango de acólito. Esta palabra me parece buena porque el señor Braun ejercía una especie de sacerdocio dentro de la religión materialista que proclama la felicidad del hombre sobre la tierra. Su aportación personal a las comodidades humanas consistía en la estufa Prometeo, cuyos modelos se renovaban cada año, siguiendo el ritmo del progreso. Predicaba un paraíso hogareño, modesto y económico, en el que la estufa tenía un rango de altar, en una cocina limpia y grata como un templo.

Yo fui el magnavoz de sus sermones, el amanuense aplicado que registraba sus aciertos cotidianos, el autor de las cartas circulares que llevaban la buena nueva a las amas de casa, a las cocineras sudorosas y ennegrecidas al pie de las hornillas milenarias.

A pesar de su posición elevada, el señor Braun se complacía en volver a los primeros tiempos. Abandonaba de vez en cuando la oficina suntuosa para ir a vender personalmente una estufa, tal un dignatario que desciende de su cátedra para socorrer a un humilde.

Sus ademanes eran entonces graves y solemnes. Cargaba lentamente el sifón de petróleo, abría los reguladores mientras hablaba emocionado acerca del moderno sistema de gasificación, a prueba de malos olores y accidentes. Y al acercar un fósforo encendido a la rodela del quemador, su rostro tenía una expresión ansiosa, ligeramente coloreada de espanto, como si la idea de un fracaso turbara un momento su espíritu. Cuando crecían las llamitas azules, el señor Braun desplegaba una sonrisa de beatitud que envolvía y disipaba todas las dudas de su cliente.

Recordando estas escenas, y a pesar de la ruina y el descrédito, yo sigo creyendo que las estufas Prometeo son buenas, y en gracia de esa convicción estoy dispuesto a sacrificar cuanto poseo. Si las estufas no sirven, yo no tengo nada que hacer; abandono tranquilamente la causa y dejo las utilidades en otras manos más limpias. Mi procedimiento es sencillo y su eficacia está fuera de duda: "Se compran estufas descompuestas, marca Prometeo" y en seguida mi nombre y mis señas. Publicaré mañana este anuncio en un diario popular.

Juego a cara o cruz. Apuesto contra la opinión de las gentes. Que vengan ahora los notarios y las víctimas a decir que soy un farsante.

Pienso con alegría que mi gesto constituye el mejor homenaje que puede hacerse a la memoria del señor Braun.

He dejado pasar un buen espacio de tiempo sin resolverme a agregar estas líneas. No sé cómo hacerlo; me siento un tanto cohibido frente a los acontecimientos que han transformado mi vida. Al relatar un hecho claro y natural tengo la impresión de que voy a hacer, por primera vez, una trampa.

El anuncio, publicado en un diario popular, produjo un resultado pasmoso. A los dos días tuve que suspender provisionalmente la compra de estufas porque ya no tenía dónde ponerlas. En mi casa, las había hasta debajo de la cama. Más economías se hallaban seriamente afectadas.

Cuando estaba decidido a no comprar una estufa más, llegó la señora vestida de negro, con el pequeño Arturo de la mano. Un carrito la seguía, conduciendo una estufa grande como un piano. Era una de aquellas Prometeo Familiar, orgullo de la casa Braun, dotada con ocho quemadores, horno para repostería, calentador automático para el agua y no sé cuántos aditamentos más. Desalentado, me llevé las manos a la cintura, y en esa actitud desapacible me sorprendió un trance decisivo.

La señora y yo no teníamos que cruzar sino las palabras indispensables acerca de la estufa. En todo caso, disponíamos de mil lugares comunes para sostener una conversación cualquiera. Pero nos extraviamos misteriosamente. Por el ancho camino de las palabras triviales y ordinarias, siguiendo un método sencillo de preguntas y respuestas, fuimos a dar a un desfiladero. Desembocamos de pronto en una de esas comedias que la vida improvisa en cualquier parte y que son obras maestras del azar, con un mínimo de texto.

Nuestra situación se hizo insoportable a fuerza de natural: éramos tres personajes convergentes y un destino imperioso se apoderó de nosotros dispuesto a manejarnos hasta un final ineludible. Yo me sentía conducido, aconsejado, mientras labraba y remachaba eslabones; frases inocentes que nos ligaban como cadenas.

En realidad, lo que yo estaba diciendo me lo sabía de memoria. Representaba mi propio personaje y no lo había hecho antes porque nadie me daba las réplicas exactas, aquellas que iban a disparar el mecanismo de mi alma.

Por fortuna, comprendimos muy pronto que nuestras dos partes formaban un diálogo perfecto y no era necesario repasarlo hasta el final. Ya tendríamos tiempo para eso. Lo que un poco antes habría parecido raro, difícil, imposible, quedó convertido en el más sencillo y natural de los posibles.

Llevo la vida de otros sobre las espaldas. El fantasma del señor Braun ha dejado de perseguirme. Rostros claros ocupan ahora el lugar de antiguos nubarrones.

Bajo la carga, me siento caminar con pies ligeros, no obstante mis cuarenta años cumplidos.

II. Bestiario

A Arturo González Cosío

Prólogo

Ama al prójimo desmerecido y chancletas. Ama al prójimo maloliente, vestido de miseria y jaspeado de mugre.

Saluda con todo tu corazón al esperpento de butifarra que a nombre de la humanidad te entrega su credencial de gelatina, la mano de pescado muerto, mientras te confronta su mirada de perro.

Ama al prójimo porcino y gallináceo, que trota gozoso a los crasos paraísos de la posesión animal.

Y ama a la prójima que de pronto se transforma a tu lado, y con piyama de vaca se pone a rumiar interminablemente los bolos pastosos de la rutina doméstica.

El rinoceronte

El gran rinoceronte se detiene. Alza la cabeza. Recula un poco. Gira en redondo y dispara su pieza de artillería. Embiste como ariete con un solo cuerno de toro blindado embravecido y cegato, en arranque total de filósofo positivista. Nunca da en el blanco pero queda siempre satisfecho de fuerza. Abre luego sus válvulas de escape y bufa a todo vapor.

(Cargados con armadura excesiva, los rinocerontes en celo se entregan en el claro del bosque a un torneo desprovisto de gracia y destreza, en el que sólo cuenta la calidad medieval del encontronazo.)

Ya en cautiverio, el rinoceronte es una bestia melancólica y oxidada. Su cuerpo de muchas piezas ha sido armado en los derrumbaderos de la prehistoria, con láminas de cuero troqueladas bajo la presión de los niveles geológicos. Pero en un momento especial de la mañana, el rinoceronte nos sorprende: de sus ijares enjutos y resecos, como agua que sale de la hendidura rocosa brota el gran órgano de vida torrencial y potente, repitiendo en la punta los motivos cornudos de la cabeza animal, con variaciones de orquídea, de azagaya y alabarda.

Hagamos entonces homenaje a la bestia endurecida y abstrusa porque ha dado lugar a una leyenda hermosa. Aunque parezca imposible, este atleta rudimentario es el padre espiritual de la criatura poética que desarrolla en los tapices de la Dama, el tema del Unicornio caballeroso y galante.

Vencido por una virgen prudente, el rinoceronte carnal se transfigura, abandona su empuje y se agacela, se acierva y se arrodilla. Y el cuerno obtuso de agresión masculina se vuelve ante la doncella una esbelta endecha de marfil.

El sapo

Salta de vez en cuando, sólo para comprobar su radical estático. El salto tiene algo de latido: viéndolo bien, el sapo es todo corazón.

Prensado en un bloque de lodo frío, el sapo se sumerge en el invierno como una lamentable crisálida. Se despierta en primavera, consciente de que ninguna metamorfosis se ha operado en él. Es más sapo que nunca, en su profunda desecación. Aguarda en silencio las primeras lluvias.

Y un buen día surge de la tierra blanda, pesado de humedad, henchido de savia rencorosa, como un corazón tirado al suelo. En su actitud de esfinge hay una secreta proposición de canje, y la fealdad de sapo aparece ante nosotros con una abrumadora cualidad de espejo.

El bisonte

Tiempo acumulado. Un montículo de polvo impalpable y milenario; un reloj de arena, una morrena viviente: esto es el bisonte en nuestros días.

Antes de ponerse en fuga y dejarnos el campo, los animales embistieron por última vez, desplegando la manada de bisontes como un ariete horizontal pues evolucionaron en masas compactas, parecían modificaciones de la corteza terrestre con ese aire individual de pequeñas montañas; o una tempestad al ras del suelo por su aspecto de nubarrones.

Sin dejarse arrebatar por esa ola de cuernos, de pezuñas y de belfos, el hombre emboscado arrojó flecha tras flecha y cayeron uno por uno los bisontes. Un día se vieron pocos y se refugiaron en el último redil cuaternario.

Con ellos se firmó el pacto de paz que fundó nuestro imperio. Los recios toros vencidos nos entregaron el orden de los bovinos con todas sus reservas de carne y leche. Y nosotros les pusimos el yugo además.

De esta victoria a todos nos ha quedado un galardón: el último residuo de nuestra fuerza corporal, es lo que tenemos de bisonte asimilado.

Por eso, en señal de respetuoso homenaje, el primitivo que somos todos hizo con la imagen del bisonte su mejor dibujo de Altamira.

Aves de rapiña

¿Derruida sala de armas o profanada celda monástica? ¿Qué pasa con los dueños del libre albedrío?

Para ellos, la altura soberbia y la suntuosa lejanía han tomado bruscamente las dimensiones de un modesto gallinero, una jaula de alambres que les veda la pura contemplación del cielo con su techo de láminas.

Todos, halcones, águilas o buitres, repasan como frailes silenciosos su libro de horas aburridas, mientras la rutina de cada día miserable les puebla el escenario de deyecciones y de vísceras blandas: triste manjar para sus picos desgarradores.

Se acabaron para siempre la libertad entre la nube y el peñasco, los amplios círculos del vuelo y la caza de altanería. Plumas remeras y caudales se desarrollan en balde; los garfios crecen, se afilan y se encorvan sin desgaste en la prisión, como los pensamientos rencorosos de un grande disminuido.

Pero todos, halcones, águilas o buitres, disputan sin cesar en la jaula por el prestigio de su común estirpe carnicera. (Hay águilas tuertas y gavilanes desplumados.)

Entre todos los blasones impera el blanco purísimo del Zopilote Rey, que abre sobre la carroña sus alas como cuarteles de armiño en campo de azur, y que ostenta una cabeza de oro cincelado, guarnecida de piedras preciosas.

Fieles al espíritu de la aristocracia dogmática, los rapaces observan hasta la última degradación su protocolo de corral. En el escalafón de las perchas nocturnas, cada quien ocupa su sitio por rigurosa jerarquía. Y los grandes de arriba, ofenden sucesivamente el timbre de los de abajo.

El avestruz

A grito pelado, como un tubo de órgano profano, el cuello del avestruz proclama a los cuatro vientos la desnudez radical de la carne ataviada. (Carente de espíritu a más no poder, emprende luego con todo su cuerpo una serie de variaciones procaces sobre el tema del pudor y la desvergüenza.)

Más que pollo, polluelo gigantesco entre pañales. El mejor ejemplo sin duda para la falda más corta y el escote más bajo. Aunque siempre está a medio vestir, el avestruz prodiga sus harapos a toda gala superflua, y ha pasado de moda sólo en apariencia. Si sus plumas "ya no se llevan" las damas elegantes visten de buena gana su inopia con virtudes y perifollos de avestruz: el ave que se engalana pero que siempre deja la íntima fealdad al descubierto. Llegado el caso, si no esconden la cabeza, cierran por lo menos los ojos "a lo que venga". Con sin igual desparpajo lucen su liviandad de criterio y engullen cuanto se les ofrece a la vista, entregando el consumo al azar de una buena conciencia digestiva.

Destartalado, sensual y arrogante, el avestruz representa el mejor fracaso del garbo, moviéndose siempre con descaro, en una apetitosa danza macabra. No puede extrañarnos entonces que los expertos jueces del Santo Oficio idearan el pasatiempo o vejamen de emplumar mujeres indecentes para sacarlas desnudas a la plaza.

Insectiada

Pertenecemos a una triste especie de insectos, dominada por el apogeo de las hembras vigorosas, sanguinarias y terriblemente escasas. Por cada una de ellas hay veinte machos débiles y dolientes.

Vivimos en fuga constante. Las hembras van tras de nosotros, y nosotros, por razones de seguridad, abandonamos todo alimento a sus mandíbulas insaciables.

Pero la estación amorosa cambia el orden de las cosas. Ellas despiden irresistible aroma. Y las seguimos enervados hacia una muerte segura. Detrás de cada hembra perfumada hay una hilera de machos suplicantes.

El espectáculo se inicia cuando la hembra percibe un número suficiente de candidatos. Uno a uno saltamos sobre ella. Con rápido movimiento esquiva el ataque y despedaza al galán. Cuando está ocupada en devorarlo, se arroja un nuevo aspirante.

Y así hasta el final. La unión se consuma con el último superviviente, cuando la hembra, fatigada y relativamente harta, apenas tiene fuerzas para decapitar al macho que la cabalga, obsesionado en su goce.

Queda adormecida largo tiempo triunfadora en su campo de eróticos despojos. Después cuelga del árbol inmediato un grueso cartucho de huevos. De allí nacerá otra vez la muchedumbre de las víctimas, con su infalible dotación de verdugos.

El carabao

Frente a nosotros el carabao repasa interminablemente, como Confucio y Lao-tsé, la hierba frugal de unas cuantas verdades eternas. El carabao, que nos obliga a aceptar de una vez por todas la raíz oriental de los rumiantes.

Se trata simplemente de toros y de vacas, es cierto, y poco hay en ellos que justifique su reclusión en las jaulas de un parque zoológico. El visitante suele pasar de largo ante su estampa casi doméstica, pero el observador atento se detiene al ver que los carabaos parecen dibujados por Utamaro.

Y medita: mucho antes de las hordas capitaneadas por el Can de los Tártaros, las llanuras de occidente fueron invadidas por inmensos tropeles de bovinos. Los extremos de ese contingente se incluyeron en el nuevo paisaje, perdiendo poco a poco las características que ahora nos devuelve la contemplación del carabao: anguloso desarrollo de los cuartos traseros y profunda implantación de la cola, final de un espinazo saliente que recuerda la línea escotada de las pagodas; pelaje largo y lacio; estilización general de la figura que se acerca un tanto al reno y al okapi. Y sobre todo los cuernos, ya francamente de búfalo: anchos y aplanados en las bases casi unidas sobre el testuz, descienden luego a los lados en una doble y amplia curvatura que parece escribir en el aire la redonda palabra *carabao*.

Felinos

El que sacó de la leonera el guante de Doña Juana; Don Quijote que mantiene a raya dos fieras con pura grandeza de alma; Androcles sereno y sin retórica (el león ya no se acordaba de la espina); los mártires cristianos que se metieron por la fuerza en las fauces hambrientas, y el Vizconde de los Asilos que estropeó un espectáculo circense al poner un sandwich en la boca del Rey de la Selva sin látigo y sin silla plegadiza, han hecho del oficio de domador uno de los más desprestigiados en nuestros días.

En realidad el león sobrelleva a duras penas la terrible majestad de su aspecto: el cuerpo del edificio no corresponde a la fachada y es como su alma, bastante perruno y desmedrado. Sigue siendo un carnívoro gracias a ciertos súbditos que realizan para él oficio de verdugos. El león se presenta intempestivamente en los banquetes salvajes y a base de prestancia pone en fuga a los comensales. Luego devora solitario y lleno de remordimientos los restos de una presa que nunca captura personalmente. Si de ellos dependiera, todos los leones que ambulan por la selva estarían ya enjaulados, triturando fémures y costillares de caballo tras de innecesarios barrotes. En fin de cuentas nunca son tan felices como al verse hechos de mármol y de bronce o estampados por lo menos en los alarmantes carteles del circo.

La falta de melena hace que muchos felinos se busquen por sí mismos el sustento. De allí la innegable superioridad de tigres, panteras y leopardos, que a veces logran forjarse una leyenda atacando piezas de ganado mayor después de poner en fuga cobarde a los guardianes.

Si no domesticamos a todos los felinos fue exclusivamente por razones de tamaño, utilidad y costo de mantenimiento. Nos hemos conformado con el gato, que come poco y que de vez en cuando se acuerda de su origen y nos da un leve arañazo. Sólo algunos príncipes orientales pueden darse el lujo de poseer felinos en formato mayor, que ronronean como una locomotora, que son muy útiles como perros de caza, que devoran ellos solos la mitad del presupuesto palaciego y que si llegan a distraerse y arañan, son capaces de mondar a cualquier esqueleto de toda carne superflua.

El búho

Antes de devorarlas, el búho digiere mentalmente a sus presas. Nunca se hace cargo de una rata entera si no se ha formado un previo concepto de cada una de sus partes. La actualidad del manjar que palpita en sus garras va haciéndose pasado en la conciencia y preludia la operación analítica de un lento devenir intestinal. Estamos ante un caso de profunda asimilación reflexiva.

Con la aguda penetración de sus garfios el búho aprehende directamente el objeto y desarrolla su peculiar teoría del conocimiento. La cosa en sí (roedor, reptil o volátil) se le entrega no sabemos cómo. Tal vez mediante el zarpazo invisible de una intuición momentánea; tal vez gracias a una lógica espera, ya que siempre nos imaginamos el búho como un sujeto inmóvil, introvertido y poco dado a las efusiones cinegéticas de persecución y captura. ¿Quién puede asegurar que para las criaturas idóneas no hay laberintos de sombra, silogismos oscuros que van a dar en la nada tras la breve cláusula del pico? Comprender al búho equivale a aceptar esta premisa.

Armonioso capitel de plumas labradas que apoya una metáfora griega; siniestro reloj de sombra que marca en el espíritu una hora de brujería medieval: esta es la imagen bifronte del ave que emprende el vuelo al atardecer y que es la mejor viñeta para los libros de filosofía occidental.

El oso

Entre la abierta hostilidad del lobo, por ejemplo, y la abyecta sumisión del mono, que es capaz de sentarse en familia a desayunar en nuestra mesa, existe la cordial mesura del oso que baila y monta en bicicleta, pero que puede excederse y triturarnos en el abrazo. Con él siempre es posible entablar amistad, guardando las distancias, si es que no llevamos un panal en la mano. Como su cabeza oscilante, el alma del oso vacila entre la esclavitud y la rebeldía. Señal de la condición es el pelaje: si blanco, sanguinaria; si negro, bondadosa. Por fortuna, el oso manifiesta sus diversos estados de ánimo con todos los matices del gris y del pardo.

Quienes han encontrado un oso en el bosque saben que al vernos se pone inmediatamente de pie, con ademán de reconocimiento y saludo. (El resto de la entrevista depende exclusivamente de nosotros.) Si se trata de mujeres, nada hay que temer, ya que el oso tiene por ellas un respeto ancestral que delata claramente su condición de hombre primitivo. Por más adultos y atléticos que sean, conservan algo de bebé: ninguna mujer se negaría a dar a luz un osito. En todo caso, las doncellas siempre tienen uno en su alcoba, de peluche, como un feliz augurio de maternidad.

Confesémoslo: tenemos con ellos un común pasado cavernícola. El oso de la espelunca es el más abundante de los fósiles, y su distribución acompaña a todas las migraciones humanas de la prehistoria. En nuestros días, la osera sigue siendo la más confortable de las habitaciones feroces.

Latinos y germanos estuvieron de acuerdo en rendir culto al oso, bautizando con las derivaciones de su nombre (*Ursus* y *Bera*) una extensa serie de santos, de héroes y ciudades.

El elefante

Viene desde el fondo de las edades y es el último modelo terrestre de maquinaria pesada, envuelto en su funda de lona. Parece colosal porque está construido con puras células vivientes y dotado de inteligencia y memoria. Dentro de la acumulación material de su cuerpo, los cinco sentidos funcionan como aparatos de precisión y nada se les escapa. Aunque de pura vejez hereditaria son ahora calvos de nacimiento, la congelación siberiana nos ha devuelto algunos ejemplares lanudos. ¿Cuántos años hace que los elefantes perdieron el pelo? En vez de calcular, vámonos todos al circo y juguemos a ser los nietos del elefante, ese abuelo pueril que ahora se bambolea al compás de una polka...

No. Mejor hablemos del marfil. Esa noble sustancia, dura y uniforme, que los paquidermos empujan secretamente con todo el peso de su cuerpo, como una material expresión de pensamiento. El marfil, que sale de la cabeza y que desarrolla en el vacío dos curvas y despejadas estalactitas. En ellas, la paciente fantasía de los chinos ha labrado todos los sueños formales del elefante.

Topos

Después de una larga experiencia, los agricultores llegaron a la conclusión de que la única arma eficaz contra el topo es el agujero. Hay que atrapar al enemigo en su propio sistema.

En la lucha contra el topo se usan ahora unos agujeros que alcanzan el centro volcánico de la tierra. Los topos caen en ellos por docenas y no hace falta decir que mueren irremisiblemente carbonizados.

Tales agujeros tienen una apariencia inocente. Los topos, cortos de vista, los confunden con facilidad. Más bien se diría que los prefieren, guiados por una profunda atracción. Se les ve dirigirse en fila solemne hacia la muerte espantosa, que pone a sus intrincadas costumbres un desenlace vertical.

Recientemente se ha demostrado que basta un agujero definitivo por cada seis hectáreas de terreno invadido.

Camélidos

El pelo de la llama es de impalpable suavidad, pero sus tenues guedejas están cinceladas por el duro viento de las montañas, donde ella se pasea con arrogancia, levantando el cuello esbelto para que sus ojos se llenen de lejanía, para que su fina nariz absorba todavía más alto la destilación suprema del aire enrarecido.

Al nivel del mar, apegado a una superficie ardorosa, el camello parece una pequeña góndola de asbesto que rema lentamente y a cuatro patas el oleaje de la arena, mientras el viento desértico golpea el macizo velamen de sus jorobas.

Para el que tiene sed, el camello guarda en sus entrañas rocosas la última veta de humedad; para el solitario, la llama afelpada, redonda y femenina, finge los andares y la gracia de una mujer ilusoria.

La boa

La proposición de la boa es tan irracional que seduce inmediatamente al conejo, antes de que pueda dar su consentimiento. Apenas si hace falta un masaje previo y una lubricación de saliva superficial.

La absorción se inicia fácilmente y el conejo se entrega en una asfixia sin pataleo. Desaparecen la cabeza y las patas delanteras. Pero a medio bocado sobrevienen las angustias de un taponamiento definitivo. En ayuda de la boa transcurren los últimos instantes de vida del conejo, que avanza y desaparece propulsado en el túnel costillar por cada vez más tenues estertores.

La boa se da cuenta entonces de que asumió un paquete de graves responsabilidades, y empieza la pelea digestiva, la verdadera lucha contra el conejo. Lo ataca desde la periferia al centro, con abundantes secreciones de jugo gástrico, embalsamándolo en capas sucesivas. Pelo, piel, tejidos y vísceras son cuidadosamente tratados y disueltos en el acarreo del estómago. El esqueleto se somete por último a un proceso de quebrantamiento y trituración, a base de contracciones y golpeteos laterales.

Después de varias semanas, la boa victoriosa, que ha sobrevivido a una larga serie de intoxicaciones, abandona los últimos recuerdos del conejo bajo la forma de pequeñas astillas de hueso laboriosamente pulimentadas.

La cebra

La cebra toma en serio su vistosa apariencia, y al saberse rayada se entigrece.

Presa en su enrejado lustroso vive en la cautividad galopante de una libertad mal entendida: *Non serviam*, declara con orgullo su indómito natural. Abandonando cualquier intento de sujeción, el hombre quiso disolver el elemento indócil de la cebra, sometiéndola a viles experiencias de cruza con asnos y caballos. Todo en vano. Las rayas y la condición arisca no se borran en cebrinos ni en cébrulas.

Con el onagro y el cuaga, la cebra se complace invalidando la posesión humana del orden de los equinos. ¿Cuántos hermanos del perro se nos quedaron ya para siempre, insumisos, con oficios de lobo, de protelo y de coyote?

Limitémonos pues a contemplar a la cebra. Nadie ha llevado a tales extremos la posibilidad de henchir satisfactoriamente una piel. Golosas, las cebras devoran llanuras de pasto africano, a sabiendas de que ni el corcel árabe ni el pura sangre pueden llegar a semejante redondez de las ancas ni a igual finura de cabos. Sólo el caballo *Przewalski*, modelo superviviente del arte rupestre, alude un poco al rigor formal de la cebra.

Insatisfechas de su clara distinción espacial, las cebras practican todavía su gusto sin límites por las variantes individuales, y no hay una sola que tenga las mismas rayas de la otra. Anónimas y solípedas, pasean la enorme impronta digital que las distingue: todas cebradas, pero cada una a su manera.

Es cierto que muchas cebras aceptan de buen grado dar dos o tres vueltas en la pista del circo infantil. Pero no es menos cierto también que, fieles al espíritu de la especie, lo hacen siguiendo un principio de altiva ostentación.

La jirafa

Al darse cuenta de que había puesto demasiado altos los frutos de un árbol predilecto, Dios no tuvo más remedio que alargar el cuello de la jirafa.

Cuadrúpedos de cabeza volátil, las jirafas quisieron ir por encima de su realidad corporal y entraron resueltamente al reino de las desproporciones. Hubo que resolver para ellas algunos problemas biológicos que más parecen de ingeniería y de mecánica: un circuito nervioso de doce metros de largo; una sangre que se eleva contra la ley de la gravedad mediante un corazón que funciona como bomba de pozo profundo; y todavía, a estas alturas, una lengua eyéctil que va más arriba, sobrepasando con veinte centímetros el alcance de los belfos para roer los pimpollos como una lima de acero.

Con todos sus derroches de técnica, que complican extraordinariamente su galope y sus amores, la jirafa representa mejor que nadie los devaneos del espíritu: busca en las alturas lo que otros encuentran al ras del suelo.

Pero como finalmente tiene que inclinarse de vez en cuando para beber el agua común, se ve obligada a desarrollar su acrobacia al revés. Y se pone entonces al nivel de los burros.

La hiena

Animal de pocas palabras. La descripción de la hiena debe hacerse rápidamente y casi como al pasar: triple juego de aullidos, olores repelentes y manchas sombrías. La punta de plata se resiste, y fija a duras penas la cabeza de mastín rollizo, las reminiscencias de cerdo y de tigre envilecido, la línea en declive del cuerpo escurridizo, musculoso y rebajado.

Un momento. Hay que tomar también algunas huellas esenciales del criminal: la hiena ataca en montonera a las bestias solitarias, siempre en despoblado y con el hocico repleto de colmillos. Su ladrido espasmódico es modelo ejemplar de la carcajada nocturna que trastorna al manicomio. Depravada y golosa, ama el fuerte sabor de las carnes pasadas, y para asegurarse el triunfo en las lides amorosas, lleva un bolsillo de almizcle corrompido entre las piernas.

Antes de abandonar a este cerbero abominable del reino feroz, al necrófilo entusiasmado y cobarde, debemos hacer una aclaración necesaria: la hiena tiene admiradores y su apostolado no ha sido vano. Es tal vez el animal que más prosélitos ha logrado entre los hombres.

El hipopótamo

Jubilado por la naturaleza y a falta de pantano a su medida, el hipopótamo se sumerge en el hastío.

Potentado biológico, ya no tiene qué hacer junto al pájaro, la flor y la gacela. Se aburre enormemente y se queda dormido a la orilla de su charco, como un borracho junto a la copa vacía, envuelto en su capote colosal.

Buey neumático, sueña que pace otra vez las praderas sumergidas en el remanso, o que sus toneladas flotan plácidas entre nenúfares. De vez en cuando se remueve y resopla, pero vuelve a caer en la catatonia de su estupor. Y si bosteza, las mandíbulas disformes añoran y devoran largas etapas de tiempo abolido.

¿Qué hacer con el hipopótamo, si ya sólo sirve como draga y aplanadora de los terrenos palustres, o como pisapapeles de la historia? Con esa masa de arcilla original dan ganas de modelar una nube de pájaros, un ejército de ratones que la distribuyan por el bosque, o dos o tres bestias medianas, domésticas y aceptables. Pero no. El hipopótamo es como es y así se reproduce: junto a la ternura hipnótica de la hembra reposa el bebé sonrosado y monstruoso.

Finalmente, ya sólo nos queda hablar de la cola del hipopótamo, el detalle amable y casi risueño que se ofrece como único asidero posible. Del rabo corto, grueso y aplanado que cuelga como una aldaba, como el badajo de la gran campana material. Y que está historiado con finas crines laterales, borla suntuaria entre el doble cortinaje de las ancas redondas y majestuosas.

Cérvidos

Fuera del espacio y del tiempo, los ciervos discurren con veloz lentitud y nadie sabe dónde se ubican mejor, si en la inmovilidad o en el movimiento que ellos combinan de tal modo que nos vemos obligados a situarlos en lo eterno.

Inertes o dinámicos, modifican continuamente el ámbito natural y perfeccionan nuestras ideas acerca del tiempo, el espacio y la traslación de los móviles. Hechos a propósito para solventar la antigua paradoja, son a un tiempo Aquiles y la tortuga, el arco y la flecha: corren sin alcanzarse; se paran y algo queda siempre fuera de ellos galopando.

El ciervo, que no puede estarse quieto, avanza como una aparición, ya sea entre los árboles reales o desde un boscaje de leyenda: Venado de San Huberto que lleva una cruz entre los cuernos o cierva que amamanta a Genoveva de Brabante. Donde quiera que se encuentren, el macho y la hembra componen la misma pareja fabulosa.

Pieza venatoria por excelencia, todos tenemos la intención de cobrarla, aunque sea con la mirada. Y si Juan de Yepes nos dice que fue tan alto, tan alto que le dio a la caza alcance, no se está refiriendo a la paloma terrenal sino al ciervo profundo, inalcanzable y volador.

Las focas

Difícilmente erguida en su blandura musculosa, una levanta el puro torso desnudo. Otra reposa al sol un odre lleno de agua pesada. Las demás circulan por el estanque, apareciendo y desapareciendo, rodando en el oleaje que sus evoluciones promueven.

He visto el quehacer incesante de las focas. He oído sus gritos de júbilo, sus risotadas procaces, sus falsos llamados de náufrago. Una gota de agua me salpica la boca.

Veloces lanzaderas, las focas tejen y destejen la tela interminable de sus juegos eróticos. Se abrazan sin brazos y resbalan de una en otra improvisando sus rondas *ad libitum*. Baten el agua con duras palmadas; se aplauden ellas mismas en ovaciones viscosas. La alberca parece de gelatina. El agua está llena de labios y de lenguas y las focas entran y salen relamiéndose.

Como en la gota microscópica, las focas se deslizan por las frescas entrañas del agua virgen con movimiento flagelo de zoospermos, y las mujeres y los niños miran inocentes la pantomima genética.

Perros mutilados, palomas desaladas. Pesados lingotes de goma que nadan y galopan con difíciles ambulacros. Meros objetos sexuales. Microbios gigantescos. Criaturas de vida infusa en un barro de forma primaria, con probabilidades de pez, de reptil, de ave y de cuadrúpedo. En todo caso, las focas me parecieron grises y manoseados jabones de olor intenso y repulsivo.

¿Pero qué decir de las hermanas amaestradas, de las focas de circo que sostienen una esfera de cristal en la punta de la nariz, que dan saltos de caballo sobre el tablero de ajedrez, o que soplan por una hilera de flautas los primeros compases de la Pasión según San Mateo?

Aves acuáticas

Por el agua y en la orilla, las aves acuáticas pasean: mujeres tontas que llevaran con arrogancia unos ridículos atavíos. Aquí todos pertenecen al gran mundo, con zancos o sin ellos, y todos llevan guantes en las patas.

El pato golondrino, el cucharón y el tepalcate lucen en las plumas un esplendor de bisutería. El rojo escarlata, el azul turquesa, el armiño y el oro se prodigan en juegos de tornasol. Hay quien los lleva todos juntos en la ropa y no es más que una gallareta banal, un bronceado corvejón que se nutre de pequeñas putrefacciones y que traduce en gala sus pesquisas de aficionado al pantano.

Pueblo multicolor y palabrero donde todos graznan y nadie se entiende. He visto al gran pelícano disputando con el ansarón una brizna de paja. He oído a las gansas discutir interminablemente acerca de nada, mientras los huevos ruedan sobre el suelo y se pudren bajo el sol, sin que nadie se tome el trabajo de empollarlos. Hembras y machos vienen y van por el salón, apostando a quien lo cruza con más contoneo. Impermeables a más no poder, ignoran la realidad del agua en que viven.

Los cisnes atraviesan el estanque con vulgaridad fastuosa de frases hechas, aludiendo a nocturno y a plenilunio bajo el sol del mediodía. Y el cuello metafórico va repitiendo siempre el mismo plástico estribillo... Por lo menos hay uno negro que se distingue: flota al garete junto a la orilla, llevando en una cesta de plumas la serpiente de su cuello dormido.

Entre toda esta gente, salvemos a la garza, que nos acostumbra a la idea de que sólo sumerge en el lodo una pata, alzada con esfuerzo de palafito ejemplar. Y que a veces se arrebuja y duerme bajo el abrigo de sus plumas ligeras, pintadas una a una por el japonés minucioso y amante de los detalles. A la garza que no cae en la tentación del cielo inferior, donde le espera un lecho de arcilla y podredumbre.

El ajolote

Acerca de ajolotes sólo dispongo de dos informaciones dignas de confianza. Una: el autor de las *Cosas de la Nueva España*; otra: la autora de mis días.

¡*Simillima mulieribus*! Exclamó el atento fraile al examinar detenidamente las partes idóneas en el cuerpecillo de esta sirenita de los charcos mexicanos.

Pequeño lagarto de jalea. Gran gusarapo de cola aplanada y orejas de pólipo coral. Lindos ojos de rubí, el ajolote es un *lingam* de transparente alusión genital. Tanto, que las mujeres no deben bañarse sin precaución en las aguas donde se deslizan estas imperceptibles y lucias criaturas. (En un pueblo cercano al nuestro, mi madre trató a una señora que estaba mortalmente preñada de ajolotes.)

Y otra vez Bernardino de Sahagún: "...y es carne delgada muy más que el capón y puede ser de vigilia. Pero altera los humores y es mala para la continencia. Dijéronme los viejos que comían axolotl asados que estos pejes venían de una dama principal que estaba con su costumbre, y que un señor de otro lugar la había tomado por fuerza y ella no quiso su descendencia, y que se había lavado luego en la laguna que dicen Axoltitla, y que de allí vienen los acholotes".

Sólo me queda agregar que Nemilov y Jean Rostand se han puesto de acuerdo y señalan a la ajolota como el cuarto animal que en todo el reino padece el ciclo de las catástrofes biológicas más o menos menstruales.

Los tres restantes son la hembra del murciélago, la mujer, y cierta mona antropoide.

Los monos

Wolfgang Köhler perdió cinco años en Tetuán tratando de hacer pensar a un chimpancé. Le propuso, como buen alemán, toda una serie de trampas mentales. Lo obligó a encontrar la salida de complicados laberintos; lo hizo alcanzar difíciles golosinas, valiéndose de escaleras, puertas, perchas y bastones. Después de semejante entrenamiento, Momo llegó a ser el simio más inteligente del mundo; pero fiel a su especie distrajo todos los ocios del psicólogo y obtuvo sus raciones sin trasponer el umbral de la conciencia. Le ofrecían la libertad, pero prefirió quedarse en la jaula.

Ya muchos milenios antes (¿cuántos?), los monos decidieron acerca de su destino oponiéndose a la tentación de ser hombres. No cayeron en la empresa racional y siguen todavía en el paraíso: caricaturales, obscenos y libres a su manera. Los vemos ahora en el zoológico, como un espejo depresivo: nos miran con sarcasmo y con pena, porque seguimos observando su conducta animal.

Atados a una dependencia invisible, danzamos al son que nos tocan, como el mono de organillo. Buscamos sin hallar las salidas del laberinto en que caímos, y la razón fracasa en la captura de inalcanzables frutas metafísicas.

La dilatada entrevista de Momo y Wolfgang Köhler ha cancelado para siempre toda esperanza, y acabó en otra despedida melancólica que suena a fracaso.

(El *homo sapiens* se fue a la universidad alemana para redactar el célebre tratado sobre la inteligencia de los antropoides, que le dio fama y fortuna, mientras Momo se quedaba para siempre en Tetuán, gozando una pensión vitalicia de frutas al alcance de su mano.)

III. Cantos de mal dolor

A veces pienso que ella es lo único que existe.
Pero ya es bastante; me atarea, me desborda;
yo veo su fuerza atroz, unida a la inescrutable
malicia que la vigoriza.
Esta cosa inescrutable es, principalmente,
lo que yo odio, y ya sea la ballena blanca
agente, ya actúe por su propia cuenta, lo
cierto es que yo descargo ese odio sobre ella.
MOBY DICK, XXXVI

Loco dolente

Se participa a quien corresponde que ha cesado la búsqueda. Por acuerdo unánime y definitivo el Comité suspende las actividades encaminadas al hallazgo, después de que las últimas brigadas sentimentales se perdieron para siempre en la Selva de los Malentendidos, entre las páginas de la novela rosa y el Mar de los Sargazos. Una sonrisa, unos ojos, un olor que flotaban aquí y allá, han sido finalmente arrojados a la fosa común.

En vez de acogerlas con la benevolencia de antaño, música de laúd y otras zalamerías, el Comité se propone llevar a los tribunales por el delito de suplantación de persona a todas las mentirosas, y pone en entredicho desde ahora a los psiquiatras, cirujanos plásticos y demás profesionistas que intervengan en la superchería.

Por otra parte, se agradece cumplidamente a las criaturas del pasado que de buena o mala fe trataron de facilitar o de complicar esta búsqueda, proporcionando pistas falsas y patrocinando imposturas. Muy especialmente se menciona aquí a los señores Otto Weininger, Paul Claudel y Rainer Maria Rilke, porque con solicitud verdaderamente amistosa quisieron evitar al Comité penas y extravíos, poniendo a su disposición todo un acervo de conocimientos en la materia, así como su valioso consejo. A ellos y a otros amantes menores, la más cordial obligación.

El Comité suspende la búsqueda, pero no desaparece. Olvidando su tradicional romanticismo, entra al terreno francamente comercial y se dedicará en adelante a la publicación opuscular de epistolarios, relaciones, diarios íntimos, Infierno de Enamorados, cuadernos de bitácora, lenguaje de las flores, mapas y cartas de marear, así como a la fabricación de amuletos, agujas marciales, péndulos radiestésicos, brújulas, rompecabezas, computadoras, bebedizos, contadores Geiger, sismógrafos, imanes, copios, teles y micros, para uso de aquellos que todavía en nuestros días siguen buscando con ahínco y fuera de sí un ilusorio complemento.

Para dar cima a sus actividades de arrepentimiento y contrición, el Comité se propone agotar todos los ingresos obtenidos y erigir un grandioso cenotafio o cenobio en honor de la persona desconocida, que probablemente se convierta en santuario para los peregrinos y turistas que acepten honradamente, en reclusión devota, la soledad radical de sus espasmos.

En la medida que lo permitan las reminiscencias literarias y arqueológicas, así como la cuantía de los fondos disponibles, el cenotafio, entre un dédalo de acequias y jardines, tratará de parecerse lo más posible a la tumba de Mausolo.

Casus conscientiae

Tu sangre derramada está clamando venganza. Pero en mi desierto ya no caben espejismos. Soy un alienado. Todo lo que me acontece ahora en la vigilia y en el sueño se resuelve y cambia de aspecto bajo la luz ambigua que esparce la lámpara en el gabinete del psicoanalista.

Yo soy el verdadero asesino. El otro ya está en la cárcel y disfruta todos los honores de la justicia mientras yo naufrago en libertad.

Para consolarme, el analista me cuenta viejas historias de errores judiciales. Por ejemplo, la de que Caín no es culpable. Abel murió abrumado por su complejo edípico y el supuesto homicida asumió la quijada de burro con estas enigmáticas palabras: "¿Acaso soy yo el superego de mi hermano?". Así justificó un drama primitivo de celos familiares, lleno de reminiscencias infantiles, que la Biblia encubre con el simple propósito de ejercitar la perspicacia de los exploradores del inconsciente. Para ellos, todos somos abeles y caínes que en alguna forma intercambian y enmascaran su culpa.

Pero yo no me doy por vencido. No puedo expiar mi pecado de omisión y llevo este remordimiento agudo y limpio como una hoja de puñal: me fue transmitido literalmente, de generación en generación, el instrumento del crimen. Y no he sido yo quien derramó tu sangre.

Kalenda maya

A Midsummer Night's Dream.

En larguísimos túneles sombríos duermen las niñas alineadas como botellas de champaña. Los maléficos ángeles del sueño las repasan en silencio. Golosos catadores, prueban una por una las almas en agraz, les ponen sus gotas de alcohol o de acíbar, sus granos de azúcar. Así se van yendo por su lado las brutas, las demisecas y las dulces un día todas burbujeantes y núbiles. A las más exaltadas les aseguran el tapón de corcho con alambres, para sorprender a los ingenuos la noche del balazo.

Viene luego la promiscuidad de los brindis, conforme van saliendo las cosechas al mercado. Hay que compartir el amor, porque es una fermentación morbosa, se sube pronto a la cabeza, y nadie puede consumir una mujer entera. ¡*Kalenda maya*! La fiesta continúa, mientras ruedan por el suelo las botellas vacías.

Sí, la fiesta continúa en la superficie. Pero allá, en las profundidades del sótano, sueñan las niñas con funestas alegorías, preparadas por espíritus malignos. Silenciosos entrenadores las ejercitan con sabios masajes, las inician en equivocados juegos. Pero sobre todo, les oprimen el pecho hasta asfixiarlas, para que puedan soportar el peso de los hombres y siga la comedia, la pesadilla del cisne tenebroso.

Homenaje a Johann Jacobi Bachofen

Divina Psiquis, dulce mariposa invisible.

R. D.

Abrumado por las diosas madres que lo ahogaban telúricas en senos pantanosos, el hombre dio un paso en seco y puso en su lugar para siempre a las mujeres. ¿Para siempre?

El antropopiteco empezó a erguirse cada vez más, vacilante en dos pies, como un niño, como un borracho de nuestros días. Pero poco a poco se le fue asentando la cabeza y caminó paso a paso al pensamiento conceptual. Ella, en cambio, tardó mucho tiempo en adoptar la posición erecta, sobre todo por razones de embarazo y de pecho. Entre tanto, perdió estatura, fuerza y desarrollo craneano.

El troglodita amplió su concepción del mundo alejándose cada vez más de la húmeda caverna, desdeñando una dieta monótona y vegetariana. Sin embargo, después de sus vagabundeos, volvía ya entrada la noche dando como disculpa pequeños trofeos de caza y pesca, así como juguetes para los niños. Cuando llegaba con las manos vacías, ebrio de aventuras y contemplaciones, ante los gruñidos de reclamo y descontento, su espíritu desarrolló el recurso del pulgar oponible, origen de todas las técnicas, haciendo el ademán característico que ha llegado hasta nosotros como signo injurioso: las higas caras a Santa Teresa y a Góngora.

Entre este párrafo y el anterior, hay un periodo, una laguna histórica que es muy difícil llenar, porque arqueólogos y antropólogos no se han puesto de acuerdo y vacilan mucho en sus milenios. Digamos estéticamente que se trata del lapso que separa las esteatitas, las rocas serpentinas y los cantos rodados del auriñaciense, de las esculturas policromadas por el artista de Tel El Amarna.

Dueño ya de su lenguaje y en plena literatura fantástica, el hombre sepultó para siempre en su memoria a la Venus de Willendorf. Hizo nacer de su costado a la Eva sumisa y fue padre de su madre en el sueño neurótico de Adán...

¿Para siempre? ¡Cuidado! Estamos en pleno cuaternario. La mujer esteatopigia no puede ocultar ya su resentimiento. Anda ahora libre y suelta por las calles, idealizada por las cortes de amor, nimbada por la mariología, ebria de orgullo, virgen, madre y prostituta, dispuesta a capturar la dulce mariposa invisible para sumergirla otra vez en la remota cueva marsupial.

Homenaje a Remedios Varo

Aunque la iglesia ha desautorizado la leyenda de San Jorge y ahora corre exclusivamente por cuenta y riesgo de Jacobo de Vorágine, no faltan héroes dispuestos a salvar a la princesa.

Hay un caso ejemplar. La doncella inexperta estaba a punto de caer en las fauces de un tipo con facha de dragón, lengua relampagueante y chaleco de fantasía. En vez de echar mano a la espada, el hijodalgo guardó las distancias y desfizo el entuerto de una manera ingeniosa. Se colocó frente al dragón, es cierto, pero de modo que la dama quedara de por medio, equidistante. Y cuando ella iba a dar el paso decisivo hacia la bestia mitológica, ayudado por un grupo de sacripantes, el doncel arrastró a la indecisa hasta el nido de murciélagos donde cobró inmediatamente el precio de su fama, como suelen hacer tales héroes (exceptuando a San Jorge, aunque ya vimos que su aventura es apócrifa).

Cuentan las malas lenguas que el joven protagonista de nuestra historia escapó de un cuadro de Remedios, que tiene hábitos de vampiro y se ha dedicado a chuparle la sangre a la princesa: mariposa a quien salvó de la muerte de fuego.

La noticia

Yo acariciaba las estatuas rotas...

C. P.

El golpe fue tan terrible que para no caer tuve que apoyarme en la historia. Sin venir al caso me vi en la tina de baño, sarnoso Marat frente a Carlota Corday.

El suelo se me ha ido de los pies y la memoria en desorden me coloca en puras situaciones infames. Soy por Margarita de Borgoña arrojado en un saco al Sena, Teodora me manda degollar en el hipódromo, Coatlicue me asfixia bajo su falda de serpientes... Alguien me ofrece al pie de un árbol la fruta envenenada. Ciego de cólera derribé las columnas de Sansón sobre una muchedumbre de cachondas filisteas. (Afortunadamente siempre he llevado largos los cabellos, por las dudas.)

Una procesión de cornudos ilustres me pasó por la cabeza y yo elegí entre todos a Urías el hitita. Valientemente me puse a su lado en la primera línea del combate, mientras David se acostaba con Betsabé. Y nos dimos la mano, moribundos.

Finalmente me refugié en el rapto de las sabinas. Y allí, entre una bárbara confusión de cabelleras, brazos, piernas y alaridos, me hice el perdedizo. Dejé que se las llevaran a todas, tranquilamente, y la que estaba dándome la noticia se convirtió en un fantasma incoloro.

Como los romanos adoptaron hasta las niñas recién nacidas, la historia de nuestro pueblo concluye felizmente en la anécdota del rapto. No más asuntos de mujeres.

El fantasma incoloro que estaba dándome la noticia desapareció por completo y yo me considero, con justa razón, el último representante de la estirpe sabina.

De vez en cuando abandono mi soledad hombruna, paseo vagamente por las ruinas del Imperio y acaricio en sueños las estatuas rotas...

Navideña

La niña fue a la Posada con los ojos vendados para romper la piñata, pero la quebraron a ella. Iba con traje de fiesta, en cuerpo de tentación y alma de consentimiento.

(Como buen psiquiatra, un amigo mío ha explicado este afán mexicano de romper vasijas de barro llenas de fruta y previamente engalanadas con perifollos de papel de china y oropeles, de la siguiente manera: un rito de fertilidad que contradice la melancolía de diciembre. La piñata es un vientre repleto; los nueve días festivos corresponden a otros tantos meses de embarazo; el palo agresor es un odioso símbolo sexual; la venda en los ojos, la ceguera del amor y etcétera, etcétera, pero volvamos a nuestro cuento.)

Íbamos en que descalabraron a la niña, en plena Posada...

(Nos hizo falta agregar que las piñatas, según el criterio apuntado, adoptan toda clase de formas para satisfacer el impulso agresivo de los niños en contra de sus seres queridos: palomitas, toritos, borriquitas, naves espaciales y pierrots y colombinas.)

Con el palo, en plena Posada. Y hubo cubas libres de por medio. ¿Cómo acaba la historia? Tendremos que esperar unos meses para saberlo. Puede ser feliz, si la niña da con puntualidad su fruta de piñata. Así tendrá su apoyo casi metafísico la tesis de mi amigo el psiquiatra, destacado autor de cuentos de Navidad.

De cetrería

Qu'il en découvre quelqu'une statim adest.

P. C.

Te ha cazado el gerifalte. El halcón palumbario que llenó mi espíritu de duelo, planeaba desde hace tiempo sobre el paisaje. Pero no creí que la retórica de sus giros egocéntricos pudiera mover tu corazón.

He pasado mi vida entre las nubes y amo todavía las criaturas que se defienden y huyen. (Guardo en la memoria el fantasma de una paloma inalcanzable que palpita para mí.) Hacia ella sigo volando, cada vez con menos brío. De noche, cavilo entre la rapiña y la ternura en un paisaje de rocas vacías.

El pájaro de presa cayó sobre ti como de rayo, en tu penúltimo descuido, mientras yo meditaba en la áspera montaña.

Pero algo debe ser dicho en son de disculpa y a favor del gerifalte: tu alma exhalaba un tenue vaho de incertidumbre...

El rey negro

J'ay aux eschés joué devant Amours.
CHARLES D'ORLÉANS

Yo soy el tenebroso, el viudo, el inconsolable que sacrificó su última torre para llevar un peón femenino hasta la séptima línea, frente al alfil y el caballo de las blancas.

Hablo desde mi base negra. Me tentó el demonio en la hora tórrida, cuando tuve por lo menos asegurado el empate. Soñé la coronación de una dama y caí en un error de principiante, en un doble jaque elemental...

Desde el principio jugué mal esta partida: debilidades en la apertura, cambio apresurado de piezas con clara desventaja... Después entregué la calidad para obtener un peón pasado: el de la dama. Después...

Ahora estoy solo y vago inútil por el tablero de blancas noches y de negros días, tratando de ocupar casillas centrales, esquivando el mate de alfil y caballo. Si mi adversario no lo efectúa en un cierto número de movimientos, la partida es tablas. Por eso sigo jugando, atenido en última instancia al Reglamento de la Federación Internacional de Ajedrez, que a la letra dice:

Artículo 12. La partida es Tablas:
Inciso 4) Cuando un jugador demuestra que cincuenta jugadas por lo menos han sido realizadas por ambas partes sin que haya tenido lugar captura alguna de pieza ni movimiento de peón.

El caballo blanco salta de un lado a otro, sin ton ni son, de aquí para allá y de allá para acá. ¿Estoy salvado? Pero de pronto me acomete la angustia y comienzo a retroceder inexplicablemente hacia uno de los rincones fatales.

Me acuerdo de una broma del maestro Simagin: El mate de alfil y caballo es más fácil cuando uno no sabe darlo y lo consigue por instinto, por una implacable voluntad de matar.

La situación ha cambiado. Aparece en el tablero el triángulo de Delétang y yo pierdo la cuenta de las movidas. Los triángulos se suceden uno tras otro, hasta que me veo acorralado en el último.

Ya no tengo sino tres casillas para moverme: uno caballo rey, y uno y dos torre.

Me doy cuenta entonces de que mi vida no ha sido más que una triangulación. Siempre elijo mal mis objetos amorosos y los pierdo uno tras otro, como el peón de siete dama. Ahora tres figuras me acometen: rey, alfil y caballo. Ya no soy vértice alguno. Soy un punto muerto en el triángulo final. ¿Para qué seguir jugando? ¿Por qué no me dejé dar el mate del pastor? ¿O de una vez el del loco? ¿Por qué no caí en una variante de Légal? ¿Por qué no me mató Dios mejor en el vientre de mi madre, dejándome encerrado allí como en la tumba de Filidor?

Antes de que me hagan la última jugada decido inclinar mi rey. Pero me tiemblan las manos y lo derribo del tablero. Gentilmente, mi joven adversario lo recoge del suelo, lo pone en su lugar y me mata en uno torre, con el alfil.

Ya nunca más volveré a jugar al ajedrez. Palabra de amor. Dedicaré los días que me quedan de ingenio al análisis de las partidas ajenas, a estudiar finales de reyes y peones, a resolver problemas de mate en tres, siempre y cuando en ellos sea obligatorio el sacrificio de la dama.

(A Enrique Palos Báez)

Homenaje a Otto Weininger

(Con una referencia biológica del barón Jacob von Uexkull.)

Al rayo del sol, la sarna es insoportable. Me quedaré aquí en la sombra, al pie de este muro que amenaza derrumbarse.

Como a buen romántico, la vida se me fue detrás de una perra. La seguí con celo entrañable. A ella, la que tejió laberintos que no llevaron a ninguna parte. Ni siquiera al callejón sin salida donde soñaba atraparla. Todavía hoy, con la nariz carcomida, reconstruí uno de esos itinerarios absurdos en los que ella iba dejando, aquí y allá, sus perfumadas tarjetas de visita.

No he vuelto a verla. Estoy casi ciego por la pitaña. Pero de vez en cuando vienen los malintencionados a decirme que en este o en aquel arrabal anda volcando embelesada los tachos de basura, pegándose con perros grandes, desproporcionados.

Siento entonces la ilusión de una rabia y quiero morder al primero que pase y entregarme a las brigadas sanitarias. O arrojarme en mitad de la calle a cualquier fuerza aplastante. (Algunas noches, por cumplir, ladro a la luna.)

Y me quedo siempre aquí, roñoso. Con mi lomo de lija. Al pie de este muro cuya frescura socavo lentamente. Rascándome, rascándome...

Metamorfosis

Como un meteoro capaz de resplandecer con luz propia a mediodía, como un joyel que contradice de golpe a todas las moscas de
la tierra que cayeron en un plato de sopa, la mariposa entró por la
ventana y fue a naufragar directamente en el caldillo de lentejas.

Deslumbrado por su fulgor instantáneo (luego disperso en
la superficie grasienta de la comida casera), el hombre abandonó
su rutina alimenticia y se puso inmediatamente a restaurar el
prodigio. Con paciencia maniática recogió una por una las
escamas de aquel tejado infinitesimal, reconstruyó de memoria el
dibujo de las alas superiores e inferiores, devolviendo su gracia
primitiva a las antenas y a las patitas, vaciando y rellenando
el abdomen hasta conseguir la cintura de avispa que lo separa
del tórax, eliminando cuidadosamente en cada partícula preciosa
los más ínfimos residuos de manteca, desdoro y humedad.

La sopa lenta y conyugal se enfrió definitivamente. Al final
de la tarea, que consumió los mejores años de su edad, el hombre
supo con angustia que había disecado un ejemplar de mariposa
común y corriente, una *Aphrodita vulgaris maculata* de esas
que se encuentran por millares, clavada con alfileres toda la gama
de sus mutaciones y variantes, en los más empolvados museos de
historia natural y en el corazón de todos los hombres.

Cocktail party

"¡Me divertí como loca!", dijo Monna Lisa con su voz de falsete, y ante ella se extasiaron reverentes los imbéciles en coro de ranas boquiabiertas. Su risa dominaba los salones del palacio como el chorro solista de una fuente insensata. (Esa noche en que las aguas de amargura penetraron hasta mis huesos.)

"¡Me divertí como loca!". Yo asistía a la reunión en calidad de representante del espíritu, y recibía a cada paso los parabienes, los apretones de mano, los canapés de caviar y los cigarrillos, previa exhibición de mis credenciales. (En realidad había ido solamente por ver a Monna Lisa.) "¿Qué pinta usted por ahora?". Los monstruos de brocado y pedrería iban y venían en el acuario de humo, de arrayán venenoso y gorgoritos. Ciego de cólera y haciendo brillar mis linternas de fósforo en la sombra, quise atraer la atención de Monna Lisa hacia las grandes profundidades. Pero ella sólo picaba en anzuelos superficiales, y los elegantes de verbo ampuloso la devoraban con los ojos.

"¡Me divertí como loca!". Finalmente tuve que esconderme en un rincón de la fiesta, rodeado por falsos discípulos, con mi vaso de cicuta en la mano. Una señora de edad se acercó para decirme que quería tener en su casa algo mío: un pastel de sorpresa para su próximo banquete, una tina de baño con llave mezcladora para el agua caliente, o unas estatuas de nieve, como esas tan lindas que Miguel Ángel modela los inviernos en el palacio Médicis. En mi calidad de representante del espíritu ignoré cortésmente todas las insinuaciones de la señora, pero la asistí en su parto de difíciles ideas. Me quedé un rato más, hasta apurar las heces de mi último jaibol, y tuve ocasión de despedirme de Monna Lisa. En el umbral de la puerta, con el rostro perdido en su abrigo de pieles me confesó sinceramente, así entre nos, que se había divertido como loca.

La trampa

Hay un pájaro que vuela en busca de su jaula.

F. KAFKA

Cada vez que una mujer se acerca turbada y definitiva, mi cuerpo se estremece de gozo y mi alma se magnifica de horror.

Las veo abrirse y cerrarse. Rosas inermes o flores carniceras, en sus pétalos funcionan goznes de captura: párpados tiernos, suavemente aceitados de narcótico. (En torno a ellas, zumba el enjambre de jóvenes moscardones pedantes.)

Y caigo en almas de papel insecticida, como en charcos de jarabe. (Experto en tales accidentes, despego una por una mis patas de libélula. Pero la última vez, quedé con el espinazo roto.) Y aquí voy volando solo.

Sibilas mentirosas, ellas quedan como arañas enredadas en su tela. Y yo sigo otra vez volando solo, fatalmente, en busca de nuevos oráculos.

¡Oh Maldita, acoge para siempre el grito del espíritu fugaz, en el pozo de tu carne silenciosa!

Caballero desarmado

Yo no podía quitarme semejantes ideas de la cabeza. Pero un día mi amigo el arcángel, al doblar una esquina y sin darme tiempo siquiera de saludarlo, me cogió por los cuernos y levantándome del suelo con sinceridad de atleta, me hizo dar en el aire una vuelta de carnero. Las astas se rompieron al ras de la frente (*tour de force magnifique*), y yo caí de bruces, cegado por la doble hemorragia. Antes de perder el conocimiento esbocé un gesto de gratitud hacia el amigo que se escapaba corriendo y gritándome excusas.

El proceso de cicatrización fue lento y doloroso, aunque yo traté de acelerarlo lavándome a diario las heridas con un poco de sosa cáustica disuelta en aguas de Leteo.

Volví a ver hoy al arcángel, en ocasión de mi cuadragésimo cumpleaños. Con gesto exquisito me trajo mis cuernos de regalo, montados ahora en un hermoso testuz de terciopelo. Instintivamente los coloqué en la cabecera de mi lecho como un símbolo práctico y funcional: de ellos he colgado esta noche, antes de acostarme, todos mis arreos de juventud.

Post scriptum

Ya con el cañón de la pistola en la boca, apoyado contra el paladar, entre un aceitoso y frío sabor de acero pavonado, sentí la náusea incoercible que me producen todas las frases hechas. "A nadie…"

No temas. No voy a poner aquí tu nombre, tú a quien debo la muerte. La muerte melancólica que me diste hace un año y que yo aplacé lúcidamente para no morir como un loco. ¿Te acuerdas? Me dejaste solo. Boxeador noqueado en su esquina, con la cabeza metida en un cubo de hielo.

Es cierto. Bajo el golpe me sentí desfigurado, confuso, indefinible. Y todavía me veo caminar falsamente, cruzando la calle con el cigarro apagado en la boca, hasta el poste de enfrente.

Llegué a mi casa borracho, volviendo el estómago. De bruces en el lavabo, levanté la cabeza y me vi en el espejo. Tenía una cara de Greco. De bobo de Toledo. Y no quise morirme con ella. Destruyendo esa máscara se me fue todo un año. He recuperado mis facciones, una por una, posando para el cincel de la muerte.

Hay condenados que se salvan en capilla. Yo parezco uno de esos. Pero no voy a escapar. Disfruto el aplazamiento con los rigores de estilo. Y aquí estoy, todavía vivo, bloqueado por una frase: "no se culpe a nadie…"

Achtung! Lebende Tiere!

Había una vez una niña chiquita, chiquita; que daba mucha lata en el zoológico. Se metía en la jaula de las bestias dormidas y les tiraba la cola. El brusco despertar de los feroces era precisamente la salvación de la criatura que se escapaba corriendo.

Pero un día la niña fue a dar con un león flaco, desprestigiado y solitario que no se dio por aludido. La niña abandonó los tirones de cola y pasó a mayores. Se puso a hacerle cosquillas al dormido y le revolvió una por una todas las ideas de la melena. Ante aquella total ausencia de reflejos, se proclamó en voz alta domadora de leones. La fiera volvió entonces dulcemente la cabeza y se tragó a la niña de un solo bocado.

Las autoridades del zoológico pasaron un mal rato porque la noticia salió en todos los periódicos. Los comentaristas pusieron el grito en el cielo y criticaron las leyes del universo, que consienten la existencia de leones hambrientos junto a incompatibles niñas maleducadas.

La lengua de Cervantes

Tal vez la pinté demasiado Fra Angélico. Tal vez me excedí en el color local de paraíso. Tal vez sin querer le di la pista entre el catálogo de sus virtudes, mientras vaciábamos los tarros de cerveza con pausas de jamón y chorizo. El caso es que mi amigo halló bruscamente la clave, la expresión castiza, dura y roma como un puñal manoseado por generaciones de tahúres y rufianes, y me clavó sin más ¡puta! en el corazón sentimental; escamoteando la palabrota en un rojo revuelo de muleta: la gran carcajada española que hizo estallar su cinturón de cuero ante el empuje monumental de una barriga de Sancho que yo no había advertido jamás.

Balada

El gavilán que suelta su tórtola en el aire y gana las alturas con el estómago vacío; el barquero que tira por la borda el cargamento y recobra su línea de flotación; el bandido que arroja la bolsa en su carrera y se salva por piernas de la fortuna o de la horca; el primitivo aeronauta que corta para siempre las amarras de su globo y saluda y se despide desde la canastilla agitando su sombrero de copa sobre la muchedumbre pedestre. Todos me dicen: mira tu paloma.

Ya puede ser del chivo, del puerco, del caimán y del caballo.

El que abriéndose las venas en la tina de baño dio por fin rienda suelta a sus rencores; el que cambió de opinión en la mañana llena de estupor y en vez de afeitarse hundió la navaja al pie de la jabonadura (afuera, en el comedor, lo esperaba el desayuno envenenado por la rutina de todos los días); los que de un modo o de otro se mataron de amor o de rabia, y los que se fueron por el ábrete sésamo de la locura, me están mirando y me dicen con la sonrisa extraviada: mira tu paloma.

Ya puede ser del chivo, del puerco, del caimán y del caballo.

Mírala desde el vértice del amor propio, girando en barrena, dándolo todo al diablo, descendiendo con pocas alas y con mucho bodrio.

Mírala cumpliendo con la íntima ley de su gravedad, cayendo en la piara, enganchándose en los cuernos, entrando por el hocico empedrado de colmillos, yaciendo en los lomos calientes y desnudos. Desplumada por los pinches, espetada en el asador del cocinero indecente; trufada de anécdotas para el regocijo de los bergantes y el usufructo de los follones.

Ya puede ser del chivo, del puerco, del caimán y del caballo.

Envío

Amor mío: todas las pescaderías y las carnicerías del mundo me han enviado hoy en tu carta sus reservas de materiales podridos.

113

Naufrago en una masa de gusanos aplastados, y con los ojos llenos de lágrimas inmundas empaño el azul purísimo del cielo.

Ya puedes tú ser del chivo, del puerco, del caimán y del caballo.

Tú y yo

Adán vivía feliz dentro de Eva en un entrañable paraíso. Preso como una semilla en la dulce sustancia de la fruta, eficaz como una glándula de secreción interna, adormilado como una crisálida en el capullo de seda, profundamente replegadas las alas del espíritu.

Como todos los dichosos, Adán abominó de su gloria y se puso a buscar por todas partes la salida. Nadó a contracorriente en las densas aguas de la maternidad, se abrió paso a cabezadas en su túnel de topo y cortó el blando cordón de su alianza primitiva.

Pero el habitante y la deshabitada no pudieron vivir separados. Poco a poco, idearon un ceremonial lleno de nostalgias prenatales, un rito íntimo y obsceno que debía comenzar con la humillación consciente por parte de Adán. De rodillas como ante una diosa, suplicaba y depositaba toda clase de ofrendas. Luego, con voz cada vez más urgente y amenazante, emprendía un alegato favorable al mito del eterno retorno. Después de hacerse mucho rogar, Eva lo levantaba del suelo, esparcía la ceniza de sus cabellos, le quitaba las ropas de penitente y lo incluía parcialmente en su seno. Aquello fue el éxtasis. Pero el acto de magia imitativa dio muy malos resultados en lo que se refiere a la propagación de la especie. Y ante la multiplicación irresponsable de adanes y evas que traería como consecuencia el drama universal, una y otro fueron llamados a cuentas. (Con su mudo clamor, todavía estaba fresca en el suelo la sangre de Abel.)

Ante el tribunal supremo, Eva se limitó, entre cínica y modesta, a hacer una exhibición más o menos velada de sus gracias naturales, mientras recitaba el catecismo de la perfecta casada. Las lagunas del sentimiento y las fallas de la memoria fueron suplidas admirablemente por un extenso repertorio de risitas, arrumacos y dengues. Finalmente, hizo una espléndida pantomima del parto doloroso.

Adán, muy formal por su parte, declamó un extenso resumen de historia universal, convenientemente expurgado de miserias, matanzas y dolos. Habló del alfabeto y de la invención de la rueda,

115

de la odisea del conocimiento, del progreso de la agricultura y del sufragio femenino, de los tratados de paz y de la lírica provenzal...

Inexplicablemente, nos puso a ti y a mí como ejemplo. Nos definió como pareja ideal y me hizo el esclavo de tus ojos. Pero de pronto hizo brillar, ayer mismo, esa mirada que viniendo de ti, por siempre nos separa.

El encuentro

Dos puntos que se atraen, no tienen por qué elegir forzosamente la recta. Claro que es el procedimiento más corto. Pero hay quienes prefieren el infinito.

Las gentes caen unas en brazos de otras sin detallar la aventura. Cuando mucho, avanzan en zigzag. Pero una vez en la meta corrigen la desviación y se acoplan. Tan brusco amor es un choque, y los que así se afrontaron son devueltos al punto de partida por un efecto de culata. Demasiados proyectiles, su camino al revés los incrusta de nuevo, repasando el cañón, en un cartucho sin pólvora.

De vez en cuando, una pareja se aparta de esta regla invariable. Su propósito es francamente lineal, y no carece de rectitud. Misteriosamente, optan por el laberinto. No pueden vivir separados. Ésta es su única certeza, y van a perderla buscándose. Cuando uno de ellos comete un error y provoca el encuentro, el otro finge no darse cuenta y pasa sin saludar.

Dama de pensamientos

Ésa te conviene, la dama de pensamientos. No hace falta consentimiento ni cortejo alguno. Sólo, de vez en cuando, una atenta y encendida contemplación.

Toma una masa homogénea y deslumbrante, una mujer cualquiera (de preferencia joven y bella), y alójala en tu cabeza. No la oigas hablar. En todo caso, traduce los rumores de su boca en un lenguaje cabalístico donde la sandez y el despropósito se ajusten a la melodía de las esferas.

Si en las horas más agudas de tu recreación solitaria te parece imprescindible la colaboración de su persona, no te des por vencido. Su recuerdo imperioso te conducirá amablemente de la mano a uno de esos rincones infantiles en que te aguarda, sonriendo malicioso, su fantasma condescendiente y trémulo.

Teoría de Dulcinea

En un lugar solitario cuyo nombre no viene al caso hubo un hombre que se pasó la vida eludiendo a la mujer concreta.

Prefirió el goce manual de la lectura, y se congratulaba eficazmente cada vez que un caballero andante embestía a fondo uno de esos vagos fantasmas femeninos, hechos de virtudes y faldas superpuestas, que aguardan al héroe después de cuatrocientas páginas de patrañas, embustes y despropósitos.

En el umbral de la vejez, una mujer de carne y hueso puso sitio al anacoreta en su cueva. Con cualquier pretexto entraba al aposento y lo invadía con un fuerte aroma de sudor y de lana, de joven mujer campesina recalentada por el sol.

El caballero perdió la cabeza, pero lejos de atrapar a la que tenía enfrente, se echó en pos a través de páginas y páginas, de un pomposo engendro de fantasía. Caminó muchas leguas, alanceó corderos y molinos, desbarbó unas cuantas encinas y dio tres o cuatro zapatetas en el aire. Al volver de la búsqueda infructuosa, la muerte le aguardaba en la puerta de su casa. Sólo tuvo tiempo para dictar un testamento cavernoso, desde el fondo de su alma reseca.

Pero un rostro polvoriento de pastora se lavó con lágrimas verdaderas, y tuvo un destello inútil ante la tumba del caballero demente.

Epitalamio

La amada y el amado dejaron la habitación hecha un asco, toda llena de residuos amorosos. Adornos y pétalos marchitos, restos de vino y esencias derramadas. Sobre el lecho revuelto, encima de la profunda alteración de las almohadas, como una nube de moscas flotan palabras más densas y cargadas que el áloe y el incienso. El aire está lleno de te adoro y de paloma mía.

Mientras aseo y pongo en orden la alcoba, la brisa matinal orea con su lengua ligera pesadas masas de caramelo. Sin darme cuenta he puesto el pie sobre la rosa en botón que ella llevaba entre sus pechos. Doncella melindrosa, me parece que la oigo cómo pide mimos y caricias, desfalleciente de amor. Pero ya vendrán otros días en que se quedará sola en el nido, mientras su amado va a buscar la novedad de otros aleros.

Lo conozco. Me asaltó no hace mucho en el bosque, y sin hacer frases ni rodeos me arrojó al suelo y me hizo suya. Como un leñador divertido que pasa cantando una canción obscena y siega de un tajo el tallo de la joven palmera.

Allons voir si la rose...

Al grito de guerra: ¡Cortemos desde ahora las rosas de la vida!, Pedro de Ronsard asoló los jardines de Francia en la segunda mitad del dieciséis, desflorando de *mignonnes* y *mignonnettes* las riberas del Loira y del Cher.

Su fama de poeta ha opacado el prestigio que ostentó en su tiempo como el más hábil desatador de corpiños, bragas y zagalejos. Fue en realidad el mejor coleccionista de rosas vivas, el morboso herbolario ambulante de los senderos campestres, el cambalachero retórico que daba sonetos y madrigales por virgos en flor.

Cuando le falló el contraste de la rosa marchita junto a la mejilla aldeana, sacaba su calavera de pastiche y se iba a la sombra de los mirtos, lamentándose en plan de fantasma previo, para asustar con los estragos de la vejez a las ingenuas hilanderas del crepúsculo.

Felicitemos pues a Ronsard por la más modesta de sus virtudes: la de haber acertado con la metáfora garrafal que aseguró limpiamente su victoria sobre el tiempo. Todas sus rosas de ayer están hechas polvo en cementerios rurales, bajo esta lápida común: "¡Al tiempo que fui bella, Ronsard me celebraba!". *¡Requiescat in pace!*

Luna de miel

Ella se hundió primero. No debo culparla, porque los bordes de la luna aparecían lejanos e imprecisos, desfigurados por el crepúsculo amarillo. Lo malo es que me fui tras ella, y pronto nos hallamos engolfados en la profunda dulzura.

Inmersos en el mar espeso de apareados nadadores, navegamos mucho tiempo sin rumbo y sin salida. Flotamos al azar de entorpecidas caricias, lentos en la alcoba melosa, esférica y continua.

De vez en cuando alcanzábamos una brizna de realidad, un islote ilusorio, un témpano de azúcar más o menos cristalizado. Pero aquello duraba muy poco. Ella siempre encontró la manera de perder el equilibrio, arrastrándome otra vez en su caída al piélago atrayente.

Comprendiendo que la salida no estaba en la superficie, me dejé ir hasta el fondo en uno de tales accidentes. Imposible decir cuánto duró el empalagoso descenso vertical.

Finalmente alcancé el suelo virgen. La miel se había depositado allí en duras y desiguales formaciones de cuarzo. Empecé a caminar, abriéndome paso entre las peligrosas estalactitas. Cuando salí al aire libre, eché a correr como un prófugo. Me detuve a la orilla de un río, respiré a plenos pulmones y lavé de mi cuerpo los últimos restos de miel.

Entonces me di cuenta de que había perdido la compañera.

Armisticio

Con fecha de hoy retiro de tu vida mis tropas de ocupación. Me desentiendo de todos los invasores en cuerpo y alma. Nos veremos las caras en la tierra de nadie. Allí donde un ángel señala desde lejos invitándonos a entrar: Se alquila paraíso en ruinas.

Cláusulas

I

Las mujeres toman siempre la forma del sueño que las contiene.

II

Cada vez que el hombre y la mujer tratan de reconstruir el Arquetipo, componen un ser monstruoso: la pareja.

III

Soy un Adán que sueña en el paraíso, pero siempre despierto con las costillas intactas.

IV

Boletín de última hora: en la lucha con el ángel, he perdido por indecisión.

V

Toda belleza es formal.

Gravitación

Los abismos atraen. Yo vivo a la orilla de tu alma. Inclinado hacia ti, sondeo tus pensamientos, indago el germen de tus actos. Vagos deseos se remueven en el fondo, confusos y ondulantes en su lecho de reptiles.

¿De qué se nutre mi contemplación voraz? Veo el abismo y tú yaces en lo profundo de ti misma. Ninguna revelación. Nada que se parezca al brusco despertar de la conciencia. Nada sino el ojo que me devuelve implacable mi descubierta mirada.

Narciso repulsivo, me contemplo el alma en el fondo de un pozo. A veces el vértigo desvía los ojos de ti. Pero siempre vuelvo a escrutar en la sima. Otros, felices, miran un momento tu alma y se van.

Yo sigo a la orilla, ensimismado. Muchos seres se despeñan a lo lejos. Sus restos yacen borrosos, disueltos en la satisfacción. Atraído por el abismo, vivo la melancólica certeza de que no voy a caer nunca.

IV. Prosodia

A Seymour Menton

Informe de la Liberia

Como ocurre siempre entre mujeres, el rumor se ha propalado de boca en boca, y una legión de embarazadas nerviosas consultan en vano a los médicos circunspectos. El número de bodas decrece sensiblemente en tanto que prospera de modo alarmante el comercio de los anticonceptivos.

Ante el mutismo de las organizaciones científicas, los periodistas recurrieron en mala hora a la Asociación de Parteras Autodidactas. Gracias a la presidenta, una matrona gruesa, estéril y charlatana, el chismorreo ha tomado un giro definitivamente siniestro: en todas partes los niños se niegan a nacer por las buenas y los cirujanos no se dan abasto practicando operaciones cesáreas y maniobras de Guillaumin. Por si fuera poco, la APA acaba de incluir en su catálogo de publicaciones clandestinas el relato pormenorizado de dos comadronas que lucharon a brazo partido con un infante rebelde, un verdadero demonio que por más de veinticuatro horas se debatió entre la vida y la muerte sin tomar para nada en cuenta los sufrimientos de su madre. Anclándose como un pocero sobre los huesos iliacos y agarrándose de las costillas, dio tales muestras de resistencia que las señoras se cruzaron finalmente de brazos dejándolo hacer su voluntad...

Como era de esperarse, los psicoanalistas son los únicos hombres de ciencia que han abierto la boca: atribuyen el fenómeno a una especie de histeria colectiva y piensan que son las mujeres y no los niños quienes se conducen en el parto de una manera anormal. Con ello expresan una clara censura al hombre de nuestros días. Tomando en cuenta el carácter explosivo del alumbramiento, un psiquiatra afirma encantado de la vida que la rebelión de los nonatos, aparentemente sin causa, es una verdadera Cruzada de los Niños contra las pruebas atómicas. Ante la sonrisa burlona de los ginecólogos, concluye su alegato con ingenuidad flagrante, insinuando la idea de que tal vez no sea éste en que vivimos, el mejor de los mundos posibles.

Telemaquia

Dondequiera que haya un duelo, estaré de parte del que cae. Ya se trate de héroes o rufianes.

Estoy atado por el cuello a la teoría de esclavos esculpidos en la más antigua de las estelas. Soy el guerrero moribundo bajo el carro de Asurbanipal, y el hueso calcinado en los hornos de Dachau.

Héctor y Menelao, Francia y Alemania y los dos borrachos que se rompen el hocico en la taberna, me abruman con su discordia. Adondequiera que vuelvo los ojos, me tapa el paisaje del mundo un inmenso paño de Verónica con el rostro del Bien Escarnecido.

Espectador a la fuerza, veo a los contendientes que inician la lucha y quiero estar de parte de ninguno. Porque yo también soy dos: el que pega y el que recibe las bofetadas.

El hombre contra el hombre. ¿Alguien quiere apostar?

Señoras y señores: No hay salvación. En nosotros se está perdiendo la partida. El Diablo juega ahora las piezas blancas.

Infierno V

En las altas horas de la noche, desperté de pronto a la orilla de un abismo anormal. Al borde de mi cama, una falla geológica cortada en piedra sombría se desplomó en semicírculos, desdibujada por un tenue vapor nauseabundo y un revuelo de aves oscuras. De pie sobre su cornisa de escorias, casi suspendido en el vértigo, un personaje irrisorio y coronado de laurel me tendió la mano invitándome a bajar.

Yo rehusé amablemente, invadido por el terror nocturno, diciendo que todas las expediciones hombre adentro acaban siempre en superficial y vana palabrería.

Preferí encender la luz y me dejé caer otra vez en la profunda monotonía de los tercetos, allí donde una voz que habla y llora al mismo tiempo, me repite que no hay mayor dolor que acordarse del tiempo feliz en la miseria.

De l'osservatore

A principios de nuestra Era, las llaves de San Pedro se perdieron en los suburbios del Imperio Romano. Se suplica a la persona que las encuentre, tenga la bondad de devolverlas inmediatamente al Papa reinante, ya que desde hace más de quince siglos las puertas del Reino de los Cielos no han podido ser forzadas con ganzúas.

Una de dos

Yo también he luchado con el ángel. Desdichadamente para mí, el ángel era un personaje fuerte, maduro y repulsivo, con bata de boxeador.

Poco antes habíamos estado vomitando, cada uno por su lado, en el cuarto de baño. Porque el banquete, más bien la juerga, fue de lo peor. En casa me esperaba la familia: un pasado remoto.

Inmediatamente después de su proposición, el hombre comenzó a estrangularme de modo decisivo. La lucha, más bien la defensa, se desarrolló para mí como un rápido y múltiple análisis reflexivo. Calculé en un instante todas las posibilidades de pérdida y salvación, apostando a vida o sueño, dividiéndome entre ceder y morir, aplazando el resultado de aquella operación metafísica y muscular.

Me desaté por fin de la pesadilla como el ilusionista que deshace sus ligaduras de momia y sale del cofre blindado. Pero llevo todavía en el cuello las huellas mortales que me dejaron las manos de mi rival. Y en la conciencia, la certidumbre de que sólo disfruto una tregua, el remordimiento de haber ganado un episodio banal en la batalla irremisiblemente perdida.

Libertad

Hoy proclamé la independencia de mis actos. A la ceremonia sólo concurrieron unos cuantos deseos insatisfechos, dos o tres actitudes desmedradas. Un propósito grandioso que había ofrecido venir envió a última hora su excusa humilde. Todo transcurrió en un silencio pavoroso.

Creo que el error consistió en la ruidosa proclama: trompetas y campanas, cohetes y tambores. Y para terminar, unos ingeniosos juegos de moral pirotécnica que se quedaron a medio arder.

Al final me hallé a solas conmigo mismo. Despojado de todos los atributos de caudillo, la media noche me encontró cumpliendo un oficio de mera escribanía. Con los últimos restos del heroísmo emprendí la penosa tarea de redactar los artículos de una dilatada constitución que presentaré mañana a la asamblea general. El trabajo me ha divertido un poco, alejando de mi espíritu la triste impresión del fracaso.

Leves e insidiosos pensamientos de rebeldía vuelan como mariposas nocturnas en torno de la lámpara, mientras sobre los escombros de mi prosa jurídica, pasa de vez en cuando un tenue soplo de marsellesa.

El último deseo

A Giovanni Papini, experto en balances, liquidaciones y cortes de caja, debemos un reciente escrutinio de la conciencia humana, con saldos más o menos iguales: *Giudizio Universale*, Florencia, 1957.

En los círculos allegados a su intimidad se ha propagado la especie de que el escritor fue favorecido, en los postreros años de su vida, con trances sobrenaturales que incluyeron visiones beatíficas y recorridos turísticos a través del cielo y el infierno.

En el último desván del universo, dicen las malas lenguas, Papini entrevistó a nuestros primeros padres. Adán y Eva, que están todavía en carne y hueso, han envejecido prodigiosamente y no se acuerdan de nada. Dicen que su única ilusión es que muy pronto ocurran el Juicio Final y la Resurrección de la carne, para que ellos puedan morir a más tardar el día siguiente y ser sepultados en su tierra natal. Por supuesto, quieren tomarse antes una foto de familia, con todos sus descendientes reunidos en el Valle de Josafat.

No debe extrañarnos el hecho de que los editores y biógrafos del ilustre contador italiano se hayan puesto de acuerdo para omitir de sus libros esta anécdota conmovedora y pueril.

Elegía

Ésas que allí se ven, vagas cicatrices entre los campos de labor, son las ruinas del campamento de Nobílior. Más allá se alzan los emplazamientos militares de Castillejo, de Renieblas y de Peña Redonda...

De la remota ciudad sólo ha quedado una colina cargada de silencio. Y junto a ella, bordeándola, esa ruina de río. El arroyo Merdancho musita su cantilena de juglar, y sólo en las crecidas de junio resuena con épica grandeza.

Esta llanura apacible vio el desfile de los generales ineptos. Nobílior, Lépido, Furio Filo, Cayo Hostilio Mancino... Y entre ellos el poeta Lucilio, que paseó aquí con aires de conquistador, y que volvió a Roma maltrecho y abatido, caídas la espada y la lira, boto ya el fino dardo de su epigrama.

Legiones y legiones se estrellaron contra los muros invencibles. Millares de soldados cayeron ante las flechas, el desaliento y el invierno. Hasta que un día el exasperado Escipión se alzó en el horizonte como una ola vengativa, y apretó con sus manos tenaces, sin soltar durante meses, el duro pescuezo de Numancia.

Flor de retórica antigua

Góngora enviando un menudo lleno de flores a las monjas: *de las terneras que mata / don Alonso de Guzmán...*

Indudablemente, a don Luis se le ocurrió primero el final de la décima, que maneja la idea de los vientres con o sin fruto. Y como a los conventos no pueden llegar sino entrañas virginales, el poeta renunció a manzanas y peras, agregando copia de flores a su pedestre regalo.

¿El menudo de res en bandeja y las flores en búcaro? De ninguna manera. Góngora presentó juntas las rosas y las tripas, jugando ingeniosamente con sus distintos olores y matices, arrastrado por su lirismo a un sincero trance definitorio de canónigo metaforista.

Flash

Londres, 26 de noviembre (AP). —Un sabio demente, cuyo nombre no ha sido revelado, colocó anoche un Absorsor del tamaño de una ratonera a la salida de un túnel. El tren fue vanamente esperado en la estación de llegada. Los hombres de ciencia se afligen ante el objeto dramático, que no pesa más que antes, y que contiene todos los vagones del expreso de Dover y el apretado número de las víctimas.

Ante la consternación general, el Parlamento ha hecho declaraciones en el sentido de que el Absorsor se halla en etapa experimental. Consiste en una cápsula de hidrógeno, en la cual se efectúa un vacío atómico. Fue planeado originalmente por Sir Acheson Beal como arma pacífica, destinada a anular los efectos de las explosiones nucleares.

El diamante

Había una vez un diamante en la molleja de una gallina de plumaje miserable. Cumplía su misión de rueda de molino con resignada humildad. Le acompañaban piedras de hormiguero y dos o tres cuentas de vidrio.

Pronto se ganó una mala reputación a causa de su dureza. La piedra y el vidrio esquivaban cuidadosamente su roce. La gallina disfrutaba de admirables digestiones porque las facetas del diamante molían a la perfección sus alimentos. Cada vez más limpio y pulido, el solitario rodaba dentro de aquella cápsula espasmódica.

Un día le torcieron el cuello a la gallina de mísero plumaje. Lleno de esperanza, el diamante salió a la luz y se puso a brillar con todo el fuego de sus entrañas. Pero la fregona que destazaba la gallina lo dejó correr con todos sus reflejos al agua del sumidero, revuelto en frágiles inmundicias.

El mapa de los objetos perdidos

El hombre que me vendió el mapa no tenía nada de extraño. Un tipo común y corriente, un poco enfermo tal vez. Me abordó sencillamente, como esos vendedores que nos salen al paso en la calle. Pidió muy poco dinero por su mapa: quería deshacerse de él a toda costa. Cuando me ofreció una demostración acepté curioso porque era domingo y no tenía qué hacer. Fuimos a un sitio cercano para buscar el triste objeto que tal vez él mismo habría tirado allí, seguro de que nadie iba a recogerlo: una peineta de celuloide, color de rosa, llena de menudas piedrecillas. La guardo todavía entre docenas de baratijas semejantes y le tengo especial cariño porque fue el primer eslabón de la cadena. Lamento que no le acompañen las cosas vendidas y las monedas gastadas. Desde entonces vivo de los hallazgos deparados por el mapa. Vida bastante miserable, es cierto, pero que me ha librado para siempre de toda preocupación. Y a veces, de tiempo en tiempo, aparece en el mapa alguna mujer perdida que se aviene misteriosamente a mis modestos recursos.

Loco de amor

Homenaje a Garci-Sánchez de Badajoz. El desierto jardín de madrugada. Allá va Garci-Sánchez de Badajoz, transido de amoroso desvelo, afinando las cuerdas de su laúd inaudito.

Va por el jardín del sueño, loco de amor, escapado de su cárcel divagada. Buscando bajo los lirios la trampa de la acequia. Mundo abajo, razón abajo. Rodando en la pendiente de dos ojos oscuros, feroces de mirada indiferente. Cayendo en el hueco de una oreja sin fondo.

A paletadas de versos tristes cubre su cadáver de hombre desdeñado. Y un ruiseñor le canta exequias de hielo y de olvido. Lágrimas de su consuelo que no hacen maravillas; sus ojos están secos, cuajados de sal ardida en la última noche de su invierno amoroso. *Qu'a mí no me mató amor, / sino la tristeza dél.*

No morirás del todo, muerto de amor. Algo sigue sonando en la sombra de tu jardín romántico. Mira, aquí hay una nota de tu endecha desoída. Los pájaros cantan todavía en las ramas de tu fúnebre laurel, oh enamorado sacrílego y demente.

Porque antes de alcanzar el paraíso de su locura, Garci-Sánchez bajó al infierno de los enamorados. Y oyó y dijo cosas que escandalizaron orejas pusilánimes. Y sus versos llegaron en carta echadiza a los buzones del sombrío tribunal.

La caverna

Nada más que horror, espacio puro y vacío. Eso es la caverna de Tribenciano. Un hueco de piedra en las entrañas de la tierra. Una cavidad larga y redondeada como un huevo. Doscientos metros de largo, ochenta de anchura. Cúpula por todas partes, de piedra jaspeada y lisa.

Se baja a la caverna por setenta escalones, practicados en tramos desiguales, a través de una grieta natural que se abre como un simple boquete a ras del suelo. ¿Se baja a qué? Se bajaba a morir. En todo el piso de la caverna hay huesos, y mucho polvo de huesos. No se sabe si las víctimas ignotas bajaban por iniciativa propia, o eran enviadas allí por mandato especial. ¿De quién?

Algunos investigadores piensan que la caverna no entraña un misterio cruento. Dicen que se trata de un antiguo cementerio, tal vez etrusco, tal vez ligur. Pero nadie puede permanecer en la espelunca por más de cinco minutos, a riesgo de perder totalmente la cabeza.

Los hombres de ciencia quieren explicar el desmayo que sufren los que en ella se aventuran, diciendo que a la caverna afloran subterráneas emanaciones de gas. Pero nadie sabe de qué gas se trata ni por dónde sale. Tal vez lo que allí ataca al hombre es el horror al espacio puro, la nada en su cóncava mudez.

No se sabe más acerca de la caverna de Tribenciano.

Miles de metros cúbicos de nada, en su redondo autoclave. La nada en cáscara de piedra. Piedra jaspeada y lisa. Con polvo de muerte.

Los bienes ajenos

Nada hay más deplorable y lastimoso —dicen los ladrones— que el gesto de un hombre sorprendido *in fraganti* en delito de propiedad. Tiembla, balbucea, levanta pesadamente las manos y las mueve en el aire como si estuvieran vacías. Dice por fin que no tiene nada, que todo es mentira, que se trata sin duda de una lamentable equivocación.

En realidad, cuesta mucho reconocer los propios errores, y nadie entrega de buena gana lo que le pertenece. Los ladrones, siempre a punto de ser débiles, se aprietan el corazón y acaban por llevarse algo contra la voluntad de su dueño. Los que intentan robar sin pistola corren muy graves riesgos, pues los propietarios abusan de ellos y suelen tomar la ofensiva. Frecuentemente, el periódico nos da noticia de algún imprudente que fue balaceado a mansalva mientras escapaba corriendo.

Sin embargo —dicen los ladrones—, de vez en cuando logran hallar algunas almas arrepentidas que devuelven todo lo que llevan encima, y que acogen la visita nocturna solemnemente, como un hecho providencial.

Alarma para el año 2000

¡Cuidado! Cada hombre es una bomba a punto de estallar. Tal vez la amada hace explosión en brazos de su amante. Tal vez...

Ya nadie puede ser vejado ni aprehendido. Todos se niegan a combatir. En los más apartados rincones de la tierra, resuena el estrépito de los últimos descontentos.

El tuétano de nuestros huesos está debidamente saturado. Cada fémur y cada falange es una cápsula explosiva que se opera a voluntad. Basta con apoyar fuertemente la lengua contra la bóveda palatina y hacer una breve reflexión colérica... 5, 4, 3, 2, 1... el índice de adrenalina aumenta, se modifica el quimismo de la sangre y ¡cataplum! Todo desaparece en derredor.

Cae después una ligera llovizna de ceniza. Pequeños grumos viscosos flotan en el aire. Fragmentos de telaraña con leve olor nauseabundo como el bromo: son los restos del hombre que fue.

No hay más remedio que amarnos apasionadamente los unos a los otros.

Interview

—Finalmente, a los lectores les gustaría saber en qué trabaja usted por ahora. ¿Podría decirlo?

—Anoche se me ocurrió algo, pero no sé, no sé...

—Dígalo usted de todas maneras.

—Se trata de algo así como una ballena. Es la esposa de un joven poeta, digamos, de un hombre común y corriente.

—¡Ah, ya! La ballena que se comió a Jonás.

—Sí, sí, pero no sólo a Jonás. Es una especie de ballena total que lleva dentro de sí a todos los peces que se han ido comiendo uno a otro, claro, siempre el más grande al más chico, y comenzando por el microscópico infusorio.

—¡Muy bien, muy bien! Yo también pensaba de niño en un animal así, pero creo que era más bien un canguro en cuya bolsa...

—Bueno, en realidad no tendría yo inconveniente en cambiar la imagen de la ballena por la del canguro. Me simpatizan los canguros, con esa gran bolsa en que bien puede caber el mundo. Sólo que, sabe usted, tratándose de la esposa de un joven poeta, es mucho más sugerente la imagen de la ballena. Una ballena azul, si usted prefiere, para no dejar a un lado la galantería.

—¿Y cómo nació en usted tal idea?

—Es dádiva del mismo poeta, esposo de la ballena.

—¿Cómo es eso?

—En uno de sus poemas más bellos se concibe a sí mismo como una rémora pequeñita adherida al cuerpo de la gran ballena nocturna, la esposa dormida que lo conduce en su sueño. Esa enorme ballena femenina es más o menos el mundo, del cual el poeta sólo puede cantar un fragmento, un trozo de la dulce piel que lo sustenta.

—Me temo que sus palabras desconcierten a nuestros lectores. Y el señor director, usted sabe...

—En tal caso, dé usted un giro tranquilizador a mis ideas. Diga sencillamente que a todos, a usted y a mí, a los lectores del periódico y al señor director, nos ha tragado la ballena. Que vivimos en sus entrañas, que nos digiere lentamente y que poco a poco nos va arrojando hacia la nada...

—¡Bravo! No diga usted más; es perfecto, y muy dentro del estilo de nuestro periódico. Por último, ¿podría cedernos una fotografía suya?

—No. Prefiero dar a usted una vista panorámica de la ballena. Allí estamos todos. Con un poco de cuidado se me puede distinguir muy bien —no recuerdo exactamente dónde— envuelto en un pequeño resplandor.

El soñado

Carezco de realidad, temo no interesar a nadie. Soy un guiñapo, un dependiente, un fantasma. Vivo entre temores y deseos; temores y deseos que me dan vida y que me matan. Ya he dicho que soy un guiñapo.

Yazgo en la sombra, en largos e incomprensibles olvidos. De pronto me obligan a salir a la luz, una luz ciega que casi me asegura la realidad. Pero luego se ocupan otra vez de ellos y me olvidan. De nuevo me pierdo en la sombra, gesticulando con ademanes cada vez más imprecisos, reducido a la nada, a la esterilidad.

La noche es mi mejor imperio. En vano trata de alejarme el esposo, crucificado en su pesadilla. A veces satisfago vagamente, con agitación y torpeza, el deseo de la mujer que se defiende soñando, encogida, y que al fin se entrega, larga y blanda como una almohada.

Vivo una vida precaria, dividida entre estos dos seres que se odian y se aman, que me hacen nacer como un hijo deforme. Sin embargo, soy hermoso y terrible. Destruyo la tranquilidad de la pareja o la enciendo con más cálido amor. A veces me coloco entre los dos y el íntimo abrazo me recobra, maravilloso. Él advierte mi presencia y se esfuerza en aniquilarme, en suplirme. Pero al fin, derrotado, exhausto, vuelve la espalda a la mujer, devorado por el rencor. Yo permanezco junto a ella, palpitante, y la ciño con mis brazos ausentes que poco a poco se disuelven en el sueño que siempre recuerda al despertar.

Debí comenzar diciendo que todavía no he acabado de nacer, que soy gestado lentamente, con angustia, en un largo y sumergido proceso. Ellos maltratan con su amor, inconscientes, mi existencia de nonato.

Trabajan largamente mi vida entre sus pensamientos, manos torpes que se empeñan en modelarme, haciéndome y deshaciéndome, siempre insatisfechos.

Pero un día, cuando den por azar con mi forma definitiva, escaparé y podré soñarme yo mismo, vibrante de realidad. Se apartarán el uno del otro. Y yo abandonaré a la mujer y perseguiré al hombre. Y guardaré la puerta de su alcoba, blandiendo una espada flamígera.

El asesino

Ya no hago más que pensar en mi asesino, ese joven imprudente y tímido que el otro día se me acercó al salir del hipódromo, en un momento en que los guardias lo habrían hecho pedazos antes de que alcanzara a rozar el borde de mi túnica.

Lo sentí palpitar cerca de mí. Su propósito se agitaba en él como una cuadriga furiosa. Lo vi llevarse la mano hacia el puñal escondido, pero lo ayudé a contenerse desviando un poco mi camino. Quedó desfalleciente, apoyado en una columna.

Me parece haberlo visto ya otras veces, rostro puro, inolvidable entre esta muchedumbre de bestias. Recuerdo que un día salió corriendo un cocinero de mi palacio, en pos del muchacho que huía robando un cuchillo. Juraría que ese joven es el asesino inexperto y que moriré bajo el arma con que se corta la carne en la cocina.

El día en que una banda de soldados borrachos entró en mi casa para proclamarme emperador después de arrastrar por la calle el cadáver de Rinometos, comprendí que mi suerte estaba echada. Me sometí al destino, abandoné una vida de riqueza, de molicie y de vicio para convertirme en complaciente verdugo.

Ahora ha llegado mi turno. Ese joven, que trae mi muerte en su pecho, me obsede con su leve persecución. Debo ayudarlo, decidir su cautela. Hay que apresurar nuestra cita, antes de que surja el usurpador que lo traicione, dándome una muerte ignominiosa de tirano.

Esta noche pasearé solo por los jardines imperiales. Iré lavado y perfumado. Vestiré una túnica nueva y saldré al paso del asesino que tiembla detrás de un árbol.

En el rápido viaje de su puñal, como en un relámpago, veré iluminarse mi alma sombría.

La canción de Peronelle

Desde un claro huerto de manzanos, Peronelle de Armentiéres dirigió al maestro Guillermo su primer rondel amoroso. Puso los versos en una cesta de frutas olorosas, y el mensaje cayó como un sol de primavera en la vida oscurecida del poeta.

Guillermo de Machaut había cumplido ya los sesenta años. Su cuerpo resentido de dolencias empezaba a inclinarse hacia la tierra. Uno de sus ojos se había apagado para siempre. Sólo de vez en cuando, al oír sus antiguos versos en boca de jóvenes enamorados, se reanimaba su corazón. Pero al leer la canción de Peronelle volvió a ser joven, tomó su rabel, y aquella noche no hubo en la ciudad más gallardo cantor de serenatas.

Mordió la carne dura y fragante de las manzanas y pensó en la juventud de aquella que se las enviaba. Y su vejez retrocedió como sombra perseguida por un rayo de luz. Contestó en una carta extensa y ardiente, interpolada con poemas juveniles.

Peronelle recibió la respuesta y su corazón latió apresurado. Sólo pensó en aparecer una mañana, con traje de fiesta, ante los ojos del poeta que celebraba su belleza desconocida.

Pero tuvo que esperar hasta el otoño la feria de San Dionisio. Acompañada de una sirviente fiel, sus padres consintieron en dejarla ir en peregrinación hasta el santuario. Las cartas iban y venían, cada vez más inflamadas, colmando la espera.

En la primera garita del camino, el maestro aguardó a Peronelle, avergonzado de sus años y de su ojo sin luz. Con el corazón apretado de angustia, escribía versos y notas musicales para saludar su llegada.

Peronelle se acercó envuelta en el esplendor de sus dieciocho años, incapaz de ver la fealdad del hombre que la esperaba ansioso. Y la vieja sirviente no salía de su sorpresa, viendo cómo el maestro Guillermo y Peronelle pasaban las horas diciendo rondeles y baladas, oprimiéndose las manos, temblando como dos prometidos en la víspera de sus bodas.

A pesar del ardor de sus poemas, el maestro Guillermo supo amar a Peronelle con amor puro de anciano. Y ella vio pasar

149

indiferente a los jóvenes que la alcanzaban en la ruta. Juntos visitaron las santas iglesias, y juntos se albergaron en las posadas del camino. La fiel servidora tendía sus mantas entre los dos lechos, y San Dionisio bendijo la pureza del idilio cuando los dos enamorados se arrodillaron, con las manos juntas, al pie de su altar.

Pero ya de vuelta, en una tarde resplandeciente y a punto de separarse, Peronelle otorgó al poeta su más grande favor. Con la boca fragante, besó amorosa los labios marchitos del maestro. Y Guillermo de Machaut llevó sobre su corazón, hasta la muerte, la dorada hoja de avellano que Peronelle puso de por medio entre su beso.

Autrui

Lunes. Sigue la persecución sistemática de ese desconocido. Creo que se llama Autrui. No sé cuándo empezó a encarcelarme. Desde el principio de mi vida tal vez, sin que yo me diera cuenta. Tanto peor.

Martes. Caminaba hoy tranquilamente por calles y plazas. Noté de pronto que mis pasos se dirigían a lugares desacostumbrados. Las calles parecían organizarse en laberinto, bajo los designios de Autrui. Al final, me hallé en un callejón sin salida.

Miércoles. Mi vida está limitada en estrecha zona, dentro de un barrio mezquino. Inútil aventurarse más lejos. Autrui me aguarda en todas las esquinas, dispuesto a bloquearme las grandes avenidas.

Jueves. De un momento a otro temo hallarme frente a frente y a solas con el enemigo. Encerrado en mi cuarto, ya para echarme en la cama, siento que me desnudo bajo la mirada de Autrui.

Viernes. Pasé todo el día en casa, incapaz de la menor actividad. Por la noche surgió a mi alrededor una tenue circunvalación. Cierta especie de anillo, apenas más peligroso que un aro de barril.

Sábado. Ahora desperté dentro de un cartucho exagonal, no mayor que mi cuerpo. Sin atreverme a atacar los muros, presentí que detrás de ellos nuevos exágonos me aguardan.

Indudablemente, mi confinación es obra de Autrui.

Domingo. Empotrado en mi celda, entro lentamente en descomposición. Segrego un líquido espeso, amarillento, de engañosos reflejos. A nadie aconsejo que me tome por miel...

A nadie naturalmente, salvo al propio Autrui.

Epitafio

Homenaje a Marcel Schwob

Abrevió de una buena pedrada la vida abyecta de Felipe Sermoyse, mal clérigo y peor amigo. Tuvo su parte en el botín de doscientos escudos robados al Colegio de Navarra y dos veces se halló con la soga al cuello. Pero dos veces descendió para salvarlo en el oscuro calabozo la gracia del buen rey Carlos.

Rogad a Dios por él. Nació en un tiempo malo. Cuando el hambre y la peste desolaban la ciudad de París. Cuando el resplandor de la hoguera de Juana de Arco alumbraba rostros descompuestos por el dolor y la burla y cuando el argot de los bajos fondos se trufaba con palabras inglesas.

A la luz mortecina de la luna invernal, vio llegar manadas de lobos hasta el panteón de los Inocentes. Y él mismo fue como un lobo tundido y trasijado, que alguien soltó en medio de la ciudad. Y robó el pan cuando tuvo hambre, y pescó los peces ya fritos en las sartenes de las vendedoras.

Nació en un tiempo malo. Tropeles de niños cantando vagaban pidiendo el pan por las calles. Mendigos y enfermos colmaban las naves de Nuestra Señora, subían hasta el presbiterio y estorbaban los oficios divinos.

Se refugió en la iglesia y en el burdel. El viejo canónigo y tío le dio la buena fama de su nombre, y la Gorda Margot su pan dorado y su cuerpo repugnante. Cantó las desdichas de la vieja Elmiera y los desdenes de Catalina; dijo con humildad las preces de la Virgen María, por boca de su madre. En un tapiz desvanecido, las hermosas de otro tiempo pasaron en cortejo por sus versos, seguidas del estribillo sumiso y melancólico. Testó a favor de todos, burlesco y trágico. Como un mercader de feria, exhibió en la plaza joyas y baratijas de su alma.

Pelado y enteco como un nabo invernizo, amó a París, ciudad empobrecida y mancillada. Aprendió las letras humanas y divinas en el hogar ilustre de Roberto de Sorbon, y le dieron allí un título de maestro.

Pero rodó siempre de miseria en miseria. Conoció el invierno sin fuego, la cárcel sin amigos, y el hambre pavorosa en los caminos de Francia. Sus compañeros fueron ladrones, rufianes, desertores y monederos falsos, todos perseguidos o muertos por justicia.

Vivió en un tiempo malo. Desapareció en el misterio a los treinta años de su edad. Acosado por el hambre y la fatiga, huyó como un lobo que se siente morir, y que busca el rincón más oscuro del bosque. Rogad a Dios por él.

El lay de Aristóteles

Sobre la hierba del prado danza la musa de Aristóteles. El viejo filósofo vuelve de vez en cuando la cabeza y contempla un momento el cuerpo juvenil y nacarado. Sus manos dejan caer hasta el suelo el crujiente rollo del papiro, mientras la sangre corre veloz y encendida a través de su cuerpo ruinoso. La musa sigue danzando en la pradera y desarrolla ante sus ojos un complicado argumento de líneas y de ritmos.

Aristóteles piensa en el cuerpo de una muchacha, esclava en el mercado de Estagira, que él no pudo comprar. Recuerda también que desde entonces ninguna otra mujer ha turbado su mente. Pero ahora, cuando ya su espalda se dobla al peso de la edad y sus ojos comienzan a llenarse de sombra, la musa Armonía viene a quitarle el sosiego. En vano opone a su belleza frías meditaciones; ella vuelve siempre y recomienza la danza ingrávida y ardiente.

De nada sirve que Aristóteles cierre la ventana y alumbre su escritura con una tenue lámpara de aceite: Armonía sigue danzando en su cerebro y desordena el curso sereno del pensamiento, que se jaspea de sombra y luz como una agua revuelta.

Las palabras que escribe pierden la gravedad tranquila de la prosa dialéctica y se rompen en yambos sonoros. Vuelven a su memoria, en alas de un viento recóndito, los giros de su dialecto juvenil, vigorosos y cargados de aromas campesinos.

Aristóteles abandona el trabajo y sale al jardín, abierto como una gran flor que el día primaveral abastece de esplendores. Respira profundamente el perfume de las rosas y baña su viejo rostro en la frescura del agua matinal.

La musa Armonía danza frente a él, haciendo y deshaciendo su friso inacabable, su laberinto de formas fugitivas donde la razón humana se extravía. De pronto, con agilidad imprevista, Aristóteles se echa en pos de la mujer, que huye, casi alada, y se pierde en el boscaje.

Vuelve el filósofo a la celda, extenuado y vergonzoso. Apoya la cabeza en sus manos y llora en silencio la pérdida del don de juventud. Cuando mira de nuevo a la ventana, la musa reanuda su danza interrumpida. Bruscamente, Aristóteles decide escribir un tratado que destruya la danza de Armonía, descomponiéndola en todas sus actitudes y en todos sus ritmos. Humillado, acepta el verso como una condición ineludible, y comienza a redactar su obra maestra, el tratado *De Armonía*, que ardió en la hoguera de Omar.

Durante el tiempo que tardó en componerlo, la musa danzaba para él. Al escribir el último verso, la visión se deshizo y el alma del filósofo reposó para siempre, libre del agudo aguijón de la belleza.

Pero una noche Aristóteles soñó que caminaba en la hierba a cuatro pies, bajo la primavera griega, y que la musa cabalgaba sobre él. Y al día siguiente escribió al comienzo de su manuscrito estas palabras: Mis versos son torpes y desgarbados como el paso del asno. Pero sobre ellos cabalga la Armonía.

El condenado

*Durante varias semanas estuvieron llegando a mi casa
revistas de provincia y diarios de México en que
aparecieron sendos y largos artículos sobre mi fallecimiento.*
ENRIQUE GONZÁLEZ MARTÍNEZ
El hombre del búho, XV-I, 147-148.

Al leer la noticia de su muerte fui presa de la inspiración. Concebí de golpe *El elegido de los dioses* y pude bosquejar las tres primeras octavas. La poesía se me ofreció como un amplio y despejado camino, abierto desde mi corazón al infinito.

Al día siguiente el poema en ciernes se me vino abajo, hueco de verdad. El falso difunto estaba tan vivo como yo, poniendo dique a mi fortuna.

Desde entonces luché con armas desiguales, siempre en desventaja. Pero una vez cuando menos pude enfrentarme al enemigo en duelo singular. La palestra, el álbum de María Serafina, y el inflexible acróstico, arma de combate. Mi contrincante falló en el quinto verso. Unas páginas amarillentas conservan el poema inconcluso, seguido de mi triple acróstico victorioso.

Diez años después de ese triunfo los periódicos de provincia publicaron la noticia de mi muerte, piadosamente exacta. Fueron diez años de lucha en retirada, desde trincheras cada vez más distantes, mientras el venturoso rival ganaba sus laureles. En ese lapso sólo puedo mencionar con orgullo el *Soneto de bodas* a María Serafina —leve claudicación de la caballerosidad en aras del despecho— y la letra del himno escolar *Al progreso*, diariamente estropeada por desaprensivos ejecutantes.

El rival ignoró mi verdadera estatura, y el destino lo puso a salvo de toda contingencia, porque su muerte era la condición indispensable de *El elegido de los dioses*, segura obra maestra.

Cada mañana vienen los ángeles a leerme poemas del tenaz adversario, a fin de que yo acepte su gloria. Cuando termina la lectura, y antes que pueda formular un juicio, el recuerdo del acróstico inconcluso en el álbum de María Serafina me pone en la boca una opinión adversa. Los ángeles vuelan cabizbajos en busca de nuevos poemas.

Esto sucede desde hace unos cuarenta años. Mi modesto ataúd está ya bastante deteriorado. La humedad, la carcoma y la envidia lo destruyen, mientras yo repaso y niego la grandeza de un poeta que me amenaza inmortal.

Apuntes de un rencoroso

Huyendo del espectáculo de su felicidad bochornosa, he caído de nuevo en la soledad. Acorralado entre cuatro paredes, lucho en vano contra la imagen repulsiva.

Apuesto contra su dicha y espío detalladamente su convivencia. Aquella noche salí disparado como tercero innecesario y estorboso. Ellos compusieron su pareja ante mis ojos. Se acoplaron en un gesto intenso y solapado. Lúbricos, en abrazo secreto y esponsal.

Cuando me despedí, les costaba trabajo disimular su prisa: temblaban en espera de la soledad henchida. Los dos me sacaron a empujones de su erróneo paraíso, como a un huésped incorrecto. Pero yo vuelvo siempre allí, arrastrándome. Y cuando adivine el primer gesto de hastío, el primer cansancio y la primera tristeza, me pondré en pie y echaré a reír. Sacudiré de mis hombros la carga insoportable de la felicidad ajena.

Llevo muchas noches esperando que esto se corrompa. La carne viva y fragante del amor se llena de gusanos sistemáticos. Pero todavía falta mucho por roer, para que ella se resuelva en polvo y un soplo cualquiera pueda aventarla de mi corazón.

Miré su espíritu en la resaca odiosa que mostró a la luz un fondo de detritus miserables. Y, sin embargo, todavía hoy puedo decirle: te conozco. Te conozco y te amo. Amo el fondo verdinoso de tu alma. En él sé hallar mil cosas pequeñas y turbias que de pronto resplandecen en mi espíritu.

Desde su falso lecho de Cleopatra implora y ordena. Una atmósfera espesa y tibia la rodea. Después de infinitas singladuras, la dormida encalla en la arena final del mediodía.

Deferente y sumiso, el esclavo fiel la desembarca de su purpúrea venera. La despega cuidadoso de su sueño de ostra. Acólito embriagado en ondas de tenue incienso respiratorio, el joven la asiste en los ritos monótonos de su pereza malsana. A veces, ella despierta en altamar y ve la silueta del joven en la playa, desdibujada por la sombra. Piensa que lo está soñando, y se sumerge otra vez en las sábanas. Él apenas respira, sentado al borde de la cama. Cuando la amada duerme profundamente, el fantasma puntual se levanta y desaparece de veras, marchito y melancólico, por las desiertas calles del amanecer. Pero dos o tres horas más tarde, nuevamente está en servicio.

El joven desaparece melancólico por las desiertas calles, pero yo estoy aquí, caído en el insomnio, como sapo en lo profundo de un pozo. Me golpeo la frente contra el muro de la soledad, y distingo a lo lejos la disforme pareja inoperante. Ella navega horizontal por un sueño espesado de narcóticos. Y él va remando a la orilla, desvelado, silencioso, con tierna cautela, como quien lleva un tesoro en una barca que hace agua.

Y estoy aquí, caído en la noche, como un ancla entre las rocas marinas, sin nave ya que me sostenga. Y sobre mí acumula el mar amargo su limo corrosivo, sus esponjas de sal verde, sus duros ramos de vegetación rencorosa.

Morosos, los dos detienen y aplazan el previsto final. El demonio de la pasividad se ha apoderado de ellos, y yo naufrago en la angustia. Han pasado muchas noches y en la atmósfera del cuarto cerrada, íntima y espesa, no se percibe el agudo olor de la lujuria. No hay más que la lenta emanación azucarada del anís, y un rancio aroma de aceitunas negras.

El joven languidece en su rincón, hasta nueva orden. Ella navega en su góndola, con un halo de anestesia. Se queja, interminablemente se queja. El joven médico de cabecera se inclina solícito y espía su corazón. Ella sonríe dulcísima, como una heroína en el tercer acto, agonizante. Su mano cae desmayada entre las manos del erótico galeno. Luego se recobra, enciende el braserillo de las fumigaciones aromáticas; manda abrir el guardarropa atestado de trajes y zapatos, y va eligiendo una por una, cavilosa, las prendas diurnas.

Yo, entretanto, hago señales desesperadas desde mi roca de náufrago. Giro en la espiral del insomnio. Clamo a la oscuridad. Lento como un buzo, recorro la noche interminable. Y ellos aplazan el acto decisivo, el previsto final.

Desde lejos, mi voz los acompaña. Repitiendo las letanías del amor inútil, el lívido amanecer me encuentra siempre exhausto y apagado, con la boca llena de palabras ciegas y envenenadas.

A Antonio Alatorre

V. CONFABULARIO

De memoria y olvido

Yo, señores, soy de Zapotlán el Grande. Un pueblo que de tan grande nos lo hicieron Ciudad Guzmán hace cien años. Pero nosotros seguimos siendo tan pueblo que todavía le decimos Zapotlán. Es un valle redondo de maíz, un circo de montañas sin más adorno que su buen temperamento, un cielo azul y una laguna que viene y se va como un delgado sueño. Desde mayo hasta diciembre, se ve la estatura pareja y creciente de las milpas. A veces le decimos Zapotlán de Orozco porque allí nació José Clemente, el de los pinceles violentos. Como paisano suyo, siento que nací al pie de un volcán. A propósito de volcanes, la orografía de mi pueblo incluye otras dos cumbres, además del pintor: el Nevado que se llama de Colima, aunque todo él está en tierra de Jalisco. Apagado, el hielo en el invierno lo decora. Pero el otro está vivo. En 1912 nos cubrió de cenizas y los viejos recuerdan con pavor esta leve experiencia pompeyana: se hizo la noche en pleno día y todos creyeron en el Juicio Final. Para no ir más lejos, el año pasado estuvimos asustados con brotes de lava, rugidos y fumarolas. Atraídos por el fenómeno, los geólogos vinieron a saludarnos, nos tomaron la temperatura y el pulso, les invitamos una copa de ponche de granada y nos tranquilizaron en plan científico: esta bomba que tenemos bajo la almohada puede estallar tal vez hoy en la noche o un día cualquiera dentro de los próximos diez mil años.

Yo soy el cuarto hijo de unos padres que tuvieron catorce y que viven todavía para contarlo, gracias a Dios. Como ustedes ven, no soy un niño consentido. Arreolas y Zúñigas disputan en mi alma como perros su antigua querella doméstica de incrédulos y devotos. Unos y otros parecen unirse allá muy lejos en común origen vascongado. Pero mestizos a buena hora, en sus venas circulan sin discordia las sangres que hicieron a México, junto con la de una monja francesa que les entró quién sabe por dónde. Hay historias de familia que más valía no contar porque mi apellido se pierde o se gana bíblicamente entre los sefarditas de España. Nadie sabe si don Juan Abad, mi bisabuelo, se puso el Arreola para borrar una última fama de converso (Abad, de *abba*, que es padre en arameo). No se preocupen, no voy a plantar aquí un árbol genealógico ni a tender la arteria que me traiga la sangre plebeya desde el copista del Cid, o el nombre de la espuria Torre de Quevedo. Pero hay nobleza en mi palabra. Palabra de honor. Procedo en línea recta de dos antiquísimos linajes: soy herrero por parte de madre y carpintero a título paterno. De allí mi pasión artesanal por el lenguaje.

Nací el año de 1918, en el estrago de la gripa española, día de San Mateo Evangelista y Santa Ifigenia Virgen, entre pollos, puercos, chivos, guajolotes, vacas, burros y caballos. Di los primeros pasos seguido precisamente por un borrego negro que se salió del corral. Tal es el antecedente de la angustia duradera que da color a mi vida, que concreta en mí el aura neurótica que envuelve a toda la familia y que por fortuna o desgracia no ha llegado a resolverse nunca en la epilepsia o la locura. Todavía este mal borrego negro me persigue y siento que mis pasos tiemblan como los del troglodita perseguido por una bestia mitológica.

Como casi todos los niños, yo también fui a la escuela. No pude seguir en ella por razones que sí vienen al caso pero que no puedo contar: mi infancia transcurrió en medio del caos provinciano de la Revolución Cristera. Cerradas las iglesias y los colegios religiosos, yo, sobrino de señores curas y de monjas escondidas, no debía ingresar a las aulas oficiales so pena de herejía. Mi padre, un hombre que siempre sabe hallarle salida a los callejones que no la tienen, en vez de enviarme a un seminario clandestino o a una escuela del gobierno, me puso sencillamente a trabajar. Y así, a los doce años de edad entré como aprendiz al taller de don José María Silva, maestro encuadernador, y luego a la imprenta del Chepo Gutiérrez. De allí nace el gran amor que tengo a los libros en cuanto objetos manuales. El otro, el amor a los textos, había nacido antes por obra de un maestro de primaria a quien rindo homenaje: gracias a José Ernesto Aceves supe que había poetas en el mundo, además de comerciantes, pequeños industriales y agricultores. Aquí debo una aclaración: mi padre, que sabe de todo, le ha hecho al comercio, a la industria y a la agricultura (siempre en pequeño) pero ha fracasado en todo: tiene alma de poeta.

Soy autodidacto, es cierto. Pero a los doce años y en Zapotlán el Grande leí a Baudelaire, a Walt Whitman y a los principales fundadores de mi estilo: Papini y Marcel Schwob, junto con medio centenar de otros nombres más y menos ilustres... Y oía canciones y los dichos populares y me gustaba mucho la conversación de la gente de campo.

Desde 1930 hasta la fecha he desempeñado más de veinte oficios y empleos diferentes... He sido vendedor ambulante y periodista; mozo de cuerda y cobrador de banco. Impresor, comediante y panadero. Lo que ustedes quieran.

Sería injusto si no mencionara aquí al hombre que me cambió la vida. Louis Jouvet, a quien conocí a su paso por Guadalajara, me llevó a París hace veinticinco años. Ese viaje es un sueño que en vano trataría de revivir; pisé las tablas de la Comedia Francesa; esclavo desnudo en las galeras de Antonio y Cleopatra, bajo las órdenes de Jean Louis Barrault y a los pies de Marie Bell.

A mi vuelta de Francia, el Fondo de Cultura Económica me acogió en su departamento técnico gracias a los buenos oficios de Antonio Alatorre, que me hizo pasar por filólogo y gramático. Después de tres años de corregir pruebas de imprenta, traducciones y originales, pasé a figurar en el catálogo de autores (*Varia invención* apareció en Tezontle, 1949).

Una última confesión melancólica. No he tenido tiempo de ejercer la literatura. Pero he dedicado todas las horas posibles para amarla. Amo el lenguaje por sobre todas las cosas y venero a los que mediante la palabra han manifestado el espíritu, desde Isaías a Franz Kafka.

Desconfío de casi toda la literatura contemporánea. Vivo rodeado por sombras clásicas y benévolas que protegen mi sueño de escritor. Pero también por los jóvenes que harán la nueva literatura mexicana: en ellos delego la tarea que no he podido realizar. Para facilitarla, les cuento todos los días lo que aprendí en las pocas horas en que mi boca estuvo gobernada por el otro. Lo que oí, un solo instante, a través de la zarza ardiente.

Al emprender esta edición definitiva, Joaquín Díez-Canedo y yo nos hemos puesto de acuerdo para devolverle a cada uno de mis libros su más clara individualidad. Por azares diversos, *Varia invención*, *Confabulario* y *Bestiario* se contaminaron entre sí, a partir de 1949. (*La feria* es un caso aparte.) Ahora cada uno de esos libros devuelve a los otros lo que no es suyo y recobra simultáneamente lo propio.

Este *Confabulario* se queda con los cuentos maduros y aquello que más se les parece. A *Varia invención* irán los textos primitivos, ya para siempre verdes. El *Bestiario* tendrá *Prosodia* de complemento, porque se trata de textos breves en ambos casos: prosa poética y poesía prosaica. (No me asustan los términos.)

   ¿Y a quién finalmente le importa si a partir del quinto volumen de estas obras completas o no, todo va a llamarse confabulario total o memoria y olvido? Sólo me gustaría apuntar que confabulados o no, el autor y sus lectores probables sean la misma cosa. Suma y resta entre recuerdos y olvidos, multiplicados por cada uno.

                                                              J.J.A.

...mudo espío mientras alguien voraz a mí me observa.
CARLOS PELLICER

Parturient montes

...nascetur ridiculus mus.
HORACIO, *Ad Pisones, 139.*

Entre amigos y enemigos se difundió la noticia de que yo sabía una nueva versión del parto de los montes. En todas partes me han pedido que la refiera, dando muestras de una expectación que rebasa con mucho el interés de semejante historia. Con toda honestidad, una y otra vez remití la curiosidad del público a los textos clásicos y a las ediciones de moda. Pero nadie se quedó contento: todos querían oírla de mis labios. De la insistencia cordial pasaban, según su temperamento, a la amenaza, a la coacción y al soborno. Algunos flemáticos sólo fingieron indiferencia para herir mi amor propio en lo más vivo. La acción directa tendría que llegar tarde o temprano.

Ayer fui asaltado en plena calle por un grupo de resentidos. Cerrándome el paso en todas direcciones, me pidieron a gritos el principio del cuento. Muchas gentes que pasaban distraídas también se detuvieron, sin saber que iban a tomar parte en un crimen. Conquistadas sin duda por mi aspecto de charlatán comprometido, prestaron de buena gana su concurso. Pronto me hallé rodeado por la masa compacta.

Abrumado y sin salida, haciendo un total acopio de energía, me propuse acabar con mi prestigio de narrador. Y he aquí el resultado. Con una voz falseada por la emoción, trepado en un banquillo de agente de tránsito que alguien me puso debajo de los pies, comienzo a declamar las palabras de siempre, con los ademanes de costumbre: "En medio de terremotos y explosiones, con grandiosas señales de dolor, desarraigando los árboles y desgajando las rocas, se aproxima un gigante advenimiento. ¿Va a nacer un volcán? ¿Un río de fuego? ¿Se alzará en el horizonte una nueva y sumergida estrella? Señoras y señores: ¡Las montañas están de parto!"

El estupor y la vergüenza ahogan mis palabras. Durante varios segundos prosigo el discurso a base de pura pantomima, como un director frente a la orquesta enmudecida. El fracaso es tan real y evidente, que algunas personas se conmueven. "¡Bravo!", oigo que gritan por allí, animándome a llenar la laguna. Instintivamente me llevo las manos a la cabeza y la aprieto con todas mis fuerzas, queriendo apresurar el fin del relato. Los espectadores han adivinado que se trata del ratón legendario, pero simulan una ansiedad enfermiza. En torno a mí siento palpitar un solo corazón.

Yo conozco las reglas del juego, y en el fondo no me gusta defraudar a nadie con una salida de prestidigitador. Bruscamente me olvido de todo. De lo que aprendí en la escuela y de lo que he leído en los libros. Mi mente está en blanco. De buena fe y a mano limpia, me pongo a perseguir al ratón. Por primera vez se produce un silencio respetuoso. Apenas si algunos asistentes participan en voz baja a los recién llegados, ciertos antecedentes del drama. Yo estoy realmente en trance y me busco por todas partes el desenlace, como un hombre que ha perdido la razón.

Recorro mis bolsillos uno por uno y los dejo volteados, a la vista del público. Me quito el sombrero y lo arrojo inmediatamente, desechando la idea de sacar un conejo. Deshago el nudo de mi corbata y sigo adelante, profundizando en la camisa, hasta que mis manos se detienen con horror en los primeros botones del pantalón.

A punto de caer desmayado, me salva el rostro de una mujer que de pronto se enciende con esperanzado rubor. Afirmado en el pedestal, pongo en ella todas mis ilusiones y la elevo a la categoría de musa, olvidando que las mujeres tienen especial debilidad por los temas escabrosos. La tensión llega en este momento a su máximo. ¿Quién fue el alma caritativa que al darse cuenta de mi estado avisó por teléfono? La sirena de la ambulancia preludia en el horizonte una amenaza definitiva.

En el último instante, mi sonrisa de alivio detiene a los que sin duda pensaban en lincharme. Aquí, bajo el brazo izquierdo, en el hueco de la axila, hay un leve calor de nido... Algo aquí se anima y se remueve... Suavemente, dejo caer el brazo a lo largo del cuerpo, con la mano encogida como una cuchara. Y el milagro se produce. Por el túnel de la manga desciende una tierna migaja de vida. Levanto el brazo y extiendo la palma triunfal.

Suspiro, y la multitud suspira conmigo. Sin darme cuenta, yo mismo doy la señal del aplauso y la ovación no se hace esperar. Rápidamente se organiza un desfile asombroso ante el ratón recién nacido. Los entendidos se acercan y lo miran por todos lados, se cercioran de que respira y se mueve, nunca han visto nada igual y me felicitan de todo corazón. Apenas se alejan unos pasos y ya comienzan las objeciones. Dudan, se alzan de hombros y menean la cabeza. ¿Hubo trampa? ¿Es un ratón de verdad? Para tranquilizarme, algunos entusiastas proyectan un paseo en hombros, pero no pasan de allí. El público en general va dispersándose poco a poco. Extenuado por el esfuerzo y a punto de quedarme solo, estoy dispuesto a ceder la criatura al primero que me la pida.

Las mujeres temen casi siempre a esta clase de roedores. Pero aquella cuyo rostro resplandeció entre todos, se aproxima y reclama con timidez el entrañable fruto de fantasía. Halagado a más no poder, yo se lo dedico inmediatamente, y mi confusión no tiene límites cuando se lo guarda amorosa en el seno.

Al despedirse y darme las gracias, explica como puede su actitud, para que no haya malas interpretaciones. Viéndola tan turbada, la escucho con embeleso. Tiene un gato, me dice, y vive con su marido en un departamento de lujo. Sencillamente, se propone darles una pequeña sorpresa. Nadie sabe allí lo que significa un ratón.

En verdad os digo

Todas las personas interesadas en que el camello pase por el ojo de la aguja, deben escribir su nombre en la lista de patrocinadores del experimento Niklaus.

Desprendido de un grupo de sabios mortíferos, de esos que manipulan el uranio, el cobalto y el hidrógeno, Arpad Niklaus deriva sus investigaciones actuales a un fin caritativo y radicalmente humanitario: la salvación del alma de los ricos.

Propone un plan científico para desintegrar un camello y hacerlo que pase en chorro de electrones por el ojo de una aguja. Un aparato receptor (muy semejante en principio a la pantalla de televisión) organizará los electrones en átomos, los átomos en moléculas y las moléculas en células, reconstruyendo inmediatamente el camello según su esquema primitivo. Niklaus ya logró cambiar de sitio, sin tocarla, una gota de agua pesada. También ha podido evaluar, hasta donde lo permite la discreción de la materia, la energía cuántica que dispara una pezuña de camello. Nos parece inútil abrumar aquí al lector con esa cifra astronómica.

La única dificultad seria en que tropieza el profesor Niklaus es la carencia de una planta atómica propia. Tales instalaciones, extensas como ciudades, son increíblemente caras. Pero un comité especial se ocupa ya en solventar el problema económico mediante una colecta universal. Las primeras aportaciones, todavía un poco tímidas, sirven para costear la edición de millares de folletos, bonos y prospectos explicativos, así como para asegurar al profesor Niklaus el modesto salario que le permite proseguir sus cálculos e investigaciones teóricas, en tanto se edifican los inmensos laboratorios.

En la hora presente, el comité sólo cuenta con el camello y la aguja. Como las sociedades protectoras de animales aprueban el proyecto, que es inofensivo y hasta saludable para cualquier camello (Niklaus habla de una probable regeneración de todas las células), los parques zoológicos del país han ofrecido una verdadera caravana. Nueva York no ha vacilado en exponer su famosísimo dromedario blanco.

Por lo que toca a la aguja, Arpad Niklaus se muestra muy orgulloso, y la considera piedra angular de la experiencia. No es una aguja cualquiera, sino un maravilloso objeto dado a luz por su laborioso talento. A primera vista podría ser confundida con una aguja común y corriente. La señora Niklaus, dando muestra de fino humor, se complace en zurcir con ella la ropa de su marido. Pero su valor es infinito. Está hecha de un portentoso metal todavía no clasificado, cuyo símbolo químico, apenas insinuado por Niklaus, parece dar a entender que se trata de un cuerpo compuesto exclusivamente de isótopos de níkel. Esta sustancia misteriosa ha dado mucho que pensar a los hombres de ciencia. No ha faltado quien sostenga la hipótesis risible de un osmio sintético o de un molibdeno aberrante, o quien se atreva a proclamar públicamente las palabras de un profesor envidioso que aseguró haber reconocido el metal de Niklaus bajo la forma de pequeñísimos grumos cristalinos enquistados en densas masas de siderita. Lo que se sabe a ciencia cierta es que la aguja de Niklaus puede resistir la fricción de un chorro de electrones a velocidad ultracósmica.

En una de esas explicaciones tan gratas a los abstrusos matemáticos, el profesor Niklaus compara el camello en su tránsito con un hilo de araña. Nos dice que si aprovechamos ese hilo para tejer una tela, nos haría falta todo el espacio sideral para extenderla, y que las estrellas visibles e invisibles quedarían allí prendidas como briznas de rocío. La madeja en cuestión mide millones de años luz, y Niklaus ofrece devanarla en unos tres quintos de segundo.

Como puede verse, el proyecto es del todo viable y hasta diríamos que peca de científico. Cuenta ya con la simpatía y el apoyo moral (todavía no confirmado oficialmente) de la Liga Interplanetaria que preside en Londres el eminente Olaf Stapledon.

En vista de la natural expectación y ansiedad que ha provocado en todas partes la oferta de Niklaus, el comité manifiesta un especial interés llamando la atención de todos los poderosos de la tierra, a fin de que no se dejen sorprender por los charlatanes que están pasando camellos muertos a través de sutiles orificios. Estos individuos, que no titubean al llamarse hombres de ciencia, son simples estafadores a caza de esperanzados incautos. Proceden de un modo sumamente vulgar, disolviendo el camello en soluciones cada vez más ligeras de ácido sulfúrico. Luego destilan el líquido por el ojo de la aguja, mediante una clepsidra de vapor, y creen haber realizado el milagro. Como puede verse, el experimento es inútil y de nada sirve financiarlo. El camello debe estar vivo antes y después del imposible traslado.

En vez de derretir toneladas de cirios y de gastar el dinero en indescifrables obras de caridad, las personas interesadas en la vida eterna que posean un capital estorboso, deben patrocinar la desintegración del camello, que es científica, vistosa y en último término lucrativa. Hablar de generosidad en un caso semejante resulta del todo innecesario. Hay que cerrar los ojos y abrir la bolsa con amplitud, a sabiendas de que todos los gastos serán cubiertos a prorrata. El premio será igual para todos los contribuyentes: lo que urge es aproximar lo más que sea posible la fecha de entrega.

El monto del capital necesario no podrá ser conocido hasta el imprevisible final, y el profesor Niklaus, con toda honestidad, se niega a trabajar con un presupuesto que no sea fundamentalmente elástico. Los suscriptores deben cubrir con paciencia y durante años sus cuotas de inversión. Hay necesidad de contratar millares de técnicos, gerentes y obreros. Deben fundarse subcomités regionales y nacionales. Y el estatuto de un colegio de sucesores del profesor Niklaus, no tan sólo debe ser previsto, sino presupuesto en detalle, ya que la tentativa puede extenderse razonablemente durante varias generaciones. A este respecto no está por demás señalar la edad provecta del sabio Niklaus.

Como todos los propósitos humanos, el experimento Niklaus ofrece dos probables resultados: el fracaso y el éxito. Además de simplificar el problema de la salvación personal el éxito de Niklaus convertirá a los empresarios de tan mística experiencia en accionistas de una fabulosa compañía de transportes. Será muy fácil desarrollar la desintegración de los seres humanos de un modo práctico y económico. Los hombres del mañana viajarán a través de grandes distancias, en un instante y sin peligro, disueltos en ráfagas electrónicas.

Pero la posibilidad de un fracaso es todavía más halagadora. Si Arpad Niklaus es un fabricante de quimeras y a su muerte le sigue toda una estirpe de impostores, su obra humanitaria no hará sino aumentar en grandeza, como una progresión geométrica, o como el tejido de pollo cultivado por Carrel. Nada impedirá que pase a la historia como el glorioso fundador de la desintegración universal de capitales. Y los ricos, empobrecidos en serie por las agotadoras inversiones, entrarán fácilmente al reino de los cielos por la puerta estrecha (el ojo de la aguja), aunque el camello no pase.

El rinoceronte

Durante diez años luché con un rinoceronte; soy la esposa divorciada del juez McBride.

Joshua McBride me poseyó durante diez años con imperioso egoísmo. Conocí sus arrebatos de furor, su ternura momentánea, y en las altas horas de la noche, su lujuria insistente y ceremoniosa.

Renuncié al amor antes de saber lo que era, porque Joshua me demostró con alegatos judiciales que el amor sólo es un cuento que sirve para entretener a las criadas. Me ofreció en cambio su protección de hombre respetable. La protección de un hombre respetable es, según Joshua, la máxima ambición de toda mujer.

Diez años luché cuerpo a cuerpo con el rinoceronte, y mi único triunfo consistió en arrastrarlo al divorcio.

Joshua McBride se ha casado de nuevo, pero esta vez se equivocó en la elección. Buscando otra Elinor, fue a dar con la horma de su zapato. Pamela es romántica y dulce, pero sabe el secreto que ayuda a vencer a los rinocerontes. Joshua McBride ataca de frente, pero no puede volverse con rapidez. Cuando alguien se coloca de pronto a su espalda, tiene que girar en redondo para volver a atacar. Pamela lo ha cogido de la cola, y no lo suelta, y lo zarandea. De tanto girar en redondo, el juez comienza a dar muestras de fatiga, cede y se ablanda. Se ha vuelto más lento y opaco en sus furores; sus prédicas pierden veracidad, como en labios de un actor desconcertado. Su cólera no sale ya a la superficie. Es como un volcán subterráneo, con Pamela sentada encima, sonriente. Con Joshua, yo naufragaba en el mar; Pamela flota como un barquito de papel en una palangana. Es hija de un Pastor prudente y vegetariano que le enseñó la manera de lograr que los tigres se vuelvan también vegetarianos y prudentes.

Hace poco vi a Joshua en la iglesia, oyendo devotamente los oficios dominicales. Está como enjuto y comprimido. Tal parece que Pamela, con sus dos manos frágiles, ha estado reduciendo su volumen y le ha ido doblando el espinazo. Su palidez de vegetariano le da un suave aspecto de enfermo.

Las personas que visitan a los McBride me cuentan cosas sorprendentes. Hablan de unas comidas incomprensibles, de almuerzos y cenas sin rosbif; me describen a Joshua devorando enormes fuentes de ensalada. Naturalmente, de tales alimentos no puede extraer las calorías que daban auge a sus antiguas cóleras. Sus platos favoritos han sido metódicamente alterados o suprimidos por implacables y adustas cocineras. El patagrás y el gorgonzola no envuelven ya el roble ahumado del comedor en su untuosa pestilencia. Han sido reemplazados por insípidas cremas y quesos inodoros que Joshua come en silencio, como un niño castigado. Pamela, siempre amable y sonriente, apaga el habano de Joshua a la mitad, raciona el tabaco de su pipa y restringe su whisky.

Esto es lo que me cuentan. Me place imaginarlos a los dos solos, cenando en la mesa angosta y larga, bajo la luz fría de los candelabros. Vigilado por la sabia Pamela, Joshua el glotón absorbe colérico sus livianos manjares. Pero sobre todo, me gusta imaginar al rinoceronte en pantuflas, con el gran cuerpo informe bajo la bata, llamando en las altas horas de la noche, tímido y persistente, ante una puerta obstinada.

La migala

La migala discurre libremente por la casa, pero mi capacidad de horror no disminuye.

El día en que Beatriz y yo entramos en aquella barraca inmunda de la feria callejera, me di cuenta de que la repulsiva alimaña era lo más atroz que podía depararme el destino. Peor que el desprecio y la conmiseración brillando de pronto en una clara mirada.

Unos días más tarde volví para comprar la migala, y el sorprendido saltimbanqui me dio algunos informes acerca de sus costumbres y su alimentación extraña. Entonces comprendí que tenía en las manos, de una vez por todas, la amenaza total, la máxima dosis de terror que mi espíritu podía soportar. Recuerdo mi paso tembloroso, vacilante, cuando de regreso a la casa sentía el peso leve y denso de la araña, ese peso del cual podía descontar, con seguridad, el de la caja de madera en que la llevaba, como si fueran dos pesos totalmente diferentes: el de la madera inocente y el del impuro y ponzoñoso animal que tiraba de mí como un lastre definitivo. Dentro de aquella caja iba el infierno personal que instalaría en mi casa para destruir, para anular al otro, el descomunal infierno de los hombres.

La noche memorable en que solté a la migala en mi departamento y la vi correr como un cangrejo y ocultarse bajo un mueble, ha sido el principio de una vida indescriptible. Desde entonces, cada uno de los instantes de que dispongo ha sido recorrido por los pasos de la araña, que llena la casa con su presencia invisible.

Todas las noches tiemblo en espera de la picadura mortal. Muchas veces despierto con el cuerpo helado, tenso, inmóvil, porque el sueño ha creado para mí, con precisión, el paso cosquilleante de la araña sobre mi piel, su peso indefinible, su consistencia de entraña. Sin embargo, siempre amanece. Estoy vivo y mi alma inútilmente se apresta y se perfecciona.

Hay días en que pienso que la migala ha desaparecido, que se ha extraviado o que ha muerto. Pero no hago nada para

175

comprobarlo. Dejo siempre que el azar me vuelva a poner frente a ella, al salir del baño, o mientras me desvisto para echarme en la cama. A veces el silencio de la noche me trae el eco de sus pasos, que he aprendido a oír, aunque sé que son imperceptibles.

Muchos días encuentro intacto el alimento que he dejado la víspera. Cuando desaparece, no sé si lo ha devorado la migala o algún otro inocente huésped de la casa. He llegado a pensar también que acaso estoy siendo víctima de una superchería y que me hallo a merced de una falsa migala. Tal vez el saltimbanqui me ha engañado, haciéndome pagar un alto precio por un inofensivo y repugnante escarabajo.

Pero en realidad esto no tiene importancia, porque yo he consagrado a la migala con la certeza de mi muerte aplazada. En las horas más agudas del insomnio, cuando me pierdo en conjeturas y nada me tranquiliza, suele visitarme la migala. Se pasea embrolladamente por el cuarto y trata de subir con torpeza a las paredes. Se detiene, levanta su cabeza y mueve los palpos. Parece husmear, agitada, un invisible compañero.

Entonces, estremecido en mi soledad, acorralado por el pequeño monstruo, recuerdo que en otro tiempo yo soñaba en Beatriz y en su compañía imposible.

El guardagujas

El forastero llegó sin aliento a la estación desierta. Su gran valija, que nadie quiso cargar, le había fatigado en extremo. Se enjugó el rostro con un pañuelo, y con la mano en visera miró los rieles que se perdían en el horizonte. Desalentado y pensativo consultó su reloj: la hora justa en que el tren debía partir.

Alguien, salido de quién sabe dónde, le dio una palmada muy suave. Al volverse, el forastero se halló ante un viejecillo de vago aspecto ferrocarrilero. Llevaba en la mano una linterna roja, pero tan pequeña, que parecía de juguete. Miró sonriendo al viajero, que le preguntó con ansiedad:

—Usted perdone, ¿ha salido ya el tren?

—¿Lleva usted poco tiempo en este país?

—Necesito salir inmediatamente. Debo hallarme en T. mañana mismo.

—Se ve que usted ignora las cosas por completo. Lo que debe hacer ahora mismo es buscar alojamiento en la fonda para viajeros —y señaló un extraño edificio ceniciento que más bien parecía un presidio.

—Pero yo no quiero alojarme, sino salir en el tren.

—Alquile usted un cuarto inmediatamente, si es que lo hay. En caso de que pueda conseguirlo, contrátelo por mes, le resultará más barato y recibirá mejor atención.

—¿Está usted loco? Yo debo llegar a T. mañana mismo.

—Francamente, debería abandonarlo a su suerte. Sin embargo, le daré unos informes.

—Por favor...

—Este país es famoso por sus ferrocarriles, como usted sabe. Hasta ahora no ha sido posible organizarlos debidamente, pero se han hecho ya grandes cosas en lo que se refiere a la publicación de itinerarios y a la expedición de boletos. Las guías ferroviarias abarcan y enlazan todas las poblaciones de la nación; se expenden boletos hasta para las aldeas más pequeñas y remotas. Falta solamente que los convoyes cumplan las indicaciones contenidas en las guías y que pasen efectivamente por las estaciones. Los habitantes del país así lo esperan; mientras tanto, aceptan las irregularidades del servicio y su patriotismo les impide cualquier manifestación de desagrado.

—Pero ¿hay un tren que pasa por esta ciudad?

—Afirmarlo equivaldría a cometer una inexactitud. Como usted puede darse cuenta, los rieles existen, aunque un tanto averiados. En algunas poblaciones están sencillamente indicados en el suelo, mediante dos rayas de gis. Dadas las condiciones actuales, ningún tren tiene la obligación de pasar por aquí, pero nada impide que eso pueda suceder. Yo he visto pasar muchos trenes en mi vida y conocí algunos viajeros que pudieron abordarlos. Si usted espera convenientemente, tal vez yo mismo tenga el honor de ayudarle a subir a un hermoso y confortable vagón.

—¿Me llevará ese tren a T.?

—¿Y por qué se empeña usted en que ha de ser precisamente a T.? Debería darse por satisfecho si pudiera abordarlo. Una vez en el tren, su vida tomará efectivamente algún rumbo. ¿Qué importa si ese rumbo no es el de T.?

—Es que yo tengo un boleto en regla para ir a T. Lógicamente, debo ser conducido a ese lugar, ¿no es así?

—Cualquiera diría que usted tiene razón. En la fonda para viajeros podrá usted hablar con personas que han tomado sus precauciones, adquiriendo grandes cantidades de boletos. Por regla general, las gentes previsoras compran pasajes para todos los puntos del país. Hay quien ha gastado en boletos una verdadera fortuna...

—Yo creí que para ir a T. me bastaba un boleto. Mírelo usted...

—El próximo tramo de los ferrocarriles nacionales va a ser construido con el dinero de una sola persona que acaba de gastar su inmenso capital en pasajes de ida y vuelta para un trayecto ferroviario cuyos planos, que incluyen extensos túneles y puentes, ni siquiera han sido aprobados por los ingenieros de la empresa.

—Pero el tren que pasa por T., ¿ya se encuentra en servicio?

—Y no sólo ése. En realidad, hay muchísimos trenes en la nación, y los viajeros pueden utilizarlos con relativa frecuencia, pero tomando en cuenta que no se trata de un servicio formal y definitivo. En otras palabras, al subir a un tren, nadie espera ser conducido al sitio que desea.

—¿Cómo es eso?

—En su afán de servir a los ciudadanos, la empresa debe recurrir a ciertas medidas desesperadas. Hace circular trenes por lugares intransitables. Esos convoyes expedicionarios emplean a veces varios años en su trayecto, y la vida de los viajeros sufre algunas transformaciones importantes. Los fallecimientos no son raros en tales casos, pero la empresa, que todo lo ha previsto, añade a esos trenes un vagón capilla ardiente y un vagón cementerio. Es motivo de orgullo para los conductores depositar el cadáver de un viajero —lujosamente embalsamado— en los andenes de la estación que prescribe su boleto. En ocasiones, estos trenes forzados recorren trayectos en que falta uno de los rieles. Todo un lado de los vagones se estremece lamentablemente con los golpes que dan las ruedas sobre los durmientes. Los viajeros de primera —es otra de las previsiones de la empresa— se colocan del lado en que hay riel. Los de segunda padecen los golpes con resignación. Pero hay otros tramos en que faltan ambos rieles; allí los viajeros sufren por igual, hasta que el tren queda totalmente destruido.

—¡Santo Dios!

—Mire usted: la aldea de F. surgió a causa de uno de esos accidentes. El tren fue a dar a un terreno impracticable. Lijadas por la arena, las ruedas se gastaron hasta los ejes. Los viajeros pasaron tanto tiempo juntos, que de las obligadas conversaciones triviales surgieron amistades estrechas. Algunas de esas amistades se transformaron pronto en idilios, y el resultado ha sido F., una aldea progresista llena de niños traviesos que juegan con los vestigios enmohecidos del tren.

—¡Dios mío, yo no estoy hecho para tales aventuras!

—Necesita usted ir templando su ánimo; tal vez llegue usted a convertirse en héroe. No crea que faltan ocasiones para que los viajeros demuestren su valor y sus capacidades de sacrificio. Recientemente, doscientos pasajeros anónimos escribieron una de las páginas más gloriosas en nuestros anales ferroviarios. Sucede que en un viaje de prueba, el maquinista advirtió a tiempo una grave omisión de los constructores de la línea. En la ruta faltaba el puente que debía salvar un abismo. Pues bien, el maquinista, en vez de poner marcha hacia atrás, arengó a los pasajeros y obtuvo de ellos el esfuerzo necesario para seguir adelante. Bajo su enérgica dirección, el tren fue desarmado pieza por pieza y conducido en hombros al otro lado del abismo, que todavía reservaba la sorpresa de contener en su fondo un río caudaloso. El resultado de la hazaña fue tan satisfactorio que la empresa renunció definitivamente a la construcción del puente, conformándose con hacer un atractivo descuento en las tarifas de los pasajeros que se atreven a afrontar esa molestia suplementaria.

—¡Pero yo debo llegar a T. mañana mismo!

—¡Muy bien! Me gusta que no abandone usted su proyecto. Se ve que es usted un hombre de convicciones. Alójese por lo pronto en la fonda y tome el primer tren que pase. Trate de hacerlo cuando menos; mil personas estarán para impedírselo. Al llegar un convoy, los viajeros, irritados por una espera demasiado larga, salen de la fonda en tumulto para invadir ruidosamente la estación. Muchas veces provocan accidentes con su increíble falta de cortesía y de prudencia. En vez de subir ordenadamente se dedican a aplastarse unos a otros; por lo menos, se impiden para siempre el abordaje, y el tren se va dejándolos amotinados en los andenes de la estación. Los viajeros, agotados y furiosos, maldicen su falta de educación, y pasan mucho tiempo insultándose y dándose de golpes.

—¿Y la policía no interviene?

—Se ha intentado organizar un cuerpo de policía en cada estación, pero la imprevisible llegada de los trenes hacía tal servicio inútil y sumamente costoso. Además, los miembros de ese cuerpo demostraron muy pronto su venalidad, dedicándose a proteger la salida exclusiva de pasajeros adinerados que les daban a cambio de esa ayuda todo lo que llevaban encima. Se resolvió entonces el establecimiento de un tipo especial de escuelas, donde los futuros viajeros reciben lecciones de urbanidad y un entrenamiento adecuado. Allí se les enseña la manera correcta de abordar un convoy, aunque esté en movimiento y a gran velocidad. También se les proporciona una especie de armadura para evitar que los demás pasajeros les rompan las costillas.

—Pero una vez en el tren, ¿está uno a cubierto de nuevas contingencias?

—Relativamente. Sólo le recomiendo que se fije muy bien en las estaciones. Podría darse el caso de que usted creyera haber llegado a T., y sólo fuese una ilusión. Para regular la vida a bordo de los vagones demasiado repletos, la empresa se ve obligada a echar mano de ciertos expedientes. Hay estaciones que son pura apariencia: han sido construidas en plena selva y llevan el nombre de alguna ciudad importante. Pero basta poner un poco de atención para descubrir el engaño. Son como las decoraciones del teatro, y las personas que figuran en ellas están llenas de aserrín. Esos muñecos revelan fácilmente los estragos de la intemperie, pero son a veces una perfecta imagen de la realidad: llevan en el rostro las señales de un cansancio infinito.

—Por fortuna, T. no se halla muy lejos de aquí.

—Pero carecemos por el momento de trenes directos. Sin embargo, no debe excluirse la posibilidad de que usted llegue mañana mismo, tal como desea. La organización de los ferrocarriles, aunque deficiente, no excluye la posibilidad de un viaje sin escalas. Vea usted, hay personas que ni siquiera se han dado cuenta de lo que pasa. Compran un boleto para ir a T. Viene un tren, suben, y al día siguiente oyen que el conductor anuncia: "¡Hemos llegado a T.!". Sin tomar precaución alguna, los viajeros descienden y se hallan efectivamente en T.

—¿Podría yo hacer alguna cosa para facilitar ese resultado?

—Claro que puede usted. Lo que no se sabe es si le servirá de algo. Inténtelo de todas maneras. Suba usted al tren con la idea fija de que va a llegar a T. No trate a ninguno de los pasajeros. Podrán desilusionarlo con sus historias de viaje, y hasta denunciarlo a las autoridades.

—¿Qué está usted diciendo?

—En virtud del estado actual de las cosas los trenes viajan llenos de espías. Estos espías, voluntarios en su mayor parte, dedican su vida a fomentar el espíritu constructivo de la empresa. A veces uno no sabe lo que dice y habla sólo por hablar. Pero ellos se dan cuenta en seguida de todos los sentidos que puede tener una frase, por sencilla que sea. Del comentario más inocente saben sacar una opinión culpable. Si usted llegara a cometer la menor imprudencia, sería aprehendido sin más; pasaría el resto de su vida en un vagón cárcel o le obligarían a descender en una falsa estación, perdida en la selva. Viaje usted lleno de fe, consuma la menor cantidad posible de alimentos y no ponga los pies en el andén antes de que vea en T. alguna cara conocida.

—Pero yo no conozco en T. a ninguna persona.

—En ese caso redoble usted sus precauciones. Tendrá, se lo aseguro, muchas tentaciones en el camino. Si mira usted por las ventanillas, está expuesto a caer en la trampa de un espejismo. Las ventanillas están provistas de ingeniosos dispositivos que crean toda clase de ilusiones en el ánimo de los pasajeros. No hace falta ser débil para caer en ellas. Ciertos aparatos, operados desde la locomotora, hacen creer, por el ruido y los movimientos, que el tren está en marcha. Sin embargo, el tren permanece detenido semanas enteras, mientras los viajeros ven pasar cautivadores paisajes a través de los cristales.

—¿Y eso qué objeto tiene?

—Todo esto lo hace la empresa con el sano propósito de disminuir la ansiedad de los viajeros y de anular en todo lo posible

181

las sensaciones de traslado. Se aspira a que un día se entreguen plenamente al azar, en manos de una empresa omnipotente, y que ya no les importe saber a dónde van ni de dónde vienen.

—Y usted, ¿ha viajado mucho en los trenes?

—Yo, señor, sólo soy guardagujas. A decir verdad, soy un guardagujas jubilado, y sólo aparezco aquí de vez en cuando para recordar los buenos tiempos. No he viajado nunca, ni tengo ganas de hacerlo. Pero los viajeros me cuentan historias. Sé que los trenes han creado muchas poblaciones además de la aldea de F. cuyo origen le he referido. Ocurre a veces que los tripulantes de un tren reciben órdenes misteriosas. Invitan a los pasajeros a que desciendan de los vagones, generalmente con el pretexto de que admiren las bellezas de un determinado lugar. Se les habla de grutas, de cataratas o de ruinas célebres: "Quince minutos para que admiren ustedes la gruta tal o cual", dice amablemente el conductor. Una vez que los viajeros se hallan a cierta distancia, el tren escapa a todo vapor.

—¿Y los viajeros?

—Vagan desconcertados de un sitio a otro durante algún tiempo, pero acaban por congregarse y se establecen en colonia. Estas paradas intempestivas se hacen en lugares adecuados, muy lejos de toda civilización y con riquezas naturales suficientes. Allí se abandonan lotes selectos, de gente joven, y sobre todo con mujeres abundantes. ¿No le gustaría a usted pasar sus últimos días en un pintoresco lugar desconocido, en compañía de una muchachita?

El viejecillo sonriente hizo un guiño y se quedó mirando al viajero, lleno de bondad y de picardía. En ese momento se oyó un silbido lejano. El guardagujas dio un brinco, y se puso a hacer señales ridículas y desordenadas con su linterna.

—¿Es el tren? —preguntó el forastero.

El anciano echó a correr por la vía, desaforadamente. Cuando estuvo a cierta distancia, se volvió para gritar:

—¡Tiene usted suerte! Mañana llegará a su famosa estación. ¿Cómo dice usted que se llama?

—¡X! —contestó el viajero.

En ese momento el viejecillo se disolvió en la clara mañana. Pero el punto rojo de la linterna siguió corriendo y saltando entre los rieles, imprudentemente, al encuentro del tren.

Al fondo del paisaje, la locomotora se acercaba como un ruidoso advenimiento.

El discípulo

De raso negro, bordeada de armiño y con gruesos alamares de plata y de ébano, la gorra de Andrés Salaino es la más hermosa que he visto. El maestro la compró a un mercader veneciano y es realmente digna de un príncipe. Para no ofenderme, se detuvo al pasar por el Mercado Viejo y eligió este bonete de fieltro gris. Luego, queriendo celebrar el estreno, nos puso de modelo el uno al otro.

Dominado mi resentimiento, dibujé una cabeza de Salaino, lo mejor que ha salido de mi mano. Andrés aparece tocado con su hermosa gorra, y con el gesto altanero que pasea por las calles de Florencia, creyéndose a los dieciocho años un maestro de la pintura. A su vez, Salaino me retrató con el ridículo bonete y con el aire de un campesino recién llegado de San Sepolcro. El maestro celebró alegremente nuestra labor, y él mismo sintió ganas de dibujar. Decía: "Salaino sabe reírse y no ha caído en la trampa". Y luego, dirigiéndose a mí: "Tú sigues creyendo en la belleza. Muy caro lo pagarás. No falta en tu dibujo una línea, pero sobran muchas. Traedme un cartón. Os enseñaré cómo se destruye la belleza".

Con un lápiz de carbón trazó el bosquejo de una bella figura: el rostro de un ángel, tal vez el de una hermosa mujer. Nos dijo: "Mirad, aquí está naciendo la belleza. Estos dos huecos sombríos son sus ojos; estas líneas imperceptibles, la boca. El rostro entero carece de contorno. Esta es la belleza".

Y luego, con un guiño: "Acabemos con ella". Y en poco tiempo, dejando caer unas líneas sobre otras, creando espacios de luz y de sombras, hizo de memoria ante mis ojos maravillados el retrato de Gioia. Los mismos ojos oscuros, el mismo óvalo del rostro, la misma imperceptible sonrisa.

Cuando yo estaba más embelesado, el maestro interrumpió su trabajo y comenzó a reír de manera extraña. "Hemos acabado con la belleza", dijo. "Ya no queda sino esta infame caricatura". Sin comprender, yo seguía contemplando aquel rostro espléndido y sin secretos. De pronto, el maestro rompió en dos el dibujo y arrojó los pedazos al fuego de la chimenea. Quedé inmóvil de estupor.

Y entonces él hizo algo que nunca podré olvidar ni perdonar. De ordinario tan silencioso, echó a reír con una risa odiosa, frenética. "¡Anda, pronto, salva a tu señora del fuego!". Y me tomó la mano derecha y revolvió con ella las frágiles cenizas de la hoja de cartón. Vi por última vez sonreír el rostro de Gioia entre las llamas.

Con mi mano escaldada lloré silencioso, mientras Alaino celebraba ruidosamente la pesada broma del maestro.

Pero sigo creyendo en la belleza. No seré un gran pintor, y en vano olvidé en San Sepolcro las herramientas de mi padre. No seré un gran pintor, y Gioia casará con el hijo de un mercader. Pero sigo creyendo en la belleza.

Trastornado, salgo del taller y vago al azar por las calles. La belleza está en torno de mí, y llueve oro y azul sobre Florencia. La veo en los ojos oscuros de Gioia, y en el porte arrogante de Salaino, tocado con su gorra de abalorios. Y en las orillas del río me detengo a contemplar mis dos manos ineptas.

La luz cede poco a poco y el Campanile recorta en el cielo su perfil sombrío. El panorama de Florencia se oscurece lentamente, como un dibujo sobre el cual se acumulan demasiadas líneas. Una campana deja caer el comienzo de la noche.

Asustado, palpo mi cuerpo y echo a correr temeroso de disolverme en el crepúsculo. En las últimas nubes creo distinguir la sonrisa fría y desencantada del maestro, que hiela mi corazón. Y vuelvo a caminar lentamente, cabizbajo, por calles cada vez más sombrías, seguro de que voy a perderme en el olvido de los hombres.

Eva

Él la perseguía a través de la biblioteca entre mesas, sillas y facistoles. Ella se escapaba hablando de los derechos de la mujer, infinitamente violados. Cinco mil años absurdos los separaban. Durante cinco mil años ella había sido inexorablemente vejada, postergada, reducida a la esclavitud. Él trataba de justificarse por medio de una rápida y fragmentaria alabanza personal, dicha con frases entrecortadas y trémulos ademanes.

En vano buscaba él los textos que podían dar apoyo a sus teorías. La biblioteca, especializada en literatura española de los siglos XVI y XVII, era un dilatado arsenal enemigo, que glosaba el concepto del honor y algunas atrocidades de ese mismo jaez.

El joven citaba infatigablemente a J. J. Bachofen, el sabio que todas las mujeres debían leer, porque les ha devuelto la grandeza de su papel en la prehistoria. Si sus libros estuvieran a mano, él habría puesto a la muchacha ante el cuadro de aquella civilización oscura, regida por la mujer, cuando la tierra tenía en todas partes una recóndita humedad de entraña y el hombre trataba de alzarse de ella en palafitos.

Pero a la muchacha todas estas cosas la dejaban fría. Aquel periodo matriarcal, por desgracia no histórico y apenas comprobable, parecía aumentar su resentimiento. Se escapaba siempre de anaquel en anaquel, subía a veces a las escalerillas y abrumaba al joven bajo una lluvia de denuestos. Afortunadamente, en la derrota, algo acudió en auxilio del joven. Se acordó de pronto de Heinz Wölpe. Su voz adquirió citando a este autor un nuevo y poderoso acento.

"En el principio sólo había un sexo, evidentemente femenino, que se reproducía automáticamente. Un ser mediocre comenzó a surgir en forma esporádica, llevando una vida precaria y estéril frente a la maternidad formidable. Sin embargo, poco a poco fue apropiándose ciertos órganos esenciales. Hubo un momento en que se hizo imprescindible. La mujer se dio cuenta, demasiado tarde, de que le faltaban ya la mitad de sus elementos y tuvo necesidad de buscarlos en el hombre, que fue hombre en virtud de esa separación progresista y de ese regreso accidental a su punto de origen."

La tesis de Wölpe sedujo a la muchacha. Miró al joven con ternura. "El hombre es un hijo que se ha portado mal con su madre a través de toda la historia", dijo casi con lágrimas en los ojos.

Lo perdonó a él, perdonando a todos los hombres. Su mirada perdió resplandores, bajó los ojos como una madona. Su boca, endurecida antes por el desprecio, se hizo blanda y dulce como un fruto. Él sentía brotar de sus manos y de sus labios caricias mitológicas. Se acercó a Eva temblando y Eva no huyó.

Y allí en la biblioteca, en aquel escenario complicado y negativo, al pie de los volúmenes de conceptuosa literatura, se inició el episodio milenario, a semejanza de la vida en los palafitos.

Pueblerina

Al volver la cabeza sobre el lado derecho para dormir el último, breve y delgado sueño de la mañana, don Fulgencio tuvo que hacer un gran esfuerzo y empitonó la almohada. Abrió los ojos. Lo que hasta entonces fue una blanda sospecha, se volvió certeza puntiaguda.

Con un poderoso movimiento del cuello don Fulgencio levantó la cabeza, y la almohada voló por los aires. Frente al espejo, no pudo ocultarse su admiración, convertido en un soberbio ejemplar de rizado testuz y espléndidas agujas. Profundamente insertados en la frente, los cuernos eran blanquecinos en su base, jaspeados a la mitad, y de un negro aguzado en los extremos.

Lo primero que se le ocurrió a don Fulgencio fue ensayarse el sombrero. Contrariado, tuvo que echarlo hacia atrás: eso le daba un aire de cierta fanfarronería.

Como tener cuernos no es una razón suficiente para que un hombre metódico interrumpa el curso de sus acciones, don Fulgencio emprendió la tarea de su ornato personal, con minucioso esmero, de pies a cabeza. Después de lustrarse los zapatos, don Fulgencio cepilló ligeramente sus cuernos, ya de por sí resplandecientes.

Su mujer le sirvió el desayuno con tacto exquisito. Ni un solo gesto de sorpresa, ni la más mínima alusión que pudiera herir al marido noble y pastueño. Apenas si una suave y temerosa mirada revoloteó un instante, como sin atreverse a posar en las afiladas puntas.

El beso en la puerta fue como el dardo de la divisa. Y don Fulgencio salió a la calle respingando, dispuesto a arremeter contra su nueva vida. Las gentes lo saludaban como de costumbre, pero al cederle la acera un jovenzuelo, don Fulgencio adivinó un esguince lleno de torería. Y una vieja que volvía de misa le echó una de esas miradas estupendas, insidiosa y desplegada como una larga serpentina. Cuando quiso ir contra ella el ofendido, la lechuza entró en su casa como el diestro detrás de un burladero. Don Fulgencio se dio un golpe contra la puerta, cerrada inmediatamente, que le hizo ver las estrellas. Lejos de ser una apariencia, los cuernos tenían que ver con la última derivación de su esqueleto. Sintió el choque y la humillación hasta en la punta de los pies.

Afortunadamente, la profesión de don Fulgencio no sufrió ningún desdoro ni decadencia. Los clientes acudían a él entusiasmados, porque su agresividad se hacía cada vez más patente en el ataque y la defensa. De lejanas tierras venían los litigantes a buscar el patrocinio de un abogado con cuernos.

Pero la vida tranquila del pueblo tomó a su alrededor un ritmo agobiante de fiesta brava, llena de broncas y herraderos. Y don Fulgencio embestía a diestro y siniestro, contra todos, por quítame allá esas pajas. A decir verdad, nadie le echaba sus cuernos en cara, nadie se los veía siquiera. Pero todos aprovechaban la menor distracción para ponerle un buen par de banderillas; cuando menos, los más tímidos se conformaban con hacerle unos burlescos y floridos galleos. Algunos caballeros de estirpe medieval no desdeñaban la ocasión de colocar a don Fulgencio un buen puyazo, desde sus engreídas y honorables alturas. Las serenatas del domingo y las fiestas nacionales daban motivo para improvisar ruidosas capeas populares a base de don Fulgencio, que achuchaba, ciego de ira, a los más atrevidos lidiadores.

Mareado de verónicas, faroles y revoleras, abrumado con desplantes, muletazos y pases de castigo, don Fulgencio llegó a la hora de la verdad lleno de resabios y peligrosos derrotes, convertido en una bestia feroz. Ya no lo invitaban a ninguna fiesta ni ceremonia pública, y su mujer se quejaba amargamente del aislamiento en que la hacía vivir el mal carácter de su marido.

A fuerza de pinchazos, varas y garapullos, don Fulgencio disfrutaba sangrías cotidianas y pomposas hemorragias dominicales. Pero todos los derrames se le iban hacia dentro, hasta el corazón hinchado de rencor.

Su grueso cuello de Miura hacía presentir el instantáneo fin de los pletóricos. Rechoncho y sanguíneo, seguía embistiendo en todas direcciones, incapaz de reposo y de dieta. Y un día que cruzaba la Plaza de Armas, trotando a la querencia, don Fulgencio se detuvo y levantó la cabeza azorado, al toque de un lejano clarín. El sonido se acercaba, entrando en sus orejas como una tromba ensordecedora. Con los ojos nublados, vio abrirse a su alrededor un coso gigantesco; algo así como un Valle de Josafat lleno de prójimos con trajes de luces. La congestión se hundió luego en su espina dorsal, como una estocada hasta la cruz. Y don Fulgencio rodó patas arriba sin puntilla.

A pesar de su profesión, el notorio abogado dejó su testamento en borrador. Allí expresaba, en un sorprendente tono de súplica, la voluntad postrera de que al morir le quitaran los cuernos, ya fuera a serrucho, ya a cincel y martillo. Pero su conmovedora petición se vio traicionada por la diligencia de un carpintero oficioso, que le hizo el regalo de un ataúd especial, provisto de dos vistosos añadidos laterales.

Todo el pueblo acompañó a don Fulgencio en el arrastre, conmovido por el recuerdo de su bravura. Y a pesar del apogeo luctuoso de las ofrendas, las exequias y las tocas de la viuda, el entierro tuvo un no sé qué de jocunda y risueña mascarada.

Sinesio de Rodas

Las páginas abrumadoras de la *Patrología griega* de Paul Migne han sepultado la memoria frágil de Sinesio de Rodas, que proclamó el imperio terrestre de los ángeles del azar.

Con su habitual exageración, Orígenes dio a los ángeles una importancia excesiva dentro de la economía celestial. Por su parte, el piadoso Clemente de Alejandría reconoció por primera vez un ángel guardián a nuestra espalda. Y entre los primeros cristianos del Asia Menor se propagó un afecto desordenado por las multiplicidades jerárquicas.

Entre la masa oscura de los herejes angelólogos, Valentino el Gnóstico y Basílides, su eufórico discípulo, emergen con brillo luciferino. Ellos dieron alas al culto maniático de los ángeles. En pleno siglo II quisieron alzar del suelo pesadísimas criaturas positivas, que llevan hermosos nombres científicos, como Dínamo y Sofía, a cuya progenie bestial debe el género humano sus desdichas.

Menos ambicioso que sus predecesores, Sinesio de Rodas aceptó el Paraíso tal y como fue concebido por los Padres de la Iglesia, y se limitó a vaciarlo de sus ángeles. Dijo que los ángeles viven entre nosotros y que a ellos debemos entregar directamente todas nuestras plegarias, en su calidad de concesionarios y distribuidores exclusivos de las contingencias humanas. Por un mandato supremo, los ángeles dispersan, provocan y acarrean los mil y mil accidentes de la vida. Los hacen cruzar y entretejerse unos con otros, en un movimiento acelerado y aparentemente arbitrario. Pero a los ojos de Dios, van urdiendo una tela de complicados arabescos, mucho más hermosa que el constelado cielo nocturno. Los dibujos del azar se transforman, ante la mirada eterna, en misteriosos signos cabalísticos que narran la aventura del mundo.

Los ángeles de Sinesio, como innumerables y veloces lanzaderas, están tejiendo desde el principio de los tiempos la trama de la vida. Vuelan de un lado a otro, sin cesar, trayendo y llevando voliciones, ideas, vivencias y recuerdos, dentro de un cerebro infinito y comunicante, cuyas células nacen y mueren con la vida efímera de los hombres.

Tentado por el auge maniqueo, Sinesio de Rodas no tuvo inconveniente en alojar en su teoría a las huestes de Lucifer, y admitió los diablos en calidad de saboteadores. Ellos complican la urdimbre sobre la que los ángeles traman; rompen el buen hilo de nuestros pensamientos, alteran los colores puros, se birlan la seda, el oro y la plata, y los suplen con burdo cañamazo. Y la humanidad ofrece a los ojos de Dios su lamentable tapicería, donde aparecen tristemente alteradas las líneas del diseño original.

Sinesio se pasó la vida reclutando operarios que trabajaran del lado de los ángeles buenos, pero no tuvo continuadores dignos de estima. Solamente se sabe que Fausto de Milevio, el patriarca maniqueo, cuando ya viejo y desteñido volvía de aquella memorable entrevista africana en que fue decisivamente vapuleado por San Agustín, se detuvo en Rodas para escuchar las prédicas de Sinesio, que quiso ganarlo para una causa sin porvenir. Fausto escuchó las peticiones del angelófilo con deferencia senil, y aceptó fletar una pequeña y desmantelada embarcación que el apóstol abordó peligrosamente con todos sus discípulos, rumbo a una empresa continental. No se volvió a saber nada de ellos, después de que se alejaron de las costas de Rodas, en un día que presagiaba tempestad.

La herejía de Sinesio careció de renombre y se perdió en el horizonte cristiano sin estela aparente. Ni siquiera obtuvo el honor de ser condenada oficialmente en concilio, a pesar de que Eutiques, abad de Constantinopla, presentó a los sinodales una extensa refutación, que nadie leyó, titulada *Contra Sinesio*.

Su frágil memoria ha naufragado en un mar de páginas: la *Patrología griega* de Paul Migne.

Monólogo del insumiso

Homenaje a M.A.

Poseí a la huérfana la noche misma en que velábamos a su padre a la luz parpadeante de los cirios. (¡Oh, si pudiera decir esto mismo con otras palabras!)

Como todo se sabe en este mundo, la cosa llegó a oídos del viejecillo que mira nuestro siglo a través de sus maliciosos quevedos. Me refiero a ese anciano señor que preside las letras mexicanas tocado con el gorro de dormir de los memorialistas, y que me vapuleó en plena calle con su enfurecido bastón, ante la ineficacia de la policía ciudadana. Recibí también una corrosiva lluvia de injurias proferidas con voz aguda y furiosa. Y todo gracias a que el incorrecto patriarca ¡el diablo se lo lleve! estaba enamorado de la dulce muchacha que desde ahora me aborrece.

¡Ay de mí! Ya me aborrece hasta la lavandera, a pesar de nuestros cándidos y dilatados amores. Y la bella confidente, a quien el decir popular señala como mi Dulcinea, no quiso oír ya las quejas del corazón doliente de su poeta. Creo que me desprecian hasta los perros.

Por fortuna, estas infames habladurías no pueden llegar hasta mi querido público. Yo canto para un auditorio compuesto de recatadas señoritas y de empolvados viejitos positivistas. A ellos la atroz especie no llega; están bien lejos del mundanal ruido. Para ellos sigo siendo el pálido joven que imprecia a la divinidad en imperiosos tercetos y que restaña sus lágrimas con una blonda guedeja.

Estoy acribillado de deudas para con los críticos del futuro. Sólo puedo pagar con lo que tengo. Heredé un talego de imágenes gastadas. Pertenezco al género de los hijos pródigos que malgastan el dinero de los antepasados, pero que no pueden hacer fortuna con sus propias manos. Todas las cosas que se me han ocurrido las recibí enfundadas en una metáfora. Y a nadie le he podido contar la atroz aventura de mis noches de solitario, cuando el germen de Dios comienza a crecer de pronto en mi alma vacía.

Hay un diablo que me castiga poniéndome en ridículo. Él me dicta casi todo lo que escribo. Y mi pobre alma cancelada está ahogándose bajo el aluvión de las estrofas.

Sé muy bien que llevando una vida un poco más higiénica y racional podría llegar en buen estado al siglo venidero. Donde una poesía nueva está aguardando a los que logren salvarse de este desastroso siglo XIX. Pero me siento condenado a repetirme y a repetir a los demás.

Ya me imagino mi papel para entonces y veo al joven crítico que me dice con su acostumbrada elegancia: "Usted, querido señor, un poco más atrás, si no le es molesto. Allí, entre los representantes de nuestro romanticismo."

Y yo andaría con mi cabellera llena de telarañas, representando a los ochenta años las antiguas tendencias con poemas cada vez más cavernosos y más inoperantes. No señor. No me dirá usted "un poco más atrás por favor". Me voy desde ahora. Es decir, prefiero quedarme aquí, en esta confortable tumba de romántico, reducido a mi papel de botón tronchado, de semilla aventada por el gélido soplo del escepticismo. Muchas gracias por sus buenas intenciones.

Ya llorarán por mí las señoritas vestidas de color de rosa, al pie de un ahuehuete centenario. Nunca faltará un carcamal positivista que celebre mis bravatas, ni un joven sardónico que comprenda mi secreto, y llore por mí una lágrima oculta.

La gloria, que amé a los dieciocho años, me parece a los veinticuatro algo así como una corona mortuoria que se pudre y apesta en la humedad de una fosa.

Verdaderamente, quisiera hacer algo diabólico, pero no se me ocurre nada.

Cuando menos, me gustaría que no sólo en mi cuarto, sino a través de toda la literatura mexicana, se extendiera un poco este olor de almendras amargas que exhala el licor que a la salud de ustedes, señoras y señores, me dispongo a beber.

El prodigioso miligramo

> *...moverán prodigiosos miligramos.*
> Carlos Pellicer

Una hormiga censurada por la sutileza de sus cargas y por sus frecuentes distracciones, encontró una mañana, al desviarse nuevamente del camino, un prodigioso miligramo.

Sin detenerse a meditar en las consecuencias del hallazgo, cogió el miligramo y se lo puso en la espalda. Comprobó con alegría una carga justa para ella. El peso ideal de aquel objeto daba a su cuerpo extraña energía: como el peso de las alas en el cuerpo de los pájaros. En realidad, una de las causas que anticipan la muerte de las hormigas es la ambiciosa desconsideración de sus propias fuerzas. Después de entregar en el depósito de cereales un grano de maíz, la hormiga que lo ha conducido a través de un kilómetro apenas tiene fuerzas para arrastrar al cementerio su propio cadáver.

La hormiga del hallazgo ignoraba su fortuna, pero sus pasos demostraron la prisa ansiosa del que huye llevando un tesoro. Un vago y saludable sentimiento de reivindicación comenzaba a henchir su espíritu. Después de un larguísimo rodeo, hecho con alegre propósito, se unió al hilo de sus compañeras que regresaban todas, al caer la tarde, con la carga solicitada ese día: pequeños fragmentos de hoja de lechuga cuidadosamente recortados. El camino de las hormigas formaba una delgada y confusa crestería de diminuto verdor. Era imposible engañar a nadie: el miligramo desentonaba violentamente en aquella perfecta uniformidad.

Ya en el hormiguero, las cosas empezaron a agravarse. Las guardianas de la puerta, y las inspectoras situadas en todas las galerías, fueron poniendo objeciones cada vez más serias al extraño cargamento. Las palabras "miligramo" y "prodigioso" sonaron aisladamente, aquí y allá, en labios de algunas entendidas. Hasta que la inspectora en jefe, sentada con gravedad ante una mesa imponente, se atrevió a unirlas diciendo con sorna a la hormiga confundida: "Probablemente nos ha traído usted un prodigioso miligramo. La felicito de todo corazón, pero mi deber es dar parte a la policía."

Los funcionarios del orden público son las personas menos aptas para resolver cuestiones de prodigios y de miligramos. Ante aquel caso imprevisto por el código penal, procedieron con apego a las ordenanzas comunes y corrientes, confiscando el miligramo con hormiga y todo. Como los antecedentes de la acusada eran pésimos, se juzgó que un proceso era de trámite legal. Y las autoridades competentes se hicieron cargo del asunto.

La lentitud habitual de los procedimientos judiciales iba en desacuerdo con la ansiedad de la hormiga, cuya extraña conducta la indispuso hasta con sus propios abogados. Obedeciendo al dictado de convicciones cada vez más profundas, respondía con altivez a todas las preguntas que se le hacían. Propagó el rumor de que se cometían en su caso gravísimas injusticias, y anunció que muy pronto sus enemigos tendrían que reconocer forzosamente la importancia del hallazgo. Tales despropósitos atrajeron sobre ella todas las sanciones existentes. En el colmo del orgullo, dijo que lamentaba formar parte de un hormiguero tan imbécil. Al oír semejantes palabras, el fiscal pidió con voz estentórea una sentencia de muerte.

En esa circunstancia vino a salvarla el informe de un célebre alienista, que puso en claro su desequilibrio mental. Por las noches, en vez de dormir, la prisionera se ponía a darle vueltas a su miligramo, lo pulía cuidadosamente, y pasaba largas horas en una especie de éxtasis contemplativo. Durante el día lo llevaba a cuestas, de un lado a otro, en el estrecho y oscuro calabozo. Se acercó al fin de su vida presa de terrible agitación. Tanto, que la enfermera de guardia pidió tres veces que se le cambiara de celda. La celda era cada vez más grande, pero la agitación de la hormiga aumentaba con el espacio disponible. No hizo el menor caso a las curiosas que iban a contemplar, en número creciente, el espectáculo de su desordenada agonía. Dejó de comer, se negó a recibir a los periodistas y guardó un mutismo absoluto.

Las autoridades superiores decidieron finalmente trasladar a un sanatorio a la hormiga enloquecida. Pero las decisiones oficiales adolecen siempre de lentitud.

Un día, al amanecer, la carcelera halló quieta la celda, y llena de un extraño resplandor. El prodigioso miligramo brillaba en el suelo, como un diamante inflamado de luz propia. Cerca de él yacía la hormiga heroica, patas arriba, consumida y transparente.

La noticia de su muerte y la virtud prodigiosa del miligramo se derramaron como inundación por todas las galerías. Caravanas de visitantes recorrían la celda, improvisada en capilla ardiente.

Las hormigas se daban contra el suelo en su desesperación. De sus ojos, deslumbrados por la visión del miligramo, corrían lágrimas en tal abundancia que la organización de los funerales se vio complicada con un problema de drenaje. A falta de ofrendas florales suficientes, las hormigas saqueaban los depósitos para cubrir el cadáver de la víctima con pirámides de alimentos.

El hormiguero vivió días indescriptibles, mezcla de admiración, de orgullo y de dolor. Se organizaron exequias suntuosas, colmadas de bailes y banquetes. Rápidamente se inició la construcción de un santuario para el miligramo, y la hormiga incomprendida y asesinada obtuvo el honor de un mausoleo. Las autoridades fueron depuestas y acusadas de inepcia.

A duras penas logró funcionar poco después un consejo de ancianas que puso término a la prolongada etapa de orgiásticos honores. La vida volvió a su curso normal gracias a innumerables fusilamientos. Las ancianas más sagaces derivaron entonces la corriente de admiración devota que despertó el miligramo a una forma cada vez más rígida de religión oficial. Se nombraron guardianas y oficiantes. En torno al santuario fue surgiendo un círculo de grandes edificios, y una extensa burocracia comenzó a ocuparlos en rigurosa jerarquía. La capacidad del floreciente hormiguero se vio seriamente comprometida.

Lo peor de todo fue que el desorden, expulsado de la superficie, prosperaba con vida inquietante y subterránea. Aparentemente, el hormiguero vivía tranquilo y compacto, dedicado al trabajo y al culto, pese al gran número de funcionarias que se pasaban la vida desempeñando tareas cada vez menos estimables. Es imposible decir cuál hormiga albergó en su mente los primeros pensamientos funestos. Tal vez fueron muchas las que pensaron al mismo tiempo, cayendo en la tentación.

En todo caso, se trataba de hormigas ambiciosas y ofuscadas que consideraron, blasfemas, la humilde condición de la hormiga descubridora. Entrevieron la posibilidad de que todos los homenajes tributados a la gloriosa difunta les fueran discernidos a ellas en vida. Empezaron a tomar actitudes sospechosas. Divagadas y melancólicas, se extraviaban adrede del camino y volvían al hormiguero con las manos vacías. Contestaban a las inspectoras sin disimular su arrogancia; frecuentemente se hacían pasar por enfermas y anunciaban para muy pronto un hallazgo sensacional. Y las propias autoridades no podían evitar que una de aquellas lunáticas llegara el día menos pensado con un prodigio sobre sus débiles espaldas.

Las hormigas comprometidas obraban en secreto, y digámoslo así, por cuenta propia. De haber sido posible un interrogatorio general, las autoridades habrían llegado a la conclusión de que un cincuenta por ciento de las hormigas, en lugar de preocuparse por mezquinos cereales y frágiles hortalizas, tenía los ojos puestos en la incorruptible sustancia del miligramo.

Un día ocurrió lo que debía ocurrir. Como si se hubieran puesto de acuerdo, seis hormigas comunes y corrientes, que parecían de las más normales, llegaron al hormiguero con sendos objetos extraños que hicieron pasar, ante la general expectación, por miligramos de prodigio. Naturalmente, no obtuvieron los honores que esperaban, pero fueron exoneradas ese mismo día de todo servicio. En una ceremonia casi privada, se les otorgó el derecho a disfrutar una renta vitalicia.

Acerca de los seis miligramos, fue imposible decir nada en concreto. El recuerdo de la imprudencia anterior apartó a las autoridades de todo propósito judicial. Las ancianas se lavaron las manos en consejo, y dieron a la población una amplia libertad de juicio. Los supuestos miligramos se ofrecieron a la admiración pública en las vitrinas de un modesto recinto, y todas las hormigas opinaron según su leal saber y entender.

Esta debilidad por parte de las autoridades, sumada al silencio culpable de la crítica, precipitó la ruina del hormiguero. De allí en adelante cualquier hormiga, agotada por el trabajo o tentada por la pereza, podía reducir sus ambiciones de gloria a los límites de una pensión vitalicia, libre de obligaciones serviles. Y el hormiguero comenzó a llenarse de falsos miligramos.

En vano algunas hormigas viejas y sensatas recomendaron medidas precautorias, tales como el uso de balanzas y la confrontación minuciosa de cada nuevo miligramo con el modelo original. Nadie les hizo caso. Sus proposiciones, que ni siquiera fueron discutidas en asamblea, hallaron punto final en las palabras de una hormiga flaca y descolorida que proclamó abiertamente y en voz alta sus opiniones personales. Según la irreverente, el famoso miligramo original, por más prodigioso que fuera, no tenía por qué sentar un precedente de calidad. Lo prodigioso no debía ser impuesto en ningún caso como una condición forzosa a los nuevos miligramos encontrados.

El poco de circunspección que les quedaba a las hormigas desapareció en un momento. En adelante las autoridades fueron incapaces de reducir o tasar la cuota de objetos que el hormiguero podía recibir diariamente bajo el título de miligramos. Se negó cualquier derecho de veto, y ni siquiera lograron que cada hormiga cumpliera con sus obligaciones. Todas quisieron eludir su condición de trabajadoras, mediante la búsqueda de miligramos.

El depósito para esta clase de artículos llegó a ocupar las dos terceras partes del hormiguero, sin contar las colecciones particulares, algunas de ellas famosas por la valía de sus piezas. Respecto a los miligramos comunes y corrientes, descendió tanto su precio que en los días de mayor afluencia se podían obtener a cambio de una bicoca. No debe negarse que de cuando en cuando llegaban al hormiguero algunos ejemplares estimables. Pero corrían la suerte de las peores bagatelas. Legiones de aficionadas se dedicaron a exaltar el mérito de los miligramos de más baja calidad, fomentando así un general desconcierto.

En su desesperación de no hallar miligramos auténticos, muchas hormigas acarreaban verdaderas obscenidades e inmundicias. Galerías enteras fueron clausuradas por razones de salubridad. El ejemplo de una hormiga extravagante hallaba al día siguiente millares de imitadoras. A costa de grandes esfuerzos, y empleando todas sus reservas de sentido común, las ancianas del consejo seguían llamándose autoridades y hacían vagos ademanes de gobierno.

Las burócratas y las responsables del culto, no contentas con su holgada situación, abandonaron el templo y las oficinas para echarse a la busca de miligramos, tratando de aumentar gajes y honores. La policía dejó prácticamente de existir, y los motines y las revoluciones eran cotidianos. Bandas de asaltantes profesionales aguardaban en las cercanías del hormiguero para despojar a las afortunadas que volvían con un miligramo valioso. Coleccionistas resentidas denunciaban a sus rivales y promovían largos juicios, buscando la venganza del cateo y la expropiación. Las disputas dentro de las galerías degeneraban fácilmente en riñas, y éstas en asesinatos... El índice de mortalidad alcanzó una cifra pavorosa. Los nacimientos disminuyeron de manera alarmante, y las criaturas, faltas de atención adecuada, morían por centenares.

El santuario que custodiaba el miligramo verdadero se convirtió en tumba olvidada. Las hormigas, ocupadas en la discusión de los hallazgos más escandalosos, ni siquiera acudían a visitarlo. De vez en cuando, las devotas rezagadas llamaban la atención de las autoridades sobre su estado de ruina y de abandono. Lo más que se conseguía era un poco de limpieza. Media docena de irrespetuosas barrenderas daban unos cuantos escobazos, mientras decrépitas ancianas pronunciaban largos discursos y cubrían la tumba de la hormiga con deplorables ofrendas, hechas casi de puros desperdicios.

Sepultado entre nubarrones de desorden, el prodigioso miligramo brillaba en el olvido. Llegó incluso a circular la especie escandalosa de que había sido robado por manos sacrílegas. Una copia de mala calidad suplantaba al miligramo auténtico, que pertenecía ya a la colección de una hormiga criminal, enriquecida en el comercio de miligramos. Rumores sin fundamento, pero nadie se inquietaba ni se conmovía; nadie llevaba a cabo una investigación que les pusiera fin. Y las ancianas del consejo, cada día más débiles y achacosas, se cruzaban de brazos ante el desastre inminente.

El invierno se acercaba, y la amenaza de muerte detuvo el delirio de las imprevisoras hormigas. Ante la crisis alimenticia, las autoridades decidieron ofrecer en venta un gran lote de miligramos a una comunidad vecina, compuesta de acaudaladas hormigas. Todo lo que consiguieron fue deshacerse de unas cuantas piezas de verdadero mérito, por un puñado de hortalizas y cereales. Pero se les hizo una oferta de alimentos suficientes para todo el invierno, a cambio del miligramo original.

El hormiguero en bancarrota se aferró a su miligramo como a una tabla de salvación. Después de interminables conferencias y discusiones, cuando ya el hambre mermaba el número de las supervivientes en beneficio de las hormigas ricas, éstas abrieron la puerta de su casa a las dueñas del prodigio. Contrajeron la obligación de alimentarlas hasta el fin de sus días, exentas de todo servicio. Al ocurrir la muerte de la última hormiga extranjera, el miligramo pasaría a ser propiedad de las compradoras.

¿Hay qué decir lo que ocurrió poco después en el nuevo hormiguero? Las huéspedes difundieron allí el germen de su contagiosa idolatría.

Actualmente las hormigas afrontan una crisis universal. Olvidando sus costumbres, tradicionalmente practicas y utilitarias, se entregan en todas partes a una desenfrenada búsqueda de miligramos. Comen fuera del hormiguero, y sólo almacenan sutiles y deslumbrantes objetos. Tal vez muy pronto desaparezcan como especie zoológica y solamente nos quedará, encerrando en dos o tres fábulas ineficaces, el recuerdo de sus antiguas virtudes.

Nabónides

El propósito original de Nabónides, según el profesor Rabsolom, era simplemente restaurar los tesoros arqueológicos de Babilonia. Había visto con tristeza las gastadas piedras de los santuarios, las borrosas estelas de los héroes y los sellos anulares que dejaban una impronta ilegible sobre los documentos imperiales. Emprendió sus restauraciones metódicamente y no sin una cierta parsimonia. Desde luego, se preocupó por la calidad de los materiales, eligiendo las piedras de grano más fino y cerrado.

Cuando se le ocurrió copiar de nuevo las ochocientas mil tabletas de que constaba la biblioteca babilónica, tuvo que fundar escuelas y talleres para escribas, grabadores y alfareros. Distrajo de sus puestos administrativos un buen número de empleados y funcionarios, desafiando las críticas de los jefes militares que pedían soldados y no escribas para apuntalar el derrumbe del imperio, trabajosamente erigido por los antepasados heroicos, frente al asalto envidioso de las ciudades vecinas. Pero Nabónides, que veía por encima de los siglos, comprendió que la historia era lo que importaba. Se entregó denodadamente a su tarea, mientras el suelo se le iba de los pies.

Lo más grave fue que una vez consumadas todas las restauraciones, Nabónides no pudo cesar ya en su labor de historiador. Volviendo definitivamente la espalda a los acontecimientos, sólo se dedicaba a relatarlos sobre piedra o sobre arcilla. Esta arcilla, inventada por él a base de marga y asfalto, ha resultado aún más indestructible que la piedra. (El profesor Rabsolom es quien ha establecido la fórmula de esa pasta cerámica. En 1913 encontró una serie de piezas enigmáticas, especie de cilindros o pequeñas columnas, que se hallaban revestidas con esa sustancia misteriosa. Adivinando la presencia de una escritura oculta, Rabsolom comprendió que la capa de asfalto no podía ser retirada sin destruir los caracteres. Ideó entonces el procedimiento siguiente: vació a cincel la piedra interior, y luego, por medio de un desincrustante que ataca los residuos depositados en las huellas de la escritura, obtuvo cilindros huecos. Por medio de sucesivos vaciados seccionales, logró hacer cilindros de yeso que presentaron la intacta escritura original. El profesor Rabsolom sostiene, atinadamente, que Nabónides procedió de este modo incomprensible previniendo una invasión enemiga con el habitual acompañamiento de furia iconoclasta. Afortunadamente, no tuvo tiempo de ocultar así todas sus obras.)[1]

Como la muchedumbre de operarios era insuficiente, y la historia acontecía con rapidez, Nabónides se convirtió también en lingüista y en gramático: quiso simplificar el alfabeto, creando una especie de taquigrafía. De hecho, complicó la escritura plagándola de abreviaturas, omisiones y siglas que ofrecen toda una serie de nuevas dificultades al profesor Rabsolom. Pero así logró llegar Nabónides hasta sus propios días, con entusiasmada minuciosidad; alcanzó a escribir la historia de su historia y la somera clave de sus abreviaturas, pero con tal afán de síntesis, que este relato sería tan extenso como la *Epopeya de Gilgamesh*, si se le compara con las últimas concisiones de Nabónides.

Hizo redactar también —Rabsolom dice que la redactó él mismo— una historia de sus hipotéticas hazañas militares, él, que abandonó su lujosa espada en el cuerpo del primer guerrero enemigo. En el fondo, tal historia era un pretexto más para esculpir tabletas, estelas y cilindros.

Pero los adversarios persas fraguaban desde lejos la perdición del soñador. Un día llegó a Babilonia el urgente mensaje de Creso, con quien Nabónides había concertado una alianza. El rey historiador mandó grabar en un cilindro el mensaje y el nombre del mensajero, la fecha y las condiciones del pacto. Pero no acudió al llamado de Creso. Pero después, los persas cayeron por sorpresa en la ciudad, dispersando el laborioso ejército de escribas. Los guerreros babilonios, descontentos, combatieron apenas, y el imperio cayó para no alzarse más de sus escombros.

La historia nos ha trasmitido dos oscuras versiones acerca de la muerte de su fiel servidor. Una de ellas lo sacrifica a manos de un usurpador, en los días trágicos de la invasión persa. La otra nos dice que fue hecho prisionero y llevado a una isla lejana. Allí murió de tristeza, repasando en la memoria el repertorio de la grandeza babilonia. Esta última versión es la que se acomoda mejor a la índole apacible de Nabónides.

---

[1] Los que quieran profundizar en el tema, pueden leer con provecho la extensa monografía de Adolf von Pinches: *Nabonidzylinder*, Jena, 1992.

El faro

Lo que hace Genaro es horrible. Se sirve de armas imprevistas. Nuestra situación se vuelve asquerosa.

Ayer, en la mesa, nos contó una historia de cornudo. Era en realidad graciosa, pero como si Amelia y yo pudiéramos reírnos, Genaro la estropeó con sus grandes carcajadas falsas. Decía: "¿Es que hay algo más chistoso?". Y se pasaba la mano por la frente, encogiendo los dedos, como buscándose algo. Volvía a reír: "¿Cómo se sentirá llevar cuernos?". No tomaba en cuenta para nada nuestra confusión.

Amelia estaba desesperada. Yo tenía ganas de insultar a Genaro, de decirle toda la verdad a gritos, de salirme corriendo y no volver nunca. Pero como siempre, algo me detenía. Amelia tal vez, aniquilada en la situación intolerable.

Hace ya algún tiempo que la actitud de Genaro nos sorprendía. Se iba volviendo cada vez más tonto. Aceptaba explicaciones increíbles, daba lugar y tiempo para nuestras más descabelladas entrevistas. Hizo diez veces la comedia del viaje, pero siempre volvió el día previsto. Nos absteníamos inútilmente en su ausencia. De regreso, traía pequeños regalos y nos estrechaba de modo inmoral, besándonos casi el cuello, teniéndonos excesivamente contra su pecho. Amelia llegó a desfallecer de repugnancia entre semejantes abrazos.

Al principio hacíamos las cosas con temor, creyendo correr un gran riesgo. La impresión de que Genaro iba a descubrirnos en cualquier momento, teñía nuestro amor de miedo y de vergüenza. La cosa era clara y limpia en este sentido. El drama flotaba realmente sobre nosotros, dando dignidad a la culpa. Genaro lo ha echado a perder. Ahora estamos envueltos en algo turbio, denso y pesado. Nos amamos con desgana, hastiados, como esposos. Hemos adquirido poco a poco la costumbre insípida de tolerar a Genaro. Su presencia es insoportable porque no nos estorba; más bien facilita la rutina y provoca el cansancio.

A veces, el mensajero que nos trae las provisiones dice que la supresión de este faro es un hecho. Nos alegramos Amelia y yo, en secreto. Genaro se aflige visiblemente: "¿A dónde iremos?", nos dice. "!Somos aquí tan felices!". Suspira. Luego, buscando mis ojos. "Tú vendrás con nosotros, a dondequiera que vayamos". Y se queda mirando el mar con melancolía.

In memoriam

El lujoso ejemplar en cuarto mayor con pastas de cuero repujado, tenue de olor a tinta recién impresa en fino papel de Holanda, cayó como una pesada lápida mortuoria sobre el pecho de la baronesa viuda de Büssenhausen.

La noble señora leyó entre lágrimas la dedicatoria de dos páginas, compuesta en reverentes unciales germánicas. Por consejo amistoso, ignoró los cincuenta capítulos de la *Historia comparada de las relaciones sexuales*, gloria imperecedera de su difunto marido, y puso en un estuche italiano aquel volumen explosivo.

Entre los libros científicos redactados sobre el tema, la obra del barón Büssenhausen se destaca de modo casi sensacional, y encuentra lectores entusiastas en un público cuya diversidad mueve a envidia hasta a los más austeros hombres de estudio. (La traducción abreviada en inglés ha sido un *bestseller*.)

Para los adalides del materialismo histórico, este libro no es más que una enconada refutación de Engels. Para los teólogos, el empeño de un luterano que dibuja en la arena del hastío círculos de esmerado infierno. Los psicoanalistas, felices, bucean un mar de dos mil páginas de pretendida subconciencia. Sacan a la superficie datos nefandos: Büssenhausen es el pervertido que traduce en su lenguaje impersonal la historia de un alma atormentada por las más extraviadas pasiones. Allí están todos sus devaneos, ensueños libidinosos y culpas secretas, atribuidos siempre a inesperadas comunidades primitivas, a lo largo de un arduo y triunfante proceso de sublimación.

El reducido grupo de los antropólogos especialistas niega a Büssenhausen el nombre de colega. Pero los críticos literarios le otorgan su mejor fortuna. Todos están de acuerdo en colocar el libro dentro del género novelístico, y no escatiman el recuerdo de Marcel Proust y de James Joyce. Según ellos, el barón se entregó a la búsqueda infructuosa de las horas perdidas en la alcoba de su mujer. Centenares de páginas estancadas narran el ir y venir de un alma pura, débil y dubitativa, del ardiente Venusberg conyugal a la gélida cueva del cenobita libresco.

Sea de ello lo que fuere, y mientras viene la calma, los amigos más fieles han tendido alrededor del castillo Büssenhausen una afectuosa red protectora que intercepta los mensajes del exterior. En las desiertas habitaciones señoriales la baronesa sacrifica galas todavía no marchitas, pese a su edad otoñal. (Es hija de un célebre entomólogo, ya desaparecido, y de una poetisa que vive.)

Cualquier lector medianamente dotado puede extraer de los capítulos del libro más de una conclusión turbadora. Por ejemplo, la de que el matrimonio surgió en tiempos remotos como un castigo impuesto a las parejas que violaban el tabú de endogamia. Encarcelados en el *home*, los culpables sufrían las inclemencias de la intimidad absoluta, mientras sus prójimos se entregan afuera a los irresponsables deleites del más libre amor.

Dando muestra de fina sagacidad, Büssenhausen define el matrimonio como un rasgo característico de la crueldad babilonia. Y su imaginación alcanza envidiable altura cuando nos describe la asamblea primitiva de Samarra, dichosamente prehamurábica. El rebaño vivía alegre y despreocupado, distribuyéndose el generoso azar de la caza y la cosecha, arrastrando su tropel de hijos comunales. Pero a los que sucumbían al ansia prematura o ilegal de posesión, se les condenaba en buena especie a la saciedad atroz del manjar apetecido.

Derivar de allí modernas conclusiones psicológicas es tarea que el barón realiza, por así decirlo, con una mano en la cintura. El hombre pertenece a una especie animal llena de pretensiones ascéticas. Y el matrimonio, que en un principio fue castigo formidable, se volvió poco después un apasionado ejercicio de neuróticos, un increíble pasatiempo de masoquistas. El barón no se detiene aquí. Agrega que la civilización ha hecho muy bien en apretar los lazos conyugales. Felicita a todas las religiones que convirtieron el matrimonio en disciplina espiritual. Expuestas a un roce continuo, dos almas tienen la posibilidad de perfeccionarse hasta el máximo pulimento, o de reducirse a polvo.

"Científicamente considerado, el matrimonio es un molino prehistórico en el que dos piedras ruejas se muelen a sí mismas, interminablemente, hasta la muerte." Son palabras textuales del autor. Le faltó añadir que a su tibia alma de creyente, porosa y caliza, la baronesa oponía una índole de cuarzo, una consistencia de valquiria. (A estas horas, en la soledad de su lecho, la viuda gira impávidas aristas radiales sobre el recuerdo impalpable del pulverizado barón.)

El libro de Büssenhausen podría ser fácilmente desdeñado si sólo contuviera los escrúpulos personales y las represiones de un marido chapado a la antigua, que nos abruma con sus dudas acerca de que podamos salvarnos sin tomar en cuenta el alma ajena, presta a sucumbir a nuestro lado, víctima del aburrimiento, de la hipocresía, de los odios menudos, de la melancolía perniciosa. Lo grave está en que el barón apoya con una masa de datos cada una de sus divagaciones. En la página más descabellada, cuando lo vemos caer vertiginosamente en un abismo de fantasía, nos sale de pronto con una prueba irrefutable entre sus manos de náufrago. Si al hablar de la prostitución hospitalaria Malinowski le falla en las islas Marquesas, allí está para servirle Alf Theodorsen desde su congelada aldea de lapones. No caben dudas al respecto. Si el barón se equivoca, debemos confesar que la ciencia se pone curiosamente de acuerdo para equivocarse con él. A la imaginación creadora y desbordante de un Lévy-Brühl, añade la perspicacia de un Frazer, la exactitud de un Wilhelm Eilers, y de vez en cuando, por fortuna, la suprema aridez de un Franz Boas.

Sin embargo, el rigor científico del barón decae con frecuencia y da lugar a ciertas páginas de gelatina. En más de un pasaje la lectura es sumamente penosa, y el volumen adquiere un peso visceral, cuando la falsa paloma de Venus bate alas de murciélago, o cuando se oye el rumor de Píramo y Tisbe que roen, cada uno por su lado, un espeso muro de confitura. Nada más justo que perdonar los deslices de un hombre que se pasó treinta años en el molino, con una mujer abrasiva, de quien lo separaban muchos grados en la escala de la dureza humana.

Desoyendo la algarabía escandalizada y festiva de los que juzgan la obra del barón como un nuevo resumen de historia universal, disfrazado y pornográfico, nosotros nos unimos al reducido grupo de los espíritus selectos que adivinan en la *Historia comparada de las relaciones sexuales* una extensa epopeya doméstica, consagrada a una mujer de temple troyano. La perfecta casada en cuyo honor se rindieron miles y miles de pensamientos subversivos, acorralados en una dedicatoria de dos páginas, compuesta en reverentes unciales germánicas: la baronesa Gunhild de Büssenhausen, *née* condesa de Magneburg-Hohenheim.

Baltasar Gérard
[1555-1582]

Ir a matar al príncipe de Orange. Ir a matarlo y cobrar luego los veinticinco mil escudos que ofreció Felipe II por su cabeza. Ir a pie, solo, sin recursos, sin pistola, sin cuchillo, creando el género de los asesinos que piden a su víctima el dinero que hace falta para comprar el arma del crimen, tal fue la hazaña de Baltasar Gérard, un joven carpintero de Dôle.

A través de una penosa persecución por los Países Bajos, muerto de hambre y de fatiga, padeciendo incontables demoras entre los ejércitos españoles y flamencos, logró abrirse paso hasta su víctima. En dudas, rodeos y retrocesos invirtió tres años y tuvo que soportar la vejación de que Gaspar Añastro le tomara la delantera.

El portugués Gaspar Añastro, comerciante en paños, no carecía de imaginación, sobre todo ante un señuelo de veinticinco mil escudos. Hombre precavido, eligió cuidadosamente el procedimiento y la fecha del crimen. Pero a última hora decidió poner un intermediario entre su cerebro y el arma: Juan Jáuregui la empuñaría por él.

Juan Jáuregui, jovenzuelo de veinte años, era tímido de por sí. Pero Añastro logró templar su alma hasta el heroísmo, mediante un sistema de sutiles coacciones cuya secreta clave se nos escapa. Tal vez lo abrumó con lecturas heroicas; tal vez lo proveyó de talismanes; tal vez lo llevó metódicamente hacia un consciente suicidio.

Lo único que sabemos con certeza es que el día señalado por su patrón (18 de marzo de 1582), y durante los festivales celebrados en Amberes para honrar al duque de Anjou en su cumpleaños, Jáuregui salió al paso de la comitiva y disparó sobre Guillermo de Orange a quemarropa. Pero el muy imbécil había cargado el cañón de la pistola hasta la punta. El arma estalló en su mano como una granada. Una esquirla de metal traspasó la mejilla del príncipe. Jáuregui cayó al suelo, entre el séquito, acribillado por violentas espadas.

Durante diecisiete días Gaspar Añastro esperó inútilmente la muerte del príncipe. Hábiles cirujanos lograron contener la hemorragia, taponando con sus dedos, día y noche, la arteria destrozada. Guillermo se salvó finalmente, y el portugués, que tenía en el bolsillo el testamento de Jáuregui a favor suyo, se llevó la más amarga desilusión de su vida. Maldijo la imprudencia de confiar en un joven inexperto.

Poco tiempo después la fortuna sonrió para Baltasar Gérard, que recibía de lejos las trágicas noticias. La supervivencia del príncipe, cuya vida parecía estarle reservada, le dio nuevas fuerzas para continuar sus planes, hasta entonces vagos y llenos de incertidumbre.

En mayo logró llegar hasta el príncipe, en calidad de emisario del ejército. Pero no llevaba consigo ni siquiera un alfiler. Difícilmente pudo calmar su desesperación mientras duraba la entrevista. En vano ensayó mentalmente sus manos enflaquecidas sobre el grueso cuello del flamenco. Sin embargo, logró obtener una nueva comisión. Guillermo lo designó para volver al frente, a una ciudad situada en la frontera francesa. Pero Baltasar ya no pudo resignarse a un nuevo alejamiento.

Descorazonado y caviloso, vagó durante dos meses en los alrededores del palacio de Delft. Vivió con la mayor miseria, casi de limosna, tratando de congraciarse lacayos y cocineros. Pero su aspecto extranjero y miserable a todos inspiraba desconfianza.

Un día lo vio el príncipe desde una de las ventanas del palacio y mandó un criado a reconvenirlo por su negligencia. Baltasar respondió que carecía de ropas para el viaje, y que sus zapatos estaban materialmente destrozados. Conmovido, Guillermo le envió doce coronas.

Radiante, Baltasar fue corriendo en busca de un par de magníficas pistolas, bajo el pretexto de que los caminos eran inseguros para un mensajero como él. Las cargó cuidadosamente y volvió al palacio. Diciendo que iba en busca de pasaporte, llegó hasta el príncipe y expresó su petición con voz hueca y conturbada. Se le dijo que esperara un poco en el patio. Invirtió el tiempo disponible planeando su fuga, mediante un rápido examen del edificio.

Poco después, cuando Guillermo de Orange en lo alto de la escalera despedía a un personaje arrodillado, Baltasar salió bruscamente de su escondite, y disparó con puntería excelente. El príncipe alcanzó a murmurar unas palabras y rodó por la alfombra, agonizante.

En medio de la confusión, Baltasar huyó a las caballerizas y los corrales del palacio, pero no pudo saltar, extenuado, la tapia de un huerto. Allí fue apresado por dos cocineros. Conducido a la portería, mantuvo un grave y digno continente. No se le hallaron encima más que unas estampas piadosas y un par de vejigas desinfladas con las que pretendía —mal nadador— cruzar los ríos y canales que le salieran al paso.

Naturalmente, nadie pensó en la dilación de un proceso. La multitud pedía ansiosa la muerte del regicida. Pero hubo que esperar tres días, en atención a los funerales del príncipe.

Baltasar Gérard fue ahorcado en la plaza pública de Delft, ante una multitud encrespada que él miró con desprecio desde el arrecife del cadalso. Sonrió ante la torpeza de un carpintero que hizo volar un martillo por los aires. Una mujer conmovida por el espectáculo estuvo a punto de ser linchada por la animosa muchedumbre.

Baltasar rezó sus oraciones con voz clara y distinta, convencido de su papel de héroe. Subió sin ayuda la escalerilla fatal.

Felipe II pagó puntualmente los veinticinco mil escudos de recompensa a la familia del asesino.

Baby H.P.

Señora ama de casa: convierta usted en fuerza motriz la vitalidad de sus niños. Ya tenemos a la venta el maravilloso Baby H.P., un aparato que está llamado a revolucionar la economía hogareña.

El Baby H.P. es una estructura de metal muy resistente y ligera que se adapta con perfección al delicado cuerpo infantil, mediante cómodos cinturones, pulseras, anillos y broches. Las ramificaciones de este esqueleto suplementario recogen cada uno de los movimientos del niño, haciéndolos converger en una botellita de Leyden que puede colocarse en la espalda o en el pecho, según necesidad. Una aguja indicadora señala el momento en que la botella está llena. Entonces usted, señora, debe desprenderla y enchufarla en un depósito especial, para que se descargue automáticamente. Este depósito puede colocarse en cualquier rincón de la casa, y representa una preciosa alcancía de electricidad disponible en todo momento para fines de alumbrado y calefacción, así como para impulsar alguno de los innumerables artefactos que invaden ahora, y para siempre, los hogares.

De hoy en adelante usted verá con otros ojos el agobiante ajetreo de sus hijos. Y ni siquiera perderá la paciencia ante una rabieta convulsiva, pensando que es fuente generosa de energía. El pataleo de un niño de pecho durante las veinticuatro horas del día se transforma, gracias al Baby H.P., en unos útiles segundos de tromba licuadora, o en quince minutos de música radiofónica.

Las familias numerosas pueden satisfacer todas sus demandas de electricidad instalando un Baby H.P. en cada uno de sus vástagos, y hasta realizar un pequeño y lucrativo negocio, trasmitiendo a los vecinos un poco de la energía sobrante. En los grandes edificios de departamentos pueden suplirse satisfactoriamente las fallas del servicio público, enlazando todos los depósitos familiares.

El Baby H.P. no causa ningún trastorno físico ni psíquico en los niños, porque no cohíbe ni trastorna sus movimientos. Por el contrario, algunos médicos opinan que contribuye al desarrollo armonioso de su cuerpo. Y por lo que toca a su espíritu, puede despertarse la ambición individual de las criaturas, otorgándoles pequeñas recompensas cuando sobrepasen sus récords habituales. Para este fin se recomiendan las golosinas azucaradas, que devuelven con creces su valor. Mientras más calorías se añadan a la dieta del niño, más kilovatios se economizan en el contador eléctrico.

Los niños deben tener puesto día y noche su lucrativo H.P. Es importante que lo lleven siempre a la escuela, para que no se pierdan las horas preciosas del recreo, de las que ellos vuelven con el acumulador rebosante de energía.

Los rumores acerca de que algunos niños mueren electrocutados por la corriente que ellos mismos generan son completamente irresponsables. Lo mismo debe decirse sobre el temor supersticioso de que las criaturas provistas de un Baby H.P. atraen rayos y centellas. Ningún accidente de esta naturaleza puede ocurrir, sobre todo si se siguen al pie de la letra las indicaciones contenidas en los folletos explicativos que se obsequian con cada aparato.

El Baby H.P. está disponible en las buenas tiendas en distintos tamaños, modelos y precios. Es un aparato moderno, durable y digno de confianza, y todas sus coyunturas son extensibles. Lleva la garantía de fabricación de la casa J.P. Mansfield & Sons, de Atlanta, Ill.

Anuncio

Dondequiera que la presencia de la mujer es difícil, onerosa o perjudicial, ya sea en la alcoba del soltero, ya en el campo de concentración, el empleo de Plastisex es sumamente recomendable. El ejército y la marina, así como algunos directores de establecimientos penales y docentes, proporcionan a los reclutas el servicio de estas atractivas e higiénicas criaturas.

Ahora nos dirigimos a usted, dichoso o desafortunado en el amor. Le proponemos la mujer que ha soñado toda la vida: se maneja por medio de controles automáticos y está hecha de materiales sintéticos que reproducen a voluntad las características más superficiales o recónditas de la belleza femenina. Alta y delgada, menuda y redonda, rubia o morena, pelirroja o platinada; todas están en el mercado. Ponemos a su disposición un ejército de artistas plásticos, expertos en la escultura y el diseño, la pintura y el dibujo; hábiles artesanos del moldeado y el vaciado; técnicos en cibernética y electrónica, pueden desatar para usted una momia de la decimoctava dinastía o sacarle de la tina a la más rutilante estrella de cine, salpicada todavía por el agua y las sales del baño matinal.

Tenemos listas para ser enviadas todas las bellezas famosas del pasado y del presente, pero atendemos cualquier solicitud y fabricamos modelos especiales. Si los encantos de Madame Récamier no le bastan para olvidar a la que lo dejó plantado, envíenos fotografías, documentos, medidas, prendas de vestir y descripciones entusiastas. Ella quedará a sus órdenes mediante un tablero de controles no más difícil de manejar que los botones de un televisor.

Si usted quiere y dispone de recursos suficientes, ella puede tener ojos de esmeralda, de turquesa o de azabache legítimo, labios de coral o de rubí, dientes de perlas y... etcétera, etcétera. Nuestras damas son totalmente indeformables e inarrugables, conservan la suavidad de su tez y la turgencia de sus líneas, dicen que sí en todos los idiomas vivos y muertos de la tierra, cantan y se mueven al compás de los ritmos de moda. El rostro se presenta maquillado de acuerdo con los modelos originales, pero pueden hacerse toda clase de variantes, al gusto de cada quién, mediante los cosméticos apropiados.

La boca, las fosas nasales, la cara interna de los párpados y las demás regiones mucosas, están hechas con suavísima esponja, saturada con sustancias nutritivas y estuosas, de viscosidad variable y con diferentes índices afrodisiacos y vitamínicos, extraídas de algas marinas y plantas medicinales. "Hay leche y miel bajo tu lengua...", dice el *Cantar de los cantares*. Usted puede emular los placeres de Salomón; haga una mixtura con leche de cabra y miel de avispas; llene con ella el depósito craneano de su Plastisex©, sazónela al oporto o al benedictine: sentirá que los ríos del paraíso fluyen a su boca en el largo beso alimenticio. (Hasta ahora, nos hemos reservado bajo patente el derecho de adaptar las glándulas mamarias como redomas de licor.)

Nuestras venus están garantizadas para un servicio perfecto de diez años —duración promedio de cualquier esposa—, salvo los casos en que sean sometidas a prácticas anormales de sadismo. Como en todas las de carne y hueso, su peso es rigurosamente específico y el noventa por ciento corresponde al agua que circula por las finísimas burbujas de su cuerpo esponjado, caldeada por un sistema venoso de calefacción eléctrica. Así se obtiene la ilusión perfecta del desplazamiento de los músculos bajo la piel, y el equilibrio hidrostático de las masas carnosas durante el movimiento. Cuando el termostato se lleva a un grado de temperatura febril, una tenue exudación salina aflora a la superficie cutánea. El agua no sólo cumple funciones físicas de plasticidad variable, sino también claramente fisiológicas e higiénicas: haciéndola fluir intensamente de dentro hacia fuera, asegura la limpieza rápida y completa de las Plastisex©.

Un armazón de magnesio, irrompible hasta en los más apasionados abrazos y finamente diseñado a partir del esqueleto humano, asegura con propiedad todos los movimientos y posiciones de la Plastisex©. Con un poco de práctica, se puede bailar, luchar, hacer ejercicios gimnásticos o acrobáticos y producir en su cuerpo reacciones de acogida o rechazo más o menos enérgicas. (Aunque sumisas, las Plastisex© son sumamente vigorosas, ya que están equipadas con un motor eléctrico de medio caballo de fuerza.)

Por lo que se refiere a la cabellera y demás vegetaciones pilosas, hemos logrado producir una fibra de acetato que tiene las características del pelaje femenino, y que lo supera en belleza, textura y elasticidad. ¿Es usted aficionado a los placeres del olfato? Sintonice entonces la escala de los olores. Desde el tenue aroma axilar hecho a base de sándalo y almizcle, hasta las más recias emanaciones de la mujer asoleada y deportiva: ácido cáprico puro, o los más quintaesenciados productos de la perfumería moderna. Embriáguese a su gusto.

La gama olfativa y gustativa se extiende naturalmente hasta el aliento, sí, porque nuestras venus respiran acompasada o agitadamente. Un regulador asegura la curva creciente de sus anhelos, desde el suspiro al gemido, mediante el ritmo controlable de sus canjes respiratorios. Automáticamente el corazón acompasa la fuerza y la velocidad de sus latidos...

En la rama de accesorios, la Plastisex© rivaliza en vestuario y ornato con el atuendo de las señoras más distinguidas. Desnuda, es sencillamente insuperable: púber o impúber, en la flor de la juventud o con todas las opulencias maduras del otoño, según el matiz peculiar de cada raza o mestizaje.

Para los amantes celosos, hemos superado el antiguo ideal del cinturón de castidad: un estuche de cuerpo entero que convierte a cada mujer en una fortaleza de acero inexpugnable. Y por lo que toca a la virginidad, cada Plastisex© va provista de un dispositivo que no puede violar más que usted mismo, el himen plástico que es un verdadero sello de garantía. Tan fiel al original, que al ser destruido se contrae sobre sí mismo y reproduce las excrecencias coralinas llamadas carúnculas mirtiformes.

Siguiendo la inflexible línea de ética comercial que nos hemos trazado, nos interesa denunciar los rumores, más o menos encubiertos, que algunos clientes neuróticos han hecho circular a propósito de nuestra venus. Se dice que hemos creado una mujer tan perfecta, que varios modelos, ardientemente amados por hombres solitarios, han quedado encinta y que otros sufren ciertos trastornos periódicos. Nada más falso. Aunque nuestro departamento de investigación trabaja a toda capacidad y con un presupuesto triplicado, no podemos jactarnos todavía de haber librado a la mujer de tan graves servidumbres. Desgraciadamente, no es fácil desmentir con la misma energía la noticia publicada por un periódico irresponsable, acerca de que un joven inexperto murió asfixiado en brazos de una mujer de plástico. Sin negar la posibilidad de semejante accidente, afirmamos que sólo puede ocurrir en virtud de un imperdonable descuido.

El aspecto moral de nuestra industria ha sido hasta ahora insuficientemente interpretado. Junto a los sociólogos que nos alaban por haber asestado un duro golpe a la prostitución (en Marsella hay una casa a la que ya no podemos llamar de mala nota porque funciona exclusivamente a base de Plastisex©), hay otros que nos acusan de fomentar maniáticos afectados de infantilismo. Semejantes timoratos olvidan adrede las cualidades de nuestro invento, que lejos de limitarse al goce físico, asegura dilectos placeres intelectuales y estéticos a cada uno de los afortunados usuarios.

Como era de esperarse, las sectas religiosas han reaccionado de modo muy diverso ante el problema. Las iglesias más conservadoras siguen apoyando implacablemente el hábito de la abstinencia, y a lo sumo se limitan a calificar como pecado venial el que se comete en objeto inanimado (!). Pero una secta disidente de los mormones ha celebrado ya numerosos matrimonios entre progresistas caballeros humanos y encantadoras muñecas de material sintético. Aunque reservamos nuestra opinión acerca de esas uniones ilícitas para el vulgo, nos es muy grato participar que hasta el día de hoy todas han sido generalmente felices. Sólo en casos aislados algún esposo ha solicitado modificaciones o perfeccionamientos de detalle en su mujer, sin que se registre una sola sustitución que equivalga a divorcio. Es también frecuente el caso de clientes antiguamente casados que nos solicitan copias fieles de sus esposas (generalmente con algunos retoques), a fin de servirse de ellas sin traicionarlas en ocasiones de enfermedades graves o pasajeras, y durante ausencias prolongadas e involuntarias, que incluyen el abandono y la muerte.

Como objeto de goce, la Plastisex© debe ser empleada de modo mesurado y prudente, tal como la sabiduría popular aconseja respecto a nuestra compañera tradicional. Normalmente utilizado, su débito asegura la salud y el bienestar del hombre, cualquiera que sea su edad y complexión. Y por lo que se refiere a los gastos de inversión y mantenimiento, la Plastisex© se paga ella sola. Consume tanta electricidad como un refrigerador, se puede enchufar en cualquier contacto doméstico, y equipada con sus más valiosos aditamentos, pronto resulta mucho más económica que una esposa común y corriente. Es inerte o activa, locuaz o silenciosa a voluntad, y se puede guardar en el closet.*

---

* Desde 1968, nuestra filial Plastishiro Sexobe está trabajando un modelo económico a base de pilas y transistores.

Lejos de representar una amenaza para la sociedad, la venus Plastisex© resulta una aliada poderosa en la lucha pro restauración de los valores humanos. En vez de disminuirla, engrandece y dignifica a la mujer, arrebatándole su papel de instrumento placentero, de sexófora, para emplear un término clásico. En lugar de mercancía deprimente, costosa o insalubre, nuestras prójimas se convertirán en seres capaces de desarrollar sus posibilidades creadoras hasta un alto grado de perfección.

Al popularizarse el uso de la Plastisex©, asistiremos a la eclosión del genio femenino, tan largamente esperada. Y las mujeres, libres ya de sus obligaciones tradicionalmente eróticas, instalarán para siempre en su belleza transitoria el puro reino del espíritu.

De balística

Ne saxa ex catapultis latericium
discuterent.
CAESAR, *De bello civili, lib. 2.*

Catapultae turribus impositae et
quae spicula mitterent, et quae saxa.
APPIANUS, *Ibericae.*

Ésas que allí se ven, vagas cicatrices entre los campos de labor, son las ruinas del campamento de Nobílior. Más allá se alzan los emplazamientos militares de Castillejo, de Renieblas y de Peña Redonda. De la remota ciudad sólo ha quedado una colina cargada de silencio...

—¡Por favor! No olvide usted que yo he venido desde Minnesota. Déjese ya de frases y dígame qué, cómo y a cuál distancia disparaban las balistas.

—Pide usted un imposible.

—Pero usted es reconocido como una autoridad universal en antiguas maquinas de guerra. Mi profesor Burns, de Minnesota, no vaciló en darme su nombre y su dirección como un norte seguro.

—Dé usted al profesor, a quien estimo mucho por carta, las gracias de mi parte y un sincero pésame por su optimismo. A propósito, ¿qué ha pasado con sus experimentos en materia de balística romana?

—Un completo fracaso. Ante un público numeroso, el profesor Burns prometió volarse la barda del estadio de Minnesota, y le falló el jonrón. Es la quinta vez que le hacen quedar mal sus catapultas, y se halla bastante decaído. Espera que yo le lleve algunos datos que lo pongan en el buen camino, pero usted...

—Dígale que no se desanime. El malogrado Ottokar von Soden consumió los mejores años de su vida frente al rompecabezas de una *ctesibia machina* que funcionaba a base de aire comprimido. Y Gatteloni, que sabía más que el profesor Burns, y probablemente que yo, fracasó en 1915 con una máquina estupenda, basada en las descripciones de Ammiano Marcelino. Unos cuatro siglos antes, otro mecánico florentino, llamado Leonardo da Vinci, perdió el tiempo, construyendo unas ballestas enormes, según las extraviadas indicaciones del célebre amateur Marco Vitruvio Polión.

—Me extraña y ofende, en cuanto devoto de la mecánica, el lenguaje que usted emplea para referirse a Vitruvio, uno de los genios primordiales de nuestra ciencia.

—Ignoro la opinión que usted y su profesor Burns tengan de este hombre nocivo. Para mí, Vitruvio es un simple aficionado. Lea usted por favor sus *libri decem* con algún detenimiento: a cada paso se dará cuenta de que Vitruvio está hablando de cosas que no entiende. Lo que hace es trasmitirnos valiosísimos textos griegos que van de Eneas el Táctico a Herón de Alejandría, sin orden ni concierto.

—Es la primera vez que oigo tal desacato. ¿En quién puede uno entonces depositar sus esperanzas? ¿Acaso en Sexto Julio Frontino?

—Lea usted su *Stratagematon* con la mayor cautela. A primera vista se tiene la impresión de haber dado en el clavo. Pero el desencanto no tarda en abrirse paso a través de sus intransitables descripciones y errores. Frontino sabía mucho de acueductos, atarjeas y cloacas, pero en materia de balística es incapaz de calcular una parábola sencilla.

—No olvide usted, por favor, que a mi regreso debo preparar una tesis doctoral de doscientas cuartillas sobre balística romana, y redactar algunas conferencias. Yo no quiero sufrir una vergüenza como la de mi maestro en el estadio de Minnesota. Cíteme usted, por favor, algunas autoridades antiguas sobre el tema. El profesor Burns ha llenado mi mente de confusión con sus relatos, llenos de repeticiones y de salidas por la tangente.

—Permítame felicitar desde aquí al profesor Burns por su gran fidelidad. Veo que no ha hecho otra cosa sino transmitir a usted la visión caótica que de la balística antigua nos dan hombres como Marcelino, Arriano, Diodoro, Josefo, Polibio, Vegecio y Procopio. Le voy a hablar claro. No poseemos ni un dibujo contemporáneo, ni un solo dato concreto. Las pseudobalistas de Justo Lipsio y de Andrea Palladio son puras invenciones sobre papel, carentes en absoluto de realidad.

—Entonces ¿qué hacer? Piense usted, se lo ruego, en las doscientas cuartillas de mi tesis. En las dos mil palabras de cada conferencia en Minnesota.

—Le voy a contar una anécdota que lo pondrá en vías de comprensión.

—Empiece usted.

—Se refiere a la toma de Segida. Usted recuerda naturalmente que esta ciudad fue ocupada por el cónsul Nobílior en 153.

—¿Antes de Cristo?

—Me parece innecesario, más bien dicho, me parecía innecesario hacer a usted semejantes precisiones...

—Usted perdone.

—Bueno. Nobílior tomó Segida en 153. Lo que usted ignora con toda seguridad es que la pérdida de la ciudad, punto clave en la marcha sobre Numancia, se debió a una balista.

—¡Qué respiro! Una balista eficaz.

—Permítame. Sólo en sentido figurado.

—Concluya usted su anécdota. Estoy seguro de que volveré a Minnesota sin poder decir nada positivo.

—El cónsul Nobílior, que era un hombre espectacular, quiso abrir el ataque con un gran disparo de catapulta...

—Dispénseme, pero estamos hablando de balistas...

—Y usted, y su famoso profesor de Minnesota, ¿pueden decirme acaso cuál es la diferencia que hay entre una balista y una catapulta? ¿Y entre una fundíbula, una doríbola y una palintona? En materia de máquinas antiguas, ya lo ha dicho don José Almirante, ni la ortografía es fija ni la explicación satisfactoria. Aquí tiene usted estos títulos para un mismo aparato: petróbola, litóbola, pedrera o petraria. Y también puede llamar usted onagro, monancona, políbola, acrobalista, quirobalista, toxobalista y neurobalista a cualquier máquina que funcione por tensión, torsión o contrapesación. Y como todos estos aparatos eran desde el siglo IV a.C. generalmente locomóviles, les corresponde con justicia el título general de carrobalistas.

—...

—Lo cierto es que el secreto que animaba a estos iguanodontes de la guerra se ha perdido. Nadie sabe cómo se templaba la madera, cómo se adobaban las cuerdas de esparto, de crin o de tripa, cómo funcionaba el sistema de contrapesos.

—Siga usted con su anécdota, antes de que yo decida cambiar el asunto de mi tesis doctoral, y expulse a mis imaginarios oyentes de la sala de conferencias.

—Nobílior, que era un hombre espectacular, quiso abrir el ataque con un gran disparo de balista...

—Veo que tiene usted sus anécdotas perfectamente memorizadas. La repetición ha sido literal.

—A usted, en cambio, le falla la memoria. Acabo de hacer una variante significativa.

—¿De veras?

—He dicho balista en vez de catapulta, para evitar una nueva interrupción por parte de usted. Veo que el tiro me ha salido por la culata.

—Lo que yo quiero que salga, por donde sea, es el disparo de Nobílior.

—No saldrá.

—Qué, ¿no acabará usted de contarme su anécdota?

—Sí, pero no hay disparo. Los habitantes de Segida se rindieron en el preciso instante en que la balista, plegadas todas sus palancas, retorcidas las cuerdas elásticas y colmadas las plataformas de contrapeso, se aprestaba a lanzarles un bloque de granito. Hicieron señales desde las murallas, enviaron mensajeros y pactaron. Se les perdonó la vida, pero a condición de que evacuaran la ciudad para que Nobílior se diera el imperial capricho de incendiarla.

—¿Y la balista?

—Se estropeó por completo. Todos se olvidaron de ella, incluso los artilleros, ante el regocijo de tan módica victoria. Mientras los habitantes de Segida firmaban su derrota, las cuerdas se rompieron, estallaron los arcos de madera, y el brazo poderoso que debía lanzar la descomunal pedrada, quedó en tierra exánime, desgajado, soltando el canto de su puño...

—¿Cómo así?

—¿Pero no sabe usted acaso que una catapulta que no dispara inmediatamente se echa a perder? Si no le enseñó esto el profesor Burns, permítame que dude mucho de su competencia. Pero volvamos a Segida. Nobílior recibió además mil ochocientas libras de plata como rescate de la gente principal, que inmediatamente hizo moneda para conjurar el inminente motín de los soldados sin paga. Se conservan algunas de esas monedas. Mañana podrá usted verlas en el Museo de Numancia.

—¿No podría usted conseguirme una de ellas como recuerdo?

—No me haga reír. El único particular que posee monedas de la época es el profesor Adolfo Schulten, que se pasó la vida escarbando en los escombros de Numancia, levantando planos, adivinando bajo los surcos del sembrado la huella de los emplazamientos militares. Lo que sí puedo conseguirle es una tarjeta postal con el anverso y reverso de la susodicha moneda.

—Sigamos adelante.

—Nobílior supo sacarle mucho partido a la toma de Segida, y las monedas que acuñó llevan por un lado su perfil, y por el otro la silueta de una balista y esta palabra: Segisa.

—¿Y por qué Segisa y no Segida?

—Averígüelo usted. Una errata del que hizo los cuños. Esas monedas sonaron muchísimo en Roma. Y todavía más, la fama de la balista. Los talleres del imperio no se daban abasto para satisfacer las demandas de los jefes militares, que pedían catapultas por docenas, y cada vez más grandes. Y mientras más complicadas, mejor.

—Pero dígame algo positivo. Según usted, ¿a qué se debe la diferencia de los nombres si se alude siempre al mismo aparato?

—Tal vez se trata de diferencias de tamaño, tal vez se debe al tipo de proyectiles que los artilleros tenían a la mano. Vea usted, las litóbolas o petrarias, como su nombre lo indica, bueno, pues arrojaban piedras. Piedras de todos tamaños. Los comentaristas van desde las veinte o treinta libras hasta los ocho o doce quintales. Las políbolas, parece que también arrojaban piedras, pero en forma de metralla, esto es, nubes de guijarros. Las doríbolas enviaban, etimológicamente, dardos enormes, pero también haces de flechas. Y las neurobalistas, pues vaya usted a saberlo… barriles con mixtos incendiarios, haces de leña ardiendo, cadáveres y grandes sacos de inmundicias para hacer más grueso el aire inficionado que respiraban los infelices sitiados. En fin, yo sé de una balista que arrojaba grajos.

—¿Grajos?

—Déjeme contarle otra anécdota.

—Veo que me he equivocado de arqueólogo y de guía.

—Por favor, es muy bonita. Casi poética. Seré breve. Se lo prometo.

—Cuente usted y vámonos. El sol cae ya sobre Numancia.

—Un cuerpo de artillería abandonó una noche la balista más grande de su legión, sobre una eminencia del terreno que resguardaba la aldehuela de Bures, en la ruta de Centóbriga. Como usted comprende, me remonto otra vez al siglo II a.C., pero sin salirme de la región. A la mañana siguiente, los habitantes de Bures, un centenar de pastores inocentes, se encontraron frente a aquella amenaza que había brotado del suelo. No sabían nada de catapultas, pero husmearon el peligro. Se encerraron a piedra y cal en sus cabañas, durante tres días. Como no podían seguir así indefinidamente, echaron suertes para saber quién iría en la mañana siguiente a inspeccionar el misterioso armatoste. Tocó la suerte a un jovenzuelo tímido y apocado, que se dio por condenado a muerte. La población pasó la noche despidiéndolo y dándole fortaleza, pero el muchacho temblaba de miedo. Antes de salir el sol en la mañana invernal, la balista debió de tener un tenebroso aspecto de patíbulo.

—¿Volvió con vida el jovenzuelo?

—No. Cayó muerto al pie de la balista, bajo una descarga de grajos que habían pernoctado sobre la máquina de guerra y que se fueron volando asustados...

—¡Santo Dios! Una balista que rinde la ciudad de Segida sin arrojar un solo disparo. Otra que mata un pastorcillo con un puñado de volátiles. ¿Esto es lo que yo voy a contar en Minnesota?

—Diga usted que las catapultas se empleaban para la guerra de nervios. Añada que todo el Imperio Romano no era más que eso, una enorme máquina de guerra complicada y estorbosa, llena de palancas antagónicas, que se quitaban fuerza unas a otras. Discúlpese usted diciendo que fue un arma de la decadencia.

—¿Tendré éxito con eso?

—Describa usted con amplitud el fatal apogeo de las balistas. Sea pintoresco. Cuente que el oficio de magíster llegó a ser en las ciudades romanas sumamente peligroso. Los chicos de la escuela infligían a sus maestros verdaderas lapidaciones, atacándolos con aparatos de bolsillo que eran una derivación infantil de las manubalistas guerreras.

—¿Tendré éxito con eso?

—Sea imponente. Hable con detalle acerca de la formación de un tren legionario. Deténgase a considerar sus dos mil carruajes y bestias de carga, las municiones, utensilios de fortificación y de asedio. Hable de los innumerables mozos y esclavos; critique el auge de comerciantes y cantineros, haga hincapié en las prostitutas. La corrupción moral, el peculado y el venéreo ofrecerán a usted sus generosos temas. Describa también el gran horno portátil de piedra hasta las ruedas, debido al talento del ingeniero Cayo Licinio Lícito, que iba cociendo el pan por el camino, a razón de mil piezas por kilómetro.

—¡Qué portento!

—Tome usted en cuenta que el horno pesaba dieciocho toneladas, y que no hacía más de tres kilómetros diarios...

—¡Qué atrocidad!

—Sea pertinaz. Hable sin cesar de las grandes concentraciones de balistas. Sea generoso en las cifras, yo le proporciono las fuentes. Diga que en tiempos de Demetrio Poliorcetes llegaron a acumularse ochocientas máquinas contra una sola ciudad. El ejército romano, incapaz de evolucionar, sufría retardos desastrosos, copado entre el denso maderamen de sus agobiantes máquinas guerreras.

—¿Tendré éxito con eso?

—Concluya usted diciendo que la balista era un arma psicológica, una idea de fuerza, una metáfora aplastante.

—¿Tendré éxito con eso?

(En este momento, el arqueólogo vio en el suelo una piedra que le pareció muy apropiada para poner punto final a su enseñanza. Era un guijarro basáltico, grueso y redondeado, de unos veinte kilos de peso. Desenterrándolo con grandes muestras de entusiasmo, lo puso en brazos del alumno.)

—¡Tiene usted suerte! Quería llevarse una moneda de recuerdo, y he aquí lo que el destino le ofrece.

—¿Pero qué es esto?

—Un valioso proyectil de la época romana, disparado sin duda alguna por una de esas máquinas que tanto le preocupan.

(El estudiante recibió el regalo, un tanto confuso.)

—¿Pero... está usted seguro?

—Llévese esta piedra a Minnesota, y póngala sobre su mesa de conferenciante. Causará una fuerte impresión en el auditorio.

—¿Usted cree?

—Yo mismo le obsequiaré una documentación en regla, para que las autoridades le permitan sacarla de España.

—¿Pero está usted seguro de que esta piedra es un proyectil romano?

(La voz del arqueólogo tuvo un exasperado acento sombrío.)

—Tan seguro estoy de que lo es, que si usted, en vez de venir ahora, anticipa unos dos mil años su viaje a Numancia, esta piedra, disparada por uno de los artilleros de Escipión, le habría aplastado la cabeza.

(Ante aquella respuesta contundente, el estudiante de Minnesota se quedó pensativo, y estrechó afectuosamente la piedra contra su pecho. Soltando por un momento uno de sus brazos, se pasó la mano por la frente, como queriendo borrar, de una vez por todas, el fantasma de la balística romana.)

El sol se había puesto ya sobre el árido paisaje numantino. En el cauce seco del Merdancho brillaba una nostalgia de río. Los serafines del Ángelus volaban a lo lejos, sobre invisibles aldeas. Y maestro y discípulo se quedaron inmóviles, eternizados por un instantáneo recogimiento, como dos bloques erráticos bajo el crepúsculo grisáceo.

Una mujer amaestrada

...et nunc manet in te...

Hoy me detuve a contemplar este curioso espectáculo: en una plaza de las afueras, un saltimbanqui polvoriento exhibía una mujer amaestrada. Aunque la función se daba a ras del suelo y en plena calle, el hombre concedía la mayor importancia al círculo de tiza previamente trazado, según él, con permiso de las autoridades. Una y otra vez hizo retroceder a los espectadores que rebasaban los límites de esa pista improvisada. La cadena que iba de su mano izquierda al cuello de la mujer, no pasaba de ser un símbolo, ya que el menor esfuerzo habría bastado para romperla. Mucho más impresionante resultaba el látigo de seda floja que el saltimbanqui sacudía por los aires, orgulloso, pero sin lograr un chasquido.

Un pequeño monstruo de edad indefinida completaba el elenco. Golpeando su tamboril daba fondo musical a los actos de la mujer, que se reducían a caminar en posición erecta, a salvar algunos obstáculos de papel y a resolver cuestiones de aritmética elemental. Cada vez que una moneda rodaba por el suelo, había un breve paréntesis teatral a cargo del público. "¡Besos!", ordenaba el saltimbanqui. "No. A ése no. Al caballero que arrojó la moneda." La mujer no acertaba, y una media docena de individuos se dejaban besar, con los pelos de punta, entre risas y aplausos. Un guardia se acercó diciendo que aquello estaba prohibido. El domador le tendió un papel mugriento con sellos oficiales, y el policía se fue malhumorado, encogiéndose de hombros.

A decir verdad, las gracias de la mujer no eran cosa del otro mundo. Pero acusaban una paciencia infinita, francamente anormal, por parte del hombre. Y el público sabe agradecer siempre tales esfuerzos. Paga por ver una pulga vestida; y no tanto por la belleza del traje, sino por el trabajo que ha costado ponérselo. Yo mismo he quedado largo rato viendo con admiración a un inválido que hacía con los pies lo que muy pocos podrían hacer con las manos.

Guiado por un ciego impulso de solidaridad, desatendí a la mujer y puse toda mi atención en el hombre. No cabe duda de que el tipo sufría. Mientras más difíciles eran las suertes, más trabajo le costaba disimular y reír. Cada vez que ella cometía una torpeza, el hombre temblaba angustiado. Yo comprendí que la mujer no le era del todo indiferente, y que se había encariñado con ella, tal vez en los años de su tedioso aprendizaje. Entre ambos existía una relación íntima y degradante, que iba más allá del domador y la fiera. Quien profundice en ella, llegará indudablemente a una conclusión obscena.

El público, inocente por naturaleza, no se da cuenta de nada y pierde los pormenores que saltan a la vista del observador destacado. Admira al autor de un prodigio, pero no le importan sus dolores de cabeza ni los detalles monstruosos que puede haber en su vida privada. Se atiene simplemente a los resultados, y cuando se le da gusto, no escatima su aplauso.

Lo único que yo puedo decir con certeza es que el saltimbanqui, a juzgar por sus reacciones, se sentía orgulloso y culpable. Evidentemente, nadie podría negarle el mérito de haber amaestrado a la mujer; pero nadie tampoco podría atender la idea de su propia vileza. (En este punto de mi meditación, la mujer daba vueltas de carnero en una angosta alfombra de terciopelo desvaído.)

El guardián del orden público se acercó nuevamente a hostilizar al saltimbanqui. Según él, estábamos entorpeciendo la circulación, el ritmo casi, de la vida normal. "¿Una mujer amaestrada? Váyanse todos ustedes al circo." El acusado respondió otra vez con argumentos de papel sucio, que el policía leyó de lejos con asco. (La mujer, entre tanto, recogía monedas en su gorra de lentejuela. Algunos héroes se dejaban besar; otros se apartaban modestamente, entre dignos y avergonzados.)

El representante de la autoridad se fue para siempre, mediante la suscripción popular de un soborno. El saltimbanqui, fingiendo la mayor felicidad, ordenó al enano del tamboril que tocara un ritmo tropical. La mujer, que estaba preparándose para un número matemático, sacudía como pandero el ábaco de colores. Empezó a bailar con descompuestos ademanes difícilmente procaces. Su director se sentía defraudado a más no poder, ya que en el fondo de su corazón cifraba todas sus esperanzas en la cárcel. Abatido y furioso, increpaba la lentitud de la bailarina con adjetivos sangrientos. El público empezó a contagiarse de su falso entusiasmo, y quien más, quien menos, todos batían palmas y meneaban el cuerpo.

Para completar el efecto, y queriendo sacar de la situación el mejor partido posible, el hombre se puso a golpear a la mujer con su látigo de mentiras. Entonces me di cuenta del error que yo estaba cometiendo. Puse mis ojos en ella, sencillamente, como todos los demás. Dejé de mirarlo a él, cualquiera que fuese su tragedia. (En ese momento, las lágrimas surcaban su rostro enharinado.)

Resuelto a desmentir ante todos mis ideas de compasión y de crítica, buscando en vano con los ojos la venia del saltimbanqui, y antes de que otro arrepentido me tomara la delantera, salté por encima de la línea de tiza al círculo de contorsiones y cabriolas.

Azuzado por su padre, el enano del tamboril dio rienda suelta a su instrumento, en un crescendo de percusiones increíbles. Alentada por tan espontánea compañía, la mujer se superó a sí misma y obtuvo un éxito estruendoso. Yo acompasé mi ritmo con el suyo y no perdí pie ni pisada de aquel improvisado movimiento perpetuo, hasta que el niño dejó de tocar.

Como actitud final, nada me pareció más adecuado que caer bruscamente de rodillas.

Pablo

Una mañana igual a todas, en que las cosas tenían el aspecto de siempre y mientras el rumor de las oficinas del Banco Central se esparcía como un aguacero monótono, el corazón de Pablo fue visitado por la gracia. El cajero principal se detuvo en medio de las complicadas operaciones y sus pensamientos se concentraron en un punto. La idea de la divinidad llenó su espíritu, intensa y nítida como una visión, clara como una imagen sensorial. Un goce extraño y profundo, que otras veces había llegado hasta él como un reflejo momentáneo y fugaz, se hizo puro y durable y halló su plenitud. Le pareció que el mundo estaba habitado por Pablos innumerables y que en ese momento todos convergían en su corazón.

Pablo vio a Dios en el principio, personal y total, resumiendo dentro de sí todas las posibilidades de la creación. Sus ideas volaban en el espacio como ángeles y la más bella de todas era la idea de libertad, hermosa y amplia como la luz. El universo, recién creado y virginal, disponía sus criaturas en órdenes armoniosos. Dios les había impartido la vida, la quietud o el movimiento, pero había quedado él mismo íntegro, inabordable, sublime. La más perfecta de sus obras le era inmensamente remota. Desconocido en medio de su omnipotencia creadora y motora, nadie podía pensar en él ni suponerlo siquiera. Padre de unos hijos incapaces de amarlo, se sintió inexorablemente solo y pensó en el hombre como en la única posibilidad de verificar su esencia con plenitud. Supo entonces que el hombre debía contener las cualidades divinas; de lo contrario, iba a ser otra criatura muda y sumisa. Y Dios, después de una larga espera, decidió vivir sobre la tierra; descompuso su ser en miles de partículas y puso el germen de todas ellas en el hombre, para que un día, después de recorrer todas las formas posibles de la vida, esas partes errantes y arbitrarias se reuniesen, formando otra vez el modelo original, aislando a Dios y devolviéndolo a la unidad. Así quedará concluido el ciclo de la existencia universal y verificado totalmente el proceso de la creación, que Dios emprendió un día en que su corazón rebosaba de amoroso entusiasmo.

Perdido en la corriente del tiempo, gota de agua en un mar de siglos, grano de arena en un desierto infinito, allí está Pablo en su mesa, con su traje gris a cuadros y sus anteojos de carey artificial, con el pelo castaño y liso dividido por una raya minuciosa, con sus manos que escriben letras y números impecables, con su ordenada cabeza de empleado contable que logra resultados infalibles, que distribuye las cifras en derechas columnas, que nunca ha cometido un error, ni puesto una mancha en las páginas de sus libros. Allí está, inclinado sobre su mesa, recibiendo las primeras palabras de un mensaje extraordinario, él, a quien nadie conoce ni conocerá jamás, pero que lleva dentro de sí la fórmula perfecta, el número acertado de una inmensa lotería.

Pablo no es bueno ni es malo. Sus actos responden a un carácter cuyo mecanismo es muy sencillo en apariencia; pero sus elementos han tardado miles de años en reunirse, y su funcionamiento fue previsto en el alba del mundo. Todo el pasado humano careció de Pablo. El presente está lleno de Pablos imperfectos, mejores y peores, grandes y pequeños, famosos o desconocidos. Inconscientemente, todas las madres trataron de tenerlo como hijo, todas delegaron esa tarea en sus descendientes, con la certeza de ser algún día sus abuelas. Pero Pablo había sido concebido como un fruto indirecto y remoto; su madre tuvo que morir, ignorante, en el momento mismo del alumbramiento. Y la clave del plan a que obedecía su existencia le fue confiada a Pablo durante una mañana cualquiera, que no llegó precedida de ningún aviso exterior, en la que todo era igual que siempre y en la que resonaba el trabajo, dentro de las extensas oficinas del Banco Central, con su mismo acostumbrado rumor.

Cuando salió de la oficina, Pablo vio el mundo con otros ojos. Rendía un silencioso homenaje a cada uno de sus semejantes. Veía a los hombres con el pecho transparente, como animadas custodias, y el blanco símbolo resplandecía en todas. El Creador excelente iba contenido en cada una de sus criaturas y verificado en ella. Desde ese día, Pablo juzgó la maldad de otra manera: como el resultado de una dosis incorrecta de virtudes, excesivas las unas, escasas las otras. Y el conjunto deficiente engendraba virtudes falsas, que tenían todo el aspecto del mal.

Pablo sentía una gran piedad por todos aquellos inconscientes portadores de Dios, que muchas veces lo olvidan y lo niegan, que lo sacrifican en un cuerpo corrompido. Vio a la humanidad que buceaba, que buscaba infatigablemente el arquetipo perdido. Cada hombre que nacía era un probable salvador; cada muerto era una fórmula fallida. El género humano, desde el primer día, efectúa todas las combinaciones posibles, ensaya todas las dosis imaginables con las partículas divinas que andan dispersas en el mundo. La humanidad esconde penosamente en la tierra sus fracasos y contempla con emoción el renovado sacrificio de las madres. Los santos y los sabios hacen renacer la esperanza; los grandes criminales del universo la frustran. Tal vez antes del hallazgo final aguarda la última decepción, y debe verificarse la fórmula que realice al hombre más exactamente contrario al arquetipo, la bestia apocalíptica que han temido todos los siglos.

Pablo sabía muy bien que nadie debe perder la esperanza. La humanidad es inmortal porque Dios está en ella y lo que hay en el hombre de perdurable es la eternidad misma de Dios. Las grandes hecatombes, los diluvios y los terremotos, la guerra y la peste no podrán acabar con la última pareja. El hombre nunca tendrá una sola cabeza, para que alguien pueda segarla de un golpe.

Desde el día de la revelación, Pablo vivió una vida diferente. Cesaron para él preocupaciones y afanes pasajeros. Le pareció que la sucesión habitual de los días y las noches, las semanas y los meses, había cesado para él. Creyó vivir en un solo momento, enorme y detenido, amplio y estático como un islote en la eternidad. Consagraba sus horas libres a la reflexión y a la humildad. Todos los días era visitado por claras ideas y su cerebro se iba poblando de resplandores. Sin que pusiera nada de su parte, el hálito universal lo penetraba poco a poco y se sentía iluminado y trascendido, como si un gran golpe de primavera traspasara el ramaje de su ser. Su pensamiento se ventilaba en las más altas cimas. En la calle, arrebatado por sus ideas, con la cabeza en las nubes, le costaba trabajo recordar que iba sobre la tierra. La ciudad se transfiguraba para él. Los pájaros y los niños le traían felices mensajes. Los colores parecían extremar su cualidad y estaban como recién puestos en las cosas. A Pablo le habría gustado ver el mar y las grandes montañas. Se consolaba con el césped y las fuentes.

¿Por qué los demás hombres no compartían con él ese goce supremo? Desde su corazón, Pablo hacía a todos silenciosas invitaciones. A veces le angustiaba la soledad de su éxtasis. Todo el mundo era suyo, y temblaba como un niño ante la enormidad del regalo; pero se prometió disfrutarlo detenidamente. Por lo pronto, había que dedicar la tarde a ese árbol grande y hermoso, a esa nube blanca y rosa que gira suavemente en el cielo, al juego de ese niño de cabellos rubios que rueda su pelota sobre el césped.

Naturalmente, Pablo sabía que una de las condiciones de su goce era la de ser un goce secreto, intransferible. Comparó su vida de antes con la de ahora. ¡Qué desierto de estéril monotonía! Comprendió que si alguien hubiera venido entonces a revelarle el panorama del mundo, él se habría quedado indiferente, viéndolo todo igual, intrascendente y vacío.

A nadie comunicó la más pequeña de sus experiencias. Vivía en una propicia soledad, sin amigos íntimos y con los parientes lejanos. Su carácter retraído y silencioso facilitaba la reserva. Sólo temió que su cara pudiera revelar la transformación, o que los ojos traicionaran el brillo interior. Por fortuna, nada de esto sucedía. En el trabajo y en la casa de huéspedes nadie notó cambio alguno y la vida exterior transcurría exactamente igual a la de antes.

A veces, un recuerdo aislado, de la infancia o la adolescencia, irrumpía de pronto en su memoria para incluirse en una clara unidad. A Pablo le gustaba agrupar estos recuerdos en torno de la idea central que llenaba su espíritu, y se complacía viendo en ellos una especie de presagio acerca de su destino ulterior. Presagios que había desatendido porque eran breves y débiles, porque no había aprendido aún a descifrar esos mensajes que la naturaleza envía, encerrados en pequeñas maravillas, hacia el corazón de cada hombre. Ahora se llenaban de sentido, y Pablo señalaba el camino de su espíritu, como con blancas piedrecillas. Cada una le recordaba una circunstancia dichosa, que él podía, a su antojo, volver a vivir.

En ciertos momentos, la partícula divina parecía tomar en el corazón de Pablo proporciones desacostumbradas, y Pablo se llenaba de espanto. Recurría a su probada humildad, juzgándose el más ínfimo de los hombres, el más inepto portador de Dios, el ensayo más desacertado en la interminable búsqueda.

Lo único que podía desear en sus momentos de mayor ambición, era vivir el momento del hallazgo. Pero esto le pareció imposible y desmesurado. Veía el impulso poderoso y aparentemente ciego que hace el género humano para sostenerse, para multiplicar cada vez más el número de los ensayos, para ofrecer siempre una resistencia indestructible a los fenómenos que interrumpen el curso de la vida. Esa potencia, ese triunfo cada vez más duramente alcanzado, llevaba implícita la esperanza y la certidumbre de que un día existirá entre los hombres el ser primigenio y final. Ese día cesará el instinto de conservación y de multiplicación. Todos los hombres vivientes quedarán superfluos, e irán desapareciendo absortos en el ser que todo lo contendrá, que habrá de justificar la humanidad, los siglos, los milenios de ignorancia, de vicio, de búsqueda. El género humano, limpio de todos sus males, reposará para siempre en el seno de su creador.

Ningún dolor habrá sido baldío, ninguna alegría vana: habrán sido los dolores y alegrías multiplicados de un solo ser infinito.

A esa idea feliz, que todo lo justifica, sucedía a veces en Pablo la idea opuesta, y lo absorbía y lo fatigaba. El hermoso sueño que tan lúcidamente soñaba, perdía claridad, amenazaba romperse o convertirse en pesadilla.

Dios podría quizás no recobrarse nunca y quedar para siempre disuelto y sepultado, preso en millones de cárceles, en seres desesperados que sentían cada uno su fracción de la nostalgia de Dios y que incansablemente se unían para recobrarlo, para recobrarse en él. Pero la esencia divina se iría desvirtuando poco a poco, como un precioso metal muchas veces fundido y refundido, que va perdiéndose en aleaciones cada vez más groseras. El espíritu de Dios ya no se expresaría sino en la voluntad enorme de sobrevivir, cerrando los ojos a millones de fracasos, a la diaria y negativa experiencia de la muerte. La partícula divina palpitaría violentamente en el corazón de cada hombre, golpeando la puerta de su cárcel. Todos responderían a este llamado con un deseo de reproducción cada vez más torpe y sin sentido, y la integración de Dios se volvería imposible, porque para aislar una sola partícula preciosa habría que reducir montañas de escoria, desecar pantanos de iniquidad.

En estas circunstancias, Pablo era presa de la desesperación. Y de la desesperación brotó la última certidumbre, la que en vano había tratado de aplazar.

Pablo comenzó a percibir su terrible cualidad de espectador y se dio cuenta de que al contemplar el mundo, lo devoraba. La contemplación nutría su espíritu, y su hambre de contemplar era cada vez mayor. Desconoció en los hombres a sus prójimos; su soledad comenzó a agrandarse hasta hacerse insoportable. Veía con envidia a los demás, a esos seres incomprensibles que nada saben y que ponen todo su espíritu, liberalmente, en mezquinas ocupaciones, gozando y sufriendo en torno a un Pablo solitario y gigantesco, que respiraba por encima de todas las cabezas un aire enrarecido y puro, que recorría los días requisando y detentando los bienes de los hombres.

La memoria de Pablo comenzó a retroceder velozmente. Vivió su vida día por día y minuto a minuto. Llegó a la infancia y a la puericia. Siguió adelante, más allá de su nacimiento, y conoció la vida de sus padres y la de sus antepasados, hasta la última raíz de su genealogía, donde volvió a encontrar su espíritu señoreado por la unidad.

Se sintió capaz de todo. Podría recordar el detalle más insignificante de la vida de cada hombre, encerrar el universo en una frase, ver con sus propios ojos las cosas más distantes en el tiempo y en el espacio, abarcar en su puño las nubes, los árboles y las piedras.

Su espíritu se replegó sobre sí mismo, lleno de temor. Una timidez inesperada y extraordinaria se adueñó de cada una de sus acciones. Eligió la impasibilidad exterior como respuesta al activo fuego que consumía sus entrañas. Nada debía cambiar el ritmo de la vida. Había de hecho dos Pablos, pero los hombres no conocían más que uno. El otro, el decisivo Pablo que podía hacer el balance de la humanidad y pronunciar un juicio adverso o favorable, permaneció ignorado, totalmente desconocido dentro de su fiel traje gris a cuadros, protegida la mirada de sus ojos abismales por unos anteojos de carey artificial.

En su repertorio infinito de recuerdos humanos, una anécdota insignificante, que tal vez había leído en la infancia, sobresalía y lastimaba levemente su espíritu. La anécdota aparecía desprovista de contorno y situaba sus frases escuetas en el cerebro de Pablo: en una aldea montañosa, un viejo pastor extranjero logró convencer a todos sus vecinos de que era la encarnación misma de Dios. Durante algún tiempo, gozó una situación privilegiada. Pero sobrevino una sequía. Las cosechas se perdieron, las ovejas morían. Los creyentes cayeron sobre el dios y lo sacrificaron sin piedad.

En una sola ocasión Pablo estuvo a punto de ser descubierto. Una sola vez debió de estar a su verdadera altura, ante los ojos de otro, y en ese caso Pablo no desmintió su condición y supo aceptar durante un instante el riesgo inmenso.

Era un día hermoso, en que Pablo saciaba su sed universal paseando por una de las avenidas más céntricas de la ciudad. Un individuo se detuvo de pronto, a la mitad de la acera, reconociéndolo. Pablo sintió que un rayo descendía sobre él. Quedó inmóvil y mudo de sorpresa. Su corazón latió con violencia, pero también con infinita ternura. Inició un paso y trató de abrir los brazos en un gesto de protección, dispuesto a ser identificado, delatado, crucificado.

La escena, que a Pablo le pareció eterna, había durado sólo breves segundos. El desconocido pareció dudar una última vez y luego, turbado, reconociendo su equivocación, murmuró a Pablo una excusa, y siguió adelante.

Pablo permaneció un buen rato sin caminar, presa de angustia, aliviado y herido a la vez. Comprendió que su rostro comenzaba a denunciarlo y redobló sus cuidados. Desde entonces prefería pasear solamente en el crepúsculo y visitar los parques que las primeras horas de la noche volvían apacibles y umbrosos.

Pablo tuvo que vigilar estrechamente cada uno de sus actos y puso todo empeño en suprimir el más insignificante deseo. Se propuso no entorpecer en lo más mínimo el curso de la vida, ni alterar el más insignificante de los fenómenos. Prácticamente, anuló su voluntad. Trató de no hacer nada para verificar por sí mismo su naturaleza; la idea de la omnipotencia pesaba sobre su espíritu, abrumándolo.

Pero todo era inútil. El universo penetraba en su corazón a raudales, restituyéndose a Pablo como un ancho río que devolviera todo el caudal de sus aguas a la fuente original. De nada servía que opusiera alguna resistencia; su corazón se despliega como una llanura, y sobre él llovía la esencia de las cosas.

En el exceso mismo de su abundancia, en el colmo de su riqueza, Pablo comenzó a sufrir por el empobrecimiento del mundo, que iba a vaciarse de sus seres, a perder su calor y a detener su movimiento. Una sensación desbordante de piedad y de lástima empezó a invadirlo hasta hacerse insufrible.

Pablo se dolía por todo: por la vida frustrada de los niños, cuya ausencia empezaba a notarse ya en los jardines y en las escuelas; por la vida inútil de los hombres y por la vana impaciencia de las embarazadas que ya no vivirían el nacimiento de sus hijos; por las jóvenes parejas que de pronto se deshacían, roto ya el diálogo superfluo, despidiéndose sin formular una cita para el día siguiente. Y temió por los pájaros, que olvidaban sus nidos y se iban a volar sin rumbo, perdidos, sosteniéndose apenas en un aire sin movimiento. Las hojas de los árboles comenzaban a amarillear y a caer. Pablo se estremeció al pensar que ya no habría otra primavera para ellos, porque él iba a alimentarse con la vida de todo lo que moría. Se sintió incapaz de sobrevivir al recuerdo del mundo muerto, y sus ojos se llenaron de lágrimas.

El corazón tierno de Pablo no precisaba un largo examen. Su tribunal no llegó a funcionar para nadie. Pablo decidió que el mundo viviera, y se comprometió a devolver todo lo que le había ido quitando. Trató de recordar si en el pasado no había algún otro Pablo que se hubiera precipitado, desde lo alto de su soledad, para vivir en el océano del mundo un nuevo ciclo de vida dispersa y fugitiva.

Una mañana nublada, en la que el mundo había perdido ya casi todos sus colores y en la que el corazón de Pablo destellaba como un cofre henchido de tesoros, decidió su sacrificio. Un viento de destrucción vagaba por el mundo, una especie de arcángel negro con alas de cierzo y de llovizna que parecía ir borrando el perfil de la realidad, preludiando la última escena. Pablo lo sintió capaz de todo, de disolver los árboles y las estatuas, de destruir las piedras arquitectónicas, de llevarse en sus alas sombrías el último calor de las cosas. Tembloroso, sin poder soportar un momento más el espectáculo de la desintegración universal, Pablo se encerró en su cuarto y se dispuso a morir. De modo cualquiera, como un ínfimo suicida, dio fin a sus días antes de que fuera demasiado tarde, y abrió de par en par las compuertas de su alma.

La humanidad continúa empeñosamente sus ensayos después de haber escondido bajo la tierra otra fórmula fallida. Desde ayer Pablo está otra vez con nosotros, en nosotros, buscándose.

Esta mañana, el sol brilla con raro esplendor.

Parábola del trueque

Al grito de "¡Cambio esposas viejas por nuevas!" el mercader recorrió las calles del pueblo arrastrando su convoy de pintados carromatos.

Las transacciones fueron muy rápidas, a base de unos precios inexorablemente fijos. Los interesados recibieron pruebas de calidad y certificados de garantía, pero nadie pudo escoger. Las mujeres, según el comerciante, eran de veinticuatro quilates. Todas rubias y todas circasianas. Y más que rubias, doradas como candeleros.

Al ver la adquisición de su vecino, los hombres corrían desaforados en pos del traficante. Muchos quedaron arruinados. Sólo un recién casado pudo hacer cambio a la par. Su esposa estaba flamante y no desmerecía ante ninguna de las extranjeras. Pero no era tan rubia como ellas.

Yo me quedé temblando detrás de la ventana, al paso de un carro suntuoso. Recostada entre almohadones y cortinas, una mujer que parecía un leopardo me miró deslumbrante, como desde un bloque de topacio. Presa de aquel contagioso frenesí, estuve a punto de estrellarme contra los vidrios. Avergonzado, me aparté de la ventana y volví el rostro para mirar a Sofía.

Ella estaba tranquila, bordando sobre un nuevo mantel las iniciales de costumbre. Ajena al tumulto, ensartó la aguja con sus dedos seguros. Sólo yo que la conozco podía advertir su tenue, imperceptible palidez. Al final de la calle, el mercader lanzó por último la turbadora proclama: "¡Cambio esposas viejas por nuevas!". Pero yo me quedé con los pies clavados en el suelo, cerrando los oídos a la oportunidad definitiva. Afuera, el pueblo respiraba una atmósfera de escándalo.

Sofía y yo cenamos sin decir una palabra, incapaces de cualquier comentario.

—¿Por qué no me cambiaste por otra? —me dijo al fin, llevándose los platos.

No pude contestarle, y los dos caímos más hondo en el vacío. Nos acostamos temprano, pero no podíamos dormir. Separados y silenciosos, esa noche hicimos un papel de convidados de piedra.

Desde entonces vivimos en una pequeña isla desierta, rodeados por la felicidad tempestuosa. El pueblo parecía un gallinero infestado de pavos reales. Indolentes y voluptuosas, las mujeres pasaban todo el día echadas en la cama. Surgían al atardecer, resplandecientes a los rayos del sol, como sedosas banderas amarillas.

Ni un momento se separaban de ellas los maridos complacientes y sumisos. Obstinados en la miel, descuidaban su trabajo sin pensar en el día de mañana.

Yo pasé por tonto a los ojos del vecindario, y perdí los pocos amigos que tenía. Todos pensaron que quise darles una lección, poniendo el ejemplo absurdo de la fidelidad. Me señalaban con el dedo, riéndose, lanzándome pullas desde sus opulentas trincheras. Me pusieron sobrenombres obscenos, y yo acabé por sentirme como una especie de eunuco en aquel edén placentero.

Por su parte, Sofía se volvió cada vez más silenciosa y retraída. Se negaba a salir a la calle conmigo, para evitarme contrastes y comparaciones. Y lo que es peor, cumplía de mala gana con sus más estrictos deberes de casada. A decir verdad, los dos nos sentíamos apenados de unos amores tan modestamente conyugales.

Su aire de culpabilidad era lo que más me ofendía. Se sintió responsable de que yo no tuviera una mujer como las otras. Se puso a pensar desde el primer momento que su humilde semblante de todos los días era incapaz de apartar la imagen de la tentación que yo llevaba en la cabeza. Ante la hermosura invasora, se batió en retirada hasta los últimos rincones del mudo resentimiento. Yo agoté en vano nuestras pequeñas economías, comprándole adornos, perfumes, alhajas y vestidos.

—¡No me tengas lástima!

Y volvía la espalda a todos los regalos. Si me esforzaba en mimarla, venía su respuesta entre lágrimas:

—¡Nunca te perdonaré que no me hayas cambiado!

Y me echaba la culpa de todo. Yo perdía la paciencia. Y recordando a la que parecía un leopardo, deseaba de todo corazón que volviera a pasar el mercader.

Pero un día las rubias comenzaron a oxidarse. La pequeña isla en que vivíamos recobró su calidad de oasis, rodeada por el desierto. Un desierto hostil, lleno de salvajes alaridos de descontento. Deslumbrados a primera vista, los hombres no pusieron realmente atención en las mujeres. Ni les echaron una buena mirada, ni se les ocurrió ensayar su metal. Lejos de ser nuevas, eran de segunda, de tercera, de sabe Dios cuántas manos... El mercader les hizo sencillamente algunas reparaciones indispensables, y les dio un baño de oro tan bajo y tan delgado, que no resistió la prueba de las primeras lluvias.

El primer hombre que notó algo extraño se hizo el desentendido, y el segundo también. Pero el tercero, que era farmacéutico, advirtió un día entre el aroma de su mujer la característica emanación del sulfato de cobre. Procediendo con alarma a un examen minucioso, halló manchas oscuras en la superficie de la señora y puso el grito en el cielo.

Muy pronto aquellos lunares salieron a la cara de todas, como si entre las mujeres brotara una epidemia de herrumbre. Los maridos se ocultaron unos a otros las fallas de sus esposas, atormentándose en secreto con terribles sospechas acerca de su procedencia. Poco a poco salió a relucir la verdad, y cada quien supo que había recibido una mujer falsificada.

El recién casado que se dejó llevar por la corriente del entusiasmo que despertaron los cambios, cayó en un profundo abatimiento. Obsesionado por el recuerdo de un cuerpo de blancura inequívoca, pronto dio muestras de extravío. Un día se puso a remover con ácidos corrosivos los restos de oro que había en el cuerpo de su esposa, y la dejó hecha una lástima, una verdadera momia.

Sofía y yo nos encontramos a merced de la envidia y del odio. Ante esa actitud general, creí conveniente tomar algunas precauciones. Pero a Sofía le costaba trabajo disimular su júbilo, y dio en salir a la calle con sus mejores atavíos, haciendo gala entre tanta desolación. Lejos de atribuir algún mérito a mi conducta, Sofía pensaba naturalmente que yo me había quedado con ella por cobarde, pero que no me faltaron las ganas de cambiarla.

Hoy salió del pueblo la expedición de los maridos engañados, que van en busca del mercader. Ha sido verdaderamente un triste espectáculo. Los hombres levantaban al cielo los puños, jurando venganza. Las mujeres iban de luto, lacias y desgreñadas, como plañideras leprosas. El único que se quedó es el famoso recién casado, por cuya razón se teme. Dando pruebas de un apego maniático, dice que ahora será fiel hasta que la muerte lo separe de la mujer ennegrecida, esa que él mismo acabó de estropear a base de ácido sulfúrico.

Yo no sé la vida que me aguarda al lado de una Sofía quién sabe si necia o si prudente. Por lo pronto, le van a faltar admiradores. Ahora estamos en una isla verdadera, rodeada de soledad por todas partes. Antes de irse, los maridos declararon que buscarán hasta el infierno los rastros del estafador. Y realmente, todos ponían al decirlo una cara de condenados.

Sofía no es tan morena como parece. A la luz de la lámpara, su rostro dormido se va llenando de reflejos. Como si del sueño le salieran leves, dorados pensamientos de orgullo.

Un pacto con el diablo

Aunque me di prisa y llegué al cine corriendo, la película había comenzado. En el salón oscuro traté de encontrar un sitio. Quedé junto a un hombre de aspecto distinguido.

—Perdone usted —le dije—, ¿no podría contarme brevemente lo que ha ocurrido en la pantalla?

—Sí. Daniel Brown, a quien ve usted allí, ha hecho un pacto con el diablo.

—Gracias. Ahora quiero saber las condiciones del pacto: ¿podría explicármelas?

—Con mucho gusto. El diablo se compromete a proporcionar la riqueza a Daniel Brown durante siete años. Naturalmente, a cambio de su alma.

—¿Siete nomás?

—El contrato puede renovarse. No hace mucho, Daniel Brown lo firmó con un poco de sangre.

Yo podía completar con estos datos el argumento de la película. Eran suficientes, pero quise saber algo más. El complaciente desconocido parecía ser hombre de criterio. En tanto que Daniel Brown se embolsaba una buena cantidad de monedas de oro, pregunté:

—En su concepto, ¿quién de los dos se ha comprometido más?

—El diablo.

—¿Cómo es eso? —repliqué sorprendido.

—El alma de Daniel Brown, créame usted, no valía gran cosa en el momento en que la cedió.

—Entonces el diablo...

—Va a salir muy perjudicado en el negocio, porque Daniel se manifiesta muy deseoso de dinero, mírelo usted.

Efectivamente, Brown gastaba el dinero a puñados. Su alma de campesino se desquiciaba. Con ojos de reproche, mi vecino añadió:

—Ya llegarás al séptimo año, ya.

Tuve un estremecimiento. Daniel Brown me inspiraba simpatía. No pude menos de preguntar:

—Usted, perdóneme, ¿no se ha encontrado pobre alguna vez?

El perfil de mi vecino, esfumado en la oscuridad, sonrió débilmente. Apartó los ojos de la pantalla donde ya Daniel Brown comenzaba a sentir remordimientos y dijo sin mirarme:

—Ignoro en qué consiste la pobreza, ¿sabe usted?

—Siendo así...

—En cambio, sé muy bien lo que puede hacerse en siete años de riqueza.

Hice un esfuerzo para comprender lo que serían esos años, y vi la imagen de Paulina, sonriente, con un traje nuevo y rodeada de cosas hermosas. Esta imagen dio origen a otros pensamientos:

—Usted acaba de decirme que el alma de Daniel Brown no valía nada: ¿cómo, pues, el diablo le ha dado tanto?

—El alma de ese pobre muchacho puede mejorar, los remordimientos pueden hacerla crecer —contestó filosóficamente mi vecino, agregando luego con malicia—: entonces el diablo no habrá perdido su tiempo.

—¿Y si Daniel se arrepiente?...

Mi interlocutor pareció disgustado por la piedad que yo manifestaba. Hizo un movimiento como para hablar, pero solamente salió de su boca un pequeño sonido gutural. Yo insistí:

—Porque Daniel Brown podría arrepentirse, y entonces...

—No sería la primera vez que al diablo le salieran mal estas cosas. Algunos se le han ido ya de las manos a pesar del contrato.

—Realmente es muy poco honrado —dije, sin darme cuenta.

—¿Qué dice usted?

—Si el diablo cumple, con mayor razón debe el hombre cumplir —añadí como para explicarme.

—Por ejemplo... —y mi vecino hizo una pausa llena de interés.

—Aquí está Daniel Brown —contesté—. Adora a su mujer. Mire usted la casa que le compró. Por amor ha dado su alma y debe cumplir.

A mi compañero le desconcertaron mucho estas razones.

—Perdóneme —dijo—, hace un instante usted estaba de parte de Daniel.

—Y sigo de su parte. Pero debe cumplir.

—Usted, ¿cumpliría?

No pude responder. En la pantalla, Daniel Brown se hallaba sombrío. La opulencia no bastaba para hacerle olvidar su vida sencilla de campesino. Su casa era grande y lujosa, pero extrañamente triste. A su mujer le sentaban mal las galas y las alhajas. ¡Parecía tan cambiada!

Los años transcurrían veloces y las monedas saltaban rápidas de las manos de Daniel, como antaño la semilla. Pero tras él, en lugar de plantas, crecían tristezas, remordimientos.

Hice un esfuerzo y dije:

—Daniel debe cumplir. Yo también cumpliría. Nada existe peor que la pobreza. Se ha sacrificado por su mujer, lo demás no importa.

—Dice usted bien. Usted comprende porque también tiene mujer, ¿no es cierto?

—Daría cualquier cosa porque nada le faltase a Paulina.

—¿Su alma?

Hablábamos en voz baja. Sin embargo, las personas que nos rodeaban parecían molestas. Varias veces nos habían pedido que calláramos. Mi amigo, que parecía vivamente interesado en la conversación, me dijo:

—¿No quiere usted que salgamos a uno de los pasillos? Podremos ver más tarde la película.

No pude rehusar y salimos. Miré por última vez a la pantalla: Daniel Brown confesaba llorando a su mujer el pacto que había hecho con el diablo.

Yo seguía pensando en Paulina, en la desesperante estrechez en que vivíamos, en la pobreza que ella soportaba dulcemente y que me hacía sufrir mucho más. Decididamente, no comprendía yo a Daniel Brown, que lloraba con los bolsillos repletos.

—Usted, ¿es pobre?

Habíamos atravesado el salón y entrábamos en un angosto pasillo, oscuro y con un leve olor de humedad. Al trasponer la cortina gastada, mi acompañante volvió a preguntarme:

—Usted, ¿es pobre?

—En este día —le contesté—, las entradas al cine cuestan más baratas que de ordinario y, sin embargo, si supiera usted qué lucha para decidirme a gastar ese dinero. Paulina se ha empeñado en que viniera; precisamente por discutir con ella llegué tarde al cine.

—Entonces, un hombre que resuelve sus problemas tal como lo hizo Daniel, ¿qué concepto le merece?

—Es cosa de pensarlo. Mis asuntos marchan muy mal. Las personas ya no se cuidan de vestirse. Van de cualquier modo. Reparan sus trajes, los limpian, los arreglan una y otra vez. Paulina misma sabe entenderse muy bien. Hace combinaciones y añadidos, se improvisa trajes; lo cierto es que desde hace mucho tiempo no tiene un vestido nuevo.

—Le prometo hacerme su cliente —dijo mi interlocutor, compadecido—; en esta semana le encargaré un par de trajes.

—Gracias. Tenía razón Paulina al pedirme que viniera al cine; cuando sepa esto va a ponerse contenta.

—Podría hacer algo más por usted —añadió el nuevo cliente—; por ejemplo, me gustaría proponerle un negocio, hacerle una compra...

—Perdón —contesté con rapidez—, no tenemos ya nada para vender: lo último, unos aretes de Paulina...

—Piense usted bien, hay algo que quizás olvida...

Hice como que meditaba un poco. Hubo una pausa que mi benefactor interrumpió con voz extraña:

—Reflexione usted. Mire, allí tiene usted a Daniel Brown. Poco antes de que usted llegara, no tenía nada para vender, y, sin embargo...

Noté, de pronto, que el rostro de aquel hombre se hacía más agudo. La luz roja de un letrero puesto en la pared daba a sus ojos un fulgor extraño, como fuego. Él advirtió mi turbación y dijo con voz clara y distinta:

—A estas alturas, señor mío, resulta por demás una presentación. Estoy completamente a sus órdenes.

Hice instintivamente la señal de la cruz con mi mano derecha, pero sin sacarla del bolsillo. Esto pareció quitar al signo su virtud, porque el diablo, componiendo el nudo de su corbata, dijo con toda calma:

—Aquí, en la cartera, llevo un documento que...

Yo estaba perplejo. Volvía a ver a Paulina de pie en el umbral de la casa, con su traje gracioso y desteñido, en la actitud en que se hallaba cuando salí: el rostro inclinado y sonriente, las manos ocultas en los pequeños bolsillos de su delantal.

Pensé que nuestra fortuna estaba en mis manos. Esta noche apenas si teníamos algo para comer. Mañana habría manjares sobre la mesa. Y también vestidos y joyas, y una casa grande y hermosa. ¿El alma?

Mientras me hallaba sumido en tales pensamientos, el diablo había sacado un pliego crujiente y en una de sus manos brillaba una aguja.

"Daría cualquier cosa porque nada te faltara." Esto lo había dicho yo muchas veces a mi mujer. Cualquier cosa. ¿El alma? Ahora estaba frente a mí el que podía hacer efectivas mis palabras. Pero yo seguía meditando. Dudaba. Sentía una especie de vértigo. Bruscamente, me decidí:

—Trato hecho. Sólo pongo una condición.

El diablo, que ya trataba de pinchar mi brazo con su aguja, pareció desconcertado:

—¿Qué condición?

—Me gustaría ver el final de la película —contesté.

—¡Pero qué le importa a usted lo que ocurra a ese imbécil de Daniel Brown! Además, eso es un cuento. Déjelo usted y firme, el documento está en regla, sólo hace falta su firma, aquí sobre esta raya.

La voz del diablo era insinuante, ladina, como un sonido de monedas de oro. Añadió:

—Si usted gusta, puedo hacerle ahora mismo un anticipo.

Parecía un comerciante astuto. Yo repuse con energía:

—Necesito ver el final de la película. Después firmaré.

—¿Me da usted su palabra?

—Sí.

Entramos de nuevo en el salón. Yo no veía en absoluto, pero mi guía supo hallar fácilmente dos asientos.

En la pantalla, es decir, en la vida de Daniel Brown, se había operado un cambio sorprendente, debido a no sé qué misteriosas circunstancias.

Una casa campesina, destartalada y pobre. La mujer de Brown estaba junto al fuego, preparando la comida. Era el crepúsculo y Daniel volvía del campo con la azada al hombro. Sudoroso, fatigado, con su burdo traje lleno de polvo, parecía, sin embargo, dichoso.

Apoyado en la azada, permaneció junto a la puerta. Su mujer se le acercó, sonriendo. Los dos contemplaron el día que se acababa dulcemente, prometiendo la paz y el descanso de la noche. Daniel miró con ternura a su esposa, y recorriendo luego con los ojos la limpia pobreza de la casa, preguntó:

—Pero, ¿no echas tú de menos nuestra pasada riqueza? ¿Es que no te hacen falta todas las cosas que teníamos?

La mujer respondió lentamente:

—Tu alma vale más que todo eso, Daniel…

El rostro del campesino se fue iluminando, su sonrisa parecía extenderse, llenar toda la casa, salir del paisaje. Una música surgió de esa sonrisa y parecía disolver poco a poco las imágenes. Entonces, de la casa dichosa y pobre de Daniel Brown brotaron tres letras blancas que fueron creciendo, creciendo, hasta llenar toda la pantalla.

Sin saber cómo, me hallé de pronto en medio del tumulto que salía de la sala, empujando, atropellando, abriéndome paso con violencia. Alguien me cogió de un brazo y trató de sujetarme. Con gran energía me solté, y pronto salí a la calle.

Era de noche. Me puse a caminar de prisa, cada vez más de prisa, hasta que acabé por echar a correr. No volví la cabeza ni me detuve hasta que llegué a mi casa. Entré lo más tranquilamente que pude y cerré la puerta con cuidado.

Paulina me esperaba.

Echándome los brazos al cuello, me dijo:

—Pareces agitado.

—No, nada, es que...

—¿No te ha gustado la película?

—Sí, pero...

Yo me hallaba turbado. Me llevé las manos a los ojos. Paulina se quedó mirándome, y luego, sin poderse contener, comenzó a reír, a reír alegremente de mí, que deslumbrado y confuso me había quedado sin saber qué decir. En medio de su risa, exclamó con festivo reproche:

—¿Es posible que te hayas dormido?

Estas palabras me tranquilizaron. Me señalaron un rumbo. Como avergonzado, contesté:

—Es verdad, me he dormido.

Y luego, en son de disculpa, añadí:

—Tuve un sueño, y voy a contártelo.

Cuando acabé mi relato, Paulina me dijo que era la mejor película que yo podía haberle contado. Parecía contenta y se rió mucho.

Sin embargo, cuando yo me acostaba, pude ver cómo ella, sigilosamente, trazaba con un poco de ceniza la señal de la cruz sobre el umbral de nuestra casa.

El converso

Entre Dios y yo todo ha quedado resuelto desde el momento en que he aceptado sus condiciones. Renuncio a mis propósitos y doy por terminadas mis labores apostólicas. El infierno no podrá ser suprimido; toda obstinación de mi parte será inútil y contraproducente. Dios se ha mostrado en esto claro y definitivo, y ni siquiera me permitió llegar a las últimas proposiciones.

Entre otros deberes, he contraído el de hacer volver atrás a mis discípulos. A los de la tierra, se entiende. Los del infierno seguirán esperando inexorablemente mi regreso. En lugar de la redención prometida, no habré hecho más que añadir un nuevo suplicio: el de la esperanza. Dios lo ha querido así.

Yo debo volver al punto de partida. Dios se niega a iluminarme y debo colocar mi espíritu en el plano en que se hallaba antes de seguir el camino equivocado, esto es, en vísperas de recibir las órdenes menores.

Nuestro coloquio se ha desarrollado en el sitio que ocupo desde que fui arrebatado del infierno. Es algo así como una celda abierta en lo infinito y ocupada totalmente por mi cuerpo.

Dios no acudió inmediatamente. Por el contrario, me pareció una eternidad la espera, y un sentimiento de postergación indecible me hacía sufrir más que todos los suplicios anteriores. El dolor pasado era un recuerdo grato en cierta manera, ya que me daba ocasión de comprender mi existencia y de percibir los contornos de mi cuerpo. Allí, en cambio, me podía comparar a una nube, a un islote sensible, de márgenes constituidas por estados cada vez más inconscientes, de manera que no lograba saber hasta dónde existía ni en qué punto me comunicaba con la nada.

Mi sola capacidad era el pensamiento, siempre más desbordado y potente. En la soledad tuve tiempo de andar y desandar numerosos caminos; reconstruí pieza por pieza edificios imaginarios; me extravié en mi propio laberinto, y sólo hallé la salida cuando la voz de Dios vino a buscarme. Millones de ideas se pusieron en fuga, y sentí que mi cabeza era la cuenca de un océano que de pronto se vaciaba.

Está por demás aclarar que fue Dios quien puso todas las condiciones del pacto, y que a mí sólo me reservó el privilegio de aceptarlas. No fortaleció mi juicio en modo alguno; el arbitrio fue tan completo, que su imparcialidad me parece falta de misericordia. Se limitó a indicarme los dos caminos: recomenzar mi vida, o ir de nuevo al infierno.

Todos dirán que el asunto no era para pensarse y que debí decidirme inmediatamente. Pero tuve que dudar mucho. Volver atrás no es cosa sencilla; se trata nada menos que de inaugurar una vida deshaciendo los errores y salvando los obstáculos de otra; y esto, para un hombre que no ha dado muestras de gran discernimiento, exige una serenidad y una resignación que Dios mismo echa de menos en mi persona. No sería difícil errar otra vez y que el camino de salvación se desviara nuevamente hacia el abismo.

Además, en mi conducta futura está incluida toda una serie de actos insoportables, de humillaciones sin cuento: debo someterme y aclarar públicamente mi nueva situación. Han de saberlo todos, discípulos y enemigos. Los superiores cuya autoridad desprecié recibirán las cumplidas muestras de mi obediencia. Juro que si entre tales personas no se hallara fray Lorenzo, la cosa no sería tan grave. Pero es él precisamente quien debe enterarse primero y aparecer como agente de mi salvación. Tendrá a su cargo la vigilancia estrecha de mi vida, y cada una de mis acciones deberá desnudarse ante sus ojos.

Volver al infierno es también una idea desalentadora; porque no se trata únicamente de condenación, sino de algo más fundamental: del fracaso de toda mi labor. Mi presencia en el infierno carece ya de sentido, no tiene importancia, desde el momento en que volvería incapacitado para convencer a nadie, para alentar la menor esperanza, ya que Dios ha puesto punto final a mis ensueños. Esto, descontando la naturalísima circunstancia de que en el infierno todos habrían de sentirse defraudados. Llamándome farsante y traidor, darían a mi mudanza interpretaciones malignas y torcidas; se dedicarían, sin duda alguna, a martirizarme *in aeternum* por su cuenta...

Y aquí estoy, al borde del tiempo, asistido de mis más precarias cualidades, hablando de miedos mezquinos, haciendo gala de amor propio. Porque no puedo olvidar el éxito que obtuve en el infierno. Un triunfo, me atrevo a asegurarlo, que no han visto los apóstoles de la tierra. Era un espectáculo grandioso, y en medio estaba mi fe, inquebrantable, multiplicada, como una espada resplandeciente en las manos de todos.

Fui a dar de bruces en el infierno, pero no dudé un solo instante. Rodeado de diablos tenebrosos, la idea de perdición no pudo abrirse paso en mi cabeza. Legiones de hombres sufrían tormento en máquinas horribles; sin embargo, a cada hecho desolador, mi fe respondía: Dios quiere probarme.

Las dolencias que en la tierra me causaron mis verdugos no parecían interrumpirse, sino que hallaban una exacta continuación. Dios mismo ha examinado todas mis heridas y no ha podido discernir cuáles me fueron causadas en el mundo y cuáles provenían de manos diabólicas.

No sé cuánto estuve en el infierno, pero recuerdo con claridad la rapidez y la grandeza del apostolado. Me di incansablemente a la tarea de trasmitir a los demás las convicciones propias: no estábamos definitivamente condenados; el castigo subsistía gracias a la actitud rebelde y desesperada. En vez de blasfemar, había que dar muestras de sacrificio, de humildad. El dolor sería el mismo y nada iba a perderse con hacer una prueba. Pronto volvería Dios su vista hacia nosotros, para darse cuenta de que habíamos comprendido sus secretos fines. Las llamas cumplirían su obra de purificación y las puertas del cielo iban a abrirse ya a los primeros perdonados.

Pronto empezó a tomar vuelo mi canto de esperanza. El venero de la fe comenzó a refrescar los corazones endurecidos, con su dulce acento olvidado. Debo confesar ciertamente que para muchos aquello significaba sólo una especie de novedad a lo largo de la cruel monotonía. Pero al clamor se unieron hasta los más empedernidos, y hubo demonios que olvidaron su condición y se sumaban resueltamente a nuestras filas. Se vieron entonces cosas sorprendentes: condenados que iban ellos mismos a los hornos y se aplicaban contra el pecho brasas y cauterios, que saltaban a las calderas hirvientes y bebían con deleite largos vasos de plomo fundido. Demonios temblorosos de compasión iban a ellos y los obligaban a tomar reposo, a hacer una tregua en su actitud conmovedora. De lugar abyecto y abisal, el infierno se había transformado en santo refugio de espera y penitencia.

¿Qué harán ellos ahora? ¿Habrán vuelto a su rebeldía, a su desesperación, o estarán aguardando con angustia mi regreso a un infierno que ya no podré mirar con ojos de iluminado?

Yo, que rechacé todos los argumentos humanos, que vi sonreír el rostro de Dios detrás de todos los tormentos, debo confesar ahora mi fracaso. Me cabe el alivio de que fue Dios mismo quien me desengañó, y no fray Lorenzo. Me ha sido impuesto el sacrificio de reconocerlo como salvador para castigar suficientemente mi vanidad; y el orgullo que no se rompió en los potros, irá a doblarse ante sus ojos crueles.

Y todo gracias a que yo quise vivir a la buena de Dios. Cosa sorprendente, vivir a la buena de Dios trae los peores resultados. A Dios ofende una fe ciega; pide una fe vigilante, sobrecogida. Yo aniquilé totalmente la voluntad, y por mi espíritu y por mi cuerpo transitaron libremente los instintos y las virtudes. En vez de dedicarme a clasificar, puse todas las fuerzas en la fe, para hacer de mi quietismo una llama recóndita y potente; y las acciones, las dejé al capricho de esa fuerza oscura y universal que mueve cuanto existe sobre la tierra.

Todo esto se vino abajo de golpe, cuando me di cuenta de que los actos, buenos y malos, que yo había remitido al depósito de la conciencia general —vana creación de nuestra mente de herejes—, se hallaban estrictamente anotados en mi cuenta personal. Dios me hizo comprobar la existencia de balanzas y registros; señaló uno por uno mis errores y me puso ante los ojos la afrenta de un saldo negativo. Yo no tuve a mi favor sino la fe, una fe totalmente errada, pero cuya solvencia Dios quiso reconocer.

Me doy cuenta de que en mi caso se comprueba la predestinación, pero ignoro si estaré a salvo durante la nueva tentativa. Dios ha fortalecido reiteradamente mi incertidumbre y me ha soltado de sus manos sin una sola prueba palpable, con igual turbación ante los diferentes caminos que se abren a mis ojos inexpertos. La humana incapacidad ha sido cuidadosamente restaurada; lo veo todo como un sueño y no traigo ni una sola verdad como equipaje.

Poco a poco las fronteras de mi cuerpo se reducen. El vago continente va incorporándose a la masa de mi persona. Siento que la piel envuelve y limita la sustancia que se había derramado en un orbe de inconsciencia. Renacen lentamente los sentidos y me comunican con el mundo y sus objetos.

Estoy en mi celda, sobre el suelo. Veo el crucifijo de la pared. Muevo una pierna, palpo mi frente. Mis labios se remueven; percibo ya el soplo de la vida y trato de articular, de ensayar las palabras terribles: "Yo, Alonso de Cedillo, me retracto y abjuro…"

Luego, frente a la reja, con su linterna en la mano, observándome, distingo a fray Lorenzo.

El silencio de Dios

Creo que esto no se acostumbra: dejar cartas abiertas sobre la mesa para que Dios las lea.

Perseguido por días veloces, acosado por ideas tenaces, he venido a parar en esta noche como a una punta de callejón sombrío. Noche puesta a mis espaldas como un muro y abierta frente a mí como una pregunta inagotable.

Las circunstancias me piden un acto desesperado y pongo esta carta delante de los ojos que lo ven todo. He retrocedido desde la infancia, aplazando siempre esta hora en que caigo por fin. No trato de aparecer ante nadie como el más atribulado de los hombres. Nada de eso. Cerca o lejos debe haber otros que también han sido acorralados en noches como ésta. Pero yo pregunto: ¿cómo han hecho para seguir viviendo? ¿Han salido siquiera con vida de la travesía?

Necesito hablar y confiarme; no tengo destinatario para mi mensaje de náufrago. Quiero creer que alguien va a recogerlo, que mi carta no flotará en el vacío, abierta y sola, como sobre un mar inexorable.

¿Es poco un alma que se pierde? Millares caen sin cesar, faltas de apoyo, desde el día en que se alzan para pedir las claves de la vida. Pero yo no quiero saberlas, no pretendo que caigan en mis manos las razones del universo. No voy a buscar en esta hora de sombra lo que no hallaron en espacios de luz los sabios y los santos. Mi necesidad es breve y personal.

Quiero ser bueno y solicito unos informes. Eso es todo. Estoy balanceado en un vértigo de incertidumbre, y mi mano, que sale por último a la superficie, no encuentra una brizna para detenerse. Y es poco lo que me falta, sencillo el dato que necesito.

Desde hace algún tiempo he venido dando un cierto rumbo a mis acciones, una orientación que me ha parecido razonable, y estoy alarmado. Temo ser víctima de una equivocación, porque todo, hasta la fecha, me ha salido muy mal.

Me siento sumamente defraudado al comprobar que mis fórmulas de bondad producen siempre un resultado explosivo.

Mis balanzas funcionan mal. Hay algo que me impide elegir con claridad los ingredientes del bien. Siempre se adhiere una partícula maligna y el producto estalla en mis manos.

¿Es que estoy incapacitado para la elaboración del bien? Me dolería reconocerlo, pero soy capaz de aprendizaje.

No sé si a todos les sucede lo mismo. Yo paso la vida cortejado por un afable demonio que delicadamente me sugiere maldades. No sé si tiene una autorización divina: lo cierto es que no me deja en paz ni un momento. Sabe dar a la tentación atractivos insuperables. Es agudo y oportuno. Como un prestidigitador, saca cosas horribles de los objetos más inocentes y está siempre provisto de extensas series de malos pensamientos que proyecta en la imaginación como rollos de película. Lo digo con toda sinceridad: nunca voy al mal con pasos deliberados; él facilita los trayectos, pone todos los caminos en declive. Es el saboteador de mi vida.

Por si a alguien le interesa, consigno aquí el primer dato de mi biografía moral: un día en la escuela, en los primeros años, la vida me puso en contacto con unos niños que sabían cosas secretas, atrayentes, que participaban con misterio.

Naturalmente, no me cuento entre los niños felices. Un alma infantil que guarda pesados secretos es algo que vuela mal, es un ángel lastrado que no puede tomar altura. Mis días de niño, que decoraron suaves paisajes, ostentan a menudo manchas deplorables. El maligno, con apariciones puntuales de fantasma, daba a mis sueños un giro de pesadilla y puso en los recuerdos pueriles un sabor punzante y criminoso.

Cuando supe que Dios miraba todos mis actos traté de esconderle los malos por oscuros rincones. Pero al fin, siguiendo la indicación de personas mayores, mostré abiertos mis secretos para que fueran examinados en tribunal. Supe que entre Dios y yo había intermediarios, y durante mucho tiempo tramité por su conducto mis asuntos, hasta que un mal día, pasada la niñez, pretendí atenderlos personalmente.

Entonces se suscitaron problemas cuyo examen fue siempre aplazado. Empecé a retroceder ante ellos, a huir de su amenaza, a vivir días y días cerrando los ojos, dejando al bien y al mal que hicieran conjuntamente su trabajo. Hasta que una vez, volviendo a mirar, tomé el partido de uno de los dos trabados contendientes.

Con ánimo caballeresco, me puse al lado del más débil. Aquí está el resultado de nuestra alianza:

Hemos perdido todas las batallas. De todos los encuentros con el enemigo salimos invariablemente apaleados y aquí estamos, batiéndonos otra vez en retirada durante esta noche memorable.

¿Por qué es el bien tan indefenso? ¿Por qué tan pronto se derrumba? Apenas se elaboran cuidadosamente unas horas de fortaleza, cuando el golpe de un minuto viene a echar abajo toda la estructura. Cada noche me encuentro aplastado por los escombros de un día destruido, de un día que fue bello y amorosamente edificado.

Siento que una vez no me levantaré más, que decidiré vivir entre ruinas, como una lagartija. Ahora, por ejemplo, mis manos están cansadas para el trabajo de mañana. Y si no viene el sueño, siquiera el sueño como una pequeña muerte para saldar la cuenta pesarosa de este día, en vano esperaré mi resurrección. Dejaré que fuerzas oscuras vivan en mi alma y la empujen, en barrena, hacia una caída acelerada.

Pero también pregunto: ¿se puede vivir para el mal? ¿Cómo se consuelan los malos de no sentir en su corazón el ansia tumultuosa del bien? Y si detrás de cada acto malévolo se esconde un ejército de castigo, ¿cómo hacen para defenderse? Por mi parte, he perdido siempre esa lucha, y bandas de remordimiento me persiguen como espadachines hasta el callejón de esta noche.

Muchas veces he revisado con satisfacción un cierto grupo de actos bien disciplinados y casi victoriosos, y ha bastado el menor recuerdo enemigo para ponerlos en fuga. Me veo precisado a reconocer que muchas veces soy bueno sólo porque me faltan oportunidades aceptables de ser malo, y recuerdo con amargura hasta dónde pude llegar en las ocasiones en que el mal puso todos sus atractivos a mi alcance.

Entonces, para conducir el alma que me ha sido otorgada, pido, con la voz más urgente, un dato, un signo, una brújula.

El espectáculo del mundo me ha desorientado. Sobre él desemboca al azar y lo confunde todo. No hay lugar para recoger una serie de hechos y confrontarlos. La experiencia va brotando siempre detrás de nuestros actos, inútil como una moraleja.

Veo a los hombres en torno de mí, llevando vidas ocultas, inexplicables. Veo a los niños que beben voces contaminadas, y a la vida como nodriza criminal que los alimenta de venenos. Veo pueblos que disputan las palabras eternas, que se dicen predilectos y elegidos. A través de los siglos, se ven hordas de sanguinarios y de imbéciles; y de pronto, aquí y allá, un alma que parece señalada con un sello divino.

Miro a los animales que soportan dulcemente su destino y que viven bajo normas distintas; a los vegetales que se consumen después de una vida misteriosa y pujante, y a los minerales duros y silenciosos.

Enigmas sin cesar caen en mi corazón, cerrados como semillas que una savia interior hace crecer.

De cada una de las huellas que la mano de Dios ha dejado sobre la tierra, distingo y sigo el rastro. Pongo agudamente el oído en el rumor informe de la noche, me inclino al silencio que se abre de pronto y que un sonido interrumpe. Espío y trato de ir hasta el fondo, de embarcarme al conjunto, de sumarme en el todo. Pero quedo siempre aislado; ignorante, individual, siempre a la orilla.

Desde la orilla entonces, desde el embarcadero, dirijo esta carta que va a perderse en el silencio...

Efectivamente, tu carta ha ido a dar al silencio. Pero sucede que yo me encontraba allí en tales momentos. Las galerías del silencio son muy extensas y hacía mucho que no las visitaba.

Desde el principio del mundo vienen a parar aquí todas esas cosas. Hay una legión de ángeles especializados que se ocupan en trasmitir los mensajes de la tierra. Después de que son cuidadosamente clasificados, se guardan en unos ficheros dispuestos a lo largo del silencio.

No te sorprendas porque contesto una carta que según la costumbre debería quedar archivada para siempre. Como tú mismo has pedido, no voy a poner en tus manos los secretos del universo, sino a darte unas cuantas indicaciones de provecho. Creo que serás lo suficientemente sensato para no juzgar que me tienes de tu parte, ni hay razón alguna para que vayas a conducirte desde mañana como un iluminado.

Por lo demás, mi carta va escrita con palabras. Material evidentemente humano, mi intervención no deja en ellas rastro; acostumbrado al manejo de cosas más espaciosas, estos pequeños signos, resbaladizos como guijarros, resultan poco adecuados para mí. Para expresarme adecuadamente, debería emplear un lenguaje condicionado a mi sustancia. Pero volveríamos a nuestras eternas posiciones y tú quedarías sin entenderme. Así pues, no busques en mis frases atributos excelsos: son tus propias palabras, incoloras y naturalmente humildes que yo ejercito sin experiencia.

Hay en tu carta un acento que me gusta. Acostumbrado a oír solamente recriminaciones o plegarias, tu voz tiene un timbre de novedad. El contenido es viejo, pero hay en ella sinceridad, una lamentación de hijo doliente y una falta de altanería.

Comprende que los hombres se dirigen a mí de dos modos: bien el éxtasis del santo, bien las blasfemias del ateo. La mayoría utiliza también para llegar hasta aquí un lenguaje sistematizado en oraciones mecánicas que generalmente dan en el vacío, excepto cuando el alma conmovida las reviste de nueva emoción.

Tú hablas tranquilamente y sólo te podría reprochar el que hayas dicho con tanta formalidad que tu carta iba a dar al silencio, como si lo supieras de antemano. Fue una casualidad que yo me encontrara allí cuando acababas de escribir. Si retardo un poco mi visita, cuando leyera tus apasionadas palabras tal vez ya no existiría sobre la tierra ni el polvo de tus huesos.

Quiero que veas al mundo tal cual yo lo contemplo: como un grandioso experimento. Hasta ahora los resultados no son muy claros, y confieso que los hombres han destruido mucho más de lo que yo había presupuesto. Pienso que no sería difícil que acabaran con todo. Y esto, gracias a un poco de libertad mal empleada.

Tú apenas rozas problemas que yo examino a fondo con amargura. Hay el dolor de todos los hombres, el de los niños, el de los animales que se les parecen tanto en su pureza. Veo sufrir a los niños y me gustaría salvarlos para siempre: evitar que lleguen a ser hombres. Pero debo esperar todavía un poco más, y espero confiadamente.

Si tú tampoco puedes soportar la brizna de libertad que llevas contigo, cambia la posición de tu alma y sé solamente pasivo, humilde. Acepta con emoción lo que la vida ponga en tus manos y no intentes los frutos celestes; no vengas tan lejos.

Respecto a la brújula que pides, debo aclararte que te he puesto una quién sabe dónde, y que no puedo darte otra. Recuerda que lo que yo podía darte ya te lo he concedido.

Quizás te convendría reposar en alguna religión. Esto también lo dejo a tu criterio. Yo no puedo recomendarte alguna de ellas porque soy el menos indicado para hacerlo. De todos modos, piénsalo y decídete si hay dentro de ti una voz profunda que lo solicita.

Lo que sí te recomiendo, y lo hago muy ampliamente, es que en lugar de ocuparte en investigaciones amargas, te dediques a observar más bien el pequeño cosmos que te rodea. Registra con cuidado los milagros cotidianos y acoge en tu corazón a la belleza. Recibe sus mensajes inefables y tradúcelos en tu lengua.

Creo que te falta actividad y que todavía no has penetrado en el profundo sentido del trabajo. Deberías buscar alguna ocupación que satisfaga a tus necesidades y que te deje solamente algunas horas libres. Toma esto con la mayor atención, es un consejo que te conviene mucho. Al final de un día laborioso no suele encontrarse uno con noches como ésta, que por fortuna estás acabando de pasar profundamente dormido.

En tu lugar, yo me buscaría una colocación de jardinero o cultivaría por mi cuenta un prado de hortalizas. Con las flores que habría en él, y con las mariposas que irán a visitarlas, tendría suficiente para alegrar mi vida.

Si te sientes muy solo, busca la compañía de otras almas, y frecuéntala, pero no olvides que cada alma está especialmente construida para la soledad.

Me gustaría ver otras cartas sobre tu mesa. Escríbeme, si es que renuncias a tratar cosas desagradables. Hay tantos temas de qué hablar, que seguramente tu vida alcanzará para muy pocos. Escojamos los más hermosos.

En vez de firma, y para acreditar esta carta (no pienses que la estás soñando), te voy a ofrecer una cosa: me manifestaré a ti durante el día, de un modo en que puedas fácilmente reconocerme, por ejemplo... Pero no, tú solo, sólo tú habrás de descubrirlo.

Los alimentos terrestres

"Muy sentido estoy del descuido que ha tenido nuestro amigo de mis alimentos...

Mis alimentos es justo que no padezcan ni hallen con ellos ningún fracaso o novedad...

Diga V. m. ¿qué culpa tienen mis alimentos, ni qué pecado ha cometido mi crédito para que no se paguen muy puntualmente...?

Los mil reales de mis alimentos, de aquí a San Pedro...

Según esto, suplico a V. m. haga con Pedro Alonso de Baena me envíe libranza junta de ocho mil y quinientos reales que montan los meses de mis alimentos de aquí al fin de este año...

Con don Agustín Fiesco he acabado que escriba a Pedro Alonso de Baena dé lugar a la correspondencia de mis alimentos...

También suplico mire que es bien advertir a nuestro amigo que seiscientos reales cada mes no pueden ser alimentos de un niño de la doctrina...

Que será gran merced para mí excusarme de pesadumbre con ellos, y solicitar mis alimentos de junio por la misma vía...

No hay mulas de retorno para un alimentado...

Por amor de Dios que V. m. trate de la satisfacción de estos hombres y de socorrerme con los alimentos de julio...

Con quinientos reales de aquí a fin de diciembre, no puede pasar una hormiga, cuanto más quien tiene honra...

Mañana entra enero, que da principio al año y a mis alimentos...

Suplico a V. m. haga con el amigo ensanche los alimentos de aquí a octubre...

Pensé que el amigo, con la cuaresma, mudara de condición como de manjar, y veo que procede aun peor con estos alimentos que con los otros, pues se conjura contra los míos, haciéndome ayunar aun los domingos, que perdona la Iglesia...

Los alimentos de este año en la escriptura fueron pocos, pero en la dispensación van siendo menos, porque son ningunos...

Es morir no andar con alimentos anticipados...

Ni es bien cansarle dos veces sobre una cosa que es la que tengo suplicada a V. m. de mis alimentos...

Y compongamos estos mis pobres alimentos de manera que pueda yo comer aunque nunca cene...

Suplico a V. m. ponga remedio en todo esto, que ya no me acuerdo de mí ni de mis alimentos...

(*Quiero más una morcilla / que en el asador reviente...*)

Yo perezco, y mi crédito más, si V. m. no me socorre como quien es, haciendo que me libren mis alimentos juntos...

Deseo saber si mis alimentos son de condición diferente que los otros o si por desdicha mía soy más glorioso que otros hombres...

Nuestro amigo hace experiencias costosas de mi naturaleza, averiguando sin duda lo que tengo de angélico, pues me deja ayuno tantos días...

Señor mío don Francisco: V. m., que tiene molinos, sabe que no come el molinero del ruido de la cítola, sino del trigo de la tolva...

¿Qué culpa tiene mi comida miserable, de la concurrencia del señor don Fernando de Córdoba y Cardona?

Y algo más que bastará para asegurarse los ensanches que se echaren a mis alimentos...

Suplico a V. m. que se sirva de pedirle de mi parte me haga merced de los alimentos que he de haber este año...

Es invención suya para no sólo alargar los alimentos, pero retardarlos, como lo hace...

No me deje tan impíamente, atenido a tan miserables alimentos...

En materia de mis alimentos he padecido todo este tiempo mil necesidades...

Ya caminamos a cuatro meses de alimentos sin haber visto un maravedí de todos ellos...

Sírvase mandar se me compre a cuenta de mis alimentos cuatro arrobas de azahar seco, digo de lo ya tostado en las alquitaras...

Cuanto a lo que Vuestra merced me ofrece de no desampararme en los alimentos, le beso las manos tantas veces como ellos contienen de maravedís...

Bien fuera razón que me remitiera en esa póliza lo que monta lo caído de mis alimentos, sin dármelos a sorbos... Yo quedo esperando la fianza de mis alimentos...

De mis alimentos se resta ochocientos reales, digo 850, hasta fin de éste...

He acabado con don Agustín Fiesco que me dé aquí, 2,550 reales que montan lo restante de mis alimentos hasta fin de agosto, que es hoy, y el mes de setiembre, que entra mañana, de manera que hasta el fin del dicho mes de setiembre estoy alimentado...

Suplico a V. m. no haya falta en ello, porque va el crédito y la consecuencia para el expediente de unos alimentos...

No es mucho que se me anticipen los alimentos de un mes...

La paga no es muy ejecutiva, ni la seguridad menos que mis alimentos...

¿Me ha de volver las espaldas V. m. y ha de escribir a los Fiescos que me nieguen aún los alimentos?

Para ello es menester echar algunas ensanchas a la provisión de mis alimentos...

No quiso dispensar en tres días de anticipación de alimentos...

Suplícole se sirva de acudirme, que no puedo pagar de ninguna manera con alimentos tan cortos...

Beso las manos de Vuestra merced muchas veces por la anticipación de los alimentos...

Yo suplico a Vuestra merced me haga merced de los dos meses de alimentos perdidos...

Yo estoy peor que Vuestra merced me dejó, y tanto, que ha sido menester vender un contador de ébano para comer estas dos semanas, que puede tardar el desengaño de mis alimentos...

En virtud de Cristóbal de Heredia, no falta quien me fíe el pan, que como con un torrezno de Rute...

No hay luz ni aun crepúsculo de comodidad: noche es en la que vivo, y, lo que peor es, sin tener que cenar en ella...

Tengo a V. m., con quien estoy comiendo en un plato; y ojalá fuera ello así, que no estoy sino debajo de su mesa de V. m., comiendo sus meajas y pidiendo ahora que deje caer una rebanada de pan siquiera...

Quejárame a Dios y al mundo, y diránme que don Luis de Góngora soy en cualquier parte, y más en Madrid, donde me mandarán dar alimentos bien pagados...

Beso las manos de Vuestra merced por la que me hace de alimentarme...

Porque 800 reales son flacos alimentos para un hombre de cuenta en este lugar...

Y que me hallo a los umbrales del invierno sin hilo de ropa, anticipados mis alimentos mes y medio para poder comer..."

Don Luis de Góngora y Argote, *Epistolario*.

Una reputación

La cortesía no es mi fuerte. En los autobuses suelo disimular esta carencia con la lectura o el abatimiento. Pero hoy me levanté de mi asiento automáticamente, ante una mujer que estaba de pie, con un vago aspecto de ángel anunciador.

La dama beneficiada por ese rasgo involuntario lo agradeció con palabras tan efusivas, que atrajeron la atención de dos o tres pasajeros. Poco después se desocupó el asiento inmediato, y al ofrecérmelo con leve y significativo ademán, el ángel tuvo un hermoso gesto de alivio. Me senté allí con la esperanza de que viajaríamos sin desazón alguna.

Pero ese día me estaba destinado, misteriosamente. Subió al autobús otra mujer, sin alas aparentes. Una buena ocasión se presentaba para poner las cosas en su sitio; pero no fue aprovechada por mí. Naturalmente, yo podía permanecer sentado, destruyendo así el germen de una falsa reputación. Sin embargo, débil y sintiéndome ya comprometido con mi compañera, me apresuré a levantarme, ofreciendo con reverencia el asiento a la recién llegada. Tal parece que nadie le había hecho en toda su vida un homenaje parecido: llevó las cosas al extremo con sus turbadas palabras de reconocimiento.

Esta vez no fueron ya dos ni tres las personas que aprobaron sonrientes mi cortesía. Por lo menos la mitad del pasaje puso los ojos en mí, como diciendo: "He aquí un caballero". Tuve la idea de abandonar el vehículo, pero la deseché inmediatamente, sometiéndome con honradez a la situación, alimentando la esperanza de que las cosas se detuvieran allí.

Dos calles adelante bajó un pasajero. Desde el otro extremo del autobús, una señora me designó para ocupar el asiento vacío. Lo hizo sólo con la mirada, pero tan imperiosa, que detuvo el ademán de un individuo que se me adelantaba; y tan suave, que yo atravesé el camino con paso vacilante para ocupar en aquel asiento un sitio de honor. Algunos viajeros masculinos que iban de pie sonrieron con desprecio. Yo adiviné su envidia, sus celos, su resentimiento, y me sentí un poco angustiado. Las señoras, en cambio, parecían protegerme con su efusiva aprobación silenciosa.

Una nueva prueba, mucho más importante que las anteriores, me aguardaba en la esquina siguiente: subió al camión una señora con dos niños pequeños. Un angelito en brazos y otro que apenas caminaba. Obedeciendo la orden unánime, me levanté inmediatamente y fui al encuentro de aquel grupo conmovedor. La señora venía complicada con dos o tres paquetes; tuvo que correr media cuadra por lo menos, y no lograba abrir su gran bolso de mano. La ayudé eficazmente en todo lo posible, la desembaracé de nenes y envoltorios, gestioné con el chofer la exención de pago para los niños, y la señora quedó instalada finalmente en mi asiento, que la custodia femenina había conservado libre de intrusos. Guardé la manita del niño mayor entre las mías.

Mis compromisos para con el pasaje habían aumentado de manera decisiva. Todos esperaban de mí cualquier cosa. Yo personificaba en aquellos momentos los ideales femeninos de caballerosidad y de protección a los débiles. La responsabilidad oprimía mi cuerpo como una coraza agobiante, y yo echaba de menos una buena tizona en el costado. Porque no dejaban de ocurrírseme cosas graves. Por ejemplo, si un pasajero se propasaba con alguna dama, cosa nada rara en los autobuses, yo debía amonestar al agresor y aun entrar en combate con él. En todo caso, las señoras parecían completamente seguras de mis reacciones de Bayardo. Me sentí al borde del drama.

En esto llegamos a la esquina en que debía bajarme. Divisé mi casa como una tierra prometida. Pero no descendí. Incapaz de moverme, la arrancada del autobús me dio una idea de lo que debe ser una aventura trasatlántica. Pude recobrarme rápidamente; yo no podía desertar así como así, defraudando a las que en mí habían depositado su seguridad, confiándome un puesto de mando. Además, debo confesar que me sentí cohibido ante la idea de que mi descenso pusiera en libertad impulsos hasta entonces contenidos. Si por un lado yo tenía asegurada la mayoría femenina, no estaba muy tranquilo acerca de mi reputación entre los hombres. Al bajarme, bien podría estallar a mis espaldas la ovación o la rechifla. Y no quise correr tal riesgo. ¿Y si aprovechando mi ausencia un resentido daba rienda suelta a su bajeza? Decidí quedarme y bajar el último, en la terminal, hasta que todos estuvieran a salvo.

Las señoras fueron bajando una a una en sus esquinas respectivas, con toda felicidad. El chofer ¡santo Dios! acercaba el vehículo junto a la acera, lo detenía completamente y esperaba a que las damas pusieran sus dos pies en tierra firme. En el último momento, vi en cada rostro un gesto de simpatía, algo así como el esbozo de una despedida cariñosa. La señora de los niños bajó finalmente, auxiliada por mí, no sin regalarme un par de besos infantiles que todavía gravitan en mi corazón, como un remordimiento.

Descendí en una esquina desolada, casi montaraz, sin pompa ni ceremonia. En mi espíritu había grandes reservas de heroísmo sin empleo, mientras el autobús se alejaba vacío de aquella asamblea dispersa y fortuita que consagró mi reputación de caballero.

Corrido

Hay en Zapotlán una plaza que le dicen de Ameca, quién sabe por qué. Una calle ancha y empedrada se da contra un testerazo, partiéndose en dos. Por allí desemboca el pueblo en sus campos de maíz.

Así es la Plazuela de Ameca, con su esquina ochavada y sus casas de grandes portones. Y en ella se encontraron una tarde, hace mucho, dos rivales de ocasión. Pero hubo una muchacha de por medio.

La Plazuela de Ameca es tránsito de carretas. Y las ruedas muelen la tierra de los baches, hasta hacerla finita, finita. Un polvo de tepetate que arde en los ojos, cuando el viento sopla. Y allí había, hasta hace poco, un hidrante. Un caño de agua de dos pajas, con su llave de bronce y su pileta de piedra.

La que primero llegó fue la muchacha con su cántaro rojo, por la ancha calle que se parte en dos. Los rivales caminaban frente a ella, por las calles de los lados, sin saber que se darían un tope en el testerazo. Ellos y la muchacha parecía que iban de acuerdo con el destino, cada uno por su calle.

La muchacha iba por agua y abrió la llave. En ese momento los dos hombres quedaron al descubierto, sabiéndose interesados en lo mismo. Allí se acabó la calle de cada quien, y ninguno quiso dar paso adelante. La mirada que se echaron fue poniéndose tirante, y ninguno bajaba la vista.

—Oiga amigo, qué me mira.

—La vista es muy natural.

Tal parece que así se dijeron, sin hablar. La mirada lo estaba diciendo todo. Y ni un ai te va, ni ai te viene. En la plaza que los vecinos dejaron desierta como adrede, la cosa iba a comenzar.

El chorro de agua, al mismo tiempo que el cántaro, los estaba llenando de ganas de pelear. Era lo único que estorbaba aquel silencio tan entero. La muchacha cerró la llave dándose cuenta cuando ya el agua se derramaba. Se echó el cántaro al hombro, casi corriendo con susto.

Los que la quisieron estaban en el último suspenso, como los gallos todavía sin soltar, embebidos uno y otro en los puntos negros de sus ojos. Al subir la banqueta del otro lado, la muchacha dio un mal paso y el cántaro y el agua se hicieron trizas en el suelo.

Ésa fue la merita señal. Uno con daga, pero así de grande, y otro con machete costeño. Y se dieron de cuchillazos, sacándose el golpe un poco con el sarape. De la muchacha no quedó más que la mancha de agua, y allí están los dos peleando por los destrozos del cántaro.

Los dos eran buenos, y los dos se dieron en la madre. En aquella tarde que se iba y se detuvo. Los dos se quedaron allí bocarriba, quién degollado y quién con la cabeza partida. Como los gallos buenos, que nomás a uno le queda tantito resuello.

Muchas gentes vinieron después, a la nochecita. Mujeres que se pusieron a rezar y hombres que dizque iban a dar parte. Uno de los muertos todavía alcanzó a decir algo: preguntó que si también al otro se lo había llevado la tiznada.

Después se supo que hubo una muchacha de por medio. Y la del cántaro quebrado se quedó con la mala fama del pleito. Dicen que ni siquiera se casó. Aunque se hubiera ido hasta Jilotlán de los Dolores, allá habría llegado con ella, a lo mejor antes que ella, su mal nombre de mancornadora.

Carta a un zapatero que compuso mal unos zapatos

Estimable señor:

Como he pagado a usted tranquilamente el dinero que me cobró por reparar mis zapatos, le va a extrañar sin duda la carta que me veo precisado a dirigirle.

En un principio no me di cuenta del desastre ocurrido. Recibí mis zapatos muy contento, augurándoles una larga vida, satisfecho por la economía que acababa de realizar: por unos cuantos pesos, un nuevo par de calzado. (Éstas fueron precisamente sus palabras y puedo repetirlas.)

Pero mi entusiasmo se acabó muy pronto. Llegado a casa examiné detenidamente mis zapatos. Los encontré un poco deformes, un tanto duros y resecos. No quise conceder mayor importancia a esta metamorfosis. Soy razonable. Unos zapatos remontados tienen algo de extraño, ofrecen una nueva fisonomía, casi siempre deprimente.

Aquí es preciso recordar que mis zapatos no se hallaban completamente arruinados. Usted mismo les dedicó frases elogiosas por la calidad de sus materiales y por su perfecta hechura. Hasta puso muy alto su marca de fábrica. Me prometió, en suma, un calzado flamante.

Pues bien: no pude esperar hasta el día siguiente y me descalcé para comprobar sus promesas. Y aquí estoy, con los pies doloridos, dirigiendo a usted una carta, en lugar de transferirle las palabras violentas que suscitaron mis esfuerzos infructuosos.

Mis pies no pudieron entrar en los zapatos. Como los de todas las personas, mis pies están hechos de una materia blanda y sensible. Me encontré ante unos zapatos de hierro. No sé cómo ni con qué artes se las arregló usted para dejar mis zapatos inservibles. Allí están, en un rincón, guiñándome burlonamente con sus puntas torcidas.

Cuando todos mis esfuerzos fallaron, me puse a considerar cuidadosamente el trabajo que usted había realizado. Debo advertir a usted que carezco de toda instrucción en materia de calzado. Lo único que sé es que hay zapatos que me han hecho sufrir, y otros, en cambio, que recuerdo con ternura: así de suaves y flexibles eran.

Los que le di a componer eran unos zapatos admirables que me habían servido fielmente durante muchos meses. Mis pies se hallaban en ellos como pez en el agua. Más que zapatos, parecían ser parte de mi propio cuerpo, una especie de envoltura protectora que daba a mi paso firmeza y seguridad. Su piel era en realidad una piel mía, saludable y resistente. Sólo que daban ya muestras de fatiga. Las suelas sobre todo: unos amplios y profundos adelgazamientos me hicieron ver que los zapatos se iban haciendo extraños a mi persona, que se acababan. Cuando se los llevé a usted, iban ya a dejar ver los calcetines.

También habría que decir algo acerca de los tacones: piso defectuosamente, y los tacones mostraban huellas demasiado claras de este antiguo vicio que no he podido corregir.

Quise, con espíritu ambicioso, prolongar la vida de mis zapatos. Esta ambición no me parece censurable: al contrario, es señal de modestia y entraña una cierta humildad. En vez de tirar mis zapatos, estuve dispuesto a usarlos durante una segunda época, menos brillante y lujosa que la primera. Además, esta costumbre que tenemos las personas modestas de renovar el calzado es, si no me equivoco, el *modus vivendi* de las personas como usted.

Debo decir que del examen que practiqué a su trabajo de reparación ha sacado muy feas conclusiones. Por ejemplo, la de que usted no ama su oficio. Si usted, dejando aparte todo resentimiento, viene a mi casa y se pone a contemplar mis zapatos, ha de darme toda la razón. Mire usted qué costuras: ni un ciego podía haberlas hecho tan mal. La piel está cortada con inexplicable descuido: los bordes de las suelas son irregulares y ofrecen peligrosas aristas. Con toda seguridad, usted carece de hormas en su taller, pues mis zapatos ofrecen un aspecto indefinible. Recuerde usted, gastados y todo, conservaban ciertas líneas estéticas. Y ahora...

Pero introduzca usted su mano dentro de ellos. Palpará usted una caverna siniestra. El pie tendrá que transformarse en reptil para entrar. Y de pronto un tope; algo así como un quicio de cemento poco antes de llegar a la punta. ¿Es posible? Mis pies, señor zapatero, tienen forma de pies, son como los suyos, si es que acaso usted tiene extremidades humanas.

Pero basta ya. Le decía que usted no le tiene amor a su oficio y es cierto. Es también muy triste para usted y peligroso para sus clientes, que por cierto no tienen dinero para derrochar.

A propósito: no hablo movido por el interés. Soy pobre pero no soy mezquino. Esta carta no intenta abonarse la cantidad que yo le pagué por su obra de destrucción. Nada de eso. Le escribo sencillamente para exhortarle a amar su propio trabajo. Le cuento la tragedia de mis zapatos para infundirle respeto por ese oficio que la vida ha puesto en sus manos; por ese oficio que usted aprendió con alegría en un día de juventud... Perdón; usted es todavía joven. Cuando menos, tiene tiempo para volver a comenzar, si es que ya olvidó cómo se repara un par de calzado.

Nos hacen falta buenos artesanos, que vuelvan a ser los de antes, que no trabajen solamente para obtener el dinero de los clientes, sino para poner en práctica las sagradas leyes del trabajo. Esas leyes que han quedado irremisiblemente burladas en mis zapatos.

Quisiera hablarle del artesano de mi pueblo, que remendó con dedicación y esmero mis zapatos infantiles. Pero esta carta no debe catequizar a usted con ejemplos.

Sólo quiero decirle una cosa: si usted, en vez de irritarse, siente que algo nace en su corazón y llega como un reproche hasta sus manos, venga a mi casa y recoja mis zapatos, intente en ellos una segunda operación, y todas las cosas quedarán en su sitio.

Yo le prometo que si mis pies logran entrar en los zapatos, le escribiré una hermosa carta de gratitud, presentándolo en ella como hombre cumplido y modelo de artesanos.

Soy sinceramente su servidor.

VI. Palindroma

La dedicatoria se suprime a petición de parte

Are cada Venus su nevada cera

Tres días y un cenicero

Ha llegado para mí el día en que nace más de
un sol, y cedo con la máxima despreocupación
los harapos de la noche.

PAPINI

MARZO 5

Estoy loco ¿o voy a volverme loco? No pregunten. Lo mismo da.
Ella está tirada en el suelo, debajo de la cama. Primero la puse junto
a mi lado izquierdo, cerca del corazón. Pero no soy tan zurdo. Luego
quise subirla, pero pesaba mucho y mojaría el colchón. Empapada
hasta los huesos si los tuviera. Me llega su olor de pantano y me
acuerdo. Sí, de niño me acuerdo y repaso el recuerdo diciendo estos
versos: "…de su húmeda impureza asciende un vaho que enerva los
mismos sacros dones de la imperial Minerva." Cito de memoria
porque quiero enervarme más. Tres veces bajé de la cama y fui con
ella, a su sabor. A calentarme con su cuerpo frío, aterciopelado por
la lama, velloso por el musgo. De la ingle quité última sanguijuela
viscosa. Penecillo apegado a sangre y leche imaginarias. Pegado
estoy a cuerpo sin sangre. ¿Sin sangre? Venus está viva como en
Alfredo de Musset. En el mármol rosa que sirve de escalón a la
terraza de Versalles, "¿se acuerda usted, amigo mío? Al lado derecho,
frente al Naranjal…" ¿Cómo viniste aquí? A mi charco de Jalisco.
Porque te hallé en el lodo, *pallus lacustris*, laguna, *Mare Nostrum*,
Mediterráneo en miniatura de Zapotlán.

Aquí te hallé y recojo tu fragancia de lodo podrido y me
acuerdo. Me acuerdo de niño: quise hallarte. Tesoro indicado en
la postura de una garza morena. Morena porque el sol te vio la
cara desde antes que te sumergieran en el agua para hacerte brotar
de la espuma. No te busqué en las cuevas del Nevado porque no
soy alpinista ni espeleólogo tampoco. Alturas y profundidades
me marean: la negación de Picard, sin globo ni batiscafo. Vivo
a ras de tierra, a orillas del agua y del sueño. Y te soñé. Abriste
al borde de mi cama un abismo anormal. Dije abismo en otro
tiempo, soñando el infierno. Porque el cielo está lejos y el corazón
anida cerca del estómago, debajo de las costillas.

Ahora cielo y abismo están aquí. Debajo de la cama. Abiertos
en las entrañas de mi diosa madre última *Tellus* última Tule,
arropados en tule. Tule fragante de humedad y poroso. Papiro

269

local. Entre vigilia y sueño adormecido estoy por el gas de los pantanos. Duermo aunque no puedo. Deliro que hemos... ¡Que hemos no! Que yo te encontré oh tú la primera inmortal sobre la tierra recién salida del mar... No en Milo ni en Cirene, sino aquí, lejos del auriñaciense y de los tiempos minoicos. Aquí entre mazorcas y blandos juncos de tule, donde los indios tejen petates, amarran tapeistes y urden sillas frescas con armazón de palo blanco o pintado azul celeste con flores rosas amillas de cempasúchil, agria flor que huele a fermentos de vida y de muerte como tú... Aquí entre gallaretas, corvejones, sapos, ranas, cucarachas de agua y cucharones. Entre los tepalcates, golondrinos y sambutidores pipiles. Bajo el vuelo rasante de agachonas y el rápido altísimo geométrico de zopilotillos vespéridos. Entre tuzas chatas y murciélagos agudos. Aquí te hallé última forma de soñar despierto. Y aquí te aguardo sin dormir, diciendo ábrete sésamo.

Abandono. Abandono la blandura y voy abajo con ella. A enfriarme la cabeza contra formas atrayentes repelentes.

Mañana temprano voy a bañarla. A limpiarle impurezas locales, lodo y adherencias de familia. Para que mañana brille esplendor mármol de Faros. Báñate tú también y no hagas mal papel junto de ella, los dos nocturnos empapados. Cuenta siempre tus costillas antes de dormir. Si al despertar te falta una, estás salvado: una, dos, tres... sígueme cantando con el cuento de las costillas... cuatro, cinco, seis... si pierdes la cuenta, oirás la canción de cuna en su texto original... "En el principio era el verbo...". ¿Ves? ya te dormiste... Vas a ser un Adán...

MARZO 6

Ella es impracticable, y se opone estatuaria a todo vano cincel.

Pero Roberto el Pato viene muy amable a despertarme y reclama la parte del sueño que le toca en lo vivo. Plantea grave cuestión legal de intereses y derechos.

Levanto acta notarial: No estoy dispuesto a ceder nada en cuerpo y alma. Se trata de un despojo a mano desarmada: lo único que no me pertenece, lo reconozco, es la mano. Porque su hijo la encontró después de que hicimos surgir del agua las formas del mármol. Todo quedará en familia, es cierto. Pero coincidimos en un punto: hay que esconderla y guardar el secreto. ¿No es cierto?

Ahora sólo sabemos del hallazgo los que estábamos presentes. Dos Patos, el padre y el hijo. Y yo. ¡Dios mío! También se dio cuenta el lagunero que cortaba tules en su parcela... preciso lugar de los hechos. El que desde un tapeiste nos aventó la reata, la reata para amarrarla. (Mañana mismo voy a buscarlo. Y le daré lo que quiera por callarse la boca.)

¡Si lo sabe Esteban Cibrián, estamos perdidos! Peleados y perdidos... Apenas alguien se halla un tepalcate cualquiera, una piedra más o menos cuadrada o más o menos redonda, viene y nos lo quita todo de las manos. Se lleva al Museo hasta los retratos de las familias...

Antes de lo que puede o no pasar, aquí está la fiel y verdadera historia de lo ocurrido el día de ayer a las seis de la tarde, ya con el sol para caerse al otro lado de la Media Luna. Cuando matamos patos, agachonas y garzas que ni siquiera se comen.

Item más.— Los dos Patos, el Grande y el Chico, vinieron a invitarme después de comer para que fuéramos de cacería. Les dije: estoy cansado y enfermo. Pero me convencieron: "Ahora no juegas ajedrez, te llevamos al Aguaje de Cofradía, ¿cuánto hace que no vas?". "Desde que vivía mi tío Daniel..."

Y fuimos a las güilotas cuando cayeran a beber, ya casi para ponerse el sol... Fuimos y hubo a qué tirarle. Matamos dos patos golondrinos, cuatro agachonas y algún tildío, güilotas no se paró una sola. A los zopilotillos no les dimos: "No les tiren, no gasten el parque, vuelan tan rápido y tan alto y no saben a pichón... Ni a las gallinas del agua, porque saben a lodo... no se les quita el olor ni con rabos de cebolla".

Pero dijo el Patito: "Déjame tirarle a esa garza morena". "Está muy lejos, y si la matas, ¿quién va a sacarla del agua?". "¡Yo!". Dije yo porque la garza venía de muy lejos. De un recodo del río de Tamazula. Allí por primera vez en Santa Rosa, al otro lado del pueblo, y por estarla viendo me quedé sin barca y sin barquero. Después volvieron por mí, ya de noche a buscarme, el sacristán y el campanero. Porque yo era monaguillo y los demás se fueron. Me dejaron solo, solo y en la orilla. Iba a llorar cuando te vi saliendo del remanso, estampada en un círculo de juncos sobre un islote del cielo. Todavía tu recuerdo me humilla y no sé si eras morena, azuleja o amarilla. Sacabas del lodo una pata, enjuagándola en el agua. Estirabas el pico y bajabas un ala como las gallinas cuando las van a pisar... Tenías el color de las palomas yaces... ¡Si entonces no lo hiciste, ahora no lo haces! Le aventé una pedrada, ya con el agua a la rodilla...

Pero estoy levantando un acta. Patito le tiró a la garza y la garza morena o lo que fuera, se quedó así nomás como todas, como si no le hubieran dado. Dobló las patas amarillas y abrió las alas azules sobre el agua.

Ya me había quitado los pantalones y que aviento el saco y la camisa y allí voy corriendo y luego nadando en agua verde y espesa. La garza ya ni se movió, blanca y tibia en mis manos. En ese momento sentí algo vivo, duro y rendido bajo los pies. Doy un paso y caigo en el lodo. Uno atrás y vuelvo a lo firme. Desde el estribo de piedra me pongo a gritar: "¡Vengan, vengan!". Creyeron que tenía un calambre.

¿Qué hay aquí debajo del agua? Sentí claramente los pechos, la cabeza y el vientre. Le busqué hombros y piernas. Todavía con los pies, hasta que metí la mano con todo el brazo, cerrando los ojos y la boca.

Desde una mancha de tules nos gritó un lagunero que navegaba en tapeiste: "¿Mataron patos...? Yo se los voy a sacar." Luego me vio: "Y también a usted lo saco de aquí porque le va a dar una pulmonía..." Le enseñé la garza cuando se acercaba: "No se comen. Los patos sí. ¿Dónde están los patos?"

Yo buceaba otra vez la mujer. Otra vez los pechos y otra vez la cabeza y las piernas. Salí a la superficie: "Los patos ya los sacamos. Ésta es para disecar...". En eso llegaron Pato grande y Pato chico. Los hice tocar con pies y manos debajo del agua. "¡Carajo!". Dijo el Pato grande. "¡Miren!", dijo el chico, y sacó una mano de piedra entre las suyas, chorreando lodo.

El lagunero nos prestó una soga. Amarramos el bulto del pescuezo y primero a pulso y después con el coche, lo jalamos a la orilla. El hombre dijo: "Parece un santo", porque nomás se veía algo del cuerpo en el lodazal. "Sí es un santo. Lo echaron al agua los cristeros... Usted y yo somos de la edad ¿se acuerda del Padre Ubiarco?". "¿El que fusilaron?". "Ese mero. Una sobrina nos dio la relación y lo hallamos". Ni modo, él me dio pie para la mentira y me seguí de frente. "Bendito sea Dios", dijo el lagunero y se persignó. Hay que envolverla en algo. El lagunero no tiene petates y le compramos el tapeiste. Lo abrimos como una lechuga y la ponemos a ella de cogollo, bien amarrada. Entre los cuatro la subimos al coche, que por fortuna es guayín.

—¡Oigan oigan! ¿Y a dónde se lo van a llevar? ¡Porque quiero ir a verlo!

—¡A la Parroquia!

Con el filo de la mano, Patito se puso a quitarle lodo. Primero de la cara. A la última claridad del crepúsculo, vi un rostro griego. Y para que nada faltara, con la nariz rota, pero no al ras. Una lasca oblicua se le había desprendido. Perfil intacto de labios biselados, barbilla redonda, frente en arquitrabe y arquivolta bajo el peinado afrodítico. Cuello hacia delante, contra un viento marino. Al ver que nacían intactos los pezones, detuve la limpieza. Mis ojos siguen su pendiente natural. Distingo puntas de dedo sobre el pubis y ajusto mentalmente la mano rota que halló mi sobrino.

Volvemos al pueblo callados. A la entrada compramos petates recién hechos y sogas de lechuguilla. Conseguimos un bulto realmente sospechoso. "Vamos a ponerla en el garage y mañana temprano la llevamos al rancho. Allí nadie la ve." Me sublevo: "¡Qué garage ni qué rancho, vámonos para mi casa!"

—¿Qué traen allí?

—Matamos un venado y no queremos que se den cuenta los de la Forestal. Por eso lo trajimos envuelto, mamá...

—¡Pero si los venados no bajan por aquí desde que yo estaba chica! ¡Qué se me hace que mataron un becerro y se lo trajeron robado!

—Le atinó, mamá. Pero no es becerro sino becerra... Más bien vaquilla, porque ya tiene tetas. La vamos a destazar y nos la comemos entre todos...

—¿A dónde la llevan? Métanla al corral.

—Qué corral ni qué corral... ¿Qué no ve que se van a dar cuenta los vecinos? Y para mañana la nube de zopilotes y luego los del Rastro con todo el Municipio encima... Acuérdese de la multa cuando mató un puerco el año pasado...

Mi papá está merendando y gritó desde el comedor:

—¿Trajeron patos? ¿O le tiraron al aire?

—Le dimos en la madre al mero cisne de Leda...

—A poco es un borregón...

Mi padre me miraba incrédulo pero feliz, porque allá de joven mató un borregón, uno de esos pelícanos de agua dulce que son tan raros por aquí.

—Caliente, caliente...

(Me le acerco al oído: "Usted anda desvelado por toda la casa entre una y dos. Venga a mi cuarto y se la enseño...". "¿Sin tapujos?". "De veras, cuando todos estén dormidos.")

Apenas si ajustan los ayudantes para arrastrar el peso a mi recámara. Los despido a todos.

—Estoy muy cansado... Quiero dormirme.

—¿No vas a merendar?

—No. Tengo mucho sueño...

Estoy sudando, pero tiemblo de frío. Cierro los ojos. Me pongo mi careta de enfermo. Pato grande me pasa un pañuelo por la frente.

—Mañana temprano vengo a ver cómo te sientes... y para ayudarte a desatar el paquete. Vamos a echar un volado, a ver quién se queda con ella... Buenas noches.

Abro los ojos. Pato chico me dice adiós desde la puerta agitando la manita de los dedos rotos por encima de su cabeza... Doy el brinco:

—¿Cuánto quieres por ella?

—¡Es para el Museo! —grita y se va corriendo...

Mi cuarto huele a humedad, a petate nuevo, a soga de lechuguilla. Duermo y despierto asustado por las rápidas pesadillas de la infancia, cuando volvía de la tirada: floto ahogado a media laguna, caigo en un barranco sin fondo, no acabo de caer, ando perdido en el Papantón y doy de gritos porque ya es de noche y me dejaron en la otra orilla del río...

El caballo resuella, está resollando más fuerte y yo resuello también asfixiándome aplastado bajo el peso tempestuoso del vientre cálido y palpitante. Los cascos del caballo van a darme en la cabeza y no puedo gritar... se me hunde la cabeza de la silla de montar...

Los resuellos de mi padre se deben a que desata con mil trabajos, gordo y agachado, las reatas y desenvuelve los petates. Empuja y le da vueltas al bulto como un mayate a su bola de estiércol. A la luz de la vela que puso en el suelo, su cara brilla de sudor, roja como cuando atiza la caldera de jabón.

—¿Estabas soñando? Te hablé y no me hiciste caso... creí que tenías un sueño bonito porque pujabas y pujabas... Ayúdame a darle vuelta a tu envoltorio...

—No papá... fíjese nomás que volví a soñar al caballo... Bueno, al caballo no, al susto que me llevé...

—¿Cuál caballo?

—El garañón del ejército que se le montó a mi yegua la Mariquita...

—¿Todavía te acuerdas? Anda, ven, ayúdame...

—Bueno, ¿pero por qué no corta las reatas?

—¡Qué cortar ni qué cortar! Sigues siendo el mismo desperdiciado. Estas reatas están nuevecitas como los petates y me las voy a llevar. Todo me voy a llevar... No te preocupes... Nomás te voy a dejar un petate para que te acuestes con ella... ¡Ay carajo! ¡Pero de dónde fueron a sacar esta ternera...!

Mi padre es un especialista en alardes de memoria y de fuerza. Después de repasar con ojos y manos el gran pedrusco de mármol verdinoso y ennegrecido, rayado de vetas blancas y doradas, lo coge por la cintura y lo levanta una cuarta del suelo mientras declama jadeante como un sátiro jovial: "Idolatría del peso femenino/ cesta ufana/ que levantamos por encima de la primera cana/ en la columna de nuestros felices brazos sacramentales... pero ésta pasa de los cien kilos... Ayúdame." La subimos una cuarta más. Y luego acomodamos dulcemente su estatura en la superficie verde y tierna del petate... Y entonces, con el último aliento, todavía sonriendo entre sus pelos blancos, mi padre dice otro recuerdo:

—¿Te acuerdas de la Ternera?

—¡Claro que me acuerdo!

—Ahora es una vaca mucho muy parida...

Ni modo. Salíamos a ver a la Ternera muy temprano, cuando pasaba al mandado, con su canasta vacía. Pero ya se la llenaron, ¿quién se lo manda? Tiene muchos hijos y dizque de distintos padres...

—Yo te la puse a tiro, y tú nomás le hiciste al pendejo.

—Ni modo, papá, yo soy la astilla...

—Fíjate lo que son las cosas, si me dieran a escoger entre esta y aquélla...

Mi padre va a ponerse filósofo y lo mando a dormir. Pero declara que va a bañarse, a quitarse el sudor.

—¿A estas horas?

—El cuerpo no sabe de horas y yo tengo mi reloj sin manecillas...

Antes de irse se queda otra vez mirando la escultura:

—Y pensar que me pasé la vida yendo al aguaje de Cofradía... está a un paso de Tiachepa, donde yo sembraba... Esta mona era del jardín de la Hacienda... y la echaron al agua por indecente...

Se ríe, pero luego dice muy serio:

—Ni creas que vas a quedarte con ella... Está más bonita que la de Milo, más buena que la del Vaticano...

La lluvia de la regadera me arrulla y no supe a qué horas deja de caer.

MARZO 7

Día por completo dedicado a la investigación histórica y erudita. Sin libros de consulta, recurro a la memoria estética y literaria, a unas cuantas notas manuscritas. Por ejemplo: Marcel Bataillon me descubrió mediante Antonio Alatorre, la existencia de Francisco de Sayavedra, el fraile aquel que mencioné en *La feria*, el que puso su iglesia de Zapotlán aparte. La Santa Inquisición, que tenía por todas partes orejas y pesquisidores, mandó por él. Sayavedra fue capturado y conducido a México. Las actas de su proceso (1564) constan en el Archivo General de la Nación y fueron publicadas por don Julio Jiménez Rueda (?), en 1942 (?). Entre otros y variados cargos, fray Francisco de Sayavedra fue inculpado "de que era muy devoto a un bulto en forma de mujer que decía ser Eva nuestra Madre y por su impudor manifiesto más parecía ídolo de los gentiles, que trajo a estas tierras encubierto entre otras imágenes a que adora y rinde culto Nuestra Santa Madre la Iglesia, como un San Sebastián de talla mediana y un Patriarcha San Joseph y una Majestad del Señor Nuestro Salvador que fueron depositadas en la Parroquia del lugar dicho Tzapotlan, así como una de Nuestra Señora con JHS en sus brazos amantísimos".

Pienso y recuerdo. Vicencio Juan de Lastanoza, amigo y mecenas de Baltasar Gracián, heredó de su padre una gran colección de antigüedades paganas "que fueron asombro universal de cuantos su casa vieron, traídas principalmente de Italia y de otras partes de la Cristiandad" y la enriqueció hasta donde pudo. Y podía mucho, porque fue hombre rico y de gusto y cumplió con su abolengo. Ahora saco mis consecuencias: Lastanoza el Viejo y Sayavedra fueron contemporáneos, zaragozanos los dos, herejes y amigos acusados de lo mismo: de cultivar en España y América "la cizaña de Erasmo Roteradamo". Entonces, Lastanoza le regaló la estatua a Sayavedra, a punto de embarcarse para las Indias Occidentales, tal vez en busca de fortuna o tal vez huyendo. No sé los riesgos que corrieron juntos don Francisco y su Venus, pero puedo imaginarlos. Lo cierto es que Sayavedra llegó con ella a Zapotlán, nombrado Hermano Mayor de la Cofradía del Rosario: "para que expulse y dé anatema al culto infame de una diosa gentil que dicen ser Tzaputlatena en su lengua bárbara, y en la nuestra, la que saca demonios del cuerpo con yerbas mágicas y quita las enfermedades y ponga en su lugar a la Madre de Dios."

Basta. Me gusta la ironía pero no tanto. Sayavedra trajo la Venus a Zapotlán, y adorándola olvidó su misión. Cuando vinieron a pedirle cuentas, puso su mármol en la laguna, con esperanzas de venirlo a sacar. Pero ya no volvió y sus últimos días fueron de cárcel. Porque escapó arrepentido a las brasas del quemadero. Pero le sacaron al sol sus trapos de converso y le dieron a escoger entre saya verde de judío, o verdadera saya de marrano. Sayavedra: apellido sin limpieza como el de don Miguel de Cervantes.

Basta. La escultura yace aquí desde el siglo XVI. Sin duda es uno de los mármoles más tardíos de la época helenística. De pronto pienso en algo que no se me había ocurrido: una estatua de mármol no puede andar de aquí para allá en dos patas y menos con los tobillos tan delgados y las piernas levemente abiertas y en actitud de avanzar como Gradiva. ¿Qué fue lo que le sirvió a mi Venus de sostén? ¿Dónde apoyaba su cuerpo despejado? ¡Santo Dios! Pero si ya me le metieron mano... desde poco más abajo de la cintura, todo el lado derecho no corresponde en perfección, textura y color al resto del cuerpo... cierro los ojos y veo resbalar lentamente el manto que la envolvía y que ella misma apartó con su mano derecha deslizándolo al suelo... donde amontonado en pliegues armoniosos apuntalaba la solidez de su equilibrio... arrancándola de su pedestal adrede, la acabaron de desnudar muy hábilmente... ¿Para qué? ¡Para que pesara menos en el barco de Sayavedra! Con la base y la ropa debía llegar al quintal...

¿Y si ella fuera una impostura? Acuérdate de que hay Zapotlán y Zapotlanejo... Más amanerada y sensual que la Venus Capitolina y mucho más esbelta que la de Cirene... No es una mujer madura ni robusta como la de...

Ya no puedo más pero no me suelta el demonio de la duda: ¿Dónde estaba parada esta muchacha? ¿En una concha marina? ¿La vio Botticelli? ¿Y este cuello largo y delgado? ¿El Parmesano hizo escultura?

Ya en pleno delirio surge la hipótesis del Dieciocho, pero la desecho con repugnancia: La Venus de la Laguna es obra de Germain Pilon o de un contemporáneo suyo... Labrada para Versalles sobre el modelo botichelesco salió de allí en la subasta revolucionaria. Desecho la hipótesis porque me la sugirió Rubén Darío y no estoy de acuerdo con él en este punto: "Demuestran más encantos y perfidias/ coronadas de flores y desnudas,/ las Diosas de Clodión que las de Fidias./ Unas cantan francés, otras son mudas." Caigo de rodillas. ¡Dime quién eres!

Sin pies y sin brazos. Las puntas de dedo sobre el pubis. La boca sellada. Con los ojos en blanco, eternamente responde: "Yo soy bella, oh mortales, como un sueño de piedra..."

Acudo pues a la Enciclopedia de la Farsa, y leo en la página 283:

El dos de mayo de 1937, Monsieur Gonon, agricultor de Saint-Just-sur-Loire, descubrió la Venus mientras labraba un campo de nabos. La Dirección de Bellas Artes tomó cartas en el asunto. Los expertos fueron al lugar del hallazgo y reconocieron una auténtica pieza grecorromana. La prensa amarillista y ditirámbica comparó y puso a la Venus de los Nabos por encima de todas las obras maestras de su género. El dieciséis de diciembre de 1938 un yesero de origen italiano se declaró autor de la obra, y todos se rieron de él. Entonces Francisco Cremonese, hábil escultor aunque perfectamente desconocido, hizo válidas sus pruebas ante periodistas y expertos: trajo de su taller las partes, brazo izquierdo y mano derecha, que faltaban a la escultura y que había roto adrede y cuidadosamente. Añadió algunos pliegues del peplo caído hasta la cintura; todas las piezas mayores y menores embonaban a perfección: no hacía falta una astilla de mármol. Y para llevar al colmo su afán de notoriedad, Cremonese se presentó acompañado por Anna Studnicki, la polaca de dieciocho años que le había servido de modelo y por la cual recibió más felicitaciones que las debidas a su copia.

Muy bien. Los especialistas en arte helenístico quedaron en ridículo y las puertas del Louvre se cerraron para siempre a la Venus de los Nabos. A pesar de su habilidad, Francisco Cremonese no se consagró como artista. Pero tiene una gloria impecable de farsante. Y aquí viene lo triste. Lo muy triste para mí.

A la hora en que quiso recuperar su escultura, Monsieur Gonon, el labrador de Saint-Just-sur-Loire, lo citó en los tribunales. Después de un largo proceso, se quedó con la Venus. Y la puso como espantajo en su campo de nabos para ahuyentar a los pájaros en busca de semillas. Cremonese se tiró de los pelos que le quedaban, pero pudo consolarlo el original en carne y hueso.

Yo ignoro muchas cosas de México. Entre ellas, su legislación acerca del hallazgo accidental de piezas grecorromanas en las zonas lacustres del país. No sé si van a meterse conmigo la Secretaría del Patrimonio Nacional, Recursos Hidráulicos o el Instituto Nacional de Antropología e Historia, o simplemente aquí, en el lugar de los hechos, Esteban Cibrián, Director Fundador de nuestro Museo Regional. No sé ante cuál de todos estos enemigos llevo las de perder. Pero creo como en Francia, que a todos nos gana el campesino, el lagunero del tapeiste, el dueño de la parcela, el Gonon local.

Escribo porque creo en milagros. La garza morena perfecto blanco de mi sobrino ¿estaba viva sobre sus patas o era un espejismo infantil, una señal disecada sobre el agua? (Desde que entré en la laguna ya no he vuelto a pisar tierra firme...)

Lo cierto es que ahora se presentó en mi casa Ramón Villalobos Tijelino, el escultor de Zapotlanejo que se vino a Zapotlán el Grande para olvidar el "ejo" de su pueblo natal. Y que ganó hace poco el Premio Artes Plásticas de Jalisco. Tijelino viene acompañado por sus ayudantes que cargan una gran piedra en forma de concha. Entre ellos distingo a Ambrosio, el cantero de San Andrés que esculpió la ventana en piedra redonda de mi casa. Tijelino me dice risueño: "Mira, te trajimos tu pedestal. Súbete. Aquí están las dos patas que te faltaban."

Me asomo a la piedra hueca y es cierto. En el fondo estriado de la purpúrea venera de bordes carcomidos, en el arranque radial en abanico, cerca de la bisagra rectangular que une a las valvas, veo un pie entero hasta el tobillo y la mitad del otro de puntillas roto en el empeine como que iba a dar el paso (*confer.* S. Freud: *El delirio y los sueños en la Gradiva de W. Jensen*). Corro a mi cuarto y la abrazo y voy a buscar un martillo, pero haría falta un marro para hacerla pedazos. Ellos avanzan muy lentamente porque la piedra es pesada, se añade al cortejo el doctor Roberto Espinoza Guzmán, poeta natural de este pueblo, Pato grande y cazador de patos y gansos del Canadá. El lagunero que nos ayudó a sacarla trae un papel en la mano ¿ya es suya? Viene Esteban Cibrián que me quiere desde cuando yo tenía uso de razón pero quiere más al Museo y nos quita hasta el hueso de nuestros huesos. Carnet en ristre y fotógrafo escudero el corresponsal andante y rumiante de la Voz del Sur, Fulano de Tal. Y toda mi familia al fondo vestida de negro y arriba el cielo abierto en gloria de locura, yo soy el Conde de orgasmo, el viudo de muerto y el bobo de Toledo pero nada ni nadie me sostiene, ni San Agustín ni su libre albedrío ni Esteban Diácono me toman de las arcas y de las corvas. Un síndico del Municipio dice usted ama a su pueblo si nos la da por la buena lo nombramos hijo predilecto del barrio, palabra, y un médico de cabecera añade porque estuvimos juntos en la escuela, viniste a descansar, no te agites, lo que más abunda y sale sobrando son mujeres, ya encontrarás otra menos dura para reclinar por siempre tu cabeza, se abren admiraciones pero yo quiero a esta de cabellos verdes y ojos garzos se cierra la interrogación es Ondina oh bella Loreley ojos de pedrería coma la Sirenita de Andersen coma, yo voy en fúnebre barca sin puntuación pero la estela es otra vez de puntos suspensivos... porque yo soy ese mero hierofante y psicopompo...

Entre todos la acomodan punto Le vienen los pies como zapatos a la medida punto Me le echo encima la tumbo de un martillazo punto y coma me quitan el martillo y punto le aprieto el pescuezo caída en el suelo exclamaciones y admiraciones por qué la maltratas por qué la destruyes paréntesis en voz baja y suplicante dos puntos admiraciones esto táchalo por favor coma te quiero como nunca suspensivos le decían la Pila de la Virgen mayúsculas allá en Zapotlanejo y las gentes tomaban agua bendita pero es de bautizar como la de San Sulpicio se la dieron a Tijelino porque les hizo una nueva interrogaciones te acuerdas tú la viste en mi taller iba corriendo y dije como al pasar qué es esto ustedes pongan la puntuación yo ya no puedo mira parece un cenicero pero es muy grande hice para ti uno más chico tómalo pero ella vuela como la garza del río de Tamazula que antes fue de Cobianes por Soyatlán y luego es de Santa Rosa donde le tiraste la pedrada y no le diste, todos los ríos cambian de nombre al pasar pero son el mismo que te lleva y no puedes entrar otra vez a este sueño porque nuevos recuerdos vienen hacia ti llenos de muerte...

Nota.— El texto anterior no es acusación ni denuncia. Me dolería mucho desagradar a los familiares y amigos que intervinieron en este asunto. Estaban alarmados. Después de tres días de euforia, sin dormir casi nada, caí en profunda depresión. Pero no estoy de acuerdo en que la estatua, tenga mérito o no, haya desaparecido. A nadie le echo la culpa, y menos a Esteban Cibrián. Dicen que Roberto Espinoza la tiene en su rancho de La Escondida, pero no lo creo. La mano que regaló Patito, está donde debe estar: en el Museo Regional. Vayan a verla. Lo que me espanta, es que por Ciudad Guzmán pasan camiones que van a la frontera y a veces llegan hasta Los Ángeles. Nada quiero saber ni averiguar. Las fotografías todas... ¿todas están veladas? Me consta que Tijelino tiene la base en su taller, la pila que acabó de vaciar quitándole lo que sobraba: el montón de ropa, los pliegues del peplo que apoyaban la pierna derecha. Yo solo, sólo tengo la copia fiel que me regaló en miniatura, donde el humo del cigarro alcanza las perfecciones del sueño. El cenicero.

Starring all people

Homenaje a Cecil B. de Mille

Después de tomar parte en unas secuencias terrenales, mezclado en la turba de espectadores, Efrén Hud abandona la sala. Con la sombra de un garrote en la mano, alega ante su guía de otro mundo un síntoma nauseoso. El guía lo sostiene compasivo y deplora su malestar. La multitud alterada aúlla en favor del bandido y en contra del inocente. *Ecce homo*. Después de secarse las manos Pilatos arroja el agua sucia sobre la muchedumbre, maldiciéndola en voz baja. Instintivamente, Hud esquiva la salpicadura y se niega a intervenir en el documental de largo metraje, realizado en tres dimensiones. (La cuarta está por ver.)

Con el pretexto de que descanse, el cicerone lo conduce veladamente a la casa del hombre que fue en la tierra Jesucristo, cuando quisieron rendirnos por amor. Mientras el reino de los cielos sufre violencia llegan a un chalet, villa o dacha que domina un canal de regadío con aguas lentas y armoniosas. En la terraza los recibe el actor. Aparenta unos treinta años, hermoso, apacible y moderado. Cuando habla y se exalta, la pasión descompone su figura: ademanes activos, palabra suelta y febril. Soportó con felicidad las pruebas a que fue sometido desde su captura en el huerto de los olivos. Sin embargo, tiene el aspecto suave y deslumbrado de los convalecientes. Se queja, interrumpe su discurso en pausas suspensivas y lleva la mano hacia el costado. Cuando mira en panorama sus ojos se iluminan con inocencia casi infantil, como si viera por primera vez los jardines del crepúsculo:

—Fue tan poco lo que pude vivir entre ustedes... Y en un lugar tan pequeño... Tengo que volver... ¡Claro que debo volver! Pero siéntese usted, por favor... ¡Judas, Judas, ven, tenemos una visita! Le presento a usted a Judas, señor Hud...

—Mucho gusto.

—¿Quiere usted tomar algo?

—Gracias. Me sentí un poco mal en el cine. Tuve que salirme sin ver el final...

—¡Qué bueno que no vio usted esa película! Está incompleta. En realidad no puede decirse que se trata de una película, aunque a mí me parece la mejor de todas... Estuvo a punto de costarme la vida. Pero falta la última parte y voy a terminarla. Los médicos ya me dieron de alta. Sólo espero la voluntad de mi padre... Estoy completamente restablecido de las manos y los pies, pero todavía me duele aquí en el costado... La lanzada que me dio aquel pobre comparsa... ¿Cómo se llama? Pero no fue culpa suya... siempre se me olvida su nombre...

—Longino...

—¡Ah, sí, sí! Longino... se le cayó la lanza de las manos... Sí, me acuerdo, se restregó la sangre sin querer sobre los ojos... Me parece que lo estoy viendo... Se quedó encandilado. Pobre, no porque yo fuera yo, sino porque veía por primera vez el sol poniente tras las cruces... ¡Qué palo de ciego! Los sayones le pusieron la pica en las manos diciéndole: "¡Dale!". Me la clavó con todas sus fuerzas y atravesó la envoltura hasta el centro del sistema... Yo debí quedar para siempre entre vosotros... Y este traidor que me dejó solo. Así son los amigos. ¿Te acuerdas, Judas? Te fuiste a pagar la copa, a divertirte creyendo de buena fe que no corría ningún riesgo, a beber el vino rojo que no era el de las bodas ni tampoco el de mi sangre... Caído en la tentación, reconócelo, querías dártelas de hombre... No sé si por fortuna o por desgracia llegaste en el momento oportuno, después de la esponja de hiel y de vinagre... *Lamma sabactani.* No se mortifique usted, señor Hud... Todo fue tan hermoso, tan hermoso... ¡Qué maravilla de personajes! Toda esa gente del campo, la montaña y la ribera... Artesanos que labran piedras, maderas, metales humildes y preciosos. Los mercenarios vestidos de andrajos que juegan a los dados hasta la última esperanza, los pescadores que no saben andar sobre las aguas y esas prostitutas aldeanas que hacen mal y bien por una ínfima paga, un adarme de perfume, un puñado de pistaches... Lástima por los exarcas y tetrarcas, los procuradores, trapecitas y sanhedrines... pero entre todos ellos los hay buenos. Mateo publicano, y aquel hombre de Cafarnaúm inolvidable, un centurión al servicio del imperio... por nada guardo rencor. Todo está envuelto en mi recuerdo por un denso aroma remoto. Esa fragancia con que María Magdalena ató para siempre mis pies a sus cabellos ¡como si fuera la encarnación de su alma titubeante aún entre el arrepentimiento y el ardor...!

El sol se había puesto ya. Sus rayos últimos inflamaron el agua limpia y resonante del canal. El actor dio a la sombra un perfil de Caravaggio. Líneas siderales trazaban de una estrella a otra fantásticos dibujos. Se quedó mirándolos, pero luego dijo con melancolía:

—Usted va a volver antes que yo. Los médicos me dieron de alta, pero mi padre sigue hallándome imperfecto. Tengo que acabar esa película. Faltan las últimas secuencias, el último episodio que puede ser feliz, que debe serlo a pesar de la consumación de los siglos y de los terrores milenarios. ¿Pero qué están haciendo ustedes? Ya lanzaron la primera piedra... Allí, en el jardín, vea ese halo de hierba quemada. Un objeto deplorable se incendió con relámpago iracundo, casi a la diestra del Padre, como quien dice. Cayó en el jardín, pero bien pudo alcanzarme la cabeza, acertado como el rejón de Longino... No se apene, señor Hud; estaba ciego y no supo lo que hizo. Mire, también llega aquí de cuando en cuando una plegaria, un alma vuela directamente sin más combustible que la llama de amor viva, sin más impulso direccional que la obcecada certidumbre de la fe... Pero yo he comprometido a muchos, a los que fiaron el aval de mi palabra, a los que apostaron contra el príncipe del mundo y perdieron lo que tenían. A Pedro lo sedujo la posibilidad de la pesca milagrosa, y ya se sabe lo que pasó. Se le fue la barca de los pies y lo crucificaron de cabeza, como un ancla hacia el abismo. Perdóneme si blasfemo delante de usted, pero más le valdría haberme negado para siempre... Todavía anda por allí con su terquedad al aire libre, el pedrusco que lleva sobre los hombros, esculpido por el viento y la sal, jaspeado por el estiércol de los pájaros marinos. ¡Buen cimiento andariego para un edificio inconmovible! Véalo usted de un lado a otro, corriendo desesperado, pidiendo paz desde la retaguardia, porque la oreja que él cortó con su espada, yo la soldé otra vez tras el pómulo de Malco... pero luego, ¡qué vanidad enorme cabe en una estatura, entre la tiara y las sandalias de oro y de rubíes! Mire lo que son las cosas. Llevo conmigo algunos recuerdos de utilería, por ejemplo, este látigo que usted ignora y que restalla en vano sobre la espalda de los mercaderes. ¡Lástima por no haberme quedado para siempre! La herida todavía está fresca en mi costado y gentes como Felipe siguen esperándome. De las santas mujeres prefiero no hablar. Felipe, un desconocido que me siguió desde el principio. Vendía refrescos en el desierto de soda y cocía jabón con salitre y grasa animal para las lavanderas jordanas. Lo crucificaron oscuramente, primero en Hierápolis, más tarde en Nagasaki y luego los acreedores de su pueblo natal. Se llama Felipe de Jesús y ha fracasado en todo. Le fallaron las parábolas aplicadas a la vida real, porque tomó al pie de la letra el sentido figurado. Perdió como sembrador hasta el último talento de los diez que le di a guardar. Su tepache pasó de moda porque no embriaga a nadie y las amas de casa hacen remilgos a un jabón que huele a sebo y a verraco. (Entretanto, Juan delira evangelista entre las cuatro paredes de su Patmos de azotea, escribe apocalipsis de bolsillo y ángeles malignos le dan de comer libro tras libro en el insomnio.) ¡Y esta herida que no acaba de cerrarse en mi costado! Me parece que fue ayer cuando volvió a abrirla el dedo incrédulo de Tomás... Ayer también cuando los soldados que guardaban el sepulcro, adormilados y borrachos, me vieron ascender a las nubes iluminadas por explosiones poderosas, gracias a la oportuna intervención de Judas... Sólo tuve tiempo para despedirme de María Magdalena... Nadie me vio después de ella... Mire usted cómo Judas se impacienta. Es mi doble y también quiere volver, pero por razones muy distintas a las mías. Tiene el amor propio de los hombres, se lo inculcaron sus amigos y se muere por contradecir la fama del Iscariote. Confiésalo, Judas, díselo tú mismo al señor Hud, cuesta mucho sobrellevar el mote de traidor... Hud... Jehuda... Judas. ¡Pero si son ustedes tocayos, hasta ahora me doy cuenta!

—Perdone usted. Me sentí mal y tuve que salirme del cine...

—No se preocupe. Hizo bien al no ver esa película, hay que filmarla de nuevo. Usted mismo lo sabe, desde el día que abrió los ojos, pero nunca lo ha dicho: la muerte está en la base del drama como la Mujer al pie de la cruz (ojalá y la Madre cuide al Hijo). Permítame ahora un rasgo de vanidad humana y valga como disculpa el hecho de que no me he quitado el maquillaje de hombre. Me duele el desaire, más que la herida en el costado: ni los que me escupían al pasar se molestaron en subir al Calvario, populacho de extras y verdugos. A Simón de Cirene hubo que pagarle el doble porque me diera una mano... Y por todo comentario, las reseñas lacónicas de Flavio y de Filón. Cierto que cometimos errores de tiempo y de lugar. La víspera del sábado y una capital de provincia romana señoreada por la rapiña y la discordia. Y para colmo, el desenlace a la hora de comer. En fin de cuentas, un fracaso de público y de crítica. De taquilla también, en lo que se refiere a las entradas al cielo. Y esto a pesar de que el espectáculo fue anunciado proféticamente con la debida anticipación. A propósito, señor Hud, usted es un hombre justo y por esto está aquí: para detener la espada de la justicia. Anuncie desde mañana que yo volveré en cuanto pueda para establecer en la tierra el reino de mi padre. ¡Otra vez la leyenda de los siglos, esa coproducción de miedo entre el cielo, la tierra y el infierno! Todo está listo. El reparto incluye las estrellas del universo sin distinción de magnitud y el argumento narra la gloria del Señor. El éxito depende de que usted organice a sus semejantes en sociedad anónima. Dividendos iguales para todos, como en la viña. Pero eso sí, cada quien debe cubrir oportunamente el monto de sus acciones. *Tolle lege* y firme donde dice: "Que se haga tu voluntad y no la mía". Se trata de la voluntad de mi padre. Conste.

Hogares felices

Tecnicolor significa fracaso en Blacksonville. Lo dice Sam y lo repito yo: corresponsal especializado en hechos sobrenaturales por cuenta de la *Standard Review*. Exclusivo: la ocasión hace al ladrón.

Anoche todos estábamos en el cine. Digo estábamos porque me identifico de corazón en los presentes. Digo todos porque la sala repleta demostró que el número de butacas responde al número de lugareños aquí, donde todo lo que proyecta Sam es apto para menores. La tenue oscilación entre nacimientos y decesos y la imprevisible llegada de forasteros se anulan con sillas plegadizas de quita y pon, particularmente incómodas al pie de la pantalla. Allí estaba yo, pero no debo atribuir a un efecto de óptica lo que todos han visto.

La superproducción panorámica en colores, ofrecida como plato fuerte sólo para cumplir con las apariencias del programa, dejó en nuestra memoria una acompasada masticación de golosinas y el burbujeo de los refrescos de soda. Lo que muchachos y muchachas venimos todos a ver es un corto blanco y negro debido a la ecuanimidad de un aficionado que se mantuvo al margen de la refriega para lograr su filmación. (Antes de que los rollos de dieciséis fueran revelados en familia, Sam adquirió los derechos de exhibición de costa a costa y de frontera a frontera. Los internacionales están por ver, gracias al claro daltonismo de Perry.)

El corto razón de nuestro embeleso está llamado a ser un clásico, porque los habitantes de Blacksonville demostraron en plan de actores improvisados la neta superioridad de los trebejos blancos en el tablero social. Son especialistas y perciben al negro en sus más débiles matices. Aquí donde está prohibida la crianza de gatos pardos y la palabra gris se sustituye por un curioso neologismo que ya figura en todos los buenos diccionarios: luz más o menos manchada de oscuridad. Sí señores, entre el bien y el mal no hay términos medios ni refracción posible. Y anoche todos mostramos una maravillosa reacción ante el espectro.

Pero volvamos a la película, que fue interrumpida en lo más emocionante. Cuando Sam, veterano jonronista, presidente y manager de la novena local que no niega su concurso en casos de emergencia, descargaba su bat sobre la cabeza de Joe. Pero aquí vino la cosa del otro mundo.

Mediante un salto combinado de altura y longitud, Joe brincó desde la pantalla sobre las primeras filas de mirones. (Allí estaba yo.) Corrió por el jardín central y fue a decirle algo en el oído a la señora Perry. Alice se puso histérica en brazos de Sam, que por algo es su marido: el demócrata que ocupa cualquier asiento en la sala, porque le gusta ver de cerca las reacciones de su público.

Casi todos nos pusimos de pie ante semejante desacato. Pero sólo Dixie, un caballero como ya no los hay, echó mano a la pistola. El negro puso pies en polvorosa y se metió a la pantalla. Sabíamos la suerte que le aguardaba porque hemos visto once veces la película. Pero he aquí que Sam barre el aire en abanico y está como Babe Ruth en fotografía. La ovación quedó paralizada y el negro seguía corriendo con su cabeza sana y salva. Entonces Dixie, sin perder los estribos, mandó parar la proyección con su estentórea voz de bajo profundizada por el alcohol. La imagen se detuvo y la vida de nosotros también: el bar seguía en el aire y el negro iba corriendo entre obstáculos inmóviles: todos los habitantes de Blacksonville que tomaron parte en el asunto. Caballero hasta el fin, Dixie le dio una última oportunidad a Joe, marcándole el alto. Por algo es nuestro jefe de policía.

El negro siguió corriendo. Antes de que fuera demasiado tarde, Dixie hizo un disparo perfecto. Joe se desplomó en el horizonte de la pantalla.

Un muchacho que buscaba un becerro extraviado, encontró el cadáver del negro en el horizonte de Blacksonville. Fue identificado porque le faltaban los ojos azules de Joe. La fechoría se atribuye a la única ave de rapiña que merodea en los contornos. Se trata de una especie a punto de extinguirse: el águila imperial *flaminis fulvea* harta de carroña, que ataca piezas de ganado menor con permiso de la sociedad protectora de animales.

El cadáver de Joe clamaba justicia pero nadie se presentó a recogerlo: francamente, olía muy mal y Dixie le dio cristiana sepultura. Una suscripción popular, encabezada por Sam, pondrá cachas de oro a su pistola en conmemoración del suceso milagroso.

Nota bene.— Bajo el rubro Hogares Felices, el periódico local publica una nota que a todos nos congratula: Después de muchos años de matrimonio estéril, la señora Alice Perry dio a luz antes de tiempo, pero con toda felicidad, un robusto bebé. La noche misma en que vio la película del fantasma. El suceso es tanto más sorprendente porque después de varias generaciones de ojos grises, el niño sacó las pupilas celestes del legendario fundador de una familia que ahora es todo Blacksonville. Aquel famoso Samuel Perry que tiene aquí un bello monumento en mármol blanco porque se opuso proféticamente a la liberación de los esclavos, a pesar de su irresistible inclinación por las morenas.

Para entrar al jardín

Tome en sus brazos a la mujer amada y extiéndala con un rodillo sobre la cama, después de amasarla perfectamente con besos y caricias. No deje parte alguna sin humedecer, palpar ni olfatear. Colóquela en decúbito prono (ventral), para que no pueda meter las manos y arañarlo. Incorpórese con ella cuando esté a punto de caramelo, cuidando de no empalagarse. En el momento supremo, apriétele el pescuezo con las dos manos y toda la energía restante.

Para facilitar la operación se recomienda embestir de frente sobre la nuca para que no pueda oírse un monosílabo. Suéltela y sepárese de ella cuando el corazón haya dejado de latir y no haya feas sospechas de necrofilia. Colóquela ahora en decúbito supino (dorsal) y compruebe el reflejo de pupila. Por las dudas, auscúltela con el estetoscopio que habrá pedido prestado a su vecino, el estudiante de medicina. Ciérrele los ojos, sáquela de la cama y déjela enfriar, arrastrándola hasta el cuarto de baño. Si tiene a mano un espejo, póngaselo sobre la cara y no la vea más.

Previamente habrá usted diluido en agua tres partes iguales de arena, grava (confitillo) y cemento rápido, de preferencia blanco, dentro de un recipiente apropiado, batiendo el todo hasta que forme una pasta espesa y homogénea. Si es preciso, pida el consejo de un albañil experimentado. Tome un molde rectangular de ésos que pueden adquirirse fácilmente en el barrio, o improvise usted mismo una adobera con tablas de pino sin cepillar, porque resulta más barato. Sea precavido y deje un margen de diez centímetros de cada lado para que ella pueda caber holgadamente. Usted sabe las medidas de memoria: tanto más cuanto de pies a cabeza, tanto menos cuanto de busto, cintura y caderas. No hace falta la tapa.

Acuérdese de los vendajes, porque ahora va usted a momificarla sin embalsamiento previo. Use la banda ortopédica enyesada de cinco centímetros de ancho y conforme a las instrucciones que vienen en el paquete humedézcala y empiece por la punta de los pies siguiendo el método de la dieciochoava o más bien décimo octava dinastía faraónica, procurando que el conjunto quede lo más apretado posible: la crisálida en su capullo eterno que ya no podrá volar más que en su memoria, si usted puede permitirse ese lujo. Cuando el yeso esté completamente seco, lije toda la superficie hasta que casi desaparezcan los bordes superpuestos de las bandas. Dele una mano gruesa de sellador instantáneo, con brocha de dos pulgadas, común y corriente. Después aplique con pistola de aire, o en su defecto, con brocha de pelo de marta, varias manos de laca epóxica, que es dura como el cristal. Una vez que ha secado, gracias a sus componentes, en cosa de minutos, cerciórese de que no quede poro alguno al descubierto, de tela ni yeso. El todo debe constituir una cápsula perfectamente hermética, donde no puedan entrar ni la humedad ni las sales del cemento.

Llene ahora el molde hasta una tercera parte de su altura, más o menos, y póngase a reposar un rato para que la masa repose también. Medite entonces si puede acerca de lo largo del amor y lo corto del olvido o viceversa. Cuando ella, usted y la pasta hayan adquirido la suficiente firmeza, coloque el cuerpo dentro del molde con la mayor exactitud. Una vez calculada la resistencia de los materiales empleados, vierta sobre ella el resto del concreto fresco, después de agitarlo muy bien.

(Aquí se recomienda arrodillarse y modular una canción de cuna con trémolo bajo y profundo, o el salmo penitencial que más sea de su agrado.)

Si es posible, hay que utilizar un vibrador eléctrico. Si no, plana y cuchara. Antes de que ella desaparezca para siempre, usted puede, naturalmente, darle el último adiós. Sobre todo para comprobar que sus labios y sus ojos ya no le dicen nada, debidamente vendados y amordazados como están.

Cuando el molde esté a punto de desbordarse, déjelo a la intemperie y váyase a dormir bien abrigado porque tendrá que madrugar.

Al día siguiente y antes de salir el sol, cave una fosa al ras del suelo a la entrada del jardín, justamente en el umbral, y ponga en ella el lingote de cemento, sirviéndose para el traslado solitario de plataforma, cuerdas y rodillos. Con piedritas de río o con teselas de mosaico italiano, puede hacerse una verdadera obra de arte, según el gusto de cada quien: la palabra *Welcome*, es la más aconsejable, siempre que esté rodeada de flores y palomas alusivas, para que todos la entiendan y la pisen al pasar.

Precaución: procure, en la medida de lo posible, que la policía no ponga los pies sobre esta lápida amorosa, hasta que la superficie esté completamente seca. Y si lo interrogan, diga la verdad: Ella se fue de la casa en traje sastre, color beige y zapatos cafés. Llevaba una cara de pocos amigos, y aretes de brillantes...

Botella de Klein

"El cilindro es al toro lo que la Banda de Moebius a la Botella de Klein." Y Francisco Medina Nicolau sacó de una gaveta la célebre cinta de papel, ahora con las puntas pegadas de un modo particular, como en un cuello de camisa. Sus manos de prestidigitador la hicieron girar y en el aire quedó la forma pura:

—Cuando la Banda de Moebius se esconde en ella misma, surge la Botella de Klein... ¿La ves?

Quedé perplejo y salí por tangente literaria:

—Es el procedimiento de Kafka, según la ley de Roberto Wilcock: sacarse de la cabeza un objeto, escamotearlo y seguir hablando sobre él...

El doctor Garfias estaba presente.

—A propósito de cabeza, no se la quiebre usted, que al fin y al cabo la botella es de vidrio. La inventaron los alquimistas. Creo que fue Jehan Brodel, denunciado a la Inquisición por sus vecinos de la calle del Pot de Fer ¿se acuerda usted? El cuerpo infame sin principio ni fin era la imagen blasfematoria de Dios. Fue destruido el original y los dibujos previos también. Pero la cosa llegó si no a los ojos, a los oídos del Bosco, que pintaba de memoria: allí está el ámpula, la burbuja de jabón que encierra a los amantes en el Jardín de las Delicias...

Ludlow llegó en ese momento con envoltorio sospechoso y sonrisa feliz. Había alcanzado a oír las palabras de Garfias y enlazó los puntos suspensivos:

—...la botella figura también dentro de la tradición castellana: es el frasco del Marqués de Villena citado por Quevedo y por Vélez de Guevara. Es la redoma que encerraba al Homúnculo, el feto infernal, el niño que no necesita madre para nacer...

Mis tres doctores en física, topología y lógica matemática me acorralaron en una superficie collado sin pies ni cabeza. Hicieron y deshicieron nudos imaginarios y reales con cuerdas y palabras.

Yo dije, recordando a Rafael, que el collado se parece al fuste de una silla de montar y que los artesanos de Colima trazan la superficie sobre pergamino como Dios les da a entender, sirviéndose de patrones heredados. Se rieron. Jorge Ludlow desenvolvió su paquete.

—¿Quería una Botella de Klein?

No paso a creerlo. Siguiendo indicaciones precisas, los diseñadores y obreros de la casa Pyrex, especializada en materiales refractarios, me hicieron el capricho. No paso a creerlo. Después de muchas tentativas, aquí está el milagro físico sin interior ni exterior, perfectamente soplado y sin defecto.

Ahora estoy solo frente al objeto irracional, llenándolo con mis ojos antes de ponerle tinto de Borgoña. Aquí está sobre mi mesa de ¿trabajo?, la Botella de Klein que busqué por más de veinte años de ¿trabajo?

Mi mente trabajada no puede más, siguiendo las curvas del palindroma de cristal. ¿Eres un cisne que se hunde el cuello en el pecho y se atraviesa para abrir el pico por la cola? Me emborracho mentalmente gota a gota con la clepsidra que llueve lentamente sus monosílabos de espacio y tiempo. Mojo la pluma en ese falso tintero y escribo sin mano una por una las definiciones inútiles: signo de interrogación estatuaria. Trompa gigante de Falopio. Corno de caza que me da el toque de atención al silencio, cuerno de la abundancia vacía, cornucopia rebosante de nada... Víscera dura que desdice la vida diciendo soy útero y falo, la boca que dice estas cosas: soy tu yo de narciso inclinado a su lirio, tu dentro y tu fuera abierto y cerrado, tu liberación y tu cárcel, no bajes los ojos ¡mírame!

Pero ya no puedo mirar porque la cabeza se me fue a las entrañas ¿por qué los topólogos no trabajan con vísceras y desarrollan hígados, riñones y asas intestinales en vez de nudos y toros? Se lo voy a proponer si despierto mañana.

Por ahora empuño la Botella de Klein. La empuñas pero no la empinas. ¿Cómo puedo beber al revés? Tienes miedo en pie como falso suicida, jugando metafísico el peligroso juguete en tus manos, revólver de vidrio y vaso de veneno... Porque tienes miedo de beberte hasta el fondo, miedo de saber a qué sabe tu muerte, mientras te crece en la boca el sabor, la sal del dormido que reside en la tierra...

El himen en México

Caído del cielo, sin que lo busque o lo solicite, viene a dar a mis manos *El himen en México*, obra notable de don Francisco A. Flores, Profesor en Farmacia, Alumno de la Escuela de Medicina, socio correspondiente de la Academia Náhuatl y Miembro de las sociedades Mexicana de Historia Natural y de la Médica Pedro de Escobedo. Se trata de un opúsculo hermoso, impreso sin erratas en la Oficina Tipográfica de la Secretaría de Fomento, calle de San Andrés número 15, el año de 1885, sobre 99 páginas útiles, más dieciséis láminas impresionantes. Presentado y discutido en Cátedra de Medicina Legal, mereció la aprobación unánime de los sinodales el año lectivo de 1882.

Después de decirnos en *Dos palabras* (que en realidad son dos páginas), su amor a la materia tratada, el autor se entrega en la Primera Parte al repaso histórico de la virginidad perdida con o sin el consentimiento de las interesadas en violaciones, estupros y matrimonios. Después de Babilonia y sus infames desfloradores a sueldo, cuya profesión era puesta a nivel de verdugos, después de Egipto, de Grecia y de Roma, que consagraron el himeneo como fiesta pública y notoria, vienen las inevitables sombras medievales en que casi nada sabemos, hasta que el Renacimiento ilumina el ejercicio individual y orgulloso de la ruptura, símbolo de consumación matrimonial.

Pero hay que esperar a Georges Louis Leclerc de Buffon para que ponga las cosas en claro. Al fundar la anatomía comparada, Buffon establece de paso las bases físicas, teológicas y jurídicas de la ciencia virginal, tanto por sus profundas meditaciones como por los exámenes periciales llevados a cabo en jóvenes muchachas, que al decir de los biógrafos, no siempre salieron bien libradas de sus manos. A pesar de la conducta personal del célebre naturalista de Montbard, Flores deduce y concluye que de la integridad del himen depende la salud del género humano.

"La materia de que esta Memoria se ocupa es, y con mucho, de aquellas que me seducen, como que, en mis ratos de solaz, acaricio la idea de dedicar parte de mi porvenir a su estudio."

La seducción que la materia ejerce en el señor Flores, está ampliamente justificada y va mucho más lejos de lo que un profano como yo podría haber imaginado. Después de estudiar minuciosamente la morfología del himen, así como sus anomalías, el distinguido farmacéutico perfecciona las denominaciones empleadas en Europa y América, siguiendo un riguroso método estadístico a partir de los griegos, que como buenos clásicos, vieron la perfección del himen en la forma semilunar "aquella en que los cuernos se dirigen hacia arriba, perdiéndose en las ninfas". Aclara, de paso, la confusión tradicional entre este tipo y el de herradura, con franjas o sin ellas. El de herradura merece al señor Flores la primacía, y pide con explicable patriotismo que sea incluido en lugar honorífico en todos los catálogos: se trata de un himen fuerte, buen protector de la virtud, y es el que más abunda entre las mujeres mexicanas.

Muy importante sería ya la obra que comentamos aunque sólo se detuviera en precisiones catalográficas y nomenclaturales. Pero va mucho más lejos, y su parte medular constituye a mi entender el primero, tal vez el único estudio serio en su género: aquel que trata de las carúnculas mirtiformes. Como todo mundo sabe, esa designación se refiere a las pequeñas excrecencias coralinas que aparecen en número variable y morfología infinita, una vez que los restos del himen destruido se contraen sobre sí mismos... Estudiando tan delicadas minucias, el maestro Flores, con sin igual paciencia y escrúpulo, llegó a devolver, por así decirlo, cada himen desaparecido a su forma original... ¿Con qué objeto?

Los desvelos de tan consumado miniaturista anatómico fueron puestos al servicio de la Ley, que persigue a petición de parte y sin fortuna, los delitos de violación y de estupro. Llevando al colmo su habilidad y su técnica, el experto Flores se volvió capaz de advertir, en los casos que le fueron presentados, si hubo forzamiento o gusto consentido, según la expresión del romance famoso. ¿Cómo? Una vez establecida la estructura original de la engañosa membrana, Flores aplicaba su escala mecánica de tiempo-fuerza-trabajo, establecida por él mediante la ayuda especializada de un ingeniero. Cada himen requiere un esfuerzo mayor o menor por parte de su atacante; no es lo mismo dirigirse contra un bilabial que emprenderla con un trifoliado.

Vale la pena consignar aquí la escala de Flores, siquiera sea para recordarla a los médicos que la han olvidado. Y para que no se nos critique por divulgar un conocimiento que sólo compete a unos cuantos especialistas, vamos a citar primero estas palabras del autor:

"Aun en lo profano puede tener utilidad la aplicación de los principios que vengo desarrollando. El joven que se casa, sueña en la noche de su boda con la resistencia que va a encontrar al satisfacer sus ardientes pasiones." Pues bien, veamos ahora las pesadillas que aguardan al joven soñador, suponiendo que se enfrente a una de estas cuatro barreras:

labial: $F_t = \left[\left(\dfrac{P}{4} + \dfrac{P}{4} \right) \right] + \left(\dfrac{P}{4} + \dfrac{P}{4} + \dfrac{P}{4} + \dfrac{P}{4} \right) t = \left(\dfrac{P}{2} + \right) t$

anular: $E_{,t} = \left(\dfrac{P}{4} + \dfrac{P}{4} + \dfrac{P}{4} + \dfrac{P}{4} \right)\ t = PXt$

en herradura: $E_{,,t} = \left(\dfrac{P}{4} + \dfrac{P}{4} + \dfrac{P}{4} \right)\ t = \dfrac{3}{4} PXt$

semilunar: $E_{,,,t} = \left[\dfrac{P}{4} + \left(\dfrac{P}{4} + \dfrac{P}{4} \right) \right] t = \dfrac{2}{4} PXt$

Imposible seguir aquí al farmacéutico Flores y al Ingeniero Civil don Luis Cortés, en el desarrollo teórico de sus ecuaciones y fórmulas, y acompañarlos hasta la simplificación final, mediante eliminación de factores. Pero creemos indispensable dar una muestra de su rigor científico y literario:

"Puesto que la resistencia se mide por el trabajo mecánico empleado en vencerla, y deduciéndose de las ecuaciones anteriores que éste va disminuyendo, claro es que la resistencia del himen decrece del labial al semilunar. A mayores especulaciones se presta un paralelo entre la resistencia de las diferentes formas. Resumiendo: tratándose de vencer la del himen labial, la cantidad de trabajo mecánico empleada es mayor que en el anular, y aunque ya en su lugar lo demostré, voy a ser más explícito. La duración del fenómeno, es decir, el tiempo transcurrido entre el momento de aplicación de la potencia y aquel en que la resistencia queda agotada, puede considerarse dividido en dos periodos... luego el total del trabajo será igual a la suma de ambas fuerzas multiplicada por la duración..."

¿Es justo olvidar a este hombre? "Entre la resistencia invencible propia de un himen imperforado, la ruda que presenta uno apenas abierto, y la débil que oponga un anular rudimentario, ¡cuánta diferencia!". Como puede verse, el sueño ideal del joven en su noche de bodas debe situarse, como en la vida despierta, entre ambos fatales extremos.

¿Quién puede reprochar a un científico, si a la mitad de sus disertaciones de anacoreta se ve arrebatado de pronto por el ángel? "No hay que salir de América para ver a la virginidad idolatrada. En México se le rinde culto y allí están sus leyes protegiéndola contra todo atentado; allí está el médico legista volviendo a cerrar a la azucena, próxima a abrirse, y descubriendo al insecto que quiso anidar en su corola... La ilusión más hermosa, dice Mata, que puede formarse el joven de su adorada, es considerarla pura como el botón de la rosa que no ha tocado aún ni con su trompa el insecto, ni con sus brisas el alba..."

Pero ¡ay! ni en México, ni en España ni en Francia, según lo asientan con indignación y dolor Mata y Parent du Chatelet, puede el Ministerio Público capturar a los moscardones culpables. Y el número de hímenes rotos en todas partes del globo es infinitamente superior al que llega a la prensa y a la justicia, porque las familias prefieren "devorar en silencio este ultraje y hacer que no cunda más sobre el terso cristal de la honra de la desflorada la mancha que les ha dejado el estuprador".

¿Qué queda entonces por hacer? El mundo está lleno de himenófilos pero hay muy pocos himenólogos... De allí el llamado urgente que hace Flores a las autoridades científicas y civiles, a fin de que se intensifiquen los estudios correspondientes y se funde el Instituto Nacional del Himen, aquí en México, "donde ignoramos hasta las dimensiones de la vulva...". La queja acusadora del Profesor de Farmacia no quedó sin respuesta, y los señores Aguirre, Aizpuru, Alas, Amezcua, Barragán, Beristáin, Bernáldez, Cerda, Chacón, Delgado, Díaz González, Echávarri, Esesarte, Fernández, Flores S., Fuente, Herrera Huerta, Iglesias, Lamicq, Macías, Molina, Mucel, Navarro, Preciado, Ramos, Rubalcaba, Sánchez, Sousa, Torres, Valle, Vera, Verdugo y Vergara acudieron por orden alfabético y ministraron a su discípulo, colega y maestro (cada uno en su caso), observaciones, datos, cifras, críticas, caligrafías, dibujos y fotografías.

Con esos materiales y su discusión abundante, se propuso al Gobierno de la República un vasto plan de defensa y lucha a favor de la virginidad y en contra de sus destructores ilegales. En primer lugar debía levantarse un censo y toda una serie de estadísticas acerca de las conformaciones originales y deformaciones sucesivas (debidas a evolución natural o a específicos accidentes). Cada criatura femenina debía ser examinada desde su nacimiento, y luego periódicamente, para registrar las metamorfosis de la secreta membrana. Una credencial, debidamente certificada por médicos legistas, sería entregada a cada novia el día de su boda, con instrucciones precisas acerca del procedimiento a seguir por parte del contrayente en cada caso particular. Con esto se quitaría a la noche de bodas su carácter casi siempre traumático, devolviéndole su primitiva condición de feliz himeneo, de cielo despejado de sombras y sospechas injustas.

El ejército de inspectores que debía reclutarse para llevar a cabo tan gigantesca labor, estaría compuesto por voluntarios (médicos, enfermeros titulares o prácticos, sacerdotes y hasta farmacéuticos y veterinarios debidamente entrenados, sobre todo en las localidades pequeñas). Nadie negaría su concurso en un país que idolatra la pureza femenina. ¿Hace falta apuntar que todos estos benefactores del bello sexo serían a la vez implacables perseguidores, denunciantes y espías del asaltante y el seductor?

Desgraciadamente, México perdió la oportunidad de dar un ejemplo al mundo civilizado, y el lúcido proyecto de esta pléyade soñadora no perdió su condición ideal. Nos quedamos sin instituto, y la violación y el estupro siguen solapados por el puntillismo de la honra y no hay compañía de seguros que se atreva a proteger tan valiosa mercancía.

Pero se hicieron notables descubrimientos, que merecieron la felicitación lejana de Marcel Tardieu, el gran especialista parisiense. Baste mencionar aquí el hallazgo de cuatro anomalías importantes del himen: el trifoliado, el multifoliado, el de herradura franjeada con úvula obturante, y el más sorprendente de todos, un don más de México al mundo: el coroliforme o Himen de Flores, cuyos foliolos nacarados, circuidos por bandeletas, reproducen y mejoran por su aspecto y natural frescura, el botón de una rosa en rosicler.

Desgraciadamente para Flores, el himen coroliforme que su nombre lleva, no ha sido vuelto a encontrar en ningún rincón del universo femenino. ¡Menguado honor para el maestro! Las únicas huellas que del único ejemplar tenemos, afortunadamente dignas de toda confianza, consisten en la descripción minuciosa del doctor Maldonado y Morón, que lo tuvo a la vista el 15 de mayo de 1880 (omitida aquí por falta de espacio), y el dibujo estupendo de Echávarri, que lamentamos no reproducir (y es una verdadera lástima), por razones tipográficas.

Antes de cerrar esta nota, séame permitida una confesión orgullosa que despertará la envidia de los lectores bibliógrafos. El ejemplar del *Himen en México* que poseo, está trufado con notas, agregados y enmiendas de puño y letra del autor, en vistas probablemente a una edición futura, corregida y aumentada, que no llegó a hacerse. Ojalá y yo pueda llevarla a cabo algún próximo día, si mejoran mis condiciones de himenólogo aficionado, para honra y homenaje de don Francisco A. Flores, de quien me considero discípulo entusiasta. Aquí está para finalizar, lo escrito a lápiz tinta sobre la última página en blanco del tesauro médico legal:

"Personalmente, yo no he roto himen alguno. Lo que se dice romper. Por un azar del destino, que finalmente prefiero bendecir, sólo me tocó el complaciente y anular... Tal vez la nostalgia de no haber podido verificar hasta ahora personalmente la exactitud de mis cálculos, me llevó a reunir en este opúsculo los trabajos que hice en otro tiempo, cuando entregado al estudio, me sustentaba en las ubres del saber, cuando me atreví a cantarte también, oh himen, con versos juveniles, bajo las frescas arquerías de la Escuela Nacional de Medicina...

"Ya en el umbral de una vejez viuda de ilusiones, pienso dedicar las horas que me quedan a tu estudio, con mayor pasión y no menos embeleso..."

VII. Variaciones sintácticas

Sofía Daífos a Selene Peneles:
Se van Sal aca tía Naves Argelao es ido Odiseo alégrase
Van a Ítaca las naves.

Duermevela

Un cuerpo claro se desplaza limpiamente en el cielo. Usted enciende sus motores y despega vertical. Ya en plena aceleración, corrige su trayectoria y se acopla con ella en el perigeo.

Hizo un cálculo perfecto. Se trata de un cuerpo de mujer que sigue como casi todas una órbita elíptica.

En el momento preciso en que los dos van a llegar a su apogeo, suena el despertador con retraso. ¿Qué hacer?

¿Desayunar a toda velocidad y olvidarla para siempre en la oficina? ¿O quedarse en la cama con riesgo de perder el empleo para intentar un segundo lanzamiento y cumplir su misión en el espacio?

Conteste con toda sinceridad. Si acierta le enviamos a vuelta de correo y sin costo alguno, la reproducción del cuadro que Marc Chagall ha pintado especialmente a todo color para los lectores interesados en el tema.

Profilaxis

Como es público y notorio, las mujeres trasmiten la vida. Esa dolencia mortal. Después de luchar inútilmente contra ella, no queda más recurso que volver a Orígenes y cortar por lo sano sobre un texto de Mateo. A Pacomio, que aisló focos de infección en monasterios inexpugnables. A Jerónimo, soñador de vírgenes que sólo parieran vírgenes.

Salve usted de la vida a todos sus descendientes y únase a la tarea de purificación ambiental. A la vuelta de una sola generación, nuestros males serán cosa del otro mundo. Y las últimas sobrevivientes podrán acostarse sin peligro en la fosa común a todos los Padres del desierto.

Receta casera

Haga correr dos rumores. El de que está perdiendo la vista y el de que tiene un espejo mágico en su casa. Las mujeres caerán como las moscas en la miel.

Espérelas detrás de la puerta y dígale a cada una que ella es la niña de sus ojos, cuidando de que no lo oigan las demás, hasta que les llegue su turno.

El espejo mágico puede improvisarse fácilmente, profundizando en la tina de baño. Como todas son unas narcisas, se inclinarán irresistiblemente hacia el abismo doméstico.

Usted puede entonces ahogarlas a placer o salpimentarlas al gusto.

De un viajero

En el vientre de la ballena, Jonás encuentra a un desconocido y le pregunta:

—Perdone usted, ¿por dónde está la salida?

—Eso depende... ¿A dónde va usted?

Jonás volvió a dudar entre las dos ciudades y no supo qué responder.

—Mucho me temo que ha tomado usted la ballena equivocada...

Y sonriendo con dulzura, el desconocido se disipó blandamente hacia el abismo intestinal.

Vomitado poco después como un proyectil desde la costa, Jonás va a estrellarse directamente contra los muros de Nínive. Pudo ser identificado porque entre sus papeles proféticos llevaba un pasaporte en regla para dirigirse a Tartessos.

La disyuntiva

Homenaje a Sören Kierkegaard

El error está en decidirse. No le diga usted ni sí ni no. Empuñe resueltamente los dos extremos del dilema como las varas de una carretilla y empuje sin más con ella hacia el abismo. Cuidando claro, de no irse otra vez como la soga tras el caldero.

No la oiga gritar. Recobre inmediatamente el equilibrio entre temor y temblor. Recuerde que la cuerda es floja y que usted irá por la vida ya para siempre en monociclo.

La rueda de este vehículo intelectual puede ser una pieza de queso parmesano o la imagen de la luna sobre el agua, según temperamento.

Ciclismo

Se me rompió el corazón en la trepada al Monte Ventoux y pedaleo más allá de la meta ilusoria. Ahora pregunto desde lo eterno en el hombre: ¿Cómo puedo emplear con ventaja los tres segundos que logré descontar a mi más inmediato perseguidor?

Astronomía

Un aerolito gigantesco se acerca a la tierra con velocidad de mil kilómetros por segundo. ¿Es usted un hombre de ciencia? Conteste rápidamente sí o no, para saber lo que anda haciendo en la zona del impacto.

Historia de los dos ¿que soñaron?

Durante la fiesta que el Fondo de Cultura Económica dio para despedir a Joaquín Díez-Canedo, Agustín Yáñez me presentó al doctor Córdova, Director de la Casa de la Cultura Jalisciense. El doctor Córdova me invitó a dar una conferencia en Guadalajara. Acepté.

—Pídale nomás que no vaya a desnudarse en público.

—Agustín, por favor...

—Imagínese, doctor, que el otro día encontré a Arreola caminando en pelotas por la avenida Madero.

—¡Pero eso yo lo soñé la semana pasada!

El doctor Córdova sonrió con dificultad. Yáñez siguió implacable:

—No, Arreola, no lo soñó. Usted se quitó la ropa en la esquina de Bolívar. Yo venía en automóvil junto al cine Rex. Me bajé y pude rescatarlo entre los curiosos. Un agente de policía estaba a punto de echarle mano.

El doctor Córdova, apenado, quiso salvarme a su vez y me preguntó el tema de mi conferencia. No pude contestarle. En mi sueño yo sentí que algo me envolvía, me rescataba de la vergüenza entre la multitud. Francamente, no vi a Yáñez.

—No lo soñó. Cuídese.

Y Agustín me volvió la espalda con su acostumbrada frialdad.

Balada

Otra vez el suplicio, otra vez la temporada en el infierno, / entre cuates que se la mientan con el mismo sonsonete / la mañana siguiente a la noche del cuete. / Otra vez el responso, otra vez el sempiterno / borlote de si las pagas te invito / al agujero de nada en la nada entreabierta / donde entraste como los machos nomás porque te dieron puerta. / Te soltaron los perros: "ven acá güerito, / la estación es violenta y yo estoy en primavera y tú en el invierno".

No me dejes caer en el garlito.

Otra vez el rechinar de dientes y la vomitona de los crudos, / embrocados en hilera hacia el retrete infinito: / guacareando al unísono y mirándose de hito en hito: / embistiendo al burladero los burriciegos cornudos / ¡todos temblando con el baile de San Vito! / Otra vez el mal de amores y el consuelo de pendejos, / porque fuimos al bunche y nos mandaron lejos... / Otra vez el chancro en la memoria y la conciencia en un grito / porque aposté la cabeza contra los pechos desnudos.

No me dejes caer en el garlito.

En el coro de abandonados soy el cuerno que tocas. / Unicornio solista, que embiste, recula y se estrella, / fui a dar al escudo blindado de falsa doncella. / Yo sé que hay prudentes pero me tocaron las locas / discípulas evangélicas del tenebroso. / Soy candil de la calle, dame para mi aceitito. / Después de cumplir como bueno el pavoroso rito, / desde el foso de las leonas sulfuroso y viscoso, / soy este chivo emisario solitario en las rocas...

No me dejes caer en el garlito.

Envío

Dios de los ejércitos, contra Ti la plegaria ejercito. / La trampa de carne ya Te dio resultado / y tal vez no Oyes desde el profundo este grito, / porque sollozo con el cebo atragantado: el cebo que sabe a muerte y a pecado.

¡Déjame para siempre caer en Tu garlito!

Doxografías

A Octavio Paz

Francisco de Aldana:

No olvide usted, señora, la noche en que nuestras almas lucharon cuerpo a cuerpo.

Homero de Santos:

Los habitantes de Ficticia somos realistas. Aceptamos en principio que la liebre es un gato.

Prometeo a su buitre predilecta:

Más arriba, a la izquierda, tengo algo muy dulce para ti. (Ella se obstinó en el hígado y no supo el corazón de Prometeo.)

Mitológica:

Ya no puedes acuñarla a tu imagen y semejanza. Tendrás que aceptarla sin peso y sin ley, porque es el metal ardiente que circula ya por tus venas.

Ágrafa musulmana en papiro de Oxyrrinco:

Estabas a ras de tierra y no te vi. Tuve que cavar hasta el fondo de mí para encontrarte.

De escaquística:

La presión ejercida sobre una casilla se propaga en toda la superficie del tablero.

Claudeliana:

Cansado de tanta Proeza me fui con doña Música a otra parte. Pero hace mucho tiempo que don Juan de Austria murió dentro de mí. Viuda por fin de don Pelayo y sin carta de Rodrigo, te espera en Mogador sentado en su barril de pólvora y con la mecha prendida, el Capitán Cachadiablo.

Bíblica:

Levanto el sitio y abandono el campo... La cita es para hoy en la noche. Ven lavada y perfumada. Unge tus cabellos, ciñe tus más preciosas vestiduras, derrama en tu cuerpo la mirra y el incienso. Planté mi tienda de campaña en las afueras de Betulia. Allí te espero guarnecido de púrpura y de vino, con la mesa de manjares dispuesta, el lecho abierto y la cabeza prematuramente cortada.

De John Donne:

El espíritu es solvente de la carne. Pero yo soy de tu carne indisoluble.

Cuento de horror:

La mujer que amé se ha convertido en fantasma. Yo soy el lugar de las apariciones.

VIII. La feria

*Él hizo mi lengua como cortante espada; él me guarda a la sombra
de su mano; hizo de mí aguda saeta y me guardó en su aljaba.
Yo te formé y te puse por alianza de mi pueblo, para restablecer la
tierra y repartir las heredades devastadas.*
ISAÍAS, 49-2, 8

*Amo de moun pais, tu que dardais manifesto
e dins sa lengo e dins sa gesto.*
F. MISTRAL

Somos más o menos treinta mil. Unos dicen que más, otros que menos. Somos treinta mil desde siempre. Desde que Fray Juan de Padilla vino a enseñarnos el catecismo, cuando don Alonso de Ávalos dejó temblando estas tierras. Fray Juan era buena gente y andaba de aquí para allá vestido de franciscano, con la ropa hecha garras, levantando cruces y capillitas. Vio que nos gustaba mucho danzar y cantar, y mandó traer a Juan Montes para que nos enseñara la música. Nos quiso mucho a nosotros los de Tlayolan. Pero le fue mal y dizque lo mataron. Dicen que aquí, dicen que allá. Si fue en Tuxpan, lo hicieron cuachala. Si fue aquí, nos lo comimos en pozole. Mentiras. Lo mataron en Cíbola a flechazos. Sea por Dios.

Antes la tierra era de nosotros los naturales. Ahora es de las gentes de razón. La cosa viene de lejos. Desde que los de la Santa Inquisición se llevaron de aquí a don Francisco de Sayavedra, porque puso su iglesia aparte en la Cofradía del Rosario y dijo que no les quitaran la tierra a los tlayacanques. Unos dicen que lo quemaron. Otros que nomás lo vistieron de judas y le dieron azotes. Sea por Dios. Lo cierto es que la tierra ya no es de nosotros y allá cada y cuando nos acordamos. Sacamos los papeles antiguos y seguimos dale y dale. "Señor Oidor, Señor Gobernador del Estado, Señor Obispo, Señor Capitán General, Señor Virrey de la Nueva España, Señor Presidente de la República... Soy Juan Tepano, el más viejo de los tlayacanques, para servir a usted: nos lo quitaron todo..."

Vuestra Excelencia como superior y mediador, ponga atención a nuestras rústicas palabras; que a vuestro hogar lleguen nuestros clamores y aclamaciones.

¡Ya soy agricultor! Acabo de comprar una parcela de cincuenta y cuatro hectáreas de tierras inafectables en un fraccionamiento de la Hacienda de Huescalapa, calculada como de ocho yuntas de sembradura. Esto podré comprobarlo si caben en ella ocho hectolitros de semilla de maíz. La parcela está acotada por oriente y sur con lienzo de piedra china, abundante allí por la cercanía del Apastepetl. Al poniente, un vallado de dos metros de boca por uno y medio de profundidad sirve de límite. Al norte, una alambrada es el lindero con mi compadre Sabás. Este lienzo es de postes de mezquite, que a tres metros de distancia cada uno, sostienen cuatro alambres de púas, clavados con grapas y arpones. Los arpones son alcayatas de punta escamada para que no se salgan, y hechizas. Las forjan los aprendices de herrero con desperdicios de fierro y las entregan en los comercios a centavo y medio la pieza.

Esta aventura agrícola no deja de ser arriesgada, porque en la familia nunca ha habido gente de campo. Todos hemos sido zapateros. Nos ha ido bien en el negocio desde que mi padre, muy aficionado a la literatura, hizo famosa la zapatería con sus anuncios en verso. Yo heredé, y me felicito, el gusto por las letras. Soy miembro activo del Ateneo Tzaputlatena, aunque mi producción poética es breve, fuera de las obras de carácter estrictamente comercial.

Aunque bien acreditado, mi negocio es pequeño, y para no dañarlo con una arbitraria extracción de capital, preferí hipotecar la casa. Esto, no le ha gustado mucho a mi mujer. Junto a mi libro de cuentas agrícolas, que estoy llevando con todo detalle, se me ocurrió hacer estos apuntes. El año que viene, si Dios me da vida y licencia, podré valerme por mí mismo sin andar preguntándole todo a las gentes que saben.

Lo único que me ha extrañado un poco es que para la operación de compraventa han tenido que hacerse toda una serie de trámites notariales muy fastidiosos. El legajo de las escrituras es muy extenso. Tal parece que esta tierra, antes de llegar a las mías, ha pasado por muchas otras manos. Y eso no me gusta.

...Denuncio a Vuestra Majestad las mil maldades y las mil ventas y reventas de que son objeto estas tierras. Y es que un oficial barbero, herrero, zapatero y otros hombres viles que no son labradores, teniendo amistad con uno de vuestros oidores e visorreyes, obtienen luego con seis testigos de manga beneficio de tierras, y antes de que hayan sacado el título las tienen ya vendidas a los señores principales en trescientos y en quinientos y en mil pesos, y en dos mil y en tres mil y en cinco mil pesos...

Voy a contarte Aniceta
lo que hizo Fierro de Villa:
en Tuxpan dejó el caballo
y en Zapotiltic la silla.

—Este pueblo, aquí donde usted lo ve, con todas sus calles empedradas, es la segunda ciudad de Jalisco, y en tiempos de la refulufia fuimos la capital del Estado, con el General Diéguez como Gobernador y Jefe de Plaza. Quisiera no acordarme. Carrancistas y villistas nos traían a salto de mata desde Colima a Guadalajara, pariendo chayotes. Y a la hora del ¡quién vive! no sabía uno ni qué responder. Si usted se quedaba callado, malo. Si contestaba una cosa por otra, tantito peor. Diario teníamos fusilados y colgados, todos gente de paz. Entraban y salían de aquí jueves y domingos. Y los postes del tren a todo lo largo de la vía tenían cada uno su cristiano, desde Manzano a Huescalapa, y ni siquiera nos daban permiso de bajar a los ahorcados que estaban allí cada quien con su letrero, para escarmiento del pueblo. Otro día le cuento.

De Tuxpan a Zapotlán,
de una carrera tendida
el Napoleón de petate
llegó escapando la vida.

...como desde mi llegada a la Loma de los Magueyes instalé mi telégrafo al pie de un poste de la vía del ferrocarril que pasa por la falda a poca distancia de la cumbre, rendí parte al General Diéguez sobre la superioridad del enemigo y de que sus cargas eran muy frecuentes y a fondo. No nos inquietábamos por lo que tocaba a nuestra línea de batalla, pero nuestros flancos descubiertos podían

317

ser de un momento a otro ocupados. Era de imperiosa necesidad que me mandara el resto de mi brigada para cubrirlos, consistente en los Batallones 18° y 20°. Me contestó que el 20° había sido enviado con anterioridad a Pihuamo para combatir a Aldana, Bueno y demás jefes que yo conocía. El 18° estaba ocupado en cubrir la entrada de Tamazula a Zapotlán. Finalmente me dijo que el 14° Batallón ya debía encontrarse entre nosotros, y que el General Figueroa estaba a punto de salir con su Regimiento para cubrir el camino de Sayula a San Gabriel.

Contraté para trabajar la tierra a un mayordomo, con sueldo de un peso diario. Él a su vez apalabró ocho peones o gañanes con paga de cincuenta centavos pelones, porque como yo no tengo maíz ni frijol de cosechas anteriores, no pude contratarlos a base de ración, o sea una medida de maíz y un litro de frijol diario, más veinticinco centavos en efectivo.

El trato fue verbal, y cada uno recibió diez o doce pesos como acomodo, que deberán restituir abonando cincuenta centavos a la semana. El gañán que recibe este dinero se llama a sí mismo vendido y no puede trabajar ya de alquilado, como hacen los que no tienen acomodo y trabajan libremente por días o semanas.

Una vez formada la cuadrilla, vamos a proceder a la limpia de la tierra, que es de rastrojo porque fue sembrada el año pasado. Las que no lo han sido se llaman descansadas y son las preferidas por medieros y parcioneros, que esperan de ellas, como es natural, mayor rendimiento.

—¿Cuándo hiciste la primera Comunión?

—Hace mucho. Después que me dio la fiebre.

—¿Cuántos años tenías?

—Siete. Siete entrados a ocho. La hice dos veces.

—¿Dos veces?

—Bueno, no. Es que la primera vez que la iba a hacer me comí una galleta. Pero me confesé dos veces.

—¿Dijiste todos tus pecados?

—Sí, porque me dijeron que si no los decía me iban a salir después sapos y culebras por la boca. Me confesé con el Padre López. Después me confesaba con el Padre Macías hasta que se fue de aquí.

—¿Cada cuándo te confiesas?

—Todos los Viernes Primeros. Soy de la Congregación.

—Bueno. Desde ahora vas a confesarte cada ocho días. ¿Me entiendes? Ve a rezarle ahora un rosario a la Virgen, y luego un misterio todos los días para que te ayude en tu pureza.

Estamos haciendo la limpia con guango, machete corto y ancho, de punta encorvada. El cabo o agarradera es tubular, de la misma pieza y un poco cónico para encayarle un palo como de medio metro y poder blandirlo horizontalmente a derecha e izquierda y hacia abajo como guadaña. Así se derriban los rastrojos que quedan en pie y las plantas aventureras que en estas tierras florecen, como el moco de guajolote y el chicalote. El primero produce una semilla leguminosa que abona la tierra; es signo de fecundidad su abundancia.

—Abundancia, ¡madre! Somos un pueblo de muertos de hambre.

El chicalote, planta de hojas escotadas y espinosas, da unos cascabeles llenos de semillitas negras como granos de mostaza. Los muchachos y las mujeres de los mozos las recolectan para venderlas en el mercado, donde son muy solicitadas por su aceite, que se utiliza en jabonería. En toda la región se recogen de quinientas a seiscientas toneladas de esta oleaginosa silvestre, que alivia en su tiempo la miseria de las clases menesterosas...

—Alivia, ¡madre! Este hombre no sabe lo que dice. En todo caso aliviaba, porque el chicalote se está acabando en Zapotlán, como el tule de la laguna... Vayan a ver: ¿dónde está el tule? ¿Dónde está el chicalote? Y es que el año pasado, del hambre que teníamos, no dejamos nada para semilla...

La limpia del campo puede hacerse por tareas individuales o en grupos, según le convenga más al patrón. La tumba se lleva a cabo en la mañana, y por la tarde se amontona el rastrojo y la maleza y se le prende fuego.

Al señor Cura le gusta subirse al cerro, a veces, al ponerse el sol. Antes hasta la Cruz de las Piedritas. Ahora nomás hasta la Cruz Blanca.

—¿Adónde va, señor Cura?

—A ver el pueblo por arriba. Estoy cansado de verlo por debajo.

Veía el valle como lo vio la primera vez Fray Juan de Padilla, sólo por encima: "Pero yo, Señor, lo veo por debajo. ¡Qué iniquidad, Dios mío, qué iniquidad! Un río de estulticia me ha entrado por las orejas, incesante como las aguas que bajan de las Peñas en las crecidas de julio y agosto. Aguas limpias que la gente ensucia con la basura de sus culpas... Pero desde aquí, desde arriba, qué pueblo tan bonito, dormido a la orilla de su valle redondo, como una fábrica de adobes, de tejas y ladrillos. Juan de Padilla te prometió, Señor, las almas de sus moradores. Venía con el hábito raído y con las sandalias deshechas, y bendijo desde aquí la tierra virgen, antes de sembrarla con Tu palabra. Yo soy ahora el aparcero, y mira Señor lo que te entrego. Cada año un puñado de almas podridas como un montón de mazorcas popoyotas... Juan de Padilla juntó las manos aquí, y bajó al valle corriendo, feliz, hacia la tierra maldita bajo el patrocinio del Diablo, la yacija fértil y enorme donde Tzaputlatena fornicaba con el Dios del Maíz, bajo el cielo confuso de los Tlaloques".

—Cuando el tren acaba de subir la Cuesta de Sayula, un viento fresco y ligero llena los vagones. A mí me basta con sentirlo para preferir a Zapotlán entre todos los pueblos que conozco. Y no es porque yo sea de aquí. Miren, respiren, este es el viento que les digo... Los fuereños también lo reconocen, y muchos que van de paso, se quedan a vivir. Hablan mal de nosotros, pero alaban el clima. Y así era antes también.

...Y habiendo hecho vista de ojos y reconocido todo aquel valle como se me ordena en el despacho de dicho señor Virrey, hallé ser tierra templada y de buen temperamento, y su cielo alegre, y que tiene para el sustento del ganado vacuno y caballar, un ojo de agua encharcado, y al parecer permanente, por ser este tiempo en que se reconoce la fuerza de la seca, y está al presente con bastante agua...

La limpia duró tres semanas. Ya hacen falta los bueyes. Hoy tomé en renta ocho yuntas, comprometido a pagar por cada una ocho hectólitros de maíz en cosecha, desgranado, harneado y limpio, de buena clase y puesto a domicilio del arrendador. Todo se me multiplica por ocho: compré ocho arados de fierro, de los llamados de un ala, pues aquí ya casi no se trabaja con arados de palo. Y luego los aperos y avíos: ocho yugos escopleados, ocho cuartas, ocho pares de coyundas de cuero crudío, bien engrasadas con sebo de riñonada, ocho bazones y ocho otates con puya... Ah, y una castaña grande para el agua de beber.

—Me acuso Padre de que el otro día adiviné una adivinanza.
    —Dímela.
    —"Tenderete el petatete,
alzarete el camisón..."
    —¿Qué más?
    —Es muy fea... es la lavativa...
    —¿Quién te la enseñó?
    —Chole. Mi prima.

Se nombró a uno de los gañanes para bueyero, quedando el mayordomo y siete peones para uncir cada uno su respectiva yunta. El bueyero tiene que dormir en el campo; para eso hubo que construir en la ladera una barranquilla, junto a un frondoso tacamo, el pequeño rancho que le servirá de albergue, y donde habrán de guardarse los aperos de labranza. Al alba tendrá que reunir los bueyes para echarles la hoja, porque al rayar el sol deben ya estar listos para el trabajo.

—Los obrajeros compran la lana por separado, la blanca y la negra. La lavan, la cardan y la hilan. Tejen en antiguos telares, cobijas negras y grises. Sólo les ponen de adorno una lista de alfajores azules, blancos y solferinos, cerca de las barbas. Somos gente seria. Los alfareros nomás hacen lo indispensable. Cántaros y jarros, cazuelas y macetas. Los carpinteros no son más que carpinteros, y los herreros, herreros. Hay poco trabajo de talla y de forja. Somos buenos albañiles. Dense una vuelta por las calles y verán. Buen adobe, buen ladrillo y buenas tejas. Arena de San Andrés y cal de Huescalapa. Casas feas y macizas, que han resistido muchos temblores.

Señor San José llegó a Zapotlán de un modo muy humilde y muy misterioso. Acompañado por la Virgen y a lomo de mula.

Un arriero enfermo pidió posada en la Cofradía del Rosario el año de Gracia de 1745. No se supo de dónde venía ni para dónde iba. Descargó dos bultos largos y estrechos como ataúdes. Se acostó para descansar y ya no se levantó. Los frailes le dieron cristiana sepultura y aguardaron en vano que alguien reclamara la acémila y su carga. Nadie se presentó.

Pocos meses después, los frailes decidieron abrir los bultos. Aparecieron las benditas imágenes, y fueron llevadas en triunfo a la Parroquia.

Dos años después, Zapotlán jura, aclama y vocea por General Patrón al Gloriosísimo Patriarcha Señor San Joseph, a efecto de aplacar la Divina Justicia por tan Venerable intercesión, y pedir la inmunidad contra los temblores y terremotos, tan grave y repetidamente experimentados por este pueblo...

Yo, Don Joseph Rea y Monreal, Alcalde Mayor por su Majestad de esta Provincia, que actúo como Juez Receptor con testigos por ausencia del Escribano Público, certifico y doy fe en cuanto puedo, debo y el derecho me permite, que el tenor del escrito y escritura de Jura de Patrón de este pueblo contra los terremotos, hecho por el Vecindario en el Glorioso Patriarcha Señor San Joseph, es del tenor siguiente: En el Pueblo de Zapotlán, en catorce días del mes de Diciembre de mil setecientos cuarenta y siete años...

Ya en este siglo, un golpe de aire, misteriosamente venido desde la sacristía el día de San Bartolo, derribó la estatua de señor San José, ante la consternación general. Del cráneo roto, salió un papel donde se declaraba la imagen obra de un escultor guatemalteco, discípulo que había sido de aquel famoso Berruguete...

Había un hombre llamado José, oriundo de Belén, esa villa judía que es la ciudad del rey David. Estaba muy impuesto en la sabiduría y en su oficio de carpintero. Este hombre, José, se unió en santo matrimonio a una mujer que le dio hijos e hijas: cuatro varones y dos hembras, cuyos nombres eran: Judas y Josetos, Santiago y Simón; sus hijas se llamaban Lisia y Lidia. Y murió la esposa de José, como está determinado que suceda a todo hombre, dejando a su hijo Santiago niño aún de corta edad. José era un varón justo y alababa a Dios en todas sus obras. Acostumbraba salir fuera con frecuencia para ejercer el oficio de carpintero en compañía de sus dos hijos, ya que vivía del trabajo de sus manos, en conformidad con lo dispuesto en la ley de Moisés. Este varón justo de quien estoy hablando es José, mi padre según la carne, con quien se desposó en calidad de consorte mi madre, María.

Para que vean nomás el mérito que tiene la veneración que me otorgan y la fiesta que me hacen, les diré que mi culto es muy tardío en la liturgia católica. Sin contar algunos antecedentes aislados que mucho me honran pero que nada significan en la historia eclesiástica, mi verdadera exaltación ritual data apenas del siglo pasado. Fíjense ustedes. En 1869 algunos obispos y fieles pidieron que se incluyera mi nombre en el *Ordo Missae*, y que yo figurara antes que San Juan Bautista en las *Litaniae Sanctorum*. Esta curiosa demanda se repitió en el Primer Concilio Vaticano, y Pío IX decidió sin más proclamarme patrono de la iglesia universal por encima de los apóstoles Pedro y Pablo, cosa que a mí me parece exagerada. León XIII confirmó esta decisión en su encíclica *Quamquam pluries* el año de 1889, y yo estoy desde entonces teológicamente fundamentado como patrono de una iglesia socialista. Nuevos honores se sucedieron rápidamente: mis letanías fueron aprobadas para la recitación de los fieles en 1909 por la Sagrada Congregación de Ritos; mi fiesta fue elevada a la condición de rito de primera clase, con octava, por Pío X en 1913, y Benedicto XV la decretó de precepto en 1917. En 1919 obtuve un prefacio propio y en 1922 modificaron el *Ordo commendationis animae* para intercalarme un "... *in monime Beati Joseph, inclyti ejusdem Virginis sponsi...*"

Y nosotros salimos ganando porque la feria de Zapotlán se hizo famosa por todo este rumbo. Como que no hay otra igual. Nadie se arrepiente cuando viene a pasar esos días con nosotros. Llegan de todas partes, de cerquitas y de lejos, de San Sebastián y de Zapotiltic, de Pihuamo y desde Jilotlán de los Dolores. Da gusto ver al pueblo lleno de fuereños, que traen sombreros y cobijas de otro modo, guaraches que no se ven por aquí. Nomás al verles la traza se sabe si vienen de la sierra o de la costa. Muchos tienen que quedarse a dormir en los portales, en el atrio de la Parroquia o en la plaza, junto a los puestos de la feria, porque no hay lugar para tanta gente. En todas las casas hay parientes de visita y duermen de a tres y de a cuatro en cada pieza. Los corrales se vacían de gallinas y guajolotes. Y no hay puerco gordo, ni chivo ni borrego que llegue vivo al Día de la Función...

Poco más de una semana se ha llevado el deslome, primer fierro del barbecho. Consiste en abrir con el arado el lomo del antiguo surco, que con el beneficio y cultivo de la cosecha anterior ha quedado reducido a la hilera de montoncitos de tierra que arroparon cada uno su planta. Hoy por la mañana, en tanto que las yuntas daban la primera vuelta, el bueyero procedió a hacer la lumbre y yo me quedé a almorzar con los mozos. Ya hechas las brasas, cada quien saca de su morral un tambache de tortillas. El mayordomo manda: "A tender, muchachos." Todos se apresuran a echarlas sobre el fuego. Algunas tortillas las llevan apareadas, esto es, cara con cara y con frijoles adentro, de esos negros que a ellos les gustan tanto. No falta quien traiga además un tasajo de carne, un trozo de pepena o de cecina. Cada quien consume de su ración lo que le conviene, dejando lo suficiente para la otra comida, que se compone de lo mismo. Todos llevan su sal y sus chiles para darle gusto al bastimento. Mientras dura la comida de medio día, se desuncen los bueyes para que también ellos coman cada uno su manojo de hoja y se les conduzca luego al aguaje más próximo. Aquí, en el Tacamo, tenemos dos barranquillas que nos sirven de agostadero, porque por ellas bajan corrientes de temporal.

—La Cuesta de Sayula es un lugar muy funesto. Zapotlán y Sayula no se llevan muy bien, desde que tuvieron un pleito de aguas en 1542. Entre un pueblo y otro está la cuesta, un enredijo de curvas, paredones y desfiladeros que son la suma de nuestras dificultades... Y por el otro lado Tamazula, con el mal paso de Río de Cobianes que cada año nos separa con las crecidas, como un largo pleito. Así son las cosas, todo lo malo nos llega de fuera, por un lado de Tamazula, y por el otro de Sayula. En la Cuesta han ocurrido muchas muertes y desastres, sobre todo dos: el descarrilamiento y la batalla de 1915. La batalla la ganó Francisco Villa en persona, y a los que lo felicitaron les contestaba: "Otra victoria como ésta y se nos acaba la División del Norte." Les dio a sus yaquis de premio quince días de jolgorio en Zapotlán, a costillas de nosotros. El descarrilamiento también lo perdió Diéguez, y es el más grande que ha ocurrido en la República, con tantos muertos que nadie pudo contarlos. No se perdió mucha tropa porque el tren iba atestado casi de puras mujeres, galletas y vivanderas, la alegría de los regimientos. Nos habían saqueado bien y bonito, y los carros repletos de botín se desparramaron por el barranco. Para qué le cuento, todo aquel campo estuvo un año negro de zopilotes. Y hubo gentes de buen ánimo, de por aquí nada menos, que se entretuvieron desvalijando a los muertos. Ladrón que roba a ladrón...

—Por acá está el enfermo, doctor.

—Déjame primero ver tu corral. Ya me han dicho que lo tienes muy bonito, con tantos animales y matas...

—Pásele, doctor.

—Estos puercos chinos que parecen borregos ¿cómo te hiciste de la cría?

—Con las Contreras, doctor, ellas tienen un puerco entero. Sabe, aquel Sebastián pasó muy mala noche, quéjese y quéjese.

—De esta rosa de Alejandría me tienes que dar un codito, a ver si prende. Mi mujer tenía una y se le secó. Todo lo que planta se le seca, y a mí me gusta que haya flores en mi casa.

—Con mucho gusto, doctor. Le di tres veces sus gotas a Sebastián y no se durmió...

—¿De dónde sacaste ese guajolote? Hacía mucho tiempo que no veía yo un guajolote canelo así de grande y de gordo... ya los guajolotes se están acabando por aquí.

—Es que da mucho trabajo criarlos, doctor. De diez o doce que nacen, sólo me viven dos o tres. Es una lata enseñarlos a comer, porque las guajolotas ni siquiera eso les enseñan. Andan allí nomás con el pescuezo estirado, grito y grito sin ver la comida en el suelo, y los guajolotitos se mueren de hambre y de frío porque ni los cobijan. Y esto si no les ponen la pata encima y los apachurran...

—Me lo tienes que guardar para la Navidad, porque a este coruco yo me lo como.

—Como usted quiera, doctor. Este Sebastián...

—No le hagas tanto caso a Sebastián, que se está chiqueando como todos los enfermos. Desde que lo sacamos del hospital, su herida está cicatrizando que da gusto mirarla...

Así es siempre este doctor. Le gusta hacer un inventario lo más completo posible de los bienes terrenales de sus clientes, para formarse una idea clara de las condiciones y de la duración del tratamiento, sin cometer injusticias. Porque... según el sapo es la pedrada.

Una vez terminado el deslome, hemos procedido a cruzar, esto es, a arar la tierra en sentido inverso al de los surcos. Cada hilo va rompiendo como veinticinco centímetros de tierra, que voltea el ala del arado. Van las yuntas al sesgo, una detrás de otra, en escuadrilla, lo que se llama ir en reata. Hay otro sistema, que a mí no me gustó, en el que cada yunta va por separado abriendo su besana. No me gustó, porque hay que calcular muy bien las besanas para que no les queden becerros: le dicen así al espacio de tierra que queda sin arar en medio de la besana y que debe ser cerrado en una o dos vueltas. Esto da por regla general, uno o dos surcos malhechos en cada tramo de veinte o treinta metros. Y yo no quiero malhechuras.

Este segundo fierro se da como en dos semanas; al terminar, ya podremos tener lista la tierra para rayarla y sembrarla. Sólo en terrenos muy duros o engramados es necesario dar otro fierro sesgado. Cuando se aproxime el temporal, según las muestras de nubes, vientos y otras señales que estoy aprendiendo, procederemos a rayar la tierra.

—La estatua de don Benito Juárez le da la espalda a la Parroquia desde el parque. Mírela usted. Cuando los cristeros estuvieron a punto de entrar a Zapotlán, alguien dijo que la iban a tumbar. Pero no se les hizo. Los beatos odian a don Benito porque les quitó las propiedades de la iglesia, pero se les olvida que ellos se aprovecharon de la situación, comprando barato lo que se llamaba bienes de manos muertas. Todo pasó a manos de estos vivos, casi siempre con la promesa de que a la hora de su muerte se lo iban a heredar a la iglesia. Le voy a poner un ejemplo. El año de 1846, un señor Cura cuyo nombre no viene al caso, anticipándose a las Leyes de Reforma, le vendió a un rico de aquí casi todos los terrenos de la Cofradía de Nuestro Amo, como si fueran suyos. Sabe usted, toda esa parte de llano y monte que ahora se llama el Rincón del Zapote. Y todavía hay quienes se asusten porque don Benito está allí en el parque, dándole la espalda a la Parroquia...

...porque el licenciado Gaspar Ruiz de Cabrera me dio noticia de esa tierra, y yo en su nombre y para él supliqué se me concediera, quedé que consiguiéndola le haría declaración y traspaso de ella, y demás de ésto el susodicho licenciado pagó las costas de las diligencias para sacar y despachar el dicho título, y por mi trabajo y solicitud que puse en el negocio me ha dado sesenta pesos de oro común, de lo cual me doy por contento y pagado a mi voluntad...

—Me acuso Padre de que también leí los versos del Ánima de Sayula...
   —¿Quién te los dio a leer?
   —En la imprenta. En la imprenta donde trabajo me pusieron a corregir las pruebas, porque tengo menos faltas de ortografía.
   —¡Sea por Dios!

...Tengo gran lástima de ver que su Majestad y los del Consejo y los frailes se han juntado a destruir estos pobres indios y gasten tanto tiempo y tanta tinta y papel en hacer y deshacer y dar provisiones unas en contra de otras, y mudar cada día la orden de gobierno...

Juan Tepano nos lo estuvo contando todo, lentamente, usando los términos, como quien lleva mucho tiempo de hablar con abogados y huizacheros, lentamente, mientras acariciaba su antigua Vara de Justicia, hecha de madera incorruptible, con casquillo y contera de plata. Cerca del puño, a la Vara le colgaba un listoncito tricolor...
   —La cosa, como ustedes saben, viene de lejos y no estamos conformes. Cómo vamos a estar conformes, siendo que la última vez que nos hicieron justicia, los de la Junta Repartidora de Tierras lo arreglaron todo a puerta cerrada, aunque nos citaron a todos en la plaza. Nos juntamos como cinco mil, afuera, y ellos adentro no llegaban ni a veinte. Bueno, serían treinta o cuarenta.

Metieron a dos indios cabezales, para qué es más que la verdad, a un tlayacanque y a un tequilastro, de nombres Adrián Esteban y Santiago Hernández, que le decían Vera. Pero los escogieron muy bien porque ya los tenían comprados desde antes, y con ellos firmaron el acuerdo a nombre de todos nosotros. Como no sabían leer ni escribir, estos dos nomás pusieron su crucecita al pie de la iniquidad... El licenciado que les hizo la documentación a los interesados, fíjese lo que son las cosas, a la hora de la hora sin querer nos ayudó, porque dejó dicho en cada escritura de reparto que él no se hacía responsable, y que allá cada quien se las arreglara después como pudiera si nosotros le hacíamos el reclamo.

Novena: Los miembros de la Comisión Repartidora quedan exentos de toda responsabilidad personal con motivo de esta venta, y el comprador queda entendido que, en el remoto caso de pleito contra todas o alguna de las propiedades que adquiere, lo afrontará por su exclusiva cuenta y riesgo.

—Nada de remoto caso. Como no podíamos quedar conformes, luego luego nos pusimos a reclamar, y para qué es más que la verdad, nos dieron la razón, pero no la tierra. Lo que sea de cada quien, el señor don Porfirio, como todas las autoridades antiguas, dijo que se nos hiciera justicia. Y desde entonces nos han dado largas. El pleito se paró en 1909 porque vino la revuelta y luego los cristeros y tantos otros trastornos... Fíjense, a nosotros de nada nos ha servido el agrarismo, nomás hemos visto pelear a los hacendados y a los agraristas, que algo salen ganando unos y otros. Pero de la Comunidad Indígena nadie se acuerda, y nosotros somos los meros interesados, los primeros dueños de la tierra...

...Don Fulano tiene muchas tierras, así de labranza como huertas que el cabildo le ha dado y dizque él ha comprado de personas particulares. Son de mucha cantidad y las tiene usurpadas y tomadas con mal título y derecho, porque las personas de quienes las ha habido no se las podían vender porque las tales personas no tenían facultad para ello...

—A todos se les ha olvidado que nosotros los tlayacanques seguimos siendo autoridad, quieran que no. Esta vara de tampicirán que yo tengo en la mano es la misma, si no me equivoco, que recibió Agustín Hernández, indio principal, por mandato del rey de España en 1583, cuando se le dio licencia de montar a caballo con silla, arnés y freno, ropa de gente de razón y permiso de ir a donde quisiera. Y fue hasta a México a pelear su derecho, porque lo que pasa ahora ha pasado siempre. Las autoridades de arriba nos dan la razón y las de abajo nos la quitan, ya ven ustedes, siempre han sido más bravos los tenajales que la cal...

...Tiene el demonio introducido otro error entre estas personas religiosas y clérigos, de notable perjuicio para sus conciencias y para los vasallos miserables de Vuestra Majestad, que es, en muriendo el indio, le llevan un testamento ordenado por su fiscal, que contiene solamente lo que debe o le deben, y la hacienda que deja, que cuando mucho es un caballo o mula o dineros, todo lo cual manda que se le digan de misas, sin mención de hijos ni mujer.

"¡Hojarascas, le están pegando a dar!". Fue todo lo que dijo y se salió de su casa para jamás volver. Pudo haber matado al otro, que estaba indefenso, o matarla a ella o matarlos a los dos. Pero nomás agarró su arpa y se fue con la música a otra parte. Mejor dicho, siguió con su música por todas las calles del pueblo y toca por lo que le dan, un cinco, un diez, una copa, un plato de caldo, un taco de birria. Toca con mucho sentimiento, sentado en una silla, enredando y desenredando las canciones en las cuerdas del arpa.

—¿Te sabes el Relicario?

—Hojas.

—¿Y el Pajarillo?

—Hojarascas.

Nunca habla más. No pasa de "Hojas" y "Hojarascas". Cuando mucho, dice "Hojas, Petra". Y si se le suben las copas, mírenlo. Aplaude y se frota las manos como gritando en voz baja, ensimismado: "¡Hojarascas, le están pegando a dar!". Todas las gentes le dicen Hojarascas, y él contesta: "Hojas". Está medio ido.

—Desde que yo tengo uso de razón, siempre hemos sido cinco los tlayacanques y cinco los tequilastros, que son nuestros segundos. Tal vez porque eran cinco, y siguen siendo cinco, las cofradías antiguas; la del Rosario, la de las Ánimas, la de la Soledad, la del Buen Pastor y la de Nuestro Amo... Cada tlayacanque tenía que ver desde el principio por una cosa distinta, y se ocupaba de iglesia, de autoridad civil, de comercio, de tránsito y de obras para el beneficio común. El que tenía que ver con la iglesia se llamaba Primera Vara, y así se sigue llamando. Ahora yo soy Primera Vara, para servir a ustedes. Cada vez que tenemos que hablar de lo de las tierras nos juntamos aquí en mi casa, que es la casa de ustedes muy a la orden. Ahora estamos vigilados, se los digo para que sepan dónde se andan metiendo. Sobre mí hay orden de aprehensión. Tengo que irme a México a como dé lugar, lo más pronto que pueda, antes de que me agarren, porque ya van tres amparos que se me vienen abajo, y mi segundo está ya esperándome en la cárcel...

...es claro que los hacendados han llevado rivalidad contra todos los indígenas, por haber oído el decreto que dice que les pertenecen en absoluto dominio bienes que administraba el clero. Ahora venimos con el fin de saber lo que nuestro Gobierno dispone para aplacar nuestra desgraciada patria, y por lo mismo declaramos a Vuestra Excelencia nos dé un abogado para podernos defender en todos nuestros asuntos...

El mayordomo es generalmente el más apto para tirar la primera raya, que se hace paralela a un lienzo de alambra o de piedra. Esto facilita su rectitud. Una vez que la primera raya ha sido aprobada por la cuadrilla si es que ha quedado perfecta, mide el mayordomo tres varas con el otate y clava un palo con un paliacate en la punta para que le sirva de blanco. Y así sigue marcando y rayando. El espacio obtenido con la medida de tres varas se llama melga. Un segundo rayador, igualmente experto, parte la melga por la mitad, dejando dos espacios que se llaman cuarteles. En ellos entran otras dos yuntas, y con sus respectivos surcos cierran la melga. Una vez rayado todo el campo, la tierra queda lista para la siembra.

—Les dije que la Revolución dejó parado el pleito. Quién se iba a acordar de los indios de Zapotlán en todo ese tiempo. Pero a nosotros no se nos olvida, y cada que podemos, sacamos los papeles, los antiguos y los nuevos que dicen siempre lo mismo: que tenemos razón y que somos dueños de la tierra... Déjenme que me acuerde... sí, fue un año de mucha seca. Desesperados ya de que no lloviera, sacamos al Santo Patrón sin permiso de las autoridades. Ya saben, nosotros siempre hemos sido muy creyentes... Un coronel que era Jefe de Plaza nos llamó la atención porque estaba prohibido sacar al Santo. Pero nos dio a entender que podíamos hacerlo si pagábamos una multa, cada que quisiéramos. Fuimos con el señor Cura para que nos aconsejara, y entonces a él se le ocurrió que a nombre de nosotros le reclamáramos al Gobierno la casa del curato. Se había quedado con ella desde en tiempo de los cristeros, y primero fue cuartel y luego oficina de los agraristas. Antiguamente, antes que de la iglesia esa casa del curato fue de nosotros. Y así nos fuimos a decirlo a México con los papeles en la mano, porque todas las casas y las capillas que teníamos, también nos las quitaron. Las vendió el municipio como si fueran suyas. Y un señor allá en México nos atendió muy bien. No nos devolvió el curato, pero viéndonos indios nos preguntó que si teníamos tierras. Le dijimos que no, que nos las habían quitado, y cómo y cuándo. Entonces él nos dijo: "Píquenle por allí." Y nos dijo que el gobierno estaba haciendo justicia. Dejamos lo del curato por la paz y resucitamos el pleito de 1909. Ya ven ustedes, la ocurrencia fue del señor Cura, pero yo creo que fue más bien de Señor San José.

El señor don Cristóbal se nos ha introducido arbitrariamente de un año acá, y nosotros sin poderle impedir. Él, valiéndose de la Revolución, pidió al señor Juez que lo pusiera en posesión. Y visto él que no le impedimos nada, nos cerró la entrada de la laguna, y reconoció años de rentas de tierras de nuestras propiedades. Se valió del gobierno actual diciendo que nada nos debía, y nos hizo infelices sin tener de qué echar mano. Nos quitó las sementeras de este año y no nos deja ni sembrar.

—Hoy que estuve en el juzgado para ver cómo va el asunto de mis tierras, me enteré de un pleito que allí se ventila y que el juez de letras ha tomado como una chanza. Sucede que un arriero que traía unos burros de vacío ha sido demandado por don Tonino a causa de daños en propiedad ajena. Estamos en mayo, y uno de estos serviciales animalitos se echó bruscamente en pos de una hembra que se le fue corriendo, esquiva como todas. Y allí va el burro desbocado y loco tras ella. Corrieron como dos cuadras, y nada se les ocurrió mejor que meterse en la tienda. Durante la trifulca rompieron la olla del tepache y algunos otros enseres que don Tonino estima en dieciocho pesos. El arriero no los quiere pagar alegando que esos son "accidentes de la naturaleza..."

Ya con mi tierra acabada de rayar, se me presentan, como a todos los agricultores, dos posibilidades: sembrar en seco, o esperar a que llueva para que la tierra esté bien mojada. Si uno tiene fe en que pronto viene el temporal, vale la pena anticiparse y exponer la semilla al daño de cuervos, tililes y tuzas. Si se retrasa el temporal, o no llega en firme, las milpas no nacen como se debe. Pero si en término de una semana cae una buena tormenta, se viene muy pronto y pareja la nacencia. Ni qué decir que yo voy a anticiparme. Creo que seré el primero que se arriesga. Ya me anda por ver brotar las milpas. Además, oí decir que cuando se siembra sobre mojado, la milpa también nace dispareja, porque la operación dura entre quince y veintidós días y cuando ya hay plantas listas para la escarda, otras apenas comienzan a nacer. Prefiero confiar en la Divina Providencia, y mientras llueve, le revolveré unas piedras al Credo. Voy a poner a todos los mozos a que espanten los cuervos y a que maten los tililes y tuzas con escopeta.

—Es una lástima, pero da coraje ver aquí tanta gente tan devota y tan ignorante. Es para no creerse. Ayer fui a visitar a un enfermo allá por Pueblo Nuevo, y como siempre, el cuarto estaba lleno de imágenes, de décimas y de vivas. Ya cuando iba a venirme, me llamó la atención una tarjeta postal con una cabeza greñuda. Pregunté quién era y me dijeron que un Divino Rostro. Me fijé más y ¿sabe usted lo que vi? La cabeza cortada del Chivo Encantado que estuvieron exhibiendo aquí, el gran bandido ¿se acuerda usted?, hace como veinte años, y que retrató el fotógrafo Guerrero...

—Realmente, los designios de la Divina Providencia son a veces muy difíciles de entender. Le voy a dar un ejemplo. Como usted sabe, todos los indígenas de Zapotlán son muy creyentes, ya ve, todo lo que pueden y hasta lo que no, se lo gastan en hacer sus devociones. Pues precisamente por creyentes se quedaron sin tierras. El Rey de España mandó dividir todo esto en cinco comunidades indígenas, cada una con su tlayacanque, y los frailes las convirtieron en Cofradías, cada una con su santo y su capillita. Y a la hora que se vino la Reforma, en vez de que las capillas fueran de las tierras, resultó que las tierras eran de las capillas, y por lo tanto, del clero. Fueron puestas en venta, y ya sabe usted quiénes las compraron. Vaya, si no, a buscar los nombres en los archivos. Desde entonces data el verdadero pleito. Y como los Indios tenían después de todo razón, al estar dale y dale, se ordenó el famoso reparto de 1902, que fue el fraude más grande y vergonzoso que registra la historia de este pueblo. Y aquí tiene usted ahora a todos estos pobres indígenas, que siguen muy devotos, acusados de revolucionarios y con las manos vacías, levantadas en alto, pidiendo justicia...

—¿Justicia? Yo les voy a dar su justicia a todos estos indios argüenderos, despachando al otro barrio a dos o tres de los más alebrestados. Además, no es cierto que nadie les haya quitado nada. Ellos lo han perdido todo por güevones, borrachos, gastadores y fiesteros. Aunque les volvieran a dar todo lo que piden (entre paréntesis, yo no sé a qué le van tirando), le aseguro que en dos o tres años ya se les habría acabado en azúcar, pólvora y alcohol. Con el pretexto de festejar a la Santa Cruz o a San Cuilmas el Petatero, y por la presunción de ser Capitán de Vivas o Capitán de Enrosos, cualquiera de ellos, dígame si no, es capaz de quedarse hasta sin calzones...

—Un momentito, por favor, permítame usted un momentito. Estoy de acuerdo en que estas gentes todo se lo beben, de acuerdo. Venden la casita y el burro y hasta la madre si usted quiere, pero lo que no podían vender eran las tierras comunales y mucho menos las capillas... Ésas, me va a perdonar que se lo diga aquí entre nos, ésas se las quitamos nosotros a la brava, o con trampa, como usted quiera, que para el caso es igual. Y ni siquiera les dimos a cambio el azúcar, el alcohol y la pólvora para sus argüendes...

...y por ellos me apareció y averigüé, Yo el Virrey, la desorden y exceso que habéis tenido en repartir entre los vecinos de esa ciudad, y principalmente entre vosotros mismos, los corregidores, muchas suertes de tierras, huertas y solares, en perjuicio de sus habitantes y dueños legítimos...

—¿Me permite que insista?
    —Sí cómo no, Don Bolchevique.

Yo no estoy de acuerdo en que los indios sean por naturaleza indolentes y viciosos. Si son así, no tienen la culpa. También yo me puse ya a leer papeles viejos y hasta un libro de historia. ¿Usted cree que le iban a tener apego a la vida, o que iban a sentir amor por sus cosas, y hasta por su propia familia, aquellas gentes que fueron tratadas como animales? ¿No ha oído usted hablar de los repartos de indios? Si era usted hacendado en aquel entonces, por el simple hecho de tener tierras y ser gente de razón, usted podía solicitar que le dieran indios, como ahora se les dan bueyes a los medieros. Y nomás venía la realada, como si fuera una leva. Usted pedía veinte o treinta, o cien indios, pongamos por caso, y se los mandaban a Zacoalco o hasta a Guadalajara, de aquí o de San Gabriel, así nomás como si fueran bestias. Y esa gente no volvía a saber de hijos ni de mujer, aunque las leyes decían que para cada hacienda debían llevarse indios de lugares cercanos y que no tuvieran familia y que había que pagarles tanto más cuanto. Nadie hacía caso. Los trataban como esclavos, y para lo que te truje, ponte a trabajar hasta que te mueras...

Optimista como estoy en todo lo que se refiere a la agricultura (aunque la actitud de los indígenas no deja de ser alarmante), he tomado un potrero en arriendo para sembrar otra labor. Reconozco que el tiempo está ya muy avanzado para empezar el barbecho, pero no sé, creo que si llevo una labor adelantada y otra atrasada, el comienzo del temporal me tiene sin cuidado. Si se adelanta, ya está sembrado el Tacamo. Si se atrasa, me da tiempo para tener listas las tierras de Tiachepa. Además, me servirá para hacer escoleta este año, por partida doble.

Este potrero tiene mala fama, está engramado y dicen que desde hace muchos años nadie quiere sembrarlo aunque se lo den de balde. Yo no hice caso porque he notado que entre la gente de campo corren muchas supersticiones. El administrador (creo que el terreno es de una viuda) me dijo que si yo le quito la mala fama a Tiachepa, me lo dará en arriendo todos los años en muy buenas condiciones. Vamos a ir a medias porque él me va a prestar los bueyes y los aperos de labranza que hagan falta. Eso sí, es hombre muy detallista y muy cuentachiles; dejó muy bien estipulado en el contrato de arrendamiento el precio de cada bestia y de cada utensilio. Y el maíz que le toque ha de ser de primera calidad, se dé o no se dé en el dichoso Tiachepa.

Como el Tacamo lo he puesto bajo el patrocinio de Señor San José, nada se me ocurrió mejor para el amparo de esta nueva empresa que encomendársela a la Virgen. A la del Perpetuo Socorro.

Lo único que me ha molestado es un dicho de mi compadre Sabás, que alude a la gran distancia que hay entre mis dos siembras, porque el Tacamo está por Huescalapa, rumbo al Nevado, y Tiachepa a la orilla de la laguna: "labor repartida, mujer con barriga…"

—Me acuso Padre de que aprendí una canción.
   —¿Cómo dice?
   —Me da vergüenza…
   —¿En dónde te la enseñaron?
   —Los de la imprenta.
   —¿Cómo dice?
   —"Soy como la baraja…". Y luego una mala palabra.
   —¿Cuál?
   —Caraja…
   —¿Qué sigue?
   —"Como que te puse una mano en la frente, tú me decías: no seas imprudente…"
   —¿Y luego?
   —Otra vez "soy como la baraja…"
   —¿Y luego?
   —"Como que te puse una mano en la boca, tú me decías: por ái me provoca…"
   —¿Y luego?
   —Otra vez "soy como la baraja…"
   —Sí, pero ¿después?
   —"Como que te puse una mano en el pecho, tú me decías: por ái vas derecho…"
   —¡Válgame Dios!

Una pequeña recapitulación. Con la prisa se me olvidan algunas cosas que oigo decir y que debo apuntar, aunque unas opiniones vayan en contra de otras. Un labrador acaba de decirme, por ejemplo, que la buena siembra debe hacerse en suelo bien penetrado por el agua, si no, es como si sembrara en dos tierras, en sequedad y humedad. La escarda, dice otro, debe hacerse en polvo, esto es, en tierra suelta no muy llovida. La segunda, en cambio, debe hacerse en lodo, pero no muy en lodo, porque se pierde la labor. ¡Santo Dios! Como si la lluvia pudiera darla uno mismo con regadera...

Algo más con respecto al tiempo empleado en las labores. Los trabajos de siembra, escarda y segunda se llevan tres semanas cada uno por término medio. A esto hay que agregar las tres o cuatro primeras semanas de barbecho. Hasta ahora, en el Tacamo nuestro calendario ha sido perfecto y más bien vamos adelantados, cual debe ser, en espera de la estación. No así en Tiachepa, naturalmente. Pero de eso prefiero no hablar.

—Tú no eres hija de Marcial, me extraña que no lo sepas. Tú eres hija de Pedazo de Hombre, que de Dios goce. Yo era amiga de tu madre y vivía cerca de ustedes, por eso me di cuenta, pero todo el barrio lo supo. Pedazo de Hombre era fontanero y no salía de las casas, diario destapando los caños, remendando los cazos de cobre y arreglando las máquinas de coser. Era muy ocurrente pero le faltaba una pierna. Tu madre lo mandó llamar una vez para que le compusiera la puerta del horno, porque le gustaba hacer pan. Cosas que pasan. El caso es que en mala hora llegó tu padre, quiero decir, Marcial. Pedazo de Hombre largó la pata de palo y se fue con los pantalones en la mano brincando bardas de corral con una sola pierna, del miedo que llevaba, hasta que cayó en mi casa. Lo tuve escondido hasta que el carpintero le hizo su pata, porque la bendita de tu madre, Dios la haya perdonado, echó la otra con el susto al fogón de la cocina. Pedazo de Hombre estuvo tres días conmigo, y me arregló de balde todo lo que yo tenía descompuesto. Era un hombre muy ocurrente. Pero entre tu madre y yo se acabó la amistad. Dios la tenga en su Santa Gloria...

No tengo palabras para describir las jornadas de la siembra. Los mozos van descalzos por los surcos. Colgado al hombro llevan el costal de la semilla, como una hamaca. Con pasos medidos van arrojando los granos y los tapan echándoles tierra con el pie. La cuadrilla parece entregada a una danza lenta y antigua. Los mozos, ensimismados, olvidan sus canciones, sus dichos y sus chanzas.

Al volver a mi casa, me vine despacio, solemnemente, sin arrear ni una sola vez al caballo. Como si todas mis esperanzas, y lo mejor de mí mismo, quedara depositado en la tierra. Antes de montar, eché algunos granos de maíz en un surco. Me fijé bien dónde los puse. A ver si tengo buena mano de sembrador.

—Me trata muy mal, padre, anda con otras mujeres y cada que le reclamo me dice "vete al carajo".

—No te preocupes, hija. El carajo es un árbol grandote adonde uno va a descansar después de muerto.

—Pero yo no quiero morirme, padre.

—Entonces aguántate. Todos los hombres somos así, hijos de la mala vida. Yo hice sufrir mucho a tu madre, casi puedo decirte que se murió de las mortificaciones que yo le daba. Siempre la mandé al carajo. Pero ella me dijo Dios te perdone y me echó la bendición antes de irse.

Muy mal comienzo en la labor de Tiachepa. Los bueyes que me prestaron son grandes y fuertes, los arados macizos, y les puse a todos rejas nuevas. Y los bueyes pujan despatarrados, avanzan muy lentamente, y los arados brincan haciendo agujeros en la tierra dura y engramada. Tuvimos que poner a dos yuntas en cada surco, y en vez de abrirse, la tierra se rompe en cuarterones. A la hora de rayar, los surcos no van a ser surcos.

Alguien me informó que en la hacienda de la Cofradía del Rosario había un tractor desocupado y por fortuna me lo rentaron. En medio del desastre, no puedo negar que esto del tractor me ha ilusionado: soy uno de los pocos agricultores que en este valle utiliza maquinaria moderna.

—Me acuso padre de que se me ocurrió un verso. Andaba barriendo el pasillo y se me ocurrió.

—¿Cómo dice?

Vamos juntando virutas
en casa del carpintero,
las cambiamos por dinero
y nos vamos con las p...

—¿Cuántos años tienes?
—Doce. Doce entrados a trece.
—¿Y desde cuándo se te ocurren esas cosas?
—Es el primer verso que hago. Bueno, no, antes había hecho
otros pero no me salían bien.
—No, no digo versos. ¿Desde cuándo tienes malos pensamien-
tos? ¿Cuándo empezaste a pensar y hacer cosas malas?
—¿Cosas malas? Cuando tenía tres años...
—¿Cuántos?
—Tres.
—¿Tres?
—Sí, tres, tres. Bueno, tres entrados a cuatro.
—Pero cómo es posible... ¿Cómo te acuerdas?
—Porque fue en el Colegio de San Francisco. Me hallaron
con una niña. A mí y a otro. Yo no estaba ni siquiera en párvulos,
iba nomás a acompañar a mis hermanos más grandes, fue cuando
me aprendí de memoria "El Cristo de Temaca" y todavía no
comenzaba a estudiar el silabario...

La renta del tractor es de diez pesos diarios, y el tractorista gana
uno cincuenta. A esto hay que añadir el consumo de petróleo.
Hubo además que hacerle algunas reparaciones y en ellas perdimos
tres días, que me pasé enteros en el campo viendo trabajar al
mecánico. La zapatería la tengo olvidada por completo, y uno de
mis competidores ha aprovechado mi distracción para hacer de
las suyas. Tiene un poeta a sueldo vago y borrachales, que le está
escribiendo anuncios versificados en detrimento de mi negocio y
de mí mismo. En uno de sus mamarrachos, dice que yo no fabrico
zapatos para personas, sino zapatas para tractor. Y lo peor de todo
es que en esto hay algo de verdad. El aparato en cuestión tiene
las llantas bastante gastadas y patina sobre la grama. Como yo
no puedo comprarle otras nuevas, me ingenié para adaptarle por
medio de cadenas unos eslabones de suela burda con estoperoles
y remaches.

Estoy desesperado. El tractor vuelve a patinar porque las mentadas zapatas se rompen a mediodía, y yo carezco de inspiración para contestar al poetastro y ponerlo en su lugar...

El cortejo se detuvo un momento frente a la tienda de don Cuco. Alguien pidió que lo relevaran.

—A ver, a ver. Aquí hace falta un chaparrito.

Don Fidencio se adelantó casi corriendo.

—Con su permiso.

Los que llevan el ataúd son de baja estatura, pero del lado del sustituto la caja se inclinó un poco más. Don Fidencio se imaginó la cabeza del licenciado allí tan cerca de la suya y le dieron ganas de hablarle al oído, lástima que ya estuviera muerto... "Licenciado, Licenciado, la letra de cambio ¿de veras se le perdió? Si la letra no aparece ¿qué será bueno hacer? ¿Se lo digo a su hermano, o me quedo callado?"

—Vámonos echando la otra, al fin que ya pasó el entierro y la vida tiene que seguir adelante.

Don Cuco se había quedado viendo sin ver y se dio unas palmaditas en la barriga. Dicen que es el hombre más gordo del pueblo y eso le da mucho miedo, sobre todo desde que le dijo el doctor: "Un día de éstos nos va usted a sacar un buen susto si no se cuida con la comida y las copas...". Don Federico le adivinó los pensamientos y le dijo con su risita:

—No se apure, don Cuco, ya le haremos a usted su cajón a la medida, con media docena de tablones. A mí, bien me pueden enterrar en una canaleja.

—Qué cosas se le ocurren...

—No se preocupe, el rasador es parejo. Ya ve usted, ahora Señor San José se acaba de llevar a su mismito Mayordomo...

Don Cuco llenó otra vez las copas con un gesto de resolución, y vació la suya de un golpe. La cara se le puso brillante de sudor y los ojos se le llenaron de lágrimas, como si la plenitud de su cuerpo no pudiera soportar ya el exceso de una copa y el tequila se le derramara por todos los poros.

—No estés hablando de más y vete al entierro del Licenciado. Acuérdate de que vas en mi representación. Rézale por el camino unos padres nuestros, con su requiescat, y cuando lo bajen al pozo échale su puñito de tierra. ¡Pobrecito, tenía cada ocurrencia! No hace mucho que estuvo aquí la última vez y todavía me dijo: "¡Ay María, con lo guapa que tú eras, yo debía haberme casado contigo!"

Celso salió del cuarto con su paso meneado de arcángel equívoco. Doña María la Matraca le gritó cuando iba en el patio:

—No se te olvide comprarme de vuelta los bálsamos en la botica; bálsamo magistral y bálsamo tranquilo. ¡Acuérdate de que a la noche me tienes que dar unas friegas!

Ya sola, volvió a leer compungida el versículo de la esquela: "Pasó por la vida como una brisa bienhechora..."

—...brisa bienhechora. Bonita brisa bienhechora. ¡Viejo jijo de la pescada, a todos nos dejaste temblando! El papel aguanta todo lo que le pongan, aunque sea de luto. Brisa bienhechora... ¡Puro chagüiste, puro granizo y puro derriengue! Una sanguijuela que traíamos pegada en las costillas, y que ahora va a chuparnos más recio por boca del hermano...

Mero adelante del cortejo viene Odilón, el sobrino del muerto. De negro, pero en traje de charro, con abotonaduras de plata. Va en el mejor caballo que hay en su casa, que es como quien dice en toda la región, ese mojino medio zarando que a cada momento parece que va a aventarlo de la silla, si Odilón se descuida.

—A propósito. Ésa es una montura de emperador. Su abuelo la compró a uno que venía de Colima y la llevaba de regalo para Maximiliano...

—Porque hace mucho aquí estuvieron los franceses.

—Y allí nomás en el Camino del Agua, les ganamos la batalla.

—El que traía la silla vio la corredera y creyó que se había acabado el Imperio. Y por miedo a que se la quitaran los chinacos, la vendió de oportunidad y nunca volvió a dar cuentas a Colima...

—Lo que son las cosas. ¿Usted sabe que el Licenciado y su hermano no se hablaban desde muchachos por causa de esa silla?

—¿Cómo así?

—El viejo le heredó la silla al mayor, esto es, al Licenciado. Pero como no fue hombre de campo, don Abigail se la pidió prestada cuando se iba a estudiar a Guadalajara. Cada que venía de vacaciones, el Licenciado le reclamaba la silla y se hacían de palabras. Para no alargarle el cuento, cuando vino ya titulado, don Abigail, como quien dice, se montó en su mula, con todo y silla, y se quedó con ella. Y desde entonces no se hablaban. Ésta es la primera vez que sacan esa montura a relucir.

—Fíjese usted nomás, el día del entierro del dueño...

—Deja el serrucho, Francisco, allí viene el entierro del Licenciado.

Francisco le dio más duro al serrucho, como si no oyera las palabras que su mujer le decía desde la ventana:

—Deja el serrucho, Francisco, asómate a la puerta. ¿Por qué no vas al entierro?

—¡A mí se me hace que este viejo tal por cual se murió nomás por no hacerle la Función a Señor San José! Acuérdate, el día que se sacó la rifa, y cuando ya no podía echarse para atrás, le tuvieron que poner una inyección de quién sabe qué, para que volviera del susto... Más valía que no hubiera vuelto, si de todos modos se iba a pelar...

—Por favor de Dios, no digas eso, Francisco. Acuérdate de que el Licenciado siempre te daba trabajo.

—Me daba porque le convenía. Con eso de que en su casa le ayudaron a mi hermano a que se hiciera Padre, el Licenciado decía que éramos como de la familia y me pagaba siempre lo que le daba la gana...

—Tiene usted razón, todo nos llega de lo alto.

Don Fidencio alzó los ojos y vio el cielo lleno de nubes negras.

—¡Ay don Antonio, qué se me hace que nos vamos a mojar!

Don Federico se arrimó a una de las puertas de la tienda y extendió la mano. Una gota le cayó en la palma, gruesa como una moneda.

—Bendito sea Dios. ¡Qué buena mojada se van a dar todos estos enterradores! ¡La primera tormenta del año, en el entierro del usurero! ¡Lástima que no sean monedas de oro, de las que él tenía guardadas!

—Cállese, cállese, don Federico, por el amor de Dios.

Después de las copas, don Cuco se sentía culpable y lleno de remordimientos.

—Enterrar a los muertos es una obra de misericordia...

Don Abigail va presidiendo el cortejo, con un traje negro que según parece fue el de su boda. "Maldita silla. Si no nos hemos peleado, yo creo que aquél habría hecho su testamento a favor de Odilón." Buen paño, pero ya deslavado y encogido. Flojo el nudo de la corbata y los zapatos con huellas de que antes de salir de su casa se dio una vuelta por el corral de las vacas.

—Pobre de mi hermano. Yo no sé cómo pudo echarse semejante compromiso, con lo enredados que tenía sus negocios... Tal vez se dio cuenta de que no iba a cumplir su palabra y prefirió morirse para no quedar mal...

Chonita dejó su rosario y corrió al patio.

—¡Ven Jacinta, ayúdame a meter todas las jaulas! ¡Jesús mil veces! Qué tormenta se vino... Y el pobre Licenciado que han de ir llegando con él a la Plazuela de Ameca. Si siquiera les hubiera agarrado el agua al ir pasando por el Santuario... Así podrían guarecerse y el difunto saldría ganado. Un rato más en la casa de Dios antes de que lo echen al pozo...

—No hable usted mal de los muertos, al fin y al cabo ya no están en este mundo y no pueden hacernos nada.

—Pues yo, me perdona usted, pero sí hablo. Y el que la tiene que pagar, pues que la pague, y si no la pagó aquí, pues que la pague allá. Y si el Licenciado se va al infierno, pues que los diablos le aticen leña, que al cabo para eso están.

—¿Al infierno? Yo creo que cuando mucho el Licenciado va a irse al Purgatorio. Ya ve usted las exequias que le hicieron, y dicen que le van a decir las misas gregorianas...

—Pues que se quede un rato esperándolas, porque cuestan caras y a su hermano se le va a hacer tarde en mandárselas decir.

—Pero si él no tiene la culpa de haberse muerto, ya ve usted, quería hacer la Función de Señor San José, y prometió dorar el altar de San Vicente, que era el santo de su devoción.

—No, si yo no le reprocho que se haya muerto, cada quien puede morirse a la hora que le dé la gana. Lo que no le perdono es que nos ha dejado a todos en manos del hermano...

—Paz a los muertos...

—...sí, yo te voy a dar tu paz, viejo méndigo. Ya veremos si descansas en paz con todas las mentadas de madre que te vamos a echar por tus cochinas letras de cambio... ¿Usted cree que alguien va a estar a gusto en el otro patio mientras aquí en este mundo siguen jodiendo a la gente por su cuenta? "Por esta única letra de cambio se lo va a llevar a usted el carajo, si no paga en el plazo fijado..." Y si no, que me lo pregunten a mí.

—Gracias a Dios que yo no le quedé debiendo al Licenciado ni los buenos días... Espéreme, déjeme ver, ahora que me acuerdo, creo que la última vez que vino no le pude dar completo su cambio, déjeme ver, creo que fueron treinta centavos... ora verá, treinta o cuarenta...

—Pues cuídese de que un día de estos no se le vaya a aparecer para cobrárselos.

—Cállese la boca. Ya mero que el Licenciado iba a venir a asustarme por treinta centavos... De todos modos, yo no me quedo con ellos.

—Pues mándeselos a don Abigail, que es el heredero universal...

—No. Ahora a la noche que vaya al Rosario, voy a echárselos de limosna a las ánimas del Purgatorio, no sea el diablo y venga a gatas...

El cortejo acababa de pasar por el Santuario y el Padre Zavala le echó al Licenciado desde lejos la bendición.

—Don Abigail, ¿no le parece que entremos un ratito al Santuario?

El cortejo dio media vuelta y don Abigail buscó a uno de los mozos que iban allí:

—Anda a la casa y dile a la señora que me mande un paraguas. Que mande todos los que haya. Mira, dile que pida por allí unos prestados y te vienes corriendo al Santuario.

—Si usted me permite, don Abigail, mi casa queda cerca de la suya. Que vaya también allí su mozo. Les dices que me manden paraguas.

—Mira muchacho, toma un cinco. Vete corriendo a mi casa, ya sabes, al otro lado de la escuela oficial, y les dices que por señas de que hoy caparon a los puercos, que me manden un paraguas.

—A mí se me hizo que iba a llover y traje mi paraguas, pero me da vergüenza abrirlo y que los demás se mojen...

En la nave del Santuario, casi al pie del altar, en un dos por tres quedó listo un catafalco, con sus cuatro cirios encendidos.

—Suerte que tienen los ricos. A éste ya le habíamos cantado hasta la despedida en la Parroquia, con su *De profundis* y todo, y ahora le dan su metidita en el Santuario para que no se moje. A lo mejor el agua le caía bien, si ya le estaban llegando las llamas del Purgatorio.

—O del Cazo Mocho, vaya usted a saber...

El órgano empezó a sonar otra vez. Pancho el cantor, que iba en el cortejo, se subió al coro con Rodolfo. Y otra vez volvieron los cantos y el agua bendita.

—Oiga don Manuel ¿usted cree en el agua bendita?

—Bendita lluvia la que está cayendo... Bendito sea Dios que nos da a su tiempo las lluvias, las tempranas y las tardías, y con ellas fecunda los campos que nos dan la cosecha...

Y don Manuel alzó los brazos al cielo antes de entrar al Santuario, como si toda aquella agua le cayera en el corazón:

—Estas aguas son las que ablandan la tierra para las siembras, las que hinchan la caña de las milpas, para que después cuajen los granos del elote. Benditas sean una y mil veces. Que siga lloviendo, que siga lloviendo aunque nos pasemos aquí toda la tarde y la noche, velando otra vez al Licenciado, oyendo cantar responsos y rogativas al Padre Zavala, con esa voz de bajo tan bonita que tiene...

En el Santuario, don Fidencio se sentía cada vez más deprimido, pensando en su letra de cambio. "Por lo menos, el Licenciado siempre me esperaba, con tal de que le pagara los intereses." Afuera seguía lloviendo; adentro, el Padre Zavala seguía con el clamor de su voz monótona y creciente... "Ni buenos negocios, ni dinero enterrado, ni lotería. Solamente los ricos tienen buena suerte, sólo de ellos se acuerda la Divina Providencia. Se me hace que toda la vida me la he pasado aquí, oyendo cantar y rezar..."

Ya eran como las seis de la tarde cuando la tormenta se deshizo en lluvia. Muchas gentes se salieron de la iglesia sin hacer ruido. Al salir de nuevo el cortejo iba reducido casi a la mitad, pero mucho más fúnebre bajo la llovizna y los paraguas negros.

La tierra del Panteón estaba hecha un lodazal. Alrededor de la fosa todos buscaban los sitios menos húmedos y se subían a las tumbas. Don Abigail se acercó reservadamente al profesor Morales, a propósito de la oración fúnebre:

—Mire, profesor, ya quedamos muy pocos y todos estamos cansados. ¿Por qué no la publica mejor en el periódico?

A la hora de bajar el cajón, todos se acercaron para echarle al Licenciado su puñito de lodo. Para no mancharse los dedos, Celso le arrojó una florecilla, de parte de doña María la Matraca. El señor Cura dijo las oraciones rituales y echó sobre la tumba unas gotas de agua bendita que se confundieron con la lluvia.

—Me acuso Padre de que tengo novia.

—Eso no es pecado, pero tú no tienes edad.

—Y el otro día le tenté...

—¿Qué le tentaste?

—Cuando yo era chico, mi tía Jesusita con una mano me levantaba el brazo y con el filo de la otra iba haciendo como que me cortaba con un cuchillo: "Cuando vayas a comprar carne, no compres de aquí, ni de aquí, ni de aquí... ¡Sólo de aquí!" Y de repente me hacía cosquillas debajo del arca.

—¿Y eso a qué sale?

—Es que yo también jugué a eso con Mela, pero se lo hice en la pierna, empezando por el tobillo... "Cuando vayas a comprar carne..."

Yo he visto llover muchas veces. Pero ahora, sin despedirme de nadie, al fin que había mucha gente, me salí del cortejo. Encomendé por última vez a Dios el alma del Licenciado y llegué casi corriendo a mi casa para ensillar el caballo. Con las primeras gotas, ya en la Puerta de Huescalapa, me eché al galope. Una fragancia nueva llenó mis pulmones, mientras la lluvia caía cerrada y oblicua sobre los surcos, oscureciendo la tierra. Me guarecí al pie del Tacamo, mientras los mozos llegaban corriendo a saludarme. Los animales se veían felices e inquietos bajo los truenos del temporal. Cada uno a su manera, pero todos hacíamos un rústico saludo a la nueva estación. Se acabaron, se acabaron las secas.

—Y pensar que todo el dinero lo gasté en la pólvora...

Don Atilano el cohetero se puso las manos en la cintura, al pie de la barriga que le brotaba del cinturón:

—Yo no sé en qué estaba pensando el Licenciado para hablarme de tantos miles y miles de cuetes... Yo creo que en el infierno... "Quiero quemar los castillos más grandes que se hayan visto en Zapotlán. El del Día de la Función será un castillo muy alto, con otros alrededor, para que parezca que toda la plaza se está quemando... Ven mañana para darte un buen anticipo...". Y el día del anticipo se murió... Y yo aquí con gente apalabrada y lleno de compromisos con ixtleros y carriceros... Y para acabarla de amolar, ahora se me mojó toda la pólvora que estaba secándose en el patio...

—Pobre Licenciado, al fin de cuentas era un hombre como todos nosotros. Pero les tuvo mucho amor a los centavos. Tanto, que ni siquiera se casó. Ésta era la primera vez que iba a gastar, Dios le tome en cuenta siquiera la intención. Se murió de golpe allí a media calle como quien dice, en brazos de Urbano el campanero. Un ataque al corazón, dijeron los doctores. A lo mejor se murió del puro miedo de dar porque él sólo estaba acostumbrado a prestar. Le prestaba a todo mundo, con y sin responsiva, según. Ganaba con los días del calendario, cada fecha tenía su vencimiento y los réditos se le venían encima aunque él no quisiera. No era muy usurero, pero dicen que a veces prestaba al por mayor, para que otros prestaran al menudeo. Y éstos sí que clavaban las uñas. ¿Tendrá también de eso la culpa el Licenciado?

—Yo venía para mi casa temprano porque me quedé a dormir otra vez en el campanario. Así nomás despierto y voy dando las horas y llamando las misas y me vuelvo a dormir. Y allí nomás al dar la vuelta por Zaragoza vi que el Licenciado iba delante de mí como media cuadra con su carne, medio agachado, como encogido...

—Y luego qué pasó.

—Lo vi como que se fue de boca, como que le dieron un empujón. Pero no había nadie en la calle más que yo que lo iba alcanzando porque él caminaba despacito. Me arrimé adonde cayó, y estaba boca abajo con pataleta.

—Y tú qué hiciste.

—Me agaché y le di vuelta. Y al voltear la cabeza como que me vio a mí o como que veía al cielo pero con los ojos bien empañados. Me miró degollado, ya en las últimas.

—Y tú qué le dijiste.

—Miren, como que iba a conocerme. Le dije, "soy Urbano".

—Y él qué te dijo.

—Nada. Nomás movió los labios como que iba a rezar. Yo entendí, espérense, déjenme acordarme, yo entendí que dijo "¡ay mamá los toros!" Y yo pensé "unos pintos y otros moros", palabra, no vengo borracho. Allí se quedó. Luego vinieron este Huerta y este Hilario el carnicero. Pero el Licenciado ya estaba bien muerto allí con su carne que no la soltó. Hilario me dijo que me la llevara y yo me la llevé para almorzar. Era un pedazo de cuadril. Luego me preguntaron que qué había pasado y yo les conté esto que les estoy contando...

—¿Sabe, Vicentita? Yo creo que San Vicente no quiere que le doren el altar. Dicen que era un santo rete humilde...

—Pero si todos los altares de la Parroquia ya están dorados, sólo falta el suyo, y no hay que hacerlo menos... Déme un cuarto de pepena, pero de aquí... No, mejor de aquí, que está la tripa más gorda. A ver, déjeme ver... De aquí.

Antes de cortar el pedazo, el carnicero hizo la señal de la cruz en el aire, santiguándose con el cuchillo, para bendecir la primera venta de la noche.

—¿Sabe usted que el Licenciado por poco y se me muere aquí adentro? Yo no le noté nada, pero traía mucha prisa y no quería platicar como otras veces. "Despáchame, despáchame porque ya me voy." Y se salió casi corriendo con su pedazo de cuadril... Él siempre compraba cuadril. Y nomás caminó media cuadra. Cuando llamamos al señor Cura y al doctor, ya estaba bien muerto...

He optado por olvidarme de Tiachepa, por lo menos en mis apuntes.
Y para consolarme, todos los días voy al Tacamo. Las milpas han
brotado, y el campo, al atardecer, está lleno de estrellitas verdes.

—Muerte muy triste la que tuvo el Licenciado ¿no es verdad, don
Andrés?

—Pues a mí en realidad no me parece tan triste, vea usted lo
que son las cosas. Tal vez sea mejor así, ir caminando por la calle
y recibir la muerte de golpe.

—Usted y el Licenciado eran de la edad ¿verdad don Andrés?

—Bueno, él me llevaba como tres años, pero lo mismo da, la
muerte no se fija en el calendario.

—¿Y la Función, quién la va a hacer ahora?

—Pues eso va a estar difícil porque murió intestado, y su
hermano, se lo digo aquí en confianza, no le da agua ni al gallo
de la Pasión...

—Me acuso Padre de que leí dos libros.

—¿Cuáles?

—Uno que se llama "Conocimientos útiles para la vida privada"
y otro que se llama "Historia de la prostitución". Tienen dibujos.

—¿Quién te los prestó?

—No. Me los hallé en el troje de mi casa. Están en un solo
libro pero son dos, con pasta colorada.

—¿Son de tu papá?

—No. Estaban en unas cosas de un tío que se murió.

—Ah... Tráemelos mañana mismo a la sacristía. Vas a rezar
cinco rosarios de penitencia...

—Pues que hagan otra rifa, a ver quién se la saca.

—¿Usted cree que vaya a haber otra rifa?

—Quién sabe. Tal vez no. El tiempo está ya muy adelantado, y para eso hay que prepararse con mucha anticipación. ¿No se ha fijado usted en que los mayordomos siempre le hacen la lucha para ganar más dinero el año de la Función? Acuérdese de don Bardomiano.

—¿Cuando se sacó la lotería?

—"Si me saqué una, me tengo que sacar la otra." Y le estuvo entrando a la lotería con puros billetes enteros. Los mandaba pedir a México y se los ponía en los pies a Señor San José, de acuerdo con el sacristán. ¡Y que se le va haciendo el milagro! Por cierto que el sacristán todavía le anda reclamando el barato.

—¡Qué barbaridad!

—Don Bardomiano gastó en la Función una partecita del premio. Con la otra ya sabe usted lo que hizo...

—Se quedó con las tierras de los Michel.

—¿Y quién le iba a decir que no lo hiciera? Los Michel estaban en la chilla y se las aventaron por lo que quiso darles. Y allí tiene usted a don Bardo podrido en centavos...

—¿Se acuerda usted de cuando le tocó hacer la Función a don Salva? ¡Qué bárbaro! ¿Cómo se llamó aquello?

—Barata de Señor San José. No se puede negar que la ocurrencia fue buena, y sinceramente muy legal...

—Yo no diría lo mismo. ¿A qué sale que el nombre de Señor San José ande de aquí para allá como si no le tuviéramos ningún respeto?

—Siempre ha habido aquí cosas que lleven su nombre, como las veladoras y las tablillas de chocolate...

—Bueno, sí, eso puede pasar, hasta el jabón, pero lo de la barata se me hace muy irrespetuoso.

—Yo no creo que tenga nada que ver. Don Salva estuvo vendiendo todo el año a precios de realización y les daba a los clientes una estampita: "Éste es el mero interesado", les decía. Y la gente compre y compre, y los demás comerciantes de ropa, rabiando en sus tiendas vacías...

—¿Y en fin de cuentas qué pasó? No voy a decir que la Función estuviera mala, fue de las mejores. Pero dos o tres meses después don Salva compró casi todo el portal donde está su tienda, lo fincó de nuevo y creció el negocio a más del doble...

—¿Vender? ¿Vender, señor Cura? ¿Pero qué es lo que yo tengo aquí para vender? Ni modo que venda la casa en que nacimos ni la del Santuario que nos viene desde quién sabe cuántas generaciones. ¿Vender? Con todo respeto, sépalo usted, señor Cura, desde que yo tengo uso de razón nosotros no hemos vendido nada... Nada que no sean las cosechas, el queso y los puercos gordos. Y esas cosas se venden a su tiempo, como el ganado de desecho y el desahije, y todo eso apenas ajusta para el gasto de esta casa, que parece un cuartel. Y ahora los gastos del entierro... No sé cómo mi hermano se puso a echarse este compromiso encima, teniendo sus negocios tan enredados. Palabra, Dios le perdone, yo no sé qué es lo que dejó, ni él supo nunca lo que tenía, siempre desparramando su dinero por todo el pueblo, prestando casi siempre de palabra y sin llevar sus cuentas. Los deudores se robarán lo que quieran: "A ver, ¿dónde tiene usted su recibo?". "Pues cuál recibo. Si el Licenciado nunca nos daba..." Y no me va a ajustar la vida para pasarla en corajes. Lo que yo sí quiero hacer en memoria de mi hermano es entrarle a la rifa del año que viene y hacer, si me la saco, la Función en su nombre, ya que se arregle lo del intestado. Así haremos las paces, porque ya sabe usted que él y yo no nos hablábamos... ¿Pero vender, señor Cura? Yo le prometí a mi padre en su lecho de muerte no vender nada de lo que él nos dejó. Ahora que me acuerdo... lo único que hemos vendido es el solar donde está ahora el Camposanto. Ese Camposanto era de nosotros y se llamaba El Aguacate, porque allí había un aguacate muy grande y muy bueno. Era de nosotros y nos lo quitaron. Los del Municipio le pusieron el precio y con lo que nos dieron no ajustaba siquiera para pagar la barda. Porque mi padre lo mandó bardear de puro ladrillo para que la gente no se robara los elotes... estaba tan en el pueblo... Allí se daban unos elotes así de grandes y de dulces. La pobrecita de mi madre ya no volvió a comer elotes de la pura mortificación y cada año se acordaba: "Esa tierra era de puro azúcar, daba unos elotes tan dulces..." Dios la tenga en su santa gloria. A propósito de elotes, mañana voy a mandarle al curato, si usted me lo permite, unas dos docenas de elotes de riego, de los mejorcitos, aunque no sean tan buenos como los del Camposanto...

353

—En el nombre del Padre, del Hijo y del Espíritu Santo; ahora todos somos mayordomos... ¿Quién no ha querido alguna vez ser mayordomo? Como ninguno de nosotros tiene dinero para hacer la Función, vamos a hacerla entre todos. En cada casa de Zapotlán va a haber una alcancía, y la vamos a romper en octubre. Nos estábamos quejando porque no había mayordomo, y ya ven ustedes, ahora tenemos treinta mil. Así es nuestro Patrono...

Si camino paso a paso hasta el recuerdo más hondo, caigo en la húmeda barranca de Toistona, bordeada de helechos y de musgo entrañable. Allí hay una flor blanca. La perfumada estrellita de San Juan que prendió con su alfiler de aroma el primer recuerdo de mi vida terrestre: una tarde de infancia en que salí por vez primera a conocer el campo. Campo de Zapotlán, mojado por la lluvia de junio, llanura lineal de surcos innumerables. Tierra de pan humilde y de trabajo sencillo, tierra de hombres que giran en la ronda anual de las estaciones, que repasan su vida como un libro de horas y que orientan sus designios en las fases cambiantes de la luna. Zapotlán, tierra extendida y redonda, limitada por el suave declive de los montes, que sube por laderas y barrancos a perderse donde empieza el apogeo de los pinos. Tierra donde hay una laguna soñada que se disipa en la aurora. Una laguna infantil como un recuerdo que aparece y se pierde, llevándose sus juncos y sus verdes riberas...

—¿Sabe usted quiénes fueron los primeros en ir a dar su apoyo a la iniciativa del señor Cura?

—Los tlayacanques. Sí, pero espérese. Ahora viene lo bueno. Me lo contó el sacristán. Le ofrecieron al señor Cura los bueyes y la carreta. En una palabra, ellos querían encargarse de todo, en nombre de sus viejas cofradías, pero el párroco les dijo: "No se propasen ustedes, ni gasten más de lo que pueden. Acuérdense de su pleito que cuesta mucho dinero, y más ahora que se murió el Licenciado..." ¿Qué le parece?

—Vivir para ver...

—Bueno, en resumidas cuentas, esto no es ninguna novedad. La Función siempre la ha hecho el pueblo, aunque haya Mayordomo. ¿De dónde han sacado los ricos su dinero? "...Habéis devorado la cosecha, y del despojo de los pobres están llenas vuestras casas." Y no soy yo quien lo dice...

—Ah qué usted, don Isaías...

—Tomemos las cosas con calma. Vamos a ver, yo creo que el señor Cura al fin y al cabo nos está haciendo un favor. Si va a convertir la feria en una fiesta de indios, sea por Dios y venga más. Ustedes ya conocen a los naturales. Si cada año, nomás para la fiesta de las Cruces un Capitán de Vivas gasta todo lo que tiene y se endroga hasta donde puede, imagínense lo que va a pasar ahora que todos se sienten mayordomos de la Función. No les va a quedar ni un centavo para los pleitos, y hasta les va a hacer falta para sus idas y venidas a México y Guadalajara. Ya no van a poner sus huellas digitales en papeles que ni siquiera saben lo que dicen. Lo único que nosotros debemos hacer, es no soltar dinero para la feria, y para no quedar mal con Dios Nuestro Señor, podemos dar todo lo que se pueda para el Seminario que quieren hacer aquí los padres jesuitas. Ese dinero sí que estará bien gastado, será como ellos dicen, para mayor gloria de Dios, en vez de que se tire en diversiones profanas...

—Lo que son las cosas. Otra vez tiene razón don Abigail.

—Y ni modo que yo me suba mañana domingo al púlpito y haga pública la confesión del Licenciado. Gracias a Dios que tuvo el presentimiento y vino a confesarse. "Todo lo que me debe el pueblo de Zapotlán, voy a gastarlo haciendo una fiesta como nadie la ha hecho, y ayudándoles a los indios para que les devuelvan sus tierras. No quiero dejarle nada a mi hermano. Mis bienes son todos para la Parroquia y para el Hospital de San Vicente..." Señor San José, ¿por qué te lo llevaste antes de que hiciera su testamento?

—Con todo respeto, señor Cura, esto me parece ¿cómo le diré?, un poco revolucionario. Apenas si se está calmando tantito la gente, y con esto les pueden perder otra vez el respeto a los patrones. El Mayordomo es un símbolo, señor Cura, es un símbolo, no lo olvide usted. Y ahora se están sintiendo mayordomos, como si no hubiera arriba y abajo ni clases sociales ni nada. ¿Sabe lo que le oí decir el otro día a una mujer que estaba vendiendo tortillas en la plaza? "Le vamos a hacer a Señor San José una Función como no se la han hecho nunca toda esta bola de ricos muertos de hambre..." ¡Imagínese nomás!

El señor Cura juntó todo el dinero que tenía y se fue a ver a don Atilano, que seguía con las manos en la cintura, lleno de compromisos. "Póngase a trabajar desde ahora mismo y lleve adelante los planes del Licenciado. Aquí está para los gastos más urgentes. Necesitamos un castillo para cada día del Novenario, y el más grande que se le ocurra para el día de la Función. Por lo que se refiere a los cohetes, haga todos los que pueda. Principalmente de luces. Yo respondo."

A don Terencio se le ocurrió el mismo día de la muerte del Licenciado, pero dejó pasar un tiempo más antes de publicarlo en su periódico:

"Algunos lectores se han acercado a nuestra redacción para sugerirnos la conveniencia de que se constituya una Asociación de Deudores del difunto Mayordomo, cosa que hemos juzgado del mayor interés para los habitantes de este pueblo. Como es del dominio público, el señor Licenciado jamás llevaba bien sus cuentas y casi nunca daba recibo por los pagos que se le hacían; por lo tanto, todos temen ser víctimas de injusticias a la hora de hacer cuentas con los sucesores. Hay quienes hablan de que la Asociación de Deudores debería intentar ante las autoridades correspondientes una expropiación *post mortem* de esos capitales y dejarlos a beneficio del pueblo, en esta forma: que el que no tenga, que no pague; y el que tenga, entregue su deuda a la propia asociación para obras de utilidad general. Es necesario despertar la conciencia pública de Zapotlán el Grande, y evitar que los señores curas, con el pretexto de que la Función va a hacerla este año el pueblo, se conviertan en herederos ilegítimos del ilustre desaparecido, y se lleven el agua a su molino. En todo caso, el señor presidente municipal ha hecho muy bien en mandar sellar las puertas de la casa habitación del difunto, para evitar las visitas de los afligidos deudos. Sólo nos permitimos recomendarle que eso no basta, y que la casa debe tener centinelas de vista, día y noche... De buena fuente, sabemos que algún allegado al muerto la está vaciando por el corral..."

—Me acuso Padre de que en la imprenta donde trabajo también hacemos el periódico de don Terencio.

—Bueno, de eso tú no tienes la culpa.

—No, pero en el último número van a salir unos versos de un militar.

—Dímelos.

—A ver si me acuerdo:

> *Vade retro*, bandidos de sotana,
> engendros de Loyola y Satanás...

—¡Qué atrocidad!

—Y cuando iban a meter a la prensa ese pliego, vi que decía enjendros con jota y yo le puse la ge. ¿Es pecado?

—No... no es pecado...

La escarda es la operación más importante en el cultivo del maíz. Acabo de saberlo y lo confirmo por experiencia propia. Se hace con arado de dos alas, pero bastante plegadas, para que la tierra no tape las milpitas, que no deben estar para entonces ni muy chicas ni muy grandes: como de una cuarta, para que los tallos queden bien protegidos. Detrás de las yuntas de escarda van los alzadores, que se la pasan todo el santo día de Dios casi a gatas, rasguñando los surcos. Van enderezando las matitas que quedaron chuecas o sepultadas, y arrancando de paso los yerbajos, para que la labor quede limpia. A otras milpas, que no alcanzaron tierra, se la arriman con la mano. De la escarda depende, pues, el buen resultado final de la labor. Hoy me quedé en el campo hasta la caída del sol, viendo trabajar a los escardadores. Yo mismo me metí de alzador un buen rato. Y ahora, en la noche, ya no aguanto los dolores de espalda...

Juan Tepano, Primera Vara, anda con todos los suyos trabajando en el campo. Con todos los suyos que son dueños de la tierra, y que de sol a sol la trabajan para otros. Ahora tienen esperanza, como si el año que entra ya fueran a sembrarla por su cuenta.

Juan Tepano, Primera Vara, anda contento y dice versos y dichos viejos. Pedazos de pastorela. Luego da unos pasos de danza de sonajero. Y viendo que Layo apunta a un cuervo con su escopeta, le llama la atención.

Los cuervos van volando por los sembrados al ras de los surcos. Graznan. Se paran y picotean la tierra como buscando algo.

—A los cuervos no les tires, Layo. Nomás espántalos. Son cristianos como nosotros y no les hacen daño a las milpas. Nomás andan buscando y buscando entre los surcos. Buscan los granos de maíz. Como que se acuerdan de dónde los enterraron, pero luego se les olvida.

Es la hora de comer y la cuadrilla está alrededor de las brasas, calentando el almuerzo. Quién echa a la lumbre un tasajo de cecina y quién un pedazo de pepena, para alegrar las tortillas. Comen despacio a la sombra de un tacamo, mientras los bueyes van al aguaje y sestean.

—Nomás espántalos, pero no les tires. Los cuervos son como tú y como yo. Andan arrepentidos buscando y buscando lo que se comieron por el camino, cuando venían volando en la noche con su grano de maíz en el pico. Pobres, no tienen la culpa de haber caído en la tentación. Ustedes ya no se acuerdan, pero los cuervos trajeron otra vez el maíz a Zapotlán, cuando nos lo quitaron las gentes de Sayula, de Autlán, de Amula y de Tamazula. Todos vinieron y nos quitaron el maíz. De pura envidia de que aquí se daba mejor que allá. Aquí se da mejor que en todas partes y por eso nuestra tierra se llamaba Tlayolan, que quiere decir que el maíz nos da la vida. Pero los vecinos nos hicieron guerra entre todos. Nos quitaron primero la sal y luego se llevaron las mazorcas, todas, sin dejarnos ya ni un grano para la siembra. Y nos cercaron el llano, guardando todos los puertos para que nadie pudiera pasar. Y entonces Tlayolan se llamó Tzapotlan, porque ya no comíamos maíz, sino zapotes y chirimoyas, calabazas y mezquites. Andábamos descriados, ya sin fuerzas para la guerra. Pero tuvimos un rey y su nahual era cuervo. Se hacía cuervo cuando quería, con los poderes antiguos de Topiltzin y Ometecutli. Se hacía cuervo nuestro rey, y se iba a volar sobre los sembrados ajenos, entre los cuervos de Sayula, de Autlán, de Amula y de Tamazula. Y veía que todos tenían el maíz que nos quitaron. Y como su nahual era cuervo, supo que los cuervos buscan y esconden las cosas. Y con los poderes antiguos de Topiltzin y Ometecutli, nos enseñó a todos para que nos volviéramos cuervos. Y un año limpiamos las tierras, que todas estaban llenas de chayotillo, de garañona y capitaneja. Limpiamos y labramos la tierra, como si tuviéramos maíz para sembrarla. Y cuando comenzaron las lluvias, ya para meterse el sol, nos hacíamos cuervos y nos íbamos volando para buscar el maíz que sembraban las gentes de Sayula, de Autlán, de Amula y de Tamazula. Volvíamos cada quien con su grano en el pico, a esconderlo en la tierra de Zapotlán. Pero como nos costaba mucho trabajo encontrar las semillas y todos teníamos ganas de comer maíz, nuestro Rey Cuervo dijo que los que se tragaran el grano por el camino, se quedarían ya de cuervos, volando y graznando entre los surcos, buscando para siempre el maíz enterrado. Y muchos de nosotros no se aguantaron las ganas y se tragaron el grano en vez de sembrarlos en nuestra tierra. Y ya no volvieron a ser hombres como nosotros...

—No les tires a los cuervos, Layo, con tu escopeta. Ellos trajeron otra vez el maíz a Zapotlán. Y los que cayeron en la tentación, no tienen la culpa. Querían comer otra cosa, y ya estaban hartos de zapotes, de chirimoyas, calabazas y mezquites. Por eso andan volando todavía por los campos.

—Cuando vieron que nosotros cosechamos maíz sin sembrarlo, porque no teníamos semilla, y ellos sembraban y no se les daba, las gentes de Sayula, de Autlán, de Amula y de Tamazula hicieron la paz con nosotros y nos dejaron ir por la sal a las lagunas de Zacoalco...

Este año, Juan Tepano, Primera Vara, anda contento como si a él y a los suyos ya les hubieran devuelto la tierra. Canta pedazos del Alabado y dice versos y dichos viejos. Da unos pasos de danza. A la hora de comer cuenta un cuento. Y al ver que un cuervo pasa graznando por encima de la lumbre apagada, dice riéndose con el filo de la mano sobre los ojos:

—Mira Layo, allá va volando un cristiano...

Ya terminamos la escarda y las lluvias siguen siendo muy favorables por el rumbo del Tacamo. (De Tiachepa más vale no hablar.) Bueno, las lluvias son favorables y ya terminamos la escarda. Hoy comenzamos la segunda: el que no asegunda no es buen labrador, dice el dicho. La segunda se da también con arado de dos alas, pero bien abiertas, para que las matas queden muy bien arropadas con la tierra fresca que derraman. Para este fierro ya se ocupan menos peones, pues el trabajo de alzar es más rápido y sencillo que el de la escarda. Las milpas están ya grandes y fuertes, y resisten bien el empuje del arado.

Doña María la Matraca estaba acostada en su cama. Entró Celso José con sus pantalones de dril claro, apretados y rabones. Con su camisa recién planchada. Siempre llega como arcángel, con su halo de santidad: el sombrero de palma echado hacia atrás, aplanado y deslumbrante. Le gusta quedarse en los umbrales, con una mano en el canto de las puertas y la otra en la cintura. Ahora trae una cajita de cartón colgada de un hilo, que sostiene temeroso con la punta de los dedos. Doña María se levantó las faldas, enjugándose de paso los ojos con el borde, porque había llorado, acordándose del Licenciado: "¡Ay María, con lo guapa que tú eras, yo debí haberme casado contigo!"

—Cierra la puerta, Celso. (Entornó los ojos, suspirando.) Duelen más que una inyección, pero hacen mejor provecho. Pobres, me da una lástima...

Celso se puso de rodillas junto a la cama. Con gran precaución abrió un poco la cajita y sus hábiles dedos de costurera cogieron la primer abeja por las alas. Se la puso a doña María poco más arriba del tobillo, haciendo un mohín con los labios. Al sentir el piquete, la señorita se quejó suavemente, abanicándose con la mano.

—¡Ay Dios ay Dios! Qué se me hace que ahora me trajiste de las más bravas... (Celso le dio una palmadita en la pierna):

—Ándele, ándele... La primera es la que duele más, doña Mariquita. Aguántese tantito. Le traje puras mansitas, de esas güeras güeras que les dicen italianas... (La abeja, ya destripada, iba subiendo por la pierna de doña María. Con la yema del dedo, Celso José exprimía sobre la piel blanda el aguijón de la abeja.)

—Eso es, eso es... Apriétela bien ¡ay... ay...! que salga toda la ponzoña... (Y al ver que la abeja moribunda seguía caminando sobre su pierna):

—Mátala, Celso, mátala. Ya te he dicho que las mates luego para que no sufran. (Celso José puso la abeja en el suelo, y la aplastó con el guarache.)

—Pobres abejitas ¡me da una lástima! En vez de seguir haciendo su miel, vienen aquí a curarme las reumas. Me dan de comer y son mis doctores... Ándale, Celso, pónmelas todas, que cuando tengo la hilera de piquetes, siento que toda la pierna se me duerme...

—Estamos fritos, o como decía mi abuelo, peidos de la caifasa. Ya tenemos dos alcancías para llenar en este año. Estoy de acuerdo con la primera, que es un puerquito de barro que nos trajo el Jefe de Manzana: "Llénenlo aunque sea de puros centavos de cobre, es para la Función de Señor San José." Pero ahora nos mandaron los jesuitas una cajita de madera que es para la construcción del Seminario nuevo "...de donde habrán de salir los sacerdotes que tanta falta nos hacen y que son el cuerpo vivo de la Iglesia..." Yo le dije a mi mujer que nomás le echara dinero al puerquito, al fin que es para la feria y todos la vamos a disfrutar. En la cajita de madera les voy a poner un recado a los jesuitas diciéndoles que se la llenen los ricos, al fin que ellos son los que más bien se llevan con el cuerpo vivo de la Iglesia...

En el Tacamo sembré en seco y con fe: el día que murió el Licenciado cayó la primera tormenta y no tardaron en hincharse los granos y en brotar las milpas. Tiachepa es una lástima, un verdadero desierto. Sólo iré a visitarlo cuando tenga ganas de sufrir. Por ahora me basta con hacer esta anotación, que corresponde más bien a mi libro de cuentas: se me han perdido dos bueyes ajenos. Una yunta pareja, los animales más fuertes y grandes de que disponía. He dado las señas por todas partes y puse un anuncio en el periódico, que no ha servido sino de pretexto para que mi competidor y su poeta me lancen otra fisga en el mismo número en que viene mi aviso:

A damas y caballeros
los calzamos como reyes,
porque no buscamos bueyes
perdidos en los potreros.

—Me acuso Padre de que corrieron a Luis Gómez de la escuela, nomás que se me olvida cuando me confieso.

—¿Tú tuviste la culpa?

—Bueno, no toda.

—¿Por qué lo expulsaron?

—Hizo un ejercicio de palabras de dos sílabas.

—¿Cómo era?

—Decía... No puedo. Ya no me acuerdo. Eran de dos sílabas, pero juntas una tras otra, se hacían malas palabras y el profesor se dio cuenta.

—¿Ya no vas a la escuela?

—No.

—Más vale. ¿Qué haces ahora?

—Trabajo en la imprenta.

—Ah... sí, en la imprenta...

—Yo estuve en la cena. Gracias a Dios que éramos pocos y pura gente de confianza. A don Faustino se le pasaron las copas, a cualquiera le puede suceder. Sin venir al caso, bueno sí, para dar las gracias de la cena, se levantó como pudo y dijo sin más ni más:

Señoras y señores, yo no creo en San José, en José, mejor dicho, porque él y yo nos hablamos de tú. Yo también fui muchacho y me dieron ganas de largarme del pueblo a buscar aventuras. Y me fui a Manzanillo, con ganas de hacerme marino, pero antes estuve a despedirme de Señor San José, porque yo era muy devoto, como todos ustedes. Le estuve rezando hasta muy noche, solos él y yo, hasta que me corrió el sacristán.

En Manzanillo me contraté en un carguero, el Cruz del Sur, por más señas. Para no alargarles el cuento, era yo el último de los pinches, el más pinche de todos los pinches que se hayan subido en un barco. Cuando pelaba papas, era día de fiesta porque había papas para comer... En las costas de Chile nos agarró un mal tiempo con tempestades de primer orden. Yo me la pasé embrocado sobre la borda, echando fuera hasta los hígados... ¿Y ustedes creen que Señor San José se acordó de mí? Síganle rezando y ya verán a la hora de la hora... Como ya no servía yo para nada, me dejaron en la costa. Si les digo cómo le hice para volver, sería el cuento de nunca acabar, estuve muriéndome de fiebres. Creo que nada más volví para arreglar cuentas con Señor San José. Lo cierto es que antes de ir a mi casa llegué primero a la Parroquia. Entré sin persignarme y con el sombrero puesto. Desde la puerta de en medio, al comenzar la nave mayor, le grité: "¡José, entre tú y yo, cajón y flores! Ya no creo en ti, y ni falta que me hace..." Y me puse a trabajar. Ya ven ustedes, no me ha ido tan mal. Además, soy masón. Grado 33, para servir a ustedes.

Esto no quiere decir, señoras y señores, que yo, como presidente municipal, no esté dispuesto a colaborar con ustedes para que esta feria sea la mejor que ha habido en el pueblo, con permiso de José...

—¿Y nadie dijo nada?

—Nadie.

Ahora somos una ciudad civilizada: ya tenemos zona de tolerancia. Con caseta de policía y toda la cosa. Se acabaron los escándalos en el centro y junto a las familias decentes.

—Yo, cada vez que pasaba por Las Siete Naciones, le tapaba a mi hijo los ojos con el rebozo.

—Pero piense usted también en los demás, en las familias decentes que viven por allá. Nosotros aquí muy a gusto en nuestros barrios limpiecitos, y ellos con semejante vecindad.

—No en balde se estuvieron quejando y hasta hicieron una junta para que no les echaran allá la vida alegre, pero ya ve usted, perdieron y ni modo.

—Muchos se han ido de sus casas.

—Las han vendido a como dio lugar, perdieron el dinero y la querencia, con tal de no estar revueltos entre las piscapochas.

—La que salió ganando fue doña María la Matraca. Todas sus casitas quedaron en la zona.

—Ya desde antes tenía dos o tres alquiladas para el refocile, y dizque las adaptó para que le pagaran más renta.

—Dicen que alguien le dio el pitazo y estuvo compre y compre propiedades por todo ese rumbo.

—Hay quien asegura que todo el callejón de Lerdo es de ella y que no contenta con cobrar las rentitas, le está metiendo dinero al negocio.

—Válgame Dios, una mujer decente, que vivía de sus abejitas, y que ahora nadie la baja de madrota...

—Ella no tiene la culpa. Sus propiedades estaban allí desde un principio, y allí le cayeron las cuscas como llovidas del cielo...

—Hizo bien. Yo haría la misma cosa si estuviera en su lugar. Casitas que le daban ocho o diez pesos de renta, ahora no las baja de treinta y cincuenta. Le llovió en su milpita, como quien dice...

—Bueno, ya basta. Palo dado ni Dios lo quita. Lo malo es que haya habido tanto escándalo. A muchas tuvieron que sacarlas a fuerzas porque se les venció el plazo y no se fueron por la buena. Hubiera usted visto cómo trataron en el Laberinto a los policías y a las gentes del juzgado que fueron a un lanzamiento de pirujas; el que no salió arañado se quedó sin camisa, y ni modo, eran mujeres. A la Trafique la tuvieron que sacar entre cuatro y en peso para subirla al camión. A don Tiburcio le rompieron los lentes de un manotazo y de milagro no lo dejaron tuerto. Lo que les iban diciendo por el camino, del presidente municipal para abajo, es lo que nadie ha oído en toda su vida. Ya en el Municipio, armaron una grita de todos los diablos. Dicen que en castigo, a las más rebeldes se las echaron a los presos, para que las pusieran en paz, porque los policías no ajustaron. Bueno, eso dicen...

—Hojarascas, le están pegando a dar...

—Dicen que a la gente se le ha pasado la mano en las denuncias y que no contentas con señalar a las que de veras le hacen al áijale, algunas viejas quedadas se aprovecharon para echar la cabeza a más de una muchacha decente, diciendo que la habían visto entrar y salir de tal o cual casa colorada.

—Y pensar que todavía hay quienes critican al presidente municipal, siendo que ésta es una de las pocas cosas que tenemos que agradecerle: haber limpiado todo el pueblo de las casas de mala nota. Más vale tener un lugar de a tiro echado a la perdición, que no todas esas lacras desparramadas por el cuerpo de Zapotlán. Acuérdense nomás del Callejón del Diablo, ahora de San Ignacio, en el mero centro de la ciudad, casi a un lado de la Parroquia y a una cuadra del Palacio Municipal.

—Todos los médicos tuvimos que prestar nuestra colaboración, porque el compañero encargado del departamento no se daba abasto. Yo estuve yendo varios días a la Presidencia a echar una mano. Nunca me imaginé que hubiera tantas en Zapotlán, seguro porque nadie las ha visto juntas. Examiné como treinta y más de la mitad estaban enfermas; casi ninguna había pasado por manos de un médico y la cosa no les gustaba, fíjense, como que les daba vergüenza. Una se puso a llorar y no se dejaba introducir el dilatador, el pico de pato, como dicen ellas. Después se quedó muy triste y me miraba con rencor, como si yo le hubiera quitado los seis centavos. Cuando le entregué su tarjeta de registro, firmada y sellada, para qué es más que la verdad, sentí feo. Antes, era una aficionada y ejercía sin título. Ahora, gracias a mí, ya tiene uno y tal vez le sirva para toda la vida...

—A mí me cayó en las manos Concha de Fierro. ¿Han oído hablar de ella? Yo creía que eran mentiras, pero es la pura verdad. Lleva tres meses con Leonila y sigue virgen y mártir porque todos le hacen la lucha y no pueden. Es la principal atracción de la casa. Y claro que no pueden, porque se necesita operarla. Se enojó porque no le dimos su tarjeta, ¿habráse visto? Quedó libre y no quiso salirse de la cárcel hasta que vino Leonila por ella. Antes de irse me preguntó que cuánto le costaba la operación. Pero Leonila le dijo: "¿Estás loca? Ya quisiéramos todas haber empezado como tú. Ojalá y nunca halles quien te rompa para que sigas cobrando doble y acabes tu vida de señorita…"

—¡Ay Dios mío! Tan a gusto que vivía yo de mis abejitas, vendiendo la cera y la miel… Y ahora con todo este barullo traigo un panal de avispas en la cabeza. Pero ni modo. Yo le pregunté al señor Cura y él me dijo que no tenía yo la culpa, y que podía rentar mis casas a estas personas, porque era disposición municipal en bien de la población. Bueno, me aconsejó que mejor las vendiera, pero nadie les ha llegado al precio. Y luego, pues ni modo, me ofrecieron más renta si les hacía algunos arreglos, y se los estoy haciendo. Al cabo de todos modos da igual, si hacen lo que hacen, más vale que lo hagan con comodidad. El pecado es el mismo.

—Yo les voy a decir la verdad, a mí no me gusta esto de la zona, porque es como darles rienda suelta a todos los vicios, como estar de acuerdo en que las cosas son así y no tienen remedio. Una ciudad con zona de tolerancia es como un cuerpo con un tumor muy grave y que puede ir creciendo aunque todo el cuerpo esté limpio. Antes, Zapotlán era como una cara con espinillas. Sí, señores, la prostitución es el cáncer de la sociedad, y nuestro pueblo se siente ahora muy contento con su gangrena, porque ya sabe dónde la tiene. El núcleo está en la calle de Lerdo y doña María la Matraca lo fortalece y lo ramifica por Guerrero y Morelos. ¿Muy bonito, no?

—A mí se me hace que todo esto del tumor y las espinillas sale sobrando. Lo que pasa, mi querido Marqués, es que a ti te gusta ir de día con las muchachas, porque de noche te da miedo, y ahora más. Todo aquello es un enjambre de briagos y de cuicos.

Antes ibas por la calle, como quien no quiere la cosa. Entrabas a tomar la copa, y luego lo que sigue, entre doce y una. Es bueno para las espinillas. Y nadie se daba cuenta, porque güilas había por todas partes, con o sin cantina. Pero ahora, cada que agarres por Guerrero o bajes la Colorada, la gente te mira como diciéndote adónde vas: a poner el dedo en la llaga, a solazarse con el tumor de Zapotlán. ¡Ah, qué mi Marqués tan elegante...!

—Vi al Perico Verduzco. Anda rete asustado. Fue el que bailó la última pieza con la Gallina sin Pico. Dice que estaba platicando con ella en la puerta del bule, allá donde ustedes saben, por el Callejón del Diablo. También estaban otras muchachas, risa y risa, ya ven, el Perico es muy hablador. Y en eso que ven una mariposa negra, así de grande. "A mí se me iba a parar primero, dice el Perico, pero me quité. Y se le va parando a la Gallina."

—¡Ándale Gallina, ya te llevó la chingada!

Las otras se metieron corriendo. La Gallina sin Pico se quedó callada, muy seria, viendo la mariposa que se fue volando, porque ni la mataron. Luego dice el Perico que le dijo: "Vamos a bailar." Y allí nomás se le resbaló a media pieza. Todos creían que se estaba haciendo, para asustar a las otras muchachas, por lo de la mariposa. Pero no. Clavó el pico de deveras. "¿Y qué tal, dice el Perico Verduzco, si se me para la mariposa a mí?". Y allí anda que no sale del susto.

—No cabe duda de que el señor presidente municipal es un hombre progresista...

—A mí me da lo mismo: con tal de que las haya, no me importa dónde estén.

—Yo perdí mi casa. No me dieron por ella ni lo que valía el solar...

—¡Gracias a Dios que se acabó este espectáculo para mis hijos! Yo vivo frente al Callejón del Diablo...

—Lo que son las cosas, la Gallina sin Pico dijo que a ella primero la sacaban muerta, y ya ven, se le cumplió... la sacaron del callejón con las patas por delante.

—Pero si en todas las ciudades civilizadas hay zona de tolerancia... Hasta en Tamazula se nos adelantaron y nos pusieron el ejemplo.

—Con tal de que no tengan que cambiar todo el pueblo para allá, a la orilla de la laguna...

—Ahora, todo aquel que vaya por allí ya sabe a lo que va. Antes uno podía caer en la tentación, anduviera donde anduviera.

—¡Cuida tus pasos, pecador, que no vayan por el camino del mal!

—Ahora llego más pronto, voy más aprisa, casi corriendo... ¡El camino está de bajada...!

—En lugar del presidente, yo me las habría llevado al cerro para joder a este atajo de disolutos. Que echaran los bofes a la subida, y se desbarrancaran borrachos de vuelta de todas sus iniquidades y de todas sus fornicaciones...

—Ah qué usted, don Isaías...

—Miren, ya estuvo de plática. Mejor vámonos de una vez, todos en bola, a las colmenas de doña María la Matraca. ¡Ella es la reina y yo soy el zángano padre!

—¡Niña desvergonzada, aprende a andar bien vestida! ¡Mira cómo van las niñas decentes!

Y les pone enfrente una criaturita que trae de la mano, como de ocho años, muy pálida, con trenzas largas y que parece una muñeca de principios del siglo, vestida de luto. Se trata de un viudo extravagante que detiene a todas las chiquillas que encuentra para hablarles del infierno, del pudor y de la desvergüenza. Ya ha habido varias quejas. Su mujer se le murió cuando nació la niña. No quiso que la viera ningún médico.

—La mera verdad, yo no sé para qué mi mamá me dejó casar con todo lo delicada que es. Desde el día de la boda no hubo noche que nos dejara en paz, allí sentada en una silla en medio de las dos camas. De día, cuando aquél se iba a trabajar, me dejaba encerrada con llave cada que salía.

—¿Y cómo nació Filemón?

—Un día mi mamá olvidó la llave y aquél entró como de visita. Yo me hice la inocente pero después se me echó de ver y mi mamá ya no volvió a dejarme sola ni con llave. Hasta que aquél se enfadó y se fue. Cuando nació Filemón le mandé recado, pero supe que andaba con otra. Más valía no haberme casado, así sin hombre como estoy. Esperé a que Filemón creciera y me puse a servir. Usted conoce a mi padre, no sé cómo aguantó. Vive con nosotros pero duerme en el corral desde que yo nací. Mi mamá nunca se lo perdonó y desde entonces duerme en el corral.

En la cocina, doña Jesús estaba echándole recaudo al caldo cuando empezaron a sonar las doce. Siempre le gustaba recogerse en una especie de meditación para contarlas: "...diez, once, doce... trece... ¡Ave María Purísima! ¡Urbano dio otra vez trece campanadas como el día de San Bartolo!"

En el campanario, Urbano estaba perdido y poco faltó para que diera catorce. Se colgó del gran badajo meciéndose en su borrachera, y fue resbalando las manos por la cuerda, gruesa como calabrote, y se durmió debajo de la campana mayor...

—¡Jaque al rey!

—Óigame don Epifanio, se me hace que está temblando...

—Yo le dije jaque. Usted muévase, y luego vemos si está temblando o no...

¿Quién empuja la puerta? ¿Quién golpea en todos los vidrios como una lluvia seca? Tengo vértigo... ¡Santo Dios! Está temblando, está temblando... ¡Está temblando! Santo Dios, Santo Fuerte, Santo Inmortal... ¡Me lleva la chingada, está temblando! La campana mayor está de aquí para allá, de aquí para allá, ¡ya va a dar el golpe, ya va a dar el golpe! ¡Si la campana mayor se toca sola se acaba el mundo! Urbano se agarra de la cuerda y se levanta del suelo todavía borracho y atarantado, se cuelga del badajo vuelto loco del susto, allá arriba del campanario, y piensa que va volando por encima del pueblo, colgado de la cola del diablo... Glorifica mi alma al Señor y mi espíritu se llena de gozo... Las macetas de los patios bailan en sus columnas de barro y caen que no caen, los rodetes de humedad van quedando fuera de su lugar, las botellas chocan unas con otras en los anaqueles, los árboles del jardín y del parque se mueven sin viento, aúlla, oh puerta; clama, oh ciudad; disuelta estás tú, filistea... El agua chapotea en las pilas de los lavaderos y en las atarjeas del ganado, las olas de la laguna, unas vienen y otras van, las vacas doblan las rodillas y los perros y los gatos corren, aúllan de aquí para allá, nadie sabe qué hacer... Ya está pasando, ya está pasando... ¡Qué pasando ni qué pasando! Ahora tiembla más fuerte, de aquí para allá, de allá para acá... Tocan las trompetas, apréstase todo y las rodillas flaquean, en todos los rostros se ve la confusión porque he desencadenado mi ira contra la muchedumbre... ¡Jesucristo aplaca tu ira, tu justicia y tu rigor! ¡Ay Diosito me maté! A Layo se le tuercen los surcos de la labor, se le trenzan unos con otros... Allá está la tuza, ¡tírale, pendejo...! A Layo se le cae la escopeta de las manos y se dispara ella sola. La tuza se va corriendo y se mete en su agujero, antes de meterse voltea y le enseña los dientes. Pónganse todos debajo de la puerta, debajo de la puerta, dice un hombre idiotizado y solo a la entrada de su casa. Al contemplar la grandeza del Señor mi Salvador... Fulano de Tal se bajó de la bicicleta y anda extraviado en el jardín, dónde está mi casa, dónde está mi casa... ¡Arrodíllense, herejes! ¡Arrodíllense, malvados! Piensa en tu muerte, pecador, Zapotlán se hunde, Zapotlán se acaba... ¡Sálvanos, Señor José, tú que todo lo puedes! Giran los tapiloles, los adobes se despegan, las tejas se desacomodan, en las paredes se abren las cuarteaduras... Envuelta en una sábana sale corriendo del baño, ¿dónde están mis hijos? ¿Muchachos, dónde están? La escuela se les cayó encima... están en el recreo, no, ya vienen por la calle, el temblor les agarró en la plaza y yo aquí corriendo envuelta en una sábana por la calle, perdóname Francisco, perdóname Dios mío, se me va a caer la sábana mejor me meto a la iglesia, me escondo en el confesionario... ¡No se salgan, coyones, yo pago las otras! Vamos niños, todos en coro, todos en coro... Dios te salve, María, llena eres de gracia... ¡ninguno se salga, el corredor se está cayendo, todos en coro, ruega por nosotros, los pecadores, ruega por nosotros. ¡Sálvese el que pueda! La recién parida que estaba sola en su cuarto se levantó como vaca degollada con su hijo en los brazos. Don Faustino no puede ni debe rezar y se vomita, se vomita como si dijera blasfemias, mareado como en las costas de Chile cuando lo dejó solo Señor San José, y ahora está más solo en este mar de piedras, de adobes y de ladrillos que se le vienen encima como un barco en la tempestad del temblor... Zapotlán está operando con pérdida, perdónale sus deudas como don Salva perdona ¡perdona madre! las deudas a sus deudores. Don Salva está hecho piedra detrás del mostrador y no se sale de su tienda, a lo mejor alguien se aprovecha y lo roba, allí está como el capitán del barco junto a la caja registradora, mirando a Chayo. Las muchachas se salieron a media calle con los brazos en cruz, solamente Chayo se quedó cerca de don Salva, rezando en voz baja con las manos juntas sobre el pecho, cerca de don Salva que está operando con pérdida, ¿por qué no la toma en sus brazos y le dice mañana me caso contigo antes de que Odilón se me adelante y te haga un muchacho? Yo perdóname Señor les hago el favor a todas las que se dejan, yo cumplí mi palabra y doy a la iglesia todo lo que puedo, a los pobres no, porque a lo mejor son unos sinvergüenzas... El señor Cura se arrodilló al pie del altar y allí está pasando el temblor y no vio a la mujer desnuda que se escondió en el confesionario para decirse sola sus pecados, perdóname Dios mío, una vez pensé agarrar la calle allá de muchacha antes de casarme a todas se nos ocurre... La callejuela del mal desborda todas sus Magdalenas arrepentidas... pero no te hagas ilusiones, mañana esperarán al primero que pase, no tienen bálsamos, no tienen ungüentos, están muertas de miedo, sólo tienen lociones, están muertas de miedo y no son peores que otras con familia y que también tienen miedo y se les revuelven los rezos, a mí se me agarró una de las piernas, sálvame papacito, sálvame, llévame de aquí, se me abrazó desgreñada y yo no me puedo mover, no vine aquí a hacer nada malo, sólo vine a cumplir con mi trabajo porque soy del juzgado y estaba embargando una pianola por falta de pago de impuestos, y ahora si me muero aquí qué va a decir mi mujer... Arca de la alianza, *turris eburnea*, ora por nosotros, la torre se bornea... Goce el puerto el navegante y la salud los enfermos... y en el cielo ostenta luego que nos quiere socorrer, once puercos navegando en el sagú de los enfermos y en el cielo está un talego que nos quiere socorrer... ¿A quién repeino, doña Dómine? A la luz Perpetua, doña Reyes... *Requiem aeternam dona ei, Domine, et lux perpetua luceat ei... Requiescat in pace...* ¿De quién es el cantinface? ¿De quién es el cantinface?

—Yo le dije jaque al rey, no se tape con el alfil, porque lo mato... Y los montes se desmoronarán y caerán las rocas y todos los muros se vendrán al suelo...

Fueron tres temblores seguidos, uno tras otro, del grado séptimo de la escala de Mercalli, acompañados de ruidos subterráneos, que nos tuvieron en pánico durante más de siete minutos. Como siempre, se botan las agujas de todos los sismógrafos... Después del último sacudimiento, todo quedó extraordinariamente inmóvil, como si se pararan las cosas, silenciosas y atemorizadas. Los vientos dejaron de soplar y no se movió hoja alguna de los árboles. Los seres se habían abismado en la quietud, azorados y estupefactos.

Un grupo de vecinos, esa gente que siempre hace lo que debe hacer a la hora oportuna, se dirigieron como puestos de acuerdo a la Parroquia. Miraron con estupor las grietas que dejaban ver, en los muros, el desajuste de los grandes sillares bajo el enjarre, y en las bóvedas, las esferas rojizas de los cántaros que las han hecho resistentes y ligeras. Todo el suelo estaba llovido de tierra y de caliche. Sin decir palabra, se subieron al altar y bajaron la imagen de Señor San José en hombros a la plaza. Una gran multitud se les unió, entre lágrimas y gritos, y comenzó la procesión de amargura por todas las calles del pueblo.

Y yo, José, me eché a andar, pero casi no avanzaba entre aquel mar de gente. Y al elevar mis ojos al espacio, me pareció ver como si el aire estuviera estremecido de asombro. Y cuando fijé mi vista en el firmamento, lo encontré estático y los pájaros del cielo inmóviles. Y al dirigir la mirada hacia la tierra, vi un recipiente en el suelo y unos trabajadores del campo echados en actitud de comer, con sus manos en la vasija. Pero los que simulaban masticar, en realidad no masticaban, y los que parecían en actitud de tomar la comida, tampoco la sacaban del plato, y finalmente, los que parecían introducir los manjares en su boca, no lo hacían, sino que tenían sus rostros mirando hacia arriba. También vi unas reses que iban siendo arreadas, pero no daban paso, y el que las llevaba levantó su diestra y se quedó con la mano tendida en el aire. Y al pasar por un aguaje vi unos bueyes que ponían en el agua sus hocicos pero no bebían. En una palabra, todas las cosas fueron apartadas de su curso normal.

La procesión duró todo el día, bajo un cielo cenizo. Señor San José, bajo aquella luz de Viernes Santo, se veía pálido y desencajado, como todos nosotros. De los cerros y del llano se levantó lentamente la gran polvareda de la tierra conmovida. A todos se nos olvidó comer y andábamos con la boca seca, las tripas pegadas en el espinazo y el estómago devorado por el hambre.

Casi toda la población se quedó a dormir en las plazas y en las calles anchas, asistida por los sacerdotes, que se pasaron la noche confesando a Zapotlán.

—No, no, por favor. No mi vida, no por favor, te lo ruego. Déjame… Déjame. ¡Déjame, te estoy diciendo! No, por lo que más quieras. ¡Dios mío! Voy a gritar. Nos van a oír… nos van a ver. No, aquí no, no. Te digo que no. ¡No! No…

—Fíjense nomás, lo que nunca había pasado, tres temblores fuertes seguidos. Y dicen que no ha dejado de temblar. Yo creo que Señor San José nos está ensayando para el Juicio Final…

—Me acuso Padre de Todo. ¿Cómo que de todo? Sí, de Todo, de todo… Yo no puedo absolverte así nomás de todo… Barájamela más despacio… Pues ái le va… Me acuso Padre de que me robé una peseta, me acuso de que le falto al respeto a mis mayores, de que soy mercader de peso falso y amigo del fraude, de que engaño a mi marido el ferrocarrilero cuando se va de corrida, de que me quedé con las tierras por menos de la mitad de lo que valían, de que recibo prendas, de que digo malas palabras, de que pagué testigos falsos, de que fui de la Junta Repartidora de Tierras… ¡Ay de los que juntan casa con casa y campo con campo hasta

ocuparlo todo! De que le quité el marido a mi hermana, yo soy
el hermano del muerto, ¿la mujer de quién? Yo soy el padre que
perdió a su hija, ¿cómo es posible? ¿Tu hija? ¿Con tu hermano?
¿Con tu hermana? ¡Hijos de bruja, generación de adúltera y de
prostituta! Incuban huevos de áspid y tejen telas de araña, y el
que come los huevos muere, y si los rompe sale un basilisco. Yo
con una, y con otra, yo con la que sea, yo con el que sea, yo con
lo que sea... con un pomo de perfume, tuvieron que llamar al
médico, son cinco plátanos, bueno el otro nos lo comemos, tengo
malas inclinaciones, yo le robé la cobija, sí, lo maté a él y a uno
de los hermanos, querían matarme a mí, falsifico las firmas, esta
es la primera vez que me confieso, tengo malos pensamientos, con
una burra, con una mosca, me robo las guayabas, dije ojalá que se
muera, digo muchas mentiras, no creo en la Divina Providencia,
se me hace difícil, el cuento del Cura y del campanero, en la
revolución yo lo denuncié, andaba con mi hermana, a cada lata de
alcohol le sacamos un litro y se lo metemos de agua con alumbre,
le echo tantita parafina a la cera, restiro mucho la manta cuando
la mido con el metro, vendí carne con pipitilla, tengo mis balanzas
arregladas, hay mucha competencia, le digo raca a mi hermano,
más valía que me atara el cuello una piedra de molino, ¿por qué
no me mató en el seno de mi madre, y hubiera sido ella mi sepulcro
y yo preñez eterna de sus entrañas? No me gustan los hombres,
no me gustan las mujeres, me gustan las mujeres, me gustan los
hombres, ya nunca lo vuelvo a hacer, yo tuve perritos, yo ardí en
lujuria por los que tienen miembro de burro y flujo seminal de
garañones, no quise que naciera, yo le apreté el pescuecito, yo
me quedé con lo de la viuda, yo me quedé con la viuda, poseí a
la huérfana la noche misma en que velábamos a su padre, éramos
compadres y cambiamos de comadre, no visito a los enfermos, no
doy caridad, los pobres son unos holgazanes y unos sinvergüenzos,
yo cobro por los certificados de defunción, para que no haya lío,
¡no hay quien clame por la justicia, nadie que juzgue con verdad!
Cuando no hay chivo vendo birria de perro, yo le vendí el veneno,
quiero que se muera mi mujer, yo hice un muñequito y lo traspasé
con alfileres, yo le di agua de coco, yo me pongo diafragma porque
se me hace muy difícil el calendario, no quiero tener más familia,
dos o tres veces por semana, desde que estaba en la escuela, no se
quiso casar conmigo, ya no podía volver a mi casa, no tengo con
qué mantenerme, me quitaron la criatura, nos peleamos por lo
de la herencia, ¡ay de los que piensan por la noche las maldades
que habrán de ejecutar por la mañana! Yo lo que quiero es que

me queme, yo no estaré en paz hasta que me rompan, ¡y que me mate si quiere con tal de que no me deje escapar...! Y se van en tropel a casa de las prostitutas, sementales bien gordos y lascivos, relinchan todos ante la mujer de su prójimo. En la Pastorela yo salí de Carne, jugamos a que yo soy el toro y ellas las vacas. Me acuso de que a cada moneda que pasa por mis manos le doy una limada ya tengo más de un kilo de plata, de que soy una trampa de carne para todos los espíritus que se me acercan... de que di un mate al rey con la dama sola sin apoyo, es un caso de conciencia, sin querer me fui metiendo en el negocio, lo gasto todo en alcohol, yo me emborracho los sábados, yo nomás el domingo, yo toda la semana, le pego a mi mujer, abría las cartas y las volvía a cerrar, yo le puse un anónimo, nomás le di un navajazo, yo solo me quemé la tienda, yo me declaré en quiebra, yo me robé a mí mismo, estoy arruinado, las gallinas se brincaban solas, el buey se devolvió por su paso a la querencia, yo nomás le abrí la puerta del corral y luego completé la yunta, yo le puse los cuernos, dan leche muy gorda en las secas y le tengo que poner tantita agua para adelgazarla a como debe ser, lo enterré en el corral de mi casa, les hablamos a los espíritus, yo tengo agujas marciales, cuando se murió me hallé el dinero en el colchón, queso descremado, mantequilla descremada, crema descremada, no le quise recibir su maíz porque se le dio muy malo, nos quedamos con unas cosas de la iglesia, cuando me salí del seminario, soy monaguillo y tomé de la limosna, yo también, soy el sacristán, trabajo en una tienda y diario tomo diez centavos del cajón, ¿quién se robó la peseta? Conciben maldades y paren crímenes, también yo te alzaré las faldas hasta taparte con ellas la cara y se verán tus vergüenzas. Él me dio la relación, yo escarbé y me quedé con todo, no se necesitaba operarla, pero de todos modos la operé, yo no quise que la operaran y me quedé con el remordimiento, no son de lana pura, ¿es menos pecado que ir con las mujeres? De que hago deshonestidades, me gusta que me vean, a mí me gusta ver, me asomo por un agujero, yo los oigo en la noche, no me duermo y los oigo, no, no me quiero casar con ella, creí que de veras la quería pero no la quiero, no sé cómo lo acepté por esposo, con mi mujer no puedo, con las otras sí, sabíamos que eran mal habidas pero de todos modos las compramos, los indios no sabían qué hacer con ellas, ni modo que se quedaran con toda la población, yo le dije que mandara el anónimo, yo no creo en las imágenes, la noche de bodas me acordé de que había hecho un voto de castidad, a la hora del temblor se me ocurrió que se murieran todos menos yo, mandé una manda y no la cumplí, yo recorrí la cerca del potrero, la fui echando para atrás, yo me quedé con todo el aguaje, esa casa era de nosotros, le tengo mucho amor al dinero, por mi culpa, por mi grandísima culpa se quedaron todos esos indios sin tierras, no supe lo que hice, no quería matarlo, pero lo maté para evitar males mayores, yo no pude descansar hasta que lo maté y no me acuerdo de más, estaba borracho pero me arrepiento de todo... Perjuran, mienten, matan, roban, adulteran, oprimen y las sangres se suceden a las sangres... Bueno Padre, ya le dije que me acuso de todo... ¿De todo? Me acuso Padre de que me robé una peseta...

Como ya los sacerdotes llevaban veinticuatro horas sentados en el confesionario y el río daba vueltas y vueltas y los pecados eran siempre los mismos, el señor Cura decidió pronunciar un solo *Ego te absolvo* y conceder la absolución para todos los vecinos que a las nueve de la noche, al oír las tres campanadas que anuncian la bendición con el Santísimo, cayeran de rodillas haciendo un acto de contrición verdadera.

Sólo unos cuantos herejes se quedaron de pie donde nadie los viera, pero al más empedernido de todos, don Faustino, el presidente municipal que se habla de tú con Señor San José, a la hora de la hora se le doblaron las corvas y se fue de bruces al suelo: "¡Que se abra la tierra y que me trague! ¡Yo cargo con todas las culpas de este pueblo de rajones!"

La tierra no se lo tragó, y esa noche las gentes de Zapotlán, las buenas y las malas durmieron con la conciencia tranquila.

Uno de por allí: "A nosotros se nos quedó la fama, pero los meros meros están aquí. Por eso Dios los castiga tanto. Síganle dando, síganle dando... más de veinte terremotos en lo que va de historia, y acuérdense, en 1912 el Volcán de Fuego por poco los tapa de azufre y de ceniza..."

Y otro ángel le siguió, diciendo: "Ha caído, ha caído Babilonia, aquella grande ciudad, porque ella ha dado a beber a todas las naciones del vino del furor de su fornicación..."

—¿Y qué me dice usted de los otros?

—Los tú me entiendes...

—Los del yo *no* sabía.

—Así era desde chiquito.

—A mí me daban miedo las mujeres.

—¡Ay Dios tú, a mí me dan asco! Fuchi.

—Cuando se te acaba el perfume, me tiras con el pomo...

—Los que se desgajaron como un cerro aparte el día de la maldición.

—El día del cataclismo, el día del terremoto original...

—¡Ay el temblor! ¡Ay el temblor!

—Pues mire usted, a mí me dan risa.

—A mí me dan lástima.

—A veces son muy buenas personas.

—Son buenos cocineros.

—Son buenas costureras.

—Son muy trabajadores.

—Deberían de caparlos.

—Ponerlos a todos a vender tamales en la plaza, con mandiles blancos manchados de mole.

—¡Ay, sí, de mole! ¡Ay, sí, manchados de mole...!

—Mire, mejor vamos hablando de otra cosa. Vamos dejándolos en su mundito aparte, ahogándose como ratas, agarrándose desesperados a un pasaje de San Agustín...

—¡Imagínate tú qué compromiso! Tener que salvar mi alma en este cuerpo tan grandote...

—En este cuerpo de hombre tan feo y tan grandote.

—¡Aquí en la cocina del infierno!

—Probando atole con el dedito...

—Probando atole con el dedote...

—¡Atizando el hornillo! ¡Meneando las ollas del diablo Calabrote!

—Pues mire, yo prefiero que sean así como Celso, maricas con ganas y de a de veras, como unos que vi en la frontera con la boca pintada y con la ceja sacada, y no como esos que parecen hombres y que andan por allí con la mirada perdida, mordiéndose los labios. No se les nota nada, si usted no se fija, pero la apariencia de sus rostros testifica contra ellos, como Sodoma publican su pecado. Se hacen señas unos a otros y se reconocen sin hablarse y quedan en verse quién sabe dónde.

—¿Las mánfulas? Esas la mera verdad me divierten. Los que las han visto dicen que son muy ardientes y desesperadas. A mí me gustan tanto las mujeres que no les tomo a mal que se gusten unas a otras, se me hacen chistosas, y lo qué es más, no lo creo. Son cuentos de la gente.

—Poco después del temblor yo iba para mi casa y me encontré con Juan Vites. Nunca me gusta verlo de cerca, ni cuando le doy limosna, ya ven cómo huele. Y además no tiene ninguna gracia. Pero se me atravesó en la banqueta como cerrándome el paso. Yo creo que también andaba asustado, pero a su modo. Traía una cara como siempre, risueña, y le brillaban mucho los ojos. Tuve que detenerme, saqué un centavo y se lo tendí con la punta de los dedos. Pero él no lo tomó, y sin dejar de mirarme y de reírse me dijo: "¿Vites cómo salió cierto?". Y esas palabras, que todos hemos oído tantas veces porque son las únicas que dice, me sonaron distinto, como si me las dijera un profeta o el mismo diablo. Tuve un mal presentimiento y me fui de prisa a mi casa. Por fortuna a nadie le había pasado nada, aparte del susto. Creo que a todas las gentes que se encontraron a Juan Vites el día del temblor les ha de haber pasado con él lo mismo que a mí.

Parece mentira, pero es la pura verdad. Después de un día de terror y de una noche de angustia, estamos ahora en un ambiente de verbena. Desde la segunda noche a la intemperie, no han faltado quienes lleven guitarras y flautas. Y en vez de dormir llenos de temor de Dios, hay gentes que beben, cantan y bailan hasta las altas horas. Más de un padre de familia se ha retirado a su casa, resuelto a que se le caiga encima, antes que exponer a sus hijos al mal ejemplo que han dado en el jardín dos o tres parejas indecorosas. ¡Habráse visto!

Por el rumbo del Panteón se cayeron algunas bardas viejas el día del temblor. Al pasar, alguien oyó bajo un montón de adobes unos lastimeros quejidos. Se puso a remover los escombros y halló el cadáver de un perro sarnoso, que ha sido en realidad la única víctima registrada del terremoto. Cosa curiosa, resultó que muchas otras gentes de por allí lo conocían, y le tenían cierto cariño porque estaba casi ciego y no se movía de su lugar, esperando la muerte al pie de la barda, donde había hecho un socavón, rascándose la sarna...

—Estaba el Padre Jesuita en el Santuario diciéndoles a las gentes después de la bendición que se fueran a dormir a sus casas tranquilamente, confiados en la Divina Providencia, y que ya no se quedaran frente al templo y a la intemperie, cuando a una beata que estaba dormitando se le cayó la llave de las manos. Una llave de esas así de grandes, que rebotó sobre el piso de mosaico con gran ruido. No lo pasan ustedes a creer, pero al Padre nomás le voló la sotana y se salió corriendo del templo. Todas las gentes se asustaron, porque el Padre había estado hablando del temor de Dios y del castigo que espera a los pecadores, pero no se movieron de su lugar. Luego volvió el Padre muy apenado.

—¿Ya ven cómo son todos ustedes? Hasta a mí me pusieron nervioso...

Las autoridades civiles y eclesiásticas han dado órdenes terminantes para impedir que las gentes dizque asustadas sigan durmiendo en calles y plazas. Varias mujeres de mala nota han sido arrestadas porque ¡válgame Dios!, alegando que su calle es muy estrecha se han desparramado de noche por toda la población, cometiendo gravísimos atentados en contra de la moral. ¡Ave María Purísima!

Por su parte, nuestros dos periódicos semanarios han sacado ediciones extras en que dan noticias de los males sufridos en toda la comarca, con precisiones de casas derrumbadas, muertos y heridos. Aquí la protección de Señor San José ha sido evidente, pues sólo sufrimos daños materiales, que aunque graves a veces, son siempre remediables. La Parroquia es el edificio que más sufrió, pero las obras de reparación se llevan a cabo con gran prisa, y el gremio de albañiles ha dado prueba de su acendrada religiosidad, trabajando de manera entusiasta y desinteresada. Los materiales necesarios han sido proporcionados gratuitamente por los señores comerciantes y agricultores, así que el señor Cura no ha tenido que disponer, como en un principio se creyó, de los fondos que se están reuniendo para la Función. Cabe decir que la fe de Zapotlán, en lo que se refiere a las aportaciones en efectivo, es verdaderamente extraordinaria. Todos han llenado sus alcancías antes del plazo fijado para la primera serie, y han pedido las siguientes... Aunque en un principio se habló de muertos en la localidad, no hubo más que unos cuantos golpeados, que recibieron atención médica inmediata. Se han estado publicando también el texto de los Juramentos que nuestros antepasados hicieron en 1747 y en 1806, así como la carta del Padre Núñez, que es la descripción más impresionante del gran terremoto, a fin de edificar el ánimo de los vecinos y apartarlos de todos esos lamentables desórdenes que se han venido observando después del castigo divino. Se habla de que este año debería hacerse una revalidación del Juramento. Pero la mera verdad, si seguimos así, no tenemos derecho a hablar con la misma voz de nuestros abuelos para repetir sus ejemplares palabras...

En el pueblo de Zapotlán el Grande, en veinte y ocho días del mes de marzo de mil ochocientos seis; Ante mí Don Diego de Zárate, Subdelegado provisional de esta jurisdicción por el Muy Ilustre Señor Presidente, Gobernador e Intendente y Comandante General de este Reino de la Nueva Galicia *etcaetera*... parecieron presentes: el Señor Doctor Don Alejo de la Cueva, Párroco actual de esta feligresía, sus vicarios... y los supernumerarios eclesiásticos... en consorcio de los vecinos... y los actuales alcaldes de la Reducción de este pueblo, por sí y en común con su escribano de República José Carrillo, quien suscribirá por ellos, en sus personas que doy fe conozco, dijeron: Que habiendo experimentado el día veinte y cinco del corriente el rigor de la Divina Justicia, con el formidable temblor de tierra que acaeció a las cuatro y media de la tarde de dicho día, en que perecieron casi dos mil almas bajo la total ruina del templo, con otros muchos que resultaron malheridos, estando las gentes congregadas oyendo la Santa Misión que actual hacen los Reverendos Padres de la Santa Cruz de Querétaro... a tiempo que predicaba o explicaba la doctrina el Reverendo Padre Núñez, que por prescripción divina libertó entre ruinas, destruidas todas las capillas o Templos, hasta el extremo de haber carecido dos días del espiritual consuelo del Santo Sacrificio de la Misa, que hoy se ha celebrado en una enramada en esta Plaza, donde se hallan rancheados, por destruidas o inhabitables todas las casas, haciendo conmemoración de igual acaecimiento que experimentaron sus ascendientes el día veinte y dos de octubre del año de mil setecientos cuarenta y siete del vencido próximo siglo...

—Hombres malhechores, mentirosos, adúlteros, rebeldes, impíos, injustos, odiosos, traidores, insidiosos, blasfemos, abominables, falsos profetas, ateos, esquivos, enemigos de vuestros propios hijos, conculcadores de la cruz, codiciosos del mal, desobedientes, charlatanes, enemigos de la luz y amantes de las tinieblas; vosotros que decís: Amamos a Cristo pero deshonramos al prójimo y devoramos a los pobres. ¡De cuántas cosas se arrepentirán el Día del Juicio los que obran tales maldades! ¿Cómo no se ha de abrir la tierra y os va a devorar vivos? Porque ejecutan las obras del Diablo, heredarán la condenación juntamente con Satanás...

—Ah qué usted, don Isaías.

El 25 de éste, hallándome en el púlpito de esta Parroquia a las cuatro tres cuartos de la tarde, se experimentó un temblor tan furioso que puso todo el auditorio en movimiento. Se compondría éste de más de tres mil almas. Exclamé rogándoles no se precipitaran, receloso de que la misma confusión les impediría la salida, como sucedió. Pues repitiendo inmediatamente con mayor fuerza, y conocido por mí el peligro, eché la absolución al auditorio, la cual apenas concluí, cuando vi desplomarse y caer sobre más de quinientas almas que oprimidas unas con otras solicitaban la salida por la puerta principal, la bóveda primera con la portada y coro. En este estado eché la segunda absolución, y poniendo el pie en el primer escalón para bajar del púlpito, la repetición del temblor, que fue casi sin interrupción, me arrojó bajo la media naranja, donde oprimido de la gente, que unos pasaban sobre mí, otros asidos a mí mismo, con mil trabajos y ayudado de un pobrecito hombre pude levantarme, y pasando el crucero de Señor San José, apenas entré en él cuando se desplomó la media naranja o cimborio, de modo que mi vida estribó en que de ocho bóvedas y el cimborio que tenía la iglesia, sólo la de Señor San José hubiera quedado sin caer. Salí sin otra lesión que una descompostura en un pie, de la que estoy bueno, aunque muy adolorido del pecho, que juzgo provenga de los apretones y mucha cal que tragamos, lo tengo aún muy sofocado: el corazón se me inquieta por instantes, causándome un trastorno total interior y mucha frialdad exterior de las extremidades...

...y que por esto otorgaron con juramento formal escritura, para solemnizar anualmente al Santísimo Patriarca Señor San José, que eligieron por su patrono, por cuya intercesión que imploraron, aplacó al Todo Poderoso su justa ira, se han convenido pues todos, y cada uno de por sí e *in solidum*, en otorgar como desde luego otorgan por la presente escritura, en la mejor forma que haya lugar en Derecho, que reproducen, ratifican y de nuevo revalidan el antiguo juramento de sus mayores, al cumplimiento de su promesa y voto... sin que se consientan otras superfluidades, como convites, banquetes, corridas de Toros, *etcaetera*, que tal vez ocasionan muchos pecados, origen del castigo que han sufrido...

—Estamos operando con pérdida.

—¿De veras, don Salva?

—Sí. Pero más vale operar con pérdida que dejar de operar...

Don Salva ponía una cara de mártir, como si cada cliente fuera a saquearle la tienda. Sus manos pulidas de tanto sobar las telas, acariciaban en ese momento una pieza de céfiro con listas azules.

—Búsquelo en todas partes. Sólo nosotros lo tenemos en plaza. Es un céfiro inglés, del de antes, del que ya no se ve…

Por fin don Salva vendió sus dos metros y medio de céfiro. Se puso el sombrero, para ir a la junta. Le echó una última mirada a la caja registradora. "Qué días tan malos", pensó.

—A ver, María Luisa, ¿por qué no le dan entre usted y Jovita una arreglada a la bodega de atrás? Van a llegar los pedidos de La Carolina y de La Ciudad de México, y no vamos a poder acomodar tanta cosa. Usted, Chayo, quédese en el mostrador, por si hay gente.

Chayo sacó el muestrario de las madejas de artisela, y se puso a revisar los colores.

—Don Salvador, sería bueno pedir más artisela. Hacen falta ya casi todos los verdes matizados…

Don Salva miró de perfil a la empleada, desde la caja registradora. Chayo parecía así más bonita, en la luz de la tarde.

—Chayo, ¿es cierto que se va usted a casar con Odilón?

—Mentiras. Yo me voy a hacer vieja en su tienda, don Salva…

Don Salva sintió que pasaban de pronto muchos años. Ya no estaban de modas las luisinas, la tela de fierro y el chermés. La tienda se iba haciendo cada vez más grande, y él, con el pelo completamente blanco, veía a Chayo. Una Chayo borrosa y desteñida, peinada de chongo, que seguía ordenando madejas en el muestrario: "Don Salvador, sería bueno pedir más artisela…"

—Bueno, aquí le encargo la tienda. Me voy a la junta.

—Lleve usted un paraguas, parece que va a llover.

Don Salva salió de prisa, dejando su tienda como un campo abierto al enemigo. "Con tal de que no fuera hija de don Fidencio el cerero, con tal de que no anduviera de novia de Odilón", pensaba don Salva apretando el puño de su paraguas. Luego dijo casi en voz alta: "Estoy operando con pérdida."

Gracias te doy gran Señor
y alabo tu gran poder,
porque con alma en el cuerpo
me dejaste amanecer.

Terminamos la segunda, y con ella la labor. Hoy fue el día de fiesta del acabo. Desde muy temprano, los mozos se dedican a engalanar las yuntas bajo la dirección del mayordomo. Sobre los yugos forman grandes arcos de carrizo verde con todo y hojas y los llenan de banderitas de papel, de pañuelos de colores, de plumas y de espejos. A pesar de que la labor es pequeña, la fiesta acabó en grande. Al principio llevé lo indispensable, unas docenas de cohetes, cámaras, botellas de ponche y una música de mariachi.

En el momento en que una yunta adornada acabó simbólicamente la última vuelta de la segunda, Florentino el mayordomo tiró al suelo su sombrero, con la copa para arriba. Todos los mozos y los invitados de las labores vecinas hicieron lo mismo, trazando una cruz con los sombreros, del tamaño de la concurrencia: esto les da derecho de asistir al festejo. Arrodillados en torno de la cruz rezamos varias oraciones y luego ellos cantaron a coro, en acción de gracias, los famosos versos del Alabado.

> ...Con San Bautista se encuentra
> y de esta manera le habla:
> ¿qué no has visto tú pasar
> al hijo de mis entrañas?
>
> —Por aquí pasó Señora
> tres horas antes del alba,
> cinco mil azotes lleva
> en sus sagradas espaldas,
> una túnica morada
> y una soga en su garganta.
>
> —La virgen oyendo esto
> cayó en tierra desmayada,
> San Juan como buen sobrino
> luego acudió a levantarla.
>
> —Levántate Señora tía
> que ya es hora de tardanza.
> Caminemos, caminemos
> hasta llegar al Calvario...

Suben los cohetes y estallan sobre el cielo campestre. Todos gritan vivas al patrón para alentar su esplendidez, y como en este caso el patrón era yo, decidí aumentar hasta donde fuera necesario los alcances de la fiesta... Como mi compadre Sabás me prestó su casa de campo para el convite, nos vinimos a ella todos a pie, entre los dichos y chanzas de los mozos, alentados por la música y las canciones.

> Ven mujer junto a la pila
> a cantar una canción,
> unas copas de tequila
> han hecho mi inspiración...

—Chíngale ora mas que mañana no vengas.
—Te callas pulque o te doy un trago.
—Mi padre era hombre, vendía tamales.
—Todavía ni te horcan y tú ya te estás encuerando.
—¡Sacudió el pico y siguió cantando...!

En la casa de campo ya nos esperaban los amigos y las familias de los mozos. Al ver el gentío hice de tripas corazón y mandé a la plaza para que los vendedores se vinieran con sus cajones de birria y sus bateas de chicharrones, porque todo lo que yo tenía previsto no ajustaba ni para empezar. Si a esto agrego los chiquihuites de tortillas, las dos barricas de ponche, los paquetes de cigarros y todo el día de mariachi, resulta que los asistentes tienen razón: hacía mucho que no se veía en Zapotlán un acabo como el mío.

También estuvieron como invitados los mozos de Tiachepa, que todavía no acaban ni la escarda. Les hicieron muchas bromas, como si ellos tuvieran la culpa, pero al fin y al cabo comieron y se emborracharon a más y mejor, como que presienten que en aquella labor no habrá fiestas, acabos ni convites...

Se me quedó grabado un dicho que le oí decir a uno de los mozos, a propósito de mí. Sin ver que yo estaba cerca, dijo que el patrón "era como el gallo de tía Petoraca, sin cola, pero cantador..."

—Dicen que Dios no les da alas a los alacranes, pero mire, allí va uno de flor en flor, volando como una chuparrosa...

—Ellas tienen la culpa. Yo la mera verdad no entiendo a las mujeres: en vez de darles miedo, les gusta que se les pare por enfrente. No hay como tener fama.

—Deje usted lo de la fama. Lo que tiene son centavos, es joven y bien plantado. Yo creo que ni siquiera les dice mayor cosa, ya ve, no es muy decidor que digamos. Lo que sabe es agarrarlas a sus horas, para no perder el tiempo. Ya ve usted lo que les hizo a los Hurtado, después de un día de campo. Muy acomedido, se ofreció a llevarlos a su casa, y cuando todos se habían bajado, menos la hija mayor, arrancó la camioneta y se las quitó en sus meras narices. Dicen que ella estaba de acuerdo y que por eso no se bajó, vaya usted a saber...

Allí está otra vez don Salva caído en el insomnio, como sapo en lo profundo de un pozo, golpeándose la cabeza en su almohada de piedra, casándose y descasándose, enviudando y volviéndose a casar con todas las muchachas de Zapotlán, con las de ahora y con las que conoció hace mucho, poniéndoles miles de defectos a unas y a otras, quedándose definitivamente solo en su noche de soltero empedernido, deshojando la inmensa margarita de los enamorados infieles, con ésta sí, con ésta no, con ésta tampoco, con aquélla Dios me libre, como si las tuviera a su entera disposición, porque saben que es rico y bien parecido... Todas se le entregan y se le desvanecen, pero Chayo se le resiste a las tres de la mañana, y el sultán solitario se duerme pensando en ella, allí en su cama angosta con perillas de latón: "Mañana mismo le voy a decir que se case conmigo..."

—Ese noviazgo no me gusta, la mera verdad, cada oveja con su pareja. Odilón tiene que casarse con una rica, y eso de que ande con una pobre me da muy mala espina. Chayo es muy guapa, de buen semblante y muy acuerpadita, nadie lo niega, pero yo también fui guapa ¿y de qué me sirvió? Traje de cabeza a don Abigail, allá cuando éramos jóvenes. Pero a la hora de la hora, me dijo que antes de casarnos le diera una prueba de amor, en un día de campo.

—¿Y tú se la diste?

—¿Pues qué no estás viendo en lo que vine a parar? Mi vida estuvo como el tamal de tía Cleta, que se acabó a probadas...

Bien recuerdo el paraje
donde me burló el infame,
a la orilla de un aguaje
y al pie de un verde tepame...

Muy buena idea la de don Alfonso: nuestro Ateneo, que tan grato pasatiempo nos proporciona la noche del jueves de cada semana, es un islote incomunicado en este archipiélago del sur de Jalisco. No sabemos nada de aquellos que tan cerca de nosotros cultivan las letras en sus rincones de provincia. Apenas si de vez en cuando algún periódico local nos da muestras de esos ingenios escondidos.

Pues bien, de ahora en adelante, ya que la idea de don Alfonso fue aprobada por unanimidad, recibiremos la visita, por lo menos cada quince días, de algún poeta o escritor de la región. Cada uno de nosotros se turnará para dar alojamiento por una noche a tan distinguidos huéspedes, y los gastos de viaje, que no montan gran cosa, los pagaremos entre todos.

Este intercambio cultural será indudablemente valioso y promoverá amistades fructíferas. Siempre recordamos con afecto la visita de un notable poeta de Tamazula, recientemente fallecido, que por mera casualidad asistió a una de nuestras sesiones. Yo le pedí copia de un soneto, que conservo autógrafo como preciado recuerdo:

Al pie de una escarpada azul montaña,
yace Tlamazolán, la hermosa villa...

Julio 10

Me la encontré en una ventana. Tuve sus ojos tan cerca de los míos que sentí su mirada como un golpe.

Tiene los ojos grandes, claros, y el color de su cara es trigueño.

Los cabellos le cubren los hombros. Es esbelta. Alta y delgada. Tendrá quince años cuando mucho.

Julio 11

La casa sólo tiene una ventana. Creo que da a la sala. Allí no hay luz. La puerta de la sala da al patio y coincide con la ventana a través de la cual observo. Estoy en la acera de enfrente, y miro al fondo de la casa. Detrás de la sala oscura, hay luz en el patio. Allí está ella leyendo. Sólo veo sus cabellos. La línea de su frente se recorta sobre la página blanca. La calle es sombría. El cuadrito luminoso que veo a través de la ventana me llena de felicidad. Me gusta verla leyendo. También quisiera que volteara. No sabe que estoy allí, enfrente de su casa. ¿Por qué no voltea? Sus cabellos le cubren la espalda. La luz los enciende, matizándolos. De pronto, el cuadro desaparece. Es la madre que se ha dado cuenta de mi asedio y cierra la ventana.

Julio 12

Como todos los enamorados, vivo en la incertidumbre. Sé de ella muy pocas cosas, y sin embargo ya me he hecho muchas ilusiones. A la hora que compare la realidad con lo que sueño puede ocurrirme un desastre.

Julio 13

Lo que más parece ella es una flor. Una flor clara y alta sobre su tallo. Parece que no durará mucho tiempo, como los lirios de la laguna. Me asombro de verla al día siguiente lo mismo de hermosa.

Julio 14

Hoy declaré mi amor a... (se me olvidó preguntarle el nombre) y tengo una impresión muy rara. Buena desde luego. Me parece una muchacha excelente. Estudia, me lo dijo como pretexto para no corresponderme. Vive sola con su mamá. Imposible vernos. Es de Colima. Amigos sí. Seremos amigos. ¿Novios? El domingo me resolverá si la busco en el jardín.

Noté que se ponía nerviosa. Eso me gusta. No hallo qué pensar. El domingo próximo. ¿Y entre tanto? Soñar. Estudia. Me parece interesante. Pero muy seria. Demasiado seria.

Julio 15

Tengo remordimientos. He disfrutado un día feliz, sin merecerlo. Hasta la he visto a ella.

A ella, pura, con mis ojos impuros. Debía estar alegre, pero… Pero una tristeza opaca mi felicidad y la oscurece. Ella volteó varias veces a lo largo de la calle. ¡Cómo quisiera entonces no haber hecho lo que hice!

El mal hábito retorna a veces y me destroza un día. Quizás tuve un sueño, un sueño que he olvidado, y que me hizo dar esta caída…

Julio 16

Ahora ya no la he visto. Tal vez se fue a Colima. Cuando pasé hoy por la tarde frente a la Academia de Costura, sus compañeras me miraron con mucha curiosidad. Cuando vuelva, tengo la esperanza de que seré correspondido. Su recuerdo vaga ante mis ojos. A ella dedico mis más puros pensamientos.

—Con perdón de Dios, yo les hago el favor a todas las que se dejan. Sin ir más lejos, a ésa que está ahora en casa de Leonila. ¿La conoces? Ésa que todos se pelean por ella, imagínatela hace tres años, a los quince. Se creía la divina envuelta en huevo y yo le quité el orgullo del zalate…

—La mera verdad, contigo no se puede decir, y párale de contar. Con perdón tuyo, eres un burro manadero…

Ante el elogio, Odilón inclinó la cabeza, avergonzado y satisfecho. Se quedó mirando la copa de tequila, como viéndose en ella, y luego se la bebió de un solo trago.

Julio 18

Como no he vuelto a hablar con ella, no sé cómo se llama.
¿Cómo le pondré? Primero pensaba: Alicia. Y luego pensé: Alís.
Porque ella se me figura una flor de lis. Y me acuerdo, hace tres años
yo leía "La flor de lis" en mi libro de lectura. Estaba en la escuela.
"Un niño deseaba ardientemente la flor de lis que se abría en medio
de la acequia." Imagino la flor, azul y alta sobre su tallo. Se copia
en el agua inmóvil y su color se confunde con el cielo reflejado. Un
viento la hace balancearse suavemente… ¿De lis? ¡De iris!

Por cierto que el niño que quería cortar la flor de iris se cayó
en el agua de la acequia.

—No es por presumir, porque se me hace que nadie debe sentirse
muy ancha por eso, pero a mí Odilón me hizo mucho la lucha.
Hace como dos o tres meses diario pasaba por mi casa y raspaba
el caballo frente a la ventana. Pero yo ni una vez me asomé. Dicen
que tiene una novia en cada pueblo, con eso de que siempre anda
de aquí para allá. En San Gabriel se acaba de robar una muchacha
y los hermanos lo tienen amenazado de muerte si vuelve por allá.
Y luego, dicen también que ya debe varias vidas…

—Pero es muy guapo.

—Peor tantito. ¿Imaginas lo que va a sufrir la que se case con él?

—Mira, hija, tú eres una muchacha seria y hasta ahora a tu
madre y a mí no nos has dado más que satisfacciones. Eres la
mayor, y el ejemplo de tus hermanas. Yo no quise que trabajaras,
y si lo haces es por tu gusto, todos te lo agradecemos porque
es una ayuda para esta casa, donde faltan brazos. Ya ves, Dios
quiso que ustedes fueran mujeres, y yo no tengo más oficial que
el Mudo, porque las velas de cera ya no se venden como antes.
Me tienes muy preocupado con esa amistad. A lo mejor lo que te
hace esperar que vas a casarte con Odilón, es el deseo de salirte
de esta casa donde no ves más que necesidades. Tal vez quieras
tener más cosas de las que yo puedo darte, porque hasta lo que
ganas, muchas veces no puedes gastarlo en tu ropa sino en la de

tus hermanas. ¿Por qué no te fijas mejor en otro muchacho? Eres bonita y eso debe hacerte todavía más humilde. Parece que este año quieren que tú salgas de reina. Yo no me opongo, pero me gustaría más que salieras de Virgen en las andas, como el año pasado en el Taller de Nazaret. Las gentes decían que eras el vivo retrato de la Madre de Dios. Encomiéndate a ella, y que ella te dé su consejo. Al fin, eso es lo que eres y lo que yo quiero que sigas siendo, una buena Hija de María...

He aquí el resultado de nuestra primera experiencia de intercambio cultural. Como teníamos el deseo de conocer a uno de los más afamados escritores de estos rumbos, invitamos a Palinuro, que publica en Guadalajara lo más granado de su producción poética. Él accedió gentilmente, y nos sentimos felices de inaugurar la serie de visitas con tan bien cortada pluma.

Es normal que en las sesiones del Ateneo no se consuman bebidas espirituosas, salvo en muy contadas y significativas ocasiones. Siempre nos reunimos después de cenar para evitarle al anfitrión un gasto excesivo, ya que el Ateneo Tzaputlatena no tiene sede propia ni recibe cuotas fijas de sus socios.

La reunión fue en casa de don Alfonso, y nada la pareció mejor ni más adecuado que ofrecer una copa en honor del poeta.

Todos la aceptamos con gusto. Palinuro vació la suya de un golpe, a la salud de todos. Inmediatamente después propuso un brindis personal con cada uno de nosotros, para sellar la amistad. Su justa y bien ganada fama congregó en masa al Ateneo, con una asistencia récord de dieciocho personas. Así es que antes de empezar la sesión propiamente dicha, nuestro hombre tenía ya veinte copas de coñac entre pecho y espalda. A todos nos colmó de elogios, diciendo que éramos injustamente desconocidos, pero que muy pronto él se encargaría de propalar nuestros méritos. Se refirió a Zapotlán como a la Atenas de Jalisco, pero sus mejores alabanzas fueron dirigidas a nuestra hospitalidad, y a la marca de coñac que le ofrecimos. Hubo que traer otra botella.

El resto de la velada fue más bien melancólico. Después de un breve periodo de entusiasmo y euforia, Palinuro cayó en una somnolencia profunda, como el piloto de la Eneida, y se quedó dormido con sus hojas de papel en la mano. Poco después se deslizó suavemente desde la silla hasta el suelo, y no pudo leernos sus poemas.

Al día siguiente, nos costó trabajo hacerlo tomar a tiempo el tren de Guadalajara.

Julio 28

Se llama María Helena y ya volvió de Colima, adonde un día tendrá que irse para siempre. Seguimos siendo amigos y nos veremos una vez cada ocho días. Me dijo claramente que no se hacía mi novia porque eso era una perdedera de tiempo y ella tenía que estudiar. Hablamos más que otras veces. Yo no tuve más remedio que decirle que tampoco quería perder el tiempo.

De tal modo, sólo seremos amigos. De la amistad, le dije, puede salir el amor. "Ojalá no salga pronto", me dijo ella.

Como no podía meterse en la tienda con todo y caballo, ni tenía ganas de bajarse, Odilón, medio bebido, gritó desde la banqueta frente a la tienda de don Salva:

—Te vengo a decir que me voy...

Chayo, roja y avergonzada, se quedó como si no oyera, dándole vueltas a una bola de estambre.

—No te pongas así. Me voy pero vuelvo. Dime adiós, pero con gusto, para que me acuerde mucho de ti...

—Yo no sé dónde tiene la cabeza Chayo. Una muchacha tan decente, Hija de María y haciéndole caso a Odilón. Una de dos, o la deja colgada, o le quita los seis centavos, y si es que no se los ha quitado ya...

—¿Y qué tal si se casa con ella?

—Qué casarse ni qué ojo de hacha. Él tiene una novia formal en Guadalajara, y aquí y en otros pueblos nomás anda buscando muchachas que le hagan el áijale. Dicen que se mete con las criadas de su casa y hasta con las hijas de sus mozos. A todas les dice que va a casarse con ellas. ¿Y pasa usted a creer que todas estas ignorantes se tragan el paquete? Y allí se quedan, como burras enquelitadas, esperando que vaya a pedirlas...

Cuando ya don Fidencio cerraba su tienda, entró una mujer que se puso a examinar debidamente las velas de cera. Había de todos tamaños, unas delgadas como lápices y otras gruesas como barras de albañil. La mujer iba de unas a otras, tentaba y soltaba las de a diez, las de a veinte y las de a cincuenta centavos. Don Fidencio perdía la paciencia, pero estaba acostumbrado a perderla. En sus manos sonaban las llaves. Ya había cerrado una puerta. El reloj de la Parroquia dio las nueve, pero a él ya se las habían dado desde antes en el estómago:

—¿Cuál de todas se va a llevar?

La mujer tenía en una mano cinco velas de a diez y una de a cincuenta en la otra, con aire calculador:

—¿Pesan lo mismo?

Don Fidencio tomó las velas y las puso en los platillos de la balanza. Pesaron igual. La compradora volvió a tomar la vela de a cincuenta y le clavó la uña sucia del dedo gordo.

—¿Son de cera líquida?

Don Fidencio alzó los ojos al cielo en una oración enfurecida: "Señor, hace treinta años que hago todas las velas de cera que se prenden en el pueblo. Las velas de los muertos, las de primera comunión y los cirios pascuales. Uso con permiso del señor Cura el sello del curato, como una garantía. Y las gentes vienen a preguntarme: ¿Son de cera líquida? Y les clavan las uñas..."

Porque las velas de cera se calan con la uña. Si uno siente como que la uña se atrapa al clavarla, son de cera líquida. Cuando hay parafina, la uña se resbala. Calar las velas de don Fidencio es un sacrilegio. Todas las noches, antes de cerrar, el cerero borra con los dedos las ofensivas huellas de desconfianza.

La mujer abandonó las velas chicas y puso los ojos y las manos en los velones de a dos pesos.

—¿Son las más grandes que tiene?

—Su boca es medida, señora. Si las quiere más grandes, yo se las hago del tamaño de un poste. Si se le hacen chicas las de a dos pesos, puedo hacerle una de a doscientos...

—¿De veras puede hacer una vela de a doscientos pesos?

—Sí hombre, cómo no, para que usted alumbre con ella toda la Parroquia...

Los ojos de la mujer se iluminaron de pronto, como si ya estuviera ante semejante espectáculo. Se sintió avergonzada por la velita de a veinte centavos que iba a llevar y se decidió por una más grande.

—Voy a llevar una de a cincuenta. Déjeme escoger...

—Todas son iguales, señora, todas son iguales.

—Sí, pero hay unas que están muy manoseadas. Déme ésta que está más limpiecita... no, mejor esta otra. A ver, déjeme ver...

Don Fidencio hizo un acopio final de paciencia, como el que hacía todas las noches en la mesa de su casa, esperando que le sirvieran el chocolate en agua. Tomó la vela elegida y la envolvió por el medio con un pedacito de papel esquinado y detuvo la punta suelta con un pellizco de cera campeche. La mujer pagó y se fue con su vela en la mano. Pero poco más allá de la puerta se devolvió a preguntar muy resuelta:

—¿De veras puede usted hacerme una vela de a doscientos pesos? Dígame, ¿dará más resplandor que doscientas de a peso?

Por toda respuesta, don Fidencio apagó la luz de su establecimiento.

Uno de nuestros reporteros encontró por la calle 15 de Mayo a cinco individuos en fuerza de carrera, tanto que si no se saca, le dan también su caballazo. A una cuadra de distancia encontró a cinco o seis gendarmes, pero como éstos echaban balazos a diestra y siniestra, nuestro reportero tuvo, como es muy natural, que esconderse en el templo de la Merced, porque dice que la vida no retoña.

Ya que pasó el peligro, al menos para él, salió a la calle y ve que los reos escaparon, unos por la calle de Cuauhtémoc, rumbo al sur, otros rumbo al norte, y otros siguieron de frente, atravesando la casa del Caballito. Cuando ya no pudo nuestro reportero ver el movimiento, se encaramó en el campanario de la Merced, y de allí vio que uno de los reos que iba ya en el cerro, cayó en tierra en el momento en que se oyeron detonaciones de armas; pero se levantó en seguida y siguió su camino, por lo que se cree que uno de los prófugos va herido. Hay quien asegura que fue Francisco Vegines.

Otro de nuestros reporteros encontró por Colón a dos de los prófugos, que paso a paso siguieron su camino sin que nadie se atreviese a molestarlos.

—"¡Aquí es Colima, aunque no haya cocos!". Así me dijo y me bajó del tren. Yo no sé por qué, pero siempre tuve ganas de ir a Colima, me gustan mucho las huertas. "Si me llevas a Colima, me caso contigo", le dije a Filiberto. Y él me prometió llevarme allá al viaje de bodas, pero no llegamos más que a Tuxpan, tan cerquita de aquí. Y allí pasamos la luna de miel. Y de nada me habría servido que fuera en Colima, porque en ocho días no salimos para nada. Comíamos en el cuarto. Ahora, ya de viuda, ¿qué voy a hacer vieja y sola en Colima? Nomás iría a acordarme de Filiberto.

Como la segunda sesión de intercambio cultural debía desarrollarse en mi casa, tomé algunas precauciones. El invitado fue un historiador de Sayula, hombre de edad y de costumbres morigeradas, que se pasa la vida investigando en soledad los archivos regionales. Es una persona respetable y goza de cierto prestigio en virtud de que ha descubierto y publicado diversos documentos acerca de las fundaciones franciscanas en el sur de Jalisco durante el siglo dieciséis. Últimamente se dedica a escribir la historia exhaustiva de las Provincias de Ávalos, y nos prometió leernos un capítulo que atañe a Zapotlán. En realidad todos desconocemos, o más bien dicho, desconocíamos la historia de nuestro pueblo, y a decir verdad, yo hubiera dado lo que me pidieran por no haberla conocido nunca, si es que los hechos sucedieron tal y como los relata este buen hombre de Sayula.

Nuestro invitado tomó las cosas con parsimonia. Nos saludó a todos amable y fríamente. Es hombre de poca parola y se estuvo callado hasta que llegó el momento de la lectura. Rehusó el café y los refrescos, y ni siquiera quiso probar un dulcecito. Pidió un vaso de agua. Puso su portafolio sobre la mesa y sacó un impresionante montón de cuartillas escritas a mano. Se quitó los anteojos y se estuvo limpiándolos durante varios minutos con su pañuelo; se los ponía y se los volvía a quitar hasta que no quedó en ellos, según parece, la más mínima partícula de polvo. Luego extrajo del portafolio un frasco de medicina y un gotero. Creo que todos contamos las gotas que iban cayendo en el vaso, lentas y espaciadas, como de una clepsidra: fueron ochenta y cinco. Bebió un pequeño sorbo, y después de hacer un gesto de amargura, nos preguntó que si estábamos listos. Como el silencio seguía siendo general y completo, yo tomé la iniciativa y le indiqué que nuestra sesión quedaba abierta en su honor. Al hacerlo, tuve la impresión de que contraía una grave responsabilidad frente a todos los concurrentes. El historiador carraspeó varias veces y en distintos tonos, para afinarse la garganta, y dijo con voz tranquila y opaca: "La traición y los traidores en Zapotlán el Grande, durante las guerras de Conquista, de Independencia y de Reforma. Capítulo décimo primero de la *Historia General de las Provincias de Ávalos, desde su descubrimiento hasta nuestros días.*"

Yo tuve un estremecimiento y cerré los ojos, pidiéndole a Dios que aquello no fuera cierto; yo había oído mal, sin duda alguna. Desgraciadamente, la interminable lectura corroboró punto por punto todos los temores de la asamblea. Aquel hombre apacible y documentado se dedicó a insultarnos concienzudamente toda la noche: desde Minotlacoya, nuestro último rey, que capituló para convertirse en aliado de Alfonso de Ávalos, hasta nosotros mismos, Zapotlán no había sido en toda su historia más que un semillero de cobardes y de traidores. Ni siquiera en la guerra de Independencia tuvimos la menor oportunidad de mostrarnos heroicos o patriotas: fuimos, según él, realistas empedernidos. De vez en cuando, el erudito interrumpía la lectura para beber en su vaso de acíbar, tosía y se reanimaba para decirnos que en tiempos de Maximiliano, en vez de pelear, nos echamos en brazos de los franceses...

Un rencor legendario se dio rienda suelta en la prosa dilatada de aquella rata de biblioteca. Más que ofendidos, nos sentíamos abrumados, como si sobre nosotros estuviera cayendo otra vez la lluvia silenciosa de ceniza que nos echó el Volcán de Colima. Yo había tomado ya la resolución de suspender la sesión de historia a como diera lugar, cuando un hecho providencial vino a ponerle fin: se apagó la luz en el momento en que nos enterábamos de que una conjura local estuvo a punto de acabar con la vida de don Benito Juárez, la noche que el Benemérito pasó entre nosotros...

Como si se hubieran puesto todos de acuerdo, a nadie se le ocurrió encender un fósforo. Cuando me resolví a hacerlo, el cronista y yo estábamos solos. Los demás se fueron sin despedirse.

Agosto 17

Dejé de apuntar en mi diario porque me puse a escribir una novela. La media docena de lectores que ha tenido, no escatimaron sus elogios. Don Alfonso tuvo conceptos que me llenan de satisfacción.

Dejé de ver a María Helena, bueno, de hablar con ella desde hace quince días, por causa de mi trabajo. Hace ocho no pude encontrarla aunque la busqué. Ahora tampoco pudimos hablar. No obstante estos veintidós días sin entrevistas, las cosas van bien. Nos vemos casi a diario, aunque de lejos. Debo confesar que estoy realmente enamorado.

Agosto 19

Después de una rápida y prematura alegría, mi amistad me está dando ya maduros sufrimientos. Me enamoré de María Helena antes de tener algún dominio sobre ella, creyendo que como tiene catorce años y yo diecisiete, todo iba a ser mucho más fácil. No es que en realidad haya pasado nada grave, pero algo ha faltado hoy a su mirada, a su saludo, a su gesto lejano. Y esa falta me ha hecho sufrir, y ella me lo vio en la cara, estoy seguro.

Agosto 20

Para poner un poco las cosas en su lugar, he resuelto no verla durante el día. Por la noche, después de una tarde tranquila me sentí un poco triste. Como no podía leer, tomé el camino de su casa. La hallé cerrada y silenciosa. Estuve meditando buen rato frente a su ventana.

Agosto 21

Ahora sólo he pasado una vez ante la Academia de Costura y la saludé. Sonriente, se asomó a la ventana.

Por la noche, nueva meditación frente a la casa cerrada.

Agosto 22

Ha pasado casi un mes para que yo vuelva a hablar con María Helena. Cruzamos el parque y caminamos toda una calle juntos. Yo creía que el camino no iba a terminar nunca, pero cuando faltaba la mitad para llegar a su casa, me pidió que la dejara.

Es doble la impresión que tengo de esta entrevista. Alegría mientras duraba, porque conversamos con cierta efusión. Agudo malestar por la interrupción casi brusca. Esas dos actitudes no las puedo entender en la misma persona, pero así ha sido otras veces, amable al principio, y luego se despide fríamente. No puedo seguir así. O novios expuestos a toda clase de accidentes, o amigos que puedan verse y hablarse con permiso de la mamá. Pero no esto que me pasa.

Una vara de carrizo delgado lleva un cañuro de carrizo más grueso en la punta, liado con ixtla bien empapado con cola espesa de carpintero. Eso es un cohete. Lo demás lo hace la pólvora. Para los de luces hay que conocer muy bien los secretos del oficio, como don Atilano. A la pólvora se le agregan sales metálicas, de cobre, de hierro, de aluminio, según el color que se quiera. Hacer un castillo es ya otra cosa. Hay que tener muchos conocimientos y buenas ocurrencias de arte mecánica. Sobre todo para un castillo como el que van a quemar el día de la Función, que será más alto que la Parroquia. Eso es ya cosa de arquitectura. Yo vi el dibujo. Cuatro torres sostienen una plataforma a ocho metros del suelo. Desde allí se alza el castillo propiamente dicho, con el tronco del pino más alto que haya en toda la sierra. Va a dar vuelta todo entero, movido por unas aspas de luz amarilla y verde, los colores de Señor San José, y en la mera punta se descubrirá al final una imagen de nuestro Santo Patrono, sobre una catarata de luz, rodeada por canastillas que saldrán de todas partes, en forma de querubines... Se revestirá siete veces, y don Atilano tiene calculado que llevará más de quinientas girándulas. Para que las gentes no se acerquen mucho y vaya a haber un accidente, todo alrededor del castillo andarán los toritos de fuego que asusten al pueblo con miles de buscapiés. Al cabo se podrá ver desde muy lejos.

—Padre, también quería preguntarle, ¿menosorquia es mala palabra?

—¿Menosorquia? No, no la conozco, ¿dónde la oíste? ¿Por qué no has venido a confesarte?

—Porque desde el día del temblor no he hecho pecados... Esa palabra se la oí al diablo. El diablo la iba diciendo en un sueño que tuve. Yo estaba en la azotea mirando para la calle y había como un convite del circo. Mero adelante iba un diablo grande como una mojiganga, todo pintado y con cuernos, y las gentes se asomaban a mirarlo y él se bamboleaba al caminar dice y dice: "Cuánta menosorquia os da, cuánta menosorquia os da...". Y al pasar me miró a mí y era tan alto que su cabeza llegaba junto a la mía siendo que yo estaba en la azotea. Me dio mucho miedo y cuando desperté vi todavía la cara del diablo, y era como la de un compañero que me enseñaba cosas malas en la escuela...

—¿Y qué crees tú que sea la menosorquia?

—Es como las ganas de hacer el pecado. Siempre que lo hago me da después mucho arrepentimiento, me acuerdo del diablo y cuando salgo de la imprenta, después que dan los clamores, entro de rodillas a la iglesia y le juro a Dios que no lo vuelvo a hacer...

Don Alfonso ha tenido otra de esas buenas ideas, que los miembros del Ateneo han aprobado también por unanimidad: suprimir las visitas de intercambio cultural.

Agosto 25

No pude hablar con ella ni el sábado ni el domingo.

El día de hoy lo tenía echado a perder por... Tal parece que no tengo enmienda. Y a mi edad...

Claro que no lo esperaba ni lo merecía, pero la vi.

—Ahora no puede usted venir conmigo.

Por allí empezamos y todo estuvo a punto de acabar. Siempre tiene razón.

Esto ya no es amistad. Su mamá se ha dado cuenta. Las muchachas le hacen la vida insoportable en la Academia de Costura. Le dicen la novia del poeta y eso no le gusta. Sin embargo, me demuestra que no está decidida a acabar con mi amistad.

Por fin puedo convencerla. Renuncio a verla. A no ir a su casa, a no pasar por la Academia. Pero entre nosotros habrá un noviazgo secreto.

Y eso es lo que yo pretendía: su promesa, el acuerdo, el compromiso entre los dos. Ella lo acepta con sencillez, pero intensamente. Me dice que ha comprendido la sinceridad de mi afecto. Sabe Dios qué día volveremos a vernos, pero qué gran felicidad... No sé cómo describirla. ¡Cuánta inocencia en sus ojos de niña! Sólo al decir la palabra esperada, le tembló la voz. Y yo recuerdo ese temblor como el premio más grato dado a mi esperanza.

—Hojarascas, le están pegando a dar...

Agosto 26

La imagen de María Helena flota sobre mi vida.

Sin embargo, cuánta inexcusable vileza de mi parte. Qué impuro me siento para pensar en ella.

Cometí el error de leer un libro prohibido. Sufro al confesarlo, la lectura me produjo una excitación que tuve que aplacar de cualquier modo... ¡Y pensar que me prometí una larga abstinencia!

Nueva visita en el Ateneo, pero esta vez espontánea. Por lo tanto, sobre nadie recae la responsabilidad.

La poetisa Alejandrina llegó procedente de Tamazula, bien munida de informes y referencias acerca de casi todos nosotros. Llegó en el momento oportuno, cuando ya estábamos reunidos y dispuestos al banquete del espíritu.

Hizo su entrada con gran desenvoltura y nos saludó como a viejos conocidos; para todos tuvo una frase graciosa y oportuna. (Nuestras dos socias presentes no pudieron ocultar su sorpresa, un tanto admiradas e inquietas.) Una fragancia intensa y turbadora, profundamente almizclada, invadió el aposento. Al respirarla, todos nos sentimos envueltos en una ola de simpatía, como si aquel aroma fuera la propia emanación espiritual de Alejandrina. (La inquietud de nuestras socias aumentaba visiblemente; en ellas, el perfume parecía operar de una manera inversa, y su fuga se hacía previsible de un momento a otro.)

Lo más fácil para describir a Alejandrina sería compararla a una actriz, por la fácil naturalidad de todos sus movimientos, ademanes y palabras. Pero el papel que representó ante nosotros era el de ella misma, indudablemente memorizado, pero lleno de constantes y felices improvisaciones. Al dirigirse a mí por ejemplo, que ya no soy joven y que disto de ser un Adonis, me dijo en un momento adecuado: "Usted está solo, y su soledad no tiene remedio. ¿Puedo acompañarlo un instante?". Y dejó su mano en la mía, mientras me miraba fijamente a los ojos. Yo hubiera deseado estar a solas con ella para detener de algún modo el vuelo de un pájaro fugaz que en vano anidaba en mi corazón. Afortunadamente, estaba en casa ajena, y mi mujer nunca me acompaña a las reuniones del Ateneo.

Ella traía su libro de versos en la mano, pero dijo que de ningún modo quería trastornar el orden previsto de nuestras lecturas y comentarios. (Cuando ella llegó, yo me disponía por cierto a dar a conocer mi poema bucólico "Fábula de maíz" que naturalmente quedó para otra ocasión.) Todos le suplicamos a coro que tomara asiento y que nos leyera su libro. (Dicho sea sin ofender a las que estaban presentes, por primera vez el Ateneo recibió la visita de una auténtica musa. Al iniciarse la lectura, todos nos dimos cuenta con embeleso de que esa musa era nada menos que Erato.)

A pesar de su profunda espiritualidad, la poesía de Alejandrina está saturada de erotismo. Al oírla, sentíamos que un ángel hablaba por su boca, pero ¿cómo decirlo? Se trataba de un ángel de carne y hueso, con grave voz de contralto, llena de matices sensuales. Indudablemente, Alejandrina se sabe todos sus versos, pero tiene siempre el libro abierto frente a ella, y al volver las páginas hace una pausa que lo deja a uno en suspenso, mientras las yemas de sus dedos se deslizan suavemente por los bordes del papel...

A veces, de pronto, levanta la vista del libro y sigue como si estuviera leyendo, sin declamar, con los ojos puestos en alguno de los circunstantes, haciéndole una especie de comunicación exclusiva y confidencial. Esta particularidad de Alejandrina confiere a sus lecturas un carácter muy íntimo, pues aunque lee para todos, cada quien se siente ligado a ella por un vínculo profundo y secreto. Esto se notaba muy fácilmente en los miembros del Ateneo, que acercaron desde un principio sus sillas en círculo estrecho alrededor de Alejandrina, y que no contentos con tal proximidad se inclinaban cada vez más hacia ella, con todo el cuerpo en el aire, apoyados apenas en el borde de sus asientos.

Yo estaba precisamente sentado frente a ella, y creo que por esa circunstancia fui favorecido con un mayor número de apartes en la lectura de Alejandrina. En todo caso, siempre estuve en diálogo con ella, de principio a fin, y recordé varias veces sus palabras, que se refirieron a mi soledad de hombre soñador. Al hacerlo, no podía menos de pensar en mi mujer, que a esas horas estaría dormida, respirando profundamente, mientras yo escuchaba la música celestial...

A media lectura, y cuando el tono de los poemas ganaba en intimidad —Alejandrina describe con precisión los encantos de su cuerpo desnudo—, nuestras dos socias, que ya no ocultaban las muestras de su embarazo, desertaron discretamente aduciendo lo avanzado de la hora. Puesto que Virginia y Rosalía no se despidieron de mano, la interrupción pasó casi inadvertida y a nadie se le ocurrió acompañarlas hasta su casa como es nuestra costumbre. Yo me reprocho esta falta de caballerosidad y la excuso en nombre de todos... ¿Quién iba a perderse "Contigo bajo la luna", la hermosa serie de sonetos?

Cuando Alejandrina cerró su libro, nos costó trabajo volver a la realidad. Todos a una, preguntamos cómo podíamos adquirir ejemplares de "Flores de mi jardín". Alejandrina nos contestó con toda sencillez que en su cuarto de hotel estaban a nuestra disposición cuantos quisiéramos. Y así se nos reveló el secreto de la musa.

Desde hace varios años, Alejandrina esparce las flores de su jardín a lo largo del territorio nacional, patrocinada por una marca de automóviles. Vende además una crema para la cara, a cuyos misteriosos ingredientes se debe, según ella, la belleza de su cutis. Ni el paso de los años, ni las veladas literarias, ni el polvo de los caminos, han podido quitarle un ápice de su imponderable tersura...

A pesar de su natural desenvuelto y de su evidente capacidad para granjearse afectos y simpatías, Alejandrina no se fía de sí misma para asegurarse el éxito de su empresa. En todas partes adonde va, se busca siempre un par de padrinos, un señor y una señorita, por regla general.

Esta mañana temprano se presentó en mi casa, y con gran sorpresa de Matilde, me pidió que fuéramos a buscar a Virginia. Ella y yo fuimos la pareja elegida para presentarla en las casas comerciales y particulares en las que debe colocar sus productos, el libro y la crema.

Afortunadamente, después de una breve reticencia, Virginia aceptó. El éxito de nuestro recorrido ha sido verdaderamente admirable. Estoy bastante fatigado pero contento. He logrado también superar por completo el desencanto que en un principio me produjo la actividad mercantil de Alejandrina. No hubo nadie que se rehusara a comprar. Hombres como don Salva, que jamás han tenido en sus manos un libro de versos, y señoras como Vicentita, que han rebasado con mucho la edad de toda coquetería, no vacilaron en pagar por las "Flores de mi jardín" y por el ungüento de juventud. Y así anduvimos de puerta en puerta, vendiendo alimento para el espíritu y para el cutis... Más de una persona nos dirigió miradas aviesas...

Está por demás decir que todos los miembros del Ateneo tenemos ya nuestro ejemplar de poesía, más o menos afectuosamente dedicado. Por mi parte, adquirí también dos frascos de crema que he regalado a mi mujer, en previsión de cualquier reproche que pudiera hacerme por la solicitud que he demostrado a la poetisa.

Agosto 30

Tuve ayer una inolvidable conversación con María Helena, que me ayudó a descubrir otros rasgos de su carácter. Alegría y despreocupación. Sin embargo, la seriedad no se borra de su cara. Me contó que se irá de nuevo a Colima, para siempre, dentro de unos dos meses. Hablamos con más facilidad y estoy muy contento de ella.

Septiembre 2

Mi cuerpo no suele durar más de ocho días en estado de calma. Viene luego generalmente un sueño a interrumpirlo, o la excitación se produce de un modo cualquiera. Una imagen, un recuerdo o una lectura bastan para provocarla. Y luego, la caída. Qué desdichado soy...

Algo más sobre Alejandrina. Para definirla, tendría que recurrir a preciosos y diversos objetos: a una porcelana de Sèvres, a un durazno, a un ave del paraíso, a un estuche de terciopelo, a una concha nácar llena de perlas sonrientes...

No me atrevo a calcular su edad. Mi mujer dice que pasa de los cuarenta, pero que se defiende con la crema. (Matilde la ha usado tres o cuatro veces y está asombrada con el resultado.) Para mí, es una mujer sin edad, imponderable... Diario se cambia de vestido, pero siempre usa el mismo perfume. Su guardarropa es notable. Más que hechuras de costurera, sus trajes parecen obras de tapicería, y yendo a la moda, recuerda sin embargo ciertas damas antiguas, toda almohadillada y capitonada, resplandeciente de chaquiras y lentejuelas...

Ni la dura realidad comercial de cada día (hemos pasado toda la semana de vendedores) ha logrado disminuir en mí su atractivo. Ahora andamos solos ella y yo, porque Virginia renunció al tercer día de caminatas y Rosalía no pudo acompañarnos porque trabaja en el bufete.

Es curioso, hablando del espíritu con Alejandrina me he olvidado de todos mis quehaceres habituales, y yendo con ella me siento realmente acompañado. Es infatigable para hablar y caminar, tan delicada de alma y tan robusta de cuerpo.

Puesto que más de una vez se nos ha hecho tarde, ayer comí con ella en el hotel. Aprecia los buenos manjares y los consume con singular apetito. Una vez satisfecha, vuelve con mayor animación al tema de la poesía. Viéndola y oyéndola paso las horas. Nunca se me había hecho tan evidente la presencia del espíritu en su condición carnal...

—¿Ha visto usted semejante cosa? Este hombre que parecía tan serio, allí lo tiene usted de la ceca a la meca, cargándole el tambache de menjurjes y de versos inmorales a esa sinvergüenza. ¿Qué no habrá un alma caritativa para que se lo vaya a contar a Matildita?

Septiembre 10

Cuando mi paz de ocho días queda hecha pedazos, me entrego al remordimiento y trato de borrar mi falta a cualquier precio.

Pasan los días y me doy cuenta de que la vida se ha cobrado ya de un modo excesivo el valor de mi pecado. La tristeza y la desdicha son tan grandes en comparación de ese gozo mezquino, que siento lástima de mí.

Hoy, miércoles, hace ocho días que hablé por última vez con María Helena. Sólo volví a verla dos veces más, y a cierta distancia. Fue la mejor conversación que tuvimos, y recuerdo con pena que ella me negó que fuera a marcharse, tal como yo lo sabía por una amiga suya.

Volví muy contento de su casa, pensando en una larga felicidad. El lunes estuve en una tienda, comprando el regalo para su próximo cumpleaños, sin saber que ella se había ido el domingo.

¡Qué dolor tan grande al encontrar la casa vacía! Y la lluvia, qué papel tan triste jugaba en esos momentos. Yo me dejaba mojar, negándome a aceptar la realidad...

María Helena va a cumplir apenas catorce años, y yo la perdono.

Desde hace quince días fueron prohibidas por bando municipal la letra y la música de

> Déjala güevón
> ponte a trabajar,
> llévala a bañar,
> cómprale jabón...

y el domingo pasado, durante la serenata, fueron detenidos como cincuenta léperos que la decían o la cantaban. Pero todavía surgen incidentes.

No solamente a los novios, sino a las parejas de casados y hasta a personas de edad respetable, en fin, dondequiera que se encuentran un hombre y una mujer, no falta un jovenzuelo que les dirija este insulto que deshonra a toda la población masculina. Instantáneamente, las parejas quedan disueltas: las novias cierran la ventana ruborizadas, y las personas que circulan por la calle se separan sin despedirse.

Ha habido más de un lance penoso que pudo tener un fatal desenlace, cuando algún caballero ofendido se echó en pos del agresor para castigarlo.

Y lo malo es que no siempre se trata de niños maleducados, sino que muchas veces los insolentes son adultos sin gota de vergüenza.

La copla insultante se atribuye a un zapatero remendón que todo el día se la pasa cantando mientras plancha y cose las suelas. Pero él solamente reconoció ser el autor de otra cancioncilla monótona que dice:

A la Trini le gusta el atole,
el atole le gusta a la Trini,

y que no pasa de allí.

Lo más curioso es que en el pueblo se ha despertado un nerviosismo enfermizo y nadie anda tranquilo del brazo de su dama. Muchos se quejan porque ahora no hace falta cantar la copla ni decir una palabra, ni silbarla. Sino que los vagos zapatean al pasar el ritmo de todos conocido, o simplemente lo tortean con las manos.

El otro día un señor denunció formalmente a un mozo de carnicería, porque al pasar frente al establecimiento del brazo de su esposa, el muchacho, con una risita y una mirada, le dio a entender: "Déjala güevón..."

Tal vez ha sido mejor así. Cuando llegué al hotel de Alejandrina, el empleado de la administración me entregó una carta y un paquetito.

Mis manos temblaron al rasgar el sobre. Sólo había una tarjeta con estas palabras: "Adiós, amigo mío..."

El paquetito contenía un estuche de felpa celeste. Dentro, estaba la piedra de su nombre. Una hermosa alejandrina redonda, tallada en mil facetas iridiscentes...

Incapaz de volver a mi casa en semejante estado de ánimo, me dediqué a vagar, abatido y melancólico, por las calles del pueblo. Tal vez seguí inconscientemente alguno de nuestros inolvidables itinerarios de confidencia y comercio.

Ya al caer la noche, sentado en una de las bancas del jardín, mis ojos se detuvieron en un punto. El lucero de la tarde brillaba entre las nubes. Me acordé de unos versos que leí no sé dónde:

Y pues llegas, lucero de la tarde,
tu trono alado ocupa entre nosotros...

Cabizbajo me vine a la casa, donde me aguardaban otra carta y otro paquete. La gruesa letra de Matilde decía: "Me fui a Tamazula con mis gentes. Cuando te desocupes de acompañar literatas, anda por mí." El paquete contenía los dos frascos de crema de juventud. Uno entero y el otro empezado...

He dormido solo, después de tantos años. En la casa inmensamente vacía, sentí de veras mi soledad.

Guardaré la alejandrina como un precioso recuerdo, pero mañana mismo voy a Tamazula por Matilde.

Salí de mi casa a las siete de la mañana por el rumbo de la Cofradía del Rosario en busca de una bestia que se me había desbalagado, sin llevar nada más que una soga en el hombro.

Llegando al rancho donde ordeña Filemón, le pregunté por mi caballo. Ya se lo tenía encargado: era criollo y le di el color y el fierro. Filemón me dijo que acababa de realiar pero que no lo había visto.

Me eché para atrás por toda la zona de la laguna, y antes de llegar al rancho de Calvillo me alcanzó don Abigail en su coche y me gritó: "Tú eres Pedro Bernardino." Yo le contesté que sí y lo primero que se me ocurrió fue correr para la laguna, pero luego pensé que iba a aventarme de balazos y mejor me quedé parado esperándolo.

Al bajarse del coche ya traía la pistola en la mano y estaba todavía con un pie en el estribo y otro en el suelo. Yo le metí la pierna en medio de los dos, y con la mano derecha traté de defenderme. Entonces él me dijo que sacara mi pistola para matarnos. Yo le dije que no traía más que lo que Dios me había dado, que le apachurrara a su pistola, que al cabo yo no tenía miedo de morirme, y más ya tan viejo como estoy.

Entonces me dijo que uno de sus mozos era miembro de nuestra Comunidad Indígena, y que él le daba dinero para que lo tuviera al tanto de todo, y que supo que yo quería matarlo. Me enseñó una credencial de coronel y me dijo que tenía rifles y ametralladoras para que todos sus mozos nos recibieran a balazos el día que le fuéramos a ocupar las tierras.

Entonces yo le dije que no íbamos a ir solos, sino que las fuerzas del Gobierno nos iban a dar posesión. Él se rió y me dijo que mi patrón, el presidente municipal don Faustino, lo había acompañado a México a ver a las autoridades agrarias y que allá les dijeron que sus tierras estaban seguras y que nosotros no podíamos hacerles nada, porque ellos tenían detenido el pleito.

Entonces le dije: "¿De qué se asusta? Todos estamos dentro del Gobierno, y yo y los otros cuatro cabezales tenemos credenciales firmadas por el Gobernador, y ustedes se manejan desde más arriba."

Entonces don Abigail me dijo: "Mira Pedro Bernardino, tú y yo tenemos hijos, a lo mejor se matan entre ellos o nos matan a nosotros. Lo que quiero es que no andemos tan a la greña. Chócala."

Dejó la pistola, me dio la mano y la chocamos tres veces. "Súbete, te llevo a tu casa." "Gracias, todavía puedo andar." Y luego, como me vio la soga en el hombro, me preguntó qué andaba buscando. "Una bestia que se me desbalagó."

Entonces me dijo: "Mira Pedro Bernardino, no tarda en venir aquí a la laguna un muchacho con unas bestias mías. Allí anda tu caballo. Cuando venga dile que es tuyo, y si no te lo da, tú vas mañana por él, o si quieres, yo te lo mando. Lo único que te pido es que de hoy para adelante tú mismo me digas cómo van los asuntos de la comunidad."

Yo le contesté: "Mire don Abigail, venga a mi casa cuando quiera y yo le informaré, pero no espere que vaya a tocarle a la suya, porque ése no es mi deber."

—¿Se acuerda de que usted dijo que podía hacerme una vela de a doscientos pesos?

Don Fidencio ya iba a cerrar su tienda y traía las llaves en la mano, después de un día de malas ventas. Se quedó viendo a la mujer y la recordó: era la que había estado manoseando una noche todas las velas. Le iba a decir una barbaridad, pero la mujer se le adelantó, sacando del rebozo un montoncito de pesos de plata.

—Aquí le traigo veinte pesos a cuenta para que me la empiece, la quiero de veinte arrobas, cueste lo que cueste. Deme un recibito.

Don Fidencio contó las monedas mecánicamente, y en un pedacito de papel de estraza, con que acostumbraba liar las velas por el medio escribió con lápiz: "Recibí de María Palomino la suma de veinte pesos, a cuenta de una vela de veinte arrobas de cera cuyo valor será de..."

—Si quiere déjele pendiente lo del precio, eso es lo de menos. Lo que yo quiero es que sea la vela más grande y que dé más luz porque se la vamos a poner a Señor San José. Cada ocho días le voy a ir trayendo lo que pueda. Pero que sea de cera líquida...

Septiembre 15

Hoy hace cuatro meses, un día vulgar como cualquier otro, quedó de pronto convertido en una fecha macabra. Hubo a mediodía un terremoto.

De Colima, donde el fenómeno alcanzó proporciones desastrosas aunque hicieron menos argüende que nosotros, emigraron muchas familias en busca de tranquilidad. Como la vida es muy cara en Manzanillo, una de ellas decidió venir a establecerse en Zapotlán.

María Helena llegó el día cuatro de junio pero yo no recuerdo haberla visto hasta el día veintiuno; por lo menos, ese fue el primer encuentro decisivo. Yo sabía que tarde o temprano tendría que irse, pero nunca imaginé que se fuera tan pronto, y sobre todo del modo que lo hizo. Como todavía no puedo olvidarla, tengo pensado ir a Colima a decirle que soy un hombre formal y que no estoy de acuerdo en que nuestro noviazgo termine.

Pero por de pronto, ha sido una experiencia más, y negativa como las anteriores:

    Ofelia,
        Esther,
            Conchita,
                Luz María...

María Helena también me dejó, como quiera que haya sido. Estos cinco nombres tan distintos, suenan del mismo modo en mis oídos. De ellos, el de Luz María es el más ingrato, el de Ofelia el más humillante, el de Conchita el más gris, el de Esther el más importante y el de María Helena el más luminoso...

—Aquí las Fiestas Patrias no son más que pretexto para divertirse y alborotar en nombre de la Independencia y de sus héroes. Ayer, día dieciséis, un modesto desfile por la mañana, y por la tarde... juegos de cucaña: palo ensebado, puerco ensebado y barril ensebado... El apogeo del sebo. Más tarde, bajo una lluvia que año con año desluce estos días, hubo combate de flores: coches llenos de muchachas y coches llenos de muchachos se lanzaron unos a otros ramos enlodados de cempasúchiles y santamarías...

—Bueno, pero hay que reconocer que la noche del quince fue inolvidable. La ceremonia del Grito no falla nunca, llueva o truene. Y esta vez, el discurso en loor de los héroes estuvo a cargo de Gilberto, el joven juez de Letras que se ha ganado las simpatías de todos. Esa noche los cohetes, la algarabía y las campanas tuvieron sentido, porque eran como la justa continuación de las palabras de Gilberto. Los colores de nuestra Enseña Nacional parecían teñirse de nuevo en la sangre entusiasmada, en la fe y en la esperanza de todos. Allí en la Plaza de Armas fuimos efectivamente los miembros de la gran familia mexicana, y nos sentimos alegres y conmovidos bajo la lluvia pertinaz...

—Me acuso Padre de que escribí un cuento.
    —¿De qué se trata?
    —No. Aquí está. Se lo dejo. Mañana vengo otra vez a confesarme.

Pitirre en el jardín

Pitirre andaba en el jardín.

En una banca estaba sentada una señora con una niñita en

410

los brazos. La niña le gustó a Pitirre. "¿Me deja darle una vueltita a su niña?", le dijo Pitirre a la señora.

Pitirre se llevó a la niñita entre unas matas de trueno. Sacó una botellita y le dijo que bebiera un traguito. La niña dio un trago grandote. Luego comenzó a crece y crece. Se hizo una muchacha grande. Más grande de lo que Pitirre quería. Luego se casó con ella y tuvo su noche de bodas bajo las matas de trueno.

Después sacó otra botellita y la muchacha volvió a dar un trago grandote. Luego comenzó a hacerse chiquita, chiquita. Pitirre la tomó en sus brazos, le puso un caramelo en su boquita y se la llevó a su mamá.

La señora dijo: "Qué niño tan mono." Luego le dijo a la niñita: "Dile muchas gracias." Pero la niña, que se había hecho muy chiquita, ya no sabía hablar. Sólo hizo: "Ta, ta." Miró a Pitirre con mucho sentimiento, no por lo que le había hecho bajo las matas de trueno, sino por haberla dejado tan chiquita.

Cosas como ésta hacía Pitirre en el jardín.

Don Fidencio labra la cera como su padre y como su abuelo: colgando los pabilos en los bordes de una gran rueda que gira horizontal, suspendida a una altura que corresponde al tamaño de los cordoncillos, según sean las velas de a diez centavos, de a veinte o de a cincuenta.

Sentado frente a un cazo de cobre puesto sobre brasas de carbón, don Fidencio les va echando la cera a los pabilos, bañándolos con un angosto resmillón. Con la mano izquierda hace girar lentamente la rueda, y así se sigue, de pabilo en pabilo, que se van enfriando al dar vuelta, hasta que engordan las velas según sean de a diez, de a veinte o de a cincuenta…

Ya que están bien frías, don Fidencio pule las velas rodándolas sobre una mesa de madera, lisa como un espejo. Luego les corta la cola y les arregla la punta. Ya que están bien torneadas, les graba su sellito de garantía con polvo de oro.

Hacer velas no es tan fácil. Hay que blanquear primero la cera, esparciéndola al sol en copos, estallados en caliente sobre una pila de agua fría. Doña María la Matraca entrega la cera como todo el mundo, en marquetas redondas de distintos tamaños y de distintos colores, unas amarillas, otras anaranjadas y otras cafés, llenas de impurezas y con abejas muertas.

Labrar la cera no es fácil... "¿Para qué me habré hecho cerero?". Don Fidencio no se podía dormir. "¿Para qué me eché el compromiso de la vela de a doscientos pesos?". Pero los pesos de plata que le llevaba la mujer, lo sacaban de muchos apuros.

"Mañana voy con doña María y le encargo toda la cera de sus colmenas y le pago lo que le debo..."

A partir del día del acabo, las labores quedan a merced del tiempo y de la voluntad divina, desde agosto hasta octubre. Todos pedimos, de rodillas en la iglesia, y al echarnos las cobijas antes de dormir, lluvias buenas y espaciadas, con veranillos de sol fuerte. De tierra, agua, sol y aire se hacen las mazorcas. Esto lo saben todos los que siembran año con año los campos de Zapotlán, pero para mí es un milagro. Y no creeré en él hasta que tenga en la mano los primeros granos de mi cosecha.

—Alcé los ojos y vi un hombre que tenía en la mano un cordel de medir y le pregunté qué andaba haciendo. Me dijo: "Voy a medir la tierra para ver cuánta es su anchura y cuánta su longitud."

—A mí me pasó lo mismo. Siempre me voy temprano a la labor y ahora vi a dos individuos a caballo con traza dizque de cazadores, siendo que allá por lo mío no hay nada a qué tirarle. Me guarecí en el rancho y vi que andaban recorriendo todo el lindero. Se me hicieron muy sospechosos. Uno era de aquí, creo que uno de los tlayacanques por más señas. El otro era fuerano y si no me equivoco creo que es el ingeniero que les mandaron de no sé dónde. Les pregunté a los mozos y me dijeron que ayer también los vieron.

—Sí, fíjese nomás que andan por todo el llano midiendo las tierras a cordel.

—Y yo, imagínese, apenas acabo de comprar mi potrero, y me aseguraron que eran tierras inafectables...

...y volviendo en la referida forma a la puerta de dicho cementerio que está al Poniente, se tiraron otros sesenta de dichos cordeles por todo el camino que sale de este Pueblo para la provincia de Amula, y habiendo pasado con dichos sesenta cordeles en un bajío que hace en el medio de dicho llano, por lindero conocido pidieron dichos indios otros cinco cordeles más, que se midieron hasta el propio camino que cruza por todo el llano y viene del Pueblo de Tuxpan para Sayula, que así mismo se les concedió por no haber circunvecino que sea damnificado, donde se mandó poner mojoneras...

—Yo no sé en qué estábamos pensando... Nunca se nos ocurrió acabar con todas esas mojoneras antiguas que a veces todavía están en los límites del llano y en las faldas de los cerros. Claro que no están todas, pero hay muchas, y de ellas se están agarrando para confirmar lo que dicen sus papeles, respecto a mediciones y límites antiguos. Mire usted el mapa que yo acabo de hacer nomás así a la ligera. Empecemos por el occidente. La línea va desde Apango, y pasando por el Florifundio y el Cerro de los Puercos va a dar hasta el Agua del Borrego al pie del Volcán de Nieve, baja por el Apastepetl y llega a Huescalapa. De la Puerta de Cadenas sigue por los Amoles y el Chuchul, por el rumbo de la Ferrería de Matacristos. Ya en Cerrillos, entra por toda la Cofradía hasta más allá del Papantón, y luego pues, volvemos cerca de Apango y ya le dimos la vuelta a todos los cerros que circundan el valle. Así que no le quepa a usted la menor duda, todo lo suyo y lo mío, lo que todos los agricultores de Zapotlán hemos comprado con tantos sacrificios, hasta el último terrón, les pertenece a esta bola de cabrones...

Esto de medir las propiedades parece que es una moda. Ahora yo vi por la ventana que Apolinar, uno de los Godínez, andaba por la acera a pasos contados, midiendo el frente de mi casa, doce metros y medio... Luego tocó la puerta. "¡Pase!". Le grité desde el cancel. "No. Aquí nomás." Y asomaba la pura cabeza. "¡Pase, le

413

estoy diciendo!". Lo metí casi a fuerzas. Preguntó por mi mujer, porque es medio pariente. No quiso sentarse y todo se le iba en mirar para adentro, en calcular el tamaño del patio y la altura de las paredes. "Esta casa linda con el Municipio ¿no es verdad?". "Sí, linda con el Municipio. Dígame, ¿qué más se le ofrece?"

Para no hacerle el cuento largo, ¿sabe lo que quería? Pues que yo le traspasara la hipoteca que hice para comprar el potrero. Me ofreció interés más bajo del que estoy pagando, y se permitió decir que si la casa se perdía, siquiera quedaba en familia.

—¿Cómo que todo?

—Sí, todo. Todo el valle de Zapotlán es de ellos, según les están metiendo en la cabeza los historiadores y tinterillos que los azuzan contra nosotros. Cincuenta y cuatro mil hectáreas de sembradura, sin contar las tierras de la Comunidad Agraria, porque eso sí, ellos no van a meterse con el Gobierno.

—Y lo más chistoso de todo es que si les dieran las tierras, digo, es un decir, se vendría abajo toda la agricultura de la región. ¿Se imagina usted la crisis? ¿De dónde iban a sacar para hacer las labores si no tienen ni para taparse el fundillo? Ya ve usted, muy pocos pueden agarrar las tierras a medias, y los cuatroparteros ya casi se acabaron porque hay que habilitarlos de todo y prestarles hasta los pizcalones. Ni modo que le entren otra vez al llano con arados de palo...

—No se haga usted ilusiones. Detrás de ellos andan muchos interesados, de aquí y de fuera. Yo lo sé de buena tinta, hay quienes les han ofrecido dinero para los pleitos, cuesten lo que cuesten, y préstamos para cuando ganen. Por fortuna ellos no aceptan y quieren hacer las cosas a su modo, ya ve usted, son como los pájaros prietos, pendejos y desconfiados.

—Yo propongo que si Señor San José es de veras el patrón de Zapotlán, que nos lo demuestre y nos dé a entender de una vez si está con los pobres o con los ricos.

—¿Y eso cómo lo vamos a saber?

—Pues si está con nosotros, que se arregle lo de las tierras. Y si no, nosotros para qué nos metemos ya en lo de la Función...

—A mí me parece mejor que este año no gastemos de más. Se ha juntado bastante dinero, no se lo demos todo al señor Cura, al cabo él está de acuerdo. Lo que siempre nos falta es con qué pagar los juicios, por eso siempre ganan los ricos. Necesitamos ayudarle a Señor San José a que nos haga el milagro...

Desde que se echó el compromiso de hacer la vela de doscientos pesos, don Fidencio estaba intratable. Regañaba a su mujer, a sus hijas y a las mujeres que manoseaban las velas.

—¿Cuál de todas se va a llevar? Deje ái, deje, me las está llenando de mugre.

Pero al mismo tiempo estaba orgulloso pensando en el tamaño de la vela de veinte arrobas. Casi tres metros de alto y medio metro de diámetro.

"¿Cómo la haré? Si la hago como todas, me pasaría la vida bañándola con el resmillón subido en una escalera. Tengo que hacer un molde. Eso es, un molde. ¿De madera? ¿De yeso? No, mejor de barro. Primero tengo que hacer una columna, de lo que sea, para sacar el molde hueco. La columna la voy a hacer con ladrillos redondos... ¿Y si en vez de ladrillos redondos voy poniendo panes de cera, uno encima de otro, pegándolos con cera derretida, hasta llegar al tamaño? Luego sería cosa nomás de bañarla por encima para borrar las junturas..."

Como ya tenía ochenta pesos recibidos, don Fidencio se decidió a acometer la tarea. "Más vale empezar de una vez y no estarme quebrando la cabeza en que si la hago de este modo o del otro. Mañana mismo voy a hacer una hijuela..."

Reverendo Padre Superior, Padre mío en Jesucristo:

Confirmo a su paternidad lo dicho en mi anterior, y agrego lo siguiente. Circula cada vez más por aquí el rumor de que el señor Cura, o mejor dicho los jefes de la Comunidad Indígena, que por otra parte son Hermanos Mayores de las Cofradías antiguas, han estado disponiendo del dinero que se recauda en sus sectores para otros fines muy distintos a los festejos religiosos del próximo octubre, como son los de contribuir a los gastos del pleito que los naturales de aquí siguen en contra de los señores hacendados en sus reclamaciones de tierras.

Sin atreverme a juzgar la conducta del respetable señor Cura (pues como he dicho a Su Paternidad, se trata de simples rumores, aunque muy autorizados), sí puedo decir, y Dios me perdone si incurro en falso testimonio contra mi voluntad, que el señor Cura parece estar francamente de parte de los indígenas, y les está dando mucha beligerancia en los asuntos de la Función, cosa que afecta los intereses y el prestigio de las otras clases sociales, injustamente postergadas y puestas a un lado, por decirlo así.

Por otra parte, un grupo de señores distinguidos (casi todos ellos Caballeros de Colón o miembros de la Guardia de Honor de Nuestra Señora de Guadalupe) se han acercado a mí para ofrecerme toda su colaboración económica en lo que a las obras materiales del Seminario se refiere. Como usted sabe, todos los años queda en manos del Comité de la Feria que organiza los festejos profanos, un buen remanente en efectivo que se destina siempre a una obra de beneficio social, y este año el dinero sobrante ya nos había sido prometido por los miembros de un primitivo Comité, ahora disuelto. En nuestra última entrevista el señor Cura me expresó que ya no podríamos contar con ese dinero, Dios sabrá por qué... Además (y de esto no arrojo la culpa sobre ninguna persona en particular), se ha observado un manifiesto sabotaje por lo que se refiere a las alcancías a beneficio del Seminario. Nadie, entre las clases media y baja, parece dispuesto a echar en ellas ni un solo centavo...

Septiembre 23

Fui a Colima de un día para otro, a decirle a María Helena que la sigo queriendo y que me duele mucho su ausencia. Una amiga suya de aquí me dio la dirección, y me la encontré allá en otra Academia de Costura. Con su formalidad de siempre escuchó mis palabras de amor, y me contestó muy seria: "Si es cierto lo que usted está diciendo, vuelva aquí dentro de un año y le resuelvo..."

La quiero mucho, pero un año es muy largo. Además este diario ya no sirve de nada. Mejor escribo otra novela...

En estos últimos días se ha soltado una verdadera plaga de anónimos dirigidos lo mismo a personas humildes que principales. Un espíritu chocarrero se ha erigido en juez de vidas privadas y se divierte achacando a faltas supuestas o reales las calamidades que cada quien padece. Lo peor de todo es que no contento con ofender a las personas separadamente, envía copias de sus libelos (a veces breves como telegramas y otras muy extensos en prosa y verso) a gran cantidad de vecinos. Se han ocasionado ya serios disgustos entre personas lastimadas en su honra y en su prestigio. Circula el rumor de que el ferrocarrilero que mató a su mujer, lo hizo prevenido por este canalla solapado que hasta ahora nadie ha podido descubrir.

Como esto de los anónimos está de moda, a mí se me ocurrió que los principales dueños de tierras, que somos los más perjudicados, nos mandáramos unas cartas muy mal hechas en que se nos pidiera dinero con amenaza de muerte, para achacárselas a los tlayacanques. Así podremos meter en la cárcel a dos o tres indios de los más encalabrinados, para que todos se pongan en paz. Yo le dicté las cartas a uno de mis mozos, que apenas sabe escribir. No quería, pero lo asusté con la pistola y le prometí unos centavos.

Hoy en la tarde el cartero me trajo mi anónimo y se lo enseñé a mi mujer. Se mortificó mucho y le empezó una Novena a San Judas Tadeo, para que me cuide.

Mañana voy a presentar la acusación al juzgado, a ver si no me sale el tiro por la culata.

—"No tiene la culpa el indio, sino el que lo hace compadre", palabras tomadas, hermanos míos en Jesucristo, de un anónimo que recibí ayer por la mañana...

417

Preguntado Salomón,
respondió como el recluta:
no es defecto ser carbón
cuando la mujer es fruta.

Decidido a poner punto final a su situación, el ferrocarrilero dijo los versos con voz fuerte y provocativa, alentado por unas copas de tequila y clavando los ojos en su mujer, que salía de la cocina con un plato de sopa humeante y apetitosa. Sus manos no temblaron y sostuvo la mirada del hombre con una sonrisa dulce, infantil, y el golpe de la palabrota, en vez de turbarla, puso alrededor de su cabeza un halo de inocencia.

—Te hice sopa de elote, de esa que te gusta mucho...
—Y los tamales de chivo.

El hombre se sentó a la mesa y devoró a cucharadas rápidas y enérgicas su manjar predilecto.

Esto de los anónimos no ha resultado tan fácil como yo pensaba. No fue uno, sino tres, los individuos que tuvimos que convencer a como dio lugar, para que declararan ante el Ministerio Público que el tlayacanque Mucio Gálvez y el tequilastro Félix Mejía Garay fueron los autores de las cartas. A su vez ellos se declararon cómplices engañados y reconocieron su letra en los escritos...

Están ahora en la cárcel, pero les hemos prometido que saldrán libres en cuanto caigan Gálvez y Mejía Garay, que son los principales instigadores de todo este pleito y los responsables de que los indígenas anden alborotados reclamando las tierras.

Por lo que a mí toca, tengo la conciencia tranquila, porque creo haber evitado males mayores. El otro día para no ir más lejos, mi hijo salió al campo resuelto a matar a balazos a los dos cabecillas de este embrollo. Gracias a Dios que no los encontró...

Yo, Félix Mejía Garay, de treinta y seis años de edad, casado y con seis hijos de familia, miembro de la Comunidad Indígena de Zapotlán el Grande, que tiene juicio promovido por la restitución de tierras, declaro que en los últimos días del presente mes fuimos a Guadalajara al Departamento Agrario con el asunto del expediente, y que allá nos encontramos con los señores de la Junta de Agricultores, que por lo visto habían ido a echar al periódico una noticia en la primera plana diciendo que íbamos a hacer una invasión de tierras y que todos los de la Comunidad éramos bolcheviques y quién sabe cuántas cosas más.

Yo venía de comprar el periódico, cuando me encontré con Odilón en la puerta del Juzgado. Me llamó y me dijo sin más ni más: "Tú qué necesidad tienes de andar metido en los asuntos de la Comunidad." Yo le dije que sí tenía, porque me hace falta un pedazo de tierra para mantener a mi familia. Nos hicimos de palabras, y él me dijo que en su casa había camiones suficientes para llenarlos de indios y tapar con ellos las barrancas de Zapotlán. En eso salió el juez y le dijo: "Pásate para que te arregle el asunto ese que quieres." Entonces Odilón cambió el tema y me dijo muy risueño antes de irse con el juez: "Te doy los bueyes por las vacas pintas…"

—A mí que no me vengan con cosas, los indios han sido siempre enemigos del progreso en este pueblo. ¿Sabe usted lo que le escribieron al rey de España en 1633, cuando se dispuso aquí la construcción de un ingenio azucarero? "Somos pobres indios menores. Por amor de Dios hacemos suplicación del decreto; no queremos que haya cañaverales en nuestra tierra…". Y nos quedamos reducidos al puro cultivo del maíz, por culpa de estos llorones.

—¿Pues sabe usted que no andaban tan errados? Si no, fíjese en Tamazula y en otros lugares donde pusieron ingenios, ya casi no quedan indígenas. A todos se los acabaron poniéndolos a trabajar como negros…

—Pues más hubiera valido. Entre menos burros, más olotes.

—Perdóneme, pero yo no soy de su parecer, los naturales son como nosotros ni más ni menos. Si no han progresado, la culpa es nuestra, para qué es más que la verdad.

—¡Óigame, óigame, qué se me hace que usted ya se nos está volteando! A ver qué me dice a la hora que le quiten sus tierras…

—Pues que se haga la voluntad de Dios. Yo, por mi parte, le paro al pleito y ya no doy un centavo. Si se hace justicia, que se haga sola.

—Mañana mismo quiero que usted repita en la junta esto que me acaba de decir.

—Yo ya no voy a ninguna junta, después de lo de los anónimos. Lo que yo pienso, si quiere que lo sepan los demás, usted va y se los dice por mí.

...me apena distraer la atención de Su Paternidad con estas pequeñeces, pero como no lo paso a creer, quiero contárselo tal como me lo contaron a mí, porque como es natural, yo no estuve presente. Sucede que el otro día el señor Cura empezó un sermón con unas palabras muy extrañas, a propósito de los indígenas y de sus luchas reivindicadoras. Estas son palabras suyas. Dijo que había recibido un anónimo, que él también era indio "guadalupano legítimo", y algo así como compadre de Nuestro Señor Jesucristo... Yo no puedo creerlo y me parece que la persona que me lo ha contado no entendió bien lo que dijo el señor Cura, o no supo explicármelo. En fin, quede esto como un ejemplo de la confusión que por aquí prevalece. Lo que sí puedo referirle de primera mano, es lo siguiente. Hace unos días me permití asistir a una de las reuniones de la Comunidad Indígena, y me pareció conveniente tomar la palabra y hacerles algunas recomendaciones en tono comedido y paternal. ¿Se imagina usted que al día siguiente el señor Cura me mandó llamar y me reprendió con mucha severidad? Como si yo estuviera bajo sus órdenes... Hágame usted favor.

Todos los años, es costumbre que los zapotlenses que viven fuera del pueblo se unan de alguna manera con nosotros en las celebraciones de octubre. Muchos vienen a la Función, y las colonias más numerosas mandan comisiones en toda forma. Este año abundan ya las aportaciones en efectivo que de los ausentes está recibiendo la Parroquia. Pero hay un coterráneo nuestro que se ha destacado sobremanera, el señor Farías, que de modesto empleado, pasó a ser con el tiempo un gran hombre de empresa.

Pues bien, este zapotlense y buen josefino tuvo una idea, que aunque en un principio parecía descabellada, mereció el apoyo arzobispal: nada menos que pedir a Roma el permiso para la Coronación Pontificia de Señor San José como patrono de este pueblo. A nosotros no nos dijeron nada hasta que todo estuvo arreglado, y podemos dar ya la noticia increíble. Ya está en México el Breve de su Santidad que autoriza ese acto solemnísimo, sólo concedido antes en tres ocasiones a lo largo de toda la historia de la Iglesia.

Este octubre Zapotlán ha obtenido, pues, la más alta recompensa por su acendrado catolicismo. Además de un representante del Papa, vendrán a esta ciudad los señores arzobispos de Guadalajara y de México, acompañados de otros dignatarios, hasta completar el número de doce que se requieren para tal ceremonia. Es para no creerse.

Entusiasmado por el éxito de sus gestiones iniciales, con fe en el resultado final, y aun antes de obtener la venia pontificia, el señor Farías, que ya había hecho un fuerte donativo para los gastos que todo esto va a ocasionar, se apresuró a adquirir a crédito, y por cuenta del pueblo, cuatro kilos de oro de veinticuatro quilates. Los puso en manos de uno de los mejores orfebres que hay en la República y ya están hechas las tres coronas preciosas. Porque no sólo Señor San José, sino la Virgen María y el Niño Jesús, van a ser coronados también.

En el diseño de las coronas, que son verdaderas obras de arte, está prevista la incrustación de diversas gemas, pero por ahora la mayoría de los engastes están vacíos. Como la adquisición de piedras preciosas en el mercado resultará sumamente costosa, hacemos desde aquí un llamado a todas las personas que posean joyas de valor para que hagan donaciones. Y así, en vez de lucirlas en esta vida temporal, quedarán allí resplandecientes, en las sagradas imágenes, para ejemplo y admiración de futuras generaciones.

—Así pues, yo me vine del rancho el martes y llegué aquí como a las dos de la tarde. Ese mismo día, a las ocho de la noche, cuando me encontraba en la tienda que está en la esquina de las calles de Bustamante y de Morelos, se me acercaron dos desconocidos y me enseñaron una placa y me dijeron: "Usted es fulano de tal." Les contesté que sí. "Llévenos a la casa de don Mucio el Tlayacanque." Les dije que no sabía dónde era. "Bueno, venga con nosotros." Antes de subirme al coche me quitaron una navaja que traía.

Me llevaron a una celda que hay en la Presidencia y me pusieron incomunicado. Yo no sabía lo que pasaba, pero malicié que era por lo de la Comunidad. Al que querían era a don Mucio, y aunque conocen el domicilio, nomás le rondan la casa, quién sabe por qué, tal vez porque es tlayacanque.

Bueno, el día cuatro me sacaron para llevarme al despacho del presidente municipal a las doce del día, y le hablaron por teléfono a don Abigail para que viniera a testificar que yo era el mismo que había visto frente a su casa en compañía del individuo que escribió los anónimos. Don Abigail llegó y dijo: "Sí, señores, éste es. Por más señas, cada vez que pasaba por mi casa, él y el otro se reían de mí y arrastraban los pies."

Un señor que estaba allí me preguntó que si conocía a Francisco Zúñiga, a Florentino Vázquez y a Refugio Lara. Le respondí que tal vez los conociera. "Si no dice usted la verdad, voy a consignarlo en este mismo momento." Yo le dije que estaba a sus órdenes, que no tenía miedo ni por qué echar mentiras. "Esos señores que le dije le mandaron una carta a don Abigail pidiéndole dinero con amenazas, y dicen que ustedes los obligaron a hacerlo." Dije que no era cierto. Me volvieron a encerrar en la celda y un policía se estuvo en la puerta, que no dejó arrimarse ni a mi señora.

El día cinco me llevaron al juzgado, esposado como un criminal, para carearme con los mentados Francisco Zúñiga, Florentino Vázquez y Refugio Lara, y ellos dijeron que ni don Mucio ni yo teníamos nada que ver en el asunto. Y esto se los preguntaron muchas veces. Allí en el juzgado fue donde al fin me di cuenta de lo que se trataba, y de que esos fulanos se habían prestado a la calumnia.

No me pudieron probar nada, pero salí formalmente preso. Me encerraron en la cárcel grande. Quise que me sacaran con fianza, pero no se pudo. Mandé por un amparo a Guadalajara y me lo negaron. Pero mi defensor obtuvo que los tres individuos rectificaran sus declaraciones, y entonces dijeron la pura verdad: a punta de pistola los hicieron firmar la acusación contra don Mucio y yo, a deshoras de la noche. Que no se echaran para atrás porque los mataban, y que luego que estuviéramos presos nosotros, ellos saldrían libres y con dinero ganado.

Pero aquí estamos ellos y yo juntos en la cárcel.

Hoy, primer domingo de octubre, fue el Reparto de Décimas. Se hizo a la manera tradicional, aunque ya el año pasado se había suprimido la costumbre: una veintena de jóvenes, montados en briosos caballos, recorren las calles del pueblo y distribuyen las litografías de color que traen el programa de las festividades religiosas con la imagen de Señor San José.

Se detienen en cada puerta y ponen la décima en manos del jefe de la familia. Detrás de ellos van, al paso o a carrera tendida, chiquillos y gente del pueblo, hombres y mujeres humildes que saben muy bien que el reparto no pasará por su casa. Corren grandes peligros por alcanzar una décima, se meten de plano entre las patas de los caballos y los repartidores los atropellan a veces sin consideración alguna.

Yo he visto muchas veces este desagradable espectáculo que da a nuestras fiestas un comienzo agitado y casi siempre brutal. Se oyen injurias groseras y no faltan los golpeados, ya sea por el caballo o por el jinete. Hoy, por ejemplo, doy cuenta de este incidente:

Un hombre del pueblo, al verse desairado, se agarró firmemente de los arzones de la montura y se dejó arrastrar al trote más de media cuadra bajo una lluvia de latigazos. El caballo, ya de por sí muy arisco, se paró de manos asustado y el jinete cayó al suelo desprevenido. Las décimas se desparramaron por el suelo y los espectadores, chicos y grandes, se fueron sobre ellas como si fueran boletos de entrada para la vida eterna. El culpable fue llevado a la cárcel, con un golpe de herradura que estuvo a punto de matarlo...

Ahora, poco después de comer, me monté a caballo y con todo el dolor de mi corazón, en vez de irme al Tacamo agarré el rumbo de Tiachepa.

Cuando ya iba por la Zona, se vino el agua y me dio gusto mojarme, ni ganas me daban de ponerme las mangas de hule. ¡Hasta que llovió en Tiachepa! Piqué espuelas dándole gracias a Dios porque con esta agüita y otras más que caigan algo se me puede salvar de la labor.

Lo que vi al llegar al potrero es cosa del otro mundo: todo alrededor estaba lloviendo, menos sobre mis milpas. Había como un hueco en el cielo y el sol les estaba pegando. Atravesé todo el campo y después de mi lindero, al llegar a las tierras del Sapo, la lluvia caía otra vez. No soy abusionero, pero ahora les doy la razón a las gentes del campo, y sobre todo a mi compadre Sabás, que me dijo desde el principio de las aguas que este año venía pinto, es decir, que no llueve parejo sobre el llano. Y una de las manchas de sequía, la peor de todas sin duda alguna, le tocó a Tiachepa. Sea por Dios. Desde ahora en adelante, ya sé que lo ganado en el Tacamo lo voy a perder aquí. Es como si jugando a los gallos, le hubiera ido al mismo tiempo al giro y al corolado...

En el nombre de Dios y de la siempre Virgen María noticio a quien posea esta relación:

Te pararás en la Plaza de Zapotlán el Grande, al lado del oriente, y agarrarás la calle recta que es el Camino Real. Luego que llegues a la primera puerta seguirás el Camino de las Cruces. Luego que llegues a ellas andarás hasta que encuentres un banquito y un bajío. Y si sabes la tierra contarás tres cuchillas y transitarás las tres. Subirás para arriba. Preguntarás cuál es la barranca de Apochintán. Caminarás a la derecha hasta que encuentres el primer risco. Busca la cueva de la Encina. En el fondo está un baule de onzas de oro y un cuero de res colmado de dinero.

Estaba yo en un alto monte y vi un hombre gigante y otro raquítico. Y oí así como una voz de trueno. Me acerqué para escuchar y me habló diciendo: "Yo soy tú y tú eres yo; dondequiera que estés allí estoy yo. En todas las cosas estoy desparramado y de cualquier sitio puedes recogerme, y recogiéndome a mí, te recoges a ti mismo."

—Yo desde chico he sido muy perseguido por las ánimas del Purgatorio. Hace mucho, cuando vivíamos por el Becerro de Oro teníamos una vecina enferma. Hay que ayudarse entre vecinos. Yo iba a preguntarle antes de dormirme si algo se le ofrecía. Una noche me mandó que le trajera agua caliente. Y cuando la estaba calentando en la cocina, me habló un ánima y me dijo dónde estaba el dinero, allí nomás, en un pesebre del corral. Se lo dije a la señora y ella ya no necesitó el agua caliente para su dolor. Se levantó de la cama, me dio una barra de albañil y tumbamos el pesebre. Había un cazo de cobre con tapadera, muy pesado. Entre los dos lo arrastramos a su cuarto. La señora lo destapó y me dijo que eran puras monedas viejas de las que ya no circulan. Al otro día se fue a curar a Guadalajara y volvió con muy buena ropa. Hizo su casa de nuevo, comía muy bien y compró muebles y animales. Y no me dio ni un sagrado quinto.

—Otra vez, ya más grande, me habló otra ánima, en mi casa. Era una señora que no quiso confesarse y que muchas veces estuvo tocándome en la puerta así, pum pum, hasta que me habló. Se lo conté a un primo mío y nos pusimos a escarbar entre los dos. Pero tuvimos envidia uno de otro y cuando llegamos al punto, el dinero se nos volvió carbón. Trabajamos de balde.

En la barranca de Beltrán, parándose en el puente, se sube para arriba contando veinticinco pasos. Camina solo y a pie. A pies perdidos, hasta llegar a un agüilote. Sigue para adelante hasta llegar a una piedra que tiene una nariz pintada. Del tronco a la piedra se cuentan trescientos cincuenta pasos. De la piedra a un remanse que está por el borde de la misma barranca se busca una vereda que ha de estar borrosa. Luego que se baje al agua, se alza la vista al paredón donde se ve estar cayendo como cernida de un cedazo. En frente del agua está una pirámide y en ella hay seis cargas de reales.

—Ahora tengo muchas relaciones, pero ya no se las doy a nadie. En la misma casa en que vivo hay dinero enterrado, pero está muy hondo. Mandé llamar un pocero y lo puse a escarbar al pie de un naranjo. Cuando iban ya más de siete metros le dije que parara. "Pero si todavía no hay agua." "No le hace, ya saldrá. Hasta ái pago." Y desde el día siguiente yo le seguí dando solo. A los nueve metros empecé a sacar monos. Puros monos de barro, unos quebrados como éstos, miren: éste tiene una culebra enrollada en la cabeza, éste está tocando un pito. Otros tienen las manitas así

425

adelante, como de perro. Otros tienen unos copetes de danzante. Pero nada de dinero, puros monos. Si los pagan bien los sigo sacando, si no, mejor los dejo enterrados.

Ahora no me queda más remedio que ponerme a escarbar al pie del otro naranjo.

...levanta la piedra y allí me encontrarás, hiende el leño y yo estoy allí...

Procura cuál es el cerrito del Soyate. Hay una mata de soyate en forma de cruz, no habiendo otra de tamaño y figura. Puesto en la cruz para donde sale el sol, se cuenta como cien pasos más o menos. Están tres soromutas tapando la puerta de la cueva, donde hay un montón de dinero que hace el bulto como de diez fanegas de maíz, y adelante está otro montón más mediano de monedas coloradas que no sé qué monedas serán.

Sí, las labores quedan a la merced de Dios, pero uno debe estar listo. Yo sigo yendo al campo casi todos los días, y dos o tres mozos están al pendiente de las milpas. Hay que impedir la entrada de animales dañeros y atacar a gusanos y langostas. Por fortuna, parece que éste no fue año de plagas. Pero quedan otros azotes, como las malas yerbas y el chagüiste. Éste parece ser un rocío malsano y misterioso que enferma y seca las plantas. Nada se puede contra él. "Cordero de Dios que quitas los pecados del mundo, líbranos del chagüiste..."

—Nadie pudo convencerla de que no se quedara con la criatura, si es que le nacía. "Yo te lo apadrino", no faltó quien le dijera.

Cambió mucho desde antes que se le notara, y ya no se ocupaba con nadie. A todos les decía que no. Apenas si bailaba y ya después ni eso. Nomás hacía el puro quehacer. Se veía más bonita que antes y a todas nos llamaba la atención, como que caminaba sin pisar el suelo. Tenía su cuarto muy bien arreglado y allí se estaba cuando no había quehacer. Hasta compró una muñeca y yo la oía a veces como que hablaba sola.

El día que se tomó la estricnina yo la hallé retorciéndose. No quería gritar y se tapaba la boca mordiéndose las manos. No duró, pero tal vez ya tenía rato. Toda su preocupación era que el niño no se le fuera a salir antes de tiempo, fíjense nomás, apretaba bien las piernas, se las abrazaba y entonces se tapaba la boca con las rodillas, hasta que se murió. Como ella quiso, con todo y su niño.

Cuando la tendimos se veía muy bonita, como si siempre hubiera sido muchacha.

—Ahora que andaba yo tan contento entre los surcos, tentando los elotes más gordos, me quedé asustado ante uno verdaderamente monstruoso. Su crecimiento había hecho estallar las hojas que lo envolvían. En vez de ser blancos, sus granos eran negros como una dentadura podrida y enorme.

Me quedé muy impresionado, a pesar de que Florentino el mayordomo me aseguró que ese fenómeno ocurre todos los años y que no hay labor donde no aparezcan los tecolotes, como aquí les dicen. Para mí fue como un mal presagio encontrar, entre todo aquel verdor, esa caricatura de fruto, esa mueca del mal que en todas partes aparece.

Cada vez que se muere una mujer de la vida alegre, sucede algo muy bonito y muy triste. Una o dos de sus compañeras, o la dueña de la casa en que pecaba salen a pedir el vestido de una muchacha honrada para enterrarla con ropa limpia.

Ahora que Paulina se envenenó, doña María la Matraca fue a conseguir el vestido. Tenía todas las casas del pueblo a su disposición, pero se le ocurrió ir a casa de don Fidencio, a medio día, para pedir un traje de Chayo, ella sabría por qué.

Salió a recibirla la mamá y le dijo que con mucho gusto. Pero volvió con las manos vacías.

—Perdóneme usted, pero mi hija no quiso. Dice que le da miedo pensar en su vestido enterrado... Y los de las otras muchachas están muy chicos, ya ve usted, son unas niñas.

Doña María se despidió sin más, pensando que Chayo tenía razón: su vestido ya no servía para enterrar a una güila. No estaba hablando de más Odilón aquella noche en que le contó, ya bien borracho, que le había quitado los seis centavos a la hija de don Fidencio el mero día del temblor. "Ya ve, me debería dar mi comisión. Yo trabajo por todos estos rumbos para llenarle el congal..."

Para no errarle, doña María la Matraca dirigió sus pasos a casa de Chonita, una beata quedada y fea a más no poder. La misma que le dio un traje negro para enterrar a la Gallina sin Pico.

Yo no quise ser Jefe de Manzana y me felicito. Por todas partes hay quejas, a pesar de que a cada quien se le da un recibo por el dinero que entrega. Todo mundo da su opinión, y no hay dos que se pongan de acuerdo. Unos dicen que lo del castillo pirotécnico es un verdadero disparate, por lo que va a salir costando, que mejor habría sido fundir de nuevo la campana mayor, que está rajada desde a principios de siglo; otros, que el dinero debía guardarse para hacer las torres de la Parroquia, que nuestros abuelos dejaron sin construir... Afortunadamente, lo único en que todos están de acuerdo es en lo de la Coronación Pontificia de Señor San José, y en realidad, y no hace falta hablar de más, porque entre lo que cuestan las coronas y los gastos de la ceremonia, no va a haber dinero que ajuste...

Don Fidencio, que tanto se enfurecía porque la gente le manoseaba las velas, no dijo ni pío cuando supo que le desgraciaron la hija. Se quedó hecho un santo Job, con todas las llagas por dentro. Tomó una copa más de coñac, puso su firma en el documento que amparaba sus compras de cera a doña María la Matraca, y salió a la calle, a la noche de los burdeles.

Hizo el camino hasta su casa muy lentamente, no por la banqueta sino por media calle, viendo con mucha atención las desigualdades y los charcos del empedrado. Llegó sin darse cuenta, más tarde que de costumbre, y se fue a la cama sin merendar.

—Estoy cansado, muy cansado, pero ya arreglé el asunto de la cera...

—Bendito sea Dios.

De esa noche, don Fidencio hizo un monumento silencioso a la humillación, y consumió en ella todas sus reservas de cólera. Al día siguiente mostró al mundo otra cara, transfigurada por la injusticia. Puso sobre el mostrador toda su existencia de velas de cera blanca y dejó que las gentes del pueblo las manosearan a su antojo, les clavaran la uña y se fueran sin comprarlas...

Dejé pasar ocho días sin ir a la labor y me encontré con una desagradable novedad. Sembré en tierra fértil (hablo del Tacamo y no de Tiachepa) y esto ha dado ocasión a que junto a las milpas se desarrollen otras plantas igualmente vigorosas que las están ahogando materialmente: el chayotillo y el tacote. Tenemos, pues, que hacer la casanga y tumbar con guango toda esta cizaña. Yo quería casanguear cuanto antes, pero Florentino me ha dicho que debemos esperar a que engorden más los elotes, porque así de tiernos se asustan y no cuajan como se debe. Aunque no creo en supersticiones, voy a dejar pasar una semana para reunir el dinero que me costará la operación imprevista que va a aumentar considerablemente los gastos de mi labor.

A propósito, el negocio de la zapatería va de mal en peor gracias al abandono en que se encuentra.

En terrenos de la hacienda de El Rincón ha aparecido una banda de facinerosos que asaltan, roban y secuestran a los pobres trabajadores de ese lugar, al grado de haber dado muerte a un pobre comerciante que volvía de este pueblo después de vender una carga de naranjas. Se sabe que ya fuerzas del Gobierno salieron a perseguir a los bandidos hasta poner coto a sus desmanes.

Continúo, Reverendo Padre, mi carta de ayer, porque considero su intervención muy necesaria y urgente. El dinero se ha reunido y sigue reuniéndose en cantidades verdaderamente asombrosas, como nunca antes, sobre todo desde que se supo lo de la Coronación. Y la Parroquia se está comprometiendo en muchísimos gastos que yo considero innecesarios. El señor Cura, Dios le perdone, parece estar un poco fuera de sí. Y el señor Farías, ante la sorpresa de todos, está abiertamente también de parte de los indígenas y en contra de los propietarios de aquí. Yo creo, en mi humilde opinión, que ha llegado el momento de tomar muy serias e inmediatas providencias. Por lo pronto, gestionar ante el señor Arzobispo que se nombre un párroco auxiliar, de preferencia joven y enérgico, que ponga orden en el caos.

El señor Cura, además de su edad avanzada y en virtud de su actividad casi febril, ha visto recrudecido un viejo padecimiento, así que a nadie le extrañaría su traslado a Guadalajara, para que encuentre reposo y la atención médica necesaria. ¡Bendito sea Dios!

En lo que se refiere a las coronas de oro, han sido hechas por cuenta y riesgo del señor Farías, autor de la idea, con la promesa verbal del señor Cura de que la suma gastada, que es muy cuantiosa, le será devuelta aquí. Este señor ha comenzado a hacer fuertes inversiones en Zapotlán, con la idea de establecer nuevas fuentes de trabajo, y está ofreciendo, y pagando ya a algunas gentes, sueldos muy altos que pueden trastornar la economía de toda la región.

Los capitalistas locales están dispuestos a marcarle el alto, aun los que se han asociado con él, a una señal convenida, que debe venir de Guadalajara. Un movimiento conjunto del alto clero y de la banca, con la colaboración de las autoridades del estado, daría los mejores resultados. Por un lado, hay que suspenderle los créditos en el momento preciso, y no reembolsarle, por lo pronto, el costo de las coronas, ya que en cierto modo, aunque sus fines fueron muy altos, obró por propia iniciativa y con cierta precipitación.

La Junta de Agricultores acaba de obtener, según tengo entendido, la promesa formal de las autoridades competentes, de que el juicio de restitución de tierras quedará suspendido durante el año que viene, y con toda seguridad, los líderes indígenas se van a cansar de estar yendo a Guadalajara y a México de balde. Para poner punto final a sus actividades, convendría que el nuevo señor

Cura, quiero decir, el auxiliar que la Mitra tenga a bien nombrar, decida, como se ha hecho en otros lugares de la República, amenazar con la excomunión a los miembros de la Comunidad que se manifiesten más rebeldes y obcecados.

Por último, la amistad del señor Farías con los tlayacanques a todos nos parece muy sospechosa. Se sabe que cuando van a México, siempre están de visita en su casa y él los recibe como a verdaderos personajes ayudándolos en todas sus gestiones. Los propietarios agrícolas piensan naturalmente que esto lo hace con segundas intenciones, aunque en todo se manifiesta como buen católico, y hombre honrado y trabajador.

El peligro debe ser alejado a tiempo, Reverendo Padre, y más vale que haya un solo perjudicado, y no toda una población.

—Todo el año parecemos coheteros, nomás pensando en la feria y llenándonos de pólvora la cabeza, para que a la hora de la hora, todas las ilusiones se nos seben...

—Al Municipio se le fueron los pies. Con eso de que no iba a haber casi festividades profanas, le dio la concesión a un empresario de fuera para que se encargara de todo. Y en los primeros días de octubre, de puros derechos de piso para instalar puestos, juegos mecánicos, cantinas y barracas, sacó más del doble de lo que le pidieron. Y eso sin contar las corridas de toros, que siempre las hubo. Aunque las primeras han estado muy malas, allí está la plaza diario a reventar. No cabe duda, el dinero de aquí siempre se lo llevan los de fuera. Lo que sale de las diversiones, los fulleros y los políticos. Y lo de la iglesia, pues vayan ustedes a saber, se va a Guadalajara, a México, y dicen que hasta a Roma. Sea por Dios...

Muy querido amigo mío: Tengo pésimas noticias que comunicarle, pues hubo un completo desbarajuste entre el Comité de Feria, la presidencia archimunicipal y la Cámara de los Lores. Total, que no hay dinero para los Juegos Florales. Claro, la hebra se ha de reventar por el lado de la cultura. Excuso entrar en detalles, pues espero que nos veamos pronto. Entre tanto, le ruego suspender la manufactura de la Flor Natural, que por primera vez iba a ser como mandan los cánones; de plata labrada, aunque de modestas proporciones. Los trabajos recibidos han sido muy pocos y de desalentadora calidad. De todos modos, haremos un último esfuerzo para no vernos en el caso de declarar desierto el concurso. Si el acontecimiento se llega a salvar, le pondré a usted un telegrama para que nos traiga, si no una rosa de tamaño natural, por lo menos una humilde violeta que le sirva de fistol al agraciado... Y es que (ya lo habrá usted oído decir) todo el dinero se nos fue en comprar coronas de oro...

—Digan lo que quieran, a mí me encanta la chirimía. Apenas la oigo, ya tengo el corazón lleno de feria, aunque no salga de mi casa. Es muy monótona, sí, y acaba uno por cansarse de oírla todos los días. Pero yo no la cambio por toda la música del mundo. Palabra, cuando me muera, pediré que me entierren con chirimía, como a los indios de Tuxpan. Ojalá y que me cumplan la última voluntad.

En la serenata del domingo, después del Reparto de Décimas, don Salva vio a Chayo más bonita que nunca. Seria y muy recatada, pálida y con un dejo de tristeza que lo llenó de ilusiones. "Con toda seguridad, ya terminó con Odilón."

Y esa noche, antes de acostarse y después de hacer sus oraciones, hizo un firme propósito que le ayudó a dormirse en cuanto puso la cabeza en la almohada: "Mañana mismo le voy a pedir que se case conmigo..."

—Mañana mismo le voy a avisar a don Salva que ya no vas a trabajar con él. Te encierras en la casa para que nadie te vea. Tú misma les dices a tu madre y a tus hermanas que vas a tener un hijo. Anda hoy mismo a confesarte y aquí no ha pasado nada. No llores.

—Yo señor, soy de Chuluapan, para servir a usted. Le recomiendo que vaya por allá si le gusta tratar con gente franca. Si les cae mal, se lo dicen en su cara y a lo mejor hasta lo matan, pero eso sí, frente a frente. Claridosos, como nosotros decimos. Los chivos, los puercos y las gallinas andan sueltos por la calle pepenando los desperdicios y nadie se los roba, porque allá no hay ladrones. Pero eso sí, como dice el dicho, encierre usted sus gallinas si no quiere que se las pise mi gallo.

Y yo ando por aquí de huida porque pisé una gallina. No sé ni para qué le cuento. ¿Usted ha visto a los herreros cuando se ponen a golpear entre dos un solo pedazo de fierro? Así éramos aquél y yo. Los martillos caen duro en el mismo lugar y los golpes son lo doble de tupidos y lo doble de recios.

Soy herrero y me gusta golpear el fierro dulce, bueno, usted me entiende. Saca uno el fierro de la fragua casi blanco y lo vuelve a meter cuando se va poniendo color de hormiga. Al fierro hay que trabajarlo en caliente. Mientras más caliente, mejor. Míreme las manos. Seis meses que no agarro la herramienta y los callos no se me quitan. Con estas manos que está usted viendo, le hago en media hora una docena de pizcalones. Nomás eso sí, encierre usted sus gallinas porque se las pisa mi gallo...

A propósito dicen que aquél me anda siguiendo y que pregunta por mí en todas las herrerías, con un martillo en la mano. Por eso ando aquí de feria en feria, para ver cuándo me alcanza...

Don Fidencio cerró su casa a piedra y lodo. Ni su mujer ni sus hijas saldrían a la calle. Él daría la cara por todos. "Al fin y al cabo tenemos muy pocas amistades, y con el refuego de la feria nadie se va a acordar de nosotros. Si me preguntan por Chayo, diré que está fuera de aquí, porque yo no quise que saliera de reina ni de virgen..."

Desde que Chayo no fue más a su tienda, a don Salva se le iba el suelo de los pies, y el tema de sus insomnios tuvo un cambio decisivo. Ya no se pasaba las horas en bodas imaginarias, desflorando a cuanta muchacha se le venía a la cabeza. Se la pasaba, por decirlo así, con el alma de rodillas frente a una virgen de hierro. "Y pensar que yo la tenía cerca de mí todos los días, que la veía de frente y de perfil mañana y tarde, que le mandaba hacer esto y lo otro, que me preguntaba y me respondía." A don Salva casi se le salían las lágrimas. Acariciaba en la imaginación las telas de flat y de chermés con que se imaginaba verla vestida. "Mañana le voy a mandar de regalo tres cortes para que los estrene en la feria. ¿Pero dónde tenía yo la cabeza? Tan fácil que era hablarle en la tienda. Y ahora ¿qué dirán las gentes cuando me vean rondando la casa de don Fidencio el cerero?"

Y de nada le sirvió a don Salva rondar la casa, estarse parado en la esquina horas y horas, dar vueltas en el jardín, entrar y salir de la iglesia, buscando por todas partes el rostro de Chayo. De nada le sirvió porque no pudo verla en ninguna parte. Alguien le dijo que ya no estaba en el pueblo. Alguien le dijo que se había enfermado. Alguien le dijo...

Don Salva estaba volviéndose loco.

—¿Qué le parecieron las décimas?

—La mera verdad, se me hacen muy rancheras.

—El año pasado estuvieron más elegantes.

—A mí no me la dejaron en la casa. Voy a ver si consigo una en la Parroquia.

—Ni vale la pena. Parece que las hicieron los indios, están muy chillantes.

—De todos modos, yo tengo la colección completa, desde fines del siglo pasado.

—Yo tengo una en pergamino legítimo, de 1913, el año de la arena. Se la regalaron a mi papá, que era compadre del Mayordomo. La voy a donar al Museo Regional...

—¿Para que se la roben?

—Déjeme leerle a usted los versos que traen las décimas este año:

> En hambre, peste, temblores,
> guerra, inundación, sequía,
> Zapotlán de noche y de día
> a José pide favores.
> Él le responde: "No llores;
> porque me invocas con fe,
> tus angustias guardaré."
> Por eso tan juntos van:
> él, José de Zapotlán
> y Zapotlán de José.

—Esto es lo que se llama una buena décima. ¿No le parece a usted? Después de leerla, qué importan los colorines...

—Don Isaías, tiene don de lenguas y la boca llena de Biblia a todas horas. El otro día estábamos jugando malilla y bebiendo unas cervezas. De pronto se levantó y puso sus cartas bocabajo sobre la mesa. Le preguntamos adónde iba, y él, que se dirigía al fondo de la casa, se volvió un momento y dijo con solemnidad: "Iré a lugares secretos y haré obra de abominación. Orita vuelvo."

—¿De veras eso es fornicar? Yo creí que era otra cosa, que era algo así como quién sabe. Eso que usted dice quisiera hacerlo todos los días, pero no más lo hago una vez a la semana, cuando mucho. Ya ve usted, la ignorancia...

A la orilla de los caminos, por todas las entradas de Zapotlán, se sientan las tipaneras envueltas en su rebozo, con el chiquihuite de sopes o la olla de tamales, para cambiarlos por mazorcas de maíz a los carreteros que vienen de las cosechas a la caída del sol. Algunas esconden también botellas de tequila y de ponche: una o dos mazorcas, según el trago.

Dicen que hay otras que acechan en lugares sombríos sin más mercancía que ellas mismas. Éstas son las más temibles para los agricultores, que deben valerse de gentes de confianza para evitar que sus cargamentos lleguen mermados por este trueque, mucho más costoso que los demás.

—Con daga le puedo errar el jijazo, por algo son pandas. Los verduguillos son derechitos como espinas de huizache. Hay buenos cuchilleros en Sayula. Yo escogí un verduguillo ahora que estuve de pasada.

A veces les ponen figuras y letreros. Me dijeron que si le escribían mi nombre. Yo les dije: "Mejor póngale una mentada de madre." Y se rieron. Me costó caro. La hoja es de lima, todavía se le alcanzan a ver las rayitas. La cacha de ruedas de cuerno, una negra y otra güera. La punta está como ajuate.

Yo no le voy a decir nada. Ni le voy a saludar. Pero si él me dice: "¡Órale coyón!", se lo dejo ir en las costillas.

Así me decía antes, cuando éramos becerreros, y así me manda decir con los que vienen a San Gabriel: "Pregunten por el coyón, y díganle que cuándo se viene para Cotija."

Y es que yo también me iba a ir para Cotija de muchacho, pero le me rajé a medio camino, cuando encontramos al colgado.

Pues ya estaría de Dios que no viera yo los primeros ni los últimos granos del maíz de mi cosecha.

Hoy sábado, al hacer la raya, le vendí a mi compadre Sabás el potrero con la labor en pie, en menos de lo que me costó. Ya habíamos empezado el corte de hoja, operación muy importante y que dejo sin describir, porque éste es el último de mis apuntes. Sea por Dios.

Resultó que aparte del peligro que hay por lo de la Comunidad Indígena, el Tacamo estaba en litigio entre dos hermanos.

Y el que me lo vendió no era dueño de todo. Ayer me citaron en el juzgado, y yo no soy para esas cosas. Mi compadre, que es colindante, ya tenía pleito anterior con estos herederos y va a jugarse el todo por el todo. Al fin que él tiene mucha experiencia y muchos intereses que defender. Allá él.

Con lo que recibí, apenas me ajustó para pagar mis deudas y la renta de Tiachepa, que se la dejé al dueño como tierra de agostadero.

Vuelvo a mis zapatos. Por cierto que lo único positivo que saqué de esta aventura es la ocurrencia de un modelo de calzado campestre que pienso lanzar al mercado para sustituir a los guaraches tradicionales. A ver si tengo éxito y puedo pagar pronto la hipoteca de la casa...

—Me acuerdo de aquel vale Leonides como si orita lo estuviera viendo con sus calzones de manta con alforzas, el ceñidor solferino muy bien trincado, el sombrero de palma con toquilla de gamuza y los guaraches gruesos de garbancillos. Me decía: "¡Órale coyón!"

Y se me quedó el Coyón. Yo andaba con guaraches de horcapollo, como los que traigo, el ceñidor desteñido y sombrero de soyate. Los dos éramos becerreros en San Gabriel, y el año que nos íbamos a ir para Cotija, tres veces los becerros se mamaron las vacas. Se abría de noche la puerta del corral como adrede, y cuando llegaban los ordeñadores en la madrugada, ái están las vacas con las ubres pachichis y los becerros bien timbones.

La última vez ya no quisimos esperar la sanjuaniada y nos fuimos para Cotija sin avisar, cada quien con su tambache. Aquél tenía un tío que trabajaba en los quesos, y nos fuimos a menear el suero para hacer el requesón. Caminamos todo el día. Aquél dijo que sabía el camino, y seguro lo supo, porque llegó. Yo me devolví en la noche, después de que encontramos al colgado.

—Como era natural, este año se han multiplicado las danzas. Los agricultores se quejan porque todos los cortes de hoja están muy retrasados. Los gañanes, después de todo un mes de estar ensayando, no pueden con el trabajo y hacen, cuando mucho, medias tareas. Pero quién les va a quitar las ganas de bailar. Los que más abundan son, como siempre, los Sonajeros. Pero ahora han salido también Mecos, Pastores y Retos. A mí lo que más me gustó es ver otra vez los Paistes, que según creo, es la danza más antigua, porque hablan de ella los primeros cronistas. Los que la bailan no llevan, como los demás danzantes, tantos hilachos, plumas, paliacates, espejitos y cuentas de colores. En realidad ni parecen gentes. Parecen monos de hoja. Desde la cabeza a los pies van cubiertos de heno y no se les ven ni cara, ni manos, ni pies. Miran a través de las tupidas hebras de zacate y se bambolean lentamente, como árboles, y sus pasos son pequeños y muy medidos. Mero arriba se les ve una angosta máscara de palo, y como la llevan encima de la cabeza con un mechón de cabellos, parecen altísimos. A mí de chico me daban miedo, porque parecen brujos. Pero ahora, si yo fuera juez del concurso de danzas, les daba el primer premio a los Paistes.

—Lo que son las cosas, eso de suprimir casi todos los festejos profanos ha dado malos resultados. A los jóvenes les faltan distracciones y allí los tiene usted que todas las noches, después de la serenata, se van a los retaches, a la perdición, como quien dice. Más valía que se la pasaran bailando con muchachas decentes. Y los señores de edad, peor tantito, véalos usted en las partidas y en las redinas, jugando albures y yéndole a la ruleta. Nunca había habido tantos desplumaderos para ricos y pobres. "¡Esos rayueleros que se la quieran jugar, cinco tiradas por cinco les voy a dar!". "¡Aquí está el trompito inglés, que con uno se sacan diez!". "¿Dónde quedó la bolita?". Yo vi una pobre mujer que se puso a llorar después de que perdió un peso adivinando dónde había quedado la bolita...

—Cállese Laurita, todos andan vueltos locos y no salen de por allá. Con eso de que trajeron dizque unas muchachas nuevas de Tamazula...

—¡Válgame Dios! Cuánta vieja se mete aquí de sinvergüenza, luego dice que es de Tamazula. Como si aquí no las hubiera, y con más ganas de darse a la perdición.

—¡Ay, Laurita, perdóneme! No me acordaba que usted es de Tamazula.

—Y a mucha honra. Lo que pasa es que somos menos hipócritas, pero para que usted se lo sepa, aquí hay mucha más corrupción que allá. Somos más alegres y más bien dadas, por eso tenemos fama, pero hasta ái nomás.

—Por amor de Dios, Laurita, fue una equivocación...

—Lo que pasa es que todas aquí son unas moscas muertas, unas viejas troyas...

Por un lado está bien, pero por otro está mal. La iglesia prohíbe las corridas de toros en los días del Novenario, pero el Municipio las permite. Antes se llamaban "las Nueve Corridas de Señor San José". Ahora ya no se llaman así, pero da lo mismo. Este año hemos tenido toro de once, por la mañana, y de entrada gratuita, precedida por el gran convite que le dicen "suelta de caja" porque mero adelante van tocando el pito y el tambor, seguidos de mojigangas. Luego van dos hileras de charros a caballo que resguardan los toros o vacas bravas, rodeados de cabestros. Detrás va un carro de mulas adornado con ramas verdes y banderas de papel, que conduce uno o dos barriles de ponche de granada con pólvora y alumbre, para que haga mejores efectos. Y lo único que se necesita es llevar un jarro y abrir la llave: tu boca es medida.

El convite está a cargo de las comunidades locales de obreros, campesinos y artesanos, o de las peregrinaciones de fuera, que toman a su cargo un día del Novenario. Todos se esfuerzan por lucirse y la generosidad llega a veces a verdaderos extremos. Los de Tamazula, por ejemplo, sacaron ahora tres carros con ponche distinto, de guayabilla, de zarzamora y de piña, y emborracharon a media población.

Ya en la plaza, que huele a madera recién cortada, a petates verdes y a sogas de lechuguilla, todos se lanzan al ruedo, porque el que no anda perdido está a medios chiles. Es un desorden espantoso. Unos jinetean y otros torean con la cobija a los bueyes que sacan. La gente se divierte mucho y aplaude a los que logran aguantar dos o tres respingos. Muchos caen y ya no se levantan; golpeados y borrachos, sufren pisotones de toros y toreros.

Por la tarde es la corrida formal. Este año, como casi todos los últimos, trajeron a Pedro Corrales con su cuadrilla de maletas. Hay que verles los trajes de luces, tienen más remiendos que bordados. El único que sirve es el payaso, que baila muy bien y hace suertes.

—Aquel vale Leonides caminaba aprisa, trotando de lado como coyote. Y sabía ver desde lejos. A veces, cuando uno de los tuceros nos prestaba la chispeta, salíamos a buscar güilotas. Yo iba pelando los ojos sin ver nada, cuando aquél me decía: "Órale coyón, no hagas ruido, que ese mezquite está cargado de güilotas." Yo me quedaba parado y aquél se arrastraba hasta cerca del mezquite y se tumbaba dos o tres de un tiro. Nos las comíamos asadas, y cuando no había güilotas, les tirábamos a los zanates de pecho amarillo. Nomás que aquel vale nunca me dejaba tirar.

Concha de Fierro siempre estaba triste. Desde lejos venían los hombres atraídos por el run run: "Yo le quito los seis centavos porque tengo lo que tengo y ella tiene por donde." Bailaban primero y luego se echaban sus copas. "¿Vamos al cuarto?". Y volvían del cuarto acomplejados:
    —Palabra, le hice la lucha, pero me quedé en el recibidor.
    Doña María la Matraca consolaba a Concha de Fierro.
    —¿Qué quieres, muchacha? Ya no le hagas la lucha, tú no eres para esto, dale gracias a Dios.
    Pero ella era terca:
    —Ya vendrá el que pueda conmigo. Yo no voy a vestir santos.
    Y llegó al fin su Príncipe Azul, para la feria. El torero Pedro Corrales, que a falta de toros buenos, siempre le echan bueyes y vacas matreras. Después de la corrida, borracho y revolcado pasaba sus horas de gloria en casa de Leonila. Y alguien le habló de Concha de Fierro.
    —¡Échenmela al ruedo!
    Poco después se oyeron unos alaridos. Todos creyeron que la estaba matando. Nada de eso. Después del susto, Concha de Fierro salió radiante. Detrás de ella venía Pedro Corrales más gallardo que nunca, ajustándose el traje de luces y con el estoque en la mano.
    —¡El que no asegunda no es buen labrador!, gritó un espontáneo.

—Al que quiera algo con ella, lo traspaso. Dijo Pedro Corrales tirándose a matar.

Y ésa fue la última noche de Concha de Fierro en el burdel. Dicen que Pedro Corrales se casó con ella al día siguiente y que los dos van a retirarse de la fiesta.

Los días de la feria se van unos tras otros, y todos los dejamos ir esperando el día de la Función y la llegada de sus Ilustrísimas. Aunque les preparamos gran recibimiento, estamos confundidos. Lo único que nos consuela es que no se trata de nosotros, sino del que está allí en el altar, con su vara de azucenas...

—Si en mi mano estuviera, yo les aconsejaría a todos los visitantes que ya no vengan a la feria del año que viene. Estamos en la más completa decadencia, y no es porque yo ya me sienta viejo y cansado. Ahora todo lo veo como de mentiras y nadie se divierte de deveras. Hasta los mismos danzantes ya no parecen de aquí, vestidos de artisela como bailarinas de carpa. Antes tan serios, tan ensimismados, con sus guaraches burdos y sus calzoneras de cuero. Ahora se ponen zapatillas de charol, con moño y tacón...

—Ya estoy metido aquí, tal vez donde quise estar. Aquí me acuerdo del ganado. Por la ventana se ven las nubes que van cambiando de colores según es de tarde o de mañana. Son como el ganado, y vienen y se van en manada. Yo las veo a veces barrosas, enchiladas, barcinas o duraznillas.

Pasó lo que tenía que pasar. Vino por la feria, muy bien ajuareado de ropa, con tejana. Nomás me vio y me dijo: "¡Órale coyón!". Nos encontramos sin querer, allí nomás junto a la plaza.

Yo siquiera miro las nubes. Aquel vale Leonides ni siquiera las ve, con toda la tierra que tiene encima.

—Por primera vez en nuestra historia, se necesitaba invitación para poder entrar a la Parroquia, figúrense ustedes nomás. Yo creí que iba a poder ver la Coronación, pero me quedé con las ganas, como casi todo el pueblo. Las puertas estaban guardadas por unos individuos vestidos de soldados antiguos. Tal vez tengan razón, la Parroquia es muy grande, pero no íbamos a caber todos allí. Lo que me dio más coraje es que el encargado del ceremonial se opuso a que entraran los tlayacanques, y eso que nomás estaban invitados dos de los cinco cabezales. Tenían su lugar separado, pero no los dejaban entrar por órdenes del nuevo señor Cura. Lo que pasaba, según supe, es que la ceremonia era de etiqueta y ellos iban vestidos de gala, pero de tlayacanques, según su costumbre. Quien puso fin a la situación fue el señor Farías, el que mandó hacer las coronas. Alguien le avisó y dijo que si no los dejaban entrar, él se salía de la iglesia.

—Parece increíble que ocurran estas cosas en medio de tanto fervor. Claro que durante la feria pasan muchas cosas desagradables y hasta crímenes nefandos. En estos días por ejemplo, una riña a cuchilladas entre los fuereños, acabó con la vida de uno de ellos. Y un anchetero fue hallado muerto, con la cabeza partida a martillazos. Pero no me refiero a eso, sino a algo que sin ser un crimen ni cosa parecida, está poniendo en las noches de octubre, tan esplendorosas en lo religioso y lo profano, una nota discordante. Se trata de la cancioncilla aquella de "Déjala güevón...", que parecía definitivamente desterrada, y que ha vuelto a surgir en estos días al amparo de la algarabía y de las aglomeraciones.

—Nuestra Plaza de Armas, el Jardín, como todos le decimos, tiene su quiosco central donde toca la música la serenata de los domingos y los días festivos, rodeado por una amplia glorieta circular. Luego están los prados de árboles y flores. Alrededor, dos amplios paseos formados por tres hileras de bancas de fierro, donde toman asiento las familias. Los muchachos caminan para acá y las muchachas para allá, en filas de a dos, de a tres y de a cuatro en fondo. Después de algunas vueltas, se van formando parejas, y los afortunados salen de la ronda de los hombres y entran a la de las mujeres.

Pero eso sí, hay un orden, mejor dicho, había hasta el año pasado un orden riguroso: por el paseo de adentro circulaban las personas decentes; por el de afuera, los de sombrero ancho y de rebozo. Ahora se ve mucha revoltura y la gente del pueblo ha transgredido la barrera social con evidente insolencia. Como sería penoso y difícil llevar el caso ante las autoridades, y menos en estos días de feria, las personas distinguidas han optado por abandonar el campo en vez de someterse a esta intolerable y mal entendida democracia.

—Los Caballeros de Colón y un gran número de jóvenes severamente uniformados, se colocaron en dos filas a los lados de la nave mayor.

Entraron sus Eminencias, sus Excelencias y sus Señorías, por orden riguroso, lentamente, y se colocaron a los lados del altar, en suntuosos sitiales. Luego pasaron las tres andas de madera tallada, donde sobre cojines de raso, resplandecían las coronas. Pasó primero la del Niño Jesús, conducida por pequeñuelos. Luego la de la Virgen María, en manos de distinguidas señoritas, y finalmente la de Señor San José, llevada por seis representantes del pueblo, elegidos entre las mejores familias.

Después de una misa pontifical, larga y solemnísima, se llevó a cabo la Coronación. El Legado Apostólico, representante de Su Santidad, coronó al Niño Jesús. El Arzobispo de México a la Virgen María, y el Arzobispo de Guadalajara a Señor San José. En ese momento todos los fieles estallaron en vivas al Santo Patrono, consagrado por doscientos años de devoción.

—En medio de todo ese barullo siempre pasan cosas muy tristes, y a nosotros nos toca verlas, pues vivimos mero enfrente de la plaza. En una de tantas barracas, unas de frutas y otras inmundas, estaba la atracción del Indio Sahuaripa, Domador de Víboras, Escorpiones y Alacranes. Todo esto pintado con letras, figuras y colores horribles. Yo no me metí. Dicen que todo estaba lleno de coralillas, alicantes, cascabeles y malcoas.

Pues figúrese usted nomás que ayer en la tarde llegó un hombre del campo con una hocico de puerco metida en un costalillo para vendérsela al domador.

El Indio Sahuaripa agarró la culebra con toda confianza a la vista del público, diciendo que a las hocico de puerco no hay que tenerles miedo porque son muy mansitas... Y nomás se oyeron los gritos. La víbora le dio tres mordidas y el hombre se cayó al suelo retorciéndose.

No duró ni dos horas, aunque le pusieron el suero. El Municipio se hizo cargo y ahora lo enterraron. Dejó una viuda con tres muchachitos que no sabía qué hacer con aquel animalerío. Por fin llamaron a José Mentira, que es cazador de víboras, para que las matara a todas, las pelara y le vendiera los cueros al talabartero.

La viuda y los niños siguen viviendo en la barraca y son una lástima. Y todos nosotros aquí asustados, porque hasta ahora nadie ha dado con la hocico de puerco que se le fue viva de las manos al Indio Sahuaripa...

—Lástima que no pueda yo acordarme. Subió al púlpito un Monseñor muy viejito, que dijo... ora verán, a ver si puedo acordarme: "Oh, Zapotlán, Zapotlán el Grande, deja que yo corra el velo de tu historia..." Algo así por el estilo. Ojalá y alguien pudiera acordarse de todo lo que dijo, porque conoce la historia desde que vinieron los españoles. Nunca he oído un sermón tan bonito. Hasta mentó a los tlayacanques y dijo algo acerca de la tierra. Todos nos quedamos con la boca abierta, y a Juan Tepano le brillaron los ojos. Pero luego Monseñor como que se dio cuenta y se echó para atrás, y después de una pausa siguió hablando de la tierra, "pero de la tierra bendita de Zapotlán, que los misioneros sembraron con la palabra de Dios, y que en este día de la Coronación ha dado una cosecha de catolicismo ferviente." Juan Tepano inclinó la cabeza y a don Abigail, que estaba muy cerca de él, se le quitó un peso de encima. Alzó los ojos como dándole gracias a Dios y María Santísima de que a Monseñor no se le hubieran ido los bueyes...

La entrega de premios a los poetas laureados se hizo casi en familia. Estaba anunciada en el Teatro Velasco, pero no fue nadie; sólo unos desbalagados que nos preguntaron si iba a haber peleas de gallos.

En vista de lo cual, los miembros del Ateneo Tzaputlatena nos trasladamos a casa de don Alfonso, como si se tratara de una sesión rutinaria. Ni siquiera estaban todos los socios.

Cada quien leyó su poema, y los galardones fueron puestos en manos de los triunfadores por nuestras fieles Virginia y Rosalía. Los dos poetas de fuera se portaron muy gentiles y no echaron de menos el boato con que han sido recibidos en otras partes. El de aquí, que obtuvo el tercer premio, estaba realmente deprimido; éste es su primer triunfo, y la musa inspiradora, esto es, su novia, brilló por su ausencia. Todos nos esforzamos por aplaudirlo y reanimarlo.

Después de todo, no podemos decir que los Juegos Florales hayan sido un fracaso, dada la calidad de las obras premiadas. Al margen del regocijo populachero y de las pompas litúrgicas, nosotros mantuvimos vivo el culto a la belleza, durante este holocausto melancólico a las musas...

Porque yo os digo en verdad que dondequiera que se reúnan dos o tres espíritus en nombre de la Santa Poesía, allí reverdecerá el Jardín de Academo, y se abrirán otra vez las rosas provenzales de Clemencia Isaura...

La alegría y el terror de los chicos son los Viejos de la danza. Mientras el conjunto baila, muy recio y en serio, los Viejos se meten con el público, sobre todo con los niños y las mujeres. Tal vez son útiles para que entre la danza y los mirones haya espacio suficiente. Llevan puestas unas máscaras de tecomate con dientes de puerco y barbas de chivo. El traje es de lo más variado, y hay algunos de levita y sombrero de copa. Se ponen encima cuanto se les ocurre, y en la mano llevan siempre armas agresivas: machetes y bastones de palo, ballestas de otate, hachones de ocote y chicotes de cuero crudío. Con ellas amenazan a los espectadores, pero a veces se les pasa la mano.

—Lo más hermoso fue el final de la ceremonia, cuando todos los prelados, por orden jerárquico, se levantaban de sus lujosos asientos y depositaban humildemente sus mitras recamadas de piedras preciosas y sus báculos de oro a los pies de Señor San

José... Como unos son ya muy viejos, caminaban con dificultad bajo las pesadas vestiduras, se quitaban la mitra con torpeza, y cuando hacían la genuflexión, uno creía que ya no iban a poder levantarse. A mí fue lo que más me gustó de toda la ceremonia.

—La vela de cera de doscientos pesos fue uno de los mejores éxitos de la feria, para qué es más que la verdad, y llamó mucho la atención de los visitantes. No daba mucha luz que digamos, pero parecía un obelisco de alabastro con una estrellita que parpadeaba en la punta. El mismo Legado Apostólico dijo que nunca había visto nada igual.

Alguien dijo entonces que se vería muy bonita en la Basílica de San Pedro. ¿Y por qué no? No es mala idea. Podríamos regalarla a Roma como agradecimiento por la Coronación... Que arda allí la cera que labraron las abejas de Zapotlán, como una oración dicha por todos nosotros...

—Los rumores de que el señor Cura se puso enfermo y tuvo que salir violentamente a Guadalajara, se confirmaron en la Coronación, pues no fue él sino el Auxiliar ahora nombrado, quien leyó el Breve de su Santidad. Es un hombre joven y estaba bastante nervioso. Como primero dio lectura al texto en latín, nos quedamos en ayunas, pero oíamos que le temblaba la voz. Ya en español se equivocó varias veces y repetía las palabras. Claro, todo aquello fue muy solemne, y él estaba frente a altísimas personalidades, pero yo creo, y Dios me perdone si lo digo, que el recuerdo de nuestro señor Cura ausente no lo tenía muy tranquilo...

—Yo estoy indignado. Esa fiesta tan lujosa es un verdadero insulto a la población. No se hizo más que para los ricos, que a la hora de la hora y como siempre, se colgaron los galones. Iban vestidos como príncipes, de frac y con sombrero montado. Yo los estuve viendo entrar. El más ridículo de todos fue don Abigail, con su traje de Gran Caballero de Colón. Parecía que todo le quedaba apretado. Lástima que no fuera sábado de Gloria, porque daban ganas de tronarlo así, vestido de mamarracho.

—¿Saben qué es en realidad lo que viene a ver todo ese gentío a la feria de Zapotlán? Pues eso que están viendo ustedes ahorita, el Desfile de los Carros Alegóricos, el Rosario, como le decíamos aquí, las Andas, como les dicen en otras partes... Vean a Judith, frente a la tienda de Holofernes, sosteniendo por los cabellos la cabeza greñuda, mientras que en la diestra brilla el espadón ensangrentado... Vean a la hija del Faraón que recoge la cesta con Moisés pequeñito a las orillas del Nilo, a Abraham que alza el cuchillo sobre la cabeza de Isaac, atado como un cordero junto a la leña del sacrificio. El taller de Nazareth no debe faltar, porque es uno de los cuadros que más le gustan a la gente, con la Sagrada Familia en la intimidad: José trabaja en su banco de carpintero, la Virgen hila o cose, mientras el Niño Jesús juega a unir dos trozos de madera para la cruz predestinada... En fin, véanlos todos, si tienen paciencia, son veintitantos... Fíjense en todas esas muchachas tan guapas que desde las nueve de la mañana están amarradas en postes de madera para que no se caigan y que muchas veces se desmayan de fatiga y calor, pero que vuelven en sí y a su papel en cuanto les dan una labradita con alcohol alcanforado... Más dignos de admiración son los niños que a base de refrescos y golosinas se aguantan parados hasta las tres de la tarde.

¿Ya los vieron todos? Pues ahora viene el principal, que es el último del desfile, el Trono de Señor San José, la única anda que todavía se lleva en hombros y no sobre ruedas, como todas las demás...

Como ustedes pueden ver, la anda es muy grande y va sobre una plataforma de vigas y tablones que pesa una barbaridad. Generalmente es un monte de nubes, un pedestal de cirros y de nimbos donde flotan docenas de señoritas, de niños y niñas vestidos de ángeles, arcángeles, querubines, serafines, tronos y dominaciones... Y en lo alto, Señor San José y la Virgen, bajo un dosel augusto, sostenido por doradas columnas salomónicas... A los lados del anda van dos mozos con pértigas, levantando en cada esquina los cables de luz para que el trono pueda pasar en toda su grandeza...

Ahora asómense para abajo. ¿Qué es lo que ven? Sí, son ellos, los miembros de la Comunidad Indígena que han alcanzado el honor de cargar con el santo y con su gloria. Son cien o doscientos aplastados bajo el peso de tantas galas, cien o doscientos agachados que pujan por debajo, atenuando con la cobija sobre el hombro los filos de la madera, y que circulan en la sombra sus botellas de tequila para darse ánimos y fuerzas. En cada esquina el anda se detiene, y muchos se echan en el suelo, a descansar sobre las piedras...

¡Adelante con la superestructura, pueblo de Zapotlán! ¡Ánimo, cansados cireneos, que el anda se bambolea peligrosamente como una barcaza en el mar agitado de la borrachera y el descontento!

...y en la penúltima de las ramadas estaba un indio vestido como ángel, representando a San Miguel, con una espada en la mano, como que hería a Lucifer, el cual era otro indio vestido a manera y figura de dragón, que estaba dando bramidos debajo de los pies del ángel...

—Aquí estamos todos, adorando a Dios y dados al Diablo...

—Yo no soy Dios, yo soy un hombre como todos ustedes, un artesano, un carpintero de obra blanca... No se los digo por asustarlos, pero no carguen sobre el suelo todo el peso de su cuerpo. Este pueblo está fincado sobre un valle de aluvión y sus tierras fértiles son puramente superficiales: ocultan una colosal falla geológica y ustedes están parados sobre una cáscara de huevo... Hagan otra vez la feria del año que viene, pero sean un poco más angelicales, y no gasten toda la pólvora en infiernitos...

...el comisario que se encargue de la Función no ha de hacer otras demostraciones públicas que graven a los pobres, porque en el caso de dictárselas su devoción, sólo ha de extenderlas a Novenario o a más gasto de cera, que es lo que principalmente dice culto, y no a las exterioridades de fuegos, que sirven más a la vanidad y pompa, ni a las comedias y toros, que antes destruyen la devoción y ceban los vicios...

—¿Qué tal estuvo la feria?

—Como las naguas de tía Valentina: angostas de abajo y anchas de la pretina.

—Yo me divertí como Dios manda...

—A mí me robaron la cobija.

—Y las tierras ¿se las van a devolver a los indios?

—El año de la hebra y el mes del cordón...

—Primero me cuelgan del palo más alto.

—Para eso hay arriba y abajo.

—Dios Nuestro Señor dispuso que nosotros fuéramos arriba y que los indios cargaran con las andas...

—Al fin y al cabo que ellos también se divierten mucho por debajo...

—Ahora les hemos parado todos los pleitos y juicios...

—¿Y el Día del Juicio Final?

—Ya tenemos todos nuestros papeles arreglados, con la debida anticipación...

Quiero que me deis satisfacción a mí y al mundo del modo de tratar estos mis vasallos... Y tengo de mandaros hacer gran cargo de las más leves omisiones en esto, por ser contra Dios y contra mí, y en total ruina y destrucción destos reinos, a cuyos naturales estimo y quiero que sean tratados como lo merecen vasallos que tanto sirven a la monarquía y la han engrandecido y lustrado. *Yo el Rey.*

—Pasen a tomar atole, todos los que van pasando...

—Y tú ya vete a dormir, contador impuntual y fraudulento. Pero como tu castillo de mentiras sostiene una sola verdad, yo te consiento, absuelvo y perdono. Y como creíste te sea hecho.

Nadie podía haber previsto lo que sucedió esta noche, última de la feria, a las doce en punto. Todo el pueblo estaba reunido en la plaza, rodeando el inmenso castillo pirotécnico, orgullo de todos nosotros y símbolo de la fiesta, erigido a un costado de la Parroquia por más de cincuenta obreros bajo las órdenes de don Atilano el cohetero. Nunca habíamos visto algo más bello y majestuoso.

Justamente en el momento en que iba a darse la orden para que fuera encendido irrumpió una pequeña banda de desalmados. Nadie pudo darse cuenta de quiénes eran, ni cuántos. Iban vestidos de Viejos de la danza, con máscaras de diablo. Unos llevaban teas encendidas, otros baldes y machetes, otros más, pistolas que disparaban al aire. En cosa de instantes, bañaron de petróleo la base de las cuatro torres que sostenían la plataforma desde donde se alzaba el castillo principal, y les prendieron fuego.

La gente cercana huyó despavorida porque el combustible se derramó por el empedrado. La llamarada pronto se levantó al cielo, más alta que la Parroquia. Los malhechores se quitaron inmediatamente las máscaras y los disfraces, quedando irreconocibles entre la muchedumbre, contemplando el estropicio a sus anchas, muy contentos y satisfechos sin duda.

En vez de arder parte por parte y en el orden previsto por don Atilano, ya se imaginarán lo que pasó. El estallido fue general y completo, como el de un polvorín. Los buscapiés se fueron por todas partes, sin ton ni son, y sobre la multitud cayó una verdadera lluvia de fuego por fortuna artificial, y no hubo, según parece, más que algunos centenares de chamuscados.

El fuego se propagó a muchos puestos y barracas, y poco faltó para que ardieran los árboles del parque. Aunque violento, el material inflamable no era mucho en realidad, fuera de la pólvora superficial. Una hora después, no quedaba más que un montón de brasas y pavesas, entre las que de vez en cuando tronaba todavía algún cohete retardado...

Yo me quedé hasta el final, solo en la plaza inmensa que forman el parque y el jardín. Solo, porque los demás estaban tirados en el suelo, dormidos y borrachos, aquí y allá, como los muertos de un falso campo de batalla.

Ya para venirme, me volví por última vez y vi desde lejos el escenario. En el lugar donde estaba el castillo, vi subir al cielo la última columna de humo, recta y delgada.

Dejé de mirar en el momento en que se desprendió de su base de ceniza donde ya no quedaba nada por arder.

IX. Un texto inédito

A la memoria de Samuel Rosemberg, porque murió purificado en el fuego. Impuro y vivo, perdóname, Sam.
Noviembre, 1968-1969.

NOVIEMBRE 29. —Berta me dijo anoche: "Tienes que levantarte temprano. Alexandro pasa por ti a las siete y media. Mañana vas a filmar la escena que le prometiste para su película". ¿Cuál película? Se me había olvidado que estaba filmando una.

Desperté a las cinco y me quedé en la cama hasta las seis. Orso se levantó a regañadientes, aunque en el fondo le interesaba mucho acompañarme para entrenarse: que va a tomar parte en la película sobre la paz. Qué curioso. Los dos estamos en plan de actores y por poco me saca la delantera en las pantallas. Pero el destino me ayuda para ayudarlo. Aunque no quiero bañarme, me baño a instancias de Sara. Pido una gorra de plástico para no estropearme los cabellos: a lo mejor Alexandro me necesita greñudo. Pero se me olvida y me doy un champú. Desayuno ligerísimo. Nadie llama. A las ocho bajamos a la calle, plantados en la puerta hasta las nueve. Llamo por teléfono a los Estudios Churubusco y nadie me da razón de nada. Rectifico en casa de Berta. Sí, era hoy a las siete y media. Por fortuna a unos pasos, en Lerma, Válery me informa: la filmación no es en Churubusco, sino en el estudio de Corquidi. Llamo por teléfono y me contesta Alexandro: "Ahorita mismo paso por ti". Minutos después llega en Volkswagen. Apenas hay sitio para mí, y la presencia de Orso lo desconcierta. Casi diría que le incomoda.

Nos apretamos en el coche, que no es Volkswagen sino un Opelito chico. Tres adelante y cinco atrás. Mexicanos por nacimiento y por padre y madre, mi hijo y yo. Vamos vestidos como puestos de acuerdo: todos con pantalones más o menos estrictos, los míos rayados para que hagan juego con saco negro, chaleco gris y bombín. Mujeres: una blanca y rubísima, la más joven de todos. Una holandesa trigueña. Rosie, castaña. Y una negrita de Cuba que fue mi alumna en la escuela de teatro. Hombres: Alexandro (que va vestido con más audacia de la que suele). Un chico de pelo y manos largas, que resulta, detrás de tantas patillas, barbas y bigotes, el niño que yo veía por Mississippi de la mano de su madre, amiga mía. Orso y yo completamos el elenco: fortuna será si no nos detienen por el camino. En la gasolinera de Lerma y Rin, se encienden cigarros. "Espérense. Si no, no llegamos." Allí se le ocurre a Alexandro hacer un reacomodo, para que yo me sienta o me siente mejor. Iba sobre las piernas de Orso en el asiento de atrás, achicalado a más no poder. Nos pasa adelante a los dos, junto a Rosie que maneja. Entonces me entero de que vamos a filmar en carretera. La rubia va tendida, por encima de todos. Oigo la voz de Alexandro que dice: "A Bahía", y que sale quién sabe de dónde. Me estremezco pero me tranquilizo. La cosa va a ser en Bahía, que es el balneario de Gelsen Gas.

Hablo y hablo por el camino. No sé de qué. Sólo para llenar el tiempo —espacio angustioso—. Por la Colonia de los Doctores ya me duele el pescuezo de tanto voltear para atrás. Tonto: en el espejo retrovisor puedo contemplar a la rubia. Desde allí hasta el aeropuerto, anestesiado por esperanzas remotas, describo la operación quirúrgica a que fui sometido: "Me quitaron casi todo el estómago, el píloro y medio duodeno", digo en plan de conquista. En el hacinamiento de atrás, alguien se refiere entonces a ciertas partes del cuerpo humilladas y ofendidas, mientras Gaby dibuja sobre un vientre la cicatriz que describo.

Hemos dejado la ciudad. Vamos llegando a Bahía, qué bueno. Pero dejamos atrás a Bahía. Grandes máquinas socavan el terreno para los agujeros del Metro. Creo que pasamos de largo para encontrar vuelta a la izquierda, pero nada. Seguimos dejando atrás, pero muy atrás el balneario y la casa de mi amigo. Para poner las cosas en claro decido, pienso, comprar tortas de jamón, porque sólo desayuné una manzana, café negro, Compensol, Nardil, Hepadesicol y vitaminas. Pero me aguanto y dejo que el coche siga adelante.

Para combatirla, hablo de la agorafobia que padezco. Alexandro finge no conocerla y las muchachas se interesan por mi caso. "¿Cómo es posible? Si te sientes mal, nos regresamos". Me ahogo en la angustia. El paisaje a los lados del camino es cada vez más extraño y desolado. Busco ansiosamente los puestos de socorro: restorantes y centros deportivos, con la idea de hacer una escala. "Ya vamos llegando", dice Alexandro. "Si tú quieres nos devolvemos, pero allí nomás, donde ves ese anuncio de pepsicola, tenemos la filmación, a un lado de la carretera." Yo sigo pensando en Bahía. Allí me repongo y de allí a mi casa, protegido por Gelsen Gas. Pero, ¿y las chicas? La más linda decide operarse: "¡Qué bonito vivir sin estómago, para no tener que llenarlo de hambre y de comida!". Me doy por vencido. ¿Por ganado? Y dejo que me lleven a donde sea. Pasamos el anuncio de pepsi. Allí nomás al infierno. Y que me lleven todos los diablos.

Por fin dejamos la carretera y damos vuelta. "Aquí nomás." Pero no es aquí nomás, y damos otra vuelta. Subimos por un camino accidentado. Vamos ya por una trocha de tierra suelta y pedregosa. Veo a los lados: bardas de piedra china. ¿Zapotlán? No, más bien Huescalapa. *Background* a la infancia, con música de *Tin marín de do pingüé*. Vamos en un coche de mi tío Daniel: ¿Overland, Grey, Star o *chevrolito 1920?* Cercas de piedra, baches, atascaderos vacíos porque estamos en las secas. Noviembre. ¿Tienes conciencia del otoño? La consumación del año irrevocable, como dice tu poeta.

"Si quieres, nos bajamos del coche", propone Alexandro. "Seguiremos a pie para que te vaya dando el aire. A vuelta de rueda. Como tú quieras. Nomás dices. Seguimos o regresamos. Allá arriba hay dos coches más a tu disposición. Y mucha gente. Amigos tuyos. Todos te queremos. Tú dices. ¿Cómo te sientes?"

Me siento del cocol... "Santo Dios, Santo Fuerte, Santo Inmortal..." Como lo que escribiste en *La feria.* Entre broma y broma, entre blasfemia y blasfemia... ¡Pero si no son blasfemias! Sea por Dios. Pero rezas en voz baja. Ni tú mismo te oyes porque allí va la rubia más linda y te mira con sus ojos veteados de miel. Rubia. ¿De deveras? Tú puedes hacer que sea rubia de verdad o rubia de mentiras. ¡Ay Jalisco no te rajes!

Y no te rajas, partido aunque estás por la mitad. ¿Por la mitad de tu alma, coyón? ¿Para qué viniste? Y tu hijo, ¿qué va a decir tu hijo si lloras antes de que te peguen? "Aquí estoy yo contigo. Aquí estamos todos. No te va a pasar nada. No te aguades, papá, por favor..." Y me amacho. Miro el cielo y el paisaje. Niños sucios. Puercos chiquitos y limpios que van entre las piernas de su madre, la puerca que parió hace ocho días. Perros que huelen la perra y se van tras ella hasta donde la perra los lleve. Me muero de angustia pero me pego a la vida como un niño de teta. Cochinito mamón. "¡Ya llegamos!", grita Alexandro. Pero no hemos llegado. El coche nos sigue, despacito. "Que se baje también Orso", imploro como quien no quiere la cosa... "¿De modo que tienes agorafobia?" Déjate de jaladas... ¡Pobrecito! "El Maestro padece agorafobia." "¿Pero ustedes no lo sabían? ¡Agorafobia! ¿Y eso qué quiere decir?". Que no puede salir de su casa. Sólo la manita de uno de sus hijos, o de su hermana, o de su mamá... Así sí se la juega. Con Dios o con el diablo, pero con almas que lo acompañen.

Cerca de piedra y milpas a cada lado. El infierno se ha quedado allá, entre Zapotlán y Huescalapa. Ibas con tu tío Daniel, con tu papá y con tus primos. Todos medios hermanos porque don Daniel Zúñiga tuvo muchas queridas y a todas las quiso y todas lo quisieron según su género y su especie. Como a los patriarcas. Pero tu padre no quiso más que a una. A una. Tu madre. ¿Te acuerdas? Un golpe de pecho no estaría por demás. Acuérdate. De tu última hora, pecador...

Claro que me acuerdo del *Catecismo Ilustrado* y por eso me siento tan mal... La rubia y la morena vienen conmigo. Orso platica con la negrita de Cuba. Me apoyo en sus brazos. "¿A poco te vas a caer?". Claudico entre la arena y las piedras con el alma en los pies. Pero la memoria no titubea: "*Y en ángeles broncíneos apoyada / la Virgen pisa el desollado suelo...*" Llegamos a un pueblo: Santa María de los Huizapoles o algo por el estilo. Ya estamos en la plaza. Veo un gran letrero: Centro de Asistencia o algo así. La Secretaría de Salubridad. Eso es, si te pones malo, aquí te traen... Te ponen una inyección de quién sabe qué y te llevan a México dormido, México lindo y querido. ¡No, por favor! ¡Llévenme a Bahía! Allí me repongo, de veras. Y luego Gelsen Gas me llevará a mi casa para que me den un terroncito de azúcar mojado con alcohol, como el que me daba mi mamá cuando llegaba asustado de la calle...

Pasamos la plaza y la última calle del pueblo se acaba. Santa María de los Desamparados o algo así por el estilo. Ya llegamos. "¿Ves ese árbol? No, no ese que está allí enfrente... el de más allá, aquel que parece un pirul. Allí nomás damos vuelta. El coche nos viene siguiendo; si quieres, nos devolvemos. En veinte minutos estás en tu casa..." Pienso: en cinco me muero. Llegamos al árbol. Como aquella vez a la orilla de la laguna, busco una rama para colgarme. Pero como aquella vez, me hace falta la reata. "Vas a ver. Un paisaje de Marte." Alexandro me consuela. "Vas a estar en la luna, sin cohete y sin cápsula. Sin traje espacial." Me señala niños, mujeres y hombres que nos miran tal como somos: criaturas de otro mundo. "¿Los ves? Vienen todos los días. Ayer filmé con casi todo el pueblo de comparsa: Cecil B. de Mille surrealista y sin costo para la empresa. No se daban cuenta de nada y yo encantado, váyanse por aquí, corran para allá. Quédense parados, súbanse, bájense, vuélvanse a subir... Y la cámara agarrando cosas nunca vistas. En este pueblo hay de todo, niños, gallinas, chivos y borregos. Hasta un caballo blanco... Ahora les pedí que me trajeran puercos... El galán de la película es un niño mimado, un idiota corrompido por el amor maternal. Ve puercos por todas partes. El Hijo Pródigo, ¿te das cuenta? Pero en vez de irse de viaje, se enamora y cría puercos en su alma. La muchacha está frente a él, encadenada y desnuda. En vez de acariciarla y decirle te quiero, le echa todos sus puercos encima. La profanación de la inocencia... Naturalmente, se trata de un sueño. Acometida por el Mal, fecundada por el Maligno, la pureza, bella como un arcángel, óyelo bien, la pureza pare puercos..." Bruscamente, Alexandro vuelve a la realidad y pregunta urgido a uno de sus ayudantes: "¿Ya están aquí los puercos? ¿Cuántos? ¿De todos tamaños?"

Los puercos que Alexandro necesita para su película yo los llevo dentro, pero no le puedo decir: sácame mis demonios. Sería un milagro. Sigo subiendo, atraído por la pendiente. "Allá arriba, allá arriba te van a crucificar. Entre Sammy y Corquidi." ¿Quién es el Malo? ¿Quién es el Bueno? Cortésmente cedo el sitio de honor a Corquidi y me coloco a su izquierda, con la esperanza de Dimas. ¡Sálvese el que pueda y que Sammy se las arregle con Gestas! "Te van a clavar en una cruz blanca y desnuda y te dejas llevar. ¿Ya te caíste? Dos cireneas te sostienen: tu corazón es la piedra del tropiezo..." "¡Pero si no me caigo! ¡Me siento muy bien! ¡Miren cómo brinco, cómo subo corriendo entre las piedras!". Y para presumir levantas un guijarro y lo tiras al aire. Pero allá en el fondo de tu conciencia, donde nadie puede levantarse, recibes la pedrada y lloras para adentro.

Se acaba el camino y llegamos a la orilla de un cráter. Una mina redonda, gigantesca y abandonada. Tal vez, en principio, el agujero que cavó un aerolito arcangélico quién sabe cuándo y de dónde... De veras, estamos en la luna, en la cueva de Gagarin. Esto no es México, ni Zapotlán, ni el mundo, ni el monumento a la madre... Todo se acabó. Un agujero grande como la nada. Roca, tezontle, grava y arena que se escurren allí donde fallan los ademes de basalto. A la orilla del vértigo me detengo para que me presenten a toda la compañía. Encuentro caras conocidas, como en un cuadro de Brueghel (*el Viejo*, naturalmente). Alumnos de la escuela de teatro y del taller. Todos me saludan peludos: Maestro. Para no fracasar en la cátedra al aire libre, busco en mi alforja una droga: ochenta miligramos, sólo ochenta aunque el médico me recetó ciento cincuenta. Nos dividimos en dos grupos: los que van primero y los que irán después. Yo me quedo en la orilla más alta, desafiando a las profundidades. Los más avezados se dirigen con los técnicos y manuales, camarógrafos y mozos a lo más bajo del abismo, con la estrella a la cabeza.

El sedante opera. Voy y vengo a la instalación de cámaras: *dolly, dolly back, travelling, panning, zoom*. Voy y vengo sin motivo, entre el polvo y las guijas, para demostrar que estoy en forma. Inexplicablemente, me pongo a cantar y a bailar fuera de moda: "Yo soy el Icuiricue, el Maca la Cachimba". Rumba a destiempo y mambo fuera de rumbo. Me detengo a ver:

Linda rubita está en calzones de manta a la rodilla y camisa de nasú. Técnicos, camarógrafos y manuales preparan cámaras, reflectores, grúas, rieles y otros deslizamientos. Alexandro, con unas tijeras eróticas, hace cortes en las telas que cubren a mamacita linda. Luego, dice al galán, sea de la pantalla o no: "Vamos a hacer lodo. Mucho lodo. Vengan tierra y agua". Y el galán, sea de la pantalla o de la vida real, la enloda desde la cara hasta el pecho, tímidamente. Alexandro lo increpa: "¡Enlódala con ganas!". Siempre hace falta más lodo. Por los agujeros tallados en la blusa, los senos asoman pezones y areolas rosados y limpios. Los botones de rosa que dijera el poeta. La chica me mira de cerca, turbada y valiente. Miro sin ver. Solamente deploro. Venga lodo y más lodo. No se puede negar. El Alexandro Jehová esculpe y modela con lodo sus criaturas. ¿Arcilla original?

Cuando todo está a punto: la muchacha enlodada y el cielo sin nubes, comienzan las tomas. ¿Las toma y daca? Un joven amarillo, delgado y aguileño, con pelo de muchos quilates: "Mientras que competir con tu cabello / oro bruñido el sol relumbra en vano", carga sobre sus espaldas a la rubia blanca (mexicana por nacimiento, pero la creí extranjera). Pelo corto y blanco. Muerta, sus brazos en cruz se enganchan a los brazos vivos y abiertos en cruz que la sostienen. Van espalda contra espalda. Ella contra el cielo, él contra el suelo. Paso a paso caminan al borde del cono invertido y gigantesco, van por la cornisa del anfiteatro sumergido en que va a vaciarse una torre de Babel que otra vez no llevará al cielo. Tiemblo al pensar que resbale del lomo arqueado y sudoroso y caiga y nos arrastre a todos por el infierno de grava. A la mitad del camino y del *panning*, Alexandro grita: "¡Tropieza y cae con ella de rodillas, pero sin dejarla caer!". El actor obedece y nos tiene sin cuidado (me tiene sin cuidado) saber si se lastima o no, ¡con tal de que no la deje caer! "Ahora levántate como puedas." El actor se rehace de la caída, poderoso. Alexandro se vuelve hacia mí: "Cristo en su Calvario".

Lo imprevisible: falla en la luz y en la iluminación. Salida de cuadro. Avance rápido del actor o de la cámara que lo toma. Asincronía. El caso es que se repite cuatro veces la escena. La última toma es perfecta. El joven actor no puede más. Cuando cae, ya no sabemos de dónde toma fuerzas para levantarse. Casi desmayada, ella está más muerta que viva. Bajo el sol de noviembre. En su abandono total, los pezones descubiertos resplandecen sobre el vestido desgarrado. Después del corte, se echa a llorar largo rato. Pero Alexandro la manda al otro lado del abismo para tomarlos, a ella y a él, en silueta contra el horizonte.

Esperamos y los vemos surgir, allá en el fondo, hacia su destino de marionetas. Allá van, dirigidos por silbidos y gritos, por ademanes que entorpecen el cielo. Pequeños, irreconocibles. Fuera del mundo la acémila y su carga, la hormiga y su prodigioso miligramo.

Llega mi turno y no sé de qué se trata. Llevamos dos horas al aire libre y ardiente. Alexandro ha hecho pacto con el sol y con las espirales vertiginosas que nos absorben a las muelas del molino. ¿A mí nomás? Ordena el descenso hacia la tolva circular del torbellino. Para no marearme, ya no miro hacia arriba. Otra vez soy conducido y apoyado en ángeles femeninos. "¡Cuidado, no se vaya a desmayar!". A la mitad del descenso, grito para que otros me oigan guardabajo: que Orso me traiga mi alforja de libros, bombones y coñac, por si me muero. Seguimos bajando. Ya estamos en el sitio a donde Alexandro quería llevarme: exactamente al centro de la tierra: al crisol plutónico donde todo se disuelve: al último recodo de sus íntimos alambiques: la profunda grieta de la tierra donde la belleza brota como de un manantial. Tres veces golpea la roca. Fallamos dos. Pero a la tercera brota el agua.

No somos nadie. Corquidi, ataviado de rabino irrisorio, dice: "Si mi mujer lo sabe, me pide el divorcio". Ríe, pero tiene miedo: un miedo que viene de muy lejos, pero que está cerca y es de veras. De veras del Bidasoa. De allá donde los judíos españoles se refugiaron últimos, tras la persecución entre el mar y el cantil. Por el contrario, Sammy está feliz, vestido de ave de presa. Nada ve. Nada le importa. Sólo quiere que muera el pudor, como en los tiempos bíblicos. Que viva la pestilencia, para echarse sobre ella. Por eso Alexandro *el Sabio* lo disfrazó de buitre: guerrera negra de paño con alambres oxidados. Pantalón de hippie con chistera chafada. Su cara de sapo hace lo demás. Todo él se prepara al impune cachondeo.

Somos tres y no somos nadie. Ella es todo. Allí, en la garganta de piedra. Allí, en la última reconditez de la tierra. Nadie nos ve. Los curiosos no pueden llegar hasta allí. Alcoba sin ojo para la llave. Dos valvas rocosas te guardan, herméticas. La baba escurre por todas partes afuera. Perla. Un molusco enorme te rodea: los cien ojos entreabiertos de la ostra jacóbea: pecte, purpúrea venera o concha de peregrino. La válvula de Santiago. La salida al mar abierto. La entrada al otro mundo. *Plus ultra y finisterre.*

Pupilas bizcas y viscosas de marisco. Sólo yo —¡déjenme que sea yo!— la trabajo lentamente. La cultivo y la redondeo. La perlifico y la pulo con ternura. La veo crecer desde un escrúpulo

459

pequeño y cristalino como un grano de arena... Me duele en mi blandura. Me duele y la cubro con miradas finísimas de nácar, con secreciones alcalinas, con lágrimas calcáreas.

Escribo para entender lo que ha pasado. De la angustia me despeñé a la euforia. No en vano Alexandro *el Grande* me llevó a un desfiladero. Oigo todavía sus órdenes, gritadas desde arriba. Y el zumbido de la cámara en acción me infunde pánico: el curso de la cinta es como el fluir temporal de la conciencia: no puedo trastornar el orden al que me he sometido. Obedezco junto al rabino, junto a ella y al zopilote. Soy un muñeco y Alexandro *el Sabio* me ha dado cuerda: "¡Silencio! ¡Cámara! ¡Acción!". Actúo sonámbulo, automático y deslumbrado. Sólo recuerdo que dije: "Mírame a los ojos, cuando te beso los pies". Pero no me vio y procedí impunemente: "¡Quítenle la ropa! ¡Acaríciela! ¡Uno tras otro! Y tú... ¡no te defiendas! Ahora bésenla... bésenla en la boca..."

Si me hubiera dicho: mátala, la habría matado. ¿Por qué? Porque así estaba escrito.

La besé en la boca. Después de Sam, que se la llenó de babas. Me dio asco. Sin que la viera la cámara, ella pasó la mano violentamente, limpiándose los labios. Como si supiera. Entonces la besé. Lo que no supe es que tuve, apretado en mi mano derecha, algo redondo y suave como un fruto. Y eso nadie puede verlo en la pantalla: lo que fue mi corazón, estrujado por todos.

Después se filmaron los antecedentes y las secuencias. Después le pedí a Orso los bombones y la botella de coñac. No se dio cuenta de nada. Después vino ella junto a mí y me perdonó el beso que le había dado. Hizo del encuentro un reconocimiento. Me dijo que tenía dieciocho años. Nos olvidamos de todos: ella en un banco de piedra; yo mordiendo el polvo a sus pies. Como si nadie nos viera. Las manos en las manos.

Después subimos juntos la espiral de piedra. Como los pescadores de perlas que salen a la superficie conteniendo la respiración. Dijimos las palabras que son bellas y que no sirven para nada. Le dije que su beso era la gema para el engaste vacío... Me dio su teléfono... Le dije que era real... Me dijo que todo es un sueño...

Nos trajo de vuelta en su coche el productor de la película. Hablando con él, me di cuenta de que había caído en la trampa. Me pareció elegante no abrir los ojos. Soñé el resto de la tarde y soñé toda la noche.

Soñé que había ido a casa del embajador del Paraguay y que había oído su conferencia en la Sociedad de Geografía y

Estadística. Soñé que no fui a la sesión semanal del Centro de Escritores. Soñé que volví a casa, ya entrada la noche.

Soñé que dormí como todos los días. Le hablé a Diana por teléfono para que soñara conmigo, pero no me contestó. Soñé un horno de cal viva, con piedras atizadas hasta el rojo. Soñé que Virgilio me llevaba al infierno, pero sin boleto de retorno. Soñé que Dante Alighieri trabaja en una agencia de turismo.

Desperté solo. Todos mis cómplices huyeron. He tomado parte en un crimen, pero ni siquiera poseo el cuerpo del delito.

JUAN JOSÉ
ARREOLA

NARRATIVA
COMPLETA

GUÍA DE LECTURA

POR

LIBIA BRENDA CASTRO

UBICACIÓN BIOGRÁFICA

Las imágenes que casi siempre evocamos de un escritor como personaje van de un señor muy serio rodeado siempre de libros y de papeles, a un alma, o atormentada por la experiencia humana, o tocada por la inspiración divina; de Juan José Arreola, sin embargo, mucha gente tiene la imagen de un señor canoso, con capa o corbata de pajarita, en una pantalla de televisión. La memoria puede ser injusta, pero esta es la mayor injusticia de la desmemoria o, peor, de la falta de recuerdos.

Juan José Arreola es uno de los más importantes escritores mexicanos, con toda la pompa que lleva esta declaración. Poco importa si el sistema oficial de la literatura mexicana lo tiene o no en sus anaqueles también oficiales, Arreola estará en la literatura para siempre, de nosotros depende seguirlo leyendo, para entender (tratar de asir, sería más correcto) su trabajo como prosista que tiene sus raíces en una profunda vocación poética.

Juan José Arreola es una figura paradójica en la literatura mexicana: es un juglar y un esteta del lenguaje; es un autor profundo, transversal y es un humorista satírico; es una figura mediática (mal) acomodada en un sistema de consumo inmediato de la cultura y es un gigante que usaba como nadie el lenguaje y que merece todos los honores y más.

UBICACIÓN BIBLIOGRÁFICA
LA PRIMERA MITAD DEL SIGLO XX

Arreola nació en 1918 y Juan Rulfo en 1917. En los años 40, cuando Arreola empezaba la producción literaria que después sería recogida en distintos volúmenes, José Revueltas ya era un monstruo literario (veinteañero, eso sí) que había publicado *Los muros de agua* (1941), *El luto humano* (1943) y *Dios en la tierra* (1944). Agustín Yáñez, otro monstruo, tenía cuarenta años y en 1947 publicaba *Al filo del agua;* Rafael Bernal, el primer autor policiaco mexicano, publicó *Su nombre era muerte* ese mismo año. Y para 1958, cuando se publica *Bestiario,* el *Manual de zoología fantástica* (1957) de Borges llevaba un año en circulación.

Arreola fue buen amigo de algunos de estos escritores y de otros autores importantes como Antonio Alatorre. Como se deja ver en la anécdota de Pacheco, fue un maestro generoso con muchos jóvenes autores que luego quedarían en deuda con él por el simple hecho de asistir a su taller. Y en su faceta como editor hizo también mucho por dar a conocer autores que después se convertirían en parte de ciertos cánones, en las décadas de los 50 y 60 publicó a gente como Francisco Tario, Augusto Monterroso, Elsa Cross, Salvador Elizondo o Julio Cortázar.

Él mismo reconoce que sus influencias literarias van de Isaías (el profeta bíblico) u Homero, hasta Marcel Schwob, Baudelaire o Kafka; pero, como bien apunta Garrido en el prólogo: "Su mexicanidad no reside en los personajes ni en la anécdota, sino en la manera de sentir y de construir la narración". Esto queda muy claro, por ejemplo, en *La feria,* donde asistimos al coro de voces que podría ser, a nivel de estudio literario, la respuesta a las voces que se escuchan en *El llano en llamas* y en *Pedro Páramo,* de Rulfo, su contemporáneo y más presente en los programas oficiales de lectura de lo que ha estado nunca Arreola, quién sabe si para bien o para mal.

DATOS CURIOSOS

Hay algo que vale la pena destacar: Arreola es, sobre todo, un amante del lenguaje con un oído prodigioso. Era sin duda un rapsoda y, ya que la literatura le entró de oído, escribía para ser escuchado; el ritmo, la cadencia de su prosa están arraigados en la tradición oral. Estaba más que familiarizado con las fuentes clásicas de la literatura, con el origen sonoro de la poesía. Una de las muestras de esta oralidad está en la historia de cómo Juan José Arreola dictó *Bestiario* —y también en el hecho de que, décadas después, dictara a Fernando del Paso sus memorias—: antes que sentarse a escribir dijo, declamó, recitó (verbos tan venidos a menos y que relacionamos con niñitos de pelo muy planchado y expresión de candor) al menos una de sus obras fundamentales. Cuenta la anécdota José Emilio Pacheco, quien en 1958 tenía apenas 19 años y asistía al taller que Arreola impartía gratis a escritores jovencísimos, y sabía que Arreola tenía que entregar el 15 de diciembre un libro completo del que no llevaba escrita ni una línea, pero le habían hecho un adelanto del que ya no quedaba un quinto; la situación era desesperada, porque a Arreola le habían retirado la beca del Colegio de México:

> Ya no recuerdo si la idea fue mía o de Vicente Leñero, Eduardo Lizalde o del propio Fernando del Paso […]. Sea como fuere, el 8 de diciembre, ya con el agua al cuello, me presenté en Elba y Lerma a las nueve de la mañana, hice que Arreola se arrojara en su catre, me senté en la mesa de pino, saqué papel, pluma y tintero y le dije:
>
> —No hay más remedio. Me dicta o me dicta.
>
> Arreola se tumbó de espaldas en el catre, se tapó los ojos con la almohada y me preguntó:
>
> —¿Por cuál empiezo?
>
> Dije lo primero que se me ocurrió:
>
> —Por la cebra.
>
> Entonces, como si estuviera leyendo un texto invisible, el *Bestiario* empezó a fluir de sus labios […].

Y así, el 14 de diciembre escuché el final del libro […].

Henrique González Casanova recibió el manuscrito el día señalado.*

DISCUSIÓN DE LA OBRA

I. Varia invención

En "Hizo el bien mientras vivió" el protagonista pasa de un estado más o menos apacible a un importante desasosiego moral. ¿Se casó con María sólo por compasión? Tal vez estaba enamorado, pero era demasiado pudoroso para admitirlo, incluso frente a sí mismo.

"La vida privada" es un relato que aborda la infidelidad desde un punto de vista novedoso, porque carece de celos: el protagonista sabe que su esposa, Teresa, está enamorada del amigo de ambos, Gilberto, y Gilberto la corteja, a todas luces y para la maledicencia del pueblo. ¿El narrador, el marido cornudo, disculpa esta traición doble porque se trata de amor? Él ve ese amor ajeno como algo casto y platónico, por lo tanto, no habría ofensa que reclamar. Pero los lectores pueden decidir por sí mismos si esa supuesta disculpa es una visión espiritual de un acto puramente terrenal, o si están de acuerdo con la visión idealizada de un amor que purificó a Teresa y a Gilberto. ¿Será que el protagonista quiere que Teresa lo abandone y se vaya con Gilberto?

También puede decirse que en "El fraude", el protagonista actúa en nombre del amor, no lo dice de manera explícita, apenas lo alude, pero es evidente que la mujer que vende esa estufa familiar es una viuda y puede ser por amor que el narrador se casa con ella. ¿A qué se refiere el narrador cuando habla de sus "economías"?, ¿es un estafador redimido por una supuesta bue-

* Prólogo de José Emilio Pacheco a Gunther Stapenhorst, Ciudad de México: 2002, Editorial Aldus, páginas 20-21.

na acción (el matrimonio con la viuda, por amor) o es realmente un personaje taimado, que actúa como le conviene?

En tres de los cuatro relatos de esta sección se ve el amor, desde distintas perspectivas y con personajes singularmente cobardes o taimados, blandos; sin embargo, en "El cuervero" el asunto es otro, tiene que ver con las tuzas, las semillas, los cuervos y los brotes tiernos; tiene que ver con el cajón azul; según dice el final del cuento: "El niño de Hilario nació y se murió en la temporada de siembra. Cuando los cuervos van volando sobre los potreros y buscan entre los surcos las milpitas tiernas, que acaban de salir de la tierra y que brillan como estrellitas verdes" (p. 52). ¿Será posible que el tema central de este cuento sea la muerte?

II. Bestiario

¿A qué condición se refieren los textos brevísimos del *Bestiario* de Arreola? Primero, hay que anotar que a ojos modernos, un bestiario medieval recoge sobre todo criaturas fantásticas o, a veces, animales reales que no era posible ver en su hábitat natural —para eso se inventaron luego los desgraciados zoológicos—, pero Arreola elige animales que, a esos mismos ojos, resultan comunes y corrientes. ¿Por qué?

En "El rinoceronte" se alude, precisamente, a los tapices medievales y al origen del único animal considerado encarnación de lo divino: el unicornio. Después de la descripción minuciosa de la pesadez del rinoceronte, ¿qué es lo que lo adelgaza, lo vuelve etéreo y lo torna delicado?

El carabao y el bisonte son primos de los bueyes comunes en los campos mexicanos; ¿hay semejanzas entre estos tres seres, desde el punto de vista de la ficción? ¿Qué es lo que vuelve tan nobles a esas bestias cornadas que Arreola describe con tanto cariño?

A contrapelo de estos dos rumiantes, en el prólogo se habla de "la prójima con piyama de vaca" en el ámbito doméstico. En "El avestruz" y en "Insectiada" las imágenes de lo femenino van de lo ridículo y desagradable a lo terrorífico. ¿Es desprecio hacia las mujeres lo que se muestra en estos textos?, podría ser ironía, sarcasmo; podría ser un retrato con cierta carga de rechazo o el reflejo de una ideología extendida en la cultura que rodeaba al autor.

En "El búho" queda establecida con mucha claridad la relación de los seres humanos con los animales, concretamente con los animales de este bestiario. En el final del texto, ¿cuál es la simbología que se le concede a este animal? La vuelta de tuerca está, como siempre, fuera del propio texto y en el acto de unir las referencias, lo que corresponde al lector.

A lo largo del Bestiario, Arreola hace constantes alusiones a la historia, a lo que registran los libros o los sabios; en . "El oso" habla de los latinos y germanos; en "El elefante", del fondo de las edades y, en "El topo", de la experiencia de los agricultores, ¿son estas bestias menos maravillosas porque nos son familiares? Muchos de los lectores nunca han visto un topo, muchos otros, tampoco han visto un oso o un elefante y nunca verán un camello; sin embargo, ¿entendemos lo que nos está diciendo el autor?, ¿sabemos que esas referencias son tan accesibles que se convierten en una reflexión filosófica? Pasa algo semejante con "Los cérvidos": ¿por qué dice que los ciervos son la pieza venatoria por excelencia?, ¿tiene relación con el hecho de que sean a un tiempo "el arco y la flecha"?

En "El ajolote" hay una historia dentro de otra. Una la cuenta el narrador, otra, (fray) Bernardino de Sahagún; tal vez éste sea el único animal que, al más puro estilo medieval, tiene historias fantásticas y orígenes mitológicos, además de que Arreola no es el único que se ha ocupado de él, a nivel literario. ¿En qué otras historias o referencias se puede hallar al axolotl?

"Los monos" es, quizá, el más extenso de estos brevísimos relatos, ¿por qué está al final de la lista? ¿Se nota algún orden especial que pudo establecer Arreola? ¿Tiene algo que ver con esta elección de cierre la estructura del relato?, también es, después de todo, el único que parece contar una historia más o menos lineal.

III. Cantos del mal dolor

El título de esta sección alude a los *Cantos de Maldoror,* de Ducasse. Aunque esta coincidencia sonora podría quedarse en guiño de humor, ¿es posible que Arreola haya bautizado así este libro en particular porque también él reniega de la belleza o la trastoca según parámetros blasfemos? En el conjunto de textos (también brevísimos) de los *Cantos,* Arreola exhibe un tono que, a simple vista, es melancólico, pero ¿no hay un humor soterrado que asoma en varios fragmentos? Puede ser cruel, como en "Navideña", o puede ser tan erudito que marea, como en "La noticia", pero no hay manera de escapar de su artificio. Es interesante la sugerencia de hallar los vasos comunicantes, voluntarios o no, que plantea el autor de esta obra con la del Conde de Lautréamont.

¿Cuál es la visión que se muestra de la pareja a lo largo de esta sección? La primera clave se halla en una de las cláusulas, la II, pero en general, a lo largo de todos los cantos en los que se alude a las mujeres o a las relaciones sentimentales, impera un tono casi de lamentación que evoca la tragedia. Un buen ejemplo es el de "Cocktail party", que hace burla y escarnio de Monna Lisa, pero deja al artista (que hace tanto cuadros al pastel como grifos de agua) hecho un guiñapo emocional.

IV. Prosodia

De estas minificciones destaca, primero, que tienen una temática y un tono distintos a los de las secciones anteriores, no hay una aparente relación directa entre, por ejemplo, "El mapa de los objetos perdidos" y alguna de las criaturas no del todo mundanas del *Bestiario*. Felipe Garrido dice en el prólogo a este libro que: "Una amplia parte de lo que [Arreola] ha escrito cabe cómodamente en los límites de la fábula, si bien sus apólogos, mochos de moraleja, poco tienen que ver con la usual intención de adoctrinar al lector" (página 13). Si aplicamos la idea de que un relato como "Alarma para el año 2000" es una fábula posmoderna, hay que tomar en cuenta, desde luego, que este texto se publicó por primera vez en 1961, cuando el futurismo del año dos mil era una imaginería de autos voladores y ultramodernidad aséptica. En fin, si aplicamos ese principio a ese relato, ¿cuál sería la moraleja última? ¿No es esa idea de amor, enunciada con total ironía, la misma idea que se supone propaga la religión?

V. *Confabulario*

"En verdad os digo" empieza así: "Todas las personas interesadas en que el camello pase por el ojo de la aguja, deben escribir su nombre en la lista de patrocinadores del experimento Niklaus", desde ese momento estamos en dos planos distintos, en el primero nos remitimos a la Biblia; en el segundo, al mundo tecnologizado y capitalista. ¿Este cuento es o no es de ciencia ficción? Habla de teorías que quizá todavía no se descartan en física cuántica. Habla de asuntos bíblicos, de comportamiento humano y de la búsqueda de la salvación divina. Pero, ¿es de ciencia ficción?

"El rinoceronte" (página 177), ¿se parece al otro rinoceronte (página 72)? No puede ser una simple casualidad que el autor haya decidido repetir un título en su obra.

En esta sección vienen tres de los más famosos relatos de Arreola, o al menos tres de los más recopilados y publicados en distintos medios: "La migala", "El guardagujas" y "El prodigioso miligramo". ¿Se pueden considerar estos tres textos como literatura fantástica? La migala puede ser la representación de algo más, una alegoría, pero no deja de ser un relato terrorífico. El anciano que se acerca al viajero en la estación de trenes podría ser un fantasma, un loco o un bromista, pero la historia que cuenta, el universo que dibuja, sin duda va de Kafka a Calvino. La hormigas no son seres humanos, pero el hecho de que un solo objeto hallado fortuitamente tenga el poder de trastocar la sociedad entera (la sociedad de hormigas) no puede sino hacernos pensar que ese miligramo, nunca sabemos miligramo de qué, es prodigioso porque entraña un poder que va más allá de la razón.

"Eva": ¿qué nos dice este cuento de la maternidad? Quizá la mordida de la ironía se halla en el hecho de que Eva se ablanda con el joven literato cuando lo mira como un hijo: lo concibe virgen. Tal vez no, tal vez habla de feminismo y de cómo ablandar el corazón de una mujer que en un inicio rechaza a los hombres.

¿Puede ser "Baby H. P." un relato futurista?, ¿y "Anuncio"? En contraste, la "Carta a un zapatero que compuso mal unos zapatos", ¿es esta carta del cliente insatisfecho un relato costumbrista? Hay que tomar en cuenta, siempre, la clave de humor con la que Arreola escribía estos textos.

VI. *Palindroma*

Si en "Tres días y un cenicero" un hombre halla la estatua de una mujer, es decir, una mujer de piedra, en "Para entrar al jardín" se dan las instrucciones para convertir a una mujer en un bloque de cemento. ¿Será que ahí también hay cierta palindromía? El título de la sección quizá no se halla sólo en el primer texto, que podría ser un epígrafe tanto como exactamente eso, el primer texto: "Are cada Venus su nevada cera" (p. 272).

En la página 283 el narrador, el protagonista del relato, pierde el juicio; empieza a despeñarse por los signos de puntuación y nos hace asistir a la desesperación de la pérdida. ¿Ese cenicero del que habla era parte de la estatua? Sabemos que ese hallazgo se pierde entre disputas y la codicia de los pueblerinos, pero ¿podemos estar seguros del destino de la estatua?

El relato que cierra la sección, "El himen en México", requiere que los lectores sean intrépidos, no porque la palabra himen apunte a un texto escandaloso, sino porque la vuelta de tuerca que da el autor es casi puramente semántica: se puede aventurar que, si la lectora es mujer puede que se indigne, que se ría o sufra un gran desconcierto; si el lector es varón, puede tener las mismas reacciones. El remate del texto es casi tan ridículo como aterrador, ¿la nota del anciano dice que se va a dedicar a desvirgar jovencitas? Es una pregunta muy aventurada, pero si se toma con humor, se puede imaginar a un anciano que lamenta haber dedicado toda su vida a una pasión no correspondida.

De todo el conjunto de seis textos, ¿se desprende un tono trágico o cómico?, ¿ambos, tal vez?

VII. Variaciones sintácticas

"Duermevela" entraña una pregunta capciosa y "Profilaxis" al menos dos contradicciones, la de transmitir la vida que es una "dolencia mortal" y la vírgenes que paren otras vírgenes. En las doxografías el libro entero culmina en cuanto a capacidad de síntesis: son los textos más breves de Arreola, que encierran una variedad increíble de referencias. ¿Es posible que para abarcar estos textos en su mayor y justa medida sea necesario desentrañar todas esas referencias?, es probable que un lector quede desconcertado ante estos destellos que son aforismos y, a un tiempo, ficciones brevísimas (incluso más breves que las anteriores) que requieren una participación activa de quien lee:

la construcción de sentido en lo que no está dicho en el texto, pero que el texto contiene.

Tal vez para pactar con el autor definitivamente sólo haga falta ser habitante de Ficticia.

VIII. La feria

¿Se puede afirmar de manera tajante que *La feria* carece de estructura? Es cierto que es un libro sin un marco evidente de capítulos, personajes y lo que se suele llamar acción dramática, pero es también cierto que después de leer la única novela de Arreola uno conoce Zapotlán el Grande, sabe por qué el libro lleva ese título y, lo que es más, se ha familiarizado con todas las historias que se allí se cuentan.

¿Se puede decir que *La feria* es un rompecabezas?, ¿encajan todas las piezas al final para hacer una sola imagen que tiene sentido?

¿Suena demasiado alejado el mundo que retrata este texto del mundo que consideramos moderno? No sólo hay que pensar en las ciudades de millones de habitantes, sino en la mayoría del país: los poblados pequeños en los que la gente todavía hace siesta, se saluda al pasar y más o menos se conoce de nombre o de cara. Es bueno no caer en la nostalgia de un pasado que no conocimos ni en el sentimentalismo por un pasaje bucólico que tal vez no existe, pero también es importante no desdeñar en primera instancia una vida que nos puede parecer lejana, ajena o incomprensible.

¿Por qué Felipe Garrido dice en el prólogo que el personaje principal de la novela es Zapotlán el Grande? (p. 14)

Esta sección se puede cerrar con una pregunta que viene en la misma novela y que, más allá de la impresión chacotera, puede tener muchas más resonancias en el mundo contemporáneo de lo que parece a simple vista:

"—¿De veras puede usted hacerme una vela de a doscientos pesos? Dígame, ¿dará más resplandor que doscientas de a peso?"

PREGUNTAS

I. Varia invención

- En "Hizo el bien mientras vivió" ¿en qué consiste la ironía del título y epitafio con respecto al marido muerto?
- "La vida privada" habla de un triángulo amoroso, ¿es factible que el amor entre Gilberto y Teresa sea platónico?
- ¿Es posible que el protagonista de "El fraude" sea un hombre honesto?
- ¿Hay una relación entre el escenario de "El cuervero" y el pueblo de *La feria*?

II. Bestiario

- ¿Por qué Arreola decide elegir el título de *Bestiario*?
- ¿Los textos que componen este libro son cuentos, estrictamente hablando?
- ¿*Bestiario* cuenta una sola historia como conjunto?
- Si comparamos entre sí los textos de *Bestiario*, ¿cuál podría ser el animal favorito de Arreola?

III. Cantos del mal dolor

- En "Loco dolente", ¿de qué búsqueda se habla?
- ¿A quién se dirige el narrador de "Casus conscientiae"?
- ¿Por qué la princesa es una mariposa a la que el héroe salvó del fuego en "Homenaje a Remedios Varo"?
- En "El rey negro", hasta antes del penúltimo párrafo, ¿quién parece que habla?, ¿y por qué cuando el narrador promete no volver a jugar ajedrez, dice "palabra de amor"?
- ¿Valió la pena la reconstrucción minuciosa del personaje de "Metamorfosis"?
- ¿Cuál es el tema central de "El encuentro"?

- ¿Qué quiere decir la quinta Cláusula: "Toda belleza es formal"?
  - ¿De qué hablan, en conjunto, las cinco Cláusulas?

IV. *Prosodia*

- En varios textos de *Prosodia* se mencionan profetas, ángeles y demonios, ¿cuáles son los tres planos a los que se alude en el libro, y cuál sería el libro más aludido, de manera directa o indirecta?
- ¿Qué es, en la mitología, una Telemaquia y por qué el narrador dice que en nosotros se está perdiendo la partida?
- ¿Quién pudo haber puesto el anuncio "De l'osservatore"?
- ¿Por qué en "La caverna" los científicos son los únicos que parecen tener una explicación absurda?
- "El lay de Aristóteles" remata con estas palabras: "Mis versos son torpes y desgarbados como el paso del asno. Pero sobre ellos cabalga la Armonía.", ¿puede haber en ellas un afán irónico o están puestas ahí para que los lectores sintamos compasión del viejo filósofo?

V. *Confabulario*

- En *Confabulario*, el primer texto es "De memoria y olvido", ¿por qué Arreola menciona el olvido acerca de esta breve autobiografía?
- ¿Quién es la migala del cuento o a quién representa?
- En el final de "El guardagujas", ¿el anciano desaparece porque le había tomado el pelo al viajero o porque nunca estuvo en realidad allí?
- ¿Gana algo el discípulo cuando elige seguir creyendo en la belleza en vez de pasar a la historia?
- ¿Por qué en "Pueblerina", a los funerales de don Fulgencio se los compara con una mascarada?
- ¿Cuál es el destino final del protagonista en "Monólogo del insumiso"

- ¿Cuál puede ser el paralelismo entre la sociedad y el hormiguero de "El prodigioso miligramo"?, ¿quiénes serían, en la sociedad, esas hormigas que llevan miligramos falsos para dejar de trabajar?
- ¿Logró Nabónides su cometido de historiador a pesar de todo?
- Si en la vida real se cumplieran las condiciones de "Anuncio", ¿en verdad las mujeres se dedicarían únicamente al puro reino del espíritu?
  - Esa belleza transitoria, ¿se volvería realmente eterna en los ejemplares de Plastisex?
- ¿Por qué al final del cuento "Una mujer amaestrada" el protagonista cae de rodillas?
  - ¿qué fue lo que vio cuando al fin se dignó a prestar atención al rostro de la mujer?
- En "Un pacto con el diablo", ¿quién gana al final?, ¿por qué?
- ¿Por qué si en "El silencio de Dios" el propio Dios contesta a la carta de su interlocutor, el título habla de silencio?
  - ¿Sería posible que el remitente fuera su propio hijo?

VI. Palindroma

- ¿El Zapotlán de "Tres días y un cenicero" es el mismo de *La feria*?
  - ¿Cuál es el destino final de la estatua de este cuento?
- ¿Quién es el que narra en "Starring All People"?

VII. Variaciones sintácticas

- ¿Cuál es el ingrediente principal de "Receta casera" y a quién está dirigida esa receta?
- ¿En "Historia de los dos ¿que soñaron?" el narrador está soñando?, ¿está contando un sueño que ya terminó?, ¿estamos asistiendo a un sueño dentro de otro?

VIII. La feria

- ¿Hay más de una voz que narra en *La feria*?
  - ¿Hay, entonces, varios narradores?

- Si es una novela polifónica, ¿quién o quiénes serían los protagonistas?
- ¿Cuántas historias se cuentan en la novela?
- ¿Todos los fragmentos tienen el mismo tono?
- ¿Y todos los fragmentos tienen el mismo destinatario?
- Las viñetas del libro, ¿lo ilustran a manera de adornos o también intervienen en la narración?
- ¿Se sabe quiénes pudieron prender fuego al castillo en el centro de la plaza?, ¿arruinó ese incendio la fiesta?

- En 1963 se publicó *La feria*, también se publicó *Rayuela* (la emblemática novela de Julio Cortázar), ¿es posible que, más allá de la temática totalmente dispar, haya semejanzas en la búsqueda de Arreola y de Cortázar?

IX. Un texto inédito

- El texto inédito, ¿procede de un diario?, ¿puede tomarse como una crónica?
- ¿Por qué crees que Arreola dice "Perdóname, Sam" en su dedicatoria?

CONCLUSIÓN

Arreola dijo de su propia obra: "A veces mis lectores no parecen darse cuenta de que mi perfección es humorística, tiene un aire sarcástico; que a veces la pedantería de mi prosa es de orden satírico, que yo me choteo a mí mismo y a los formalistas al escribir de ese modo… Se ha cometido la equivocación de tomarme en serio cuando yo soy un poco campanudo o rimbombante…"* y vale la pena tomarlo en cuenta. Ahora, a los lectores comu-

* "Autoanálisis, entrevista-conferencia, Juan José Arreola y Eduardo Lizalde" en *Gunther Stapenhorst,* Ciudad de México: 2002, Editorial Aldus, página 80.

nes y corrientes nos sucede un fenómeno con los escritores que aparecen como demasiado eruditos: si tratamos de seguirles el paso, tropezamos, caemos y nos quedamos en el camino, mirando cómo se alejan a un ritmo propio (único), con la cabeza entre las nubes. Arreola tuvo una formación autodidacta que, por lo visto, lo convirtió en un verdadero erudito y, hay que aceptarlo, sí es difícil seguirle el paso. Pero no hay que desfallecer, no tenía la cabeza en las nubes o, si la tenía, también pisaba con solidez suficiente la misma tierra que nosotros.

No es indispensable tener las referencias a mano para entender, por ejemplo, "La canción de Peronelle"; es fácil identificarse con la breve historia, es fácil entender el *quid* del asunto: lo que nos importa no es si Peronelle y Guillermo de Machaut existieron en eso que llamamos la vida real, lo que realmente nos importa es la historia que entre ambos conforman, el simbolismo de la hoja, los detalles que necesitamos imaginar para tener completo el cuadro.

¿Por qué es importante hacer esta aclaración?, porque a veces sucede que uno se desanima a medio camino si parece que no entiende lo que lee. Si hay que entender o no lo que se lee (y en qué consiste esa cabal comprensión, ilusoria o real) es asunto de una discusión que no se puede tener aquí, pero si algún lector siente que en este volumen de la prosa de Arreola hay pasajes difíciles de entrañar o asiste a algunos de estos textos como a puertas cerradas de las que no tiene la llave, ese lector puede estar tranquilo; en primer lugar, hay muchos lectores en su misma situación y, en segundo, este volumen contiene suficiente literatura como para que continúe leyendo y entienda más de lo que cree o de lo que parece. Y para los juegos librescos y referenciales, siempre hay herramientas a mano: diccionarios, entradas en los buscadores de internet, resonancias que nos pueden venir de los lugares más insospechados. Se pueden hacer incluso juegos y competencias con otros lectores: el que logre desentrañar más referencias en quince minutos se lleva un premio. O cada vez que aparezca una referencia bíblica, o medieval, o mitológica todos toman (lo que tomen ya es cosa de cada grupo de lectura, claro).

En todo caso, podemos siempre remitirnos al punto de partida que el mismo Arreola nos da: tomarnos lo que escribió como un juego, el mejor y más erudito de los juegos.

OBRAS DERIVADAS

Arreola tuvo siempre una relación muy estrecha con las artes escénicas, y según el *Diccionario de Escritores del Cine Mexicano Sonoro* en línea de la UNAM [http://escritores.cine-mexicano.unam.mx/biografias/A/ARREOLA_juan_jose/bio-grafia.html], su obra ha sido material base para cortometrajes y adaptaciones, como ésta de *El corrido*:
https://www.youtube.com/watch?v=BJsrPYMjbg4

Rafael Corkidi, que colaboró con Alejandro Jodorowsky en *El topo* y *La montaña mágica,* adaptó a Agustín Yáñez en *Deseos* (basada en *Al filo del Agua*), hizo una adaptación de *La feria,* en un cortometraje: *Murmullos.*

También se han hecho libros ilustrados de algunos de sus cuentos, como la edición de La caja de cerillos de "La migala" (2013) con ilustraciones de Gabriel Pacheco.

El propio Arreola grabó para *Voz viva,* un proyecto de la UNAM que recoge en antologías sonoras lecturas de textos en voz de sus propios autores, algunos cuentos de *Confabulario,* en 1960. Actualmente se pueden escuchar en línea o descargar: http://descargacultura.unam.mx/app1?sharedItem=32899

RECURSOS

En varios sitios de internet se pueden leer textos sobre Arreo-la, sobre su obra, anécdotas de otros escritores y de discípulos

suyos. Se pueden ver también grabaciones de algunas interven-
ciones del propio Arreola, donde habla de sí mismo, de su literatura y de la literatura de otros, que era tan cercana a su vida y
a su corazón.

Este video, por ejemplo, es una muestra de la lucidez y la
emoción con que Arreola habla de la poesía, no como un literato académico, sino como un lector y practicante apasionado. Y de paso, casi como si fuera poca cosa, dialoga con Jorge
Luis Borges, a quien había leído desde joven (y con Elizondo,
de quien es precursor). *¿Qué es la poesía?:*
https://www.youtube.com/watch?v=Gg7JWWQdQ44

En la *Enciclopedia de la literatura en México* en línea, están
sus datos biográficos; hay lista de premios, galardones y puestos culturales y también una serie de recursos y de bibliografía
crítica para investigar, consultar o ampliar la información sobre
la obra de Arreola:
http://www.elem.mx/autor/datos/73

Se ha escrito mucho sobre su obra y sobre su labor cultural. En España, por ejemplo, el *Centro Virtual Cervantes* le
dedica también un espacio importante, en el que igual viene
una lista de otros recursos que se hallan en línea y que refieren
a textos analíticos o críticos:
http://cvc.cervantes.es/actcult/arreola/

Y en el ciclo *El intelectual y su memoria,* de la Facultad
de Filosofía y Letras de la Universidad de Granada, recogen
este otro video de más de hora y media, en el que Arreola habla
de su infancia, de sus lecturas, de sí mismo en resumen:
https://www.youtube.com/watch?v=jzyZy8PSQNE

Índice

V. CONFABULARIO

Narrativa completa de Juan José Arreola
se terminó de imprimir en enero de 2018
en los talleres de
Impresora Tauro S.A. de C.V.
Av. Plutarco Elías Calles 396, col. Los Reyes,
Ciudad de México